C.S. Lewis — A Life:
Eccentric Genius, Reluctant Prophet
Alister E. McGrath

# C・S・ルイスの生涯

## 憧れと歓びの人

A・E・マクグラス
佐柳文男［訳］

教文館

Originally published in the U.S.A. under the title:
**C. S. Lewis— A Life, by Alister McGrath**

# はじめに

C・S・ルイス（一八九八―一九六三）とは何者か。多くの人々にとって、恐らくほとんどの人にとって、ルイスはナルニア国歴史物語の華麗な世界の創造者であり、二〇世紀の児童文学の中でも最大の評判をとり、最もよく知られた物語の著者、今日でも熱烈な読者を持ち、毎年何百万部を売り続けている物語の著者であろう。ルイスの死後五〇年を経た今日も彼は現代で最大の人気を保つ作家の一人である。彼と同じように有名なオクスフォード大学の同僚であり、友人でもあったJ・R・R・トールキン（一八九二―一九七三、『指輪物語』の著者）と並び、ルイスは文学的記念碑、文化的記念碑として世界に広く認められている。現代の文学や映画の世界はこれら二人のオクスフォード大学特別研究員から強い影響を受けた。そしてルイスなしに『指輪物語』は書かれなかった可能性がある。ルイスは自分自身もベストセラーを書いたが、彼はトールキンの名作の助産師でもあった。さらに彼はトールキンの叙事詩的大作『指輪物語』のゆえにトールキンを一九六一年のノーベル文学賞候補者として推薦していた。そのことだけでもC・S・ルイスの物語を語る充分な理由がある。

しかしC・S・ルイスにはそれ以上に重要な面がある。ルイスの旧友、オーウェン・バーフィールド（一八九八―一九九七）が言うように、三人のルイスがいた。ベストセラー小説の著者としてのルイスと並び、第二のルイス、あまり知られていないルイスがいる。それはキリスト教思想家、護教家としてのルイスであり、キリスト教信仰の知的力、想像力についての彼の豊かな洞察を人々に伝え、共有しようと願うルイスである。彼はキリスト教信仰を人生の半ばになって発見し、それが理性的にも精神的にも説得力を持つものであることを発見した。

『キリスト教の精髄（*Mere Christianity*）』は、納得しかねると感じる人々もいるが、二〇世紀における最も強い影響力を持つ書物としてしばしば引用されている。

ルイスはキリスト教に主体的にコミットしたために論争の渦に巻き込まれることが多い。ルイスがキリスト者であることを喜んでいることに共感する人々から愛着と賞賛とを受けるが、その反対の立場の人々からは嘲笑と罵詈雑言を向けられる。キリスト教とは良いものか悪いものかについての意見は別として、キリスト教は重要なものであり、おそらくルイスは彼自身がいう「単なるキリスト教（mere Christianity）」の最も信頼すべき論客、一般の人々に対して最も強い影響力を持つ思想家であると言って良い。

ルイスにはさらに第三の面がある。それは彼を賞賛する者にとっても論難する者にとっても、おそらく最も知られていない面であろう。それはオクスフォード大学の卓越した特別研究員として、文学批評家として、英文学に関して原稿なしに講義を行い、大講義室を学生で満たし、ケンブリッジ大学が創設した中世およびルネッサンス期の英文学に関する講座の最初の担当教授となったルイスである。彼の著作、『「失楽園」序説（*Preface to "Paradise Lost"*）』（一九四二年）を読む人は今日ほとんどいないであろう。しかしそれが書かれた当時は、明晰さと洞察の深さの故に文学批評の標準をなすと考えられた。

ルイスに与えられた天職は「アカデミアの森」に生きることであった。彼は一九五五年七月に英国学士院の特別会員（フェロー）に選ばれたが、それは彼が学者・研究者として高い評価を得ていたことを公式に証明した。しかしアカデミア世界の人々の中には、ルイスが商業的、通俗的成功を収めたことは、真摯な学者を自認する者にふさわしくないと考える人々もいた。ルイスは一九四二年以降、通俗的著作によって損なわれたアカデミックな研究者としての信用を保つために苦労しなければならなかった。特に『悪魔の手紙（*Screwtape Letters*）』のような気軽な読み物の著者であることには疑惑の目が向けられた。

これら三人のルイスは互いにどのような関係にあるのだろうか。三人は彼の人生において互いに関係を持たない別々の存在なのであろうか。それとも三人は何らかの関係で結ばれているのだろうか。三人はどのようにして育ったのであろうか。本書はルイスの書いたものに基づき、彼のこころがどのように形成され、表現されたかについて語ろうとする。本書はルイスの人生のすべての局面について資料を集めることを意図するものではない。本書の唯一の目的はルイスを取り巻く外的世界と彼の内面的世界の複雑にして魅惑的な関係を探ろうとすることにある。つまり、この評伝はルイスが生きた現実の世界と想像の世界（特にオクスフォード大学、ケンブリッジ大学、そしてナルニア国）との関連でルイスを見つめようとする。彼の思想と想像の世界の発展は彼が生きた現実的世界のうちにどのように位置付けられるのだろうか。現実についての知的、想像的光景をルイスが創り上げるのを助けた人々は誰なのか。

本書において、われわれはまずルイスの名声がどのようにして高まったのか、そのことの陰にどのようなことがあったのかについて考察する。ルイスが有名になったことと、死後五〇年を経てもなお彼が有名であることとは別のことである。ルイスの没後、一九六〇年代には多くの評論家たちがルイスの名声は一時的なものであると信じた。彼の名声が消滅するのは不可避的であり、それは時間の問題であって、長くても一〇年もかからないと多くの人々が信じた。本書の最後の章はルイスが在世中になぜあれほどの権威を持ち、強い影響力を持つことになったのかを説明しようとするだけでなく、なぜ今もなおそうであり続けているかを説明しようとする。

ルイスの主要な伝記を最初に書いた人々は主にルイスを個人的に知っている人々であった。それらの伝記はルイスが人間として「どのような」人物であったかをわれわれに伝える貴重な文献である。彼の性格に関しても重要な情報を提供している。広範な学術的ルイス研究がこの二〇年来なされてきている。それらは彼の歴史的重要性の問題（たとえば第一次世界大戦におけるルイスの経験）、ルイスの知的成長の問題を明らかにし、彼の主要な著作の批判的解釈がなされてきている。本書はそれらの研究の跡をたどり、先行する諸研究によって明らかにされた確実なルイス理解を提示し、なおそれらを超えようとする。

ルイスが名声を獲得する過程を扱うためには、彼が公的な役割を担うことに消極的であったことに触れないわけにはいかない。ルイスは確かに彼の生きた時代に対して、さらには彼の後の時代に対しても預言者的であった。しかし同時に言わなければならないことは、彼が公的役割を引き受けたのは「不本意」のことであったということである。彼の回心さえも、彼の内心の最良の判断に逆らってなされたように見える。キリスト教に入信してから彼がキリスト教について発言したことは、彼にとっては肝心の問題なのであろうが、宗教的問題、神学的問題を公に扱うにふさわしい専門家たちによってはほとんど語られていない。語られていても知的説得性を持たないと評価されている。

さらに、ルイスはいささか変わり者であるとの印象を与えることがあった。この変わり者という語 eccentric の本来の意味は、一般に承認され慣習となっている規範や行動形式から外れたことをする人物、社会の中心から外れて周辺にいる人物ということであるが、ルイスはそのような印象を与えることが多くあった。ムーア夫人との奇妙な関係については本書でも詳しく扱うが、ルイスは一九二〇年代の英国の社会規範からまったく外れていた。オクスフォード大学におけるルイスの同僚たちの多くは、一九四〇年頃からルイスをアウトサイダーとして見るようになっていた。ルイスがキリスト教に関する自説を広く公開することや、通俗的なフィクションや護教書を書くというような、学者には不似合いな習癖があることなどが問題にされた。ルイスが彼の時代のアカデミズムにおいて趨勢であった傾向から自らを離れた位置におくことについて語った有名な言葉がある。それは一九五四年にケンブリッジ大学で行った教授就任講演で、自分を「恐竜」にたとえていることである。

ルイスが自分は中心から離れていると感じていたことは彼の宗教生活にも現れている。ルイスはイギリスのキリスト教界において非常に影響力の強い人物となったが、彼はキリスト教界の中心に立とうとせず、その周辺で活動していた。彼は宗教界の大立者たちとの関係を築こうとしなかった。この習性が特にジャーナリズムの関心を惹きつけたのではないだろうか。ジャーナリズムは教会の主流をなす権力機構の外から本物の宗教的見識が発せられるのを期待して待ち構えている。

本書はルイスを賞賛したり断罪したりしようとはしない。ただ彼を理解しようとする。とりわけ彼の思想を理解し、彼がそれを著作の中でどう表現したかを理解しようとする。この課題を遂行することはルイスの著作として知られているものすべてが今も刊行され続けていること、さらには彼の著作や思想に関する批判的学術的研究書の重要なものの大部分が刊行され続けていることによって可能なこととなっている。

ルイスに関する大量の伝記や学術的研究書だけでなく、彼に影響を与えた人々に関する研究書が今も入手可能であることは、ルイスに関する事柄の細部に関して研究者を圧倒し、たじろがせる。研究者が自分に対してルイスがもつ意味を把握しようとするとき、アメリカの詩人エドナ・セントヴィンセント・ミレイ（一八九二―一九五〇）が「流星群のように降り注ぐ事実」に曝されると言った事態に直面する。[1] ミレイはそれら無数の事実が互いに関係を持たない情報の寄せ集めではなく、意味ある一つのまとまりになり得るのかと問うている。本書の目的はルイスの人生に関して知られていることがわれわれにとって意味ある一つのものになるようにするのはもちろんのことであるが、それにさらに何ものかを付け加えようとする。それら無数の事実はどのようにして織り合わせられるのか、そこには彼の人生を貫く何らかのパターンが見えてくるのか。本書はルイスの人生に関する膨大な事実や人物たちを概観しようとするものではない。彼の人生の最も深いところを貫く問題意識を突き止め、彼が何を見つめていたかを明らかにしようと試みる。本書はルイスの人生を外側から概観しようとするのではなく、内側から分析しようとする。

C・S・ルイスの書簡集が二〇〇〇年から二〇〇六年にかけて出版された。編者ウォルター・フーパーによる綿密な注とクロス・レファレンスとが相俟って、この書簡集はルイス研究の記念碑的重要性を持つ。ルイスの書簡集は三五〇〇頁を超える大冊であるが、以前のルイス伝記作者には夢想もできなかったほどの利便性を与え、ルイスの内面を洞察することを可能にしている。おそらく最も重要なことは、この書簡集がルイスの生涯を語るための確実な核を提供することであろう。したがって、本書においてこの書簡集からの引用は他のどの資料からの引用よりも多くなっている。以下、本書において明らかになるように、これらの書簡から得られる情報はルイスの生涯の出来事が起こった日時に関する通説を訂正することになる。

本書は批判的評伝であり、今日定説となっていることや研究方法の根拠とされていることを検証し、必要であればそれらを訂正することになる。ほとんどの場合、それは直裁に、また改めて断ることなしにもなされ得る。私は訂正したことをことさらに断ることをしなかった。しかし他方で、気苦労が多いにもかかわらず、なさねばならない仕事、つまりすべてのことについて文書資料に照らして確証するという仕事を遂行することにより、私が得た結論は従来のルイス研究者のすべてに対する批判となるだけでなく、私自身も考えを改めなければならないことが多かった。さらにはルイス自身の自己理解をも覆すものとなったことを、ここで読者に対して告白しておくことが必要だと思う。特に問題となるのはルイスの「回心」あるいは神に対する信仰の回復が起こった日時の問題である。ルイスはそれを『喜びのおとずれ（*Suprised by Joy*）』（一九五五年）で「一九二九年のトリニティ学期」（つまり一九二九年四月二八日から六月二二日までの間）に起こったと書いている。[2]

この日付は最近刊行された主要なルイス研究書のすべてがそのまま受け入れている。しかし私が文書記録を注意して読んだところによれば、回心は間違いなくその日時より後に起こっている。それはたぶん、早ければ一九三〇年三月のこと、より確実には一九三〇年のトリニティ学期中に起こっている。こう考えるのはルイス研究者の中で私だけである。そして読者はこの見解が私だけのものであることを知る権利がある。

＊　＊　＊

最後に、既に書いたことから明らかなように、ルイスが一九六三年に亡くなってから五〇年を経た記念の年に新しい評伝を書くことについての弁明は必要ないであろう。しかし私自身が彼の伝記を書く資格について、多少の弁明が必要かもしれない。これまでのルイス伝作者、例えばルイスの永年の友人であったジョージ・セイヤー（一九一四―二〇〇五）やラジャー・ランセリン・グリーン（一九一八―一九八七）などと違い、私はルイスとの個人的面識をまったく持たない。私はルイスを私の二〇代初期（それは彼が亡くなって一〇年以上経った頃である）に彼の著作を読んで発見した者であるに過ぎない。そしてその後二〇年にわたって徐々に尊敬の念を深めるようになった者である。ただし彼に対する好奇心には同時に疑問が絶えず付きまとっていた。私にはルイスの本質を明らかにするための個人的な思い出も、私だけに洩らされた述懐も、私的に与えられた文書など、私が論拠とすることができる資料は何も持たない。本書において利用した資料はすべて既に公共の領域に置かれているもの、あるいは誰でも精査、検閲することのできる文書である。

本書はルイスが書いたものを読んでルイスを発見した者によって、そして私のようにルイスをその著作によって知る人々のために書かれた。私が知ることになったルイスは彼の著作が媒介となっており、個人的な面識を媒介としてはいない。本書の全体を通して彼を「ルイス」と呼ぶことは、私と彼との個人的距離と批判的立場を強調する上で正当化されると思う。本書に描かれるルイス像は、ルイス自身がこれからのすべての世代の人々に知られる人物像であると考えているものであると私は信ずる。

それはなぜか。一九三〇年代にルイスが強く主張していたように、著作家について最も重要なものは彼らが書いた「テキスト」である。本質的なことはそれらのテキストそのものが何を言おうとしているのかということである。著者自身が「見世物」になってはならない。著者は「見世物の舞台」であり、そこを通して読者が自分自身を観察する場所、著者は読者も含めてすべての人々が属する世界の一部分でなければならない。したがってルイスはイギリスの偉大な詩人ジョン・ミルトン（一六〇八―一六七四）の個人的な生涯の事実にも、彼が著作活動を行った政治的、社会的環境にも何の関心を示さない。肝心のことはミルトンが書いたもの、彼の「思想」である。ルイスがミルトンを理解する正しい方法と考えていたことは、われわれがルイスを理解するために用いる方法となるべきであろう。本書全体を通して、私は可能な限り彼が書いたものを手がかりとするように務めた。彼の書いたものが何を言おうとしているのか、それらがどういう意味を持つのかを理解しようと務めた。

私はルイスその人を個人的に知ることはなかったが、ルイスの世界の少なくともある部分については彼と思いを一つにできると感じている。それもおそらく他の誰よりも親密に。私はルイスと同じように幼少期をアイルランドで過ごした。それは主にダウン郡の田舎、ダウンパトリック地区であった。ルイスが見て愛したという「長々と続くなだらかな山並み」、彼が美しい文章で描いた風景を私も見ながら育った。彼が歩いたところを私も歩いた。彼が立ち止まり、賛嘆した風景を私も賛嘆した。私も彼と同じく、遠くに横たわるモーン山脈の青い山並みを私の家から見て、憧れの痛みを心に鋭く感じた。ルイスの母フローラと同じく、私もベルファストのメソジスト・カレッジの学生であった。

私はルイスがいたオクスフォード大学のことも良く知っている。私も七年にわたりオクスフォード大学での学生生活を送った。その後短期間、ルイス自身も教員を務めたケンブリッジ大学に席を置いてから再びオクスフォード大学に戻り、二五年間にわたり教員を務め、オクスフォード大学の歴史神学部長の座に着き、オクスフォード大学の学寮長（Head of House）の役割を担った。ルイスと同じく私も若い頃は無神論者であり、後にキリスト教信仰の知的豊かさを発見した者である。ルイスと同じく、キリスト教信仰を英国教会が定める形で言い表し、それに従って生きることを選んだ者である。最後に、私はキリスト教信仰を批判する人々に対して、公式の場でキリスト教を弁護する責任を幾度も負わされた者であるが、その際にルイスの思想や考え方（すべてではないが）を評価し利用した。彼の思想の多くは今も少なくとも何らかの輝きと力を失っていないと私には思える。

＊　＊　＊

本書執筆の方法について最後に一言述べておきたい。下調べはルイスが出版したすべてのもの（彼が書いた手紙も含めて）を、書かれた年代順に綿密に読むことであった。それにより彼の思想の成長および文体の変化を理解しようとした。そのため『天路退行（*The Pilgrim's Regress*）』は出版された一九三三年五月ではなく、一九三二年八月の著作として扱われている。このような原典との厳密な取組みの作業は一五か月を要したが、その後ルイスに関する大量な第二次資料および彼の交友関係についての資料を読むこと、そして彼が生き、思索し、著作活動をした知的・文化的環境に関する文書を精読すること、ものによっては批判的な再読する作業が続いた。さらには、出版されていない資料（その多くはオクスフォード大学に保管されている）を調べた。それらはルイスのこころがどのように形成されたか、彼が活動した知的・社会的環境についてさらなる照明を与えている。

本書執筆の早い時期に、この詳細な研究から発生する学問的な諸問題についてより広汎な研究が必要であることが明らかになった。本書はそれらの詳細な学問的問題には触れていない。注および文献表は最小限に止められた。私が本書において目指したことはルイス物語を語ることであり、一般的な議論の表には表れない学問的な細かい議論を解決することではない。読者は本書が主張し、結論することに関してより学術的な解説をし、正当化する書物の出版を願うであろう(3)。

しかし私の弁明と前置きは以上で充分であろう。われわれの物語は遠い昔、遠く離れた地、一八九〇年代のアイルランド、ベルファストから始まる。

ロンドンにて　アリスター・E・マクグラス

目　次


はじめに　3

第一部　序　幕

第一章　ダウン郡のなだらかな山並み
——アイルランドでの幼年時代　一八九八—一九〇八年（〇—一〇歳）

ルイスの家系　29
アイルランドに生まれて、アイルランドの文化になじめない　34
夥しい数の本に囲まれて——文学を天職として選ぶ兆し　40
孤独——ウォーニー、イングランドに旅立つ　43
喜びとの最初の出会い　45
フローラ・ルイスの死　48

## 第二章　醜い国イギリス

――就学時代　一九〇八―一九一七年（一〇―一九歳）


ワトフォード市　ウィニャード校――一九〇八―一九一〇年　56

モールヴァン市　シェアボーグ校――一九一一―一九一三年　57

モールヴァン校――一九一三―一九一四年　62

ブカムと「グレート・ノック」――一九一四―一九一七年　68

徴兵にあいそうになって　74

オクスフォード大学志願　76


## 第三章　「フランスの広大な原野」

――戦争　一九一七―一九一八年（一九―二〇歳）


無意味な戦争体験　79

オクスフォード大学入学――一九一七年四月　82

キーブル学寮の陸軍士官候補生　86

オクスフォード大学におけるルイスの戦時体験　93

フランスの最前線へ――一九一七年一一月　101

戦傷を負う――リズ・ドゥ・ヴァナージュへの攻撃　一九一八年四月　104

ルイスとムーア夫人――関係の始まり　108

## 第二部　オクスフォード大学

### 第四章　数々の欺瞞、多くの発見
——オクスフォード大学特別研究員の誕生　一九一九—一九二七年（二一—二九歳）

古典学専攻生——ユニヴァーシティ学寮　一九一九年　117
息子についてアルバート・ルイスが憂慮したこと　121
卓越した学業成績——大学総長賞受賞論文　一九二一年　124
成功と失敗——卓越した学業成績、しかし就職口なし　127
ムーア夫人——ルイスの生活の要石　133
英語および英文学を学ぶ——一九二二—一九二三年　137
モードリン学寮特別研究員　149

### 第五章　モードリン学寮特別研究員、家族、そして友情
——モードリン学寮における出発　一九二七—一九三〇年（二九—三二歳）

モードリン学寮特別研究員　156

家庭の崩壊――アルバート・ルイスの死 161
アルバート・ルイスの消え去らない影響 165
家族との結びつきの回復――ウォーニーがオクスフォードに移り住む 168
友情――J・R・R・トールキン 171

## 第六章 最も不本意な改宗者

――単なるキリスト者の誕生　一九三〇―一九三二年（三二―三四歳）

一九二〇年代の英文学界に起こった宗教復興 176
現実を捉える想像力――神を再発見するルイス 180
いつルイスは改宗したのか――再考の試み 188
トールキンとの夜の対話――一九三一年九月 194
キリストの神性に関するルイスの信仰 200

## 第七章 文学者

――文学研究と文学評論　一九三三―一九三九年（三五―四一歳）

教師としてのルイス――オクスフォード大学の個別指導制度 210
教師としてのルイス――オクスフォード大学での講義 216
『天路退行』（一九三三年）――信仰の風景の鳥瞰図 218

インクリングズ――友情、仲間、討論　225
『愛とアレゴリー』（一九三六年）　234
文学の位置と目的に関するルイスの主張　239

第八章　全国から絶賛を浴びる
――戦時下のキリスト教護教家　一九三九―一九四二年（四一―四四歳）
チャールズ・ウィリアムズとルイスの友情　248
文学的助産師としてのルイス――トールキンの『指輪物語』　251
『痛みの問題』（一九四〇年）　255
戦時下のルイスの放送講話　261

第九章　国際的な名声
――単なるキリスト者　一九四二―一九四五年（四四―四七歳）
『悪魔の手紙』（一九四二年）　272
『キリスト教の精髄』（一九五二年）　275
戦時下のその他の執筆計画　288
フィクションへの移行――ランサム三部作　292

第一〇章　敬われない預言者
――戦後の混乱、諸問題　一九四五―一九五四年（四七―五六歳）
スーパースターC・S・ルイス　299
名声の陰にある暗いもの　303
認知症とアルコール依存症――ルイスの「母」と兄　306
オクスフォード大学においてルイスに向けられた敵意　310
エリザベス・アンスカムとソクラテス・クラブ　313
キリスト教護教家としての自分の役割に疑問を抱く　322

第三部　ナルニア国

第一一章　現実を再構成する
――ナルニア国創造
ナルニア国の由来　331
敷居――ナルニア国物語を理解する鍵となるテーマ　336
ナルニア国歴史物語七部作を読む順序　339

ナルニア国の動物たち　343
現実を眺望する窓としてのナルニア国　345
ナルニア国歴史物語と「大歴史物語（Grand Narrative）」　348

第一二章　ナルニア国
——想像された世界を探索する
アスラン——こころの憧れ　356
より深層の魔法——ナルニア国歴史物語における救済の意味　363
七個の惑星——ナルニア国歴史物語に見られる中世的象徴　369
影の国——プラトンの洞窟神話の翻案　373
ナルニア国の過去の問題　376

第四部　ケンブリッジ大学

第一三章　ケンブリッジ大学に移籍
——モードリン学寮　一九五四—一九六〇年（五六—六二歳）

ケンブリッジ大学の新しい講座　385
ルネッサンス——ケンブリッジ大学教授就任講演　391
文学的ロマンス——ジョイ・デイヴィッドマンの登場　397
ジョイ・デイヴィッドマンとの「まことに奇妙な結婚」　406
ジョイ・デイヴィッドマンの死　412

第一四章　死別、病気、死
——最晩年　一九六〇—一九六三年（六二—六四歳）　421
『悲しみをみつめて』（一九六一年）——信仰に対する試練　428
ルイス、健康を損ねる——一九六一—一九六二年　436
最後の病気と死

第五部　死の後

第一五章　ルイス現象
一九六〇年代——薄れ行く星　447

再発見──ルイスに対する新たな関心　451
ルイスとアメリカの福音派　457
文学的記念碑としてのルイス　463
結　語　465
C・S・ルイス略年譜　467
謝　辞　471
注　475
訳者あとがき　525
索　引　xvii
参考文献　i

装丁　桂川　潤

憧れと歓びの人　C・S・ルイスの生涯

第一部

# 序幕

# 第一章　ダウン郡のなだらかな山並み
## ――アイルランドでの幼年時代　一八九八―一九〇八年（〇―一〇歳）

「私は一八九八年の冬にベルファストで、弁護士と牧師の娘の間に息子として生まれた[1]」。クライヴ・ステイプルズ・ルイスは一八九八年一一月二九日にこの世に投げ込まれた。そこでは政治的、社会的憤懣が渦巻き、変革を求める声が燻ぶり続けていた。アイルランドが北アイルランドとアイルランド共和国とに分割されるのは、まだ二〇年先のことであった。しかしこの島を人為的に二つの政治領域に裂くことになる対立緊張は誰の目にも明らかであった。ルイスはアイルランドの政治的主流派、プロテスタント勢力の中心に生まれた。しかしその勢力は政治的にも社会的にも、宗教的にも文化的にも、あらゆる方面で脅威に曝されていた。

アイルランドは一六世紀にイギリス人およびスコットランド人入植者により植民地化された。地付きの人々は土地を奪われ、新来者に対して政治的、社会的に強い怨みを抱くことになった。プロテスタント入植者たちは言語的にも宗教的にも地付きのアイルランド人カトリックの人々とは異なっていた。一七世紀になり、オリヴァー・クロムウェルの軍隊の保護のもと、「プロテスタント農園」（アイルランド人カトリック・キリスト者の海に浮かぶイギリス人プロテスタントの島）は大きく発展した。地付きのアイルランド人支配階層は新しく成立したプロテスタント体制により容赦なく追い払われた。一八〇〇年の統一令（Act of Union）により、アイルランドは連合王国に組み入れられ、ロンドンの直接支配の下に置かれた。プロテスタントは少数派であり、主に北部のダウン郡、アントリム郡など、そして産業都市ベルファストなどに居住するだけであったが、文化、経済、政治を支配下に置いた。

しかしすべての面において変革が迫っていた。一八八〇年代にチャールズ・スチュワート・パーネル（一八六四―一八九一）およびその他多くの人々がアイルランド自治を求めて運動を起した。一八九〇年代にアイルランドのナショナリズムは高揚し、アイルランドの固有文化に対する意識を普及させて自治を求める運動に新しいエネルギーを注ぎ込んだ。この運動はカトリシズムの影響を強く受けており、イギリスがアイルランドに対して及ぼす影響のすべてに強く抵抗した。ラグビーやクリケットなどのスポーツも排斥された。より重大な問題は、英語が文化支配の手段であると見なされたことである。一八九三年にゲイリク同盟（Conradh na Gaelige）が結成され、アイルランド語の修得と使用を推進した。これはアイルランドのアイデンティティの主張の一環とされ、イギリス的文化規範はアイルランドにとって異質なものであるとの主張が高まった。

アイルランド自治への要求が高まり、実現の可能性が見えてくるに従い、プロテスタント陣営は脅威感を募らせ、特権が侵害されるだけでなく、内乱も起こりかねないとの危惧を持つようになった。おそらく当たり前と言うべきことであろうが、ベルファストのプロテスタント信徒たちは非常に閉鎖的であり、彼らを囲むカトリック人口に対して社交的にも職業的にも、交渉をできる限り制限しようとした。（C・S・ルイスの兄ウォレン［ウォーニー］が後年述懐したところによれば、彼は一九一四年にサンドハーストの王立兵学校［Royal Military College］に入学するまで、日常の場面でカトリック・キリスト者に一度も話しかけたことがなかったという。[2]）カトリシズムは全くの「他流・別物」であり、奇妙なもの、理解できないもの、そして何よりも脅威であった。ルイスはカトリシズムに対する敵意およびカトリシズムからの隔離主義を、母の乳と共に吸収した。幼いルイスがトイレのしつけを受けているとき、プロテスタントであった乳母はルイスの便器を「おしっこ座教皇（wee popes）」と呼んでいたという。ルイスはアルスター・プロテスタントの伝統に生き、アイルランドの固有文化には全く触れずに育ったと考えたし、今も多くの人々がそう考えている。

## ルイスの家系

一九〇一年のアイルランド国勢調査には、イースト・ベルファストのルイス家で一九〇一年三月三一日の日曜日に「寝たか住むか」していた人々すべての名が登録されている。この記録には続柄、互いの関係、宗教、教育レベル、年齢、性別、地位あるいは職業、誕生の地など、多くの個人情報が含まれている。ほとんどの伝記作者は当時ルイス一家が「ダンデラ・アヴェニュー四七番地（47 Dundela Avenue）」に住んでいたと書いているが、国勢調査の記録によれば「ダンデラ・アヴェニュー（ダウン郡ヴィクトリア）家屋番号二一（House 21 in Dundella《〔ママ〕》 Avenue [Victoria, Down]）」に居住していたとなっている。ルイス家に関する記載事項は二〇世紀冒頭における家族の現況を正確に記録している。

アルバート・ジェイムズ・ルイス、戸主、アイルランド教会、読み書き、三七歳、男、既婚、コーク市
フローレンス・オーガスタ・ルイス、妻、アイルランド教会、読み書き、三八歳、女、既婚、コーク郡
ウォレン・ハミルトン・ルイス、息子、アイルランド教会、読む、五歳、男、生徒、ベルファスト市
クライヴ・ステイプルズ・ルイス、息子、アイルランド教会、読む能力なし、二歳、男、ベルファスト市
マーサ・バーバー、使用人、長老教会、読み書き、未婚、二八歳、女、看護師－使用人、未婚、モナハン郡
サラ・アン・コンロン、使用人、ローマ・カトリック教会、読み書き、二二歳、女、料理人－使用人、未婚、

ダウン郡[3]

国勢調査の記載事項が示すとおり、ルイスの父アルバート・ジェイムズ・ルイス（一八六三―一九二九）はアイルランド南部のコーク郡コーク市の生まれである。ルイスの父方の祖父リチャード・ルイスはウェールズのボイラー製造業者で、リヴァプール出身の妻と共に一八五〇年代初めにコークに移住した。ルイス一家はアルバートが生まれてすぐに北部の産業都市ベルファストに移った。リチャードはそこでジョン・H・マクイルウェインと共同で会社を設立した。「マクイルウェイン・アンド・ルイス社・技術者・鉄船建造」は成功を収めた。この小さな会社が一八八八年に建造した最も興味深い船は、かの「タイタニック号」の原型であり、総トン数一六〇八トンに過ぎない小型の鉄製貨物船である。[4]

しかしベルファストの造船業界は一八八〇年代に変りつつあった。ハーランド・アンド・ウルフやワークマン・クラークなどの大会社が業界全体を支配するようになった。小規模の造船会社が経済的に生き残るのは困難になっていた。一八九四年にワークマン・クラーク社がマクイルウェイン・アンド・ルイス社を吸収合併した。有名な二万六〇〇〇トンのタイタニック号（これもベルファストで建造された）は一九一一年にハーランド・アンド・ウルフ社の船台から進水した。しかし、よく知られているようにハーランド・アンド・ウルフ社の大型快速船は一九一二年の処女航海の途中に沈没したのに対し、マクイルウェイン・アンド・ルイス社が建造したはるかに小さな船は、別の名で呼ばれたが、一九二八年まで南アメリカ航路で貿易に活躍し続けた。

アルバートは造船業にはほとんど何の関心も持たなかった。彼は両親に対して、自分は法律関係の仕事をしたいと告げていた。リチャード・ルイスはラーガン校がウィリアム・トンプスン・カークパトリック校長（一八四八―一九二一）の指導の下、確かな評判を得ていたのを知っていて、アルバートをそこの寄宿生にした。[5] アルバートは在学中カークパトリックの指導を受け、その教育技術に深い感銘を覚え、終生それを記憶していた。アル

図1−1　ベルファストの目抜通の1つ、1897年頃のロイヤル・アヴェニュー。アルバート・ルイスは1884年にロイヤル・アヴェニュー83番地に弁護士事務所を開設し、1929年、病に倒れるまでそこで働いた

バートは同校を一八八〇年に卒業し、アイルランドの首都ダブリンに行き、五年間、そこでマクリーン・ボイル・アンド・マクリーン社で働いた。彼はそこで弁護士として必要な経験を積み、信用を築いて一八八四年にベルファストに戻り、ベルファスト市内でも特に格式の高いロイヤル・アヴェニューに弁護士事務所を開設した。

最高法院（アイルランド）の一八八七年の法令は英国の慣習に倣い、二種類の弁護士を区別し、ソリシター（solicitor）とバリスター（barrister）の法律上の役割について明確な区別を立てていた。そのためアイルランドで法律家になろうと志す人々は、そのどちらを自らの専門として選ぶかの決断をしなければならなかった。アルバート・ルイスはソリシターになる道を選んだ。それは直接に顧客の代理を務め、低級裁判所で弁護にあたる業務である。それに対し、バリスターはソリシターの依頼を受け、ソリシターの顧客の代理として高級裁判所での弁護活動をする。(6)

ルイスの母フローレンス（フローラ）・オーガス

タ・ルイス（一八六二―一九〇八）はコーク郡のクイーンズタウン（現在のコブ）に生まれた。ルイスの母方の祖父トマス・ハミルトン（一八二六―一九〇五）はアイルランド教会の聖職者であった。彼はプロテスタント主流派の古典的代表者であり、二〇世紀初めにアイルランド・ナショナリズムが勃興するに従い、その脅威をまともに受けた人物である。アイルランド教会はアイルランド全域においてアイルランド国教であったが、アイルランドの二六の郡の中で二二の郡において少数派であった。フローラが八歳のとき、トマス・ハミルトンはローマの聖三一教会のチャプレンとなり、家族は一八七〇年から一八七四年までローマに住んだ。

一八七四年にトマス・ハミルトンはアイルランドに戻り、イースト・ベルファストのバリハックモア地区にあるダンデラ教会の助任司祭となった。そこでは仮に建てられていた建物が日曜日には礼拝堂となり、週日は学校として用いられていた。しばらくして本格的な建物が必要であることが明らかになった。教会堂として新しく建てられた会堂において新しい活動が始まった。新しい会堂はイギリスの高名な教会建築家ウィリアム・バターフィールドの設計になるものであった。ハミルトンは一八七五年五月に新しく建築された教会、ダンデラ聖マルコ教会の主任牧師に就任した。

今日のアイルランド歴史家たちは一九世紀末のアイルランドで女性が学術的、文化的領域において重要な役割を担うようになった要因として、フローラ・ハミルトンが果たした役割を高く評価している。(7) フローラはベルファストのメソジスト・カレッジの全日制生徒となった。この学校は一八六五年に男子校として開設され、一八六九年に一般からの強い要望に応えて女子学級が増設された。(8) 彼女は一八八一年に一学期だけそこに在学し、その後ベルファストのアイルランド王立大学（現在のベルファスト・クイーンズ・ユニヴァーシティ）に進んだ。そこで一八八六年に論理学で第一級賞、数学で第二級賞を獲得した。(9)（以下に明らかになるように、ルイスには母親の数学の才能は何一つ伝わらなかった。）

アルバート・ルイスの眼はダンデラ聖マルコ教会に通い始めるとすぐに、牧師の娘に惹き付けられた。徐々に、しかし確実に、フローラもアルバートに惹き付けられていったらしい。アルバートが文学好きであったことも原因の一つであろう。アルバートは一八八一年にベルモント文学会に入会し、ただちに最も雄弁な人物と認められた。彼が文学青年であるとの評判は彼の人生の最後まで消えなかった。一九二一年、アルバート・ルイスが弁護士として最も脂の乗り切った活躍をしていた頃、新聞「アイルランド土曜夕刊（*Ireland's Saturday Night*）」は彼について漫画入りの特集を掲載した。彼は当時の法廷弁護士の制服を身にまとい、片方の腕の下に式帽を抱え、他方の手に英文学の書物を一冊持つという風体に描かれている。その後数年して新聞「ベルファスト通信（*Belfast Telegraph*）」に載った追悼文には「多読該博なる人物」とあり、法廷での弁論においてもしばしば文学への言及があったこと、「法廷の仕事の気晴らしとして、読書をレクリエーションとしていた」ことなどが語られている[10]。

アルバートとフローラは、彼らに相応しく礼儀正しい、またかなり長い求愛期間を経て、一八九四年八月二九日にダンデラ聖マルコ教会で結婚式を挙げた。彼らの間に最初の子ども、ウォレン・ハミルトン・ルイスが一八九五年六月一六日にイースト・ベルファストの自宅、「ダンデラ邸」で生まれた。クライヴ・ステイプルズ・ルイスは彼らの第二子で末子であった。一九〇一年の国勢調査の記録によれば、ルイス家には二人の使用人がいた。プロテスタントの家としては珍しいことにカトリックの家政婦サラ・アン・コンロンを雇っていた。ルイスが生涯にわたり宗教的セクト主義を嫌っていたことは「単なるキリスト教」という考え方にも明らかであるが、彼の幼少時代の思い出から刺激を受けたのかもしれない。

ルイスと兄ウォレンとは初めから仲睦まじかった。そのことは互いに呼び合ったニック・ネームにも現れている。C・S・ルイスは Smallpigiebotham（SPG, 仔ぶたのお尻）、ウォーニーは Archpigiebotham（APB, 大ぶたのお尻）と互いに呼び合ったが、この親しみのこもった呼び名は幼少の頃、乳母が彼らを躾けるために「お行儀よくしないと piggybottoms（ぶたのお尻）をたたきますよ」と口ぐせのように言っていた（おそらく本気で言っていたのであろうが）ことと関係があるのだろう。二人の兄弟は父親をPudaitabird（パディタ鳥）あるいはプディタP'daitaと呼んでいた（pudaitaはジャガイモ［potato］のベルファスト訛りによる発音）。これらのニック・ネームは一九二〇年代に兄弟が再び一緒に生活するようになって、昔の親しさを回復したときに重要なものとなる。[11]

ルイス自身は家族や友人たちの間でジャック（Jack）と呼ばれていた。ウォーニーによれば弟がクライヴ（Clive）の名を拒絶したのは一九〇三年か一九〇四年の夏であったという。ルイスはある日突然、これから自分はジャクシー（Jacksie）と呼ばれたいと宣言したという。この名はそのうちに短縮されてジャックス（Jacks）となり、さらにジャック（Jack）となった。[12]この名を選んだ理由は良く分からない。ジャクシーは事故で死んだ家の飼い犬の名前からとられたと言う人もあるが、それを裏付ける文書資料はない。

## アイルランドに生まれて、アイルランドの文化になじめない

ルイスはアイルランド人であった。今のアイルランド人が忘れてしまっていることがある。もしかしたら、彼らは初めからそれを知らなかったのかもしれない。私自身が一九六〇年代に北アイルランドで成長しつつあった頃、ルイスについて語られることがあるとすれば、彼が「イギリス」の作家であると言われていたことを私は覚えている。しかしルイスは自分のルーツがアイルランドにあることを忘れたことはない。彼の生まれ故郷アイルランドの風景、音、匂いは、後のルイスに郷愁の念を呼び起こした（ただし「人々（people）」についてはほとんど何の記憶もないようである）。それらはルイスが故郷について書いたものを微妙に、しかし確実に色付けている。ルイスは一九一五年に書いた手紙でベルファストを懐かしみ、想起している。「遠くの造船所から聞こえるかすかなうなり」、大きく広がるベルファスト湾、ケイヴヒル山脈、そして多くの小渓谷、牧草地、町を遠く取り巻

く数々の丘などを想起している[13]。

しかしルイスのアイルランドには「なだらかな山並み」以上のものがある。アイルランドの文化の特徴は「お話し（storytelling）」への情熱である。それはアイルランドの神話や歴史物語に現れており、アイルランド語への愛着にも現れている。しかしルイスは彼がアイルランドに持つルーツを狂信的に崇拝することはなかった。そのルーツは彼の単なる一部であり、彼を全体的に支配する主な要素ではなかった。一九五〇年代になってもルイスは常々アイルランドを「我が故郷」と呼び、一九五八年四月にはジョイ・デイヴィッドマンとの遅すぎたハネムーン旅行の行先としてアイルランドを選んでいる。ルイスは彼の故郷の柔らかい、湿気を含んだ空気を深く吸い込んでおり、アイルランドの美しい自然を忘れることがなかった。

ダウン郡を知っている人なら誰でも、ルイスの小説にある自然描写の中にはアイルランドの風景が原型となっているものがあることに気付くであろう。『天国と地獄の離婚（*The Great Divorce*）』では天国が「エメラルド・グリーン」の大地と描写されているが、それは彼の生まれ故郷の景色を反映したものであろう。それはまさにダウン郡のレガナニーに残るドルメンや、ベルファストのケイヴヒル山脈、ジャイアンツ・コーズウェイなどがナルニア国に投影されているものと同じであろう。もちろんそこではアイルランドの風景がより柔らかくされ、より明るいものになっているのだろう。しかし原型を何らかのかたちで偲ばせている。

ルイスはアイルランドを文学的インスピレーションの源泉と呼ぶことが多い。特にアイルランドの山河が彼の想像力を刺激した。ルイスはアイルランドの政治を嫌悪し、アイルランドはなだらかな山並みと霧、湖や港湾、森などの田園風景だけからなるのだと考えていた向きがある。彼が日記に書いているところによれば、アルスターは「非常に美しいところ、現在のアルスター市民を追放して、私が選ぶ人間をそこに住まわせることができるとすれば、それ以上に私が住みたいと思うところはないだろう」と書いている[14]。（ある意味では、ナルニア国は想像され理想化されたアルスターなのではないか。そこにはアルスター市民ではなくルイスの想像が創造した人々が住んで

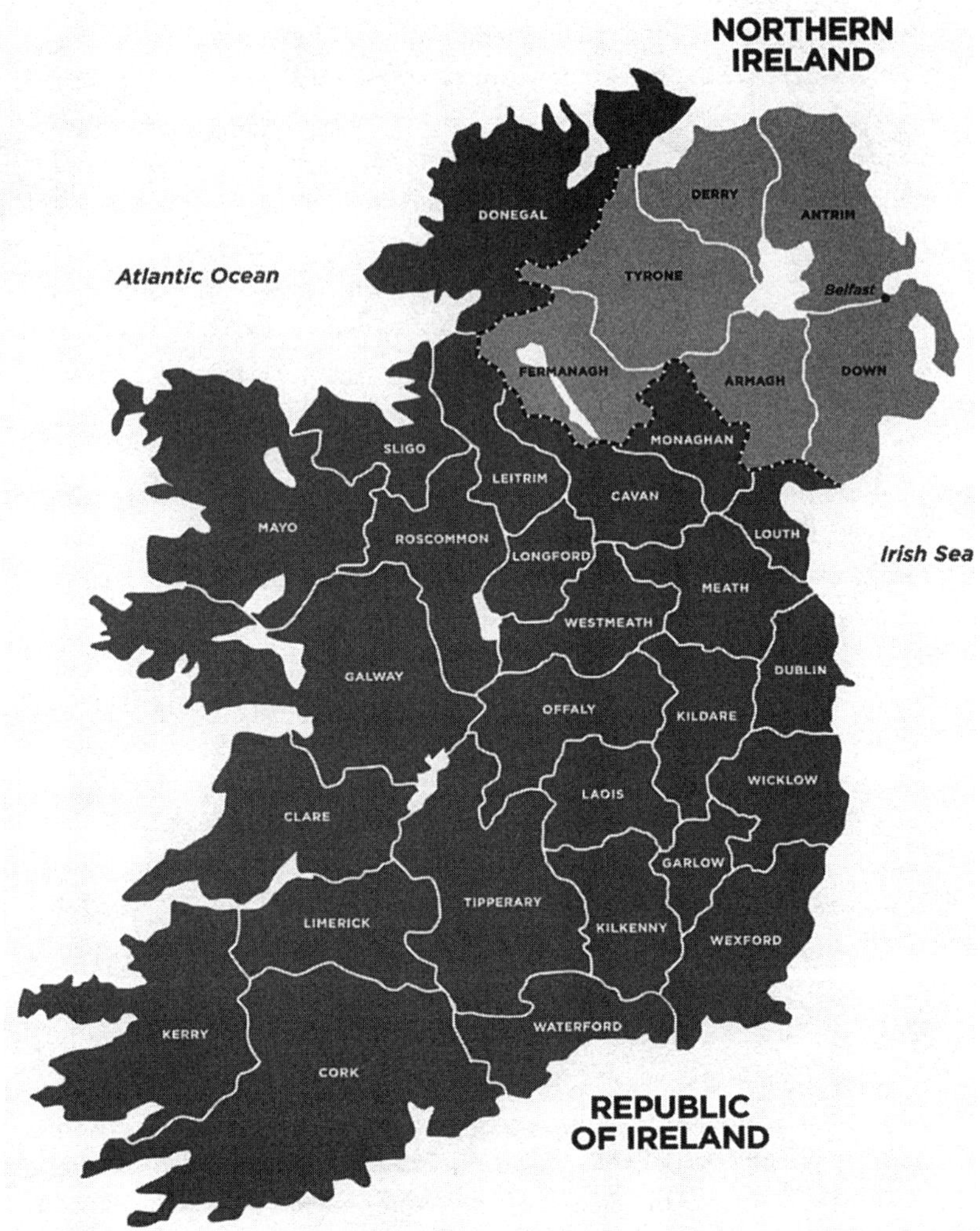


図1－2　C. S. ルイスのアイルランド

いる。）

「アルスター」というコトバにはより詳しい説明が必要である。イギリスのヨークシャー郡が三つの部分（*Ridings*、これは三分の一を意味する古いノルウェーの言葉、*thrithjunger* から派生したもの）に分割されているのと同じように、アイルランド島は初め五つの部分（*cuigi*, これは五分の一を意味するゲール語の *coiced* から派生）に分かたれていた。一〇六六年のノーマン・コンクェストの後、それはカノー、レンスター、マンスター、アルスターの四つの部分に再編成された。そしてゲール語の *cuige* に代わって province（州）が用いられるようになった。アイルランドのプロテスタント少数派は北部の州アルスターに集中している。アルスターは九つの郡からなる。アイルランドが分割されたとき、そのうちの六つの郡が北アイルランドなる新しい政治的実体となった。今日「アルスター」というコトバは「北アイルランドのプロテスタント住民」と同じ意味で用いられることが多い（常にというのではない）。しかしもともとのアルスターと呼ばれた *cuige* は、現在はアイルランド共和国に属しているキャヴァン、ダネゴール、モナハンの三つの郡をも含んでいた。

後年ルイスは休暇の時には、病気や戦争のときを除いて、ほとんど毎年アイルランドに戻った。彼は必ずアントリム、デリー、ダウン（特に彼が好んだ土地）、そしてダネゴールを訪れた。それらは古い言い方をすればすべてアルスター州にある。ルイスは毎年行う散策の基地としてダウン郡クローヒーの或る家屋を永久に借り受けようと考えたこともある[15]。（ただし彼の財政状況はそのような贅沢を許さないと判断した。）彼は散策で峻険なモーン山脈にまで足を延ばすこともあった。ルイスはイギリスで働いていたが、彼の心はアイルランドの北部のいくつかの郡、特にダウン郡に深く捕われていた。彼はアイルランドから来た学生デイヴィッド・ブリークリーに「天国とはオクスフォード大学をそのままダウン郡の真中に置いたもの」と語ったことがある[16]。

大英帝国からのアイルランドの独立を求めるアイルランド人作家たちの中に、アイルランドの政治的、文化的環境から文学的インスピレーションを得る人々がいたのに対して、ルイスは主にアイルランドの自然から文学的インスピレーションを得ていた。彼以前の多くの文学者や詩人たちもアイルランドの自然から刺激を受けたのだと言う。その中でも最も重要なのはエドマンド・スペンサーである。彼の古典的作品『妖精の女王』はエリザベス朝に書かれたもので、ルイスがオクスフォード大学およびケンブリッジ大学での講義でいつも詳しく取り上げた作品である。ルイスによれば、この古典はスペンサーがアイルランドで過ごした長い年月を鮮明に反映する作品であり、「人間が追い求めたこと、人間が重ねた彷徨、抑えることのできない欲望」を描いた作品である。そこにアイルランドの「柔らかな湿った空気、孤独、霞に包まれた山々のおぼろげなかたち」、あるいは「心を引き裂くような日没」の光景が描かれていることを見逃すことはできない。ルイスにとって（彼は自分を真正のアイルランド人と見なしている）スペンサーがイギリスで過ごした時間はスペンサーの想像力が衰えた時であった。「スペンサーの最も偉大な詩の背後にはアイルランドで過ごした長い年月があり、彼のより劣った詩の背後には彼がイギリスで過ごした短い年月がある[17]」。

　ルイスの語り口は彼の生い立ちを反映している。彼は手紙を書くときに、ゲール語から派生した英語、アイルランド語系の俗語を、訳語や説明を付けずに良く用いた。たとえば、make a poor mouth なる表現がある。これはゲール語の *an beal bocht* に基づくもので、「貧しさをかこつ」という意味である。あるいは、wisht, now はゲール語の *bi i do thost* から来るもので「黙れ」という意味である。その他の慣用句の中にはゲール語から来るものではなく、ベルファストの方言に由来するものがある。たとえば、as long as a Lurgan spade なる奇妙な言い回しがあるが、これは having a long face、「陰鬱な顔をする」を意味する[18]。ルイスが一九四〇年代に行った「放送講話」の話しぶりは当時のオクスフォード大学の典型的なアカデミア節であるが、「友」（friend）、「時間」（hour）、「再び」（again）などのコトバの発音からは彼のルーツであったベルファストの訛りが聞き取れる。

　それならばルイスはなぜアイルランドが生んだ最大の作家の一人として賞賛されないのであろうか。一四七二頁もある『アイルランド文学事典』（一九九六年）は決定版とされているが、なぜ「C・S・ルイス」という項目がないのであろうか。肝心の点は、要するにルイスが二〇世紀後半に一般に流布したアイルランド人のアイデンティティ理解の型にはまらないということ、あるいはルイス自身が自らそのアイデンティティから外れることを「選択」したということである。いくつかの点で、ステレオタイプ化されたアイルランド文学のアイデンティティを拒否すべきだと主張する勢力や影響力を、ルイスはまさに代表する人物であった。ダブリンがアイルランド自治の要求およびアイルランド文化の自己主張の中心地となっていたとすれば、ルイスの故郷ベルファストはそれらに反対する勢力の中心地であった。

アイルランドがルイスを忘れることにした理由の一つは、ルイスがアイルランド文化理解のステレオタイプにとって具合の悪いアイルランド人であったことである。ルイスは一九一七年には自らを「新アイルランド学派」に同情的な者として自覚しており、アイルランド・ナショナリズムに強いつながりを持つダブリンの出版社モーンセル・アンド・ロバーツ社に自分の書いた詩を投稿しようと考えていた[19]。この出版社はアイルランドのナショナリズム大作家パトリック・ピアス（一八七九―一九一六）の全集をその年に出版したばかりであった。ルイスはその出版社が「二流の出版社に過ぎない」ことを認めながらも、自分の詩を真剣に受け止めてくれるだろうとの希望を持っていた[20]。

しかし一年後、ルイスの目に映ったアイルランドの事態は非常に違ったものになっていた。ルイスは旧友アーサー・グリーヴズに手紙を書き、新アイルランド学派は残念ながら「知的運動の中心軌道から外れ、添え物のようなもの」にしかならないのではないかと言う。今やルイスは「思想の基幹的公道」を行くことの重要性を明確に認識した。つまり、文化的にも政治的にも狭い主張にとらわれた人々に向かって書くのではなく、読者を広く求めることが大事であると判断した。モーンセル社から出版することは、自分を「カルト」以外の何ものでもないものの仲間になることであるとルイスは宣言した。ルイスのアイルランド人としてのアイデンティティはアイルランドの自然からインスピレーションを受けているのであって、アイルランドの政治的歴史に基づくものではないし、政治史の「傍流」の一つに根差すものでもない。[21] ルイスはアイルランド文学が持つ田舎根性から脱出する道を選んだのであろう。それにもかかわらず、ルイスはアイルランド文学の最も有名で輝かしい代表者の一人である。

## 夥しい数の本に囲まれて――文学を天職として選ぶ兆し

アイルランドの自然の風景はルイスの豊かな想像力を形成した力の一つであることは間違いない。しかし若々しい想像力をより強く刺激したものがある。文学そのものである。若い頃の思い出として常にルイスの心底にあったことは夥しい数の本に埋まった家である。アルバート・ルイスは刑事弁護士として生計を立てていたが、彼のこころは文学書を読むことに向けられていた。

一九〇五年四月に、ルイス一家は新しい家、それまでのものよりはるかに大きい家「リーバラ・ハウス（Leeborough House）」に転居した。それはベルファスト市の郊外、ストランドタウンのサーキュラー・ロード（Circular Road）に建てられたばかりの家であった。この家には小さなリー（Little Lea）あるいはリーバラ（Leaboro）の愛称が与えられた。ルイス兄弟はこの大邸宅を自由に探検して廻ることができた。そして想像力に任せてその家を神秘の王国、不思議の国に仕立て上げた。兄弟は二人とも想像世界に住み、その世界について物語を書いた。ルイスは「動物の国（Animal Land）」を書き、ものを言う動物を登場させた。ウォーニーは「インド（India）」を書いた（これらは後に組み合わせられて想像の国「ボクセン（Boxen）」となる）。

ルイスが後年回顧しているように、彼がこの新しい家の中を探検して廻る度に、あちこちに本が積み重ねられ、本の包みが置かれ、本の詰まった本棚に出くわした。[22] ルイスはアイルランドに多い雨の日に、それらの本を

図1－3 「小さなリー」でのルイス一家、1905年。
後列（左から）アグネス・ルイス（叔母）、2人のメイド、フローラ・ルイス（母）。前列（左から）ウォーニー、C. S. ルイス、レナード・ルイス（従兄弟）、アイリーン・ルイス（従姉妹）、アルバート・ルイス（父、飼い犬ニーロを抱いている）

読み、文学が織り成す風景の中を自由に彷徨した。「新しい家」のあちこちに無数にまき散らされた本の中には伝奇小説や神話もあった。それらはルイスの幼い想像力の窓を開け放った。彼はダウン郡の自然の風景を文学のレンズを通して見た。それは遠い国々への入口となった。ウォレン・ルイスはその頃を回顧して、雨の多い天気とより良い何かへの憧れが彼自身の想像力、また弟の想像力に与えた刺激について書いている。[23] 彼の弟の想像力は、雨に煙り、灰色の雲の下に見える遠い山々、「登りつくことのできない山々を見つめる」ことによって彷徨の夢へと駆り立てられたのではないかという。

アイルランドは雨や霧の日が多く、まさにそのゆえに「エメラルドの島」である。土は湿気を含み、青々とした草を繁らせる。ルイスが雨に降り込められたときの感覚を後に四人の子どもたちに投影している。年老いた教授の家に閉じ込められ、「絶え間なく降る雨、あまりに激しく降る雨のために、窓の外を眺めても山を見ることも森を見ることも、庭を流れる小川を見ることもできない[24]」、それに家の外に探検に行くこともできずにいる様子を描いたのも自然の成り行きであった。『ライオンと魔女（*The Lion, the Witch and the Wardrobe*）』の教授の家のモデルとなったのは「小さなリー」であろうか。

幼いルイスは遠くに横たわるカスルレー山脈を「小さなリー」から見ることができた。その山々はルイスに何か非常に厳しいことを語りかけているように見えた。それはあまりに遠く、幼いルイスにはどうしても辿り着けないかなたにあった。その山々はルイスにとって不可能なことの象徴となった。それは敷居のようなものであり、その向こうに新しい考え方、生き方、より深く、より満足すべき生き方が広がる国があるように思えた。ルイスはその山々を望み見て、強い憧れの感情、言葉で言い表せない感情が自分のうちに湧き上がってくると感じた。彼は自分が「何」に憧れているのか正確に言い表すことはできなかった。ただ自分のうちが空虚であること、そして遠くに見える神秘的な山々は空虚感を増幅するだけで、空虚を充たしてくれるとは感じられないことだけが分かっていた。『天路退行』（一九三三年）ではこの山脈はこころの知らない欲望の象徴として再登場する。しかし、もしルイスが何かすばらしいこと、魅惑的な世界の境界にある敷居の前に立っていたとしたら、彼はどのようにしてその神秘的な国に入っていくことができたであろうか。ルイスが人生のより深い問題について考え始めたときに、扉のイメージがだんだんと重要になって行ったことは、おそらく驚くべきことではないであろう。

カスルレーの低い山並み、緑の山並みは実際には非常に近くにあったけれども、ルイスにとっては非常に遠いもの、到達することができないものの象徴となった。それらの山々は幼いルイスにとって遠くにある欲望の対象であり、彼自身の世界の最果ての地、「妖精の国の角ぶえ」の調べがささやくように聴こえるところであった。「その山々は私に憧れ――『ゼーンズーフト（*Sehnsucht*）』を教えてくれた。良かれ悪しかれ、私は六歳にならないうちに青い花に仕える者になった[25]」。

ルイスのこの言葉について少し考えなければならない。ルイスは「ゼーンズーフト（*Sehnsucht*）」というコトバで何を言おうとしているのか。このドイツ語の単語は感情と想像の両面で広い連想を伴っている。詩人マシュー・アーノルドはこれを「もの欲しそうで優しい憧れ、悲しげな憧れ」であると言う。また「青い花」とは何のことであろうか。ドイツ浪漫派の代表的詩人ノヴァーリス（一七七二―一八〇一）およびヨーゼフ・フォン・アイヒェンドルフ（一七七八―一八五七）は「青い花」を人間の魂の彷徨と憧れの象徴として用いた。特にその場合、その憧れが自然の世界によって呼び起こされる場合、それも充たされることのないものである場合に用いられた。

そうだとすると、ルイスは幼い頃に既に自分の世界の限界がどこにあるのかを摸索し、問うていたことになる。地平線の向こうには何があるのか。ルイスは憧れが自分の幼いこころに突きつけるこれらの問いに答えることができなかった。それらの憧れは何に向かっているのか。扉はあるのだろうか。もしあるならば、どこでそれを発見することができるのだろうか。そしてその扉を開けるとどこに続いているのだろうか。これらの問に答えを見つけることに二五年の月日を費やさねばならなかった。

## 孤独――ウォーニー、イングランドに旅立つ

われわれが一九〇五年前後のルイスについて知っていることのすべては、彼が孤独で内向的な子どもで、友だちもほとんどおらず、独りで本を読むことのうちに楽しみと満足を得ていたということである。なぜ孤独であったのか。アルバート・ルイスは家族のために新しい家を確保した後、自分の息子たちの将来を夢見ることに関心を向け始めた。アルバート・ルイスはベルファストのプロテスタント教界の重鎮の一人であったけれども、彼の

息子たちをイギリスの寄宿学校に送ることが彼らのために最も有利なことであると考えた。アルバートの兄ウィリアムも既に自分の息子をイギリスの学校に入れていた。それが息子の社会的栄達のための当然のルートであると考えていた。アルバートもそれに倣い、どの学校が彼の必要を最もよく充たすのかを知ろうとして専門家に相談をした。

ロンドンの教育相談所ガビタス・アンド・スリング社（Gabbitas and Thring）は一八七三年に創立された。業務は一流の学校に最適の校長を送り、自分の子どもたちに最善の教育を与えたいと願う両親たちに対する案内をすることであった。校長を求める学校にこの会社が推薦した人物の中には将来スターになる人々がいた。今日では彼らが学校の校長であったことはほとんど忘れられているが、例えばW・H・オーデン、ジョン・ベーチェマン、エドワード・エルガー、イーヴリン・ウォー、H・G・ウェルズなどがいる。この会社が創立五〇周年を迎えた一九二三年までに、この会社が斡旋した教師の数は一二万人、そして五万組の両親が自分たちの子どもたちにとって最善の学校を見つけるための相談にあずかっていた。その中にはアルバート・ルイスもいた。彼は長男ウォレンをどの学校に入れるかについて相談した。

推薦状は間もなく届いた。しかし内容は全くひどいものであった。一九〇五年五月、アルバートのような地位にある人物ならば誰でも追及すると思われることは一切問わずに、アルバート・ルイスは九歳のウォレンをロンドンの北方、ワトフォード市にあるウィニャード校に送り出した。それはルイスの父が息子たちに対して犯した多くの間違いの最初のものであった。

ジャックス（その頃、ルイスが自ら選んだ名前）と兄ウォーニーが「小さなリー」に一緒に暮らしたのは一か月に過ぎない。彼らが安息所とした部屋はだだっ広い家の最上階にある「端っこの小さな部屋」であった。彼らは別れ別れになった。C・S・ルイスは自宅に残り、母と家庭教師アニー・ハーパーから教育を受けた。しかし彼の最上の教師はますます増えつつある書物であった。彼はどれ一つとして、読むことを禁止されなかった。

孤独なルイスは二年間にわたり広壮な家のギシギシと音をたてる長い廊下や広々とした屋根裏部屋を歩き回り、膨大な数の書物を友とした。ルイスの内面世界が形成され始めた。同年齢の他の少年たちがベルファストの道路や野原でゲームに興じているときに、ルイスは自分だけの私的世界を築き、そこに住み、探検して廻っていた。彼は一匹狼になることを強制された。それが彼の想像中心の人生に突き進む誘因となったことは間違いない。ウォーニーがいないので、ルイスは夢や憧れを共有することができる親しい仲間を持つことができなかった。夏休みや冬休みはルイスにとって最高に重要なものになった。その期間、ウォーニーが帰宅していたからである。

## 喜びとの最初の出会い

この頃のある時、既に豊かな想像で築かれていたルイスの日常生活にさらに新しい展開が始まった。ルイスは後になって、自分の人生における主な関心事の一つを生み出したと思われるものとして、早い頃の三つの経験を挙げている。第一の経験は「小さなリー」の庭でのもので、「花盛りのフサスグリの叢《くさむら》」から漂ってくる芳香を嗅いだことである。その香りはルイスが「前の家」（ダンデラ邸）に住んでいた頃のことを思い出させた。ダンデラ邸はアルバート・ルイスの親族の持ち家で、アルバートが借りていたものだった(26)。ルイスは、はかなくも快い欲望の感覚を経験したと語る。自分に何が起こっているのかをルイスが理解する前にその経験は消えてしまった。そして彼は「刹那に消え去ってしまった憧れを憧れる」状態に置かれた。ルイスにはそれがとてつもなく重大なことだと思われた。「それに比べれば、以前に自分に起こったことはどれも取るに足りないものであると思われた」。しかし、その経験の意味は何だったのだろうか。

第二の経験はビアトリクス・ポターの『りすのナトキンのおはなし』（一九〇三年）を読んでいるときに感じた

ことである。ルイスはその頃までに出版されたポターのほとんどの本を愛読していたが、この本を読みながら、自分でもはっきりとさせたいと思っていたことに対する強烈な憧れを感じた。それは「秋の思い」である。[27]そこでもルイスは以前から感じていたのと同じ「強い欲望」の感覚に酔わされた。

第三の経験はヘンリー・ワヅワース・ロングフェローの詩を読んでいるときに起こった。その詩はスウェーデンの詩人エサイアス・テグネル（一七八二―一八四六）のスタイルを借りて書いたものであった。[28]

私は一つの叫び声を聴いた。
「美しき神ボールダーは死んだ
死んで去って行ってしまった……」

ルイスにとってこれらの言葉からくる衝撃は強い破壊力を持った。その衝撃により、ルイスの知らなかった扉がこじ開けられたと感じた。ルイスはそんな扉があることさえ知らなかったが、それが開けられて、ルイスは自分の知らない新しい王国を見ることが許されたように思った。彼はその王国に歩み入り、そこを自分の国にしたいと切望した。しばらくの間、それ以外のことは重要性を失ったように思えた。「私はボールダーについては何も知らなかった。しかしそれを読んだ瞬間に私は果てしなく広く大きい北方の空のかなたに引き上げられたと感じた。そして私は言葉には決して言い表せない何か（冷たい、空漠たる、厳しい、青ざめた、疎遠な、などの言葉を用いなければならない何か）に対する強烈な憧れを感じ、そのためにこころも潰れる思いになった」[29]。ただし、ルイスが自分の経験していることを知覚する前にその経験は消え去ってしまった。彼は再びその経験の流れの中に飛び込みたいと思った。

ルイスはこれら三つの経験を思い返し、それらは同じことの別の局面、あるいは別の表出であることを理解した。つまり「それは充たされない欲望である。それはいかなる満足にも増して、はるかに好ましいものである。私はそれを喜び（Joy）と呼ぶ(30)」。その「喜び（Joy）」を追い求めることがルイスの人生と文筆活動の中心主題となる。

では、ルイスの成長にとってそれほどに重要な意味を持った三つの経験、特に彼の「内面的生」を形成する上で重要であった経験を、われわれはどのように解釈すれば良いのであろうか。われわれはハーヴァード大学の心理学教授であったウィリアム・ジェイムズ（一八四二―一九一〇）の『宗教的経験の諸相』（一九〇二年）を手がかりにすることができるのではないだろうか。ジェイムズは非常に多くの宗教思想家の人生の中心に横たわる複雑かつ強力な経験を理解しようとした。彼は出版された書物や思想家自身の証言などをあまねく渉猟し、宗教経験が持つ四つの特徴を突き止めた(31)。宗教経験の第一の特徴が「言いようのない」ことだとされる。それは表現しようのないこと、言葉によっては充分に描写できないことである。

ジェイムズが挙げる第二の特徴は、それを経験した人が「推論を行う知性によっては到達できない心理の深みに対する洞察」を達成することである。言い換えれば、それらの経験は「照明、啓示であり、意義と重要性に満ちたもの」として経験される。それらは「内的権威と照明を得たという深甚なる感覚」を惹き起こし、それらを経験する人々の悟性が変革され、しばしば「真理の新しい深みの啓示に接している」という深い感覚を呼び起こす。これらの事柄は明らかにルイスが幼少の頃に言い表そうとした「喜び」の底流をなしている。たとえば「私に起こった他のすべてのことは、それらと比べると何の意味も持たない」という言い方にそれが伺える。

ジェイムズが第三に強調することは、これらの経験が刹那的であることである。それらは「長く持続させることができない」。普通それは数秒から数分しか続かず、それを正確に記憶に止めることもできない。しかし同じ経験が戻ってきたときにはそれと知ることができる。「経験が消え去った後には、その特性は不完全にしか記憶に呼び戻されない」。ジェイムズによる宗教経験の以上の類型はルイスが書いた散文に明らかに現れている。

ジェイムズは第四の特徴として、そのような経験を味わう人が「優れた力によって強く捉えられ、抱かれている」ように感じることを挙げる。そのような経験は自分から積極的に求めても得られるものではない。人はそのような経験を圧倒的に強い力を持つ他者から受ける。

ルイスは「喜び」の経験を雄弁に物語るが、それはジェイムズの説明と符合する。ルイスの経験は深い意味を持つものとして知覚され、別の世界への扉を大きく開いたとされる。しかしその扉は次の瞬間には閉ざされ、何が起こったのかを考えて興奮する状態のうちに、そしてそれを取り戻そうとして焦る思いのうちに取り残される。それらはつかの間にして去る刹那の幻のようなものである。物事が突然に鋭く明確に焦点が絞られて現れるが、すぐさま光は消え幻も後退して行き、記憶と憧れだけが残る。

ルイスはそれらの経験の後、喪失感のうちに取り残された。むしろ裏切られたという感覚のうちに残されたと言うべきかもしれない。それらは彼を苛立たせ、途方に暮れさせる経験ではあったが、目に見える世界は単に垂れ幕であって、その向こうに隠された広大な世界、まだ海図に載っていない神秘的な大洋や島々があることを、ルイスに暗示していた。そのような着想は、一度こころに植え付けられると、決して想像力や感情的能力に対する魅惑を失うことはない。ただし、以下に見るように、ルイスはその着想は錯覚であると考えるようになる。それは幼年時代の夢に過ぎず、成人の理性が育ってくるに従い、哀れな妄想であることが暴露されるものだと考えた。超越的な領域あるいは神の領域とは「美しく語られた嘘」ではないのか。いずれにせよ嘘に違いないと考えた(32)。

## フローラ・ルイスの死

一九〇一年にヴィクトリア女王が薨《こう》じてエドワード七世が跡を継ぎ、一九一〇年まで王位にあった。今日エドワード王時代は長い夏の午後、優雅なガーデン・パーティの時として記憶されている。ただしそのイメージは一九一四年から一九一八年にかけて戦われた第一次世界大戦によって粉砕された。エドワード王時代についてのこの空想的、ロマンチックなイメージは戦後一九二〇年代に発生した郷愁によるところが大きいが、当時の人々の多くがその時代を安定した憂いのない時代と考えたことは確かである。しかし憂慮すべき動きが押し寄せてきていること、特にドイツの軍事的、産業的な発展やアメリカ合衆国の経済力の強化など、大英帝国の利益に対する深刻な脅威となる動きが胎動しつつあることを、ある人々は感じ取っていた。しかし大英帝国の将来は安定していて強固であり、その貿易航路は歴史上世界最強の海軍により保護されているとする観測が支配的であった。

幼年時代のルイスにも安定した時代という感覚は明らかである。ルイスはウォーニー宛の一九〇七年五月の手紙に、一家はその夏の休暇の一部をフランスで過ごすことになりそうだと書いている。ルイス家は夏の休暇をいつもアイルランド北部のカスルロックあるいはポートラッシュで六週間過ごすことにしていたから、外国で休暇を過ごすということは重要な新機軸であった。彼らの父は法廷活動で忙しかったから、いつでも休暇期間中を通して家族と一緒にいるわけではなかった。案の定、フランスでの休暇に父は加わらなかった。

いずれにしても、ルイスは兄や母と共にくつろいだ休暇、穏やかな休暇を楽しんだ。フローラは一九〇七年八月二〇日に二人の息子を連れてノルマンディのディエプ（Dieppe）のすぐ近くの小さな村、ベルナヴァル・ル・グラン（Bernaval-le-Grand）にある家族向け滞在型ホテル、「ペンション小渓谷」に投宿し、九月一八日まで逗留した。一九〇〇年代初期の絵はがきから、フローラがなぜこのホテルを選んだかが知られる。絵はがきには、建物の前で幸せそうにくつろぐエドワード時代風の家族が並び、上部には「英語が通じます」との心強い言葉が非常に目立つように書かれている。ルイスはそこでフランス語を覚えようと思ったが、宿泊客がすべてイギリス人であることが分かり、夢は砕かれた。

**図1－4　フランス・セーヌマリティム県ベルナヴァル・ル・グランの「ペンション小渓谷（Pension le Petit Vallon）」。1905年頃の絵はがき**

それはエドワード時代後期ののどかな夏、来るべき戦争の惨事については何の兆候もない夏になるはずであった。ルイスは「大戦争」（第一次世界大戦）に出征してフランスで傷を負い、ベルナヴァル・ル・グランの東、一八マイル（二九キロメートル）のところで入院し、失われた黄金の日々、恵まれた日々を思い起こして悲しんでいる[33]。そのような戦争が政治的に可能であろうとは、またあのような破壊がなされるとは、誰も予想しなかった。ルイス一家にとってこの休暇が家族共どもに楽しむ最後の休暇になろうとは誰も思わなかったことと同じである。一年後にフローラは亡くなった。

一九〇八年の初め、フローラが床に就き、病は非常に重篤であることが明らかになった。彼女の内臓にガンが生じていた。アルバートの父リチャードはそれまでの数か月「小さなリー」に住んでいたが、アルバートは彼に他所に転居してほしいと言った。フローラを看護する看護師たちが滞在する部屋が必要になったためである。リチャードにとってそれは耐えられないことだった。リチャードは三月末に脳卒中で倒れ、翌月亡くなった。

フローラの病が不治のものであることが明らかになっ

図1－5　1908年8月、ルイス、ウォーニー、それぞれの自転車、イーウォート家のグレンマカン・ハウスの前で

て、ウォーニーがイングランドの学校から呼び戻された。母の最後の日々を共に過ごすためであった。母の病は二人の兄弟の絆を一層強いものとした。その頃に撮られた写真の中でも最も哀れを誘うものの一枚は、ウォーニーとルイスとがそれぞれの自転車と共に並んでいる写真である。その写真は一九〇八年八月の初めに「小さなリー」に近いグレンマカン・ハウスの前で撮られた。ルイスの世界は根本的に、そして取り返しようがない形で変わりつつあった。

フローラは自宅のベッドで一九〇八年八月二三日に亡くなった。それはアルバート・ルイスの四五回目の誕生日であった。彼女の寝室に掛けてあったカレンダーのその日の頁には、シェイクスピアの『リア王』にある言葉、「人々はこの世を去る瞬間まで辛抱して生き長らえなければならぬ」という、何やら死を思わせる言葉が印刷されてあった。後にウォーニーが発見したところによれば、アルバートが死ぬまで、このカレンダーはめくられることがなかった。[34]

ルイスは当時のしきたりに従い、棺に横たわる母親の遺体と対面しなければならなかった。母親の遺体は病み崩れていた。ルイスにとってそれは衝撃的な経験だった。「母の死によって確固たる幸せ、静謐さや確かさなどはすべて私の人生から失われた[35]」。

『魔術師のおい（*The Magician's Nephew*）』に、死の床にあるディゴリー・カークの母の姿が愛情を込めて描かれている。それにはフローラについての忘れられない思い出が転写されているように見える。「母は彼がそれまでもいつも見てきたように、弱々しく青ざめた顔で、大きな枕に支えられて横たわっていた。それを見ては誰でも涙をこらえることができないだろう[36]」。このくだりが母の死によりルイスが受けた苦痛、特に棺に横たわる彼女のやせ衰えた体を見たときの苦痛を思い出させるものであることは間違いない。ディゴリーの母はナルニア国の魔法のリンゴを食べて死の病から回復するが、ルイスは想像上の薬用香油により自分のこころの傷を癒しているように見える。彼に対して実際に起こったことから受けた苦痛を、想像の世界で起こったことにより緩和しようとしているように見える。

ルイスは母の死により苦痛を受けたことは明らかであるが、この暗い時期についての彼の思い出は彼の家族に関するより広い問題に焦点が当たっている。アルバート・ルイスは妻の病を受容しようと努力するあまり、彼の息子たちが抱える深刻な問題に配慮しようとする関心を失っていたようである。C・S・ルイスはこの時期を家庭生活の終わりを告知する時期として描いている。その時期に彼らの間に疎外感の種が蒔かれたのだという。アルバート・ルイスは妻を失い、さらには息子たちをも失おうとしていた[37]。フローラが亡くなって二週間後にアルバートの兄ジョウゼフが亡くなった。ルイス一家は危機に瀕しているように見えた。父と二人の息子たちはそれぞれ自分のことしか考えていなかった。「もう大海と小さな島々しかなかった。大陸はアトランティスのように沈没してしまった[38]」。

この時期は、アルバートにとっては父性愛を回復する時、子どもたちにとっては父親に対する愛情を再建する時にすることができたはずである。それらしきことは何も起こらなかった。アルバートがこの重大な時に父親としての正しい判断ができなくなっていたことは、幼くして危機を迎えた二人の息子たちの将来のためとしてアルバートがしたことのうちに明確に現れている。C・S・ルイスは母の死という衝撃的な事件を経験してわずか二週間後、ウォーニーと共にベルファスト港でフリートウッドのランカシャー港行き夜行客船に乗ろうとしていた。感情音痴であった父は感情を無視された息子たちに感情抜きの別れを告げた。幼いルイスに安心感とアイデンティティを与えていたものすべてが、彼の周囲から消え去っていくように思われた。ルイスはアイルランドから、彼の故郷から、そして彼の多くの本から引き離され、見知らぬ所へ送り出され、見知らぬ人々の間に住むことになる。ただウォーニーだけが一緒であり、唯一の話し相手になることになった。彼はウィニャード校（『喜びのおとずれ』では「ベルゼン」と呼ばれている）に送り出されるところであった。

# 第二章　醜い国イギリス
## ――就学時代　一九〇八―一九一七年（一〇―一九歳）

一九六二年にニューヨークの少女フランシーン・スミスラインがルイスに手紙を書き、『ナルニア国歴史物語』を読んで面白かったと言い、ルイスの学校時代のことについて教えてほしいと頼んだ。ルイスは返事を書き、彼が三つの寄宿学校で学び、「そのうちの二つはヒドイ学校だった」と言っている。[1] ルイスは続けて、彼が「第一次世界大戦中に体験した塹壕のことも含めて、この二つの学校ほどに彼が憎んだものはない」と書く。『喜びのおとずれ』をどれほどおざなりに読む人であっても、ルイスが学んだ二つのイギリスの学校に対する憎しみの激しさと、それらが「大戦争」のときに死と隣り合わせの体験をした塹壕よりもヒドイところであるという感想とが嘘でないことに納得させられるであろう。

一九五〇年代末にルイスと兄ウォーニーとの間に行き違いが起こるが、その主な原因の一つは『喜びのおとずれ』においてモールヴァン校における自分の経験をルイスが非常に不正確にしか書いていないとウォーニーが感じたことである。ジョージ・セイヤー（一九一四―二〇〇五）はルイスの親しい友人で、最も啓発的なルイス伝の一つを書いた人物であるが、ルイスは後年彼に対して、モールヴァン校について書いたことは「嘘」であることを認めたという。それは当時ルイスが自分のアイデンティティについて抱いていた二つの考え方の間の複雑な関係を反映するものであったという[2]。セイヤーの回想は『喜びのおとずれ』を読む人々に、ルイスが自分の過去を描いたとき、どこまで正確に描いたのか、またどのような動機に基づいて書いたのかという二つの問題について、疑念を生じさせる。

イギリスにおける学校生活についてのルイスの判断は、イギリスの第一印象があまりにも否定的であったために、それが学校生活の経験について書くときにも尾を引いていたのではないであろうか。ルイスは後に「イギリスに対して憎しみを抱き、それを和らげるのに長い年月がかかった」と書いている[3]。イギリスの学校に対する強い嫌悪感は当時のイギリスそのものの文化一般に対する、より深い文化的嫌悪を反映していると思われる。その嫌悪は彼の手紙からもはっきりと読み取れる。例えば一九一四年六月に、ルイスは「この暑苦しい醜いイギリスにはめ込まれた」ことについて不満を洩らしている。イギリスにいるよりも、涼しくて草が青々と生い茂るダウン郡の野原を歩き回るほうがはるかに良いのだという[4]。

しかし明らかにより深い何か、より本能的な何かがある。ルイスはエドワード時代のパブリック・スクールの雰囲気に全くなじめなかった。他の人々が、時には不愉快であると感じながらも現実世界での厳しい生活の訓練として必要であると感じたことも、ルイスは「強制収容所」のものであると決め付け、悪く言った。ルイスを立派な社会人に仕立て上げることができると父が考えたことが、むしろルイスのこころを潰しそうになっていた。

母が死んだ後、ルイスが学んだイギリスの学校を列挙すれば次のようになる。

ウィニャード校（「ベルゼン」）、ワトフォード。一九〇八年九月―一九一〇年六月
キャンベル校、ベルファスト。一九一〇年九月―一二月
シェアボーグ校（「シャルトル」）、モールヴァン。一九一一年一月―一九一三年六月
モールヴァン校（「ウィヴァーン」）。一九一三年九月―一九一四年三月

グレート・ブカムにおける個人指導。一九一四年九月—一九一七年六月

ルイスが嫌った三校の名は偽名にされているものであろう。それらはウィニャード校、シェアボーグ校、モールヴァン校の三校である。後に論ずるが、グレート・ブカム時代の思い出ははるかに肯定的である。彼のこころの形成にとっても、この時代が良い影響を与えてくれたとルイスは考えている。

## ワトフォード市　ウィニャード校——一九〇八—一九一〇年

イギリスにおけるルイスの最初の学校経験はウィニャード校でのものである。それはワトフォードのラングリー・ロードにあり、黄色のレンガ造りの殺伐たる建物二棟を校舎に改造した学校であった。これは私立の小さな寄宿学校で、一八八一年にロバート（・オールディ）・キャプロンによって創立された。創立当初はちょっとした評判をとったらしい。しかしルイスが入学した頃には評判は落ちており、寄宿生は八人か九人しかおらず、ほぼ同じ数の「通学生」がいるだけであった。ルイスの兄は既に二年間在学しており、冷酷な訓練に比較的容易に適合していた。ルイスは「小さなリー」の柔らかな繭のような家庭の外の世界を知らなかったので、キャプロンの冷厳さに衝撃を受け、後年その学校をナチスの悪名高い強制収容所「ベルゼン」の名で呼んでいた。

ルイスは初めのうちは何とかなるだろうと思っていたが、急速にウィニャード校を憎むようになった。そしてその学校に在学することは時間の全くの無駄であると考えるようになった。ウォーニーは一九〇九年の夏にウィニャード校からモールヴァン校に進んだ。ルイスはますます衰退に向かいつつあったウィニャード校に一人残され、苦闘しなければならなかった。ルイスによれば、ウィニャード校の教育は「強制的に食べさせる」ようなや

り方で、「乱雑な年代、諸々の戦争、輸出品とその額、輸入品とその額などを暗記させるもの、それらは覚えた途端に忘れられるもの、全く何の役にも立たないものであった[5]」。ウォーニーもルイスの意見に賛成した。「私はウィニャードで授けられた教えを何も想い出すことができない[6]」。そこには図書室もなく、ルイスは自分の人生の別の面、想像力の面を養うことができなかった。一九一〇年夏にキャプロンは医師により精神異常であると診断され、ウィニャード校は廃校となった。

アルバート・ルイスはルイスの教育について考え直さなければならないことになった。ウォーニーはモールヴァン校で学習を続けていたが、ルイスはキャンベル校に送られた。これはベルファスト市の寄宿学校で、「小さなリー」からはわずか一マイルしか離れていなかった。後年ルイスが述べているように、この学校は「アルスターの少年たちにアイリッシュ海を渡らずにイギリスのパブリック・スクールで学ぶ利益をすべて与える」ために設立された[7]。アルバートが卒業までルイスをこの学校に入れておこうと考えたのかどうかは分からない。ルイスはしばらくしてキャンベル校で重い呼吸器疾患にかかり、アルバートはやむなくルイスを退学させた。キャンベル校に学ぶ時間はルイスにとってそれほど不幸な時ではなかった。むしろルイスはそのまま在学したいと願っていたらしい。しかし彼の父は別の計画を練っていた。残念ながら、それはあまり良い計画とは言えなかった。

## モールヴァン市　シェアボーグ校――一九一一―一九一三年

再びガビタス・アンド・スリング社に相談が持ちかけられ、ルイスはシェアボーグ校（『喜びのおとずれ』では「シャルトル」）に送られた。これはイギリスのグレート・モールヴァン市にあるヴィクトリア朝風の保養地にあった[8]。モールヴァンには鉱泉があり、それを利用して一九世紀に湯治療法を行う保養地として有名になった。しかし一九世紀の末になると湯治客は減り、かつてのホテルや別荘などは小さな寄宿学校になった。シェアボーグ校もその一つである。シェアボーグ校は小規模のプレップ・スクール（パブリック・スクールの予備校）で、ルイスが在学した頃は八歳から一二歳までの生徒約二〇名が学んでいた。隣にはモールヴァン校があり、ウォーニーがそこで学校生活を楽しんでいた。二人の兄弟は再び顔を合せることができるようになった。

ルイスがシェアボーグ校で成し遂げた最も重要なことはモールヴァン校の奨学金を獲得したことである。ルイスの回想によれば、シェアボーグ校在学中に彼の内面的生はかなりの成長を遂げた。しかしそれはシェアボーグ校がその原因あるいは刺激になったと言うより、学校そのものは背景であるに過ぎなかった。そこで起こった最も重要なことは、ルイスが「北方性（Northerness）」と呼ぶことを発見したことである。それはルイスがシェアボーグ校に入学して「かなり早い頃」に起こった。ルイスはこの発見を根底からの変革、輝かしい変革をもたらすものと考えた。それは沈黙の氷原、不毛なる北極の氷原が「青草とサクラソウの生い茂る野原、花爛漫の果樹園、耳を聾するほどの鳥の声、豊かに流れる水により活気の漲る風景」に変わることに譬えられる。(9)

こうした事情に関するルイスの記憶は彼の想像世界に関しては正確であろうが、年代的には非常にあいまいである。「私はその瞬間を明確に覚えている。その瞬間以上に明確に覚えていることは他にはほとんどない。しかし私はそれがいつのことだったか想い出せない」(10)。刺激を与えたのは一冊の「文学雑誌」で、誰かが教室に置き忘れて行ったものである。この雑誌についてルイスが語っていることから、それは「ブックマン」の一九一一年一二月発行のクリスマス特集号であったことが分かる。この雑誌には色刷りの頁があり、そこにはリヒャルト・ワーグナーのオペラ「ジークフリート」と「神々のたそがれ」の台本をマーガレット・アーマーが英訳したものと、アーサー・ラカムによる三〇点の挿絵から、何点かが転載されていた。(11)

ラカムの挿絵は感興溢れるもので、ルイスは想像力を強く刺激され、欲望の経験に圧倒された。彼は純粋な「北方性」、「北方の夏、大西洋の上空にいつまでも消え去らぬ黄昏、果てしなく広がる透明の空間の幻影」に飲み込まれた[12]。ルイスはもう永久に失われたと思っていた何かを再び経験することができたので非常に興奮した。それは「希望的観測の実現や空想」ではなく[13]、別の世界の入口に立っているという想い、そして自分の内面を注視するという想いである。ルイスはこの驚嘆の感覚をいくらかでも取り戻すことができるとの希望に燃えて、ワーグナーへの熱情を深めて行き、お小遣いをワーグナーのオペラのレコードを買うことにつぎ込んだ。雑誌にはラカムの挿絵の一部分しか転載されていなかったので、もとの書を買い求めることまでした。

モールヴァン校時代のルイスの手紙は彼自身について半分は本心を語っているが、半分は隠しているように見える。しかしそれらはルイスの生涯にわたって繰り返し現れるいくつかのテーマを暗示している。その一つはルイスが異郷の地に追放されたアイルランド人であるという感覚である。ルイスは楽園を失うことを自ら求めたのではない。彼はエデンの園を追われた。ルイスはイギリスに住んでいたかもしれない。しかし彼は自分がイギリス人だとは思わなかった。シェアボーグ校時代の最後の頃になっても、自分が「豊かな文学感情を持つ民、自分の言葉に精通した民の中に生まれた」という思いを強めていた[14]。一九三〇年代にルイスは生まれ故郷アイルランドの自然地理学を学び、自分の文学的想像力に対する刺激をそこに見出している。また他の人々、たとえば詩人エドマンド・スペンサーもアイルランドの自然から刺激を受けていたことを理解するようになる。こうした知的成長の種は一九一三年に家族たちに送った手紙に見られる。

このような知的成長（ルイスはそれがシェアボーグ校在学中に起こったと言う）がもたらした重大なことは、彼のうちにそれまで残っていたキリスト教信仰の片鱗をすべて失ったことである。ルイスは『喜びのおとずれ』で信仰を決定的に失った過程を描いているが、その記述は後になって信仰が再び重要なものとなることから考えると、読者を納得させるには充分ではない。彼は自分の「徐々に起こった背教」がいつ起こったのか「正確な年代」を覚えていないというが、背教に向かわせたいくつもの要因を挙げている。

その中で最も重要なものは、彼が後に書いたものの中にいつまでも現れることに照らしてみれば、ウェルギリウスを初めとする古典を読んだことから生じたものである。ルイスは、それら古典作家たちの宗教観念が学者たちによっても、シェアボーグ校の教師たちによっても「全くの謬想」に過ぎないとされていることをこころに刻んだ。それならば、今日の宗教観念はどうなのか。それらは「現代の」謬想、古代の謬想の現代版に過ぎないのではないのだろうか。ルイスは、宗教とは「全くの嘘」ではあるけれども自然に発生したもの、「誰でもはまり込みやすい人間特有のたわごと」と考えるようになった。(15) キリスト教も自家宗旨こそ唯一の真理であると主張する数千の宗教の一つに過ぎない。数ある宗教の中のどれが正しく、どれが間違っているのだと信じなければならない理由はあるのか。

ルイスは一九一三年春以前にシェアボーグ校からどこに行きたいのかを決めていた。ルイスが一九一三年六月に父に書いた手紙には、彼がシェアボーグ校で過ごした時間は、初めは「暴挙」のようなものと感じていたが、「成功」であったと宣言されている。(16) ルイスはグレート・モールヴァンという町が好きであること、そしてcollege（The Coll）に進みたいと言う。つまりモールヴァン校（Malvern College）に行きたいということである。そこに行けば兄ウォーニーと一緒になれる。ウォーニーは五月末に軍人になりたいという希望を表明していた。そして一九一三年の秋をモールヴァン校で過ごし、サンドハーストの王立陸軍士官学校の入学試験を受ける準備をすることにしていた。

しかし事柄は彼の思う通りには進まなかった。六月にルイスはモールヴァン校の奨学金を獲得し、九月からそちらに移ることになった。ただその頃ルイスは健康を損ない、シェアボーグ校の病室で試験を受けなければならなかった。またウォーニーは既にモールヴァン校にいなかった。彼は校内でタバコを吸っているところを見つかり、校長から退学するよう申し渡された。（ルイス兄弟は二人ともこの時期に喫煙の習慣を身に付け、それは生涯続いた。）アルバート・ルイスはウォーニーがモールヴァン校の教師たちの助けを借りずにサンドハースト受験の準備をする場所を見つけなければならないことになった。彼は問題を解決した。それは素晴らしい解決であり、一年後には弟にとっても重要かつ建設的な意味を持つことになる解決であった。

　アルバート・ルイスは一八七七年から一八七九年まで、アイルランドのアーマー郡にあるラーガン校の生徒であった。彼は当時の校長ウィリアム・トンプスン・カークパトリック（一八四八―一九二一）を深く尊敬していた。[17] カークパトリックは一八七六年にラーガン校に着任した。その頃、生徒は一六人しかいなかった。一〇年後にラーガン校は、アイルランドで一流の学校の一つと認められた。カークパトリックは一八九九年に退職し、妻と共にチェシャーのノーザンデンにあるシャーストン・ハウスに移り住んだ。それは彼らの息子ジョージの家の近くであった。ジョージはマンチェスターのパトリクラフト・エンジン製造会社、ブロウェット・リンドリー・アンド・カンパニーに勤めていた。しかしカークパトリックの妻はイングランド北西部の産業地帯を好まず、夫妻は間もなく南部の田舎サリーの「証券会社地帯」にあるグレート・ブカムに転居した。そこでカークパトリックは私塾を始めた。

図2－1　グレート・ブカムの自宅前のウィリアム・トンプスン・カークパトリック（1848－1921）夫妻、1920年にウォレン・ルイスが軍役休暇中に訪れたときに撮影。カークパトリックの写真として残されている唯一のもの

　アルバート・ルイスはカークパトリックの顧問弁護士を務め、生徒の親が授業料を支払わない場合にどうするかなどの問題について、二人は手紙のやり取りをしていた。アルバート・ルイスはそれまでも教育問題についてカークパトリックの助言を求めていた。今度はより具体的かつ個人的な問題、ウォーニーのサンドハースト受験をカーク

パトリックが助けてくれるかどうかについて相談を持ちかけた。了解が得られ、ウォーニーは一九一三年九月一〇日からグレート・ブカムで学ぶことになった。その八日後に彼の弟がモールヴァン校（『喜びのおとずれ』では「ウィバーン」）に入学する。そこには彼の指導者であり、友であった兄はもういなかった。ルイスは独り立ちしなければならなかった。

## モールヴァン校——一九一三—一九一四年

ルイスはモールヴァン校にとって大惨事であった。『喜びのおとずれ』を構成する一五章のうち三章が college (the Coll)、つまりモールヴァン校における経験についての詳細を極めた愚痴になっている。しかし、ルイスは活き活きとした、しかしとげとげしい回想を綴っているにもかかわらず、奇妙なことに「喜び」を求めるこころの活動については何も語っていない。ルイスはなぜ必要以上の紙幅を使って、同じ頃に在学していた人々（ウォーニーも含めて）が歪曲されたイメージであって正確なイメージではないと批判するような見解、苦痛の想い出、主観的見解を綴ったのだろうか。ルイスはおそらく苦々しい想い出を必要以上に詳しく語ることによって、こころのカタルシス（浄化）を試みたのではないであろうか。しかし『喜びのおとずれ』のどれほど同情的な読者にしても、モールヴァン校について書かれた三章はこの書全体の構成を乱し、この書の調子を低くさせていると感じるのではないであろうか(18)。

ルイスは自分が「ファギング（fagging）」の犠牲者であると宣言する。「ファギング」とはイギリスの学校において上級生（the Bloods つまり王族と呼ばれた）が下級生を雑用にこき使うことである。他の生徒たちに嫌われると、その度合いに従ってより厳しくこき使われることになる。それは当時のイギリスのパブリック・スクールの慣習であった。他の生徒たちは大人になるための伝統的な儀式であると考えていたが、ルイスはこれが強制労働の一種であると感じた。ルイスは上級生が下級生に課するサーヴィスには性的なものも含まれると噂されている（証明されてはいないが）と言う。それはルイスにとっては忌まわしいことと思われた。

　おそらくより重要なことは、ルイスはモールヴァン校の価値観が自分のものとはかけ離れていると感じたことである。その価値観は当時のイギリスのパブリック・スクールの教育において支配的であった教育哲学に強く影響されていた。それは体育主義（athleticism）と呼ばれる。[19] エドワード朝の末期に「ゲーム・カルト＝競技崇拝」はイギリスのパブリック・スクールの教育の中心的位置を得ていた。体育主義は暗い面を伴っていた。体育競技において劣る男子は仲間たちから嘲笑され、いじめを受けた。体育主義は知的、芸術的成績を軽んじ、学校とは肉体的能力を最高に評価する訓練施設であると考えるようになっていた。「男らしさ」の訓練は「性格」形成の不可欠の一部と見なされた。「性格」は当時のイギリス文化の教育哲学の中心にあった概念である。[20] モールヴァン校はこれらすべての面においてエドワード朝時代の学校の典型であった。性格訓練はモールヴァン校が生徒に授けなければならないと信じたこと、また生徒の親たちが強く求めたことであった。

　しかしそれはルイス本人が求めたことではなかった。彼の「生まれつきの不器用さ」は、両手の親指の関節が一つしかなかったことにもよる。それが体育に関する事柄に関して優れた成績を得ることを全く不可能にしていた。[21] ルイスは学校の文化に溶け込もうとする努力は何もしなかったようである。ルイスが順応しようとしないことは、彼が社会的には内気で、学業の上では尊大であるとの印象を友人たちに与えた。ルイスはある手紙で、モールヴァン校は自分が何になりたく「ないか」を発見させたと皮肉を言っている。「もし私がこれらの粗野で頭の悪いイギリス人生徒たちが見せる実にいやな光景を見なかったら、私もいずれ彼らと同じようなものになる危険性があっただろう」[22]。多くの人々にはこうした意見は尊大で慇懃無礼なものとしか響かなかったであろう。しかしルイスは、モールヴァン校が教えてくれた比較的数少ない積極面の一つは彼が尊大であることを自覚させてくれたことだということもはっきり認めていた。[23] この性格はその後もルイスに付きまとうことになる。

ルイスは学校の図書室を隠れ家とし、読書に慰めを見出した。また古典の教師ハリー・ウェイクリン・スミス（スミューギー［Smewgy］）と親しくなった。スミスはルイスにラテン語を教え、本格的にギリシア語を学ぶための手ほどきもしてくれた。おそらくそれよりも重要なことは、スミスが詩の正しい読み方、詩の美しさを味わう方法を教えてくれたことである。詩のリズムと音楽的特質を感じ取ることを要点として詩は読まれるべきであることをルイスは理解することができた。ルイスは後に詩を書き、「蜂蜜のように甘い声、歌うような声の老人」スミスが「地中海歩格（Mediterranean meter）」で書かれた古典古代の詩を愛することを教えてくれたといって感謝している。[24]

それらモールヴァァン校との建設的な出会いはその後の研究者としてのルイスの成長のために、また文学批評家としての成長のために重要であったには違いない。しかし当時のルイスにとっては究極のところ知的気晴らしであり、彼にとって我慢のならない学校文化を忘れさせるだけのものであった。ウォーニーには弟が「丸いアナに差し込まれた四角いクギ」でしかないように思えた。ウォーニーによれば、後智恵ではあるが、ルイスは初めからパブリック・スクールに来るべきではなかったのだと思った。ルイスが運動神経を全く欠いていること、そして知的なことに深入りしすぎていることだけで彼は「集団意識が強く、すべてを標準化するパブリック・スクールの制度の中で、彼は社会に順応できない人物、異端者として白眼視される人物であるだけだ」と思った。[25] ウォーニーが当時理解した限りでは、もし落ち度というものがあれば、それはルイスの側にあり、学校の側にはないとされた。

ルイスが『喜びのおとずれ』においてあれだけの紙幅を割いてモールヴァァン校時代のことを扱ったのはなぜかよく分からない。彼は一九二九年にモールヴァァン校の理事になるようにとの依頼を受けた。ルイスにはそれは奇妙なことと思われた。[26] 当時のルイスは自分が置かれた境遇に絶望していたことは間違いない。彼は父に自分の性分にもっと会うところに移らせてもらうため、絶望的な説得を試みていた。一九一四年三月、学校の休暇を控え、ベルファストに帰る用意をしている時に父に宛てた手紙で「どうか私をできるだけ早くここから出してください」と懇願している[27]。

アルバート・ルイスはようやく事柄がルイスのためにうまく進んでいないことを悟った。彼はウォーニーに相談した。その頃ウォーニーはサンドハーストでイギリス陸軍の士官になるための訓練を始めてまだ二か月しか経っていなかった。ウォーニーはルイスが苦境に陥っているのはルイス自身の責任によるところが大きいと考えた。ウォーニーは、モールヴァン校が自分に「授けてくれたような幸福な想い出、墓まで持って行けるような想い出をルイスにも授けてくれるはずだ」と父に言った。しかしそうなっていなかった。ルイスはモールヴァン校を「暑苦しくて心地良く居ることのできない場所」だと思った[28]。根本的に考え直すことが必要であった。ウォーニーはカークパトリックの私塾で大きな利益を受けたのだから、ルイスも同じように利益を得ることができるのではないかと父は考えた。ウォーニーは苛立ちを隠せなかった。彼は弟が「安っぽい知的花火を老いたK（カークパトリック）の鼻の下で爆発させて楽しむのではないか」と父に書いている[29]。

アルバートはカークパトリックに手紙を書き、助言を求めた。初めカークパトリックはルイスがキャンベル校に戻るのが良いのではないかと言った。しかし二人の大人が相談を続けた結果、別の解決案が浮かび上がった。アルバートは一九一四年九月からルイスを個人的に指導してもらうようカークパトリックを説得した。カークパトリックはアルバートの敬意に圧倒された。「父親とその二人の息子の教師になるとは間違いなくあまり例のない経験である」。それでも危険はあった。モールヴァン校をウォーニーは愛したが、ルイスは嫌悪した。カークパトリックはウォーニーにとっては非常に良かったが、ルイスはカークパトリックをどう思うだろうか。カークパトリックの指導により、士官学校の競争の激しい入学試験において、ウォーニーは二〇〇人以上の合格者の中で二一番目の成績をとることができた。軍の記録によれば、ウォーニーは一九一四年二月にサンドハーストに「優秀士官候補生賞金」を得て「紳士士官候補生」として入学した。彼は軍人としての生涯を輝かしい門出で飾った。

その頃、ルイスは休暇でベルファストに戻ってきた。一九一四年の四月中旬、休暇が終わりモールヴァン校に戻ろうとしていたとき（それは彼がモールヴァン校で過ごす最後の学期になるが）にある伝言を受けた。アーサー・グリーヴズ（一八九五—一九六六）が病気で寝ているので、会いにきてくれると嬉しいとのことであった。アーサー・グリーヴズはウォーニーと同年であり、ベルファストで最も裕福なリンネル業者の一人、ジョウゼフ・グリーヴズの息子であった。グリーヴズ家は「小さなリー」から道路をはさんですぐ向かいにある大邸宅「バーナー」に住んでいた。

ルイスが『喜びのおとずれ』に書いているところによれば、グリーヴズは彼と友人になろうとしてしばらく前から接触しようとしていたが、それまで特に会ったことはなかったのだという。(30) しかし、このことに関してルイスの記憶が全く正確ではないことを示す証拠がある。彼が一九〇七年五月に書いた手紙（彼が書いた手紙の最も初期のもの）の中にウォーニー宛のものがあり、少し前に「小さなリー」に電話が敷設されたことを伝えている。ルイスはこの新しい装置を用いてアーサー・グリーヴズと話そうとしたが、それができなかったとある。(31) この述懐は子どもの頃の知り合いというものについていくつかの示唆を与える。もしルイスとグリーヴズがその頃に友だちになっていたとしても、ルイスがベルファストから無理やりイギリスの学校に入れられたことにより、そのような記憶は薄れていったのであろう。

ルイスはあまり気が進まなかったけれどもグリーヴズを訪ねることにした。グリーヴズはベッドに起き上がっており、そばに本が置いてあった。それはH・M・A・ゲルバーの『北欧の神話』（一九〇八年）であった。「北方性」の虜になっていたルイスはその本を驚嘆の念をもって注視した。「その本が好きなのですか」と彼は訊いた。グリーヴズの興奮した答えが帰ってきた。(32) 遂にルイスは「腹心の友（soul mate）」を見出した。彼ら二人は以後

図２－２　イーウォート家の住まい、グレンマカン・ハウス（「小さなリー」の向かいにあった）でのテニス・パーティ。1910 年夏。アーサー・グリーヴズは後列左端、C. S. ルイスは右端。リリー・グリーヴズ（アーサーの姉）は前列右から２人目。ルイスの前に坐っている

ルイスが亡くなるまでの約五〇年間、連絡を絶やすことがなかった。

モールヴァン校における最後の学期が終わりかけていた頃、ルイスはグリーヴズ宛に最初の手紙を書き、一緒に散歩をしようと誘った。ルイスは「暑苦しく醜い国イギリス」に閉じ込められていたが、もうすぐハリウッド丘やベルファスト湾、ケイヴ山に昇る太陽を見ることができる。[33] しかし一か月後にルイスのイギリス観は一変した。「スミューギー」が彼ともう一人の生徒とを田舎へのドライヴに誘った。彼らは「平坦で何もない、醜いモールヴァンの丘」をあとにした。そしてルイスは「ゆるやかに波打つ丘や谷」、「神秘的な森や小麦畑」が続く「魅惑的な大地」を発見した。[34] もしかしたらイギリスはそんなに悪いところではないのかもしれない。もしかしたらイギリスに留まるのも悪くないのかもしれない。

## ブカムと「グレート・ノック」――一九一四―一九一七年

一九一四年九月一九日、ルイスはグレート・ブカムに到着した。カークパトリック（「グレート・ノック」）のもとで勉学を始めるためであった。しかしルイスの周辺の世界は彼がモールヴァン校を去ってから、取り返しようのない仕方で変化していた。六月二八日にオーストリアの皇太子フランツ・フェルディナンドがサラエヴォで暗殺された。その結果、国際緊張と不安定の波が起こり始め、徐々にエスカレートし始めた。諸国間に大同盟が結成された。一つの大国が戦争に突入すれば、すべての国がそれに参加せざるを得ない状況になった。一か月後、七月二八日にオーストリアがセルヴィアに対する攻撃を開始した。ただちにドイツがフランス攻撃に踏み切った。イギリスが戦争に巻き込まれるのは不可避であった。八月四日、イギリスはドイツとオーストリア・ハンガリー帝国に宣戦を布告した。

この事態の影響を最も直接的に受けたのはウォーニーであった。彼の訓練期間は一九か月のはずであったが、九か月に短縮された。できるだけ早く出征するためである。彼は一九一四年九月二九日に英国陸軍中尉（second lieutenant）として任官し、一一月四日にフランス派遣軍に編入されて出征した。その頃、軍務担当大臣キチュナー卿は英国史上最大の志願兵軍団を組織するための兵員募集を始めた。彼がデザインした有名なポスターは「きみの祖国はきみを必要とする！」と宣言し、戦争に関して最も広く知られたイメージとなった。ルイスも志願するべきであるとの圧力を感じないわけには行かなかった。

イギリスは戦争に引きずり込まれて行ったが、戦争の準備は充分に整っていなかった。ルイスはグレート・ブカムにあったカークパトリックの私塾「ガストンズ」での生活に慣れてきていた。彼とカークパトリックとの関係は非常に重要なものになって行く。特に父と兄とルイスとの関係が多少緊張のあるものになり、一人で遠く離れて暮らすことになったためである。ルイスはベルファストからリヴァプールまで客船で行き、そこからロンドンまで電車で行った。さらにウォータールー駅からグレート・ブカムまで電車で行き、そこでカークパトリックの出迎えを受けた。駅からカークパトリックの家まで歩いていく途中、ルイスは会話のきっかけを作ろうとして、「サリーの風景は思ったより荒涼としていますね」とさりげなく言った。

ルイスはただ会話を始めたいと思っただけであった。しかしカークパトリックはこの機会を捉えて、ソクラテス的方法の効力を試すように、有無を言わさずに弁証法的対話を始めた。カークパトリックはルイスに対して、それ以上何も言うなと命じた。ルイスがいう「荒涼とした」とはどういう意味なのか、そしてサリーがそうではないことを期待した理由は何かと訊問してきた。この辺の地図を調べてきたのか。この辺のことについて何か本を読んできたのか。この辺の風景の写真集でも見たのか。ルイスはそれらのことは何もしなかったと答えた。彼の意見は何の根拠にも基づいていなかった。カークパトリックはルイスにはサリーの風景についていかなる意見も持つ資格がないのだと正式に言い渡した。

人々の中にはこのようなやり方に恐れをなし、沈黙してしまう者もあるだろう。その他にも、この

図2－3 「きみの祖国はきみを必要とする！」イギリスが宣戦布告を行って直後の1914年9月5日に発行された雑誌『ロンドン公論(London Opinion)』の表紙。キチュナー卿の似顔絵は画家アルフレッド・リート（1882－1933）によるもので、ただちに重要な図像となり、1915年以降、英国陸軍の兵員募集キャンペーンにおいて盛んに活用された

図2－4　1924年のグレート・ブカムのステーション・ロード。C. S. ルイスとカークパトリックは駅からカークパトリックの私塾ガストンズに行く途中、この道を通ったはずである

ような方法は良い作法あるいは精神的（牧会的）配慮に欠けると思う者もあるだろう。しかしルイスは瞬間的に自分が批判的思考法を身につけるよう要求されているのだということを理解した。単に個人的な直観よりも証拠と理性に裏付けされた思考方法を習得しなければならないと感じた。ルイスはカークパトリックのやり方を「牛の赤肉と強いビール」のようなものだと言う。(35) ルイスには批判的思考法開発のためのこの食餌療法が良く効いた。

カークパトリックは非凡な人間であった。ルイスの知的成長の大部分は彼に負っている。特にルイスは思想や情報源に対する非常に批判的な態度を養われた。(36) カークパトリックはベルファストのクイーンズ大学（Queen's College）を一八六八年六月に英語、歴史、形而上学の科目で最優秀賞を得て卒業し、その後同校の優れた教師として活躍した。(37) カークパトリックはクイーンズ大学四年生のときに英語懸賞論文をタメルラン（Tamerlaine）なる匿名で書き賞金を獲得している。彼はアイルランド王立大学（Royal University of Ireland）から二重金賞（Double Gold Medal）を得たが、その年の受賞者は彼一人であったという。彼は一八七三年にラーガン（Lurgan）校が創立されたときに校長の職に応募したが採用されなかった。この名門校校長職には二二名の応募者があった。選考の最終段階で、同校の理事たちはその中からカークパトリックとダブリンのE・ヴォーン・ブールジャーのどちらかを選ばなければならないことになった。彼らはブールジャーを選んだ。

カークパトリックはそれでもひるまず、別の学校に就職口を求めた。コーク郡のユニヴァーシティ・カレッジ（University College）の英語科主任として採用されそうにもなった。しかし一八七五年の末にブールジャーがコーク郡のユニヴァーシティ・カレッジのギリシア語主任に任命されたので、カークパトリックは再びラーガン校校長職に応募し、一八七六年一月一日付けで採用となった。彼が生徒たちを激励し奮い立たせる能力に勝れていたことは伝説的になっている。アルバート・ルイスは息子たちの教育をイギリスで受けさせることをめぐって多くの誤りを犯したかもしれない。しかし彼の最大の決断、専門家ガビタス・アンド・スリング社の不備な助言に基づくものではなく、彼自身の判断に基づいた決断は彼の決断の中で最善のものとなった。

ルイスは自分を個別に指導してくれた教師たちについて、非常に凝縮された短い回想を残している。それらは詳細に検討する価値がある。「スミューギーは文法と修辞学を、カーク〔パトリック〕は弁証法を教えてくれた[38]」。ルイスにして見れば、彼は言葉の使い方、議論の進め方をようやく習得しようとしていた時期である。しかしカークパトリックの影響は単にルイスの弁証法的技術に対するものだけではなかった。老いた校長は言語（現代語だけでなく古代の言語も）を、それらを日常的に用いるという単純な便法を用いて学ぶようルイスを強く指導した。ルイスがカークパトリックの家に到着した翌日に、彼はルイスと共に座に着き、ホメロスの『イーリアス』のギリシア語原典を開いた。彼は最初の二〇行をベルファスト訛りのギリシア語で読み上げ（ホメロスはそれに戸惑ったであろうが）、それに訳をつけた。そのあとをルイスが続けるようにと促した。ルイスが原書をすらすらと自信をもって読む力を身に付けるためにあまり時間を要しなかった。カークパトリックは同じ方法で他の言語も教えた。ラテン語から初めて、ドイツ語やイタリア語などを含め、現代語の学習に進んだ。

そのような教育方法は時代遅れであるし、馬鹿げた方法だと言う人もあるだろう。多くの生徒はそのような方法について行けず、惨めな失敗と自信喪失に陥ってしまうだろう。しかしルイスはその方法に手ごたえを感じ、より高いところを見つめ、より大きなことを企てようと、こころに決めた。それは彼の能力と要求に見事に合致した方法であった。ルイスの最も有名な説教の中に「栄光の重み（The Weight of Glory）」（一九四一年）と題するものがある。その中でルイスは若い少年について語る。少年はソフォクレスを読む喜びを味わうためにギリシア語を学んだという。ルイスはまさにその少年であった。そしてカークパトリックが彼の教師であった。一九一七年二月にルイスは父に手紙を書き、ダンテの『神曲——地獄篇』の初めの二〇〇行を原文のイタリア語で読み「チャンと理解することができた」と興奮気味に伝えている。[39]

しかしカークパトリックの合理主義が生んだ成果の中には、ルイスが父にあまり伝えたくないと思ったこともある。その一つは彼の無神論への傾倒が嵩じたことである。ルイスにとって彼の無神論がグレート・ブカムに行く前にすでに「完成していた」ことは明らかであった。カークパトリックが寄与したことは、ルイスの無神論の主張を強めることであった。それより先、一九一四年一二月に、ルイスはダンデラ聖マルコ教会で堅信礼を受けた。ルイスはその教会で一八九九年一月に幼児洗礼を受けていた。彼と父とはあまり強い絆で結ばれていなかったので、自分はもう神を信じていないのだから堅信礼を受けるのはイヤだと言うことができなかった。ルイスは後にカークパトリックを『サルカンドラ——かの忌わしき砦（*That Hideous Strength*）』（一九四五年）に登場するマクフィー（MacPhee）のモデルに用いる。マクフィーははっきりした自分の意見を持ち、知的で自説に固執するスコットランド系アイルランド人であり、特に宗教的問題に関しては懐疑的な意見を持つ人物である。

この問題について、ルイスはカークパトリックに同調する傾向があったのだろうか。ルイスが宗教問題について自分のこころを開いて話し合うことができる唯一の相手はアーサー・グリーヴズしかいなかったようである。

その頃までにアーサーはウォーニーに代わり、ルイスの腹心の友、親友になっていた。ルイスは一九一六年一〇月に自分の宗教信仰について（あるいはその消失について）一切を打ち明けている。「私はどの宗教も信じない」。すべての宗教は単なる神話であり、人間によって作られたもの、それも自然現象を説明するために、あるいは感情的要求に応えて作られたものであると彼は言う。そのことは「宗教の成長に関する科学的考察によって明らかにされている」と彼は宣言する。宗教は道徳の問題と何の関係も持たない[40]。

この手紙をきっかけとして彼とグリーヴズとの間に頻繁な手紙のやり取りが始まった。当時グリーヴズは敬虔で信仰についての深い思いを持つキリスト者であった。彼らは一か月以内に少なくともそれぞれ六通の手紙を交換したが、遂に二人の意見はあまりに違いすぎるので、それ以上議論するのは無意味であるということに同意した。後にルイスは「一七歳の合理主義者の小口径の大砲を（グリーヴズに）打ち込んだ」と回想している[41]。しかしその攻撃はいかなる戦果も挙げることができなかった。ルイスにとっては神を信じるべき充分な理由は見つからなかった。知的な人間は「私を永久に苦しめようとたくらんでいる幽霊」を信じることなど願わない[42]。ルイスの理解した限りにおいて、宗教を合理的に弁護する議論は破綻していた。

しかし、ルイスの想像力と理性とは正反対の方向に向かっていることに、彼自身が気付いていた。彼は深い欲望の感情を経験し続けていた。それは彼が「喜び（Joy）」と名付けた欲望である。その経験のうち最も重要なものは一九一六年三月に起こった。その頃彼はジョージ・マクドナルドの空想小説『ファンタステス』（一八五八年）を偶然に見つけて読んだ[43]。それを読んだ時には気が付かなかったが、ルイスは自分の想像力の最前線に引き出されていた。この本を読むことにより彼にはすべてのことが違って見えてきた。彼は「新しい高級なる世界」、「明るく輝く影」を発見した。それは彼にとって地球の果てからの呼び声のように思えた。「その夜、私の想像力は本当の意味で洗礼を受けた[44]」。彼の人生に新しい局面が展開し始めた。「私は『ファンタステス』を購入することにより、自分がどうなるのかについて、全く何も考えていなかった」。ルイスがマクドナルドのキリスト教と自分の想像力の働きがどのように関係するのか、しばらくの間分からなかった。しかし種は蒔かれた。そしてそれが芽を出すのは時間の問題であった。

## 徴兵にあいそうになって

その頃ルイスの人生に何やら暗い影がさしかかり始めていた。それは他の人々についても同じであった。戦争が始まった年にイギリス人全員を襲った猛威は、イギリス陸軍が多くの補充兵を必要としていることであった。志願兵だけではとても足りなかった。一九一五年五月にルイスは父に手紙を書き、時の情勢がどうなっているのかについて、彼自身が観察したことを伝えている。彼は自分が一八歳になる前に戦争が終わることを希望すると言い、そうでなければ、徴兵にかかるよりは志願兵となる心算だと書いている(45)。時が過ぎるに従い、ルイスは自分が出征せざるを得ないのだろうと思い始めた。それは時間の問題に過ぎない。イギリスが早期に戦争に勝つという徴候は何もなかった。そしてルイスの一八歳の誕生日は刻々と近付いていた。

一九一六年一月二七日に兵役令（Military Service Act）が施行され、志願兵募集が停止された。一八歳から四一歳までの男子はすべて一九一六年三月二日までに応召すべきであるとされ、適宜召集されることになった。しかしこの条例はアイルランドには適用されないことになっていたほか、いくつかの重要な例外規定を持っていた。この年齢の男子で「ただ教育のために英国本土に滞在している者」はすべて徴兵免除になるとされていた。しかしルイスはこの免除規定が一時的なものであることも知っていた。彼の手紙には彼が兵役につくことは避けられないことだと観念していたことがほのめかされている。

三月二日の応召期限が過ぎてすぐの頃、ルイスはグリーヴズに手紙を書いた。彼はシェイクスピアの「ヘンリー五世」の幕前の合唱の言葉を借りて「一一月には私の一八歳の誕生日が来て、私は兵役に服すべき年齢に達する。そして『フランスの広大な原野』も近付くが、私はそれと対面する大望を持たない」と書いている[46]。七月に、ルイスはモールヴァン校の同窓生であったドナルド・ハードマンから手紙を受取った。ハードマンは召集を受け、クリスマスに入営することになったと伝えてきた。そしてルイスはどうなっているかと訊ねてきた。ルイスはまだ分からないと答えた。しかしアルバート・ルイスからカークパトリックに宛てた一九一六年五月の手紙によれば、ルイスは志願兵となることに決心しているが、自分としてはその前にまずオクスフォード大学に入学願書を出しておいた方が良いと思うと書いてある[47]。

しかしアイルランドで起こった事件により、ルイスには別の可能性も生まれてきた。一九一六年四月にアイルランドはイースター暴動のニュースで激動の渦に巻き込まれた。これはダブリンで結成されたアイルランド共和国兄弟団の軍事評議会が、イギリスによるアイルランド統治を終らせ、アイルランド共和国を設立し、独立することを目的に起こした暴動である。イースター暴動は一九一六年四月二四日から三〇日まで続いた。それはイギリス軍により七日間の戦闘によって鎮圧され、指導者たちは軍法会議にかけられて処刑された。明らかになったことは、アイルランドの治安維持のためにイギリスはより大きな部隊を派遣しなければならないことであった。もしルイスが召集された場合にはフランスではなくアイルランドに派遣されるのであろうか。

その頃、カークパトリックもルイスの将来について考えをめぐらしていた。カークパトリックは自分がルイスの指導者であることを重大な問題として捉え、ルイスの性格や能力について彼が知り得たことについて熟考を重ねていた。彼はアルバート・ルイスに手紙を書き、ルイスは「文学的気質」を持って生まれてきており、ルイスの文学的判断は素晴らしく成熟していると伝えた。ルイスの生涯は大いなる実りを約束されている。しかし彼の科学や数学の能力には甚だしい欠陥があり、サンドハーストに入るのは難しいだろうと言う。カークパトリックの意見としては、ルイスは法律関係の職業を目指すべきだということであった。しかしルイスには父親の後を追うつもりは全くなかった。ルイスはオクスフォードを目指した。彼の目標はオクスフォード大学の新学寮（New College）に行き、古典文学を学ぶことであった。

## オクスフォード大学志願

ルイスがなぜオクスフォード大学を選んだのか、さらにはなぜ特に新学寮を選んだのか、理由は分からない。カークパトリックもルイス一族の者にしても、誰もオクスフォード大学あるいはその学寮などに関係を持っていなかった。召集されるというルイスの懸念はその段階では薄らいでおり、ひと時のようにそれに気を取られるようなことはなくなった。カークパトリックの薦めで、ルイスは兵役令が自分にとってどういうことになるのかについて弁護士に相談した。弁護士はギルフォード地区の新兵募集担当の主任将校に手紙を書くのが良いと言った。一二月一日にルイスは父に手紙を書き、彼が兵役令から正式に免除されたと告げている。ただし即刻ある手続きをすることが条件とされた。ルイスは時を移さずにこの用件を充たした。

徴兵の問題が片付いたので、ルイスは入学試験を受けるために一九一六年一二月四日にオクスフォード大学に行った。ルイスはもらっていた案内図が良く分からず、駅の出口を間違えた。彼はオクスフォード郊外のバトレーに出てしまった。ルイスは目の前に野原が広がるのを見て引き返し、やっと「林立する伝説的な尖塔や高い建物」を遠くに見ることができた(48)。（人生において道を間違えるというイメージは、この後も彼の頭脳に焼きついて離れなかった。）彼は駅に戻り、ハンサム・キャブ（ハンサム・タクシー）に乗り、エサーリッジ夫人が経営するマンスフィールド・ロード一番地のゲスト・ハウスに乗り付けた。それは道路を挟んで新学寮のすぐ前にあった。居間にはもう一人の受験生もいた。

翌朝、雪が降った。入学試験はオーリエル学寮の講堂で行われた。オーリエル学寮は日中でも非常に寒く、ルイスも他の受験生たちも厚手の外套や襟巻きで体を包み、手袋をして試験を受けねばならなかった。ルイスは受験準備に没頭していたために、試験の期日を父に伝えるのを忘れていた。ルイスは試験が半分終わったところで暇を見つけ、父に手紙を書いた。その中で彼はオクスフォード大学を大いに楽しんでいると書いている。オクスフォード大学は「私が夢に描いたものをはるかに凌駕しています。このように美しいものを私は見たことがありません。凍るように寒い夜の月に照らされる風景は特に美しいです」と書いている[49]。入試が終わって、一二月一一日にルイスはベルファストに戻り、父に入試には失敗したと思うと話した。

ルイスの予想は正しかった。ただしそれは部分的に正しいだけであった。彼は新学寮に入学することは許されなかった。しかし彼の答案はもう一つの学寮の個別指導教員たちの関心を惹いた。二日後、ルイスはユニヴァーシティ学寮（University College）の学寮長レジナルド・メイカン（一八四八―一九四一）から連絡を受け、新学寮はルイスの入学を許可しなかったけれども、その代わりユニヴァーシティ学寮の奨学金を与えると伝えてきた。それを受ける心算があるなら連絡するようにとのことであった。ルイスのこころは喜びに弾んだ。

しかし空には黒い雲がかかっていた。しばらくしてメイカンは再び手紙を寄せ、徴兵問題に関する情勢が変化しつつあり、一八歳以上の健康な男子がオクスフォード大学で勉強をすることは「道徳的に不可能」になったと言ってきた。その年齢の男子はすべて兵役につくことが期待されることになっていた。アルバート・ルイスは気を揉んだ。もしルイスが志願兵とならなければ、彼は徴兵にあう。そしてそれは士官ではなく一兵卒になることを意味した。今彼らはどうすれば良いのであろうか。

ルイスは一九一七年一月にオクスフォード大学に行ってメイカンに会い、善後策について相談した。ルイスはその結果を父に伝えた。問題に対する解決が見つかったかもしれないという。ルイスがイギリス陸軍の士官になるためには、オクスフォード大学陸軍士官養成部隊（Oxford University Officers' Training Corps）に加わり、そこでの訓練を基礎として士官に応募するのが最善の道だという。(50) オクスフォード大学陸軍士官養成部隊は一九〇八年にオクスフォード大学を初めとするイギリスの主要な大学に設置された。目的はイギリス陸軍に「士官を供給するため、標準化された初歩的軍事訓練を与える」ことであった。ルイスがオクスフォード大学入学と同時にオクスフォード大学陸軍士官養成部隊に加われば、彼は士官として任官することが確実になる。

しかし大学のオクスフォード大学陸軍士官養成部隊に加わることができるのはオクスフォード大学のメンバーだけであった。オクスフォード大学への入学手続きには二つの段階があった。第一に、志願者はオクスフォードのどれか一つの学寮への入学を許可されなければならない。ルイスは新学寮（New College）への入学は許可されなかったが、ユニヴァーシティ学寮の奨学金を得ていた。従ってルイスは第一段階を通過していた。しかしオクスフォード大学の学寮への入学は、自動的にオクスフォード大学への入学許可となるのではなかった。オクスフォード大学ではすべての学寮が等しく高い水準を保つように、大学当局は学寮への新入生にもう一つの試験（レスポンシオンズ［Responsions］と呼ばれていた）に合格することを要求していた。(51) ルイスにとっては不運であったが、レスポンシオンズには基礎的数学の論文が含まれていた。ルイスは数学の能力をほとんど欠いていた。

アルバートは再びカークパトリックの経験に助けを求めることにした。もしカークパトリックがルイスに古代のギリシア語を教えることができたのなら、きっと基礎的な数学も教えてくれるに違いない。ルイスは再びグレート・ブカムに戻り、そこでの教育を終了することになった。ルイスは三月二〇日にオクスフォード大学に行き、レスポンシオンズを受けた。ルイスはそれによりすぐに兵役に就くことができると期待した。ルイスはしばらくしてユニヴァーシティ学寮から手紙を貰い、四月二六日からその学生になることを許可された。オクスフォードへの扉は開かれた。しかしそれは半分開かれただけであった。

ルイスはオクスフォード大学での学業を卒える前に出征することが義務付けられた。

# 第三章　「フランスの広大な原野」

## ——戦争　一九一七—一九一八年（一九—二〇歳）

フランスの皇帝ナポレオン・ボナパルト（一七六九—一八二一）が、「なぜあいつはああなのだ」という疑問を解くにはその人物が二〇歳のときに世界で何が起こっていたのかを知るのが最も確実な方法だと喝破したことがある。一九一八年一一月二九日（ルイスの二〇歳の誕生日）の数週間前、大戦争がようやく終わった。戦友が死んだのに自分が生き残ったことに罪責を感じた人々が多くいた。塹壕戦を戦った人々は皆、塹壕で経験した暴力と破壊と恐怖とによって永久に消えない傷を心身に受けた。二〇歳のルイスの日々は武力衝突の現場における体験の連続であった。彼は一九歳の誕生日にフランス北西部のアラス近くの塹壕に入り、二〇歳の誕生日には塹壕で受けた傷を野戦病院で養いつつあった。

### 無意味な戦争体験

もしナポレオンの意見が正しいとするならば、ルイスの思想と経験の世界は、戦争とそれによる傷害と喪失などによって修正も変更もできないかたちに形成されたことになる。つまりわれわれはルイスの内的本質が武力衝突と塹壕における死と隣り合わせの経験から来る衝撃により、深刻な影響を受けたと考えて良いのだろう。しかしルイスはそうは言っていない。彼が語るところによれば、彼の戦争体験は「ある意味では重要ではなかった」のだという。彼にとってはイギリスの寄宿学校における経験のほうがフランスでの塹壕における経験よりもはるかに不愉快なものであったらしい(1)。

ルイスは一九一七年から一九一八年にかけてフランスの戦線にいて、現代の戦争の恐ろしさを身をもって体験した。しかし『喜びのおとずれ』ではそのことにほんの僅かしか触れていない。明らかにルイスはモールヴァン校で味わった苦悩の数々の方が戦争体験の全体よりも重要であると考えていた。戦争中の体験について語るときでさえ、彼は読んだ本や会った人々のことを集中的に語っている。彼の周囲にあった言語を絶する苦しみや破壊の記憶は濾過され除去されている。ルイスが言うには、戦争のことは彼以外の人々により充分に書き残されている。彼はそれに付け加えるものを持たない(2)。彼はその後膨大な量の著作をものするが、そこでは戦争のことはほとんど語られない。

読者の中には、ルイスの記憶にはバランスが欠けており、著作には不均衡があるのではないかと感じる人々もあるだろう。ルイスはなぜ『喜びのおとずれ』の三章を割いて、モールヴァン校における比較的小さいと思われる苦悩について書き、それよりはるかに重要であったと思われる暴力や受けた傷、大戦争の恐ろしさにはほとんど言及しないのか。『喜びのおとずれ』以外のすべての著作を読んでも、この不均衡な感じは深まるだけである。ルイスが戦争について語るときにも、それは誰かほかの人に起こったことのようにしか語らない。ルイスは戦争の経験に距離を置き、あるいは自分と戦争との関係を断ち切ろうとしているように見える。なぜであろうか。

最も単純な説明がおそらく最も正鵠を得たものなのではないだろうか。ルイスは戦時中、心身に受けた傷を思い出すことに耐えられなかったのではないか。戦争体験の不条理は、宇宙全体の存在に、あるいはルイス自身の存在に意味があるのかという問を起こさせただろう。大戦争およびその余波について書かれたものは、戦時中および故郷に帰還する途中で兵士たちが受けた物理的、心理的被害を強調している。戦後、オクスフォード大学に戻り、学業を再開した多くの学生たちは正常な生活になかなか戻れず、精神障害に陥る者が多かった。ルイスは自分の生活に「仕切り壁」を築き、それを「分割」することにより、自分の正気を維持しようとしたように見える。悪夢のような経験がもつ破壊力は注意深く管理され、彼の生活の他の領域に対して最小限の影響しか与えないように工夫されていた。文学（そして何よりも詩）がルイスの「防火壁」であり、混沌とした無意味な外部の世界を彼から遠ざけておき、他の人々の実存を破壊した世界と彼との間の防御壁としていた。

ルイスがそのような工夫を凝らしていたことは『喜びのおとずれ』からも分かる。ルイスは戦争の前兆を身近に感じようとしなかった。もうすぐ戦争の恐怖が襲ってくるという可能性についてあまり考えようとしなかったように、過去の現実となった戦争についてもあまり考えを向けなかったように見える。

> 私は戦争のことを考えようとしないが、それを不届きなこと、あるいは信じられないことだと思う人がいるだろう。それは現実からの逃避だと思う人もあるだろう。私にとって、むしろそれは現実との間に結んだ協定であり、境界線を確定する試みである。(3)

ルイスは祖国が彼の肉体を拘束することは許そうと思ったが、彼のこころを拘束することを許さなかった。彼のこころの世界では国境線が画定され、警備されていた。それを越えて侵入し、ルイスのこころの平静を乱そうとする事あるいは思想はその国境線を越えることが許されなかった。ルイスは現実から逃避することはしない。彼は現実と「協定」を結び、それにより現実を抑制し、順応させ、従わせることを可能にした。彼は「国境線フロンティア」を設定し、好ましからざる思想はそれを通過することを許さなかった。

「現実との協定」はルイスの成長にとって重要な役割を担った。われわれはその問題を後に章を改めて詳しく論じなければならない。現実に関するルイスのこころの地図には大戦争が残した傷を受け入れる場所がなかった。ルイスは他の多くの人々と同じように、誰もが時局を理解する見方に従っていた。つまりエドワード時代の多くの人々が当然のことと思った世界は、史上知られている限り最も残忍で破壊的な戦争により壊滅したことを確認した。終戦直後にルイスが過ごした月日に、意味追求の努力が彼の最大の課題とされた。それは単に自分ひとりの充足や安定を求めることではなく、休むことを知らず徹底的に知ろうとする彼のこころに納得が行くようなかたちで、自分の内的世界、外的世界の意味を理解しようとする努力であった。

## オクスフォード大学入学——一九一七年四月

大戦争に対するルイスの態度を理解するためには、まず彼が前線に出て行った事情を明らかにしなければならない。ルイスは数学を学ぶため（それはあまりうまく行かなかったようであるが）一九一七年の初めの二〜三か月をグレート・ブカムで過ごし、四月二九日にオクスフォード大学に向かった。オクスフォード大学に陸軍兵舎が置かれていた。それはピューリタン革命の時、一六四二年にチャールズ一世がオクスフォード大学に陸軍兵舎を築いて以来のことであった。ユニヴァーシティ・パークは新兵の行軍および訓練の場となった。若い学監や職員たちの多くが出征していた。授業はなされたとしても、出席者は非常に少なかった。『オクスフォード大学報（*The Oxford Gazette*）』はもともと講義の予定や教員の消息を伝えるためのものであったが、当時は気が滅入るほどに長い戦死者のリストが載せられていた。黒枠に囲まれたリストは戦闘による大虐殺を不気味に語っていた。一九一七年にオクスフォード大学の諸学寮から学生がほとんどいなくなり、大学の収入は激減した。大学はそ

図3－1　1917年トリニティ学期、ユニヴァーシティ学寮の学寮生たち。ルイスは最後列右端。写真の中央にいる学寮長は1909年から1918年までストウェル法学研究員であったジョン・ビーアン。彼の任期は「緊急事態のために延長」されていた

れに対する対策に追われていた。ユニヴァーシティ学寮もいつもは活気に溢れていたが、当時在校生はほんの一握りしかいなくなった[4]。ユニヴァーシティ学寮は一九一四年に一四八人の学寮生を擁していた。それが一九一八年には七人に激減した。一九一七年のトリニティ学期に撮影された在寮生全員の非常に珍しい写真がある。それには一〇人しか写っていない。一九一五年五月の緊急措置により、ユニヴァーシティ学寮は九人いた個別指導教員のうち七人を解雇した。彼らには仕事がほとんどなかった。

　学寮生の数が激減したため、ユニヴァーシティ学寮は緊急に資金源を見つけなければならなかった。学寮が保有する基金は一九一三年に八、七五五ポンドであったのが、一九一八年には九二五ポンドに減った[5]。他の多くの学寮と同様に、ユニヴァーシティ学寮も陸軍省を主なる資金源としなければならなかった。ユニヴァーシティ学寮は教室や施設を国防省に貸し、兵営や病院として利用させた。他の学寮も戦争で荒廃した

ヨーロッパから、特にベルギーやセルビアからの難民の収容所となった。

ユニヴァーシティ学寮は初めの頃は病院となった。ルイスはラドクリフ寮第一二階段第五号室を与えられた。ルイスは実際的にはオクスフォード大学の学寮の一つに在籍したとは言うものの、その時点でオクスフォード大学の教育を受け始めたとは言えない。彼を個別指導することのできる教員はほとんどいなかったし、大学全体を見渡しても講義を行う教員はほとんどいなかった。学寮についてのルイスの第一印象は「漠たる孤独感」であった。[6] 一九一七年七月のある日の夕方、ルイスは人気のない階段と廊下とを歩きまわり、そこに漲る「奇妙な詩情」に打たれた。[7]

ルイスが一九一七年夏学期に学寮生となった主な目的は、オクスフォード大学陸軍士官養成部隊に加わるためであった。[8] 彼はオクスフォード大学に到着する以前の四月二五日に入隊願書を提出している。[9] その願書は何の問題もなく五日後に受理された。それはルイスが既にモールヴァン校でモールヴァン連合士官養成隊（Combined Cadet Force）に加わっていたことが部分的に評価されたことによる。[10] 学寮長はルイスに授業料を課さなかった。それはルイスがなすべきことはオクスフォード大学陸軍士官養成部隊の訓練だけになると判断されたからである。それでもルイスはハートフォード学寮のジョン・エドワード・キャンベル（一八六二―一九二四）に交渉し、代数学を教えてもらうことになった。キャンベルはルイスから指導料を取らなかった。[11]

ルイスはなぜ突然に数学に熟達したいと思ったのか。普通それは古典古代の生活と思想を研究しようとする者にとって意味あることとは思えない。答えの一部はルイスがレスポンシオンズに合格したいと願ったことにあるが、主要な理由はアルバート・ルイスの本質的には正しい判断による。ルイスがレスポンシオンズに合格していれば、そしてもしルイスが砲兵隊の士官になれば、戦死せずにすむ確率が高まるということである。[12] 最前線の塹壕でドイツ軍と対峙するよりも、後方から大砲を打ち込む係りになるほうがはるかに安全である。塹壕戦は既に多くの戦死者を出していた。しかしイギリス砲兵隊は数学の知識を要求していた。特に三角関数の知識は不可欠であるとされていたのに、ルイスはその知識を全く欠いていた。残念ながら学び始めてすぐ分かったことは、三角関数を理解することはルイスにとって全く不可能であることであった。彼は父に陰鬱な手紙を書き「砲兵になる可能性」は小さいこと、「数学の特別な知識を持つことを証明できる者のみ」が砲兵隊士官に選ばれていることを伝えている。(13)

ルイスはユニヴァーシティ学寮で短い時間しか過ごさなかったが、それは彼に深い印象を与えた。ルイスはその経験と印象のいくつかを父や兄にも伝えたが、それより多くのことをアーサー・グリーヴズに伝えている。彼はたとえば入浴の喜びについてグリーヴズに書いている。入浴の際、一般的に必需品とされる面倒なものを一切使わない入浴がいかに楽しいものであるかを語る。またオクスフォード・ユニオン・ソサエティの図書館の素晴らしい雰囲気を語る。「私の人生において今ほど幸福であったことはない(14)」。ルイスは父のために実際にはなかったことについても書いている。それはますます昂じる無神論を隠すためであった。彼は教会と諸教会について書いているが、彼は教会の礼拝に出席したことはなかった。

ルイスは塹壕戦を戦うための訓練を受けていることを明確に理解していた。オクスフォード大学陸軍士官養成部隊の訓練が間もなく終了するという頃に父に宛てた手紙には、フランスでの戦闘のための訓練を受けていることが書かれている。「塹壕と、砲弾が炸裂してできた窪み、そして墓(15)」などについて語っている。ルイスの成績を判定したオクスフォード大学陸軍士官養成部隊副官G・H・クレイポール中尉は「ルイスは有能な士官になる素質は見られるが、六月末までにオクスフォード大学陸軍士官養成部隊に入隊するために充分な訓練を終了できないであろう。歩兵」と結論した。ルイスの運命は決った。彼は歩兵として、つまりフランスの塹壕で兵卒として戦うことが確実となった。

## キーブル学寮の陸軍士官候補生

大戦争は人々を破滅に追いやり、彼らの夢を砕き尽くした。彼らは祖国に自らを捧げたるめに将来への希望を放棄しなければならなかった。ルイスは不承不承に兵隊になった人間の古典的な例である。彼は文学者、研究者を志す青年であったが、自分では制御することも抵抗することもできない力により方向転換を強いられ、人生を作り変えられた。ユニヴァーシティ学寮は七七〇人の学生を大戦争に送り出した。そのうち一七五人が戦死した。ルイスは一九一七年の夏の短い期間をユニヴァーシティ学寮で過ごしたが、その時にも彼はいかに多くの学寮生が戦争に出て行き、帰らぬ人になったかに気付いていただろう。それら多くの人々の運命をウィニフレッド・メアリ・レッツ（一八八二―一九七二）が一九一六年に書いた陰鬱な詩、「オクスフォード大学の尖塔（The Spires of Oxford）」が捉えている。[16]

私はオクスフォード大学の尖塔を見た（*I saw the spires of Oxford*）、
　近くを通り過ぎながら（*As I was passing by*）。
オクスフォード大学の灰色の尖塔は（*The grey spires of Oxford*）、
　どんよりと曇った空を背景にそびえていた（*Against a pearl-grey sky*）。
私の思いはオクスフォード大学生たちにと共にあった（*My heart was with the Oxford men*）、
　死ぬために海を越えて行った人々と共に（*Who went abroad to die*）。

ルイスと同じように自分の理想と志を持つ若人たちと共に、ルイスも訓練を受けた。彼らは皆、祖国が戦争をしているときに自分も「応分のつとめ」を果たすために学業から離れているのであり、戦争が終わった暁にはもとの生活に復帰することを願っていた。ここでは紙幅の関係からただ一つの例を取り上げることしかできない。オクスフォード大学陸軍士官養成部隊の副官であり、ルイスを歩兵とするという運命的判定を下した人物である。

　ジェラード・ヘンリー・クレイポール（一八九四―一九六一）はイギリス陸軍第五小火器隊（the $5^{th}$ King's Royal Rifle Corps）に副官として奉じていた[17]。彼は健康上の理由で一九一九年二月八日に退役した。ジェリー・クレイポールはイギリス文学を愛し、それにより一九四一年にシェフィールドのエドワード七世学校の主任英語教諭となった。彼は一九五八年に引退し、一九六一年一月に没した。その学校の雑誌に載った追悼文には、彼が「文学は経験され楽しまれるべきもので、理論化や議論の対象とされてはならない」と強く信じていたとある。これはまさにルイスが後に主張し擁護した考え方である[18]。クレイポールはルイスが書いたものを何か読んでいたはずである。特に『「失楽園」序説』は絶対に読んだであろう。クレイポールは自分がルイスの紆余曲折する人生について重大な役割を担ったことを理解したであろうか。それは誰にも分からない。

　われわれが知っていることは、ルイスが一九一七年五月七日にイギリス陸軍の歩兵隊長（infantry officer）になるための訓練を受け始めたことである。彼は今や後戻りできないかたちで現役の兵士になることになった。しかしそれは不思議な運命のいたずらにより、オクスフォードから離れねばならないことを意味しなかった。当時国中に訓練兵営が設置されており、訓練生はそれらのうちのどれかに移らねばならなかった。しかしルイスはオクスフォード大学陸軍士官養成部隊のオクスフォード大学キーブル学寮に置かれた下士官候補生第四大隊のE中隊に編入された[19]。

　オクスフォード大学生で、将来士官になる可能性のある者を訓練するための「教習所（School of Instruction）」が一九一五年一月に開設されていた。およそ三〇〇〇人の士官候補生がここで学んだ[20]。イギリス陸軍は一九一六年二月に戦争継続の必要から、士官候補生に関する規則を変更した。士官を目指す者は士官候補生大隊で訓練を受けなければならないことになった。この大隊に志願することができる者は一八歳六か月以上の者、あるいは既に兵士となっている者、あるいは既に士官訓練部隊に入隊している者だけとされた。ルイスはオクスフォード大学陸軍士官養成部隊に加盟してまだ何週間も経っていなかったが、それでも将来士官になるために、どこかの士官候補生大隊に入隊するに充分な資格であった。

オクスフォード大学には二つの大隊が置かれた。士官候補生第四大隊と士官候補生第六大隊である。それぞれの大隊の定員は七五〇人で、学生がいなくなった学寮に収容された。士官候補生第四大隊は五つの士官候補生中隊（A中隊からE中隊まで）からなっており、ルイスはE中隊に編入され、キーブル学寮が兵舎とされた。ルイスはオクスフォードに留まれると知って安堵した。しかしキーブル学寮に住まねばならないことには閉口させられた。

キーブル学寮はオクスフォード大学の中では比較的新しい学寮である[21]。一八七〇年に創設されたが、その創設発起人たちは「質素に生活しようと願う紳士」たちもオクスフォード大学の教育を受けることができるような学寮を創ることを目指した。その結果、学寮の生活環境は質素であり、建てられたばかりの頃でも極めて簡素なものであった。その上、戦争による窮乏も加わり、恵まれていない学寮生たちに最低限の住環境しか提供しなかった。ルイスはユニヴァーシティ学寮のどちらかと言えば安楽な部屋を出て、「カーペットもなく二つのベッド（シーツと枕はない）が置かれたキーブル学寮の小さな部屋」に移らなければならなかった[22]。ルイスはこの惨めな部屋にエドワード・フランシス・コートニー（パディー）・ムーアと共に住むことになった。ムーアも士官候補生で、年齢もルイスとほぼ同じであった[23]。彼も士官候補生第四大隊のE中隊に編入され、ルイスと同じ日、一九一七年五月七日に入隊した。オクスフォード大学で訓練を受けた士官候補生の大多数はオクスフォード大学の

図3－2　オクスフォード大学キーブル学寮、1907年ヘンリー・W. トーント（1860－1922）撮影。キーブル学寮はレンガ造りで、他の学寮がすべて石造りであるのと対照的であるが、その特色が明らかに見てとれる

学生ではなかった。ケンブリッジ大学から来た者もいた。その他の人々は、ムーアも含めて高等教育はほとんど受けていない人々、あるいは全く受けていない人々であった。ムーアはブリストルからオクスフォードに来たが、生まれたのはダブリン郡（現在のダン・レアリー［Dun Laoghaire］）であった。ここにわれわれはルイスがイングランドに住みながらアイルランド系の人々（例えばセオバルド・バトラーやネヴィル・コグヒルなど）と親しくなることの最初の例を見る。

ルイスはムーアおよびE中隊の他の四人、トマス・ケリスン・ドウィー、デニス・ハワード・ドゥ・パス、マーティン・アシュワース・サマーヴィル、アレグザンダー・ゴードン・サットンなどと友情を培った。ルイスはその時点では知らなかったが、一八か月後にこれら五人の戦友の死を哀悼しなければならなかった。「私はキーブル学寮で共に過ごした五人を覚えている。そして私は唯一の生き残りである[24]」。

その頃にルイスが書いた手紙から伺われることは、最初ルイスは同室のムーアではなくサマーヴィルに惹かれたらしい。ルイスがE中隊所属になって数日後に父宛に書いた手紙によれば、サマーヴィルは彼の「第一の親友」であり、物静かではあるが「非常な読書好きで、興味をそそる人物」であるという。それに対してムーアは「子どもじみたところがあり、本当の友人にはなれない」という。(25) しかし当時ルイスには読書の時間はほとんどなかった。塹壕掘りと行軍訓練が読書の時間を奪い去っていた。週末にだけ自由時間があったが、それをユニヴァーシティ学寮の自室で過ごし、来信に答えての手紙書きに追われた。

しかし時が経つにつれてルイスはムーアとの友情を深めたようである。ルイスと少数の仲間たちは近くにあったパディの母ジェーン・キング・ムーア夫人の家をしばしば訪れた。ムーア夫人はアイルランドのラウズ郡の人で、ダブリンで土木技師をしていた夫と離別してブリストルに住んでいたが、パディの近くにいたいとの願いから一二歳の娘モーリーンと共にオクスフォード市に仮住まいをしていた。当時彼女はキーブル学寮に近いウェリントン・スクエアのアパートに住んでいた。ルイスが初めてムーア夫人に会ったとき、彼女は四五歳であった。つまり一九〇八年に死んだルイスの母フローラの年齢とほぼ同じであった。

手紙から判断するとルイスとムーア夫人とは互いに魅力を感じあい、惹きつけあったことが明らかである。ルイスは後に六月一八日の父宛の手紙でこの「アイルランド女性」について書いている。(26) ムーア夫人もその後同じ年の一〇月にアルバート・ルイスに手紙を書き、自分の息子のルーム・メイトである彼の息子は「非常に感じが良く、人好きのする人物で、彼に会う人すべての間で人気者になっています」と書いている。(27)

士官候補生第四中隊（司令官はJ・G・ステニング少佐［Lieutenant-Colonel］）に対する戦時命令書が今も残っている。(28) それは黄ばんだフールスキャップ紙に書かれ、複写された二枚が一組となっている。その文書は一九一六年から一九一八年までの間のものであるが、明らかに欠損部分があり、この訓練部隊の実体や活動についての全体像が明らかにはならない。士官候補生の氏名がすべて挙げられているのではないし、中には氏名の綴りが誤っ

図3-3 オクスフォードにおけるC. S. ルイス（左）とパディ・ムーア（右）。後方の人物が誰なのかは不明

ているものもある。たとえば、パディ・ムーアは初めE・M・C・ムーアとして登録されたが、一週間後にE・F・C・ムーアに訂正されている。[29]それでもこれらの記録は不完全であり過りがあるにもかかわらず、ルイスが受けていた訓練の情況を良く伝えている。「ルイス銃」（正式名称はルイス式自動機関銃）の使用法、毒ガス攻撃を受けたときの対処法、日曜日ごとに行われた教会観兵式（church parade）、非武装市民と軍事について議論するときの規則、学寮対抗のクリケット試合の予定、体操種目等々が知られる。他の記録からはルイスが武器の使い方、特にライフル銃の使い方についてどのような訓練を受けたかが知られる。[30]

驚くべきことにこれらの記録から一九一七年夏に二人のC・S・ルイスがキーブル学寮で訓練を受けていたことも分かる。本書でわれわれが焦点を当てているC・S・ルイスは一九一七年五月七日にE中隊に加わった。[31]そして一九一七年七月五日にもう一人のC・S・ルイスがオクスフォードおよびバーミンガムシャー軽歩兵部隊に配属となり、C中隊に加わっている。[32] 三か月後にこのC・S・ルイスはミドルセックス第六連隊に配属となり、C中隊から除隊となった。[33]

一九一七年七月のルイスの手紙から、彼自身もキーブル学寮で同じときにもう一人のC・S・ルイスがいることを知っていたことが明らかである。彼は自分に手紙を書くときには宛名に「E中隊」と付け加えてくれと人々に頼んでいる。そうしないと自分宛の手紙でもC中隊にいるC・S・ルイスの方に行ってしまうかもしれないのだという。[34] この第二のC・S・ルイスとは何者だったのだろうか。幸運なことに、この問に答えるに充分な記録が残されている。

戦後間もなくして士官候補生第四大隊のC中隊に所属した士官候補生全員の名簿が同中隊司令官であったF・W・マシサンにより作成され、イギリス陸軍の一九一八年現在の正式名簿と照合された。マシサンは中隊に属した士官候補生の分かっている限り全員に連絡し、返事を得た場合には現住所も付け加えた。この珍しい名簿は一九二〇年にキーブル学寮により非公式に発表されたが、そこに次のような項目がある。[35]

ルイス、C・S、中尉、ミドルセックス第六連隊
ブリナウェル、ペンタラ、アバエイヴォン

マシサンはC中隊にいたこのルイスと戦後に連絡を取り、住所はサウス・ウェルズであることを確認したことを示している。ルイスはその頃に陸軍省から支給されるべき給料を受取らないことがあったが、その原因は二人のC・S・ルイスがいたことを陸軍省が認識していなかったからかもしれない。[36]

## オクスフォード大学におけるルイスの戦時体験

ルイスは一九二二年一〇月二四日にユニヴァーシティ学寮に戻った。学寮の文学会マートレッツ（the Martlets）の会合に出席するためである。大戦争が終わってから、マートレッツは再興されるが、そのためにルイスは中心的な働きをした。ルイスが驚いたことに、この会はその頃一九一七年にルイスの居室であった部屋で会合を持っていた。一九二二年のこの日のルイスの日記に興味深いことが記されている。ルイスは五年前のことについて、彼にとって重要であった三つのことを思い出している。

私は初めて酔いつぶれてこの部屋に連れ戻された、この部屋で『虜となった魂（*Spirits in Bondage*）』に収めた詩の何篇かを書いた、Dはその前にこの部屋にいた。[37]

これら三つの思い出はどれも一九一七年夏のオクスフォードにおけるルイスの人間的成長に関して、重要な鍵となることを示している。三つの想い出のうち、文筆に関連することは一つしかない。

想い出の第一は一九一七年六月の夕食会のことである。その日、ルイスは「見事に酔っ払った」。ルイスの記憶によれば夕食会はエクセター学寮で行われた。現存する証拠によれば、実際にはユニヴァーシティ学寮に近いブレイズノウズ学寮で行われた。このような思い違いはその晩ルイスがどれほど酔っていたかを思わせる。明らかにルイスはかなりの量のアルコールを消費しており、そのために自制心を失っていた。その頃ルイスはサド・マゾヒズムへの関心を募らせていたが、無分別にもそれを口に出してしまった。それ以前にもアーサー・グリーヴズに恥じらいながらもそれについて告白していた。(38)ルイスは寮内を歩きまわり、会う人ごとに「一打ちにつき一シリング払うから鞭を打たせてくれ」と嘆願したことを覚えていた。(39)ルイスはその乱行の夜のことについて他には何も覚えていない。ただし翌朝目が覚めたとき、彼がユニヴァーシティ学寮の自室のゆかに寝ていたことだけは覚えていた。

若きルイスの性格のうちにこのような興味深い傾向が現れたのはその年の初めの頃らしい。ルイスはサド侯爵(一七四〇―一八一四)のエロティックな著作を読み漁り始めていた。その頃ルイスはジャン・ジャック・ルソーの『告白』(一七七〇年)から人を殴ることの楽しみについて書かれた部分も拾い読みして楽しんでいたし、自分をウィリアム・モリス(一八三四―一八九六)と比較し、自分は「鞭打ちの熱愛者だ」と言っていた。ある時彼はアーサー・グリーヴズに「彼の膝に顔を伏せて(across his knee)」手紙を書いて済まなかったと謝った。しかしこの言葉遣いを用いたために、かれ自身のこころに性的連想が浮かび、話を脱線させている。

「膝に顔を伏せて(across my knee)」という言い方はもちろんお尻を鞭で叩かれるときの格好を描写するものだ。あるいは鞭が用いられないとしても(鞭を振り回すことはできないから)、拷問を受けるときの格好を連想させる。この姿勢は子どもや保育園についての連想を伴うけれども、申し分なく親密な何か、同時に被害者にとっては非常に屈辱的なものだ。(40)

ルイスの鞭打ちに関する空想はたいてい美しい女性(もしかしたらグリーヴズの妹リリーも含まれていたのだろう)が対象となっていたが、彼がオクスフォード大学から書いた手紙では、対象は若い男にも広げられていた。(41)

一九一七年初めにルイスがアーサー・グリーヴズに宛てた三通の手紙には「Philomastix」(ギリシア語で「鞭を愛する者」の意)(42)の署名がある。ルイスはこれらの手紙で「残虐行為の官能性」の魅力に捕われていることを説明しようとしている。ただしルイスはグリーヴズがその話しに乗ってこないこと、容認しないことを知っていた。ルイスは「この奇妙なことにこころ動かされる人間は非常に、非常に少ない」ことを認めている[43]。そしてグリーヴズが「こころ動かされない者」の一人であるのは確かであった。事実、ルイスは一九一五年春から一九一八年の夏までグリーヴズに「ガラハド（Galahad）」（『アーサー王伝説』に登場する高潔な騎士）のニックネームを与えていた。それは親友グリーヴズが純真なこころを持ち、誘惑に負けない力を持っていることを認めており、ルイスはそういうグリーヴズに魅力を感じていた。

ルイスがグリーヴズをからかったことは、明らかに根拠のあることだった。グリーヴズは一九一七年六月一〇日にアイルランド教会で堅信礼を受けたが、その頃の日記には彼が自分の清らかさ（Purity）について特別に気にしていたことが現れている。この堅信礼はグリーヴズが宗教的に「成人になった」ことを記念する出来事であり、グリーヴズも自分の精神的に画期的事件であると考えていたことが明らかである。ルイスはおそらく知らなかったであろうが、グリーヴズはその頃に何らかの危機的情況を通過しつつあったようである。グリーヴズの日記には、人生の無意味さについての暗い想いと「清らかなこころ」を保つことを願う祈りが散りばめられている[44]。「何とつらい人生なのか。何のために生きているのか。神を信じろ[45]」。彼の日記は彼が孤独な若人で、ルイスとの友情と神への信仰を、暗く不安定な大空に輝く恒星として仰いでいたことを明らかにしている。

第二の記憶はルイスがその頃膨らませていた詩人として名を残すという望みに関係する。その頃「戦争詩人」が評判をとっており、ルイスもそれを志していたらしい。戦争詩人の中にはシーグフリード・サスーン（一八八六―一九六七）やロバート・グレーヴズ（一八九五―一九八五）、リュパート・ブルック（一八八七―一九一五）などがおり、特に最後に挙げた詩人は「兵士（The Soldier）」にある三行により名声を得ていた。

私が死んだとき、私についてこのことだけを覚えておいてほしい（*If I should die, think only of me*）、

外国の野の一隅が（*That there's some corner of a foreign field*）
永遠にイギリスであることを（*That is for ever England*）。

ブルックは蚊に刺されたことが原因で敗血症にかかり、一九一五年四月二三日に亡くなった。かれはガリポリ作戦に動員され、そこに向かう途中であった。彼は「外国の野の一隅」、ギリシアのスクロス島のオリーヴ林の中に葬られた。

ルイスはこの詩をはじめ、多くの詩から刺激を受けて、オクスフォード大学で訓練を受けていたこの時期に自分でも詩を書き始めた。それらの詩は一九一九年三月に、クライヴ・ハミルトン（ハミルトンは母の旧姓）なる偽名を用いて出版されたが、特に注目されることもなく、再版されることもなかった。ルイスはこの詩集のタイトルを初め『牢獄に囚われた魂――叙情詩集（*Spirits in Prison: A Cycle of Lyrical Poems*）』とした。アルバート・ルイスは一般に知られている以上の読書家であったが、ロバート・ヒッチェンズによる同じタイトルの小説が一九〇八年に出版されているとルイスに教えた。ルイスは問題を理解し、タイトルを『虜となった魂（*Spirits in Bondage*）』に変更した[46]。

しかし『虜となった魂』を戦争詩集と呼ぶのは適切であるとは思えない。私が理解する限りでは、この詩集に収められた詩の半数以上が、ルイスがフランスに出征し実際に戦闘に参加する以前に書かれたものである。それら初期の詩は前線から遠い安全地帯にいて戦争を知的に考察しているだけである。それらは大量の戦死者を出したフランスの原野における激情、絶望、残虐などによって染められていない。それらの詩は知的には面白いが、サスーンやブルックの詩のように詩的洞察力に溢れていない。

それでは、これらの詩はルイスについて何を明らかにしているだろうか。いずれにせよ、この詩集は彼が出版した本格的著作の第一弾である[47]。文体論的に見れば、この時期のルイスの声は後期の成熟した権威あるものになるまでにはかなりの距離があると言わねばならない。しかし、彼の生涯のこの時点で書かれた詩としてわれわれの関心を呼ぶことは、それらの詩に表れた明確な無神論的傾向である。この詩集の中で最も興味深い部分は沈黙する宇宙、われわれに何の関心も示さない宇宙に対する抗議が連ねられた部分である。「新年に寄せる頌」は一九一八年一月にフランスのアラス市の近くで交戦している時に詠んだものであるが、神（もともと人間が作りあげただけのものであるが）の最終的死が宣言されている。人間が悲惨の底からあげる叫びに「耳を貸す」「赤い神」などという観念は信憑性を失い、泥の中に打ち捨てられる。神とは「かつてあった美を殺し、その辺に投げ捨てる大能」であり、栄誉を剥奪されている(48)。

これらの詩は、当時ルイスのこころに深く刻み込まれていた二つの主題を示していることで重要である。第一に神に対する侮蔑感である。もともと彼は神が存在するとは信じなかったが、その神に対してルイスは自分の周辺に広がる大虐殺と破壊の責任を押し付けたいと願っていた。第二に、過去に彼が持っていた安全感と安心感に対する強い憧れである。彼はその過去が永遠に破壊されてしまったと固く信じていた。取り戻すことのできない愛しい過去への渇望はルイスの後期の著作に繰り返し表れる主題である。

『虜となった魂』がルイスについて語る最も重要なことは、彼がどのような人生計画を持っていたかということである。彼は詩人として名を残したいと願っており、自分は後世名の残る詩人になるに必要な才能を持っていると思っていた。今日ルイスは文学批評家、護教家、そして作家として知られているが、これらは若いルイス自身が将来に向けた夢や希望とは合致しない。ルイスは詩人としては大成せず、他の分野の著作家として名をなした。ルイスは詩人として名をなすことはできなかったが、散文作家として、生来の詩人が持つ力強いリズムと旋律的言回しに富む散文を書く作家になることに成功したと言う人々もあるだろう。

第三の記憶はどういうことであろうか。「D」とは誰なのか(49)。そしてDが一九一七年に彼の部屋を訪ねてきたことが、あれだけ重要なことと考えていたのはなぜだろうか。彼の日記を読み進めていくと、Dとは明らかにムーア夫人のことであり、その頃ルイスは彼女と同棲していたことが分かる。これからわれわれはこの複雑な関係により詳しく触れなければならないが、それはルイスがキーブル学寮で士官候補生としての訓練を受けている頃に始まっている。パディ・ムーアはルイスが自分の母と親しくなるきっかけとなったかもしれないが、ルイスとムーア夫人との関係はパディとは無関係に発展した。

ルイスがパディ・ムーアと親しかったことは事実である。事実、彼らの関係はルイス伝作者の多くが考える以上に緊密であったらしい。ルイスとムーアの個人的関係は彼らがキーブル学寮で同室になったときに始まったもののようである。この点を調べるために、後にルイスが所属することになるイギリス陸軍の連隊組織の問題について考えなければならない。ルイスは一九一七年九月二六日にサマーセット軽歩兵第三連隊の中尉補佐としての暫定的辞令を受けた[50]。パディ・ムーアは銃砲隊の士官となり、ソムに派遣された。

しかしなぜルイスはサマーセット軽歩兵連隊に加わったのであろうか。ルイスはサマーセット郡には親類もおらず、何の関係も持たなかった。伝記作者のほとんどがこの問の重要さに気付いていない。ルイスには別のより確実な可能性があった。最も納得しやすい勤務地はオクスフォードを拠点とするオクスフォード・バッキンガムシャー軽歩兵連隊であり、士官候補生第四大隊の士官候補生の大多数がそこの配属となった。ルイスがベルファスト出身であることから、彼はアイルランド連隊の一つに配属となる可能性もあった。それなのになぜルイスはサマーセット軽歩兵連隊配属となったのか。

この問に答えるために、士官候補生第四大隊の指令書の中に何かの鍵が見つかるかもしれない。それらの指令文書の中で士官候補生について言及される場合には、その人物はもともと入営したときの連隊の名で呼ばれることになっていた。新兵は、たとえば訓練中に特別な技能の持ち主であることが判明して別の連隊に移されない限り、その連隊で訓練を受けることになっていた。大隊指令書によると、たとえば「もう一人の」C・S・ルイスは初めオクスフォード・バッキンガムシャー軽歩兵連隊に配属されたが、後にミドルセックス第六連隊に移されている。同じ大隊指令書によると、パディ・ムーアがオクスフォードの大隊に到着した日、一九一七年五月七日には次のように記されている。

37072　Moore, E. M. C.　Som L. I.　7.5.17(51)

ルイスがサマーセット連隊に配属されることを志願したことの鍵がここにある。ムーアが配属された連隊はサマーセット軽歩兵連隊であった。これは全く理にかなっている。ムーアの自宅はブリストルの郊外、レッドランドにあり、そこは陸軍の新兵募集のためにはサマーセット郡に属するものとして扱われていた。大隊指令書の同じ箇所には、ルイスが初めはキングズ・オウン・スコットランド国境連隊の配属になっていたことが明らかである。

従ってわれわれはルイスが親友のパディ・ムーアと同じ連隊に配属となるように「願い出た」という可能性があることを真剣に検討しなければならないことになる。この二人の間には、戦争中に互いに助けあうという何らかの約束があったのであろうか。ジェーン・ムーアが一九一七年一〇月一七日にアルバート・ルイスに書いた手紙にはそのことをほのめかす強い証拠が見られる。ジェーンはその手紙で、パディがサマーセットでルイスと共に勤務し助け会うことができないことになって非常に悲しんでいると言っている(52)。この手紙の調子からは二人が共にサマーセット軽歩兵連隊に配属になると期待していたこと、そして戦闘で出くわす課題を共に負い合うことを期待していたことが明らかである。

結果としては、ルイスがサマーセット軽歩兵連隊に配属されることが決り、数日後にムーアは銃砲隊に暫定的に配属されることが通知された。もしわれわれの推理が当たっているとすれば、ルイスは親友と一緒に戦えないと知って途方に暮れたであろう。彼は一人で、親友の支えなしに戦場に出ていかねばならない。

モーリーン・ムーアが兄パディとルイスが約束を交わすのを耳にしたのは彼らがブリストルを訪ねたときであ

ったのだろう。彼らのうちどちらかが戦闘で倒れたときはもう一人の方が残された親の面倒を見ると彼らは約束した。この約束がムーアが銃砲隊に配属されることが明らかになる前に交わされたのかどうかは明らかでない。しかしこのような約束が交わされたということは二人がオクスフォードにいる間に強い絆で結ばれるようになっていたことの現れであると見ることができる。

その頃ルイスと彼の家族との関係は急激に悪化していた。アルバート・ルイスはルイスが休暇をベルファストの「小さなリー」で過ごすものと期待していた。しかしルイスはブリストルに行きムーア一家と三週間を過ごした。父についてはお義理で訪ねた（一〇月一二日から一八日まで）だけで、クラウンヒルにある彼の連隊（プリマスの近くにある「木造小屋の村」）に戻ってしまった。[53] ルイスがブリストルから父宛に書いたややそっけない手紙で、ルイスは事柄の一部しか伝えていない。[54] ルイスは「風邪」をひき、ムーア夫人が寝かせてくれたとだけある。

事態は前へ前へと進みつつあった。ルイスはクラウンヒルに戻ると直ちにグリーヴズ宛に慌しい手紙を書き、「ある人」について不用意に洩らしたことをすべて無視してほしいと頼んでいる。[55] このことに関する状況証拠は、これはムーア夫人との関係が深まったことを指していることが確実であるが、絶対的に確かというのではない。それでもその後にこの特別な、しかし大きな問題を含む関係を父に隠すために企てられた嘘や策略の重なりなどから判断すると、ムーア夫人との関係が抜き差しならぬものになっていたことは確かである。もしアルバートがことの真相を知れば、ルイスと父との関係（それは既に緊張を含むものとなっていた）が完全に断絶することをルイスは知っていた。もしルイスが一九一七年一二月一四日にアーサー・グリーヴズに書いた手紙を父が見たらどうなっていたであろうか。その手紙にはアーサー・グリーヴズとムーア夫人とがルイスにとって「世界中の人間の中で……最も重要な二人」として言及されている。[56]

## フランスの最前線へ――一九一七年一一月

パディ・ムーアは一〇月に銃砲旅団の一員としてフランスに派遣された。ルイスがフランスの戦線に送られることをルイスも父も恐れていた。しかし突然にすべてが変わった。ルイスは一一月五日に「非常に興奮」して父に手紙を書いた。彼の大隊はアイルランドに派遣されることになると聞いたばかりだと言う[57]。アイルランドでは政治的緊張が高まっていた。イースター暴動の余波が燻っていたこともその理由の一部である。アイルランドに派遣されたとしても危険が全くないのではないが、フランスの最前線よりもアイルランドに配属されるほうがはるかに安全であることをアルバート・ルイスが分からなかったはずはない。そしてサマーセット第三連隊は一九一七年一一月にアイルランドのロンドンデリーに、そして一九一八年四月にベルファストに配置された。

しかしルイスは連隊と共に移動したのではなかった。彼はサマーセット第一連隊に移された[58]。この連隊は実戦隊で、一九一四年八月からフランスに配置されていた[59]。新兵たちは前線に送られる前により広汎な訓練を受けるのだろうと誰もが思っていた。しかしここでも事態は急速に進み始めた。一一月一五日木曜日の夕方早く、ルイスは父宛に至急電報を打っている。彼は四八時間以内にサウサンプトン港に行き、フランス行きの船に乗れとの命令を受けた。彼はブリストルのムーア夫人の家にいた。ルイスは父に会いに来てくれないかと頼んでいる[60]。父はルイスが何を言っているのか分からず、すぐに電報を打ち返し、より詳しく説明しろと要求してきた。

ルイスは翌朝、一一月一六日金曜日に必死になって再び電報を打った。彼はフランスに行けとの命令を受けており、船は次の日の午後に出航することになっていた。ルイスの船が出航する前に父が会いに来てくれるかどうかを知りたがっていた。しかしルイスが詩において抗議をぶつけた沈黙の天のように、父は返事を寄越さなかった。ルイスは父に別れを告げることなくフランスに向けて出航した。経験の浅い下士官が戦死する率は甚だしく高い。ルイスはイギリスに戻れないかもしれない。アルバート・ルイスがこの決定的な瞬間の重要性を理解しなかったことは、既に悪化していた親子関係を改善することにならなかった。これで親子関係は完全に断絶したと言う人もあるだろう。

ルイスは一一月一七日にサウサンプトンからノーマンディのル・アーヴルに向けて出航した。サマーセット第一連隊に合流するためである。一九歳の誕生日にルイスは一人の友もなしに、アラス市の東、ベルギーとの国境近くにあるモンシ・ル・プリュ近郊の塹壕に送り込まれた。アルバート・ルイスはルイスを砲兵連隊に編入させようとして再び画策していた。しかしルイス自身が願い出るのでなければそれは、そしてその上でルイスの上官が書面を持って許可しなければ、それは実現しないと言われた[61]。ルイスが「最前線から少し離れたひどく破壊された町」なるところから書いた手紙には、そのような可能性はないとある[62]。ルイスは歩兵連隊に留まることを決意した。

ルイスの一二月一三日の手紙はルイスが最前線ではなく、より安全な後方にいるとほのめかしているようであるが、事実はそうではなかった。ルイスは実際には塹壕の中におり、そのことを一九一八年一月四日の手紙で初めて父に告げている。それはおそらく父に心配をかけないためであったのだろう。その手紙においてさえ、ルイスは自分が置かれた情況の危険さをあまり大きいものとは書いていない。彼は一度だけ危ない目に遭ったと言う。彼が用をたしているときに、砲弾が近くに着弾したのだという[63]。

ルイスは塹壕戦の恐怖についてほとんど書かないが、そのこと自体、塹壕戦の客観的事実（「ひどく破壊された男たちが、半分潰されたカブトムシのようになお動き、坐ったままの死体、立ったままの死体、土しか見えず草の葉一枚見えない景色」）と、彼自身がそのような経験から主観的に距離を置いて見ていたこと（そのような経験は「記憶にほとんどよみがえらないし、よみがえってもかすかなものに終わる」、そのような経験は「私の他の経験から切離されている」）の両面を確証している。[64] これはルイスがいう「現実との協定」の最も顕著な特徴であろう。ルイスは自分の世界にフロンティアおよび障壁を設定し、「ひどく破壊された男たち」の恐ろしい姿からルイスを守り、これらの恐怖は誰か他の人が経験したこととみなして、自分は自分の生を歩み続けることを可能にした。ルイスは自分を繭で包み、腐敗しつつある死体や技術による破壊から彼の思想を隔離した。彼は周囲の世界を寄せ付けない。そしてそれは読書によって実現された。他の人々の言葉と思想が盾となり、彼の周囲に起こっていることから彼を保護した。

ルイスは最先端技術を用いる非人間的な戦争の経験を文学のプリズムによって濾過し和らげることができた。ルイスにとって書物は失われた過去にあった至福の記憶（それは感傷的に誇張されていたかもしれないが）と彼が現在受けている精神的傷を癒す香油（膏薬）となるものであった。数か月後にアーサー・グリーヴズに書いたように、ルイスは幸せであった日々、「小さな図書室で本という本すべてを読み漁った」過去を振り返っていた。[65] その日々は、彼自身悲嘆のうちに回想しているように、失われてしまっていた。

クレメント・アトレーはユニヴァーシティ学寮の学部生で、後にイギリス首相になった人物であるが、大戦争中に砲弾の雨をくぐりながら、オクスフォード大学の敷地全域を散歩していると想像して神経を鎮めたという。[66] ルイスは同じ効果を得るために本を読んだ。ルイスはしかし読書以上のこともしていた。彼はフランスで現役兵として戦っているときにも確かに大量の書物を読み漁った。彼は詩も多く書いた。彼の詩集『虜となった魂』には明らかに直接に経験された戦争の現実に対する反応として書かれた詩が含まれている。たとえば「フランスのノクターン（Monchy-le-Preux）」がある。ルイスは文学書を読むだけでなく、自分の感情を文字にすることが現実に対処する際に沈静効果があることを知っていた。文章を構築するための心的操作が、文を書くことを思い立たせた感情を和らげ、抑制していると感じた。ルイスは親友アーサー・グリーヴズにも「自分の人生にうんざりとしたときには何かを書くと良い。インクは人間の病をすべて癒す偉大な薬である。私はそれをはるか昔に発見した」と書いたことがある[67]。

ルイスは一九一八年二月の大半をフランスの海岸ディエプに近いル・トレポールにあったイギリス赤十字第一○病院で過ごした。彼は他の多くの兵士と同じく「塹壕熱」に冒されていた。この症状はP・O・U（原因不明の熱病［Pyrexia origin unknown］）と呼ばれていたが、しらみが媒介するものと考えられていた。ルイスは一九一七年にディエプから二九キロメートル離れたベルナヴァル・ル・グロンで母や兄と過ごした幸せな日々の想い出を父に書き送っている[68]。この頃にルイスがグリーヴズ宛に書いた手紙には、彼が読んでいる書物あるいは読もうとしている書物（例えばベンヴェヌート・チェルリーニの自叙伝など）について詳しく書かれている。もし神々がルイスに対して好意を寄せていれば、病状が悪化し、病院により長く留まれるであろうと言う。しかし、神々は自分を憎んでいると彼は憎々しげに言う。さらに付け加えて、自分も神々を憎んでいるのだから、自分は神々を責めることは出来ないのだろうと言う[69]。その一週間後にルイスは退院した。彼が属する中隊は戦闘地域の外に移され、ワンケタン（Wanquetin）でさらに訓練を受けることになった。その頃、総攻撃が計画されており、ルイスが所属する連隊は「分隊電撃突撃（section rushes）」を行う訓練を受けることになった。その後三月一九日にアラス近郊のファンプーの前線に送られることになっていた。

## 戦傷を負う――リエズ・ドュ・ヴァナージュへの攻撃　一九一八年四月

アーサー・グリーヴズの日記には、三月から四月にかけて、自分の孤独感とルイスに対する心配に関する記述が多く見られる。「私は私の少年を神が守ってくれるようにと祈る。彼なしには私はどうして良いかわからない[70]」。アーサー・グリーヴズは一九一八年四月一一日の日記に、その日にムーア夫人から受取った手紙の内容を記している。それによれば「私の愛しい子」が戦死したのだという。[71] グリーヴズは悲しみに沈み、同時に彼の最も親しい友人の安全について心配を募らせた。彼は二日後にルイスに関する希望を表白している。「ジャックが戦傷を負えば良いのに。そうすれば彼は神の御手のうちに置かれ、神は彼を安全のうちに置いて下さると信じる」[72]。グリーヴズの心底からの願いはルイスが重傷を負い、前線から運び出されること、あるいは祖国イギリスに送還されることであった。結局のところ、ルイスに起こったことはまさにそれであった。

サマーセット軽歩兵連隊は四月一四日午前六時三〇分にドイツ軍が占領していた小さな村リエズ・ドゥ・ヴァナージュへの攻撃を開始した。イギリス軍は大砲の弾幕攻撃を仕掛け、続いて歩兵隊が出撃した。[73] 弾幕攻撃はドイツ軍の抵抗を壊滅させるには充分でなかったので、出撃した歩兵たちは激しい機関銃攻撃に曝された。ローレンス・ジョンソン中尉はこの攻撃の際に負傷し、翌朝に亡くなった。ジョンソンはオクスフォード大学クイーンズ学寮の教員で、一九一七年四月一七日に訓練に加わり、軍隊におけるルイスの数少ない友人の一人であった。[74]

しかしルイスは中隊の一員として無事にリエズ・ドゥ・ヴァナージュに到達した。「私は約六〇名の捕虜を『捕らえました』。それと言うのも、私は大いに安堵したのですが、どこからともなく軍服に身を包んだ人々の群れが、手をあげて突然に現れただけです」[75]。作戦行動は午後七時一五分に終了した。リエズ・ドゥ・ヴァナージュはサマーセット軽歩兵連隊の手に墜ちた。

ドイツ軍はただちに反撃に打って出た。まず村に砲弾を撃ち込み、続いて歩兵隊の突撃が始まった。しかしそれは撃退された。ドイツ軍の砲弾がルイスの近くで炸裂し、ルイスは傷を負い、その時ルイスの傍にいたハリー・エアレス軍曹は即死した。[76] ルイスはエタープルの近くにあった第六イギリス赤十字病院に搬送された。おそらく看護師によって書かれたと思われる手紙がただちにアルバート・ルイスに送られ、彼の息子が「軽症」を負ったと通知された。続いて陸軍省（War Office）からも電報が届き、「C・S・ルイス・サマーセット軽歩兵連隊中尉は四月一五日に負傷した」と知らされた。[77]

アルバート・ルイスは自分の息子が重傷を負ったと思い込んだようである。そしてウォーニー（その時には陸軍大尉に昇進していた）に手紙を書き、悲痛を訴えている。ウォーニーは重傷を負った弟の死が近いと思い、ただちに彼を見舞うことにした。[78] しかし彼はどうやってルイスのもとに辿り着いたのであろうか。彼の弟は五〇マイル（八〇キロメートル）離れたところにいた。

ウォーニーに関する軍の記録を見ると、その時に何が起こったのかが分かる。当時ウォーニーの昇級判定を下す責任を負っていた士官は、彼が「乗馬に優れず」と言いながらも、「オートバイの運転には優れている」と評価していた。このことから当然予期され、想像されもするように、ウォーニーはオートバイを借りてでこぼこの原野をノンストップで飛ばし、野戦病院にいる弟を見舞いに行った。彼は弟に生命の危険がないと知って安堵した。[79]

事実、ルイスは砲弾の破片による傷を受けただけで生命の危険はなかった。しかしイギリスに送還されるには充分の傷であった。それは当時の兵士たちの間で「送還傷（Blighty wound）」と呼ばれていた戦傷であった。ルイスの傷は他の兵士たちが受けた傷に比べれば軽いものであった。その後しばらくして、彼の友パディ・ムーアが行方不明となっており、戦死したと見なされていることを知った。

グリーヴズが自分はおそらく同性愛者であると手紙でルイスに明かしてきたのもその頃である。ルイスは以前からそうではないかと感じていたらしい。[80] グリーヴズの告白に対するルイスの反応は、そのことについて驚くほどの寛容さを表しており、伝統的道徳観に対する疑義に結びついていた。「老人よ、おめでとう。きみが自分自身の意見を古いタブーをものともせず〈独立に〉構えるだけの道徳的勇気を持っていることを知って、私は嬉しく思う」[81]。グリーヴズはそのことを打ち明けたことによってもルイスとの友情が失われることにならなかったことに安堵したと思われるが、日記にはルイスの手紙を受取って「何か悲しかった」と洩らしている。[82] グリーヴズはルイスの手紙を良く読んで、ルイスが自分は同性愛者ではないことを言外にほのめかしているのを読み取ったからだと思われる。

　グリーヴズはルイスも同性愛者であることを願っていたのだろうか。グリーヴズのその頃の日記には、彼がルイスに情念的に強い愛着を感じていたことが書かれている。そのことを理解することが重要である。そのようなことはグリーヴズの生涯において他に例がない。彼が日記に書いていることから判断すると、ルイスはその頃彼と共にいなかったにもかかわらず、ルイス以上に（男であれ女であれ）グリーヴズの生にとって重要な役割を持った人物はいない。ルイスからの手紙が途絶えると、グリーヴズは絶望の底に沈み込んでいた。「ジャックについて悲しい思いがする。彼は私が嫌いになったのだろうか。彼からは何も言ってこない」[83]。一九一八年の最後の日記は特に彼の内心を明らかにしている。「J（ジャック）なしに私は何をすれば良いのだろう」[84]。証拠が示すところによれば、ただし確実に証明されるわけではないが、グリーヴズの愛の主たる対象はルイスその人であった。

　このことは二人の若い男の間では深刻な問題とならざるを得ないだろう。結局のところ、グリーヴズは現実を受容したようである。二人の間にこの問題をめぐるどのような気まずさも比較的容易に消滅し、彼らの間でいさかいが起こることはなかった[85]。ルイスは彼を親友として、また当時の最も親しい友人として尊敬し続けたし、一九六三年にルイスが亡くなる日の数週間前まで文通を続けた。しかしルイスとグリーヴズの間の複雑な関係は友情の本質と限界に関するルイスの思索に明らかな刻印を残している。『四つの愛（*The Four Loves*）』（一九六〇年）の読者にとって、ルイスが男性間の関係について（それだけではないが）、親密さや愛着、そして尊敬の限界についてこの著作において考察を行っていることを理解することが重要である。

　話をもとに戻すと、ルイスは一九一八年五月二五日にイギリスに送還され、エンヅリー・パレス士官病院に収容された。その建物はもとロンドンのホテルであったが、フランスからあまりに多くの傷病兵が帰ってくるので、それに対処するために陸軍省によって徴用されていた。ルイスはオペラを観劇できるほど元気であった（彼はワーグナーの「ヴァルキューレ」を観て感激したことをグリーヴズに伝えている）。またグレート・ブカムにも足を伸ばし、「グレート・ノック」を訪ねている。ルイスは父宛に長い、愛情のこもった手紙を書き、この「巡礼」について語り、父がロンドンまで会いに来てくれれば嬉しいとも書いた。[86] しかしアルバート・ルイスはルイスが入院している間、一度も息子を見舞ってこなかった。[87] しかしムーア夫人が訪ねてきた。それだけでなく、彼女はブリストルから彼と共に住むために転居してきた。

## ルイスとムーア夫人——関係の始まり

ルイスとムーア夫人の間には何が起っていたのか。その事をいくらかでも理解するためにはいくつかの要素について考察しなければならない。第一に、われわれは書かれた文書を何も持っていないことである。個人的証言があれば信頼すべき結論を得ることができる。ムーア夫人は晩年にルイスから貰った手紙をすべて焼却した。ルイスがこの関係について打ち明けた人物があるとすれば、それはアーサー・グリーヴズであろう。そこでもわれわれはグリーヴズが残した資料の中にこの問題に関して明瞭な光を投ずる証拠を何一つ見出すことができない。

われわれはしかし、この関係が生まれた情況について、何かを理解することができる。われわれはルイスが母親を失い、家族や友人から離れて人生の難局に直面したときなどに母の親愛と同情を必要としていたことを知っている。さらに彼は出征する準備をしており、死の可能性に直面していた。大戦争についてなされた多くの研究は、大戦争がイギリスの社会的、道徳的慣習を突き崩す影響力をもっていたことを強調している。前線に送り出されようとしている若者たちには、女性たち（老いた女性、若い女性たち）の同情の対象になっていた。そしてしばしば熱烈な（ほとんどの場合つかのまの）恋愛関係が生じていた。ルイスはアーサー・グリーヴズ宛の手紙から知られるように性に関する好奇心に満ちた若者であった。われわれには一九一七年にユニヴァーシティ学寮のルイスの部屋でムーア夫人が何をしていたかについていろいろ思いをめぐらすことが許される。ルイスの一九二二年の日記からはルイスがその時の想い出を非常に大事にしていたことがわかる。

ムーア夫人が一方ではルイスの理想とした女性像、思い遣りがあり、優しく、母性に徹した女性としての役割と、他方でこの上なく魅惑的な愛人としての役割とを兼ねた可能性がある。多くの人がC・S・ルイスの詩の中で最も広く記憶されていると考えるもの、「理性（Reason）」と題されたソネット（おそらく一九二〇年代初めに書かれた）に私は心を打たれる。そのソネットにおいて、ルイスは一方では理性の清澄さと強靭さ（アテナイによって象徴される［ソネットでは］処女［maid］）と、他方では想像力の暖かい暗さと豊かな創造性（デメテル、大地母神）とを対照させている。ルイスがここで大きな問題としていることは、彼にとって「同時に処女であり母でもある」女性がいるであろうかということである[88]。

一体どのような女性がこの二つの役割を一身に担うことができたであろうか。それら二つの役割はまさに正反対の極にある。ルイスは知的レベルにおいて理性と想像力との真の結婚を摸索していた。しかしそれは若いルイスには全く到達できない境地であった。彼にはこころの生は何の関係も持たない二つの世界に裂かれていると感じられていた。「一方の側には、多くの島が浮かぶ詩と神話の海があり、他の側にはもっともらしい薄っぺらな『合理主義』がある[89]」。その後、ルイスがキリスト教信仰を発見したとき、理性と想像力とが綜合されること、それが説得力と権威を持つものであることを見出し、死ぬまでそれを奉じていた。

ルイスが理性と想像力について考えたこと、そして彼が用いたコトバには、ルイスがそれを意識していたかどうか不明であるが、何かより深い意味があるのではないだろうか。ルイスが自分のこころと身体を養ってくれる女性を求めていたことが言外にほのめかされていないだろうか。ムーア夫人はルイスが失った「母」であり、彼が憧れていた「処女」ではなかったのだろうか。

情況証拠が示すところによれば、ルイスは一九一七年の夏にムーア夫人とかなり複雑な関係を持つようになったことが確かであると言えそうである。ルイスの親密な友人であり、ルイスについての最も深い洞察を持った伝記作者ジョージ・セイヤー（一九一四―二〇〇五）はルイスとムーア夫人との関係が微妙なものではあるが、究極的にはプラトニックなものであったと言う。早い頃に書かれたルイス伝、ルイスに同情的な伝記（セイヤーがその後に書いた重要な著作『ジャック』（一九九八年）も含め）などは、ルイスとムーア夫人との関係を考察しながらも、彼らが愛人関係にあったことを否定している。しかし意見の潮流は変わってきた。セイヤー自身がその変化を例証している。『ジャック』が再版されたとき、セイヤーはその序文（一九九六年に書かれた）で、ルイスとムーア夫人が愛人同士であったことは「かなり確実」であると書き、さらにルイスが直面していた深刻かつ解決のない情動的必要と葛藤を考えるとき、そうなったのは「驚くべきことではない」と書いている(90)。それでも彼ら二人の関係は単に「性的」なものであったとは言えない。「性的」ということが彼らの関係の核心と限界を完全に規定していたとは言えず、彼らの関係はむしろ母性的な要素、ロマンティックな要素によって、より強く形成されていたと思われる。

理解し難いことは、なぜルイスが前線に派遣される直前にそのような関係が始まったかということである。その時点でルイスは前線から戻ってこない可能性があったし、戻ってきてからもなぜその関係が長く持続したのかが問題である。戦時に発生したこの種の情事はほとんどが短命であった（もちろん出征した兵士が戦死して帰ってこなかったことも原因であるが）。それにそれらの情事は同情とその場の都合に基づいたものであって、人格的愛情や信頼に深く基づいたものではなかった。ルイスとパディ・ムーアの間に結ばれた「約束」が、ルイスとムーア夫人との関係を理解する上で重要な鍵であると思われる。この約束が二人の関係を周囲の人々に対して合理性を提供し、さらにはルイス自身にも何らかの道徳的正当性を与える背景となったのではないか。当時ルイスはキリスト教信仰を持っていなかったから、自分が適当と認める価値観ややり方を押し通す自由を持つと考えていたことは確かである。われわれはこの問題を次の章で再び取り上げる。

ルイスは一九一八年六月二五日にアシュトン・コートに移った。これはブリストルのクリフトンにある療養所で、ムーア夫人の家の近くにあった。ルイスは父宛に、アイルランドにある病院を捜したが、どれも受けいれてくれなかったと書いている。(91) ルイスはブリストルに移ってから、彼の詩集『牢獄に囚われた魂』(初めに付けられていた題)の出版がマクミラン社により拒否されたこと、そしてハイネマン社が出版を引き受けてくれたことを知った。その時点でルイスは著者名を「クライヴ・ステイプルズ」とすると提案していた。しかし一一月一八日に「クライヴ・ハミルトン」にすると決めた。自分の正体を隠すために母の旧姓を用いた。(92) 詩集は一九一九年三月に出版されることになった。

その間、ルイスは一〇月四日にソールズ・プレインのペラム郡兵舎に移された。ムーア夫人も彼のあとを追い、近くにアパートを借りて移り住んだ。ルイスはそこで自分の個室を与えられるという贅沢を楽しんだ。一一月一一日に大戦争が終わった。ルイスは再び移され、サセックスのイーストボンにある連隊本部に収容された。ムーア夫人もそれにしたがい転居した。ルイスはこれらの事情について父に書き送っていた。すべては秘密事項ではないと彼は考えていた。そして一月一〇日から二二日にかけて休暇が与えられるから、ベルファストに行くと伝えていた。ウォーニーもフランス勤務から休暇を与えられ、父と共にクリスマスを祝うため、一九一八年一二月二三日にベルファストに到着することになっていた。

しかし事態は期待に反して急速に変化していた。ルイスは一二月二四日に退院し、軍役解除となった。ルイスはそのことを父に知らせる余裕もなかったので、そのままベルファストの家に直行した。ウォーニーの一二月二七日の日記にことの次第が書いてある。(93)

今日は祝日になった。父と私は午前一一時頃、居間にいた。見ているとタクシーが近づいてきた。ジャックスが降りてきた。彼は除隊となったのだった……われわれは昼食を共にし、三人で散歩に出掛けた。四年間の悪夢が過ぎ去り、われわれはまだ一九一五年にいるように感じた。

ルイスは一九一九年一月一三日にオクスフォード大学での学業を再開するために、オクスフォードに戻った。それは大戦争により残酷にも中断されていた。その後三五年間、彼はそこで過ごすことになる。

# 第二部　オクスフォード大学

# 第四章　数々の欺瞞、多くの発見

## ――オクスフォード大学特別研究員の誕生　一九一九―一九二七年（二一―二九歳）

大戦争が終熄してオクスフォード大学には新しい学生が洪水のように押し寄せてきた。戦争が終わった次の年に一八〇〇人以上の退役兵が入学してきた。その中には新たに学生となった者があり、また兵役のために中断していた学業を再開するために戻ってきた者もいた。C・S・ルイスは後者のうちの一人である。彼はユニヴァーシティ学寮から与えられていた奨学金を受けるため、一九一九年一月一三日にオクスフォード大学に戻った。ルイスが驚いたことに、学寮の門衛（おそらく、伝説に名を残すフレッド・ビカートンであろう）が彼を覚えていてくれた。(1) そしてただちに彼が一九一七年の夏から使っていたラドクリフ・クォドラングル（広場・中庭）に面する部屋に案内してくれた。オクスフォード大学は戦後に陸軍および海軍を除隊となった数多くの学生が殺到してきたのに対処するため、入学要件をかなり緩和した。ルイスもイギリス陸軍の士官として従軍したので、戦前に要求されていたレスポンシオンズを免除された。(2) それで彼が基礎的数学の能力に欠けていることが、オクスフォード大学の学位を取得する上での障害ではなくなった。

ルイスは既にオクスフォードの街に惚れ込んでいた。オクスフォードには素晴らしい建物があり、豊かな知的遺産を受け継いでいた。オクスフォードは文化と学識を土台とする都市であり、イギリス帝国が外国に持つ植民

図4－1　ユニヴァーシティ学寮のラドクリフ・クォドラングル。ヘンリー・トーント（1860－1922）が1917年夏に撮影。ルイスは1917年にユニヴァーシティ学寮に入学を許可されて、このクォドラングルに面するスイートルームを与えられ、1919年1月にそこに戻った

地から収奪した財物や、産業開発による地域の自然環境の破壊の上に建てられた都市ではなかった。『虜となった魂』にルイスが書いているように、オクスフォードは数少ない偉大な都市の一つであった。

野卑な物質的利得を目的にせず（*That was not built for gross, material gains*）、
利に聡い貪欲な勢力や、帝国の驕奢な
祝宴のためにでもなく（*Sharp, wolfish power or empire's glutted feast*）。

学部生であったルイスにも、その後のルイスにも、オクスフォードはこころの帝国建設を奨励し、推進する美しい都市であった。オクスフォードは

古代からの静かな流れの音に鎮められた
快適な都市（*A clean, sweet city lulled by ancient streams*）、

幻を見るところ、鎖から解き放たれるところ（*A place of visions and of loosening chains*)、選ばれた者の隠れ家、多くの夢を結ばせる塔[3]（*A refuge of the elect, a tower of dreams*)。
ルイスにとって、これらの幻や流れは西洋文明の源泉（古代ギリシアおよびローマの文化）に戻ることによって最も良く培われ、養われるものであった。ルイスは「こころの拡張」のプロセスとして古典古代の言語と文学に自らを沈潜させていくことになる。

## 古典学専攻生――ユニヴァーシティ学寮　一九一九年

ルイスは既にオクスフォード大学で研究者としての生涯を送るという最も重大な決意を固めていた[4]。彼は代替案を何も持っていなかった。ルイスは自分が何になりたいのか、そしてそのためにどれだけの努力が必要かを知っていた。彼は古典古代の言語と文学（オクスフォードではそれを人文学、古典学および哲学 *Literae Humaniores* と呼んでいた）を学ぶことを固く決意していた。これはヴィクトリア時代のオクスフォード大学の学術の冠を飾るダイアモンドであった。一九二〇年頃まで、オクスフォード大学が与える学士号の中でも知的に最高のものと考えられていた。

一九一二年に、高名な古典学者で新学寮の学寮長であったウィリアム・アーチボルド・スプーナー（一八四四―一九三〇、ルイスはこの高名なる学者に憧れて新学寮を志願したのかもしれない）は *Literae Humaniores* の目的を定義して次のように言っている。それは「古典古代の文明と思想に沈潜することである」という。それは *Lit. Hum.* と略記されることが多いが、このラテン語を英語に翻訳するのは難しい。文字通りに訳せば「より高尚な文芸（more humane letters）」となるだろう。それはルネッサンス・ヒューマニズムの理想であったこと、ここ
ろを広くし洗練する教育、過去の豊かな知的、文化的財産に直接触れることによってなされる教育と規定されている。

オクスフォード大学における*Literae Humaniores*の起源は一八〇〇年に遡るが、根はより深いところにあった。一七世紀にすでにこの分野にイギリス社会全般で関心が向けられていた。イギリスは一七世紀の内乱と革命とにより深い痛手を受けながらも滅亡することにはならなかった。国内全体に安定した社会秩序を再興するためのあらゆる努力がなされたからである。そこでは人間の理性や本性、秩序などの諸徳が強調された。古典古代はイギリスが政治的、社会的安定を強固なものにするための智恵の宝庫、国民によって共有される文化規範と基準の成立を助ける手本とみなされた。

オクスフォード大学で*Literae Humaniores*を学ぶ学部生は古典古代の文学、哲学、歴史の分野の豊富な原典に原語によって直接取り組むことを要求された。それも単に学問的関心の対象としてではなく、イギリスの生き残りと繁栄を確実なものにするための手段として学ぶことが求められた。*Lit. Hum.* は智恵に至る道であって、単なる知識の蓄積ではなかった。それは人生に向かっての道徳的、文化的準備であって、事実に関する情報の獲得ではなかった。他の学科は学部生の頭に知識を「詰め込む」ことだけを目指していたが、*Lit. Hum.* は「こころの形成」を目標としていた。

*Lit. Hum.* は学生に非常に高度の語学力を要求していたために、卒業まで四年間（一二学期）が必要であった。それに対し他の学科では三年だけで足りた。*Lit. Hum.* の教育課程は二つの部分に分けられていた。学生たちは五学期を卒えた段階で「第一次試験（Honours Moderation）」（Mods と略称された）と呼ばれる試験を受けなければならなかった。それに合格しないとそれに続く過程に進むことが許されなかった。その後さらに七学期を終了した時点で最終試験（学生たちの間では「大試験（Greats）」と広く呼ばれた）を受けることができた。これ

ら二つの試験はそれぞれ「等級試験（classified）」と呼ばれていた。これら二つの試験にそれぞれ合格した学生が第一級賞、第二級賞、第三級賞、第四級賞が与えられるためである。[5] 卓越した学生には「人文学二重第一級賞（Double First in *Literae Humaniores*）」が与えられた。つまり、彼らは第一次試験（Moderation）と最終試験（Greats）の二つの試験に第一級賞を得て合格した「二重」の第一級賞を得たことを意味した。それは彼らが二つの学位を得たことを意味したのではない。一つの学位を取得する上で履修することが必要な課程を可能な限り最高の得点で合格したことを意味しただけである。

オクスフォード大学の一九一八年から一九一九年にかけての学年度はルイスが戻ってきたときには既に始まっていた。オクスフォード大学の学年度は八週間を一学期とする三学期からなっていた（だいたい一〇月から一二月初旬までのマイケルマス学期、一月から三月までのヒラリー〔受難節〕学期、四月から六月までのトリニティ学期）。ルイスはその第一学期に間に合わなかった。しかし一九一七年のトリニティ学期に既にユニヴァーシティ学寮の学生として登録されていたために、第二学期（ヒラリー学期）に正規の学生として登録することが許された。彼はホメロスに関しては他の学生に遅れをとったが、すぐに追いついた。

第二学期（ヒラリー学期）は一九一九年一月一九日（日曜日）に正式に始まった。[6] その翌日に学期の始業講演があった。ルイスは誰が見ても明らかな熱意をもって勉学と取り組み始めた。その一週間後に日常生活の様子をアーサー・グリーヴズに書き送っている。

七時半に起こされ、礼拝、朝食……朝食後に勉強（図書館か講義室で、両方とも暖房が効いている）あるいは一時まで講義に出席、それから自転車でムーア夫人の家へ……昼食後、お茶の時間まで勉強、そしてまた夕食まで勉強。その後また少し勉強をしたり、お喋りをしたり、時には何もせずに時間を過ごしたりブリッジを楽しんだりして、一一時頃に学寮に戻り、暖炉に火を焚いて一二時頃まで勉強または読書をし、それから

ぐっすりと眠る。(7)

ルイスはオクスフォード大学の規則により、学寮に住むことが義務付けられていた。朝食に出てこないと問題になり、取調べを受け、厄介な結果を招くことにもなりかねなかった。

しかし「誰が」彼を七時半に起こしたのであろうか。われわれはここでオクスフォード大学の「用務員(scouts)」に触れなければならない。ルイスは手紙では彼らを「召し使い(servants)」と呼んでいる。それはおそらくオクスフォード大学の「専門語」を父やアーサー・グリーヴズが誤解しないように翻訳していたためであろう。ユニヴァーシティ学寮では用務員(ほとんどが男性であった)の勤務時間は長かった。(8) 一つまたはいくつかの階段(入口)ごとに一人の用務員が配置されており、彼らは寮室と寮生について責任を負わされていた。用務員は普通午前六時に仕事を始め、六時四五分頃から学生たち(紳士[gentlemen]と呼ばれていた)を起こし始め、食堂で(あるいは学生の居室で)朝食を出し、彼らの居室を掃除し、一日の終わりに食堂でディナーを出す。彼らのほとんどは大学が休暇に入るとイギリスの海辺にあるホテルで働く。ルイスは手紙や日記で彼らについて触れることはほとんどないが、他の学生たちは親しい人々に世話になっている用務員について語り、卒業後も彼らと連絡を保っていた。

オクスフォード大学の学生としてのルイスの日常は勉学と(いささか内密にされていたが)ムーア夫人との関係をめぐって展開されていた。ルイスは午前中の勉学を終えると自転車でモードリン橋を渡り、ヘディントン丘を越えてヘディントン村に行った。(9) ムーア夫人はウォーンフォード通り二八番地に家(ミス・アニー・アルマ・フェザーストーンの持家)を借りていた。ルイスは午後から夕方にかけてムーア夫人と共に過ごし、夜は学寮で過ごした。このような二重生活はオクスフォード大学の学部生にとっては全く例外的なものであった。ルイスはそのような日常について、親友のアーサー・グリーヴズ以外には誰にも明かしていなかった。(ルイスがグリーヴズに

「家族」について語るとき、それはムーア夫人とモーリーン・ムーアのことである。[10]）一九一九年七月からアーサー・グリーヴズ宛の手紙で、ルイスはムーア夫人を「ザ・ミントー（the Minto）」（定冠詞が用いられていることに要注意）と呼ぶようになる。しかしこの奇妙なニック・ネームの由来について彼は何の説明もしない。[11] このニック・ネームの由来はモーリーンが母を「ミニー（Minnie）」と呼んでいたことに関連があるのかもしれない。しかし当時大変に評判であった砂糖菓子（The Minto）とも関係がある可能性もある。これは一九一二年にドンカスターの糖菓製造業者ウィリアム・ナットールが考案し売り出したものである。[12]

ルイスはこの二重生活について父には何も知らせなかった。そのために念入りな欺瞞作戦を展開した。例えば、ルイスが父を訪ねたとき（それは極めて稀であったが）ムーア夫人は毎日ルイスに手紙を書いていたが、それは近くに住むアーサー・グリーヴズのもとに送られていた。ルイスにとってはベルファスト滞在中にアーサーを訪ねる理由が増えていたことになる。

## 息子についてアルバート・ルイスが憂慮したこと

ルイスがオクスフォード大学で二重の生活を送っているとき、アルバート・ルイスは彼のために陸軍省に働きかけていた。彼の息子は戦傷を負ったがそれに対する補償を受ける権利があるのだと彼は主張した。アルバートの粘り強さと強力な弁論により（おそらく主に前者によるのであろうが）陸軍省はついに屈した。結局のところ陸軍省はしぶしぶながら「戦傷慰労金」としてルイスに一四五ポンド一六シリング八ペンスを支払うことにした。アルバート・ルイスは補償金を勝ち取ったことで大いに喜び、また元気付けられて、陸軍省にさらに攻勢をかけた。陸軍省は前よりもより強く出し渋ったが、「戦傷慰労金追加」として一〇四ポンド三シリング四ペンスを支払った。

この間、父と子の関係はもともとあまり良くなかったが、さらに悪化した。アルバートは自分の息子が文化的に故郷アイルランドから離れていくことについて、また『虜となった魂』に見られる無神論、そして最も重要なことだが、息子が自分に対して愛着を感じていないことなどについて不満を募らせていた。ルイスは父宛にあまり手紙を書かなかったし、休暇中にもほとんど父を訪ねなかった。それにルイスは父の健康や精神的状態についてほとんど何の関心も示さなかった。それは一九一九年六月にグリーヴズに宛てた手紙に明らかに示されている。ルイスは「尊敬すべき父はこのところ何も言ってこない」と言い、「もう自殺した」のではないかといぶかっている。(13)

しかしこれら憂慮すべきことのほかに、それ以上にアルバート・ルイスが当時ルイスについて気がかりになっていたことはムーア夫人とのわけの分らない関係であった。アルバート・ルイスも初めのうちは自分の思い込みであろうと考えることにしていた。しかし徐々に(しかも気の進まないままに)より深刻な問題が生じつつあると思うようになった。「ジャックの情事」が引き起こす経済的問題は何なのであろうか。(14)当時アルバートはルイスの学資を負担していた。自分が支えているのは自分の息子だけではないらしいことに気付き始めた。ムーア夫人の別居中の夫(ムーア夫人は彼を「獣(The Beast)」と呼んでいた)の収入は不安定で、別れた妻への送金も途絶え勝ちであった。彼女が主たる収入源を確保するのは難しくなかった。直接の収入源はもちろんルイスであった。しかし間接的収入源がアルバート・ルイスその人であった。

直接対決が不可避であった。ルイスは一九一九年七月二八日にベルファストの父のもとに戻った。その前の週は兄ウォーニーとイギリスで過ごしていた。父とルイスとの気まずい対面が始まり、アルバート・ルイスはルイスの経済状況について説明を求めた。ルイスは貯金が一五ポンドほどあると答えた。ルイスはロンドンのチャリング・クロス通りにあるコックス・アンド・カンパニー銀行に口座を持っていた。当時の退役士官が皆そうしていた。この銀行はナポレオン戦争の時に兵士たちに給料を支払い、連隊の委託を受けて事務を取り扱うために設立された。そこでアルバート・ルイスはコックス・アンド・カンパニー銀行が彼の息子宛に送ってきた手紙を見せた。それにはルイスが一二ポンドの借金をしているとあった。父はルイスに問いただし、ルイスは自分の経済状況について父に嘘をついたことを認めた。

そこでのやりとりは激しく不愉快なものであったと思われる。ルイスはそこで父に対して尊敬の念を持っていないこと、父について何の気づかいもしていないことを告白した。アルバート・ルイスが日記に書き付けているように、ルイスは「私を騙していたし、私に対してヒドイこと、無礼なこと、侮蔑の言葉を吐いた」。それは「私の人生における最も惨めなときの一つだった」という[15]。アルバート・ルイスはおそらく息子がそれ以前にアーサー・グリーヴズに宛てた手紙を見ていなかったであろうし、それで良かったのではないか。ルイスはその手紙で自分は「常習的嘘つき」で、ルイスの書く「嘘を真摯に真に受ける」アーサーはあまりに「ナイーヴ」であると婉曲にグリーヴズをなじっている[16]。

それでも、ルイスが父にどれほどの嫌悪感をもっていようとも彼は自分で自分を経済的に支える力を持っていなかったし、経済的独立を主張する立場にはなかった。父がルイスへの送金を打ち切らないことになってルイスは安心した。彼らのこころは互いに遠く離れてしまっていたがアルバート・ルイスは息子を支え続けた。それもルイスが受取った金の大半をどのような目的のために用いるかを充分に知りながら。当時ルイスが父宛に書いた手紙は礼儀正しい。しかし彼らの関係が以前のよそよそしいものになるのにそれほどの時間はかからなかった。

ルイスは一九一九年から一九二〇年にかけての学年度に学寮に住まず、ヘディントンのウィンドミル通りに住んだ。ムーア夫人がそこに新しい住まいを見つけたからである。学部生の中には学寮における初年度を終えると「下宿」から通うことにした者がかなりいた。そしてルイスにはムーア夫人が家主であるとの虚構を構えることが簡単にできた。第二年度にルイスは第一次試験（Honours Moderation, 進級試験）の準備に追われた。それは三月に行われることになっておりルイスが自分の学問的技量を初めて示す最初の場であった。ルイスは第一級賞を得て合格した三一名の学生の一人となった。ルイスは父に朗報を伝えた。そして今は休暇をとっており、「ある男」の誘いにのって「しばらくの間彼と旅行し、『散策』を楽しんでいる」とそっけなく付け加えている。(17) しかしこれは父に対する嘘の続きであった。ルイスはムーア夫人およびモーリーンと休暇を過ごしていた。

## 卓越した学業成績——大学総長賞受賞論文　一九二一年

ルイスは一九二〇年のトリニティ学期に、ジョージ・H・スティーヴンソン（一八八〇—一九五二）の古代史、エドガー・F・キャリット（一八七六—一九六四）の哲学の講義を聴き大試験の準備にとりかかった。父への手紙には本代がかさむと不満を洩らしている。しかし間もなくしてルイスは別の新しい企てに目を向けた。一九二一年四月にルイスは「大学総長賞賞金のかかった論文を書くように薦められた」。これは学部生が英語で書く論文に与えられる賞で、題が与えられる。その年度の題は「楽観主義（Optimism）」であった。ルイスは父にその賞を獲得すれば自分を「宣伝する素晴らしい機会」になると書いている。ただし競争は「非常に激しい」ことも認めていた。(18)

ルイスは約一万一〇〇〇語の原稿を書き上げた。しかし父にタイプで清書させるのに掛かった費用が非常に高額であったのに誤植が多かったことについて苦情を述べている。結果の発表が遅れルイスは落胆しかけていた。結果は五月二四日にようやく発表されルイスの受賞が公表された。彼の論文から詩学教授および演説法教授が選ぶ部分を大学創立記念式典（創立者ならびに貢献者を記念するために毎年行われる式典、*Encaenia*）の中で朗読した。この式典はシェルドニアン講堂で持たれ名誉学位贈呈がなされる。式典の来賓の中にはフランスの首相（一九一

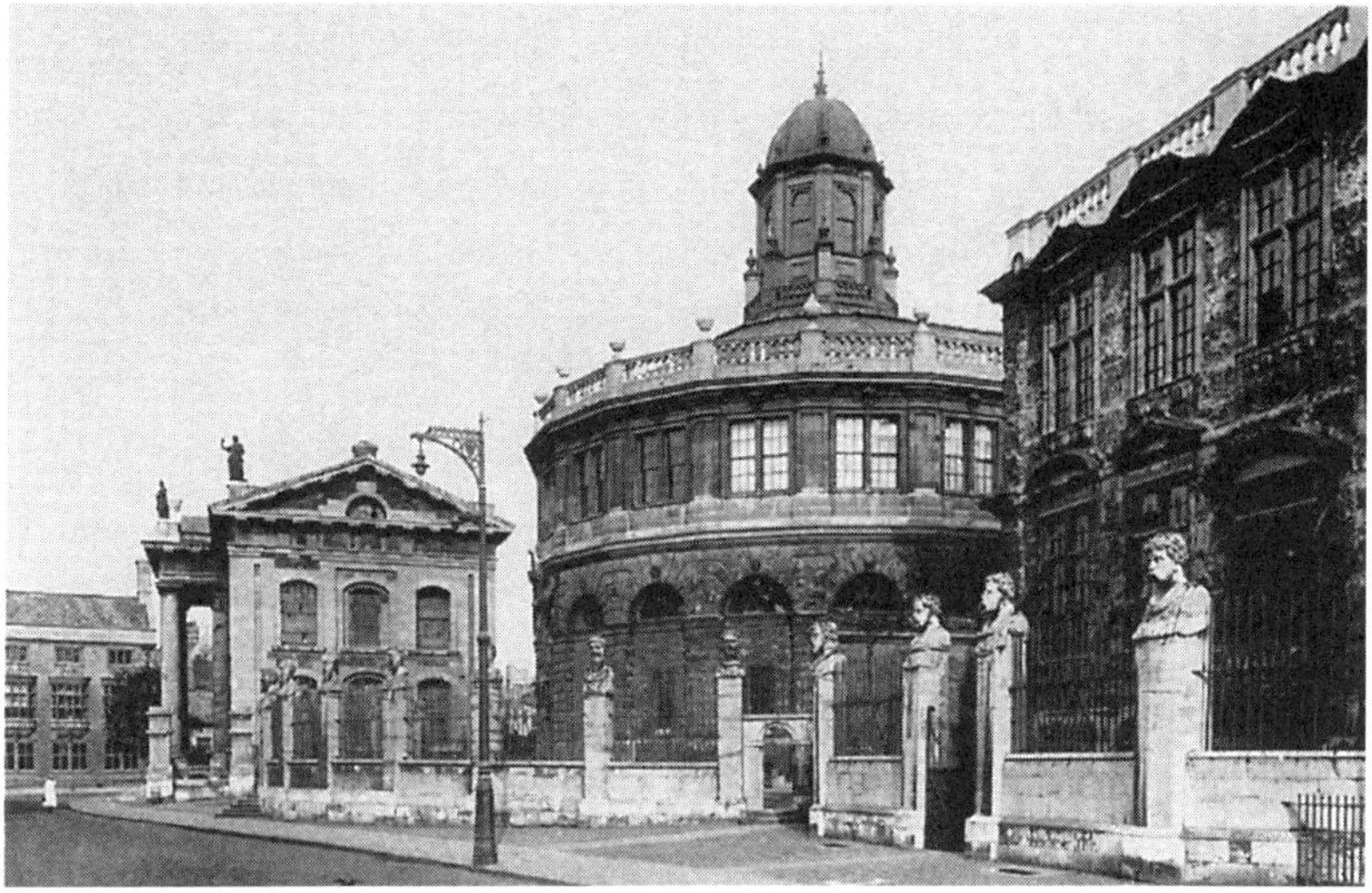

図4−2　シェルドニアン講堂、1922年のオクスフォード大学学位記授与式の式場。シェルドニアン講堂は1668年にクリストファー・レンの設計によって建築された

七年から一九二〇年まで）であったジョルジュ・クレマンソーもいた。ルイスは与えられた二分間をいっぱいに使って朗読をし、大きな建物の中で自分の意見を語ることができた喜びを兄に伝えている[19]。

　オクスフォードの出版社であり書店でもあったバジル・ブラックウェル社がすぐに連絡してきて、お会いして論文の出版について相談したいと言ってきた。しかしその論文は出版されず、その原稿は現在失われている。いずれにせよルイスはその論文に著作物としての価値を認めていなかった。彼は父にその論文は「すぐに忘れられる」であろうと書いた。重要なことは賞を獲得したということであって論文そのものではなかった[20]。われわれはルイスの意見が正しいものであると思うほかない。ルイス家に保存された文書の中にも論文の写しはないし、オクスフォード大学の文書館にもない[21]。われわれはルイスが「楽観主義」について何をどのように言ったのか知らない。われわれが知っていることは、応募論文審査委員たちがそれを優れた論文であると評価したことだけであり、それによりルイスがオクスフォードの大空に昇りつつある星であるとの

図4－3　1922年頃のオクスフォード市の目抜き通りの1つ、コーンマーケット通り。クラレンドン・ホテルが左側に写っている

評価を固める上で力があったということだけである。

学術研究者としてのルイスの将来を嘱望させるいくつもの明らかな徴候が現れてきた。しかし彼と父との関係は疎遠で緊張をはらむものになっていた。ムーア夫人に関する意見の違いは一九二一年七月に表面化しそうになった。その頃アルバートはイギリスへ行きオクスフォード大学を訪ね、ルイスに会い彼の学寮居室を見たいと言ってきた。父がムーア夫人と対面する可能性が生じたことにルイスは恐怖を感じた。ルイスは「友人」をでっち上げ、父の訪問が不可能になるよう工夫した。ルイスはもう「学寮から出て」ある男と共に下宿に住んでいる。「彼は学業にひどく忙しくして」いるので訪問者によって邪魔されることに腹を立てるであろうと言う[22]。

芝居じみた欺瞞を本当のことに見せるために驚くべき工夫がなされた。ムーア夫人の家の奥の部屋がいかにも「学部生の下宿部屋」に見えるように模様替えされた。そしてオクスフォードの友人ロドニー・パスリーを説得して招かれざる客（父）が訪問する間、学業にことさら忙しく社交嫌いなルームメイトであるふりをしてそこに住んでくれるように頼んだ。しかし結局のところ、父はオクスフォード市のコーンマーケット通りにあるクラレンドン・ホテルでの豪華な昼食に満足し、ルイスの部屋を見てルームメイトに会うということに関心を示さずに終わった。[23]

## 成功と失敗——卓越した学業成績、しかし就職口なし

ルイスのユニヴァーシティ学寮における最終学年度（一九二一―一九二二年）は大試験への準備に追われていたが、二つの目標があった。第一に、六月に行われる最終試験（大試験）で優秀な成績をおさめること、第二に、その後の就職口を求めることである。この頃の彼の日記には彼が読んだおびただしい数の書物、家事雑事の手伝い、彼がおしゃべりを交わしたムーア夫人の友人たちや家族たち、就職口探し、教育関係の仕事がなかなか見つからないことの不安を抑えようとしてできないでいることなどが記録されている。

不安が的中することは一九二二年五月、最終試験の一か月足らず前に確実になった。学寮における彼の哲学の指導教員エドガー・キャリットが近い将来に教育研究職のポストに空きができる可能性はないとルイスにはっきり言い渡した。もしルイスが教育研究職を目指すならば、唯一の現実的な選択肢はオクスフォード大学にもう一年とどまり「別の科目を履修する」ことだと言った。[24] キャリットが言いたかったことはルイスが別の科目で最終試験をもう一度受けて雇用機会をできるだけ広げなければならないということだった。ルイスは *Lit. Hum.* の最終試験を終えた後に英文学も学び就職適性を広げなければならない。

ユニヴァーシティ学寮の学寮長レジナルド・メイカン（一八四八―一九四一）も五月下旬にルイスと面会したとき同じようなアドヴァイスを与えていた。メイカンはその直前にニューヨークのコーネル大学の教員から将来有望な若い学徒を一年間の留学生として迎えたいので紹介してほしいとの要請を受けていた。メイカンはルイス

を第一候補に挙げていた。しかし用意されていた奨学金はルイスの旅費にもならない僅かな額であったから、ルイスの私生活は破壊されてしまうであろうと言う。ルイスは学寮長のアドヴァイスにあった二つの点のうち、奨学金が僅かであることに注目し、生活費の問題は取り上げなかった。

メイカンはこれからどうする心算かとルイスに尋ねた。ルイスがオクスフォード大学特別研究員になりたいとの希望を伝えると、メイカンは時代がいかに変化したかを説明した。戦前の旧い時代には優秀な学生には最終試験が終了した時点で学寮の特別研究員のポストが提示されたが、それは遠い昔のことになっている。オクスフォード大学およびケンブリッジ大学に関する英国審議会（一般にアスキス審議会として知られている）が一九一九年一一月に組織され、オクスフォード大学が戦後のニーズに応えるためにどのように近代化すべきかについていくつもの提言を行った。提案された改革を実施すること以外の選択肢はユニヴァーシティ学寮にない。その中には学寮特別研究員のポストをいくつか廃止することが含まれていた(25)。ルイスは新しい大学体制に順応しなければならない。彼はもう一回、別の科目で最終試験を受け、もう一つの賞を得て能力を証明しなければならない。もしルイスがその道を選ぶなら学寮はルイスに対する奨学金を更新するであろうとほのめかした。そうであればルイスは授業料を支払うことを心配しないで済むことになる。

ルイスは父に手紙を書き、以上のようなアドヴァイスが与えられたこと、そこで生じると思われる事柄について説明をした。この冷静な手紙でルイスは戦後の世界がいかに大きく変わりつつあるかということ、そのために難解な古典古代の言語や文学の世界についての専門家には、あるいは哲学の専門家でさえも、働く場が消え去りつつあることを説明している。もしオクスフォード大学で研究職に就けない場合、就職口として彼に残された唯一の現実的な選択肢は「初等中等学校の教師」になることかもしれない。しかしそれは切羽詰った段階でとる絶望的方策であって、ルイスはその職に何の熱意も感じていないのだという。いずれにせよルイスはイギリスのパブリック・スクールでは大きな魅力のある教師とは思われないことを知っていた。彼は「スポーツが不得意」であり（そのことが原因でモールヴァン校では惨めな思いをした）それが彼にとって決定的な弱点とされるであろう。彼が最も真剣に考えた選択肢はオクスフォード大学の個別指導教員になることであった。個別指導教員にはスポーツの能力をもつことを誰からも要求されていなかった。しかしますます明らかになってきたことは、高等教育の世界で働こうとするためにはルイスが大試験で総合的な優れた成績を取るだけでなく、それを特殊な分野の専門知識によって補わなければならないということであった。ルイスはこの追加すべき分野の専門知識が何であるかを知っていた。当時オクスフォード大学で「人気上昇中の科目」は英文学であった[26]。

この問題について考えることは延期された。ルイスは最終試験を受ける準備をするために寸刻もおろそかにできなかったからである。最終試験は六月八日から一四日にかけて行われた。ルイスが受けた科目はローマ史、論理学、フィロストラートゥスの未見のギリシア語を翻訳すること、そして未見のキケロのラテン語を翻訳することであった。ルイスはどこまでできたか自信が持てなかったが、落第はしなかったと内心信じていた。

最終試験が終わり結果の発表を待つ間、気を鎮めるために長詩『ダイマー』のいくつかの詩歌を書いた。『ダイマー』はホメロス、ミルトン、テニスンなどの伝統に掉さす叙事詩として構想された。ルイスはこの叙事詩のスケッチをグレート・ブカムにいた頃に書き始めていたが、正式の初稿は一九二二年に書き始められた。一九二二年から一九二四年までのルイスの日記には「午後は『ダイマー』を書き継いだ」という文言とともに、いくつもの短いスケッチが散りばめられている。この長詩は一九二六年に出版されるが、それについては後章で再び取り上げる。

ルイスは最終試験の結果が発表されるのを待つ間、もう一件、彼の不安定な経済状況を改善するための試みも行っていた。収入を得るために地域の新聞「オクスフォード・タイムズ（*The Oxford Times*）」に八月と九月に高校生あるいは大学学部生に古典講読の個人指導をするという広告を出した。またレディング大学（Reading University）の古典学講師の就職口がないかも調べた。レディングはオクスフォードから電車で三〇分ほどのところにある。しかしレディング大学で面接を受けてみると、もしレディング大学で教えるならレディングに住まなければならないと言われた。これはルイスの家庭の事情からすれば問題外であった。モーリーンはヘディントン中学に充分満足していたし、ルイスはモーリーンの教育、友達つきあいを乱すことは全く願っていなかった。彼は願書を取り下げた。当然予想されるようにルイスは父にまったく異なる説明をした。彼はレディング大学が求めていたのは「純粋の」古典学者ではなかったのだと言う(27)。

続いて別の可能性が浮かび上がってきた。オクスフォード大学のモードリン学寮から古典学の特別研究員にならないかとの申し出を受けた。ルイスはこのポストを獲得できる希望があるとは思わなかったが、義務感から願書を提出した。願書を出しても無駄かもしれないとの警告を受けていた。九月に採用試験がありその結果によって採否が決るといわれた。それまでは採用されるために何の運動もすることもできなかった。

いずれにせよルイスはもう一つ難題を抱えていた。ルイスは七月二八日にオクスフォードのハイ・ストリート(High Street)にある大試験場に行き口頭試験を受けた。彼の記憶によればそれは五分と続かなかった。彼は最終試験の答案に書いたいくつかのことについて試験官たちから説明を求められた。その中には「哀れな老人プラトン」なるあまり賢明とは思われない文言もあった。数日後にムーア夫人が別の家(ヒルスボロ[Hillsboro])を見つけてまた転居した。夏に移り住めるということ、しかも家賃は無料ということでヘディントンのウェスタン・ロード二番地にあった(28)。ムーア夫人も経済状況についてルイス以上に心配していた。そしてウォーンフォード・ロードの家をロドニー・パスリー夫妻に又貸しすることにした。彼らは一シリングでも倹約しなければならなかった。彼女も収入を得るために縫い仕事を始めた。その年の一一月にルイスは日記の中で彼女は働き過ぎていると書いている(29)。経済的基盤の弱さからくるストレスは次第に耐え切れないものになっていた。

八月四日にルイスはバスに乗ってオクスフォードの大試験場へ行き、最終試験の結果はいつ発表されるのかを調べようとした。彼が驚いたことに結果は既に発表されていた。彼が第一級賞を得た一九人の学生の一人になっていることを知って大いに安堵した。しかし次になすべきことは何なのであろうか。

結局のところルイスはモードリン学寮から提示された古典学個別指導教員のポストを獲得することにすべての希望と努力を傾けることにした[30]。この特別研究員のポストはその年にモードリン学寮が募集した三つのポストの一つで、かなり広範囲にわたる筆記試験により選抜されることになっていた。ルイスは九月二九日に他の一〇人の応募者と共に試験を受けるためモードリン学寮に出向いた[31]。他の応募者を見て彼らの力量からルイスは落胆を禁じえなかった。その中にはA・C・ユーイング（一八九九—一九七三）やE・R・ドッヅ（一八九三—一九七九）など将来のスターがいた。（ドッヅは一九三六年にオクスフォード大学のレギウス・ギリシア語教授に任命された。）ルイスは自分が選ばれる可能性がまったくないと悟り、日記には「あたかも」彼が「特別研究員になれなかったかのように」振舞い英語学の勉学に進む準備をすると書いている[32]。このポストが他の候補者に与えられたことを知ったのは一〇月一二日になってからであった[33]。しかしその時にはルイスは彼の個別指導教員のアドヴァイスに従い英語学研究に全力を傾けていた。

モードリン学寮のハーバート・ウォレン学寮長（一八五三—一九三〇）は一一月にルイスに自ら手紙を書き、ルイスは古典学の特別研究員として採用されなかったが選抜過程の次第について知らせてきた。その年モードリン学寮は三人の新しい特別研究員を採用したが、ルイスが僅かな差で選に漏れてしまった事情についてウォレンは説明していた。しかし事実として学寮は古典学のポストを他の人物に与えたことに変わりはなかった。

きみは実力を最大限に発揮しなかったのではないかと思う。それがどのような理由によるのかは分からない。しかしきみはわが学寮の水準に達している六人の候補者の一人、したがって選ばれてしかるべき人物の一人であった。しかしきみは最後に推薦された三人の中に入っていなかった[34]。

ウォレンの手紙には励ましと非難とが半々に含まれている。しかしこの手紙を読む慧眼の士はこの手紙が究極的には励ましの手紙であることを理解するであろう。ルイスには才能が備わっているが時が至っていない。いずれ時はくるはずである。

一九二〇年から一九二二年までのルイスの手紙や日記は将来に対して彼が抱いた不安や計画について、そして何よりも職を得る可能性について彼が思いめぐらしてことが何であったかを明らかにしている。もし大学における古典学のポストを得られなかったとしたら哲学のポストはあるのだろうか。彼は学部生であったときに哲学の素養も充分に身に付けた。しかしルイスは自分の将来のことばかりにかまけていて他のことを考えることができないでいたのではないか。特に彼の故郷アイルランドで起こっていた深刻な問題について何も考えていなかったのではないか。一九二〇年から一九二三年にかけてアイルランドで起こっていた重大な政治的紛争についてルイスは不思議にもほとんど何も言及していない。アイルランド独立運動は大戦争によって新たなエネルギーを与えられ、一九一九年には暴動にまで発展した。イギリスはアイルランドの田園農業地帯に対する統制力をアイルランド共和国軍（Irish Republican Army, IRA）に奪われ始めていた。「血の日曜日」（一九二〇年一一月二一日）にIRAはダブリンでイギリス人情報員やアイルランド人密告者の一四人を射殺した。イギリス軍はその日のうちにクローク・パークで報復攻撃を行い、やはり一四名を殺害した。暴動はロンドンデリーやベルファストなどの北部の諸都市にも広がった。プロテスタント市民は共和国軍の狙撃兵たちの脅威に怯えた。

一九二〇年にイギリス政府はアイルランドに制限つきの自治を許すという提案をした。しかし彼らは納得しなかった。アイルランド人は政治的、国家的独立を求めていたのであって、イギリスに従属する政府を求めていたのではない。暴動は続いた。一九二一年七月一一日に停戦協定が結ばれた。しかしそれで暴動が止んだのではなかった。イギリス政府は一九二二年一二月六日にようやくアイルランド自由国（Irish Free State）の創立に同意した。プロテスタントが優勢な六つの郡はその日から一か月以内にアイルランド自由国に入るか、連合王国に留まるかどちらかに決定することを求められた。次の日に北アイルランド議会は連合王国の一部になることの許可を求めた。アイルランドは分割された。

奇妙にもルイスはこうした動きに、アイルランドにいる自分の親族や友人たちに重大な結果をもたらすことであるにもかかわらず何の関心も示さず、何の関わりも持とうとしなかったようである。重大な日となった一九二二年一二月六日の日記にルイスが書いていることからは、彼の思いを支配していた重大な問題はアイルランド独立やベルファストの将来の問題、父の安全の問題などではなく、「朝食」という言葉が「八時のお茶や一一時のロースト・ビーフ」という意味を持つかどうかということであった。(35) 彼の生涯を通じてアイルランド最大の政治的、社会的動乱であった問題にこれほど無関心でいられたのはなぜか。最も分かりやすくまた最も説得力を持つ答えは、ルイスはもはや自分がアイルランド人ではないと感じていたということである。彼の故郷、彼の本当の家族、そして彼のこころはオクスフォードにあった。アルバート・ルイスではなくムーア夫人が彼の家庭生活の道標となっていた。

## ムーア夫人――ルイスの生活の要石

われわれはここでルイスとムーア夫人との関係をより詳しく調べなければならない。ルイスの普通ではない家庭生活の営みはオクスフォード大学ではあまり知られていなかった。一九三〇年代にルイスのほとんど知人たちはルイスを典型的な独身の特別研究員であり、ヘディントンにいる「老いた母」と暮らしていると見ていた。ルイスの母が彼の幼い頃に死んだことを知っている者はほとんどいなかった。そして今「母」と呼ばれている女性はルイスの生活においてかなり複雑な役割を果たしていた。

ルイスの私生活について書く人々は、ほとんどの場合ウォーニーがムーア夫人に対する嫌悪をあからさまに言い表していたことを手がかりにしている。その結果ルイスとムーア夫人との関係はきわめて否定的な性格のものとして描かれることになっている。彼女は横柄で利己的であり我欲の強い女性とされ、ルイスはいつも奉公人ないし使い走りとして扱われているのだとされた。そしてルイスはムーア夫人から何の知的刺激も受けていなかったとされる。

一九四〇年代後半の頃のことについて言えばそのような判定を受け入れるべき正当な理由があるかもしれない。その頃ムーア夫人の健康が損なわれ、認知症の症状が現れるに従い難しい人物になっていた。しかしその頃にルイスが抱えた難事の大きな原因はムーア夫人が突きつける駄々っ子のような要求だけでなく、ウォーニーのアルコール依存症でもあった。しかしそれは二〇年先の情況であって、われわれが今扱っている時期のことではない。その頃ムーア夫人はより若く、ルイスが必要としていた感情的支えと慰安を与えていた。それはルイスの親族が誰一人として与えようと考えていなかったことであるし、また与えることができなかったものである。ルイスがフランスに向け出航するとき(彼の父が見送りに来てくれなかったことで、ルイスは深く傷ついた)、戦傷を養っていたとき、オクスフォード大学で教員のポストを求めていたときなど、家族は頼りにならなかった。ルイスが戦場から戻ってきて研究生活に移行するまでの困難な時期にムーア夫人がルイスのために親縁関係と安定した環境を作ってくれていたと言って間違いないと思われる。

忘れてはならないことは、ルイスが母と死別し、深慮を欠いた父の決断(善意からのものであったのだろうが)によってイギリスの学校に送り出されて家族からも切離されたことである。一九五一年にイギリスの心理学者ジョン・ボウルビー(一九〇七―一九九〇)が戦争によって親や故郷を失った子どもたちの精神的健康の問題についての研究書を世界保健機構(WHO)から出版した。彼の主な結論は人格関係において子どもが経験することはその子の心理的発達にとって決定的重要性を持つということであった。[36] ボウルビーはその後「安全な基地」の概念を打ち出す。子どもは安全な基地で育つことにより人生で遭遇する難題に対処する力を獲得し、人格的独立を発達させ感情的成熟を遂げていく。しかしボウルビーの研究はアルバート・ルイスの決断に影響を与えるには遅すぎた。ルイスがボウルビーの言うような「安全な基地（Secure Base）」を子どもの頃に与えられていたことは確かである。それはしかし母の死によって、また強制的に寄宿学校に入れられたことにより、破壊されてしまった。

『喜びのおとずれ』において母の死によってルイスが受けた衝撃を語る部分は綿密な分析が必要である。「すべては大海と小さな島々になってしまい、偉大な大陸はアトランティスのように沈没してしまった[37]」。ルイスの豊かな言葉遣いは、地理上の用語を用いて彼が感情的安定性と安全感を失ったことを描いている。それは将来に回復されることへの切望へと必然的につながっている。彼は自分が航海に出なければならない者なのに、安全でいつでも帰って行ける港を見つけることができない人物にたとえているように見える。一九二〇年代にルイスが書いたものにはムーア夫人と彼女の家族たちがルイスにそのような安全な基地を提供していたという確かな証拠が見られる。彼女はルイスの感情的支えとなり、職業の選択に苦悩しているときにも激励をあたえていた。就職口を確保できないときにもそれに耐える力を与えてくれていた。ただし彼女は知識人ではなかった。そのため学問的領域においてルイスの愛人となることはできなかった。ルイスは後に知的な女性、難しい本を書くことのできる女性に惹かれるようになるが、それはムーア夫人との関係に対する反動として理解できるであろうか。しかしムーア夫人はルイスが研究者としての生涯を築く上で必要とした環境に不可欠の要素を提供していたと言って間違いない。

おそらく最も明らかなことはムーア夫人が既にでき上がっていた家庭をルイスに提供したことである。一九二二年から一九二五年にかけてのルイスの日記には彼が安定した安全な家庭生活を築き上げていたことが読み取れる。それは「小さなリー」で母を失うことにより永久に失ってしまったと思っていたものであったらしい。モー

図４－４　コーンウォールのセント・アグネス・コーヴにある喫茶店の露台の「家族」、左からルイス、モーリーン、ムーア夫人。1927 年

リーンは彼の妹となり、彼はモーリーンの兄となった。ルイスの発展を語るときにモーリーンが無視されることが多い。彼の日記には多くの人が気付かないがモーリーンの存在に感謝する記述が多くある。

ルイスがあらゆる種類の家事雑事を手伝わなければならなかったことは間違いない。かどの店にマーガリンを買いに行くこと、バスの切符売り場にムーア夫人が忘れてきたハンドバッグを受取りに行くこと、ムーア夫人の寝室のカーテンが落ちてしまったときに応急修理をすること等々。彼は一家で唯一の男性であり、家庭生活が円滑になされるように男にしかできないことを喜んで引き受けていたように見える。これらのことはなされなければならないし、ルイスはそれらを行った。いずれにせよルイスはそれらの務めを行うことは伝統的な「騎士道精神（宮廷風恋愛）」の実例であると考えるようになっていた。「騎士道精神」は若者の行動規範であって「貴婦人の意のままに、暑さ寒さを厭わず」、「どこへでも使い走りに行く」ことを理想とするとルイスは宣言している。[38] ルイスはそのような家事雑事に「騎士道精神」の高尚なる内容を賦与することにより、それらに尊厳性と重要性を与えることができたのであろう。

ムーア夫人はルイスの社交範囲を広げてもいた。ムーア夫人は非常な客好きで、多くの友人やその家族を夕食に招いていた。ルイスはユニヴァーシティ学寮の居室に籠もっていたのでは培えなかった社交術や感受性が身に着いていくのに気がついた。彼自身が認めるように彼の友人関係はかなり狭いものであった。「私は自分で選んだ仲間、それは主に文学好きの連中ですが、そんな仲間が標準的であり、正常であり、人間の代表であると思い勝ちです」と父に書いている。(39) ルイスは大試験の準備をしている間あまり友人を作らなかった。事実彼に与えられたあだ名は「重ルイス（Heavy Lewis）」であった。(40)（この不名誉なあだ名は大戦争中に用いられた「ルイス式軽機関銃」、略称「軽ルイス」からの連想による語呂合わせだったのだろう。）彼は他の学生たちから「重苦しい（heavy going）」と思われていた。ルイスが人々と上手に付き合うことができるようになったのは、かなり年齢が進んでからであったが、それは自分の仲間たちの間で身につけたものではなくムーア夫人のサークルで身につけたものであろう。

ムーア夫人の家にはヘディントン中学でのモーリーンの友人たちも数多く訪ねてきた。その中に一人（メアリ・ウィブリン）は一九二〇年代初めのルイスの日記にしばしば登場する。ウィブリン（「スマッジ」の愛称で呼ばれていた）はモーリーンの音楽の先生であった。モーリーンのレッスン代としてルイスは彼女にラテン語を教えた。ルイスとスマッジの間にロマンティックな関係があった形跡もある。しかしルイスとムーア夫人との複雑な関係によると思われるが何も起こらなかった。

## 英語および英文学を学ぶ——一九二二—一九二三年

オクスフォード大学が英文学を重要な内容を持つ学問的研究分野であることを認めたのはあまり古いことでは

ない。ロンドン・ユニヴァーシティ・カレッジとロンドン・キングズ・カレッジとは共に一八三〇年代に学部生に対する科目として英文学を置いていた。英文学が重要な科目とみなされるようになるにはいくつかの要素が働いた。ヴィクトリア女王の長い統治の間にイギリスの国家的アイデンティティの強い意識が育ってきた。それに加え、洞察力を備えた政治家たちがイギリス人は豊かな文学的伝統を持っていることを強調することの重要さに気付いていた。英文学研究にとって画期的な出来事は一八八二年にオクスフォード大学に英語および英文学の講座が開かれたことである。しかし一八九四年まで英文学部は置かれなかった。ただしその必要性は強く認められていた[41]。

オクスフォード大学はそのような動きに抵抗していただけのことである。事実一八九四年に英文学部が設置されたものの、それは大学内に論争といがみ合いを引き起こしていた。この学部は実力に欠ける学生たちに平易で学ぶ意味のないことを学ばせるところだと主張する教員たちがいた。また劣等な学位を授ける学部が置かれることを警戒した教員もいた。大試験は内容があり価値あるものであるが、英文学とは小説や詩をめぐる主観的思索に過ぎないのではないか。「シェリーについてのただのお喋り」がどうして学術的に真剣に受取られるのか[42]。英文学研究は単なる印象に基づく軽薄なものであってオクスフォード大学が推進すべきものではない。

それでも英文学を大学で研究することへの圧力は高まりつつあった[43]。オクスフォード大学の伝統主義者の多くにとって英文学研究は平易な科目であり将来イギリスのパブリック・スクールの教師になろうとする者、能力においてはるかに劣る男子に（そしてもちろん女子に）ふさわしい科目であるに過ぎないとされていた。オクスフォード大学は女性を科学や人文学の研究から締め出していた。多くの女性にとって英文学研究は女性が教育者になるために開かれているわずかな窓口の一つであった。一八九二年から「オクスフォード大学において女性が高等教育を受ける機会を推進する会」が学生向けに一連の講演や講義を企画したが、その中で英文学は特に目立つ主題であった。

ヴィクトリア朝時代に英文学研究を重要なものと考えた第二のグループは公務員である。国はインド文官職に最高の人材を得るために一八五五年以降英語の試験を行っていた。オクスフォード大学の学部生で帝国の高等文官を目指す者は時代の風向きを感じ取り、高等文官として身を立てることを念頭に英文学を学び始めた。しかしオクスフォード大学において強調点が置かれていたのは「英語」であって「文学」ではなかった。ヴィクトリア朝時代末期からエドワード朝時代にかけてイギリス帝国が頂点に達した。英文学研究はイギリスの文化的優越性を成り上がりのアメリカや反抗的な植民地諸国に対して確認し主張する手段と見られるようになった。

一九一四年から一九一八年にかけて戦われた大戦争においてイギリスがドイツに勝利したことによってイギリスにちょっとしたナショナリズム高揚があった。それも英文学研究に愛国的動機を加えた。しかしオクスフォード大学における英文学研究は新たに興ったナショナリズム以外の要素によって推進された。より多くの思慮深い人々に対して、文学は戦争による心の傷や破壊を処理するための道を提供し、彼らが持っていた疑問を別の新しいかたちで問い直し、支配権力が公式に打ち出す好戦的愛国論などよりも深い精神的解決を発見させた。「戦争詩人」の出現はおそらくそうした現象の中で最も重要なものであろう。多くの人々が彼らの書く詩から慰めを得た。彼らは戦争の悪夢を新しい見方、また建設的な見方で見直すことができた。戦争詩人は戦争の暴力と無益さとに対する正当な怒りを言い表し、その怒りを社会的、政治的に建設的な方向へ導こうとしているのだと考える人々もいた。戦争直後の時代に英文学を学んだ人々の動機は複雑である。しかしそれらの動機は真実であり、かつては文化的にも知的にも古典学の研究に劣るものと考えられていた分野への新たな関心を呼び起こした。

一九二〇年代に、オクスフォード大学に設置された英語および英文学学部は戦後の関心の高まりを背景に拡大を続けた。右に見たような歴史的理由から、学んでいたのは初めは女子学生とインド文官職を目指す学生たちがほとんどであった。オクスフォード大学の英文学部が拡大するのを見て学寮の中にもこの傾向に乗ろうとするものが出てきた。英語および英文学の個別指導教員がいくつかの学寮に置かれ始めた。ルイスがこの情勢を見逃していたはずはない。もし古典学や哲学のポストを得られないとしても別の可能性が現れ始めている。

ルイスは英語および英文学の研究を一九二二年一〇月一三日に開始した。彼はその日ユニヴァーシティ学寮のA・S・L・ファーカスンに会い研究の進め方について相談した。ファーカスンはルイスにドイツに留学しドイツ語を学ぶことを薦めた。彼の考えるところによれば将来はヨーロッパ文学にある。そしてヨーロッパ文学を教える教師が求められる。ルイスはこのアドヴァイスに従わないことにした。理由は明白である。ムーア夫人もモーリーンもルイスがかつての敵国に行くことに少しの熱意も示さなかったし、家庭でなすべきことは非常に多くあり、ルイスが長期間不在になることは不可能な情況であった。

ルイスは英語研究に疲労困憊した。膨大な文献に完全に浸り切らなければならないだけでなく、古いテキストを読みこなすための語学的技能を磨く必要があった。しかし現実の問題は三年かけて履修するように計画された課程を九か月足らずで学び終えなければならないことであった。普通であれば学部生は最初の一年に基本的文献を学び、その後の二年間により詳細な研究をすることになっている。ルイスは「最上級生」（彼は既にオクスフォード大学から学位を得ていた）として最初の一年の課程を免除された。しかしルイスは残る二年間の履修内容を一年間で頭に詰め込まなければならなかった。そうしないと「第一級賞対象外（overstanding Honors）」となり、単に「及第」の成績を受けることしかできなかった。彼は研究者としての適性を証明し大学での教育職を確保するために絶対に第一級賞を獲得しなければならなかった。

英文学研究の方法について、その頃イギリスの古い二つの大学の間に深い「溝」が生じていた。オクスフォード大学は一九二〇年代から一九三〇年代にかけて歴史的、原典重視的、哲学的問題に焦点を当てていた。それに対しケンブリッジ大学大学院（I・A・リチャーヅ［一八九三―一九七九］やF・R・リーヴィス［一八九五―一九七八］などの学者により指導されていた）ではより理論的な方法を用いて、文学作品を「テキスト」ないし「対象」

として科学的文献批評の方法を用いて分析することに主眼を置いていた。ルイスはオクスフォード大学の考え方に対して違和感をまったく感じなかった。彼が焦点を当てたのはテキストと著者であった。むしろ文学理論には反撥を感じた。それは彼の学術的著作を生涯にわたって貫く性格であった。

ルイスの英語研究は彼の能力のすべてを使い果たしていた。一九二二年から一九二三年にかけての学年度に彼はあまり手紙を書いていない。しかし書かれた手紙からは彼の関心が古英語（アングロ・サクソン語）に向かっており、この言語をマスターするために非常な努力を注ぎ込まなければならなかったことが知られる。また大試験の準備をする友人と英文学を研究する友人との間に社会学的違いがあることに気付いたことも知られる。彼の日記には英文学を研究する友人たちが主に「女性、インド人、アメリカ人」であり、彼らには大試験の準備をする友人に比べて「ある種の未熟さ」が見られると書いている[44]。一九二二年のマイケルマス学期中の彼の日記にはたまに興味深い講演や刺激的な会話について書かれることもあるが、全体的に知的孤独感がにじみ出ている。ルイスは主に書物から知的喜びを得ていた。予定した読書を終えるため真夜中過ぎまで起きていることも多かった。

それでも新しい友人関係は芽生えていた。それはアーサー・グリーヴズとの古くからの関係に代わるものにはならなかったが、それを補完するものであった。その中で二人の人物が特に重要である。ルイスがオーウェン・バーフィールド（一八九八―一九九七）に初めて会ったのは一九一九年であった。当時バーフィールドはワダム学寮で英語を学んでいた。バーフィールドはほとんどすべてのことについてルイスとは異なる意見を持つにもかかわらず、ただちに彼が聡明で広く読書する人物であることを認めた。「バーフィールドは私がかつて知りもしなかったことをすべて忘れてしまっているらしい」と悔しみを込めて書いている[45]。

ルイスはバーフィールドを「私の非公式の教師の中で最も賢明かつ最善の者」と呼び、彼に意見の間違いを訂正されるとそれを素直に受け入れていた[46]。一つの例を挙げれば、早い頃ルイスは哲学を「一つの科目」と見る誤りを犯していた。「哲学はプラトンにとって一つの科目ではなかった」とバーフィールドが応えた。「それは一つの道、方法であった」と彼は言った[47]。バーフィールドは一九二四年にシュタイナーの講演を聴き、シュタイナーの「人智学」に興味を持つようになった。シュタイナーの哲学は科学的方法を用いて人間の精神的経験を理解しようとするものである。この哲学は当時無神論者であったルイスとバーフィールドとの間に論争を巻き起こした。ルイスはこの論争を冗談気味に「大戦争」と呼んだ。この哲学も含めて他の多くの問題をめぐってバーフィールドと激論を交わした。「私が私の人生から追放しようと骨折ったすべてのことがもう一度燃え上がり、私の最良の友人を通して迫ってきた[48]」。ルイスはバーフィールドが投げかける質問にたじたじとなり、脅かされると感じた。彼はそれらの問に自分でも納得できるような答えを与えることができなかった[49]。

バーフィールドとの考え方の違いは根本的には変わらなかったが、ルイスは自分の考え方が二つの点で彼によって根本的に変えられたことを認めている。第一にルイスの「思い上がった年代観」が否定された。ルイスはこれを「自分の時代の人々に共通に受け入れられている知的風潮を自分も無批判的に受け入れ、その上過去のものとなったことはそのことだけで信憑性を失ったものとみなすこと」と定義している[50]。

第二の変化は現実に対するルイスの見方、考え方が変えられたことである。ルイスは同時代のほとんどの人々のように「感性によって啓示された宇宙」が「根本的な現実」であると思い込んでいた。ルイスにとってそれが物事について考える上で最も経済的な方法、常識的な方法であった。彼はそれが完全に科学的方法だと思っていた。「『自然』とはわれわれの観察とは全く無関係に存在するものであってほしいと私は思っていた。それはわれわれとは別のもの、われわれに対して無関心であり、それ自身において存在しているものなのだと考えていた[51]」。しかし人間の道徳判断についてはどうなのであろうか。あるいは喜びの感情についてはどうなのであろうか。あるいはまた美の体験についてはどうなのであろうか。これらの主観的な物の考え方や経験は科学的見方のどこに収まるのか。

これはどうでも良い問題ではなかった。ルイスはオクスフォード大学の学部生として「新しい見方」と彼が呼んでいたもの、合理的な考え方の影響を受けていた。それによれば彼が感じていた「喜び」の経験のようなはかないものが人生の深い意味を知る手がかりになるという考え方は放棄されなければならないと思われた[52]。ルイスは時代の風潮に流され、当時流行していた考え方に完全に染まっていた。彼の幼年時代の願い、憧れ、経験などは無意味なものであることが暴露されていると彼は信じるようになっていた。ルイスは「それらすべてをなかったこと」にしようと心に決めていた。ルイスは「それらの正体を『見破った』」のであり、「二度と騙されることはない」と考えていた[53]。

バーフィールドはそのような言い分が首尾一貫性を欠くことをルイスに悟らせた。ルイスはまさに自分が放棄した内的思考パターンを利用していわゆる「客観的」世界の知識を確実なものにしようとしている。「感性によって啓示された宇宙」のみを信ずるということから導き出される首尾一貫した結論は「論理、倫理、美学などに関する『行動主義的』理論」を受け入れることに他ならない。それなのにルイスは行動主義的理論は信じがたいものと考えていた。人間の道徳的、審美的直観の重要性を軽視したり無視したりするのではなく、それを丸ごと認める考え方が別にあった。ルイスはその考え方に従い、唯一の結論に達した。「われわれの論理は宇宙的ロゴスに参加することである[54]」。この論理に従うとルイスはどこへ辿り着くのであろうか。

この問題は「生まれつき目の見えない人」と題する短い物語で検討されている[55]。この短編はルイスが成人してから書いた散文のフィクションで現存するものの中で最初のものであるとされており、特に重要なものである。それはあまり上手に書けてはおらず円熟期のルイスが見せる想像力豊かな物語展開の片鱗もない。それは二〇〇〇語にも満たない短編のたとえ話で、彼がキリスト教に入信する以前に書いた作品である。物語のテーマは生まれつき目の見えなかった人が視力を得るまでの物語である。彼は光を見ることになると予想するが、光とは見えるものではなく、ものを見ることを可能にする何ものかであることを理解できなかった。われわれは光を見るのではなく光によってものを見る。

ルイスによれば人間の思想は「宇宙的ロゴス」に依存する。しかし「宇宙的ロゴス」そのものをわれわれは見ることも理解することさえも出来ない。それは見られることも理解されることもない。しかしそれは人間がものを知覚し理解するための必要条件である。この考え方はプラトンの方法を用いて解釈される。プラトンの伝統に浸りきった初期のキリスト教思想家たち（例えばヒッポのアウグスティヌス〔三五四―四三〇〕）は、プラトンの哲学がキリスト教的思惟に簡単に翻案できることを証明できた。神は現実を照らし、人間がその諸相を識別できるようにする存在であるとされた。

ルイスが英文学を研究しているときに出会い、友情を培った第二の人物はネヴィル・コグヒル（一八九九―一九八〇）である。彼もアイルランド人で大戦争に従軍した。彼はエクセター学寮で歴史学を学んで学士号を得た後に英語の研究に進んだ人物である。彼もルイスのように一年で学位を取得しようと計画していた。彼らはジョージ・ゴードン教授が司会したディスカッション・グループで初めて出会い、そこで扱われたテキストに対する互いの読みの深さにそれぞれ気付いて急速に親しくなった。コグヒルはルイスと共にテキストを読むことを「発見の興奮の連続」であり、そこから対話や討論が始まり、さらに長時間、オクスフォードシャーの野原を散歩しながら議論を続けたと回想している。[56] コグヒルはルイスのその後の思想を形成する上で重要な役割を果たすことになる。

一心不乱に勉強した長い一年が一九二三年六月に終わった。ルイスは最終試験を受けた。彼の日記には三日間にわたり挫折感が書き連ねられている。彼は自分が期待した通りの結果を出せなかったと言う。彼は庭の芝刈りをして気を鎮めた。口答試験が七月一〇日に行われることになった。ルイスは「型どおりの服装（*sub fusc*）」（黒のガウン、黒っぽいスーツ、白の蝶ネクタイ）に身を包んで他の受験生たちと共に試験に臨んだ。試験官たちは六人だけを残して他の受験生たちを帰宅させた。残された学生たちの答案について試験官たちは細かい説明を求めた。ルイスは口答試験の非常に過酷であり得る試練を課されるために残された受験生の一人であった。

二時間以上待ってからルイスが試験官の前に呼び出された。試験官たちはルイスの答案についていくつかの難点を指摘した。彼はある答案で little-est なるコトバを用いた。そのような奇妙はコトバを遣うことはどのようにして正当化されるのか。ルイスはこの詰問に何の動揺も見せずに答えた。そのコトバはサミュエル・テイラー・コールリッジとトマス・プールの往復書簡の中で使われているのだと言う[57]。次にドライデンに対してルイスは厳し過ぎるのではないかと訊かれた。ルイスはそう思わないと答え、その理由も明らかにした。三分も経たないうちにルイスは解放された。口答試験が終わった。ルイスは試験場を出てただちに帰宅した。彼には憂慮すべき問題が他にいくつもあった。例えば生活費をどうやって得るかという問題があった。彼はその夏の間、高等学校卒業証明のための試験官を引き受けていた。そのために何百枚もの生徒の作文を採点しなければならなかった。それらのほとんどは退屈なものである。ムーア夫人も生活費を補うために、客から料金をとってもてなしをしていた。

七月一六日に試験の結果が発表された。九〇人の受験生のうち六人だけが第一級賞を得ており、その中に

コグヒル、N・J・A（エクセター学寮）、および
ルイス、C・S（ユニヴァーシティ学寮）

の名があった。ルイスは結局「三重の第一級賞」を得たことになる。これはオクスフォード大学でもきわめて稀な業績であった。それでもルイスには就職するあてがなかった。彼の資格は充分であり、学識も高いものであった。しかし彼は後に父に書いたようにその頃の西側世界のほとんどの地域が見舞われていた経済不況の中で「漂流しており、仕事がなかった[58]」。将来は暗かった。ルイスは個別指導を求める生徒をあちこちに捜し、また新聞や雑誌に記事を売り込もうとした。彼は金を必要としていた。

ユニヴァーシティ学寮がこの頃に英語の個別指導教員を置かなかったのはなぜなのか。ユニヴァーシティ学寮は一八九六年にオクスフォード大学の先頭を切ってアーネスト・ドゥ・セリンコートを英語講師としていた。[59]ただしセリンコートは学寮の個別指導教員として採用されたのではなかったし、一九〇八年にバーミンガム大学に移り、そこに新設された英語学講座の主任となった。大戦争の後に英語および英文学を学ぼうとする学生が急増した。おそらくより大きな問題はルイスがユニヴァーシティ学寮にとって英語および英文学を教える以上の才能を持っていたということなのであろう。

答えはこの学寮に対して卒業生ロバート・マイナーズ（一八一七―一八九五）[60]が遺贈した寄付金の主旨に見られる。マイナーズは弁護士として成功した人物であるが「社会科学の研究と教育」に携わる研究員を雇うための基金として寄付金を献げた。この基金は一九二〇年に活用され始めた。そして一九二四年に「経済学および政治学」の分野の特別研究員を置くことが決定された。当時ユニヴァーシティ学寮として特別研究員を増やすためにできることはそこまでであった。英語学の分野で特別研究員を置くことは、一九四七年にピーター・ベイリーが英語学特別研究員として任命されるまでなかった。

ルイスがオクスフォード大学の他の学寮で職を得る可能性は次々と高まったが、それらも次々と消えていった。聖ヨハネ学寮が哲学の個別指導教員を求めた。ルイスが筆頭の候補者であるとされたが、期待は実らなかった。一九二四年五月にもルイスは定職に付けず短期のパートタイム勤めの稼業を続けていた。彼が父に宛てた手紙からは彼が支出を必要最小限のことに制限していたことが伝わる。トリニティ学寮の特別研究員のポストを得ることができるとの希望が浮かび上がったこともある。しかしそれも、他の多くの希望と同じく、はかなく消え去るものに見えた。

そこに幸運がめぐってきた。レジナルド・メイカンがユニヴァーシティ学寮長の職から一九二三年に退いた。そしてマイケル・サドラー卿があとを襲った。[61]サドラー卿はルイスの著作を一九二三年夏に読み感銘を受けていた。そしてその書の書評を書くように多くの文学仲間に薦めた。ルイスは一九二四年五月一一日に父宛に興奮気味に手紙を書いている。ユニヴァーシティ学寮における哲学の個別指導教員であったエドガー・キャリットがミシガン州アン・アーバーの大学で一年間教えることになり、学寮は代用教員を求めているのだと言う。サドラー卿がルイスに年俸二〇〇ポンドで働かないかと言ってきた。報酬は低いが何もないよりはましだとルイスは思った。その場合彼は以前の個別指導教員ファーカスンの指導のもとで働かなければならない。しかしその後には何か別のより良い道が開けるかもしれない。ルイスがもしトリニティ学寮の特別研究員のポストを得ることができれば、ユニヴァーシティ学寮が提示してきたポストを受けずに済むことができるかもしれない[62]。

トリニティ学寮はルイスに好意を寄せた。その個別指導教員たちがルイスを食事に招いた。それはオクスフォード大学の伝統によれば、新たに特別研究員を迎え入れる際に特別に有力な候補者に対して特別研究員が示す意思表示であった。しかし最終的には彼らはルイスではなく他の候補者を選んだ。ルイスは再び就職活動に失敗した。ただし今回は次の一歩への手がかりを得たように感じられた。

ルイスはとにかく仕事を得た。それは彼の心底の願いを満足させるものではなかったであろう。ルイスは本当は詩人になりたかったが哲学を教えなければならなかった。彼は『ダイマー』に心血を注いでいた。それは彼の名声の土台となるはずのものであった。結局のところ彼は詩人としては挫折し、生活費を稼ぐために哲学を教えなければならなくなっていた。もちろんルイスはそのような境遇に置かれた唯一の詩人ではない。T・S・エリオット（一八八八—一九六五）も（ルイスは彼の詩を嫌悪したが）ロンドンのロイド銀行の植民地および外国課で働きながら詩を書かなければならなかった。

エリオットは『新基準（*New Citizen*）』の編集者であった。ルイスはエリオットに対する嫌悪を悪ふざけの形で公表しようとした。ルイスは一九二六年六月にエリオットの作風をパロディー化した一連の詩を書き、それを『新基準』に送り付けた。ルイスはその詩が誌上に発表されると期待した。ルイスに加担した人物の一人、ヘンリー・ヨークも冒頭の一行「私の魂は窓のないファサード」なる卓抜な文言を創り出した[63]。ルイスがそれに続く行を書いたが、不幸なことにそこではサド侯爵についてルイスが興味を持っていたことを明らかにするにとどまり、この悪ふざけはいかなる結果も生み出さなかった。

詩を書くことは就職口を開拓することに何の足しにもならなかったが、ルイスの緊張はほぐれた。ルイスの詩である。『ダイマー』は一九二六年に出版されたが、それはそれまでに書いてあった散文を詩のかたちに書き換えたものである。『ダイマー』は商業的成功も批評家たちの称賛も得ることができなかった。その失敗はルイスが抱いていた夢、有名な詩人（イギリス人としても、あるいはアイルランド人としても）になるという夢を葬ったと言って良いであろう。ルイスが詩人としてアイルランドの声の代表者になるという可能性は常にあった。しかしオクスフォード大学における初期の経験からアイルランドの詩は世界的に訴える力を持たないことを知らされていた。オクスフォード大学のサークルでなぜW・B・イェイツはもっと称賛されないのかとルイスは常々思っていた。彼が得た答えは、「おそらくイェイツの思想は純粋のアイルランド人にしか通用しないのであろう」ということであった[64]。さらにルイスは自分の思想は「アイルランド的」なものとは理解されないことを悟った。彼は無神論者であった。より正確に言えばアルスターのプロテスタント的無神論者としてしか受取られないことを悟った。それは深くカトリック的な「アイルランド性」とは相容れないものであることを彼は知っていた。その上彼は幼少の頃にアイルランドを離れイギリスに移っていた。彼はアイルランド人として生まれた権利を売り渡し（と彼の批判者たちは言うのであろうが）イギリス式の教育を受けることになった。そして遂にはルイスはアイルランドにまつわるテーマについてその後何も書こうとしなかった。ルイスが目指したことは明らかに古典古代のこと、より普遍的な問題を追求することであって、アイルランド詩人であることを前面に立ててアイルランドの伝統的テーマを扱う詩人ではなくなっていた。ルイス本来の主張は故郷アイルランドにより形成されたかもしれないが、そのルーツをはっきりと言い表してはいなかった。

私は『ダイマー』を読むとき個々の文言や一行一行の表現の見事さ、哲学的慧眼の鋭さに打たれる。しかしそれらの悦楽の瞬間は非常に少なく稀にしかない。詩の全体から受ける印象はその部分から受けるものとは全く異なる。部分的なかけらに見られる輝きはどんよりとした全体、あるいは平凡な行の連なりには見られない。一つの詩として読む限り『ダイマー』は活きていない。オーウェン・バーフィールドの友人の一人が言ったように、「詩のリズムは良いし、用語は多彩である。しかし詩にはなっていない」[65]。

ルイスが自分は詩人として大成しそうにないことを自覚したのがいつのことかは分からない。彼は私的に楽しむために、また自分のこころを整理するために詩を書き続けることになる。しかし一九二六年に出版された『ダイマー』が何の反響も受けなかったことによっても自分のアイデンティティを見失い自信を失うということにはならなかったらしい。ルイスはそこで自分を散文作家であると思い直した。逆説的であるが『ダイマー』には、後にルイスがあれほど多くの人に認められ、名声を得るようになる理由が含まれている。ルイスが自分を詩的に彩られた散文を書く素質を持っていること、読者の想像力を虜にし、読者に容易に記憶させることのできる念入りな文章を綴る能力に恵まれていることを自覚させたらしい。そのような能力はわれわれが優れた詩の本質と見る部分（言葉の響きに対する感覚、豊かで含蓄の深い類比や心象、鮮明な描写、叙情的感覚など）であり、それらがルイスの散文に見られる。

## モードリン学寮特別研究員

ルイスは一九二四年から一九二五年にかけての学年度をユニヴァーシティ学寮の学部生たちに哲学を教え、また哲学的テーマをめぐる講義を行って過ごした。彼はその仕事で憔悴した。彼は一九二四年八月三日から一九二五年二月五日まで日記をつけていない。その間彼は「善について、もろもろの価値の中でのその位置」と題して、一六回の講義を学部生を対象に行った。処女講義はユニヴァーシティ学寮で一〇月一四日（火曜日）に行われたが聴講生はたったの四人であった。（ルイスには厳しい競争相手H・A・プリチャードがいただけでなく、大学が発表した講義リストには「学生たちはそのリストを信頼する他ないが」ルイスの講義がユニヴァーシティ学寮ではなくペンブルック学寮で行われると告げられていた。(66)）

その他、ルイスは学寮の学生たちに哲学の個別指導を行い、収入を補うために別の仕事も引き受けた（主に高校の試験答案の採点）。ルイスは非常に忙しく働いたが、次の年には失職することになるという不安が念頭から去らなかった。彼は臨時に雇われているだけで、学年度が終了し次第契約も終了することになっていた。彼は一九二五年の夏からまた失業状態に陥る。その頃ルイスはあるニュースに接した。それが彼の人生に転機をもたらした。

一九二五年四月にモードリン学寮が英語の個別指導教員を募集すると発表した。「正規特別研究員および英語個別指導教員」の募集に関する公告には採用される者に要求されることとして、次のことが挙げられていた。

個別指導教員として学寮のすべての学生の指導にあたり、英語および英文学の最終試験を受ける準備をさせること、英語の最終試験に対する準備をさせるために学寮の代表として学寮間共通講義を行うこと、また英文学の試験に及第したいと願う学部生の学習を監督すること。(67)

ルイスの名はモードリン学寮に既に知られていたし、モードリン学寮の個別指導教員に要求される知的水準に彼が達していると判断されていたことは明らかである。ルイスは直ちに応募した。しかし父には採用される見込みはほとんどないと少々暗い調子の手紙を書いている。(68) ルイスの英語指導教員であったフランク・ウィルスンも候補者の一人であると噂されていた。モードリン学寮はオクスフォード大学の他の学寮より基金がはるかに充実していたからウィルスンはそちらに移りたいと願ったのであろう。ルイスは経験豊かなウィルスンに太刀打ちできない。しかしルイスはこの暗雲の隙間から微かな希望の光が漏れているのを見ていた。もしウィルスンがモードリン学寮に移れば、ユニヴァーシティ学寮およびエクセター学寮の学生を指導する教員のポストが空くことになる。誰かがそれらの学生の指導をしなければならない。それがルイスであってはならない理由があるだろうか。

この期待はことの思いがけない成り行きから実現される可能性が高まった。ウィルスンはモードリン学寮の募集に応募していなかった。ルイスは元気を与えられ大胆になり、ウィルスンと英文学教授ジョージ・ゴードンに手紙を書きモードリン学寮の個別指導教員として推薦状を書いてもらえないかどうか頼んでみた。彼らは二人ともそれを断った。彼らは既にネヴィル・コグヒルを推薦することに決めていた。彼らはルイスが英文学に興味を持っていることは知らなかったし、ルイスは哲学の教員のポストを求めているのだと思っていたと書いてきた。彼らは二人ともルイスに対して申し訳ないと謝っていたが、彼らは既にコグヒルを支援することを決めていた。

ルイスは途方に暮れた。モードリン学寮にルイスを候補者として真剣に考慮させるためにウィルスンとゴードンの支援は決定的に重要なものであった。彼らの後ろ盾なしには彼に勝ち目はなかった。それは「誰をも失望させるに充分なこと」と父に書いている。続いて第二の思いがけない展開があった。ネヴィル・コグヒルは彼自身の学寮エクセター学寮から特別研究員にならないかとの誘いを受けた。コグヒルはただちにモードリン学寮への願書を取り下げた。そこでウィルスンとゴードンが共にルイスを全面的に支援することができるようになった。ゴードンはモードリン学寮から英文学教授として候補者一人ひとりについて意見を求められた。彼はルイスが最良の候補者だとはっきり伝えた。

モードリン学寮は長い伝統に従い有力な候補者を夕食会に招いた。学寮の研究員たちが候補者と親しく接して全員で候補者の人物を見定めるためである。ルイスは同僚のファーカスンにモードリン学寮の服装規定について

図 4－5　オクスフォード大学モードリン学寮の塔。1910 年冬の雪景色

たずねた。ファーカスンは自信たっぷりに、しかし間違って、モードリン学寮の特別の行事における服装規定は非常に厳格であると答えた。ルイスは白のネクタイと燕尾服を着用しなければならないとのことであった。

ルイスは非常に凝った礼服に身を包んで時間通りに会場に到着した。そこで彼は非常に困惑させられた。モードリン学寮の教員たちは全員が略式の上着と黒ネクタイを着用していた。しかしルイスはあまりオーソドックスではない身なりにもかかわらず全員に好印象を与えた。彼が噂に聞いたところによれば最終選考に残った候補者は二人だけであったという。彼がそのうちの一人であり、もう一人はルイスと同じくアイルランド人のジョン・ブライスンであった。

次の日曜日、ルイスはたまたまモードリン学寮の学寮長ハーバート・ウォレン卿に街で出会い二言三言立ち話を交わした。月曜日にウォレンはルイスに手紙を寄せ、次の日の午前中に会いに来るようにと言ってきた。ウォレンは手紙でそれは「最も重要なこと」だと宣言していた。ルイスは恐れた。何か悪いことが起こったのではないか。彼らはルイスにとって不利になる何かを発見したのではないか。

ルイスは不安におびえながらモードリン学寮長の公舎に出向いた。ウォレンは次の日の午前中に選考決定がなされる旨をルイスに告げた。ルイスが最有力候補となっているが、ルイスが個別指導教員の任務および責任について正しく認識しているかどうかを確認するように学寮長は頼まれているのだということであった。学寮長が確認したかったことで最も重要な点はルイスが英語だけでなく哲学も教える用意があるかどうかを確認することだという。ルイスはこころの重荷を解かれ大いに安堵した。ルイスはもちろんそうする心算であると確言した。それだけであった。ウォレンは用件が済んだと言い、ルイスに次の日の午後はユニヴァーシティ学寮で電話を待つことを約束させた。

電話がかかってきた。ルイスは近くのモードリン学寮に徒歩で向かいウォレンに会った。ウォレンはルイスが選ばれたことを告げた。彼は年俸五〇〇ポンドを受け、学寮内に住まいが与えられ、食事手当てと年金が支給されるなどの条件が示された。契約は五年間であるがすべてがうまく行けば契約は更新される(69)。ルイスは郵便局に直行し父に電報を打った。「モードリン学寮の特別研究員に採用された、ジャック」。やや詳しい発表が五月二二日付けロンドンの「タイムズ（*Times*）」紙上に掲載された。


モードリン学寮の学寮長および特別研究員たちは同学寮の正規特別研究員、英語および英文学の個別指導教員として来る六月一五日から五年間、学術修士クライヴ・ステイプルズ・ルイス氏（ユニヴァーシティ学寮）を選任した。

ルイス氏はモールヴァン校に学んだ。彼は一九一五年にユニヴァーシティ学寮で古典学の奨学金を獲得し、（兵役についた後）一九二〇年に古典学の Moderation で第一級賞、一九二一年に英語論文で総長賞を受賞、一九二二年に *Literae Humaniores*（人文学）で第一級賞、一九二三年に英語および英文学の最終試験で第一級賞を得た[70]。

ルイスはもはや父の経済的支援を受けなくても良いことになった。彼の生活は突然に非常に安定したものとなり、確固たるものになったように見えた。彼は父に六年もの長い間「物惜しみをしない支援」をしてくれたこと、小言を言わず、むしろ励ましの言葉を与えてくれたことを感謝した。ルイスは人生の目標を達成することに成功した。彼は遂にオクスフォード大学の特別研究員、個別指導教員となることができた。

# 第五章　モードリン学寮特別研究員、家族、そして友情

## ――モードリン学寮における出発　一九二七―一九三〇年（二九―三二歳）

オクスフォード大学モードリン学寮は一四五八年にウィンチェスター司教で大法官であったウィリアム・ウェインフリート（一三九八頃―一四八六）によって設立された。ウェインフリートは経済的に豊かな司教区の司教であったが、近親もなかったため、モードリン学寮の基金造成を自分の課題とした。ウェインフリートは二〇年にわたり彼の新しい学寮に建築物と基本財産とを雨あられと降らせた。ウェインフリートは一四八〇年にモードリン学寮の最初の「学則」を作成したが、その時点で既にモードリン学寮の財政は磐石のもので、四〇人の特別研究員と三〇人の教授、そしてチャペル聖歌隊を置くことができた。オクスフォード大学やケンブリッジ大学の学寮の中でも、それだけの基本財産を持つものはほとんどなかった。ルイスがモードリン学寮の特別研究員になったときも、この学寮は聖ヨハネ学寮と並び、オクスフォード大学の学寮の中で最も財政的に豊かな学寮と見られていた。

## モードリン学寮特別研究員

　ルイスは一九二五年八月に行われた就任式で正式にモードリン学寮の特別研究員の仲間に加えられた。古来の伝統に従い学寮の特別研究員全員が列席し、ルイスの特別研究員就任の証人となった。ルイスは学寮長の前にひざまずき、学寮長がラテン語の長い式文を読み上げげた。そして学寮長はルイスに手を貸して立たせ「おめでとう（I wish you joy）」と語りかけた。ルイスは立ち上がるときにガウンを足に取られてよろめき、式典の厳粛さが少々損なわれた。しかし幸運なことに彼はすぐに立ち直り大惨事には至らなかった。そして列席者一人ひとりが彼に「おめでとう（joy）」と言うことができるよう式場をゆっくりと一周した。ただし彼らは本当のところは別の事をしていたいと思っていたであろう。[1]そこで繰り返された言葉「喜び（joy）」はルイスにとって重要な意味を持つものであり、読者はこの言葉を心にとどめておくべきであろう。

　ルイスが特別研究員としての仕事を始めたのは一〇月一日である。ルイスは二週間以上ベルファストの父のもとで過ごし、モードリン学寮の新館（New Building，一七三三年建造）に用意されたスイート・ルームに転居するためにオクスフォード大学に戻った。新館は一八世紀のパラディオ風の見事な建築で、最初の計画では新しい中庭（クォドラングル）が南側に造成されることになっていたが、その中庭造成計画は実現せず、新館は孤高を保ったまま現在に至っている。ルイスは第三階段の三号室を与えられた。寝室が一つ、居間が二つあった。大きい方の居間は北向きで、窓から学寮が飼っている鹿の棲家であるモードリン林を眺望することができた。寝室と小さい方の居間は南向きで、広々とした芝生の庭の向こうにモードリン学寮の本館と有名な尖塔が見えていた。ルイスはオクスフォードでも最も美しい景色の一つを獲得したと言っても過言ではない。

図5－1　1928年7月のモードリン学寮の学寮長および特別研究員。ハーバート・ウォレン卿（前列中央）の学寮長退任を記念して撮影されたもの。ルイスはウォレンの右後に立っている

当時のモードリン学寮の性格はハーバート・ウォレン卿によって形成された。彼はサンボ（Sambo）なる愛称で人々から親しまれていた。彼は一八八五年に三二歳で学寮長に選ばれた。ウォレンは一九二八年まで隠退しなかったから四三年以上にわたって学寮長の座にあり、自分の好みに合わせて学寮を育て上げた。ウォレンによって作り上げられた学園の文化風習の中で最も顕著なものの一つはモードリン学寮の「極端なまでに強調された集団性、共同生活」体制であろう[2]。特別研究員たちは昼食をいつも一緒に摂ることを強く求められた。学寮に住む独身の特別研究員（ルイスもその一人）は朝食も一緒に摂るよう奨められた[3]。ルイスは研究者の共同体の一員とされた。

他の学寮の中には特別研究員に昼食や夕食を自分の居室で摂ることを許すものもあったが、ウォレンは特別研究員が食事を共にすべきであると強く主張した。それにより学寮の集団的アイデンティティが形成され、学寮の中の身分序列も強化されると考えていた。学寮主宰の夕食においては

特別研究員はガウンを着て教員談話室（Senior Common Room）から学寮食堂まで古参教員を先頭にして行進しなければならなかった。メインテーブルにおける彼らの席順も古参格の教員が上席に坐るように決められており、同僚に話しかけるときも普段のようにファースト・ネームを用いることは禁止され、姓あるいは肩書（例えば、Mr. Vice-President、上級研究員［Senior Fellow］、あるいは科学個別指導教員［Science Tutor］）で呼ばなければいけないとされていた(4)。

オクスフォード大学の複雑な社会的、知的組織構造が円滑に機能するために大量のアルコールが潤滑剤として用いられていた。モードリン学寮はおそらくオクスフォード大学の諸学寮の中でも最も酒好きのものであっただろう。特に学寮に住まいを与えられていた研究員たちは飲みすぎになる傾向があった。一九二四年から一九二五年にかけて教員談話室は借財を清算するために二万四〇〇〇本のポートワインを売却し、四〇〇〇ポンドの売り上げを得た(5)。互いに賭け事を楽しむ特別研究員たちは現金ではなくクラレットあるいはポートワインのケースの数で賭金を計算した。教員談話室の執事がある日の午前一一時に銀製の盆にブランデーと葉巻を山積みにして学寮の歩廊を歩いているのを目撃されたことがある。何をしているのかと訊かれて、ある特別研究員の朝食を運んでいるところだと答えた。ルイスは自分の居室にビールの大樽を備えており、同僚や学生たちに振舞った。しかし戦前のように暴飲することはおおむね避けていたようである。

ウォレン学寮長の集団性に関する明確な方針によって、ルイスの生活パターンも決められた。一九二七年一月までにルイスの日常生活パターンが決った。ルイスは大学の学期が終了するとヒルズボロに住み、バスで学寮に通った。勤務時間中は学寮で過ごし昼食もそこで摂った。学期中は学寮に泊り、授業あるいは学務がない日にはバスで家に戻り「家族」と共に午後を過ごした。そして夕食までにモードリン学寮に戻り同僚と共に夕食を摂った。

ルイスは正規個別指導教員として五〇〇ポンドの年俸を受けた。それは学寮の特別研究員たちが受取る年俸

図5-2　モードリン学寮新館。1925年頃

の中でも最高レベルのかなり高額のものであった。ルイスがもし試験によって特別研究員に選ばれていたとしたら年俸はおそらくその半分ほどであっただろう。[6] しかししばらくしてモードリン学寮における生活費はルイスが予想したものをかなり上回るものであることが明らかになった。第一に彼の居室には家具やカーペットが備え付けられていなかった。ルイスが入居したときに備え付けられていたのは二つのものだけであった。寝室にあった洗面台と小さい方の居間のゆかに敷くリノリウム片だけであった。彼は自分の資金で一切の家具を調えなければならなかった。結局彼は九〇ポンド（当時としては相当の額である）を使いカーペット、食卓、椅子、ベッド、カーテン、石炭箱、暖炉用具などを買い揃えなければならなかった。ルイスは可能な限り中古品を求めて節約に努めたが、それでも巨額な出費であった。[7]

それに加えルイスは学寮の会計係から定期的にバトルズ（Battels）の請求書を突きつけられた。バトルズとはオクスフォード大学の隠語で食事代や飲み物代のことで、学寮が負担したものを指していた。ムーア夫人がルイスの受取る俸給はルイスから説明を受けていた額よりも何やら少ないとこぼしているとルイスは日記に書いている。学寮の会計係であったジェイムズ・トムスンとの気まずい交渉をした結果、ルイスの年俸の手取り額は三六〇ポンドほどであることを知らされた(8)。その他に所得税も支払わなければならなかった。

ルイスは一九二五年九月五日に長い日記をつけたのを最後として一九二六年四月二七日まで日記をつけていない。それがなぜなのかを推測することは難しくない。ルイスは新しい生活スタイルを築きつつあった。新しい同僚と会い、新しい職場の運営情況について彼が理解しなければならないことは多くあった。彼は新しい講義の準備をしなければならず、学生に対して個別指導をしなければならなかった。哲学の個別指導の水準はそれほど高度のものではなく面白いものではなかった。モードリン学寮の哲学個別指導教員ハリー・ウェルドンはつまらない学生、能力の低い学生をルイスに押し付け、優秀な学生の指導を自分がしようとする傾向にあった。しかしルイスの仕事の大部分は英文学に関する講義と個別指導であり、上級学生(research students)に対して本文批評の方法を教えることであった。当時のモードリン学寮には英語を専門的に学ぶ学生(受講料を支払う学生)はほとんどいなかった。ルイスが最も苦労したのは新しい講義、つまり英文学に関する学寮間講義(オクスフォード大学のどの学寮に属する学生でも聴講できる)であった。

ルイスはモードリン学寮の学部生(協定によって他の学寮の学部生も)に対する個別指導を行った。個別指導による教育方法はイギリスの「古来の大学」、オクスフォード大学とケンブリッジ大学に特有の方法であって、一人の学生と一人の指導教員が向き合い、学生が書いてきた論文を個別指導教員の前で読み上げ、その後にディスカッションをして批判を受ける。短期間のうちにルイスは厳しい指導、高い要求をする個別指導員であるとの評判が広まった。ただししばらくして彼の指導方法は穏健なものになっていった。一九三〇年代はオクスフォード大学におけるルイスの教育の黄金時代であったと一般に考えられている。ルイスはその頃までに講義や個別指導の方法を完成させていた[9]。

初めの何年かは学生たちの怠惰、鈍さなどに対する苛立ちが顕著に現れていた。ジョン・ベーチェマン（一九〇六―一九八四）はそんな学生の一人であった。学生の多くはオクスフォード大学に学ぶ時を怠惰な高校時代、みだらで酒に酔っていた日々の延長として考えているようであった。作家P・G・ウドハウス（一八八一―一九七五）が自作の小説で、バーティ・ウスターなる途方もない好人物（同時に怠惰で飲み込みの悪い人物）をルイスが着任する直前のモードリン学寮学部生に仕立てていたのは偶然とは言えない（ウスターは *Milady's Boudoir* に「身なりの良い男は何を着ているか［What the Well-Dressed Man Is Wearing］」を寄稿した人物とされている）。

## 家庭の崩壊――アルバート・ルイスの死

母が一九〇八年に亡くなったことはルイスの人生の転機となった。ルイスは母を敬慕した。母が彼の人生のよりどころであり土台であった。これまで見てきたように、ルイスは父を軽蔑し欺いてきた。アルバート・ルイスの医師たちは一九二九年七月二六日に撮影したX線写真を見て憂慮すべき問題があると思った。ルイスの父はその日に手帳に「結果は何やら思わしくないようだ」と書いている[10]。アルバート・ルイスは一九二九年九月の初めにベルファスト市アッパー・クレセント七番地の病院に入院した。検査の結果ガンが発見された。ただしそれは初期のもので、特に憂慮すべきものではないと診断された。

ルイスはベルファストの父のもとに直行し八月一一日にベルファストに到着した。彼にとってそれはどうでも良いことであった。ルイスは親友のオーウェン・バーフィールド宛の手紙に「父はほとんど何の苦痛も感じていないようであるし、私も父に何の愛着も感じない。長年にわたる交わりが私に不愉快さを与え、何の喜びの与

**図5－3　現存するアルバート・ルイスの写真としては最後のもの、1928年撮影**

えてくれなかった人物の病床に付き添っている」という明白に否定的な感情を歯に衣を着せずに書いている。[11] ルイスは父に対して何の愛着も感じていなかったが、父の容態が悪化するのを見ていることには耐えられなかった。こころから愛する人が死の床についたのを看病するときにはどう感じるのだろうかと彼はいぶかっている。

ルイスは父の容態が安定していると判断し、九月二一日にオクスフォード大学に戻った。[12] 彼は父のもとに留まるつもりはなかったし、そうすることに何か意味があるとは思えなかった。それに彼は新学年度を控えており、オクスフォード大学に戻り準備をしなければならなかった。これは当然のことと思われるが結果としては間違いであった。二日後に父は昏睡状態に陥り、その後しばらくしておそらく脳出血が原因で死亡した。それはガンそのものによるものではなく手術の結果が思わしくなかったためであると思われる。ルイスは父の容態の急変を聞いてオクスフォードからベルファストに戻ったが父の死には間に合わなかった。アルバート・ルイスは一九二九年九月二九日に、二人の息子にも、他の誰にも看取られることなく孤独のうちに病院で生涯を終えた。[13]

ベルファストの二つの有力紙（「ベルファスト・テレグラフ」と「ベルファスト・ニューズレター」）がアルバート・ルイスについての長い追悼記事を載せた。弁護士としての彼の名声と文学に対する深い造詣が語られている。

父が亡くなったときにウォーニーがいなかったことは容易に説明できる。彼は兵役に就いて上海にいた。彼が極東の地から父の死を看取るために駆けつけることは不可能であった。

多くの人は父に対するルイスの態度は緊張をはらんだものながら忠節なものであったと見るであろうが、多くの人々に尊敬された弁護士が最期のときに次男から忘恩の仕打ちを受けたと思う人々もいた。ルイスは父の死が近いのにアイルランドを去るという嘆かわしい決断をした。

アルバート・ルイスは六年もの長い間次男を経済的に支え続けたのだから、ルイスはもっと親に尽くすべきであったと考える人々がベルファストに多くいた。聖堂参事会員ジョン・バリー（一九一五―二〇〇六、アルバート・ルイスの葬儀が一九二九年九月二七日に行われた当時のダンデラ聖マルコ教会副牧師）は葬儀が終わってしばらく後にベルファストで持たれたある会合でC・S・ルイスの名が語られた途端に「ある種のしらけた空気」が会場全体に走ったと回想している。それは明らかに父に対するルイスの忘恩の行為について憤りが人々の間に消えていなかったためである(14)。

ルイスがその後の生涯を通して父の死を悲しんでいたと同時に罪責感を感じていたことは疑いをいれない。そのことは彼の手紙のあちこちから伺い知られる。特に一九五四年三月の手紙の冒頭に見られる劇的な文章、「私は自分自身の父親に対して言語道断の振舞いをした。私が人生において犯した罪の中であれほどに深刻なものはないと思う」に現れている(15)。この自己批判をもっともだと思う人もあるが、それは言い過ぎではないかと感じた人もいる。

このことの消息については当時のベルファストの文化的背景を考慮に入れて理解されなければならない。特に出世するために両親のもとを離れてイギリスに行く息子に関して言われていたことを考慮しなければならない。しかしイギリスで教育を受けることを決めたのはルイス自身ではなかった。彼の父がそう決め、その結果として次男がオクスフォード大学の研究者となる土台がつくられた。当時のルイスの手紙を同情をもって読むと、父に対する愛着の欠如よりも父に対する義務感が強く前面に出ていることが分かる。ルイスは一九二九年の夏に六週間もの長い期間を「家族」から離れて父と共に過ごした。そのためオクスフォード大学の新年度に向かっての準備をすることもできなかった。彼はオクスフォード大学に戻らなければならなかった。彼は父が危機を脱したと感じたがそれは間違いではなかった。事態が急変したと知ったとき彼はただちにアイルランドに戻った。

父の葬儀を行うためにベルファストに短期間滞在していたとき、ルイスはある決断をした。父は二人の息子を遺言執行者とし、二人だけを遺産受領者にすると遺言していた。ウォーニーが不在であったのは止むを得ないことであったからルイスはいくつかの法的決断を一人でしなければならなかった。最も重要なことは「小さなリー」を売却することであったが、ルイスはそれを先延ばしにした。彼は庭師と家政婦とを解雇し、メアリ・カレン（ルイスは彼女を「エンドルの魔女」の愛称で呼んでいた）を雇ったままにし家が売れるまでの管理を任せた。家を売ることを延期したことは経済的には無駄が多かった。特に冬の間に家屋は傷み価格を引き下げることになる。しかし家財その他、遺されたものを最終的に処分することはウォーニーが帰ってくるまではできないと感じた。[16]

ウォーニーは休暇をとり、一九三〇年四月一六日にようやく上海から戻ってきた。彼はオクスフォードでルイスおよびムーア夫人の家に泊った。「小さなリー」に買い手はまだついていなかった。ルイスとウォーニーはベルファストへ行き父の墓に参り、その後想い出の詰まった家に行った。二人でこの家を訪れるのはそれが最後となった。二人ともかつての彼らの家を訪ねて憂鬱な思いに沈んだ。理由の一部は家がだいぶ傷んでいたこと、そして家に結びついた想い出、もう戻ってこない昔を思い起こしたことである。彼らは「物音一つなく静まりかえった」部屋や「完全に命を失った」部屋を見てこころが押しつぶされる思いであった。[17] 彼らは自分たちの玩具を厳かな思いで野菜畑に埋めた。それは彼らの幼年時代と彼らが築き上げ、その中に住んだ想像上の世界との悲しい別れ、わびしい別れであった。「小さなリー」はようやく一九三一年一月に二三〇〇ポンドで売れた。予想していた価格よりもかなり低かった。それは一つの時代の終わりであった。

## アルバート・ルイスの消え去らない影響

ルイスは法的、財政的な面では父との関係を断つことができたかもしれない。しかしその後のルイスの人生において父の晩年に、父に対してとっていた態度が非難すべきものであったとルイスが感じるようになったと思われる証拠が多くある。ルイスはその問題に関する感情的な面を彼独特の方法、本を書くことで処理した。『喜びのおとずれ』を彼の精神的自叙伝として読むこともできる。そこには彼の過去の豊かな想い出が語られ、彼の内面世界が形成された次第が描かれている。しかしこの著作は別の役割も果たしていた。それはルイスが自分の過去の行動と和解をすることを許したことである。

『喜びのおとずれ』を出版して直後の一九五六年にドム・ビード・グリフィススに書いた手紙で、ルイスは人が自分の人生のパターンを知ることの重要性について書いている。「自分の人生をゆっくりと読み、そこにパターンが浮かび上がってくるのを見ることはわれわれの時代において重大な悟りである[18]」。ルイスの自叙伝を読むときにこのことを念頭に置かずに済ますことは不可能である。ルイスにとって自分自身の物語を語ることは意味のパターンを見極めることであった。ルイスはそれにより万物の「全体像」をつかみ、そこに「壮大な物語(grand story)」を見出すことができた。その物語の中に彼自身のスナップ写真や小さな物語を位置付けることにより彼自身の人生がより深い意味を帯びるようになる。

しかしグリフィススに宛てた手紙で、先に引用した文章の次にある文章には、ルイスが明らかに重要だと思ったより深い思いが吐露されている。そこには「過去としての過去を一つの構造として把握し、それから解放されること」とある。『喜びのおとずれ』を注意深く読む人はルイスのその後人生のほぼ全期間にわたって彼を感情的に悩まし続けた三つの大きな問題が、あるいは省かれあるいは軽く触れられているだけになっていることに気づくであろう。

その第一のことはおそらく最も良く知られたことであろうが、ムーア夫人が彼の個人的人生にとって計り知れないほどの大きな役割を果たしていたにもかかわらず彼はムーア夫人との関係を名誉にかけて絶対に書かないと決めていたことが明らかである。「もしその物語を書く自由があったとしても、そのことは本書の主題とは無関係である」と彼は書いている(19)。

第二に、あれほど多くの人々の精神に対して知的混乱をもたらした大戦争における苦しみや惨状についてもほとんど言及がない。われわれは既にこの問題に注意を向けた。ルイスの研究者としての成長、キリスト教護教家としての発展を理解する上でこの問題は重要である。ルイスが宗教を再発見したことはルイスの成長に統一性を与える幅広い精神分析的個人史物語によって理解されると説く人々もいるが、われわれに与えられている証拠からはそのような結論は出てこない。本当の問題は固定観念としてあった確かさ、価値観、先行した年代が持っていた願望などが、近代戦争の大量殺戮の恐怖の記憶によって破壊されたことのうちにある。それが一九二〇年代の英文学に一貫するテーマである。

第三に、一九二九年のアルバート・ルイスの死に関してあまり触れられていない。この問題は「物語の本筋にはあまり関係がない」とルイスは宣言する(20)。おそらくルイスはその問題が主題とあまり関連を持たないと判断したのであろう。あるいはその問題について論ずることはあまりに辛いことであったのかもしれない。ルイスが後に書いた論文「赦しについて」(一九四一年)のある部分に、このことをどのくらい読み込むことができるであろうか。ルイスはそこでわれわれが自分では赦され難いと感じていても、赦されたという事実を受け入れる必要があることを強調している。ルイスは彼の聴衆一人ひとりが人間的弱点を持つこと、絶えることのない赦しを必要とする頑固な行動の例をいくつか挙げて、われわれが赦しを必要としていることを認めるように説得している。

ルイスの個人史を知る者にとって特に目立つ例は「両親に嘘をつく息子」の例である。「キリスト者であることの意味は赦し得ないことを赦すことである。なぜなら、神があなたのうちにある赦し難いことを赦しておられるのだから」[21]。

『顔を持つまで（*Till We Have Faces*）』（一九五六年。おそらくルイスが書いた小説の中で最も深遠なものと言って良い）の主題の一つは自分自身をあるがままに知ることの難しさであり、そのような知識が究極的にもたらす深い痛みである。おそらく『喜びのおとずれ』もその観点から読まなければならないのであろう。ルイスが自分の成長について語るときに、ある問題に触れようとしないのは欺瞞ではなく、それについて思い出すことが苦しみを伴うことのゆえである。

父が亡くなった頃にルイスが書いた手紙を読む者を混乱させる問題が一つある。ルイスは『喜びのおとずれ』に、オクスフォード大学の「一九二九年のトリニティ学期に」神を積極的に信ずるようになったと書いている[22]。それは父の死の少なくとも三か月前、あるいは五か月前のことになる。しかし彼が父の死の頃に、あるいは父の死の六か月後までに書いた手紙には神に対する信仰のことも、それから得られる慰めについて何も触れられていない。

ルイスは父に対して何の愛着も持っていなかった。そして父の死を精神的痛手と感ずることもなく、むしろ解放と感じていたように見える。しかし父の死の頃に神への言及がないことは顕著な事実であると同時に奇異なことであると言わねばならない。それはルイス自身が語る改宗の年代とも辻褄が合わない。もしかしたらアルバート・ルイスの死がきっかけとなってルイスが神の問題を追求し始めたのではないであろうか。神への信仰に照らして父の死を解釈したのではないのではないか。彼の父の死に促されてルイスは人生についてのより深い問を問うようになった（答えは得られなかったが）のではないのだろうか。より納得のできる答えを求め始めたのではないだろうか。われわれは次章でこの問題を取り上げる。そこでは無神論からキリスト教へのルイスの旅路についての伝統的な解釈についてさらなる問題点を挙げる。

## 家族との結びつきの回復――ウォーニーがオクスフォードに移り住む

一九三〇年にルイスの家族関係が大きく変化した。既に見たようにルイス兄弟は一九二九年の父の死により「小さなリー」の独占的相続人となった。ルイスは上海にいる兄ウォーニーと手紙で連絡を取り合い、彼らが幼年時代を過ごした家を売りに出すという困難かつつらい事柄について話し合った。ウォーニーは家が人手に渡るまえにそこを訪れたいと願っていた。ルイスはできるだけ早く売りたいと思っていたが、あまり早く売ると兄の感傷的訪問ができなくなることも気にしていた[23]。

ルイスの念頭にはもう一つの可能性が浮かび上がっていたことが明らかである。オクスフォードに「小さなリー」で兄弟が共に過ごした「隅っこの小さな部屋」を創り上げることである。ウォーニーが陸軍を除隊になりルイスと共に住むことになるとしたら、そしてモードリン学寮のルイスの居室に移り住むとしたらどうであろうか。あるいはヒルスボロの家よりも大きな家を得てそこにムーア夫人も一緒に住むとしたらどうであろうか。特に強調しなければならないことはムーア夫人が後者の考え方に乗り気になっていたこと、むしろそうすることを熱望していたことである。彼女はもともと客好きな性質であったからそう願うのも自然なことであった。ただしウォーニーは彼らの客ではなく彼らの所帯の一員、家族になるべきであるとされた。

ルイスがそのことをウォーニーに提案したが障害があることも強調していた。ウォーニーは彼らの平凡な「料理」に満足できるであろうか。モーリーンがしばしば見せる「膨れ面」についてはどうであろうか。「ミントーが見かけ倒し」にならないだろうか。それでもルイスはウォーニーが彼の家族生活に加わってほしいという願

図5－4　左からルイス、ムーア夫人、ウォーニー。1930年夏、キルンズにて

いを明確に伝えていた。「私は断然決断したし後悔することはない。私が願うことは（非常に強く願うことは）、お兄さんが熟考の末に私と同じ選択をし、後悔しないことです」[24]。

ウォーニーは一九三〇年五月に二つの決断をした。第一に、ルイス家の文書を編集すること。それは彼の両親に敬意を表するためであった。第二に、できるだけ早くヒルスボロに引っ越し、弟とその家族と共に住むことである。ウォーニーがこれらの決断を固める最中にももう一つの可能性が浮かび上がっていた。より大きな家を新たに購入することである。その時点ではルイスとムーア夫人とは共同で借家をしていた。ルイスの年俸は最初の契約期間である五年が終わった段階で更新されていた。ルイスは今や財政的には非常に安定しており、退職するまでの生活を保障されていた。彼とウォーニーとは「小さなリー」が売却されれば確かな金額を得ることになると予想していた。ウォーニーにも蓄えがあった。そしてムーア夫人も兄ジョン・アスキンス博士の死によって信託資金を得ていた。彼らがそれらの資金を合せれば彼ら全員が一緒に住むことのできる大きな家を購入することができる。

一九三〇年六月六日にルイスとウォーニーと「家族」が初めて「キルンズ（釜、The Kilns）」を見た。家はそれほど素晴らしいものには見えなかった。それはルイスが散歩を楽しんでいたショトーヴァー丘の麓の近くにあるヘディントン・クァリー（石切場）の窪んだ土地に立つ建物であった。その家屋は八エーカー（約三万二千平方米）の土地にあったが四人が住むためには増築する必要があった。三人の当事者たちは皆増築工事が必要であることを認めながらもその家が気に入った。売値は三五〇〇ポンドであったが、交渉の結果三三〇〇ポンドまで下げられた。ウォーニーは手付金として三〇〇ポンドを支払い五〇〇ポンドを抵当金担保に入れた。ムーア夫人の信託基金から一五〇〇ポンドが支出され、ルイスも一〇〇〇ポンドを加えた。[25] その直後に二つの部屋が増築され、ウォーニーが除隊となって戻ってくるための準備がなされた。

この不動産はムーア夫人の名義で登記され、ルイス兄弟は生きている限りそこに住む権利を有すると規定された。キルンズは厳密に言えばルイスの家ではなかった。彼はそこに住んだが彼の持ち家ではなかった。彼は自分が必要とするもの（終身借用権）を持っていた。ルイスもウォーニーも死ぬまでそこに住む権利を持っていた。一九五一年にムーア夫人が亡くなり不動産所有権は彼女の娘モーリーンに移ったが、ルイスとウォーニーは死ぬまでそこに住む権利を保っていた。[26]（最終的には一九七三年にウォーニーが亡くなって財産所有権はモーリーンが単独で所有することになった。）

キルンズはルイスの人生を一つに統合する上で重要な役割を果たした。兄ウォーニーに安定した住まいを与えることができたのも決して小さなことではなかった。ウォーニーは一九三二年一〇月二二日に「汽船オートメドン号」で上海を出航した。彼はリヴァープール港に一二月一五日に着き、オクスフォードに向かった。ルイスは兄に「信じられないほど嬉しい」と書いた。「あと一週間ほどで兄上が靴を脱ぎ、『この家は気に入った、死ぬまでここで良い』と言うことができるなんてほとんど信じられない」と兄に書いた。[27] ウォーニーは一二月二〇日に退役したが予備役兵として登録された[28]。兄との関係が再び結ばれたことは良きにつけ悪しきにつけ（どちらかと言えば「良い」ことが多かったが）ルイスのその後の人生にとって決定的に重要なこととなる[29]。

しかしその頃もう一つの関係が成立しかけていたことも指摘されなければならない。その関係もルイスにとって重要なものになっていく。それはジョン・ロナルド・ルーエル・トールキン（一八九二―一九七三）との友情の深まりである。

## 友情――J・R・R・トールキン

オクスフォード大学におけるルイスの責任範囲はモードリン学寮以外にも広がった。彼はオクスフォード大学の英語英文学部の教授陣に加わり、英文学の諸問題（たとえば、「ロマン主義運動の一八世紀の先駆者たち」）に関する学寮間（Intercollegiate）講義を行った。彼はその学部の教授会にも参加した。そこでは主に教員の配置の問題や大学行政問題などが話し合われた。その教授会は午後四時に始まり、終わるとマートン学寮で「午後のお茶」（「イングリッシュ・ティー」と呼ばれるのが普通であった）が持たれた。マートン学寮はオクスフォード大学の二人のマートン英語教授の本拠地であった[30]。

ルイスがJ・R・R・トールキンに初めて会ったのは一九二六年五月一一日のイングリッシュ・ティーの時である。トールキンは「人当たりの良い、青白い顔の、雄弁な小男」であった[31]。彼は前の年にローリンスン・アンド・ボズワース古期英語（アングロ・サクソン語）教授としてオクスフォード大学英文学部に加わっていた。ルイスとトールキンとはオクスフォード大学の英語カリキュラムの編成をめぐって激論を戦わすことになる。トールキンは古代および中世の英語のテキストに焦点を当てたカリキュラムを組み、学生に古英語および中期英語に

図5－5　マートン学寮の自室におけるJ. R. R. トールキン。1970年頃撮影（©Billet Potter, Oxford）

精通させることを目標にするべきであると主張した。ルイスはジョフリー・チョーサー（一三四三頃―一四〇〇）以後の英文学に焦点を当てることにより最善の英語教育ができると考えた。

トールキンは自分の領域を死守しようとし、忘れられた言語の研究を推進するために全力を尽くした。トールキンは彼の主張を推し進めるために研究会を立ち上げ、それを「コルビタール（*Kobitar*）」と名付けた。それは古代ノルウェー語とその文学に対する鑑賞力を培うことを目的としていた。ルイスもその会員となった。(32) 奇妙な言葉「コルビタール」はアイスランド語から取られたもので、直訳すれば「石炭を齧《かじ》る人々（coal-biters）」である。これは狩あるいは戦闘に参加することを拒み、屋内に留まって暖炉の火の暖かな保護を楽しもうとするノルウェー人を嘲って呼ぶときの言葉である。ルイスの説明によれば、この語はコールビーター（Coal-beet-are）と発音されるべきで、「暖炉の近くに集まる親友たちを指し、彼らはあまりに暖炉に近くいるために石炭を齧っているように見えることからそう呼ばれる」

のだという[33]。ルイスの想像力はこの「小さなアイスランド語クラブ」から非常に強い刺激を受け、彼は「北方の空の奔放な夢とワルキューレの音楽」の中に投げ込まれたように感じた[34]。

ルイスとトールキンとの関係はルイスの私的人生にとっても職業人生にとっても最も重要なものとなった。彼らには共通することが多くあった。彼らは文学に関する事柄や大戦争の経験について共通したものを持っていた。彼しかしルイスの手紙や日記には一九二九年に至るまでトールキンについて語ることは些細なことを除けばほとんどない。突然に関係が深まったことを示す記事が現れる。「ある週の月曜日、私は午前二時半まで起きていた(アングロ・サクソン語教授トールキンと語り合って)」とアーサー・グリーヴズに書き送っている。「(彼と私はある会合に参加し一緒に学寮に帰ってきて、神々のことや巨人たちのこと、そしてアスガルドのことなどについて三時間も語り合った)[35]」。

その時にルイスが語ったことの何かがトールキンをして自分より若いこの男は親しくしても良い人間だと思わせたに違いない。トールキンはオクスフォード大学に着任してから書き続けてきた長詩をルイスに読んで貰いたいと言った。それは『リシアンの物語』と題されていた[36]。トールキンはオクスフォード大学の上級教授で文献学の分野で名声を得ていたが、個人的には神話に強い関心を持っていた。トールキンは自分のこころの奥の部屋にかけてあったカーテンをルイスに対して開き、自分の書斎に招きいれた。それはルイスの先輩にとって個人的にも職業的にも冒険であった。

ルイスは知らなかったがトールキンはその頃に「批判的友人」を必要としていた。それは彼を激励し批判する教師、私淑することのできる教師、彼が書くものを肯定し改善することのできる教師、何よりも彼が書くものを仕上げることを可能にする教師を必要としていた。彼はかつてそのような「批判的友人たち」を持っていた。それは古い学友ジョフリー・バッチュ・スミス(一八九四―一九一六)とクリストファー・ルーク・ワイズマン(一八九三―一九八七)であった[37]。しかしスミスはランカシャー狙撃隊の一員として動員され、ソムの戦いで受けた傷がもとで死亡した。またワイズマンは一九二六年にイングランドのウェスト郡トーントンにあるクイーンズ・カレッジの校長として赴任し、トールキンとは疎遠になっていた。トールキンは細部にこだわる完璧主義者であった。彼はそれを自覚していた。事実、彼が晩年に書いた物語「こだわり者の一葉」は著作を完成できない自分を戯画化して批判した文章として読むことができる。そこでは木の絵を描こうとして細部の一葉一葉にこだわり、より良い絵にしようとしてなかなか描きあげることができないでいる画家の物語である。彼が完璧主義を乗り越えるために誰かが援助をしなければならなかった。そしてトールキンは自分が必要としていたものをルイスのうちに見出した。

ルイスがトールキンの長詩を読み、熱狂的に反応したとき、トールキンが安堵のため息をついたことは確かである。ルイスはトールキンに「正直に言って、あのような楽しい夕べを持ったのは数時代前のことだと思う」と書いた(38)。このことについてじっくりと語らなければならないと思われるが、われわれは話を次のことに進めなければならない。しかしルイスが二〇世紀の文学の最大傑作の一つ(トールキンの『指輪物語』)の主任助産師になったと言っても言い過ぎではないと思う。

しかしトールキンもある意味ではルイスに対して助産師の役割を果たしていたと言える。トールキンはルイスがキリスト教信仰を再発見するための障害になっていたものを取り除いたのだと言うことができる。それは複雑かつ重要な問題であるから、章を改めて議論しなければならない。

# 第六章　最も不本意な改宗者

## ——単なるキリスト者の誕生　一九三〇—一九三二年（三二—三四歳）

今日ルイスはキリスト教思想家として知られている。しかし彼が一九二〇年代初めに書いたものの根底にある考え方は疑いもなく無神論である。彼は宗教一般に対して、特にキリスト教に対して完全に拒絶的ではなかったにしろ、非常に否定的であった。彼はどのようにして、またなぜ考え方を変えたのであろうか。本章ではルイスが若い頃の無神論から徐々に考え方を変え、ついにキリスト教に入信した過程を検討する。彼の入信は前段階としてまず知性的な面に始まり一九三〇年の夏までに神に関する知性的信仰が確立された。その後一九三二年の夏までに明確かつ透徹した理解に基づくキリスト教信仰に進んだ。それは複雑な物語でありそれ自身としても興味深い物語であるが、同時にルイスが英文学の学術的世界で、また庶民の文化の世界でキリスト教の声としてなぜ名声を博するようになったかを理解する上でも語られる価値のある物語である。

## 一九二〇年代の英文学界に起こった宗教復興

流行作家イーヴリン・ウォー（一九〇三―一九六六）は一九三〇年に小説『卑しい肉体』を出版し「まさに超近代的小説」との評を受けて名を上げた。その年に彼は別のことで文学界を驚かせた。彼はカトリック・キリスト者になったと発表した。そのようなことは誰も予想していなかったし重大なことでもあるので、イギリスの主要新聞の一つ「デイリー・エクスプレス」の第一頁を飾るニュースとなった。「超近代性をほとんど熱狂的に信奉することで知られる作家」がどうしてカトリック・キリスト者になれるのかと編集長がいぶかっている。次の週も同紙の多くのコラムが誰も予想しなかったこと、不可解なことについての論評や反響で埋められた。

しかしウォーの入信に対して文化的注目が集まった理由は彼が若い流行作家で風刺小説を書く有名人としての立場にあったからだけではない。ウォーは文学界に名の知れた人々でカトリック・キリスト者になった人々のうちの一人に過ぎない。たとえば一九二二年にG・K・チェスタートン（一八七四―一九三六）が入信したし、一九二六年にはグレアム・グリーン（一九〇四―一九九一）が入信した。[1] キリスト教文学の復興が起こっているのではないかと思い始めた人々がいた。

短期間ではあったが集中的に起こったキリスト教リヴァイヴァルの間にキリスト教に入信した文学者のすべてがカトリック・キリスト者になったのではない。一九二七年にT・S・エリオット（一八八八―一九六五。詩集『荒地』［一九二二年］で最もよく知られ、その詩集は現在でも二〇世紀に書かれた詩の中でも最も優れたもの、最も多く議論される詩と認められている）が聖公会・キリスト者になった。エリオットの入信はウォーの入信ほどにはマス・メディアの話題にはならなかったがエリオットが詩人としてまた文学批評家として高名な人物であったから、彼の入信も広く議論され討議された。エリオットは秩序と安定をもたらす原理、それも人間自身のうちにはない原理をキリスト教のうちに見出した。彼はそれによって世界と取り組むための確固たる立場を得ることができた。

その数年後にルイスがキリスト者になった。彼もエリオットと同じく英国教会の会員となる選択をした。しかしその頃ルイスの名を聞いた人々はいなかったから、ルイスがキリスト者になったことを知らされた人にしても誰もこの出来事に関心を向けなかった。一九三一年にルイスは全くの無名の人であったことが理解されなければならない。彼は二冊の詩集を出版していたがクライヴ・ハミルトンなる偽名を使っていた。それらの詩集は批評家の眼にもとまらず、商業的にも成功しなかった。ルイスの名声が上がり始めるのは一九四〇年に『痛みの問題』が出版されて以後のことである。この書によって戦時中のキリスト教護教家としてのルイスが名士の地位を確保する歩みの第一歩が踏み出される。イーヴリン・ウォーが小説家としての名声を得ていたゆえに彼の宗教信仰に対して人々が関心を向けたのに対し、ルイスの場合は人々の喝采を受ける名士となるもととなった著作の土台に信仰があった。

そうではあってもルイスの入信も当時の社会にあった大きなパターンに沿うものである。文学研究者や作家たちが研究活動あるいは作家活動を通して、あるいはそのような活動の根底にある関心のゆえに入信するというパターンがあった。ルイスの文学に対する愛は彼の入信の背景ではない。彼が入信したのはキリスト教が理性と想像力に対して訴える力を持つことを彼が発見したからである。ルイスはそのことを『喜びのおとずれ』の全編で語っている。「健全な無神論者であり続けたいと思う若者は自分が何を読むかについていくら注意しても注意し過ぎることはない。罠はあらゆるところにある」(2)。ルイスは英文学の古典を読んでそこに具体的に表現され、信奉されている理念や態度に出会い、それを評価することを強いられた。彼としては残念に感じたことであったが、キリスト教的観点に立つ人々の方がより柔軟で説得力を持つ「現実との協定」を提供していることをルイスは理解し始めた。

当時の有力な作家の多くが文学の扱う問題を通して信仰に到達した。例えばグレアム・グリーンはヴァージニア・ウルフ（一八八二―一九四一）やE・M・フォスター（一八七九―一九七〇）のような近代主義作家が「紙のように薄い世界を彷徨するボール紙に書かれた実質のない象徴」のような人物を創り上げたことを批判した。グリーンによれば彼らの作物には「現実」感覚がない。「宗教感覚」を見失うことは「人間の行為の重要性の感覚」をも見失うことになるが、それは正に近代主義者（モダニスト）が犯している過ちである。[3] 偉大な文学は現実世界に熱狂的にコミットしなければ書けるものではない。現実世界に熱狂的にコミットするためには宇宙のより深いところにある秩序を土台としなければならない。つまり神の性質と意志を土台としなければならないとグリーンは主張する。

イーヴリン・ウォーもほとんど同じことを言っている。神なしにはいかなる作家も作品の登場人物に現実性と深みを与えることはできない。「神を抜きにすれば登場人物は単なる抽象でしかなくなる」[4]。良い小説は人間性に関する説得性のある洞察を基盤としなければならない。それはウォーによればまず世界を意味あるものとみなし、特に人間性が意味あるものであるとみなすキリスト教の注目すべき能力によらなければならない。キリスト教信仰は作家を取り囲む世界の歪曲された姿に鋭い焦点を合わせ、その真の姿を初めて明らかに見せてその世界の真の特質を初めて理解させる。ウォーは一九四九年に書いた手紙で現実とのこの新しい取り組み方を発見したことの喜びについて書いている。

入信とはすべてが不条理で戯画化されている鏡の中の世界、暖炉周辺の飾りの世界から抜け出し、神が創られた真の世界に歩みだすことである。そしてその世界を隅々まで探検するこの上ない楽しみを味わい始めることである。[5]

ルイスにはキリスト教信仰に関心を深めていった過程において同じような問題意識が働いていたようである。ルイスは『喜びのおとずれ』において一九二〇年代の初めにキリスト教信仰によって形作られた文学、キリスト教信仰に基づく文学が持つ驚くべき深みを発見したと書いている。ジョージ・バーナード・ショー（一八五六―一九五〇）やH・G・ウェルズ（一八六六―一九六四）などの近代主義（モダニズム）作家たちは「少々薄っぺら」であるように見えた。彼らには「深み」が無く「あまりに単純すぎる」と感じられた。彼らの作物には「人生の荒々しさや人間の運命」の深刻さが充分に捉えられていないと感じた。(6)

それとは非常に対照的に、キリスト教詩人ジョージ・ハーバート（一五九三―一六三三）は「われわれが実際に生きる生活の本質そのものを伝えることに……卓越」しているとルイスには思えた。ただしハーバートはそれを「直接に伝える」ことをせず、ルイスがその当時「キリスト教的神話」と呼ぶものを介して「間接的に伝えねばならないと考えている」ように思えた。(7) ルイスは一九二〇年代の初めにはキリスト教が真理であることを認めるには至っていない。しかし彼は世界理解および人間理解に至るための鍵をキリスト教が持っているのではないかと感じ始めていた。その段階で彼は「人生に関する私の理論と、英文学の読者としての実際の経験との間にある滑稽な矛盾」があるのに気付いてはいたが、それが意味することを理解するまでに至っていなかった。(8)

ここでわれわれは一七世紀にブレーズ・パスカル（一六二三―一六六二）が鮮明に描いた神発見の過程の典型的実例を見ないであろうか。パスカルにとって宗教信仰の真理性を人に説得し納得させようとすることは全く無駄なことである。彼によれば重要なことは宗教信仰が真理であってほしいと願わせることである。そのためには宗教信仰が提示する現実の姿が豊かであり満足すべきものであることに気付かせなければならない。そのような願いが人のこころに植えつけられれば人間のこころはキリスト教信仰を深い直観に結びつけることになる。ジョージ・ハーバートやトマス・トラハーン（一六三六―一六七四）のような詩人たちは神を信ずるようにルイスを説得したのではない。彼らがしたことはキリスト教信仰が人間の生について豊かで強靭な理解を提示しているのではないかと思わせたことである。そして彼らの考え方には最後のところ彼に対して何か言うべきことがあるのではないかと思わせたことである。

ルイスの入信の過程において起こったさまざまのことすべてをつなぎ合わせると、ルイスの入信は彼の内的世界の成長の過程を理解することになると思われる。それは残念なことに一般に公開される性質のものではない。その成長についての手がかりは豊富にある。しかしそれらは断片的であるから首尾一貫した全体として綴り合わされなければならない。われわれは以下において、この複雑ながら興味深い物語の意味を探り当てたいと思う。

## 現実を捉える想像力——神を再発見するルイス

ルイスが一九三〇年代初めに書いたものは彼が人生の秩序の根本原理、古代にギリシアの哲学者たちが「アルケー」と呼んだものを摸索していたことを示している。それは人間の発明によるものではなく、物事のより深い秩序に根づいたものである。世界の現実をそのように統一的に見る視点はどこにあるのだろうか。

ルイスが中世の文学を研究することになった理由の一つは世界全体の仕組みについての理解を中世の文学が持っていると彼が感じたことに基づいている。そのような理解は大戦争による衝撃により西洋世界から失われてしまっていた。ルイスにとって中世の文化は宇宙および世界について統一的イメージを提示するものであった。例えばダンテの『神曲』にそれが描かれている。そこには現実の「全体像」が示されており、現実の細々した事実を受け入れることを可能にしてくれている。『神曲』のような作品は「最高度に完成された秩序を中世の芸術が突き止めているが、同時に全体性に含まれる多様性のすべてを受け入れる」ことを可能にしている。(9) われわれはここに根本的に神学的な思想の文学的表現を見る。つまり現実を見る見方に特別な視点があり、それは実際のことに鋭く焦点を合わせ、陰になっている部分にも光を当て、全体に関する内的統合を見ることを可能にさせる視点である。ルイスにとってそれが「現実を捉える想像力」であった。それは物事を実際にあるがままの姿に忠実に見る方法、あるいは「映像化」する方法であった[10]。

ルイスの文学研究はここで真理および意味に対する彼自身の内的、人格的探求と共鳴しあう。ルイスの中世の最高の文学に対する深い愛は近代の文化が失った何かを中世の文学が発見していたのではないかとルイスが感じたことを部分的に反映している。そして彼自身がその何かを取り戻すことを熱望していたことを反映している。大戦争によって暴露されたこと、つまり世界の統合と連続性が崩壊したことは癒し得るのだろうか。世界を再び統合する方法はあるのだろうか。彼の理性と想像力を和解させる方法はあるのだろうか。

徐々に彼のこころのうちに散らばっていたジグソー・パズルの片々がつながり始めた。そして遂に鋭く焦点が絞られ彼を困惑させる精神的、知的覚醒の瞬間が到来した。『喜びのおとずれ』において、チェスの盤上における指手に喩えて神に対する信仰に到達するまでに彼が打った指手を並べ挙げている[11]。それらのどれを取っても論理的にも哲学的にも決定的なものではなかった。すべては精々のところ暗示的なものに過ぎない。しかしそれらの指手の効果は指手一つひとつの重要さにあるのではなく、それらの指手が全体として持つ強さによる。ルイスはそれらの指手は「自分自身が」打ったものではなく、「彼に対して」打たれた指手であると言っている。『喜びのおとずれ』に語られる物語はルイスによる神発見の物語ではない。それは神が忍耐強くルイスに迫ってこられたことを語る。

ルイスが『喜びのおとずれ』で描写する過程は、AであるからBであり、従ってCであるというような論理的演繹の過程ではない。それは結晶ができ上がる過程を描いたようなものである。無関係なものとして分離浮遊していたものが突然に結びつき会い、より大きな結晶となる過程である。そこでは物事が互いに相手の価値を認め合いそれぞれが相互に関連しあうものであることを言い表すに至る過程である。すべての物事がそれぞれの場所を得る。物事すべてが正しい方法で観察されるときに初めて理論と観察との間に根本的調和が現れ出る。

科学者が一つの現象を観察しながら何の関連も持たない多くの観察事実を前にして、それを理解しあぐねているときに、ある夜突然に眼が覚めてそれらすべてを統一的に説明できる理論を発見したようなものである。(フランスの偉大な科学者アンリ・ポアンカレが「証明するのは論理によるが、発見するのは直観による」と言ったことがある。[12])それは探偵小説において探偵が多くの手がかりに直面して事件がどのように起こったのかを突き止め、すべての手がかりが一つの大きな物語を構成する部分となるようなものである。いずれの場合にもわれわれは同じパターンを見る。もしこの一つのことが事実であれば他のすべてのことがそれぞれの場所に自然に収まり、無理なこじつけをしなくとも良いということが把握される。そして事の性質上それは真理を愛する者の同意を要求する。ルイスは自分では事実であってほしくないと思う現実像を受け容れるよう強要されていると感じた。それにその現実像はルイスが真実とさせたのでもなかった。

ルイスの入信の物語を語るためには彼を囲む外的世界と彼の内面的世界における出来事を調べ、それらを関連させてみなければならない。ルイス自身が『喜びのおとずれ』においてそうしている。彼は二つの全く異なる世界(ただし相互に関連をもっていた)の物語を語っている。英文学部およびオクスフォード大学の外的世界と「喜び」を憧憬する彼の内面の世界の二つの世界である。彼は実に長い間、理性的な世界と想像力の世界との分裂に悩まされてきた。

一方の側には多くの島が浮かぶ詩と神話の大海があり、他の側には饒舌で薄っぺらな「合理主義」があった。私が愛したことのほぼすべては想像されたものであると思った。そして事実(real)であると信じたことのほとんどすべてを不愉快で無意味なものであると考えた。[13]

しかしルイスの内面的世界の出来事を外的世界の歴史的事件との相互関係を明らかにすることは常に容易であるとは限らない。例えば外的世界において、ルイスはモードリン学寮からバスに乗ってヘディントン丘を登りヘディントン村（最近オクスフォード市と合併した）にあった自分の家に向かう。しかし彼の内面的世界においては神が迫ってくることに対する知的防御壁が崩れ落ちることを体験している。彼はそれまで神を認めようとは全く思っていなかったし、神との出会いを求めてなどいなかった。[14] そこではバスで移動しているという一つの体験において二つの全く異なる旅路が交錯している。

『喜びのおとずれ』を読んでいて感ずる難しさの一つはルイスの成長の過程を可視的な地図にして表すことの難しさにある。それは彼の内面的世界と外的世界とのつながりを適切に、また正確に捉えることの難しさにある。これら二つの世界に関するルイス自身の説明は実際に検討してみると必ずしも常に正確であるとは限らない。われわれが本章において論ずるように、彼が神を発見したのは一九二九年の夏のことではない。ルイスは『喜びのおとずれ』ではそうであったと書いている。しかしそれは一九三〇年の晩春あるいは初夏のことである。ルイスの記憶における主観的事実を疑問視することはできない。ルイスは彼の知的な家具の配置についてははっきりと知っていたし、その配置がなされた理由も知っていた。われわれにとって困難に感じられることは家具の配置変更が歴史的時間のいつになされたのかを見定めることである。[15]

神に関する信仰の結晶化の過程はかなり長い時間にわたっていたと思われる。それがある劇的な瞬間になされた決断により結実したのだと思われる。真理であるとの確信を深めつつあることに対する抵抗を保つことが彼にはできなかった。それは彼が求めたことではなく、彼を求めていた何ものかによるものであるように見えた。

ルイスが散文で書いていることはブレーズ・パスカルが「心を鎮める恩寵の火」について立てている有名な区別、つまりわれわれに対して何の関心も示さない「哲学者の神。学者の神」と熱烈な関心をわれわれに寄せる活ける神つまり「アブラハムとイサクとヤコブの神」との区別を思い起こさせる。せいぜいのところ抽象的な哲学的観念でしかないとルイスが考えたものが、それ自身の生命と意思とを持つ実在であることが分かってきた。

エゼキエルが見たあの恐るべき谷で、乾いた骨が震え始め、結び合わされていったように、いまや知的慰みでしかない哲学的定理と思われていたものが激しく震え始め、波うち始め、死装束をかなぐり捨てて立ち上がり、活きて存在するものになった。もはや哲学を弄ぶことは許されなかった(16)。

ルイスが書いた手紙を注意深く読むと、ルイスが『喜びのおとずれ』のここに引用された箇所で言っていることが何であるかが確認される。それまでは神についてお喋りしていただけであることが彼に分かっていなかった。ルイスは一九二〇年にオクスフォード大学の友人レオ・ベイカーに宛てた手紙で、物質の存在に関する哲学的問題について「反論する可能性が最も小さい理論」は「何らかの神を措定する」ことだと結論したと書いている。それは「恩寵のしるし」なのであろうとルイスは冗談めかしに言っている。彼は「天に異議を唱えることを止めた」のだと言う(17)。これはルイスが考えていたような「哲学を弄ぶこと」を意味していたのであろうか。

『喜びのおとずれ』のこの箇所を理解するための鍵となる点は、ルイスがこの時点で自己主張を持つ神、能動的な神、そして求める神を捕らえようとしているのではないかということである。それは人間の単なる知的創作物あるいは哲学的玩具ではない。神はルイスのこころおよび人生の扉を力いっぱいに叩いている。現実がルイスに押しかけてきて、ルイスの応答を荒々しくまた押し付けがましく要求していた。「愛想の良い不可知論者は『人間の神追求』について朗らかに語るであろう。私にとってはそれはネズミが猫を追い求めることについて語ることとあまり違わないことだと思えた。私も当時はそれをやっていた(18)」。

『ライオンと魔女』に描かれる情景のうちで最も読者のこころを動かすものは雪解けの風景であろう。それは魔女の呪力が力を失い、アスランが帰還することを予想させる。ルイスはこの力強いイメージを用いて彼自身のうちに起こりつつあること、『喜びのおとずれ』で描いた神の再臨を阻止しようとする思いが弱まりつつあることを描こうとしたのではないか。そうして彼は自分の入信の過程を回想しているのではないか。「私は自分が雪だるまのような人間で、遂に溶け始めているのだと感じた。溶けるのは私の背骨から始まっていた。最初は音もなく溶け始め、次第に水の流れる音がし始めた。私はそのように感じて戦慄した[19]」。

ルイスが一九一六年に結んだ「現実との協定」は今や全面的に破綻しつつあった。彼に対抗して召集された優勢な部隊を前にして彼のそれまでの知的戦線は維持できないことが分かってきた。「協定を結ぶことのできない現実が私に押し寄せてきた[20]」。ルイスがここで言おうとしていることはあまりにも簡単に見逃されてしまう。「現実との協定」なる観念が伝えようとしていることは、思索活動を根本的、全体的に区分けし面倒なことやこころの平和を乱すようなことを一つの区画に閉じ込め、それらが日常生活を乱さないようにすることである。われわれは先にルイスが大戦争の惨事に対してまさにこの戦略を用いていたことを見た。現実は思想に従属させられた。思想は現実に向かって投げかけられた網であり、現実を檻に入れて手なずけ、それが奇襲攻撃をかけてきて圧倒する力を奪おうとする試みである。ルイスが発見したことはもはや現実を手なずけることができなくなったということであった。現実は虎のように人工の檻の中に閉じ込められることを拒否した。それは檻を破って逃げ出し、かつてそれを閉じ込めていた飼い主を圧倒した。

ルイスは遂に彼が不可避と認めたものの前に屈した。「一九二九年のトリニティ学期に私は降参した。そして神は神であると認めた。私は跪き、祈った。私はその夜、おそらく英国中で最も不本意な改宗者であっただろう[21]」。ルイスは今や神を信じた。しかし彼はまだキリスト者ではなかった。それでもルイスは自分の有神論的信仰を公に表明するために学寮のチャペルに出席するようになったのだと言う。またヘディントン・クァリーの聖三一教会の聖日礼拝にも定期的に出席するようになった。この教会はルイスの家からそう遠くない所にあった[22]。

このような行動の変化はオクスフォード大学の一九二九年トリニティ学期（つまり一九二九年四月二八日と六月

二二日の間）に起こったとルイスは言う。この日付はルイスの内面的世界と外的世界とを相関させる上で極めて大きな意味を持つ。ルイスの思想のうちで起こった変化が彼の公的行動に変化をもたらした。彼の生活習慣が変化し、その変化は他人にも明らかなことであった。

ルイスが学寮のチャペルに新しく関心を向けたこと、しかもそれは誰にも予想できなかったことであったので一九三〇年代にモードドリン学寮の個別指導教員の間で盛んに話題となり、彼らの好奇心をそそった。アメリカの哲学者ポール・エルマー・モーアは一九三三年にモードドリン学寮を訪問したが、ルイスがチャペルに出席するようになったことについて学寮内でゴシップが猛烈に飛び交っていたと後に書いている[23]。しかしルイスはそれが当時の段階では「単なる象徴的な習慣、暫定的な習慣」であったと力説していた。それはまだキリスト教への明確な主体的コミットメントを示すものでも、それを可能にするものでもなかったのだと言う[24]。それでもそのことは彼が有神論に改宗したのがいつかを示す目印になる。ルイスがチャペルに出席するようになったのがいつのことなのかを特定できれば、われわれはルイスが有神論者になったのがいつなのかを知る手がかりを得ることになる。

それよりも重要なことは、ルイスは自分を新しい見方で見るようになったことである。「私が有神論に改宗したことにより生じた最初の成果」について次のように述べている。「私はそれまで自分の意見の進歩や自分のこころの状態について神経質なほどにこだわっていたが、それが目立って弱まったことである[25]」。そのようなナルチシズム的自己凝視の習癖を断ったことから、もう一つの結果が不可避的に生じた。彼は一九二七年三月から日記をつけていなかったが、それ以後二度と日記をつけようとしなくなった。「もし有神論が私に対してほかに何もしなかったとしても、それが私を癒し、日記をつけるという時間を無駄にする愚かな習慣を断ってくれたことは確かで、それを感謝している[26]」。

ルイスが一九二七年以後日記をつけなくなったためにその後の出来事に関するルイスの記憶が少々不正確なものになった。彼自身が一九五七年に言ったように、彼は「日付をまったく覚えなくなった[27]」。彼の兄はもっと厳しいことを言っている。ウォーニーによればルイスは「一生を通じて日付を覚える能力を欠いていた」という[28]。『喜びのおとずれ』は主としてルイスの内面的世界の変化についての記録である。外的世界の出来事との相互関係も語られている（ただし、かなりあいまいかつ不正確である）。それは何よりもルイスの思想および経験の内的世界を自分で整理しようと試みた内省の過程を記録したもので、「息が詰まるほどに主観的」である[29]。

伝統的にはルイスが有神論を受け容れた時期は、ルイス自身の言うところに従い一九二九年の初夏ということになっている。しかしこの日付はいくつかの困難な問題を持っている。例えばもしルイスが実際にその頃に神への信仰を持つに至ったとするならば、その数か月後に父が亡くなった頃に書かれた手紙には神に対する信仰について全く何も触れられていないのはなぜなのだろうか。信仰が生じ始めたばかりであるとしても不自然ではないだろうか。むしろ父の死がルイスを刺激し神についてより深く考えることになったということではないだろうか。父の死がルイスのこころに起こした感情的混乱の只中で彼は神についてより真剣に考えるようになったのではないだろうか。

私は本書を書くために、出版されたルイスの著作のすべてを書かれた順序に従って読んだ。私はルイスが一九二九年に書いたもののどこにもルイス自身が語る劇的な展開がその年の彼の内面的生のうちに起こっていたと思わせる文章を見出せなかった。一九三〇年一月までに書かれたもののうちには思想の調子やテンポなどについて何の変化も見出せなかった。さらには、ルイス自身が明確に述べていることであるが、改宗の結果彼は教会やチャペルの礼拝に出席するようになったと言う。しかしそのような習慣の大きな変化（誰が見ても明らかな変化）について一九二九年に書かれた手紙には少しも取り上げられていないし議論もされていない。ルイスが自分の内心を公表することを嫌っていたことは別にしても、当時彼が書いたものには一九二九年に改宗が起こったとことは示されていない。しかしこれから明らかになるように一九三〇年に彼が書いたものには非常に異なることが描かれている。

ルイスが『喜びのおとずれ』に記録する改宗の日付は正しいのであろうか。それに関するルイスの記憶は間違っているのではないだろうか。ルイスが自分の内面的世界における入信の経験をあるがままに忠実に想起したことは事実であろう。しかしそのことはその年、その月に外的世界で起こっていた出来事にどう結びつくのであろうか。ルイスは何か思い違いをしているのではないだろうか。『喜びのおとずれ』には他の歴史的出来事に関する誤りも見出される（例えばルイスはジョージ・マクドナルドの『ファンタステス』を一九一五年八月に初めて読んだと書いているが、実は一九一六年三月のことであった）。

これは重大な問題であるからさらに詳しく調べられなければならない。

## いつルイスは改宗したのか——再考の試み

既に見たように、ルイスは自分が改宗したのは一九二九年のトリニティ学期のことであったと『喜びのおとずれ』にある。ここでルイスはオクスフォード大学の一学期が八週間からなっていることに言及しその学期が四月二八日から六月二二日までのものであったことを語っている[30]。これらの日付はこれまでに書かれた主要なルイス伝において受け容れられ認められている。ルイスのキリスト教への入信には普通五つの転機があったとされる。

1　ルイスは一九二九年四月二八日から六月二二日の間に神を信ずるようになった。（有神論者になった。）

2　一九三一年九月一九日にトールキンとの会話を通して、キリスト教は「真の神話」であることを知る。

3　一九三一年九月二八日に車でウィプスナード動物園に行く途中キリストの神性を信ずるに至る。

4　一九三一年一〇月一日に、ルイスはアーサー・グリーヴズに神についての信仰からキリストを信ずる信仰に移ったと語る。（キリスト教に入信した。）

5　一九三二年八月一五―二九日にルイスはベルファスト滞在中に書いた『天路退行』において神に向かっての知的遍歴を語る。

私はこのような年表が第一次資料に含まれる証拠に忠実であるとは思えない。私はそれに大きな変更を加えたい。ルイスの精神遍歴は、私が見る限り、伝統的に考えられてきたものよりも一年ほど短い。私が提案する年表は第一次資料を精読して得られたものであり、次のようになる。

1　一九三〇年三―六月、ルイスは神を信ずるようになる。（有神論者となる。）
2　一九三一年九月一九日、トールキンとの会話を通してルイスはキリスト教が「真の神話」であることを知る。
3　一九三一年九月二八日、ルイスはウィプスナード動物園へ車で連れていかれる途中キリストの神性を信ずるに至る。
4　一九三一年一〇月一日、ルイスはアーサー・グリーヴズに神への信仰からキリストへの信仰に「移った」ことを語る。
5　一九三二年八月一五―二九日、ルイスはベルファスト滞在中に書いた『天路退行』において神への知的遍歴を語る。

ルイスの宗教信仰の変遷および主体的コミットメントに関する伝統的年表にこのような変更を加える根拠は何か。まずわれわれはルイスが有神論に移ったのがいつであったか、つまり神を信ずるようになったのがいつかを検討する。ルイスが一九二九年に書いたもの、父の死の頃に書かれたもののうちにはこの問題についてルイスのこころが変わったことを示す証拠は何もない。しかし一九三〇年に事態が変化する。その変化を知ることが許された人物は二人しかいない。

ルイスは一九三一年にアーサー・グリーヴズに宛てた手紙で、自分の知人を「第一級」の友人と「第二級」の友人とに分けると述べている。「第一級」に属するのはオーウェン・バーフィールドとアーサー・グリーヴズその人である。「第二級」に属するのはJ・R・R・トールキンであるという。[31] もしルイスが当時自分の人生に起こった変化について告げるとすればそれは「第一級」の友人、バーフィールドとグリーヴズに対してだけであろう。しかし一九二九年にルイスがこれら二人の友人に宛てて書いた手紙にはその頃に自分の人生に何か重大なことが起こったことを示す徴候は何も見出されない。

しかし一九三〇年になると事態は一変する。ルイスがバーフィールドとグリーヴズに宛てて書いた手紙はルイスの人生に重大な変化が起こっていること、『喜びのおとずれ』に描かれることに対応する変化が起こっていることが知られる。それは一九三〇年度のトリニティ学期（あるいはそれより少し前）に起こっていた。それはルイス自身が語る日付よりも一年ほど後のことである。以下において、われわれはルイスがこれら二人の「第一級」に属する友人に宛てた決定的な手紙を詳しく検討する。それらはどれも一九三〇年に書かれたもので、従来言われてきたように、一九二九年に書かれたものではない。

まず一九三〇年二月三日にオーウェン・バーフィールドに宛てて書かれた手紙、非常に短いけれども深い内省について書かれた手紙について考察しよう。この手紙でルイスは短い導入のあと次のように書く。

恐ろしいことが私に起こりつつある。「聖霊」あるいは「真の私（Real I）」が非常に個人的（人格的）になる危険な傾向を露にし、私に攻勢をかけつつある。そしてそれはあたかも神であるかのように振舞っている。

月曜日まで会いに来てほしい。そうでないと私は修道院に入ってしまうかもしれない[32]。

そこまで書いた時点でヘンリー・ワイルド教授がルイスを訪ねてきて、ルイスの思想の流れを中断した。サミュエル・コールリッジがその偉大な詩『クブラ・カーン』(一七一九年)で語るように「ポーロックから来た人物」がその詩を書き続けることを止めさせたが、ワイルド教授もルイスがバーフィールドにこの問題についてそれ以上のことを語ることを止めさせた。しかしルイスは充分に語っている。彼が語っていることは後に『喜びのおとずれ』で語ることそのものである。ただしルイスは『喜びのおとずれ』ではそれを一九二九年のトリニティ学期のこととしている。神は本当のものになりつつあり、しかも攻勢をかけてきている。ルイスは自分が圧倒的に強い力によって潰されそうになっていると感じている。ルイスが『喜びのおとずれ』に書いているように、彼は「戸口から引っ張り出され」ようとしていた[33]。

ルイスがバーフィールド宛の手紙に書いたことはルイスの改宗の前段階である。この手紙が改宗の一年後に書かれたものであるとすると、ルイスは既に起こった経験について語っていることになり、それは意味をなさない。バーフィールドも一九九八年に行われたインタヴューでこの手紙の重要さをはっきりと認めており、それがルイスの「入信の始まり」を示すものとしてルイスにとって深い意味を持つものであると言っている[34]。ただしバーフィールドにインタヴューした人物(キム・ギルネット)は誤ってこの手紙が一九二九年に書かれたものとしている。これはルイスが『喜びのおとずれ』に書いていることに合わせようとしたためである。しかしその手紙の日付は一九三〇年になっている。この手紙はルイスが描く入信の経験のテーマを正確に予想するものである。ルイスは今にも起こりそうな改宗の瞬間が迫っていることで途方に暮れていることを伝えており、その経験はこれから起ころうとしているものであって、既に起こったことではあり得ない。

第二の重要な手紙は一九三〇年一〇月二九日にアーサー・グリーヴズ宛に書かれたものである。先に見たよう

図6－1　モードリン学寮礼拝堂内部。1927年頃撮影。ルイスは1930年10月からこのチャペルでの礼拝に毎朝出席するようになった

にルイスは改宗の後モードリン学寮のチャペルに出席するようになったとはっきり述べている。一九二九年あるいは一九三〇年前半にルイスが書いた手紙には、誰に宛てたものであれ、彼が学寮のチャペルに毎日出席していると思わせるような文言は一つもない。しかしルイスは一九三〇年に書かれたグリーヴズ宛の手紙の非常に重要な部分で「午前八時の朝のチャペルに出席し始めた」と書いている。(35) これはルイスがそれまでよりはるかに早く就寝しなければならなくなったことを意味する。これは「新しい事態」としてはっきりと語られている。それは彼の日常生活のパターンに重大な変化が起こったこと、私生活における時間の使い方の変化であり、それは一九三〇年から一九三一年にかけての学年度の初めに起こっていたことが分かる。

ルイスが『喜びのおとずれ』で言うとおりに改宗が一九二九年の初夏であるとすると、彼は一九二九年一〇月から学寮のチャペル礼拝に出席し始めたことになる。その頃に彼が書いた手紙にはそのような習慣の変化については何も触れられていない。さらに学寮のチャペル礼拝に出席していることを伝える一九三〇年一〇月の手紙か

らは、礼拝に出席すること、チャペルの礼拝に出席することは新しい習慣であって、その時まではなかった習慣であることが明白に伝わってくる。もし本当にルイスが一九二九年のトリニティ学期に改宗したというのであれば、なぜ彼はそれから一年以上経ってからチャペル礼拝に出席するようになったというのであろうか。それは全く意味をなさない。

ルイスの改宗がいつ起こったのかについてのこれまでの説は見直されなければならないように見える。ルイスがこの出来事を彼の内面的世界に彼自身が位置付けていることを受け容れれば、証拠は最も良く理解できる。しかし客観的時間の流れのどこに位置付けるかという問題ではルイスは思い違いをしている。ルイスの改宗体験の性格あるいは事実性については疑う余地がない。問題はこの出来事をルイスの外的世界の時空のどこに位置付けるかということであり、それに関するルイスの記憶は不正確であるように見える。ルイスの改宗は一九二九年ではなく一九三〇年のトリニティ学期に起こったと考えるのが最も妥当である。一九三〇年のトリニティ学期は四月二七日に始まり六月二一日に終わった。

ルイスはこのようにして神を再発見したが、彼は休憩所に辿り着いただけで彼の最終的目的地に到着したのではなかった。彼が通過すべきもう一つの重大な経験があった。ルイスはその経験を重要なものと考えた。それは神に関する一般的信仰（「有神論」と呼ばれることが多い）から、キリスト教への明確な主体的コミットメントに移ることである。それはかなり長く複雑なプロセスであったらしい。多くの人々がその介助者（助産師）となった。中にはジョージ・ハーバートのように過去の活きた声としてルイスに語りかけた人々もいた。しかしルイスと共にいたある一人の人物が特に彼に語りかけた。ある夜、ルイスとJ・R・R・トールキンとの間に交わされた対話についての物語を次に語らなければならない。その会話がキリスト教に対するルイスの態度を全面的に変えることになった。

## トールキンとの夜の対話——一九三一年九月

『喜びのおとずれ』の最後の章で「純然たる」有神論からキリスト教への移行について短く、そして思わせぶりに語られる。ルイスはこの回心が彼の願いや憧れとは何の関係もないものであることを明らかにしようと努力している。一九三〇年のトリニティ学期に彼が屈服した神は「完全に非人格的」な神である。彼は「神と喜びとの間に何らかの関係があり得る」とは全く考えなかった[36]。ルイスの改宗は本質的に理性的なことであり、「喜び」に対する積年の思いとは無関係のものであった。「そこにいかなる心の願いも介在していなかった[37]」。彼が有神論を受け容れたのは、ある意味では、理性の問題でしかなかった。

ルイスがここで用いている論法はそれまで彼が長く信奉してきた考え方、つまり無神論によれば信仰とは「願望充足」に関わるものとして戯画化する主張を否定するためのものと理解して良いであろう。この考え方はジグムント・フロイト（一八五六―一九三九）の著作に古典的な表現を与えられている。しかしその知的淵源は歴史の霞の中に隠されている。フロイトによれば、神とは負け犬を慰める妄夢であり社会的落伍者や困窮者の支えである[38]。ルイスはそのような考え方を少しも持っていないことを強調する。ルイスが強調するところによれば彼が神の存在を望んだことはないのだという。彼は自分の存在を神から完全に独立したものと考えていた。「何にもまして私は常に何物にも『邪魔されたくない』といつも願っていた[39]」。しかし彼は自分が真実であって欲しくないと思うものとの対決をしなければならず、結局のところそれが真実であることを認めなくてはならなくなった。

この理性的神はルイスの想像世界や願望とも、ナザレのイエスの人格ともほとんど何の関係も持たなかった。それではどのようにして、またいつ頃、ルイスはこれらを深く結び付けたのだろうか。その結びつきは成熟期のルイスの著作の間違いなく見られる特徴である。『喜びのおとずれ』は彼のキリスト教への入信がいつどのように起こったのかについて何も語っていない。ルイスは「単なる有神論からキリスト教へ」の精神的旅路の最後の段階について、自分は「何も知らされていない」のだとしか言わない[40]。そのために彼は有神論からキリスト教への移行について完全で正確な説明を求められても、それに応えられないのだという。

その代わりにわれわれに与えられているのは関連のない観念や記憶を書き付けた備忘録の山である。それを読む者には思想や出来事の間の関連を見つけて、首尾一貫した全体にまとめるという課題が与えられる。ルイスの書いた手紙からはある一つの長い対話がルイスをして有神論からキリスト教へ移行することを可能にする上で決定的に重要な役割を果たしたことが知られる。その対話の重要さに鑑み、それを詳しく検討する。

一九三一年九月一九日（土曜日）にルイスはヒューゴー・ダイスン（一八九六―一九七五）とJ・R・R・トールキンとをモードリン学寮の自室に招き食事を共にした[41]。ダイスンとトールキンとは旧知の間柄であった。彼らはエクセター学寮の同期生であり二人は一緒に英語学を学んだ。それは静かな温かい夕べであったので、食事の後に三人は「アディスンの散歩道」に出て散歩を楽しんだ。アディスンの散歩道は学寮の敷地内を流れるチャーウェル川沿いの環状の歩道である。彼らはメタファーと神話の性質について語り合いながらかなり長い時間散歩を楽しんだ。

そのうちに風が起こり、大粒の雨が地面を叩くように音を立てて降り始め、また木の葉が降ってきた。そこで彼らはルイスの部屋に戻り対話を続けた。話題はそのうちにキリスト教に移った。トールキンは午前三時頃に辞して自室に戻った。ルイスとダイスンはさらに一時間ほど語り合った。二人の同僚との対話の夕べはルイスの成長に対して決定的に重要な役割を担った。その夕べ散歩している時に吹いた風は神の神秘的な現臨と行為とを暗示しているようにルイスには感じられた[42]。

当時ルイスは日記をつけていなかったが、直後にアーサー・グリーヴズ宛に二通の手紙を書きその夜の出来事

図6−2　アディスンの散歩道。モードリン学寮のかつての特別研究員、ジョウゼフ・アディスン（1672−1719）を記念して命名された散歩道。1937年頃撮影

を説明し、宗教信仰に関する彼の思索に対してその夜の対話が持った意味を語っている。[43] ルイスはグリーヴズ宛の最初の手紙（一〇月一日付）でその夕べの対話の結果について伝えているが、対話の内容についてはは伝えていない。

私は神の存在を信ずることからキリストを、そしてキリスト教を確実に信ずることへと移ったばかりのところだ。このことについてはそのうちに説明する。私がダイスンとトールキンと共に長い夜の対話を持ったことがそのことに大いに関係がある。[44]

グリーヴズはもちろん事態の興味深い展開についてより詳しく知りたいと思った。ルイスは次の手紙（一〇月一八日付）でこの夕べの出来事についてより詳しい説明をしている。ルイスが感じていた問題は「二〇〇〇年前の『誰か他の人物』（それが誰であれ）の生と死が今ここに生きるわれわれを助けてくれる」とはどういうことか理解できないということであった。ルイ

スはこのことを理解できないために「この一〜二年」足踏みをしていたのだという。彼はキリストがわれわれに良い模範を示してくれるであろうことは認めるが、そこから先には一歩も進めなかったのだという。ルイスは新約聖書が非常に異なる理解を示していることに気が付いた。新約聖書は「宥め」や「犠牲」という言葉を用いてあの出来事の真の意味を言い表そうとしている。しかしこれらの表現は「馬鹿げたこと、あほらしいこと」としか思えなかったと宣言する。(45)

ルイスの「長い夜の対話」にはダイスンとトールキンの二人が相手となっていたが、キリスト教信仰に対する新しい見方に進ませる扉をルイスに向かって開いたのはトールキンであったらしい。ルイスが有神論からキリスト教に移った過程を理解するためにわれわれはトールキンの思想について詳しく見なければならない。なぜなら中世の思想家バニョレージオのボナヴェントゥーラ（一二二一―一二七四）が「神に向かってのこころの旅」と呼ぶ事態の最後の段階をルイスが通過することを助けてくれたのは誰よりもまずトールキンであったからである。トールキンはルイスの感じている問題が、ルイスがキリスト教信仰の理論を合理的に理解することできないでいることではなく、その理論の意味することを想像力によって把握することができないでいることだと悟らせた。肝心の問題は真理についてのことではなく意味についての問題である。ルイスはキリスト教の物語と取り組むとき理性だけを用いていた。しかし彼がなすべきことは彼の想像力の最も深い直観に対して自分自身を開くことである。

トールキンはルイスが専門的研究者として異教の神話を読むときに働かせる開かれた想像力と期待とを、新約聖書を読むときにも働かせるべきだと主張した。ただしトールキンはその場合にも決定的な違いがあることを強調した。ルイスがグリーヴズ宛の第二の手紙に書いているように「キリストの物語はまさに本当の神話であり、われわれに対しても誰に対しても同じように語りかけてくるものであるが、大変な違いはそれが実際に起こったことをそのまま語る物語であることだ(46)」。

ここで読者は「神話」という言葉が「おとぎ話」あるいは「人を欺くためにでっち上げられた嘘」というような侮蔑的かつ不正確な意味で用いられているのではないことに注意しなければならない。ルイスが神話とはそういうものだと考えていた時期もある。彼は神話とは「甘い言葉で語られた嘘」であるとみなしていた。ルイスとトールキンとの対話において「神話」とは文学研究の専門語としての意味を与えられていたことを理解しないとこの対話の意義も理解されない。

トールキンにとって神話とは「根底的な事柄」を伝えようとする物語である。言い換えれば神話とは世界のより深い構造について語る物語である。彼によれば最も良い神話とは故意にでっち上げられた嘘ではなく、より深い真理のこだまを聞き届けるために人々によって編まれた物語である。神話は真理の全体ではなく、真理の断片を提示する。それは真の光を構成する光線の部分のようなものである。しかし本当のことが全体的に語られたときにはそれらの断片に語られていた真実のこと、思慮深いことなどのすべてが統合される。トールキンにとってキリスト教の「意味」を把握するにはキリスト教の「真理」を理解することよりも重要なことであった。キリスト教は断片的で不完全なもろもろの洞察を統合し、さらにそれらを超える全体像を提供するものである。

トールキンの考え方が当時のルイスのこころを騒がせていた混乱した考えに明晰さと首尾一貫性を与えるためにどれほどの助けになったかを理解することは難しくない。トールキンにとって神話はそれを読む者に自分では把握できない何ものかに対する憧憬を起こすものである。神話はそれを読む者の意識を拡張する固有の能力を有する。それが読者をして自らを超越せしめる。神話がなし得る最善のことは後にルイスが「人間の想像力に降り注ぐ神的真理のまことの微光、ただし焦点がはっきりしない微光」と呼んだものを読者に与えることである[47]。キリスト教は他の諸々の神話と並ぶもう一つの神話ではなく、先行するすべての神話的宗教の成就である。キリスト教は人間についての本当の物語を語る。それは人類が自分自身について語るすべての物語に意味を与える。

トールキンの明快な考え方はルイスにとって深い意味を持った。それはルイスを十代から悩ませていた問に答えを与えた。なぜキリスト教だけが本物なのか、そしてなぜ他のすべての宗教が嘘なのか。ルイスが理解したことは異教時代の偉大な神話が「全くの嘘」であると宣言する必要のないことであった。それらは完全なる真理のこだま、あるいは完全なる真理を予想させるものである。そして完全なる真理はキリスト教信仰により、またそれのみを通して明らかにされる。キリスト教は現実に関する洞察、人間の文化の全体に散らされた不完全で部分的な洞察の成就であり完成である。トールキンはルイスに一つのレンズ、一つの物の見方を与えた。それによりルイスはキリスト教を真理についての多くのこだまや影を成就させるもの、人間の探求や憧れから生じる断片的神話を綜合するものであると見ることができた。もしトールキンが正しいとすればキリスト教と異教的宗教との間に多くの類似点が「あるべき」である[48]。もしそのような類似点がないとしたら問題が起こる。

おそらくそれより重要なことはトールキンがルイスをして理性の世界と想像の世界とを結びつけることを可能にしたことである。憧れの領域はもはや脇へ押しやられたり隠蔽されたりする必要はない。「新しい観点」はそう主張していたし、ルイスも神に対する信仰がそうすることを要求していると感じていた。憧れの領域は自然に、そして納得の行く仕方でトールキンが示した全体像の中に織り込まれ得る。後にトールキンも言ったように神は「人々のこころが世界を超えたものを求めるように、しかしそこに安住しないように」求めておられる[49]。

キリスト教は憧れや切望の重要さを認め、現実世界の正当な物語の中にそれらを位置付けることを許すということをルイスは理解した。神は「子どもの頃から私に向かって放たれた喜びの矢の真の源である[50]」。かくして現実に対するキリスト教的見方において理性と想像力とは共に肯定され調停された。つまりトールキンはルイスが「理性的」信仰が必ずしも想像力や感情にとって不毛なものではないことを理解することを可能にした。キリスト教信仰は正しく理解されるとき、理性と憧れと想像力を統合する。

## キリストの神性に関するルイスの信仰

トールキンとダイソンとの対話の結果、ルイスはキリスト教が想像力に訴える力を持つことを理解することができた。しかしそれはキリスト教の個々の要素（信条の一つ一つの箇条）についての理解に基づいてはいなかった。それよりもルイスはキリスト教信仰のうちに見出される現実の全体像を評価した。しかしルイス自身が語る発見の過程ではキリスト教の中心的教義との格闘についても特に触れている。それにはナザレのイエスとは何者なのかという問題も含まれる。ではこの知的探求の努力はいつなされたのであろうか。

ルイスは知的な解明と知的結晶化の過程を経験したことを回想している。それにより彼は信仰のより神学的な諸問題の間にある諸々の関連を把握できた。『喜びのおとずれ』にはこのプロセスがウィプスネイド公園動物園に行く途中に起こったと書かれている。しかしそれが何月何日のことであったかについての説明はない。

最後の一歩を踏み出したのがいつのことであったかは良く覚えているが、それがどのようにして始まったのかは覚えていない。私はある晴れた日曜日の朝、ウィプスネイドに車で連れられていった。出発する時私はイエス・キリストが神の子であるとは信じていなかった。そして動物園に着いた時私はそれを信じていた。しかし私はそのドライヴの途中その問題をずっと考えていたわけではない。(51)

ここでわれわれはルイスが念頭にある問題についてしばしば旅行の途中に熟考していたことの一つの例を見る。そこでは彼が特に努力をしているのではないのに、断片的観念が自然に一つのまとまりとなる。しかしこの「最後の一歩」はいつ起こったのであろうか。

これまでルイスの伝記作者はこの「最後の一歩」が起こったのは一九三一年九月二八日であったとする。その日、霧がかかった朝、ウォーニーがオートバイのサイド・カーにルイスを乗せてウィプスネイド公園動物園に連れていった。この日付はルイス伝記作者の間で常識として広く受け入れられている。この日がルイスのキリスト教への入信の日であると言う[52]。この説はウォーニーが「ルイスが再び教会の会員になる決断をしたのはこの遠出のときであった」と述べていることによっても確認されている[53]。

もしこの解釈が正しいとすると、ルイスが神の存在を信ずることからキリスト教に主体的にコミットする最後の段階は次のような順序を取ったことになる。

1　一九三一年九月一九日――ルイスはトールキンおよびダイスンとの対話を通してキリスト教が「真の神話」であることを理解する。
2　一九三一年九月二八日――ルイスは兄ウォーニーにオートバイのサイド・カーに乗せられてウィプスネイド公園動物園に行く途中にキリストの神性を信じるようになった。
3　一九三一年一〇月三一日――ルイスはアーサー・グリーヴズに神の存在を認める信仰からキリストの神性を認める信仰に「移った」ことを知らせる。

この筋書きに従えばルイスのキリスト教への入信はかなり短い期間に起こったことになる。その決定的決断は十日間（一九三一年九月一九―二八日）で起こったことになる。ルイスは徐々にキリスト教を再発見したと言うのに対し、そのプロセスに関する伝統的な理解はここに書かれていることを根拠にしている。そしてそれは確かに彼の著作にある証拠にうまく合致する。

ルイスはトールキンおよびダイスンとの対話を通してキリスト教の物語が想像力に対して持つ可能性を垣間見ることができた。それは彼が数年間悩んでいた問題に光を当てた。ルイスはキリスト教により「想像力を抱擁される」経験をして、信仰の風景全体を理性的に探求し始めた。この理性的探求はキリスト教の教理に関わるものであったが、ルイスはキリスト教が用いるイメージや物語を通して想像力を虜にされた。

これまでも多くの人が気付いてきたことであるが、ルイスは理論に対して二次的な意味しか与えず現実をより重視している。[54] 知的考察が始まるのは事実が把握され、その真価が認められた後のことで、現実はまず何よりも想像力によって把握されるものである。ルイスはキリスト教の現実を彼の想像力によって把握した。彼の想像力が捉え受け容れたことについて、その理性的意味を理解しようと試み始めた。ルイスの入信に関する伝統的な説明によればこのプロセスはおよそ十日以内で本質的な部分は完了したことになる。しかしルイスの書いた手紙はそれがかなり長い期間のこと、複雑なものであったことを暗示している。それは数日で終わったものではなく何か月か掛かったものである。[55] そうだとするとルイスが一九三一年九月にウィプスネイド公園動物園に行く途中でキリスト論的洞察に達したとする説をどれだけ信頼することができるだろうか。

ルイスがウィプスネイド公園動物園に行った日は伝統的に『喜びのおとずれ』に語られていることに従い一九三一年九月二八日のことだとされている。その日ルイスはウォーニーのオートバイに付けられたサイド・カーに乗ってウィプスネイド公園動物園に行ったとされる。ルイスがその日にウィプスネイド公園動物園に行ったことについては何の疑いもない。しかしその時にキリストに関するルイスの考えが決定的に変化したというのであろうか。『喜びのおとずれ』の記事にウォーニーの名が現れないことは重要である。それにオートバイのサイド・カーについても一九三一年九月という日付も語られない。ルイスはこの日に動物園を訪れて少し後にウォーニーに長い手紙を書いておりウィプスネイドで過ごした一日について少し触れている。しかしそこでは彼のこころに起こった宗教的変化や神学的見解の調整については何も語られていない。[56]

一九三一年九月のその日についてのウォーニーの記憶を詳しく検討して見ると伝統的解釈についていくつかの疑問が浮かび上がる。(57) ウォーニーがその日について記憶していることは、弟が個人的にまた特に内密に洩らした情報に基づいているのではない。それは『喜びのおとずれ』に語られていることと「あの日」に動物園に共に行ったこととを結び付けているだけである。ウォーニーがルイスとの間の会話としてある人々が解釈していることはその出来事についてのウォーニーの解釈にすぎない。その上、以下に見るように、この出来事についての解釈が妥当なものであるかどうかについては疑問がある。もしルイスが別の機会に、ウォーニーがイギリスにいないい時にウィプスネイド公園動物園に連れていかれていたとしたらどうであろうか。そしてその時こそがルイスの神学的解明の起こった日だったとしたらどうであろうか。

ルイスが『喜びのおとずれ』に記録している記憶、ウィプスネイド公園動物園に行く決定的な日の記憶には「頭上で小鳥が囀り、足もとにはブルーベルが咲き誇っていた」という想い出を述べた叙情的な一節がある。さらに「ワラビーの森」の情景は動物園拡張工事のために荒れ果てていると付け加えられている。(58) イギリスの「ブルーベル（*Hyacinthoides non-scripta*）」は四月末から五月末にかけて咲く花であり（天候にもよるが）、夏の終わりには消え去る花である。(59) ウィプスネイド草原は海抜高度がかなり高いために動物園がある辺りの気温も多少低く、ブルーベルが咲くのも他の地方より少し遅れる。(60) しかし九月のウィプスネイドに「足もとにブルーベルが咲き誇る」情景はなかったであろう。しかし五月から六月初めにかけてはブルーベルは満開であったに違いない。

この事実の重要性はある人々によって見逃されているのかもしれない。あるいはイギリスのブルーベルとスコットランドの「ブルーベル」（*Campanula rotundifolia*、イングランドでは harebell の名で知られており九月まで咲いている）が混同されていたのかもしれない。ルイスが『喜びのおとずれ』に描く「エデンの園」的な記憶、小鳥が囀りブルーベルが咲き誇るという情景は明らかに晩春の情景であり、初秋のものではない。

ルイスがブルーベルに特に注目していることはこの重大な洞察に至った瞬間の象徴的な意味を表しているのか

もしれない。ルイスは自ら告白するように「青い花の心酔者」であった（本書四三頁参照）[61]。ドイツ・ロマン主義において「青い花」のモティーフは複雑な歴史的根を持つ。それはノヴァーリスの没後に出版された小説『青い花』（一八二〇年）の断片に最初に語られてから、理性と想像力との捕え所のない和解を求める憧れを象徴するもの、観察される外的世界とこころあるいは内的な主観的世界を調停するものの象徴とされてきた。輝くばかりに青いヨーロッパのヤグルマギクがこの象徴を表すものとされてきた[62]。それは容易にブルーベルに転用される。

良く考えてみれば、『喜びのおとずれ』にある「青い花」に関する記述は一九三一年九月のことではなく一九三二年になされた二回目のウィプスネイド行きのことであることが分かる。それは一九三二年六月のことで、その時ルイスはエドワード・フォードケルシー（一八五九―一九三四）が運転する自動車で動物園に連れていかれた。それは「晴れた日」であった。この旅の少し後、六月一四日にルイスは兄にウィプスネイドに行って「真っ盛りのブルーベル」を見たことを特に強調する手紙を書き、その中で「ワラビーの森」の惨状についても報告している[63]。この部分の言葉遣いはこれまでも重視されてきた『喜びのおとずれ』にある記述に酷似する。この日こそルイスがキリストの受肉を信ずるようになった日、そしておそらくキリスト教信仰探求の頂点に達した日なのではないのだろうか。そうであるとすればルイスの入信に関する過程についてのこれまでの定説を覆すことになるのではないだろうか。定説となっている過程は次のように変更されるのではないだろうか。

1　一九三一年九月一九日。ルイスはトールキンおよびダイスンとの対話を通してキリスト教が「真の神話」であることを理解する。
2　一九三一年一〇月一日。ルイスはアーサー・グリーヴズに有神論からキリストへの信仰に「移った」ことを伝える。
3　一九三二年六月七日（？）。ルイスはエドワード・フォードケルシーが運転する車でウィプスネイド公園動物園へ行く途中にキリストの神性を信ずるようになる。

休みなく物事を探求するルイスのこころはトールキンとの対話の一週間後、一九三一年九月にウィプスネイド公園動物園へ行く途中に遂にすべての問題を解決したということになるのであろうか。あるいは熟考と結晶化のプロセスはもっと長く続き、ウィプスネイド公園動物園を再び訪れた一九三二年六月までかかったのではないだろうか。ルイスが一九三一年一〇月一日にアーサー・グリーヴズ宛に書いた手紙にある言葉「キリストを明確に信ずる」ようになったという言葉は確かにキリストの意義に関する理解の萌芽的結晶であると解釈することができる。それが一九三二年六月に最終的に結晶するためには長い期間の探求とまとめが必要であった。しかし彼が後に書いた手紙（一九三二年六月一四日にウォーニーに宛てて書いた手紙も含め）にはそのような進展があったことは明示されていない。ルイスが『喜びのおとずれ』を書いたときに、ウィプスネイド公園動物園をそれまでに二度訪れていたのに、それらを混同していたという可能性もわれわれは無視できないだろう。彼は記憶の中でそれら二度の経験を融合させてしまったのではないか。そして二度の動物園行きの別々の印象とテーマとを一つのまとめてしまい、二度ではなく一度だけのことにしてしまったのではないか。それではこれら二度の動物園行きのどちらがキリストの神性の理解に至る本当の瞬間なのだろうか。先に見たようにルイスの記憶は出来事が起こった日時の情報について全く信頼できない。従って『喜びのおとずれ』に書かれていることにしても同じような出来事の区別がかすんでしまっている可能性もある。

　ルイスの著作の中でも最も魅惑的な書について、読者はもっと正確に書いてほしかったという願いを禁じ得ない。それは他の著作についても言えることであるが『喜びのおとずれ』の場合にはそれが強く感ぜられる。しかしわれわれはそこに書かれていることからすべてを理解しなければならない。現時点で獲得し得る最良の解決はルイスがキリスト教に入信したとされる伝統的な日時（一九三一年九月）をそのまま受け入れ、この日付にまつわるあいまいさや不確かさなどに注目することである。ルイスが一九三一年一〇月一日にアーサー・グリーヴズに書いた手紙はそれを書いた時点でルイスが既に決定的なキリスト論的一歩を踏んでいたと仮定すれば良く理解できる。ただしその洞察の全体が彼の前に開け、探求をし尽くすには次の年までかかったのではないか。

キリスト教への主体的コミットメントに向かって上昇する曲線上にある一つの点は注視するに値する。ルイスはヘディントン・クァリーにある聖三一教会の一九三一年のクリスマス礼拝で、大人になって初めて聖餐式に参加した。彼は兄に宛てた長い手紙の中でその日の聖三一教会の「早朝の礼拝（celebration）」（つまり聖餐式[64]）に出席したことを短いながら明確に書いている。当時の英国教会の流儀を考えれば、ルイスはそうなったことの大きな意味を兄が理解してくれると思っただろうことは疑いをいれない。

ルイスはそれまでマタンズ（Matins）つまり「御言葉の礼拝」に出席していた。それも最後の讃美歌が歌われている最中、まだ礼拝が正式に終了する前に教会から抜け出し、牧師ウィルフリッド・トマスを苛立たせていた。ルイスはマタンズには誰でも参加できるが聖餐式はキリスト教に心底から主体的にコミットしている者だけが参加できるとの教会の教えを受け容れていた。ルイスが聖餐式に参加する決断をしたことを兄に伝えたことにより信仰に向かっての彼の旅路において重要な一歩を進めたことを兄に知らせたことになる。

ルイスは知らなかったが、ウォーニーもルイスと同じような歩みをしていた。ウォーニーも子どもの時以後初めて上海のバブリング・ウェル・チャペル[65]で聖餐式に参加した。それも一九三一年のクリスマス礼拝で。二人の兄弟は互いに知らずに全く同じ日にキリスト教に主体的にコミットすることを公に告白したことになる。

結局のところ、究極的に重要なことはルイスがキリスト教に入信した正確な日時であるよりもそのことが彼のそれからの著作に対してどのような意味を持ったかということである。いずれにせよ彼の入信は彼の内面の出来事であって彼の著作活動には特にどのような影響を与えるものではなかったかもしれない。例えばT・S・エリオットは一九二七年にキリスト教に入信し世間の話題となった。しかし多くの人の見るところでは彼のその後の

図6−3　オクスフォード市ヘディントン・クァリーの聖三一教会。南側、教会の門のポーチが見える。1901年頃にヘンリー・W. トーント撮影

作物は人々が期待したほど入信の経験によって変化はしなかった。

ルイスはそれとは違う。もしキリスト教が真理であるならば、それは若い頃から彼を悩ましてきた知的難問や想像力にまつわる難問に解答を与えるものであることをルイスは初めから理解していたようである。彼が若い頃に立てた「現実との協定」は混沌とした世界に恣意的な（しかし自分にとって好都合な）秩序を与えようとして彼自身が現実に押し付けたものであった。今や彼はより深い秩序、神の性質に基づく秩序があること、それは確認できるものであることを理解し始めた。そしてそれは一旦把握されれば文化や歴史、科学、そして何よりも彼があれほどに価値あるものとし自分の一生の研究対象として文学的創作物に意味を与えるものであることを理解した。ルイスが信仰に到達したことは、彼が読む文学に対する理解をもたらしただけでなく、自分の文学的創作活動に対する動機と理論的土台を与えた。それは彼の晩年の著作、『顔を持つまで』（一九五六年）に典

型的に表れているが、ナルニア国歴史物語にも明らかである。

研究者として、作家としてのルイスの業績の全体的意味を捉えるには彼の内面的世界を秩序立てていた原理を理解しなければならない。それはしばらくの潜伏期と思索の期間を経て一九三一年の初秋にようやくまとまり始めた。そして一九三二年の夏に最終的に綜合された。ルイスは一九三二年九月一五日から二九日にかけてアーサー・グリーヴズと共に休暇を過ごした。ルイスはその時に後に『天路退行』で言おうとすること（本書の二一九―二二五頁で扱う）、キリスト教信仰の本質的全体像となる新しい理解についてほぼ完全に理解していた。ルイスはその後も信仰の領域における理性と想像力との関係を探求し続けるけれども、キリスト教についての最終的理解の根本的事柄は確実に理解されていた。

本章においてわれわれはルイスの複雑かつ長期にわたったキリスト教への入信の筋道を辿った。そこでは入信の次第に関する伝統的な日時や解釈についていくつかの問題があることを指摘した。しかしわれわれはルイスを入信者の典型的な例として見てはならない。後にルイス自身が言うように信仰に到達する彼独特の道筋は「ほとんど誰も通ったことのない道」であり、他の人々が真似できる規範的なものではない[66]。彼自身が語る入信の過程は本質的に私的な事柄である。そこでは非常に控え目な表現が用いられており劇的な身振りや宣言は避けられている。そうではあってもルイスの信仰は次第に公になり顕著なものになる。それは戦時中に彼が担った役割、キリスト教の護教家としての役割を考察するときに明らかになる。

しかしその前にオクスフォード大学特別研究員としてのルイスについて語るべきことがある。特に彼の文学研究の方法について語らなければならない。次章でそれを扱う。

# 第七章　文学者

## ——文学研究と文学評論　一九三三—一九三九年（三五—四一歳）

一九三三年までにオクスフォード大学におけるルイスの地位は確固としたものになった。彼は特別研究員、個別指導教員として再選され、一九五四年にケンブリッジ大学に移るまでその地位にあった。彼の家庭生活も安定した。キルンズも増築され、庭は整地され、木々も新たに植え替えられた。ウォーニーは英国陸軍を退役してルイスおよびムーア夫人と共にキルンズに落着き、以後他所に移ることはなかった。ルイスにとっては「古き良き昔」が再現されたように思えた。ウォーニーが一緒に住むようになってルイスはキルンズが「小さなリー」の再現あるいは延長であるとの思いを深めていった。一九一四年から一九三二年までの間失われていたことがすべて取り戻されたように思われた(1)。

過ぎ去った日々との連続性の感覚はルイス家の人々の書いた手紙、また受取った手紙、そして彼らが書いた論考、日記などをウォーニーが編集し、目録を作り、さらにそれらを彼が使っていたロイヤル・タイプライターで清書して忠実に保存されることになった。ウォーニーの努力は初めは「普通の、無名の人々」の記録を残すためとされたが、結果的には一一巻からなる『ルイス・ペイパーズ——一八五〇—一九三〇年のルイス家の記録』として結晶した。この文書はルイス研究家にとって不可欠の研究資料となった。

かくしてルイスは母の死と家族の離散により奪われていた「安全な基地」を再び確保することができた。一九三三年末にルイスがグリーヴズに語ったように、「安定」が彼の強みの一つとなった(2)。ルイスは自分が詩人として有名になれないことを悟り、文学研究に焦点を絞ることになった。彼はその分野で優れた業績を挙げること、もしかしたら名をなすこともできると考えた。

## 教師としてのルイス——オクスフォード大学の個別指導制度

一九二七年から一九五四年までのルイスの主要な任務は学生に対する個別指導と学寮間講義を行うことであった。彼はモードリン学寮の教員となったと同時に英文学部の教員にもなった。彼はこの学部の教員となったことでオクスフォード大学のすべての学寮に属する学生を対象とする学寮間講義を行うことができた。ルイスは同僚のJ・R・R・トールキンとは異なりオクスフォード大学の「教授」ではなかった。彼は「C・S・ルイス氏(Mr. C. S. Lewis)」でしかなかった。モードリン学寮新館の彼の居室入口階段に掲げられていた大学公式の表札にそう記されていた。研究者としてのルイスの人生において、個別指導と講義とは重要な位置を占めていた。ここでそれらについてわれわれが知っていることについて考察することは適切なことである。

オクスフォード大学は一九世紀に教育法の土台として学生が毎週個別指導を受ける制度を作り上げた。それぞれの学寮は学問的水準を上げるために「個別指導教員・特別研究員」を置いた。特に *Literae Humaniores*（人文学）の分野ではそれが重視された。個別指導には一人に一回一時間をかけるのが普通であった。個別指導においては初めに学生は自分が書いてきたエッセイを読み上げる。残りの時間は学生の考えや主張の細かい点についてディスカッションを行う。

オクスフォード大学の一学期は八週間からなるが、その間のルイスの日常的勤務形態を見ると教育上の重い負担を負いながら信仰の生活を日常生活の中に織り込んでいたことが分かる。一九三一年以後の勤務時間は、月曜日と土曜日を除き次のようになる。

午前七時一五分　用務員がお茶を持ってきて、起床。
午前八時　チャペル。
午前八時一五分　チャペルの司祭および他の人々と共に朝食。
午前九時　個別指導開始。午後一時まで続く。
午後一時　ヘディントンの自宅へ車で送られる（ルイスは車を運転しなかった）。
午後　庭仕事、犬の散歩、「家族」と共に過ごす。
午後四時四五分　大学へ車で送られる。
午後五時　個別指導を再開する。午後七時に終わる。
午後七時一五分　夕食。(3)

グレート・ブカムにいた頃、ルイスは一定の日課にそって規則正しく日常生活を送る習慣を身につけ、境遇が変わってもそれを保ち続けた。午前中は勉強に当てられ、午後は一人で散歩をし、午後の残りの時間にまた勉強をする。夕宵は人々とお喋りをする。キルンズにおけるルイスの散歩は必ずしも一人だけでしていたのではない。たいていの時はムーア夫人がその時々に飼っていた犬がお供をしていた。しかし日常生活の決った日課は守られており、ルイスにはそれを変更しなければならない理由はなかった。

一九三〇年代初めにルイスの個別指導を受けた学生たちは隣の部屋でタイプライターの音がするのをいつも聞いたと語っている。ウォーニーが狭い方の居間で『ルイス家記録』を編集していた。個別指導は広い方の居間で行われた。ルイス自身はタイプライターを打つことを習得せず、いつもペンとインクに頼っていた。その理由の一つは「生まれつきの不器用」があった。彼の親指には関節が一つしかなかったためタイプライターのキーを的確に打つことができなかった。

しかしそれ以上の理由もあった。ルイスはタイプライターを使わないことをあえて選択した。タイプライターを使って書くと、機械が絶え間なく出す騒音により創造のプロセスが妨げられ、英語の持つリズムや韻律に対する書き手の楽しみを鈍らせるのだと彼は信じた。ルイスはミルトンを初めとし詩人の作品を読むときも、あるいは自分の文章を書くときもその作品が持つ響きを鑑賞することが大事であると主張した。ルイスは本気で物書きになろうと考える人に対して「タイプライターを使わないように」と後年忠告している。「タイプライターが立てる騒音がリズムの感覚を損なうのに対して、リズムの感覚は何年もの訓練が必要である(4)」。

一九三〇年代中葉になるとルイスの個別指導の負担はさらに重くなった。一九三〇年代にルイスが個別指導をどのように行っていたかについての記録をわれわれは多く持っている。それらはすべてルイスが鋭い批判的な質問をすること、時間の無駄をしないという願い、学力の低い学生あるいは怠惰な学生に対する苛立ち等々を強調している。ルイスは学生に情報を伝えることが自分の責任であるとは考えていなかった。彼は「蓄音機」方式の授業とある人々が呼んでいた方法に腹を立て、そのような授業を行わないことにしていた。それは学生が自分で発見することに惨めにも失敗した知識を教員が授けようとするだけの授業である。

ルイスは自分がなすべきことは学生たちが自分で知識を掘り起こし、それを評価するために必要な技能を身につけるのを助けることであると考えていた。例えばジョージ・セイヤー（一九一四―二〇〇五）はルイスが一九三〇年代の個別指導において強くソクラテス的な方法を用いていたことを回想している。それはルイス自身がグレート・ブカムでカークパトリックの指導を受けたときの経験がモデルになっているのではないだろうか。「セイヤー君、『感傷的（sentimental）』という言葉で君は何を言おうとしているのかね。……言葉の正確な意味を知らないなら、あるいはその言葉にどのような意味を君が与えようとするのかが分かっていないなら、その言葉を全く使わないで済ませた方がはるかに良いのではないかね」(5)。

その頃の個別指導教員としてのルイスを最も深く理解した人物はジョン・ロラー（一九一八―一九九九）であるとされている。彼は一九三六年一〇月に英語を専攻するためにモードリン学寮に入学したただ二人の学生のうちの一人であった。ロラーが詳細に描くルイスの個別指導の様子はルイスの人となり、および彼の教育法について重要なことを伝えている。ロラーが黒いガウンに身を包み自信を持てないエッセイを握り締めて彼の居室に向かう階段をヨロヨロと這い上りドアをノックすると、「お入り（Come in）」という大きな声、陽気で良く響く声が返ってくる。赤ら顔で禿頭の男、ダブダブの上着とズボンを身に付けた男が、粗末ながら心地良さそうな肘掛け椅子に坐りタバコを喫いながら、学生がエッセイを読み上げるのを二〇分ほど落書きをしながら、時にはノートを取りながら聴いている。続いてエッセイについての厳正な吟味が間違いなく始まる。ルイスは読み上げられたエッセイの欠点を指摘することに何の遠慮もしなかった。そしておそらくより重要なことは、彼が言わなかったことのうちにある(6)。

ロラーにとってルイスが本当は個別指導を楽しんでいないことを見抜くのは難しいことではなかった。ルイスの個別指導を受けることを魅力的なこと、楽しいことと感じた学生はルイスに特に歓迎された。オクスフォード大学の個別指導教育制度は、ロラーが的確に指摘するように、最も良く運用された場合には「知的高揚の無比の経験を与えるもの、渺渺たる地平線と……そこに扱われる問題に精通する……という感覚の深まり」を与えるものであった(7)。個別指導制度は単に知識の蓄積を目標にするものではない。それは批判的思考法を植え付けようとするもの、重要な観念や信条を分析し、それらを評価する精神、それらの質を測定し、改善する方法、それらの根底に無批判に前提されている事柄を発見し、異議を申し立てることを促すものである。

ルイスに対するロラーの感情は学期が進むごとに変化した。彼の感情は徐々に「嫌悪と敵意から反感を伴う愛着へと変わり、さらには何ごとも容赦せず何ごとにも容赦を求めない毎週の対決に喜びを感ずるようになった」。しかし学生に対するルイスの応接の理屈詰めの議論や修辞的な語り口のうまさなどを超えて、ロラーは一点見逃すことのできないことを指摘している。「私が覚えていることで、ルイスが決してしなかったことが一つある。彼は議論の中にキリスト教を決して持ちださなかった」。

ルイスは一九四〇年代には有名人であった。ジョン・ウェイン（一九二五―一九九四）は当時の学生が「名声のこだまする控えの間」を通ってルイスの居室に近付き「次々と吐き出されるタバコやパイプの濃い煙」に咽び、「きびきびとした議論」や何よりも「論争好き」なルイスと対決しなければならなかったことを回想している(8)。しかしルイスの個別指導に関する想い出の中でおそらく最も特徴的なものは彼の風貌に関するものであろう。彼の個別指導を受けた学生の回想の中には「みすぼらしい身なり」、「不精な」、あるいは「だらしのない」などの表現が頻繁に用いられる。ウォーニーも弟は着るものに「全く無頓着」であると述べている。例えばルイスはスポーツ用のツイード上着やほころびかけた室内用スリッパなどを平気で着用していた。ルイスはヘビー・スモーカーであった。個別指導を行うときもタバコをふかしており煙が部屋に立ち込めていた。ルイスが絨毯を灰皿に使う癖はルイスがどうしても結婚しようとせず気儘に一人暮らししているボケ老人であるとの印象を人々に強く与えていた。

しかしルイスのだらしのなさは学生たちの間では好意的に受取られていた。それは外面的なことに頓着しないことのしるしであるし、より深い事柄、より重要な事柄に関する知識を愛することから生ずるものだとされた。さらには当時のオクスフォード大学に流布していたステレオタイプ、唯一の女性同伴者は年老いた母である独身の特別研究員という観念に彼は完全に合致していた。ルイスにとってもそのように思われることは全く好都合であった。

それにより異常な家族関係の真相に人々が関心を向けることを妨げていた。

ここでルイスの特殊な能力の一つに注目しなければならない。それは作家として与えられていた天賦の才能に関わることだからである。それは彼の恐るべき記憶力である。ルイスはルネッサンス時代の「記憶術（*ars memorativa*）」に熟達していたが、オクスフォード大学における講義が大成功を博したことにそれが貢献していたことは疑いをいれない。彼は古典から多くの箇所を暗誦して聞かせた。ケネス・タイナン（一九二七—一九八〇）は一九六〇年代の「怒れる若者」の一人であるが、一九四〇年代にルイスの個別指導を受けた。タイナンはルイスと記憶比べをやったことを覚えている。タイナンはルイスの書棚から恣意的に一冊の本を取り出し、その中の一節を読み上げる。ルイスはその本の題が何であるか、その一節がどこにあるかを言い当てたと言う[9]。

ルイスがテキストを記憶できた第一の理由はそのテキストの内的論理を深く吸収することができたからだと思われる。彼の日記は彼が驚くべく多くのテキストを読む習慣を身につけていたことを証している。彼の蔵書には最初に読まれたときの書き込み、再読したときの書き込みなどが残されている。彼は複雑な思想を他人に説明するのが上手であった。それはまず彼が自分に対して説明していたからである。「私はプロの教師であって、説明することは私が最初に学習したことである[10]」。ルイスはこの偉業を他のもの（例えば新聞）などを読まずに済ませることによって成し遂げた。彼の友人たちは彼が時事問題にあまりにも疎いことについて心配をしていた。

ウィリアム・エンプスン（一九〇六—一九八四）は優れた文学批評家であったがルイスのミルトン理解については全く知らなかった。それでもエンプスンはルイスが「同じ世代の人間の中で、すべてのものを読み、読んだものすべてを記憶している人物」であると宣言した[11]。それは顕著な事実であった。彼の講義を聞いた学生たちは彼が古典的文学作品（何よりもミルトンの『失楽園』）のテキストをしっかり記憶していただけでなく、その作品の内的構造を深く把握していることに深い感銘を覚えた。大学の講義が聴講者に情報を与えると同時に知的に興奮させることはまれである。大学におけるルイスの講義はこれら二つのことを併せ持つことで評判となった。

## 教師としてのルイス――オクスフォード大学での講義

ルイスはそのような記憶力を持っていたために当然原稿なしに講義を行った。ルイスはオクスフォード大学における最初の講義を一九二四年一〇月に行った。その時にも書いた原稿をそのまま読むことはしないと決めていた。聴衆に向かって原稿を読み上げるだけの講義は「彼らを眠らせる」ことになると父に説明している。彼は聴衆に語りかけることを学ばねばならず、講義原稿を読み上げることを学んではならないのだという[12]。彼は聴衆の注意を引き付けておかねばならず、ただ情報を吐き出すだけではいけないという。

一九三〇年代末になるとルイスはオクスフォード大学の最も優れた講義を行う人物の一人であるとの定評を得た。彼の講義には他の教員たちが夢に見ることもできないほど多くの学生が詰め掛けた。彼の力強い声、良く響く明るい声（ある学生は「ポート・ワインとプラム・プディングの声」と形容した）は演壇には理想的な声であった。ルイスは簡単なメモだけを用意した。それには主に講義の中で引用される文献や、講義の要点が記されていた。流れるような講義にはほとんどの聴衆が幻惑させられた。ルイスは講義の終わりに質問の時間を設けなかったが、それはそれで良かったのであろう。彼の講義は言葉の祭典であり、劇場での演技であり、それ自身において完結していた。ルイスはルネッサンス期の画家たちのように、より大きな風景に向かって窓を大きく開け放ち聴衆たちの視野を広げた[13]。

オクスフォード大学がルイスの能力を正式に認めることになるのは不可避であった。ルイスはモードリン学寮の個別指導教員・特別研究員に任命されただけであったが、オクスフォード大学としても彼が教育・研究の面での役割を広げていくに従い別の肩書きを与えた。一九三五年以降彼の名はオクスフォード大学の公式の出

図7－1　試験場。モードリン学寮の近くにあり、ここでルイスはオクスフォード大学在任中に多くの講義を行った。1892年に建てられ、この写真もその時に撮影されたもの。これらの建物は大学の試験場としても講義室としても用いられた

版物に「英文学部講師（faculty lecturer in English literature）」として現れる[14]。また一九三六年からは「大学英文学講師（University lecturer in English literature）」となる[15]。彼はモードリン学寮に籍を置きながら大学全体から認められていく。一九三六年に彼に対する尊敬の念は高まっていたが、その年に出版した『愛とアレゴリー（*Allegory of Love*）』はそれをさらに高めることになる。

ルイスのオクスフォード大学講義の中で最も有名なものは「中世研究のプロレゴメナ」と「ルネッサンス研究のプロレゴメナ」である。それぞれ一六回の講義からなる。これらの講義は膨大な数の原典を漁り、それらを分かりやすくまた興味深い主題にそって整理し解説したものである。これらの講義の内容は何年もの準備期間を経てまとめられ没後に『廃棄された宇宙像（*Discarded Image*）』（一九六四年）として出版された。ルイスはそこで扱われる古い考え方に深い満足感を覚えたという事実を隠していない。「古いモデルは私を喜ばせる。われわれの祖先たちもそれによって満足を得たものと私は信ずる[16]」。

しかしルイスを好古家、懐古趣味の人間として片付けることは不当である。彼の論点はこれから明らかになるように、過去を研究することはわれわれ自身の時代の理念や価値が過ぎ去った時代の理念や価値と同じように今日においても暫定的なものであることを理解する助けとなるということである。過去の思想と知的に本格的に取り組むことにより「年代記的思いあがり」が根本的に覆される。過去から伝わるテキストを読むことはわれわれが「過去」と呼ぶものがかつては「現代」であったことを明らかにする。「現代」はわれわれの先輩たちが理解できないでいた知的に正しい答や道徳価値を発見したと思い上がっているが、それは間違いである。後にルイスが「永遠でないものは、永遠に時代遅れである」と言ったとおりである。[17]「永遠の哲学（*philosophia perennis*）」（万物の根底に常に潜んでいる実在［reality］に対する深い洞察）を求めることはルイスがキリスト教信仰を再発見するに至らせた要素の一つであることに疑いはない。

しかし当時オクスフォード大学にいた人々の中には、個別指導および講義を行うというルイスの本来の任務を自分のやりたいこと（本を書くこと）の邪魔になっているとルイスが考えているのではないかとの印象を持つ人々があった。個別指導や講義は自分の本を書くために貢献することはあるだろう。しかしルイスは書物を読みそれらの書物についての学生たちの未熟で充分な知識の裏付のない意見を聞くよりも、広い知識を持つ同僚たちと議論することの方を好んだ。インクリングズが良い例である。以下においてルイスの最初の散文による著作を取り上げ、それが彼の過去と将来とにどのような光を投げかけるかを見ることにする。

## 『天路退行』（一九三三年）——信仰の風景の鳥瞰図

ルイスは一九三三年一月に、ロンドンの出版社J・M・デント社の編集長であったガイ・ポコックに手紙を書き、彼が最近書き上げた書物の出版を引き受けてもらえないかどうかを打診した。それは「バニヤンの現代版のようなものだ」という。(18) ルイスはバニヤンの『天路歴程』(一六七八—一六八四年)のことを言っている。ルイスの手紙は遠慮勝ちであるがそれは先に出版された『ダイマー』の売れ行きが芳しくなかったことについて申し訳なく思っているからである。ただし今回の著書は彼の本名を用いて出版すると確言している。ポコックは三週間を経ずして『天路退行』の出版を引き受ける決断をした。

ルイスは彼の最初の小説『天路退行』を一九三二年八月一五日から二九日にかけて一気に書きあげた。彼はその時親友で腹心の友アーサー・グリーヴズをベルファストの彼の家バーナー(Bernagh)に訪ね、逗留していた。(この家はルイスが幼少期に住んでいた家「小さなリー」の道路をはさんで真向かいにあった。)ルイスが散文で書いた最初の本は信仰の風景を想像力を駆使して描いた鳥瞰図であると言って良い。その書の題名とポコックとの往復書簡から明らかなように、この書はバニヤンの『天路歴程』から着想を得たものである。しかしこの書はそれ自身として読まれなければならない。それはバニヤンの寓話を現代風に翻案したもの、あるいはルイスの入信の過程を語ったものではない。ルイスが探求したかった問題は「ルイス、神と出会う」というような個人的な物語ではない。問題は理性と想像力とがいかにして両方とも肯定されるのか、それらが現実(実在)についてのキリスト教的観方において統合され得るかどうかということである。

『天路退行』はいくつかのレベルで読まれ得る。最も分かりやすいレベルではルイスは自分のこころを整理するための試みとしてこの書いたと考えて読むことである。この書が書かれるまでの三年間に彼が当然のことと考えていた世界像が粉砕された。ルイスはキリスト教に入信することにより自分の知的世界の地図を書き直すことを強いられ、「現実との協定」を改訂しなければならなかった。この書に述べられている「現実との協定」は理性と想像力が秩序ある世界においてそれぞれの固有の領域を策定するものであった。この協定は極端なロマンティシズムに染まった反知性主義にも、感情の面では不毛な合理主義、超越の次元を原理的に排除する合理主義にも陥ることなく、われわれの精神活動を導くために有効な評価の規範と基準とを提示するものとされた。

ルイスは極めて映像的な思索をする思想家であった。彼は哲学的、神学的問題を論ずるときにもイメージ（心象）を用いることが多かった。例えば「見回すこと」と「見つめること」との違いを説明するために用いられた光線のイメージ、暗室に射し込まれる光線の有名なイメージがある。『天路退行』は信仰の哲学的擁護ではない。それはほとんど中世的な「世界地図（*mappa mundi*）」である。つまりそれは人類が置かれている情況を把握し、われわれの真の目的と終着点を見出そうとして苦闘する姿についての宇宙的物語である。ルイスにとってそのような地図の信頼性はそれが人間の経験をどこまで理解させる力を持つかによって定まる。

今日の読者の多くにとって、この書は不透明で複雑であると感じられるであろう。この書は不必要なほどに多くのまた難解な引用に満ちている。この書は不可解な文章で充たされているとの感覚（ルイス自身後にこの書が「不必要に晦渋である」ことを認めている）は彼がつけたもともとの書名にも表れている。[19] 初めそれは『偽バニヤン的航海日誌――キリスト教、理性、ロマン主義に対する寓話的弁明（*Pseudo-Bunyan's Periplus: An Allegorical Apology for Christianity, Reason, and Romanticism*）』と題されていた。この書の校正の段階で題名が短くされたのは賢明なことであった。彼の著作と取り組む読者の多くが感じる困難を、遅ればせながらルイス自身も認めたのだと思われる。そしてその後の著作においてはこの書で得た教訓を生かしたのだと思われる。

今日『天路退行』を読む人々はそれがクロス・ワード・パズルの謎めいた「かぎ」であると感じる。一九二〇年代、一九三〇年代のイギリスの知識人や文化人、知的運動、文化的運動に言及されていることは分かるが、何を指しているのか分からない。それがまず解き明かされなければならないし、説明されなければならない。ルイスが「新無骨氏（Mr. Neo-Angular）」と呼ぶのは誰のことなのか。ルイスがここで標的としているのは実はT・S・エリオットである。しかしほとんどの読者にとってルイスが何について大騒ぎをしているのかが分からない。ルイスはこの書の主題を彼の時代の知的運動、文化的運動に絞ったために、この書を後の時代に読む者、それらの人々や運動について何も知らずそれらの重要性を知らない読者には、ルイスが何を言おうとしているのか理解できない。

問題があることにルイス自身が気付いた。初版が出てから一〇年ほど経った一九四三年に新版を出したが、そこでルイスは時代の思考パターンに「深刻な変化」が起こったことを認めた[20]。そのため多くの読者にとって彼が『天路退行』で扱った思想運動は聞き慣れないものとなった。世界は変わった。古い脅威は歴史の過去に流れ去り、新しい脅威が興ってきた。ある意味では『天路退行』に今日関心を持つのは思想史家だけである。それはルイスの著作の中で現在最も読まれないものである。

しかしこの書は当時の思想運動との関連なしにも読まれ得る。ルイスも自分が「寓話をあたかも暗号文であるかのように考え、平文に翻訳しなければならないものと考える忌まわしい癖」を持っていたと自ら責めている[21]。この書を理解する最良の方法はそれを人間の欲望の真の起源、対象、そしてその目標を探求した論考として読むことである。そのような探求は「誤った考え方」を見極め、それを批判することが避けられない。ルイスはあまりに細かくそれを行うために読者の注意を引き付けておくことができない。以下ルイスの分析の細かい部分に捕われずに、この書の中心的テーマが何であるかを調べよう。

『天路退行』の主人公は巡礼「ジョン」である。彼はある島の幻影を見ている。その島は強烈ではあるが須臾にして消え去る憧れを起こさせる。ジョンはその憧れが何であるのかを理解しようとしてそれに押しつぶされそうになることもある。それはどこから来るのだろうか。彼は何に憧れているのだろうか。もう一つ重要ではあるが従属的なテーマがある。それは道徳的義務というテーマである。われわれはなぜ正義を行うことを願うのだろうか。この道徳的義務の感覚はどこから来るのだろうか。そしてそれは何を意味する（もし何かを意味するとして）のだろうか。人間の道徳的、審美的経験にはこの憧れの感覚を理解しようとして間違った試みをした例が多数見出されるとルイスは指摘する。同時にこの憧れの対象についても間違った理解が多数見出される。ルイスは人生の旅路において形成されたこれらの間違った考え方を実地調査した。『天路退行』は基本的にはその報告書である。

ルイスは多くの先人たちと同じく、この哲学的探求を旅のイメージを用いて行うことにした。彼は謎の島へ通じる道のイメージを用いる。その道の両側には荒地が広がる。北側には理性に基づく客観的思考がある。南側には感情に基づく主観的な考え方がある。ジョンが中央道から逸れれば逸れるほど、これら二つの考え方はより極端なかたちをとるようになる。

ルイスにとって理性と想像力との関係が決定的に重要なものである。『天路退行』は理性的思想を弁護し、純粋な感情に基づいた思想を批判する。ただし理性のみが信仰への道であるとする考え方は受け容れない。理性と想像力とを調停することのできる立場がなければならないとルイスは考える。それはおそらく一九二〇年代に書かれたと思われるソネット「理性」にも謳われている。このソネットでは理性の明晰さ（「処女」アテナイで象徴される）と想像力の創造性（地母神デメテルで象徴される）が対置される。そしてこれら一見対立する力はどのように調停されるのかとルイスは問うている。(22)

『天路退行』の物語が先へ進むと、その調停は「母なる教会（Mother Kirk）」によってのみなされることが明らかにされる。この「母なる教会」とは寓話的人物であるが、それは特にカトリシズムを指すと解釈した人々もある。しかしルイスは明らかに無教派的（nondenominational）なキリスト教を考えていた。それが「単なるキリスト教」であり、ピューリタン神学者リチャード・バクスター（一六一五―一六九一）が論じていたものである。ルイスは一九四〇年代に「単なるキリスト教」について詳しく論じるようになる。

巡礼ジョンが道の北側を歩み入ると、彼は感情や直観、想像力に強い疑念を持つ考え方に出くわす。冷徹かつ冷静な「理性的」北側の地域は「厳密な体系」が支配する地域である。そこでは「狭いア・プリオリ原理に基づいてなされる尊大かつ性急な選択」を特徴とし、柔軟性を欠く正統主義が横行している。そして「すべての感情は……疑わしい」という間違った結論が推し立てられている。他方で道の南側に行くと「骨のない魂がいて、彼らは昼も夜も」万人に対して開かれた扉を持っている。特に感情的、神秘的な「興奮」を提供することのできる人々は大歓迎される。(23) 啓蒙主義の合理的哲学、ロマン主義芸術、フロイト主義、禁欲主義、ニヒリズム、快楽主義、古典的ヒューマニズム、そして宗教的リベラリズムなどすべてがこの地図に位置付けられる。しかしそれは批判検討され、不充分であると判定されるだけのためである。

この「北方性」と「南方性」の弁証法は特に憧れのテーマに焦点が当てられ、理性と想像力との正しい関係を探求するための枠組みをルイスに提供した。ある人々は「欲望」を取り上げないで済まそうとする。他の人々は欲望を間違った対象に向ける。ルイスは自分がこれらの間違いのすべてを犯したのだと言う。「私はこれら一つ一つの間違った答えに次々とたぶらかされてきた。そしてそれら一つ一つを真剣に検討し、どれもいかさまであることを発見した(24)」。

では、「欲望」の究極の対象、この「強烈な憧れ」の対象は何なのか。ルイスはここで後に戦時中に行った放送講話で展開する「欲望に訴える議論（argument from desire）」を先取りしている。それは戦時中になされたキリスト教護教論において中心的重要性を持つことになり、その後『キリスト教の精髄』において集大成されることになる。ここでルイスは最初フランスの哲学者ブレーズ・パスカル（一六二三―一六六二）が用いた論法、人間の魂の奥には「深淵」があり、それはあまりに深いためにそれを塞ぐことは神にしかできないという議論をうけ、ルイスはその続きを展開し始める。喩えを変えれば、人間の魂の中には一つの「椅子」がありこれまで訪れてきたことのない客を待っているという主張である。「もし自然は一切の無駄をしないというのであれば、この椅子に坐る唯一の方（One）が存在しなければならない(25)」。

われわれがこの「欲望」を経験することは、われわれが本当は何ものであるかを暴露し、同時にわれわれの真の目標が何であるのかを内示する。初めわれわれはこの「欲望」をこの世界において手でつかむことのできる何かであると理解する。しかしわれわれはこの世界にあるものはどれもわれわれの「欲望」を満足させることができないことを知る。巡礼ジョンは初め島を欲していた。しかし徐々に彼の真の憧れは実は「島の主」に向けられていたことを理解するようになる。もちろんこれは「神」をルイス流に表現したものである。この切望の感覚についての他のいかなる説明も、提案されたいかなる目標も、この切望を知的にも実存的にも充足させることはできない。それらは「欲望」の「間違った対象」であり、そうであることは人類の最も深い憧れを充足させることができないことによって究極的に暴露される。[26] 人間の魂のうちには確かに椅子があり、それに坐る唯一の方は神である。

もし人がこの欲望を真摯に追い求め、対象が間違ったものであることが判明するまで追い求め、さらにそれが間違っていると判明したときに断乎としてそれを放棄するならば、その人は遂には人間の魂が完全に所有することのできない何かの対象を楽しむようにされているという明確な知識に到達するであろう。否、その対象は現在のわれわれの主観的で時空に囚われた経験のうちでは所有することを想像することさえできないものであることを知るであろう。[27]

ルイスのより円熟した時期の考え方からすれば、もう一つの点が特に興味深い問題として浮かび上がってくる。『天路退行』には実際には二つの旅が描かれる。往路と復路である。巡礼は「島」の本当の意味を知って、きた道を戻り始める。しかし彼が信仰に辿り着いて後に同じ風景の中を戻り始めると（この書の題にある regress つまり退行）、それが前とは違って見えることを発見する。彼は新しい見方を習得した。彼の「教導者」は彼が今や「物事のあるがままの姿を見ているのだ」と説明する。彼がものごとの真相を発見したことによりものの見方が変化した。「君の目が変えられた。君はもはや事実しか見ないようになった」。[28] ルイスはここで彼の晩年の著作に現れるテーマを予告している。キリスト教信仰はものごとをあるがままに見ることを可能にする。ここには新約聖書にあるイメージのいくつかが強く暗示されている。つまり眼が開かれ、うろこのような覆いが眼から取り除かれるというイメージである[29]。

『天路退行』を信仰、理性、想像力の関係に関するルイスの最終的理解を表現する書として見るべきではない。ルイスの円熟期の思想の全体像がこの書に現れていると考える人々もあるが、彼の円熟期の思想はそれほど単純ではない。一九三〇年代、一九四〇年代を通して、ルイスは理性と想像力の関係について探求を重ねていた。特に「理詰めの議論」と「想像力によって作られる物語」との関係が問題とされていた。その段階ではルイスは想像力が主要な手段であって、人は想像力によってキリスト教信仰に理性的関心を向ける所まで導かれると考える傾向にあった。しかし想像力が信仰へ進み入るための手段であるとは考えていなかった。

ルイスがこれらの考え方を発展させたのは部分的には彼の同僚たちとの対話を通してであった。彼らはルイスの考え方を鋭敏にし、洗練させるための手助けをした。ルイスの考えを導き発展させるのを助け、著作として表現させるのを助けたグループの中で最も重要なものは「インクリングズ（Inklings, 物書きの卵）」と呼ばれる小人数の文学仲間である。次にそのグループについて考察する。

## インクリングズ——友情、仲間、討論

ルイスがトールキンと定期的に会合を持つことは一九二九年に始まっていたが、それは二人の絆が職業的にも個人的にもますます強くなることを反映していた。トールキンは毎週月曜日の午前中にルイスの居室を訪れるようになった（ルイスがそれを嫌っていた様子はない）。そこで彼らは酒を酌み交わし、ゴシップ（時には学部内の政

治的駆引についての計画）を楽しみ、それぞれの著作についての情報の交換を行った。それは「一週間のうちで最も楽しい時の一つであった」とルイスは言う。[30] 二人の個人的友情が深まるにつれ、彼らは二つあるマートン英語学講座（Merton Chairs of English）を二人で担当し、オクスフォード大学英文学部の教育課程を改革するという夢を持つようになった。[31] 当時トールキンはアングロ・サクソン語教授でありペンブルック学寮の特別研究員であった。ルイスは単にモードリン学寮の特別研究員でしかなかった。しかし二人ともより良い未来、より輝かしい未来を夢見ていた。そして大きく開きつつある執筆計画をそれぞれが持っていた。ルイスは一九三三年二月にトールキンが書いた「子どものための物語を読んで楽しんだところだ」とグリーヴズに伝えている。[32] これはもちろん『ホビットの冒険』のことである。それは一九三七年に出版されることになる。

ルイスとトールキンとの個人的友情のほかに、当時オクスフォード大学にあった別の多くの文学同好会や、諸団体、サークルなどもルイスの生活を豊かにしていた。それらの中には会員が特定の学寮の学生や教員に限られているものもあった。例えばネヴィル・コグヒルとヒューゴー・ダイスンは一九二〇年代にエクセター学寮の学部生であった頃にエクセター学寮エッセイ・クラブの会員であった。中には文学上あるいは言語学上の特定のテーマを中心にするものもあった（例えばトールキンが始めたコルビタール［Kolbitar］は古ノルウェー語とその文学の理解を推進するためのものであった）。ルイスとトールキンは共にオクスフォード大学の各種の文学組織の常連として活動していたが、二人の友情はそれら多くの組織を超越するものであった。そしてルイスが一九三一年後半にキリスト教に入信してからはこの友情はさらに深まった。トールキンはルイスに『ホビットの冒険』を部分的に朗読して聞かせ、ルイスもトールキンに『天路退行』を部分的に朗読して聞かせた。

この小さな核の世界が拡大して一つの集団を形成した。それが後に伝説的な地位を獲得するグループ、インクリングズである。初めこれをエリートたちによる信仰と文学の諸問題に関するディスカッション・グループにしようとする意図は全くなかった。トプシー（Topsy）のように結果的に「そうなった（growed）」だけである。ほとんど偶然に、そして偶発的にそうなっただけであった。しかし一九三三年にインクリングズが発生したことは太陽が昇ることのように必然的なことであった。書物を通して、友人を通して、そして書物について討論する友人たちを通して、ルイスとトールキンはそれぞれの地平線を拡大した。

ルイス－トールキンの枢軸に最初に加わったのはルイスの兄ウォーニーであった。彼は一七世紀のフランス史に熱狂的関心を寄せるようになっていた(33)。ウォーニーはルイスやトールキンと同じく大戦争でイギリス陸軍に加わって戦った。トールキンは初めウォーニーを対話に参加させるのに抵抗を感じていたようであるが、徐々にそれを受け容れた。時が経つにつれて他の人々が仲間に加えられた。初期の仲間は以前からルイスとトールキンのサークルに属していた。例えばオーウェン・バーフィールド、ヒューゴー・ダイスン、ネヴィル・コグヒルなどである。他の人々もあるいは招かれ、あるいは相互の同意に基づいて加わってきた。インクリングズは正式の会員制を採っていなかったし、新しい会員を選ぶ方法についても規則はなかった。

厳粛な入会式のようなものもなかった。それはトールキンが「指輪のフェローシップ（Fellowship of the Ring）」の結成について伝説的に語ったことでもある。宣誓もなく、忠誠の誓いもなかった。もともとこの会合が始まってしばらく経つまで、会の名称さえなかった。トールキンが述べたようにこの会は「特に決心を固めたのではない人々、あるいは選ばれたわけでもない人々のサークル」であった(34)。基本的にインクリングズは共通の関心を持つ友人たちのグループであった。招かれずに押しかけてきた闖入者は次回からは来なくても良いと言われた。このグループ全体としてのアイデンティティはなかなか固まらず、時と共に変化した。もしアイデンティティがあったとすれば、それはキリスト教と文学に焦点を当てるということであったがそれにしても解釈は自由であった。

このグループがインクリングズと呼ばれるようになったのがいつのことなのか、あるいは誰が言い出したのかなどは不明である。トールキンにとってそれはいつも「文学同好会」であった。チャールズ・ウィリアムズは一九三九年から一九四五年にかけてメンバーの一人であったが、妻に宛てた手紙でこのグループについて伝えるとき「インクリングズ」なる名称を用いず、単に「トールキン・ルイス・グループ」と呼んでいた。(35)「インクリングズ」なる名称はルイスの命名によるとトールキンは言うが、それは「目標や理想のあいまいな人々、あるいは目標や理想が完全に定まっていない人々で道楽半分に物書きをやっている人々」の集まりのような意味がにおわせられている。(36)この名称を用いたグループが以前にあった。それは文学に関するディスカッション・グループであるがルイスもそれに加わっていた。それが消滅したのでルイスはこの名称を借りたのだと思われる。

かつて存在したインクリングズはユニヴァーシティ学寮のエドワード・タンジ・リーン（一九一一―一九七四。後に映画監督になるデイヴィッド・リーンの弟）の部屋に集まり、それぞれが書いた論文を持ち寄りディスカッションと批評とを行う学部生のグループであった。リーンはこのグループを創始し組織したが、「インクリングズ」なる名称を「物書きを道楽とすること」の意味で用いた。この集会は主に学部生からなっていたが、ルイスもトールキンも招かれて参加していた。一九三三年六月にリーンがオクスフォード大学を卒業した時点でこの集会は消滅した。おそらくそのためであったと思われるがルイスはこの名称を彼とトールキンの周辺に固まりつつあった新しいグループの名称として用いることが許されると感じたようである。

インクリングズなる名称が最初に用いられたのはルイスが一九三六年三月一一日にチャールズ・ウィリアムズ宛てに書いた手紙においてではないだろうか。ルイスはその頃ウィリアムズの小説『ライオンの場所』（一九三一年）を読み感銘を受けたという。その小説を彼自身が書きたかったと思った。それは哲学的小説で、プラトン的原型が地上に諸々の動物のかたちで降りてくる物語である。当時オクスフォード大学出版局は聖書や教科書などの営利的な出版を主にロンドンのアーメン・ハウス（セント・ポール大聖堂からそれほど遠くない所）で行い、学術的書籍の出版はオクスフォード市で行っていた。ウィリアムズはアーメン・ハウスに勤務していた。ルイスは彼をオクスフォード大学のルイスの部屋に来て彼の小説を読んだ人々と会って話しをしないかと誘った。それはルイス、ウォーニー、トールキン、コグヒルなどであるが「皆が盛んに興奮し称賛して」いるのだという。この人々は「インクリングズと呼ばれる非公式の同好会のようなもの」を構成し、ものを書くこと、そしてキリスト教信仰に関連する諸問題に焦点を当てて語り合っているのだと言う(37)。

このグループは事実上ルイスとトールキンを核として形成されたが、「批判的友人たち」として機能した。彼らは自分たちが執筆しつつある作品について議論し合い、さらに書き続けるのを助けあった。インクリングズは厳密には「共同研究を行うグループ」ではなかった。そのグループでなされていたことは会員が執筆中の作品を読み上げるのを皆で聴きそれを批評することであって、その作品を企画することではなかった。唯一の例外はチャールズ・ウィリアムズを記念する論文集である。それも明らかにルイスが個人的に思いつき、推進したものであってグループ全体が企画したものではなかった。インクリングズの仲間で論文集に寄稿したのは四人だけで、ドロシー・L・セイヤーズ（一八九三―一九五七）のような外部からの寄稿者もあったことは注目されなければならない。（この論文集が受けた高い評価から、セイヤーズもインクリングズの会員であると考えられるようになったが、実際にはそうではなかった。）

ルイス研究者がインクリングズに関して犯す二つの大きな間違いがある。第一に、インクリングズがルイスに対して持った重要性に関して、またインクリングズには内的統一性が初めからあったと断定することである。そのようなことはなかった。第二にルイスの文学上の友人、彼に影響を与えた友人はインクリングズの会員に限られていたと考えることである。

ルイスはインクリングズよりもはるかに大きな作家仲間の一員であった。それも一九四七年以降さらに拡大した。インクリングズはその間も集会を持ち続けたが、文学上の明確な機能は徐々に失っていた。より大きな文学集団の重要性はインクリングズの短所を補っていた。インクリングズには女性の会員がいなかった。インクリングズが発生した歴史的経緯からすればそれは驚くべきことではない。一九三〇年代にオクスフォード大学は依然として断乎たる男性のための大学であった。女性研究者も現れ始めていたが、それは聖ヒルダ学寮、サマーヴィル学寮、レイディ・マーガレット・ホールのように女子学生だけに開かれた学寮の少数の教員だけであった。（ドロシー・L・セイヤーズが一九三五年に出版した小説『学寮祭の夜』は架空の女子学寮が舞台とされており、大学に蔓延していた女性に対する偏見が見事に描かれている。）

しかしより深い問題もある。それはルイスの女性観に根ざす問題で、今日では多くの人々が疑問視する考え方である。ルイスの後期の著作（例えば『四つの愛』［一九六〇年］）は男性間の友情は女性間の友情と本質的に異なるという考え方にたって書かれている。つまりインクリングズの会員は男性に限られていたのは故意的なことで、単に偶然そうなったというのではなかったことを暗示している。

それでもルイスの文学仲間にはキャサリン・ファーラー、ルス・ピター、シスター・パネロピー、ドロシー・L・セイヤーズなどの主要な女性作家たちも含まれていた。ルイスがジャネット・スペンズ（レイディ・マーガレット・ホールの英語担当個別指導教員）宛に書いた手紙には彼女の著作『スペンサーの「妖精の女王」』（一九三四年）の細部にわたる理解が示されており、いくつかの学問的批判もなされるが、研究活動に関してルイスは学識そのものに対して鋭敏であり、論者の性別にはこだわらなかったことが示されている[38]。

インクリングズの会員の間でも、実際にものを書く会員と批評だけしかしない会員との間にははっきりした区別があり、それが緊張の源になることもあった。また会員のすべてが毎回の会合に参加したのでもなかった。インクリングズの歴史を通じて一九名の名が会員として上げられるが、毎週木曜日の晩にモードリン学寮のルイスの部屋に集まり夕食を共にしてから真剣な討論を行うのはいつも数名であった[39]。

一九三〇年代に行われた会合について多くの記録が残っている。それらは会合が形式ばらないもの、気楽で愉しいものであったことを語っている。ルイスの部屋に数人の人が集まるとウォーニーが濃い紅茶を淹れる。人々がパイプをくゆらし始める。そこでルイスが書いてきたものを読み上げる者がいるかどうかを訊ねる。コピーを皆に配らなければならないというようなこともない。前もって誰かに割り当てられるようなことは一度もなかった。インクリングズたちは自分の書いてきたものを皆の前で読み上げ、人々の考えがまとまり次第批評と批判が始まる。時には紳士的な遠慮を伴いながらも、気まずさを醸し出すこともあった。特にトールキンは朗読が下手であった。そのためもあってか彼の大学講義にはあまり学生が集まらなかった。この問題は彼の息子が参加するようになり、父の作品を澄んだ魅力的な声で朗読するようになって解消した。

これら木曜日の晩の集会のほかに、火曜日の昼食時に「ウサギ小屋（Rabbit Room）」で持たれる呑み会があった。これはチャールズ・ブラグローブが経営するパブ「鷹と子ども（Eagle and Child）」（セント・ガイルズにあり、インクリングズ仲間はこれを「鳥と赤ん坊」と呼んでいた）の個室で、店主が提供してくれた部屋である。火曜日の会合は文学よりも社交中心のものであった。このほかにも夏には他のパブに出掛けることもあった。例えばオクスフォード大学のすぐ北にあったゴッドストウ川岸のパブ「鱒（The Trout）」に行くこともあった。

一九三〇年代を通じてこの集会の中心人物が誰であるかについて誰も疑問を持たなかった。インクリングズは二つの太陽（ルイスとトールキン）を中心とする惑星群であった（トールキンは「トラーズ（Tollers）」と呼ばれていた）。ルイスもトールキンもあたかも集会の機能や成功に事業主としての権利を持つかのように考えてグループを支配したり、監督したりするようなことはなかった。会員の間には暗黙の想定、誰も異議をとなえない想定があり、これら二人の作家としての人気が高まることによってグループの中心であると認める雰囲気が自然にでき上がっていた。

ルイスが一九四四年に書いたエッセイ「内輪の仲間（Inner Ring）」で指摘したように、どのようなグループも「内輪の仲間」つまり自分たちを「重要人物（Important People）」、あるいは「秘密を共有する人々（People in the Know）」と思い込む危険を持っている。インクリングズはその罠にはまってしまったのではないか。そう思った人々もある。またその疑いには根拠があると思った人々もある。

図7−2　オクスフォード近郊のゴッドストウにあった「鱒」におけるインクリングズの仲間。左からジェイムズ・ダンダスグラント、コリン・ハーディー、ロバート・E. ヘイヴァード博士、ルイス、ピーター・ヘイヴァード（会員ではなかった）

オクスフォード大学は五年ごとに「詩学教授」を選ぶことになっている。本当の詩人としての実質を持った人物（例えばマシュー・アーノルド）が選ばれることもあったが、詩人としての才能よりは大学内の政治的駆引きによって決められることが多かった。大学当局がエドマンド・チェインバーズ卿を強力に推してきたことがある。インクリングズの一人はその人選が馬鹿げていると思った。モードリン学寮のある日の朝食の席でアダム・フォックス（一八八三―一九七七）は自分の方が候補者としてマシなのではないかとほのめかした。それは立候補の宣言ではなく面白半分に言って見ただけのことだった。フォックスは詩人ではなかったし、チェインバーズ卿を批判することだけが意図されていたのであって自分を売り込もうとしたのではなかった。理由は明らかではないがルイスはこの奇異な示唆を真面目に受けとった。フォックスの名はルイスとトールキンを推薦者として三人の候補者の一人として正式に公示された。

ルイスはフォックスを他の二人の候補者を押しのけて当選させるために積極的な選挙運動を展開した。インクリングズの会員を初めとし、他の同好会の会員たちも動員された。その結果ルイスと彼の仲間たちはフォックスを当選させるのに成功した。トールキンはこれをインクリングズの輝かしい勝利であると考えた。「実際に詩を書いている者たちからなる吾が文学同好会」は大学当局ならびに特権を有する人々の力に打ち勝った」とトールキンは書いた(40)。

しかしそれは賢明な指し手ではなかった。フォックスは確かに詩を書いていた(「老いても子どものような(long and childlike)」、「老いた王コウル (Old King Cole)」など)。しかしその後ルイスはフォックスの講義を聞いて彼も彼の同僚たちも何かとんでもない過ちをやったのではないかとの思うようになった。ルイスはそれが単に文学上の過ちであるとしか思わなかったが、実際には政治的過ちであった。ルイスはオクスフォード大学当局を敵に回してしまった。そしてオクスフォード大学はこのことを永く忘れなかった。

インクリングズは一九四七年に衰退に向かった。それは内紛のためでも、会の使命が達成されたからという立派な理由からでもなかった。文学に関するディスカッションを行うために集まる人々が減少してきたためである。集会そのものは継続したが大学の政治的駆引きに関する問題を議論する場になっていった。ただしインクリングズが続いている限り、それは新しい文学を生み出す力とエネルギーのるつぼであった。ジョン・ウェインが言うように「オクスフォード大学がまさに死んでいたような時代に、ルイスと彼の友人たちは生命の胎動を絶やさずにいた(41)」。いろいろと批判すべき点はあったにしろインクリングズは英文学における古典的作品を一つ生み出したほか、いくつかの名作を生み出したと言って良い。古典的作品とは何か。トールキンの『指輪物語』である。

ルイスを解説する一般書に書かれていることとは違って、ナルニア国歴史物語は一度もインクリングズの会合で朗読されたことはなかった。ルイスは一九五〇年六月二二日に『ライオンと魔女』のゲラ刷りを「鷹と子ども」での呑み会、おしゃべりの会に来た人々に見せた。しかしそれは正式のディスカッションや討論の場ではなかった。それは既にゲラ刷りになったものを「見せて自慢する」だけのことで、まだ草稿の段階にあるものについて批評・批判を求めるということではなかった。

しかしこれについて語ることは話しが先に進み過ぎる。ここでは普通でない文学研究者としてのルイスの名声を決定的なものとする著作、今日でも広く読まれている著作、一九三六年に出版された古典『愛とアレゴリー』を考察しなければならない。

## 『愛とアレゴリー』（一九三六年）

ルイスは一九三五年に旧知に宛てた手紙で自分の情況を三つの命題で総括している。「私の頭は禿げつつある。私はキリスト者である。私の専門分野は第一に中世研究である」[42]。最初に挙げられている点については何も興味を惹くことはない。その頃の写真を見ると彼自身の診断が当たっていることが分かるだけである。第二に挙げている点については既に一章を設けて考察した。第三の点についてはどうなのか。ルイスの『愛とアレゴリー』は彼の専門研究分野に関する最初の本格的著作である。この書は詳細に検討する価値がある。特にルイスがこの書において発展させる文学的テーマはその後の著作の多くのもので宗教的転調がなされるからである。

ルイスは『愛とアレゴリー』の構想を長い間あたためていたが試験官としての任務のために書き上げることができないでいた。これは「中世の恋愛詩および中世の恋愛観」の研究書であるが、第一章の最初の草稿は一九二八年七月には書かれていた[43]。彼はハンフリー公爵図書館（ボードレイアン図書館の最古の部分）で長時間を過ごした。ルイスは集中力を保つためにタバコを喫うことを許可してほしいと願い出た。しかしルイスだけでなくボードレイアン図書館を利用する人々はすべて「図書館に火あるいは炎を持ち込まないこと、図書館内で火や炎を用

図7−3　ハンフリー公爵図書館。オクスフォード大学のボードレイアン図書館の最古の部分。1902年撮影。この図書閲覧室は手稿本および初期の印刷本が所蔵されており、今もルイスが利用した頃のままである

いないこと、また図書館内で喫煙しないこと」を約束することを求められていた。そのためルイスの研究はあまり進捗しないことになった。

研究は一九三三年二月までに再び軌道に乗り始めた。ルイスはガイ・ポコックに手紙を書き、デント出版社から出した『天路退行』について契約の変更をしたいと申し入れた。彼は「選択権条項」を改訂し次の著作をオクスフォード大学のクラレンドン・プレスから出版できるようにしたいと考えた(44)。次の著作は寓話というテーマを扱う学術書であり、ポコックもデント社の出版物の読者も何の興味も示さないのではないかと思うと説明している。選択権条項は「次の一般向け著作」に適用させ、今回まとめた「次の著作」には適用しないように彼は提案した(45)。

ポコックはこの提案に同意したようである。ルイスは『愛とアレゴリー』のタイプ原稿をケネス・サイサムに渡した。サイサムは英語学者でオクスフォード大学出版局局長補佐の地位にあった。出版局はこの著書を正式に受理し、校正ゲラはロンドンのアーメン・ハウス事務局に送られた。そこの編集者がこの書を宣伝

するためのビラを作成するためである。その責任を託されたのは（ルイスは知らなかったが）チャールズ・ウィリアムズであった。ルイスは実に一九三六年三月のその日にウィリアムズの小説『ライオンの場所』を読んで感銘を受けた旨を手紙で伝えようと決意していた。他方ウィリアムズも『愛とアレゴリー』に深く敬服したことをルイスに伝えようと決心していた。「私は貴下の著書がダンテ以後、愛と宗教との特有な一致についての理解をこれほどに深く示している書物は、私が読んだ書の中で、ほとんど唯一のものであると思います[46]」。

『愛とアレゴリー』はオーウェン・バーフィールドに献呈された。バーフィールドはルイスに「過去をひいきにしないこと」、また「現在をそれ自身が唯一の『時代』であると考えないこと」を教えてくれたのだと言う。その書のまさに第一頁にルイスは彼の他のすべての著作で繰り返し扱われるテーマを提示している。

人類は電車が駅を通過するように、諸々の段階を通過するのではない。生きている以上、人は動きまわる特権を有しているが、何ものをも置き去りにする権利はない[47]。

現代の科学と社会的態度とを綜合したものを「真理」（過去の「迷信」と対比される）として人類は信奉しなければならないと主張する人々がある。ルイスはそれに対して、そう考えることは人類を時代の副産物にしてしまうことになると主張する。彼らの言うとおりであるとすると人類は時代の趨勢となっている文化的雰囲気や因習的考え方によって形成されることになる。われわれはこの浅薄な独り善がり、「年代記的思い上がり」を払拭し過去から学ばなければならないとルイスは主張する。過去が現代の暴虐からわれわれを解放するからだと言う。

『愛とアレゴリー』で焦点が当てられるのは「騎士道的愛」の理念である。ルイスはこれを「高度に特殊化された愛、謙遜、礼儀正しさ、不倫、愛の宗教などによって特徴付けられる愛」と定義する[48]。「騎士道的愛」の発生は一一世紀末に起こった女性に対する態度の変化を映すもので、その頃に興った騎士制度の理想によって形成された。騎士道的愛は愛の対象である女性その人が体現する優美上品さの理想を、高貴かつ騎士的な精神を以て崇拝することの表現である。

このような愛の行為は人を高貴にし上品にするとされ、人間性の最も深い価値と徳の中のあるものを開花させると考えられた。一二世紀に「見合い結婚」が広く行われるようになったために、ロマン的愛を表現するための手段が必要になっていたのだと思われる。ロマン的愛は封建的に、また宗教的に表現された。臣下が主君を尊崇し仕えねばならないように、愛する者は相手の女性に絶対に服従し彼女の命令に従わなければならない。騎士道的愛は人間的愛の可能性を目標とする。それは愛する者を高貴ならしめ、愛の対象となる女性を愛する者よりも高めるのであって、愛とは決して充足されることのない不朽の欲望であると理解させる。

ルイスが歴史的事実として描いたことをルイスによる文学的フィクションであると考えた人々もいた。一九七〇年代に多くの研究者が「騎士道的愛」とは本質的に一九世紀の発明であると解釈するようになった。それは一九世紀の人々が抱いた願望を反映したものであり、それが中世に投影されただけだと言う。ルイスはウィリアム・モリス（一八三四―一八九六）のようなヴィクトリア時代に中世を甦らせた作家たちの作品を耽読し、その結果ヴィクトリア時代の眼鏡を通して中世の文学を読んだのだとされた[49]。しかしより最近の研究が明らかにしたように、事柄はそれらの批判者が言う程に単純ではない[50]。いずれにせよルイスの関心は「騎士道的愛」を表現するために実際に育ってきた詩作上のしきたりに向けられていたのであり、「騎士道的愛」の歴史的概念に向けられていたのではない。ルイスは歴史研究の書ではなく、テキスト研究の書を書いた。

『愛とアレゴリー』の輝きの極致を示すのはエリザベス朝の詩人エドマンド・スペンサー（一五五二頃―一五九九）を扱う一章である。ルイスの書はスペンサーの『妖精の女王』に対する世の基本的評価を一変させた。同時にまた中世の伝統における「騎士道的愛」および寓話というジャンルの意味と役割についての議論、討論を活発化させた。ルイスは寓話を用いることが哲学的に須要なこと、人間が用いる言語の性質と限界を反映するものであることを明らかにした。それは単に文体を華麗なものにしようとする虚栄や中世の文学的しきたりに対する感傷的愛着の産物であるというのではない。寓話は「誇り」とか「罪」のような複雑な観念を言い表すために抽象的な概念よりもはるかに効果的な役割を与えられている。寓話はそれら人間の現実をつかむための取手であり、それなしには生に関する最も根源的なテーマについて議論することが困難になる。

今日の考え方からすればルイスが『愛とアレゴリー』で成し遂げたことは騎士道的愛に関する議論をしたことであるよりもスペンサーに関する深い洞察に溢れた議論を展開したことにあると言わねばならない。スペンサーの壮大な詩篇『妖精の女王』三万四六九五行をルイスが分析したこと、特にそこで用いられるイメージの性格と的確さを指摘したことは今もわれわれを魅惑するだけでなく、納得させるに充分である。スペンサーが二〇世紀にどう受け容れられているかに関して「ルイスが書いた一章は『妖精の女王』に関する事柄(その資料、作詞法、哲学および構成など)について、一九世紀になされた批評が際限なく提示したものを超えて、新しい見方を打ち出した」と最近発表された信頼できる著作が指摘している。[51]

ルイスの伝記作者の中に『愛とアレゴリー』はホーソンデン賞を受賞したと書いている者がある。ホーソンデン賞はイギリスの主要な文学賞の中でも最も古いもので、毎年「想像文学の最上の作品」に与えられる賞である。しかしこれは正しくない。『愛とアレゴリー』は一九三七年にイズラエル・ゴンザレス卿記念財団賞を受賞したことは確かである。[52]この名誉ある賞は英国学士院により授けられるもので「アングロ・サクソン語、早期の英語および文学、英語学、および英語の歴史に関連する主題を扱う」著作の中で傑出したもの、あるいは「英文学の歴史または英文学者の作品に関して、前の時代との関係に触れた研究」でオリジナルなものに与えられる賞である。この賞を獲得したことは非常に有望な若い研究者の作品としての『愛とアレゴリー』の地位を確立させるとともに、ルイスにとっても大きな栄誉であった。この書において顕著に見られることはルイスがテキストを要約し、解説し、綜合する能力、かつそれと深く取り組むための強い力を持っていることである。オクスフォード大学における同僚であったヘレン・ガードナーが後に述べたように、この書は「文学を愛し、読者の好奇心と熱意を燃え立たせるための並外れた能力を持つ人物によって書かれた」ことが明らかであった。[53]

おそらくこのことと講義者としての明白な賜物（人々とこころを通わせ合い、熱狂させ、興奮させる能力）とが相俟って一九三〇年代、一九四〇年代にオクスフォード大学の講義室に多数の聴衆を惹き付ける力となったのだろう。ルイスはどのようなテキスト（よく知られたもの、忘れられたものなど）についても深い見識と情熱をこめた解釈によって読者を引き込み、無知あるいは偏見によって軽視されてきたテキストおよびその著者、そしてそこで扱われるテーマの「名誉を回復」させる。[54] ルイスは紛うことなく文学の擁護者、また人類の文化および教養における文学の位置の擁護者であった。

## 文学の位置と目的に関するルイスの主張

ルイスは生涯を通して文学の位置と目的について思索し、それについて著作を行った。例えば文学が人類の文化を豊かにすること、宗教的感受性を鋭くすること、あるいは個々の人の智恵や性格を鍛えることなどの問題が論じられる。文学に関するルイスの思想は一九四〇年代、一九五〇年代にも発展させられるが、基本的な部分は一九三九年に固まっていた。

文学がどう読まれ理解されるべきかについてのルイスの見解は当時の文学理論において支配的であった考え方とは大きく異なる。ルイスにとって文学を読むこと、特に古い時代の文学を読むことは「年代記的思い上がり」に基づく未熟な判断に対する重要な異議申し立てを行うことである。オーウェン・バーフィールドは現代が常に過去よりも勝れていると大声で叫ぶ人々を怪しむこと、警戒することをルイスに教えた。

ルイスはこの点を論文「古い書物を読むことについて（On the Reading of Old Books）」（一九四〇年）において特に強く論じている。ルイスはこの論考において過去の文学を熟知することは読者が生きる現代に対して批判的距離を保つ視点を与えると言う。それにより「現在なされている論争を広く適切な展望」のうちに位置付けることができる[55]。古い書物を読むことは「数世紀前から海上に吹く清らかな風がわれわれのこころの内に吹き込むことを許し」、それによりわれわれが時代の精神の無批判的な虜となることを避けさせる[56]。

ルイスは明らかにキリスト教の神学論争を念頭においている。特に過去の神学論争が現在を豊かにし、刺激するために重要であることについて書いている。「新しい書物はまだ試用期間中のものであり、素人はその書物に判定を下す地位にいない[57]」。われわれは未来に書かれる文学を読むことはできないが、過去に書かれた文学を読むことはできる。そしてそれが現在の最高の権威に対して突きつける強力な潜在的挑戦を理解することができる。遅かれ早かれ現在は過去になり、現在の思想の持つ権威がその思想に内在する優秀性に基づいておらず、単に年代的な位置に基づいている限り自明とされている現在の思想の権威は蝕まれる。

ルイスは二〇世紀に出現したイデオロギーを念頭に置きつつ「多くの場所に住んだことのある人」は「生まれ故郷の村に固有である過ち」に騙されることはないのだと言う。ルイスによれば、研究者は「多くの時代に住んだことのある者であって、そのために現代に通用している判断や傾向に内在する妄断、つまりそれが最終的・決定的なものであると自動的に妄断する傾向に対して挑戦することができる。

われわれは過去についての深い知識を必要とする。それは過去が特別な魅力を持っているからではなく、われわれが未来を研究することができないからである。しかもわれわれは現代に対して何ものかを対比させなければならない。それにより、基本的な事柄として前提されることが時代により非常に異なることをわれわれに気付かせ、教育のない人々には確実なことだと思われることの多くが単に時代の流行であるに過ぎないことを知ることができる[58]。

古典古代やルネッサンス時代の文学を理解するためには「現代の文学を読むこと」によって形成される「反応を停止し、性癖を捨て去ること」が必要であるとルイスは強調する[59]。例えばわれわれ自身の情況は他の時代の情況よりも内在的に勝れていると無批判に前提する性癖をまず捨て去る必要がある。ルイスはこの点を明らかにするためにわれわれが馴染んでいる文化的固定観念、外国を旅行するイギリス人が持つ文化的固定観念を取り上げる。それは例えばE・M・フォースターの小説『眺めのいい部屋』（一九〇八年）などで槍玉に挙げられる。ルイスはわれわれに自分が外国を旅行しているイギリス人であると想像してみてほしいという。彼はイギリスの文化価値が西ヨーロッパの野蛮人たちの文化価値に対してはるかに卓越するものであると確信している。彼は土地の文化を調べようとせず、土地の食べ物を楽しもうともしない。自分の思い込みに反論がなされると感じると彼はイギリス人旅行者としか交わろうとせず、イギリスの食べ物だけを求め「イギリス的なこと」を何が何でも固守しようとし「それに何の変更も加えずに帰国する[60]」。

外国を旅行するのに別の方法がある。昔のテキストを読む方法にもそれに対応する方法がある。旅行者は土地の食べ物を食べ、土地のワインを飲む。彼は「外国を、旅行者が見るように観るのではなく、土地の住人が見るように観る」。その結果イギリス人旅行者は「変えられて」帰国する。「考え方も感じ方も」異なる人間となって帰国する。彼の旅行は彼の視野を大きくされたのだとルイスは主張する。

ルイスが言おうとしていることは文学が異なる物事の見方を提示するのだということである。文学はわれわれの眼を開き、物事を評価し考察するための新しい見方を提供する。

私自身の眼は私自身に対して充分ではない。私は他者の眼を通してものを観る……偉大な文学を読むことにより、私は一〇〇〇人になることができる。しかし私は私であり続ける。ギリシアの詩に謳われる夜空のように、私は無数の眼で観るが、観ているのは私である。(61)

ルイスにとって文学は「他者の眼で観ること、他者の想像力で想像すること、他者の心で感じること」を可能にさせ、単に自分の眼、想像力、心だけで済ますのを許すのではない(62)。われわれが現実の忠実な描写であると思い込んでいるものに対して文学は別の描写を提示し、われわれの思い込みに疑義を突きつける。

つまり文学を読むことはわれわれ自身を変革に向かって解放する。われわれ自身を新しい思想に向かって解放する。あるいはわれわれがかつて間違ったものとして拒否したものを正しいと判断した人々を訪ねることを強要する。ラルフ・ワルドー・エマスンが言ったように「天才の作品のすべてに、われわれはわれわれ自身が拒絶した思想を見出す。それらはある種のよそよそしい威厳を帯びてわれわれに戻ってくる(63)」。つまりルイスはテキストがわれわれに情報を伝えると同時に、われわれに挑戦をすると強調する。テキストをわれわれの思い込みに適合させようとすること、われわれの考え方に合わせようとすることはわれわれが作った型にテキストを押し込もうとすることであり、われわれを変革し、豊かにし、変えようとする機会をテキストに与えないことである。文学作品を読むことは他者の「意見に完全に入り込むこと、従って彼の態度、感じ方や経験の全体に入り込むこと」に関わる(64)。それはプラトンが*psychagogia*（魂の指導、魂の拡大）と呼んだことに関わる。

ルイスにとって何が言われたのかに注意することの方が誰が言ったのかにこだわることよりもはるかに重要である。ルイスにとって文学「批評」の本質は作者の意図を理解することであり、作品を受け入れ、それによって批評者が自ら内的に大きくされることを経験することである。われわれはルイスの著書『「失楽園」序説』（一九四二年）においておよそ批評なるものの最良のものを見る。この書にはミルトンの叙事詩の背景が見事に描かれ、この叙事詩の意味が解明されている。詩において最も重要なことは詩人ではなく詩そのものであることをルイスは特に強く主張する。それとは正反対の考え方をケンブリッジ大学の研究者E・M・W・ティルヤード（一八八九―一九六二）が打ち出している。ティルヤードにとって『失楽園』は「この詩を書いたときのミルトンのこころの真の状態に関する」書であると言う。

そこから一九三〇年代に有名となった論争、一般に「個人的異端」論争と呼ばれる論争が起こった。この複雑な論争を要約すれば、ルイスは客観的、非個人的な視点を重視し、詩は「そこにあるもの」に関するものであると主張するのに対し、ティルヤードは主観的、個人的な視点を重視し、詩とは詩人の内部にある何かに関するものであると主張したことから起こった論争である。ルイスは後にその考え方を「主観主義の毒」と呼んだ。ルイスにとって詩は詩人に関心を向けさせるものではなく詩人が見た事実に関心を向けさせるものである。「詩人は私を見つめよと要求しているのではなく、あれを観よと言って指し示している人物」である。従って詩人は眼鏡であって、見つめられることを要求するものではなく、ものごとを観ることを可能にするものである[65]。詩人はわれわれのものの見方を変えさせる人物である。詩人はわれわれが見逃している事実を指摘する人物である。あるいは詩人は見つめられる人物ではなく、われわれがその人物を通して事実を観ることを可能にする人物である。

以上すべてのことを要約すれば、ルイスは文学を読むことを別の新しい世界を想像し、そこに入り込むプロセスであると理解していたということ、文学はわれわれが実際に住んでいる経験的世界を照明する力を持っていると考えていたことである。ルイスは自分を旅行のガイドとして、新しい世界を求めて旅する人々の案内人であると紹介するのが常であった。スペンサーやミルトンを初めて読む人々に対してルイスは自分の能力を最高に発揮している。

ただしルイスは単に他の作家が想像によって捉えた世界を解説するだけの人物ではなかった。彼自身が自分の想像力を発揮して新しい世界像を作り上げた。それはもちろん先代たちが作り上げた思想やイメージの影響を受けたものである。偉大な文学と取り組むことは自分もそのような文学を書きたいという願望を起こさせるだけではなく、過去の智恵、機知、優美を自家薬籠中の物とし、現代の問題と取り組む力として生じさせることである。ルイスはそのことに成功した。それはナルニア国歴史物語を書いたこと、そしてその想像世界がわれわれの世界に照明を与えることを考察するときに明らかになる。

しかしナルニア国歴史物語はこの時点でまだ書かれていない。当時現実の世界の出来事は不穏な姿を見せ始めていた。一九三九年九月一日にドイツ軍がポーランドに侵入した。イギリスの首相ネヴィル・チェンバレンはドイツとポーランドの間に和平工作を試みた。議会がそれに反対したため、チェンバレンはヒトラーに最後通牒を突きつけヒトラーがポーランドから軍を引き揚げることを要求した。九月三日になってもアドルフ・ヒトラーから何の応答も得られなかったため、イギリスはドイツに宣戦を布告した。第二次世界大戦が始まった。

# 第八章　全国から絶賛を浴びる

## ――戦時下のキリスト教護教家　一九三九―一九四二年（四一―四四歳）

一九三九年一〇月二二日の日曜日にオクスフォード大学の聖処女マリア大学教会は学生と特別研究員とで満員になった。満場の会衆は耳をそばだてていた。雰囲気は厳粛で陰鬱であった。説教は「他の神々ではなく――戦時下の文化」と題されており、説教者はC・S・ルイスであった。誰が聴いてもそれは戦争と不安と混乱の只中における研究生活の擁護であり、会衆に深い感銘を与えた。戦争が勃発したことにより世界の本当の姿が明らかになり、われわれは自分自身について、また世界全体について楽観的な幻想を捨てなければならないとルイスは訴えた。現実主義が王座に戻ってきた。「われわれがこれまでずっと住んで来た世界がどのようなものであるか、今われわれは明白に見ている。われわれはその世界を甘受しなければならない(1)」。

一九一四年から一九一八年にかけて戦われた大戦争の時にオクスフォード大学にいた人々ならば誰でも戦争が大学に及ぼした破壊的衝撃のことを思い出さずにはいられなかった。あの時学生の数は激減した。教員も戦争に出ていった。学寮や大学の建物は戦争目的のために転用された。今、第二次世界大戦が起こり、規模は違っているが、同じことが起ころうとしている。新しい難事が押し寄せてきた。ルフトヴァッフェによる爆撃の脅威を無視することはできない。戦時の停電により中世以来経験したことのない真の暗闇が全市を覆っている。紙の不足により学生たちは個別指導を受けるために必要な書物を買うことができない。

キルンズでもただちに変化があった。九月二日、ドイツがポーランドに侵攻した日の翌日、ウォーニーが再召集を受けて現役に復帰した（ウォーニーは一九三二年一二月二一日に退役してから在郷軍予備役将校であった）。ウォーニーは直ちにヨークシャーのキャタリックの部隊に入隊することを命ぜられた。二週間後に彼はフランスへ送られ大佐補としてイギリス遠征軍を支える兵站活動を組織する任務を与えられた。

ウォーニーがキルンズから出征して何時間も経たないうちに、キルンズは四人の新しい住人を迎え入れた。ロンドンから疎開してきた女生徒たちである。ロンドンが爆撃の脅威にさらされキルンズには疎開者が絶えず流入した。普通彼らは数か月滞在した。その頃にルイスが書いた手紙にはそれらの疎開者が何もすることがないと言って不平を言っているとからかい気味に書かれている。読書をすれば良いのにとルイスは言う。

しかしルイスには戦争が始まって数週間の間、より重大なことを心配しなければならなかった。一九三九年九月三日に「国民兵役法（The National Service［Armed Forces］Act）」が施行され、連合王国に居住する一八歳から四一歳までの男子全員が強制的に徴兵されることになった。ルイスは当時四〇歳であり、当然、恐慌をきたした。自分も召集されるのだろうか。もう一度戦争に行かなくても良いのではないか。ドイツ軍がポーランドに侵攻した次の日にルイスはモードリンの学寮長ジョージ・ゴードンに会いに行った。彼はルイスが何も心配することはないと言った。ルイスは九月二九日に四一歳になる。それまであと二か月少々しかない。何も心配することはない。(2)

ルイスは戦争の傍観者となり直接の参加者とはならなかった。彼は一九四〇年夏に「地域防衛志願兵（Local Defense Volunteers）」（後に祖国警備隊と改称された）に加わった。彼は九日に一回、夜間に「オクスフォード市の最も貧しい地区、悪臭のただよう地域をうろつきまわらねばならなかった(3)」。彼はライフル銃をかつぎ、午前一時三〇分から午前四時三〇分まで巡邏した。彼はそれがばかばかしいことだと感じた。彼は自分をシェイクスピ

図8－1　オクスフォード祖国警備隊の行進、1940年。行進がプレインを通過するところ、この先モードリン橋を渡るとオクスフォード市の中心部になる

アの『から騒ぎ』に登場する巡査ダグベリーに喩えている[4]。しかしオクスフォード市の人っ子一人いない市街を夏の早朝に巡邏すると きの平和と孤独感を貴重な体験と考えるようになった。

ルイスが一九四〇年代の初めに書いた手紙には戦時中のイギリスで学生であった人々が誰でも知っている情況が描かれている。倹約をしなければならず、食糧を初めとする必需品の欠乏、住まいを追われた人々を受け入れること、将来に対する深刻な不安等々。これらの事柄に対するルイスの対応は時に笑止千万のものもあった。例えば友人たちとダンテについて議論する時マデイラではなく紅茶で済ますというようなことである。またウォーニーがいなかったのでモードリン学寮の居室の狭い方の居間で仕事をした。その方が暖房のための石炭の使用量が少なくて済み経済的であった[5]。

## チャールズ・ウィリアムズとルイスの友情

戦争がもたらした結果の一つはルイスにとって最も重要な友人関係の一つが始まったことである。一九三九年九月七日にオクスフォード大学出版局は戦時中ロンドン事務所を閉鎖することにし、職員をオクスフォード市に移した。チャールズ・ウィリアムズも、妻と息子をハンプステッドに残しオクスフォード市に移ってきた。ウィリアムズはルイスに励まされ支えられてオクスフォード大学に溶け込み、インクリングズの正規の会員となった。英文学部では講師が足りなくなっていた。ルイスの強い推薦によりウィリアムズが英文学部講師として迎え入れられた。ウィリアムズの講義は大好評をもって迎えられた。多くの聴講者が詰め掛けるようになり、高い評価が与えられた。

インクリングズはウィリアムズが加わってから一年も経たないうちに完全に変えられた。それまでインクリングズの中心人物はルイスとトールキンであった。ウィリアムズは既に小説、詩集、戯曲などを出版しており、インクリングズでも中心的役割を担うことになることは予想されたし、もともとインクリングズ内部の権力構造も固定したものではなかった。トールキンは一九二五年から一九四〇年頃にかけてルイスの最も親しい友人であると思っていたが、ウィリアムズが彼ら二人の間に割り込んで来たことに気付いた。そのために彼とルイスとの関係が疎遠になったと解釈した。(6) しかし公平に見ればウィリアムズはインクリングズに利益をもたらし、インクリングズもウィリアムズに利益を与えたことが明らかである。

キルンズでも事情は大きく変化した。モーリーンは一九四〇年八月にノティンガムシャーのワークソップ校音楽教師レナード・ブレイクと結婚した。ルイスはブレイクを嫌っていた。ルイスによればブレイクは「非常に小柄な色黒の醜い男で、ほとんど口を利かない男」であった[7]。しかしその後レナードとモーリーンとはルイスが人生の困難な問題に遭遇したときに強く支えてくれることになる。特にムーア夫人が人生を終える頃に、また一九五〇年代末にジョイ・デイヴィッドマンの二人の息子を世話するなど力を貸してくれた。

ウォーニーは一九四〇年八月一六日に軍役を解かれ在郷軍予備役将校に戻った（彼は当時カーディフのウェンボウ駐屯地で兵站技術および動員センターに勤務していた）。ウォーニーの軍歴に何があったのかは良く分からない。イギリス陸軍はダンケルク撤退作戦から立ち直るために経験を積んだ将校の助けを得て軍を再建しようとしているときであった。ウォーニーは自分で自分をだめにしていたのだと思われる。軍に残されたウォーニーの履歴には彼がなぜ解任されたのかの表向きの事情は明らかにされていない。それを読む者は簡潔な記述から何ごとがあったのかを推測しなければならない。彼のその後の歩みから多くの人はアルコール依存症がそのことに関連しているのではないかと考えざるを得なくなっている。ウォーニーはオクスフォードに戻りオクスフォード祖国警備隊に一兵卒として加わった。ルイス兄弟は再び一緒になった。

図8－2　小説家・詩人、チャールズ・ウィリアムズ（1886－1945）

ルイスの周辺では他の変化も起こっていた。オクスフォード大学は学寮間講義を行う教員に対する報酬を「当分の間」支給しないことにした。ルイスは収入が年間二〇〇ポンド減となることを知り激昂した。もちろん彼は報酬が与えられなくても講義を続行した。

モードリン学寮は戦時経営体制をとった。支出を切り詰めることができるところはすべて切り詰めた。モードリン林に飼われていた鹿の数も減らされた。特別研究員には鹿の腰肉が提供された。ムーア夫人はそれを料理しようとして「家中を耐えられない悪臭で満たした」。ただしルイスはでき上がった料理が「最高の味」であったと公言した。(8)

ウォーニー宛の一通の手紙によれば（彼はフランスにいた）、一九三九年一一月の時点でインクリングズは定期的に会合を持っており、会員の作品について議論し合っていた。イーストゲイト・ホテル（モードリン学寮の向かいにあった）で食事を終えて、三人の会員が執筆中のものをめぐって「食後の議論、まさに第一級の議論を行った」と言う。


その夜の出し物はトールキンの「新しいホビット物語」の一部、ウィリアムズの聖誕劇（彼の作としては例になく分かりやすいもので、全員が満足の意を表した）、それに私の著作『痛みの問題』からの一章であった。(9)


ここで最初に挙げられているのは『指輪物語』のある部分の初稿、第二はチャールズ・ウィリアムズの戯曲『馬小屋の傍の家』、第三はこの頃に書き始められたルイスの『痛みの問題』の一部である。

トールキンが「新しいホビット物語」を書き始めることについてルイスが果たした役割を無視することはできない。ルイスは自分の著作の著者でしかないと思われ勝ちである。しかし英文学の古典となった『指輪物語』が完成されるまでの過程を見るとルイスの全く異なった面が立ち現れてくる。ルイスは文学上の助産師であった。彼は他の人々がそれぞれの名作を書き上げるのを助けていた。ルイスは自分自身が書くことのできない勝れた作品をトールキンに書かせたのだと言う批評家がいる。

## 文学的助産師としてのルイス――トールキンの『指輪物語』

作家は誰であってものを書くには激励を必要とする。激励とはまず才能を認められることであり、次に最後まで書き終えさせることである。例えばチャールズ・ウィリアムズはその妻フローレンスが頼りであった。彼女はウィリアムズが著作に集中できるように助けた。彼は戦時中にウィリアムズはフローレンスに疎開したが、その時この助けを失い書くための刺激がなくなった。一九四五年四月にウィリアムズはフローレンスに宛てた手紙で、オクスフォードへ追放されて彼女が不在であることを歎いている。「なぜきみがここに居てお茶を淹れてくれないのだ、そして私が仕事をすることができるように助けてくれないのだ。今私は書くことが限りなく嫌になっている」(10)。ウィリアムズは多くの先人や後人の例に漏れず書くことを手伝う援助者を必要としていた。

トールキンも同じ問題を抱えていた。彼は計り知れないほどの創作力を内に秘めていたが、自分の書いたものを誰かに読んでもらい才能を認められることを必要としていた。より重要なことであるが、それを書き終えるよう説得されることを必要としていた。トールキンは試験官としての責任に押し潰されており、書き進めるための時間を奪われていた。トールキンが書いた最初の小説『ホビットの冒険』の初めの部分は一九三〇年から一九三一年にかけて急いで書かれ、竜スモーグの死の部分まで書かれて筆が止まっていた。そこで彼の創作力が尽きていた。リヒャルト・ワーグナーが「ニーベルンクの指輪」を書きながらジークフリートを菩提樹の木の下に置き去りにし、そこから話をどう展開させるかを考える力を失っていたのと同じである。トールキンは最後の部分の荒削りの原稿を書いたが、それもそのままにしておいた。彼とルイスとの関係が緊密になってくると、トールキンは勇気を振り絞って彼の原稿をルイスに読んで欲しいと頼んだ。そして彼の意見を聞かせてほしいと頼んだ。

ルイスは読んで気に入ったと宣言し、結びの部分に何か心もとないものがあると指摘した。

その後『ホビットの冒険』は出版されたが、そこに至るまで幸いな偶然がいくつか重なった。トールキンは『ホビットの冒険』のタイプ原稿を彼の学生の一人イレイン・グリフィスス（一九〇九―一九九六）に見せた。グリフィススはそれをスーザン・ダグノールに見せた。ダグノールはオクスフォード大学を卒業し当時ロンドンの出版社ジョージ・アレン・アンド・アンウィン社で働いていた。ダグノールは自分でもタイプ原稿を入手し、それを社長スタンリー・アンウィンに見せ彼の評価を求めた。アンウィンは一〇歳になる自分の息子レイナーに読ませた。レイナーがあまりに熱狂的な評価を与えたのでアンウィンはそれを出版することに決めた。最終原稿を提出する期限が契約書に書かれていたが、それがまさに原稿を完成させるためにトールキンが必要としていた動機を与えた。一九三六年一〇月三日に原稿が完成した。

『ホビットの冒険』は一九三七年九月二一日に出版された。初版一五〇〇部はすぐに売り切れた。アレン・アンド・アンウィン社は「小びと物語（hobbits）」が思いがけなくも新しい市場を開拓したので、トールキンに次の「小びと物語」を書いてほしいと強く要請した。それも早急に。トールキンは『ホビットの冒険』の続きを書こうとは全く考えていなかったので、この要求を突きつけられたことで、彼は挑戦状のようなものを突きつけられたと感じた。

第一章「長く待たれていたパーティ」を書き上げたが（それは比較的簡単に書けた）、そこでトールキンは勢いと熱意を失ってしまった。物語の筋はますます複雑になり調子も暗くなり始めた。より深い含蓄を持つ神話物語を書きたいとの野心が執筆を妨げた。遂に執筆作業は立ち往生するに至った。自分の分身であるニグルのように、トールキンは自分が木を描くよりも葉を描くほうが得意であることに気が付いた。美しく書かれた細部が彼を喜ばせた。特に新しい神話や奇妙な造語を創り出すときには細部にこだわった。彼は物語の大枠を構想することに疲れたというよりも、それに押しつぶされてしまった。

トールキンは忙しい学務に追われて物語を書き続ける熱意を維持することができなかった。彼の完璧主義、家庭生活の重圧、そして大学における責任、そして散文を書くよりも造語について考えることを好む彼の性癖など、すべてが重なって彼の次の「小びと物語」の執筆を遅らせ先延ばしにされた。彼は気落ちして別のことに関心を向けた。

あと一人、「次の本」に関心を寄せていたと思われる人物がいた。ルイスである。ルイスの没後トールキンは『指輪物語』を完成させるためにルイスが決定的な役割を果たしていたことを力説した。

私が［ルイスに］負っている返済不可能な借りは、普通の意味での「影響」ではない。それは混じり気なしの激励である。彼は長いこと私の唯一の聴衆であった。彼だけから私の「作品」が私の私的趣味以上のものであるという思いを与えられた。彼が関心を寄せ、もっと書けと熱心に求めて止まなかった彼の熱意がなかったら、私は『指輪物語』を完成させることができなかったであろう(11)。

当時ルイスはトールキンの執筆活動を助けるためにかなり打ち込んでいた。彼は一九三九年一二月のある夜、北オクスフォード市にあるトールキンの家を訪ねている。トールキンの妻イーディスは手術を受けたばかりで、アクランド病院に入院し術後の回復をはかっていた。戦時下の停電のため闇夜の道を歩くのは危険であった。ルイスはロングウォール通りからホーリーウェル通りを通って「あたかも暗室の中を行くように」方向を見定めるのに苦労しながら北に向かった。キーブル学寮を過ぎた頃から辺りは少し明るくなり、やがてノースモア街二〇番地のトールキンの家に着いた。彼らはジン・アンド・ライムを飲みながらトールキンの「新しいホビット物語」とルイスの「痛みの問題」について語り合った(12)。ルイスは真夜中頃に辞してモードリン学寮に向かったが、既に月が昇り復路は往路よりもはるかに楽であった。

一九四四年の初めにトールキンの筆は再び止まった。ニグルのように彼は細部に囚われてしまった。彼はその書を書くことの意味を見失い、また書き上げる能力が自分にはないと思い始めた。その点で彼とルイスとの対照が際立ってくる。ルイスは基本的に物語作家であった。彼はナルニア国歴史物語を構想し、その物語が彼の筆を導いた。ルイスは流暢な作家としてナルニア国歴史物語のあちこちに見られる矛盾を解決しようとは思わなかった。トールキンも物語作家ではあったが自分は「副創造者」であると確信していた。彼の役割は複雑な物語やコトバを拵え上げ、自分の書く小説を地球中央部に深く根を張る物語の登場人物たちによって誰にでも理解できるものにすることだと考えていた。

トールキンが自分の書く物語が細部にわたって矛盾なく一貫性を持つものとなるように努力しなければならないと感じるのは避けられないことだった。複雑かつ詳細な背景と実際に語られた物語とが何の矛盾もなく整合性を保つようにしなければならなかった。「物語の木」に茂る一枚一枚の葉が過不足なく本物でなければならない。それは首尾一貫性を達成することを想像力による副次的創造の上に置くことであった。トールキンは自分の複雑な世界に閉じ込められてしまった。彼は自分が既に書いたことに首尾一貫性や無矛盾性が保たれているかどうかを心配するあまり、物語を完成させることができなかった。細部にわたる彼のこだわりが彼の創作力を脅かしていた。

トールキンは一九四四年三月二九日にルイスと昼食を共にしたが、そのときに方向転換がなされた。ルイスの手紙にはこの時の昼食のことは特に何も語られていないが、トールキンはその時に新しいエネルギーと熱意とを与えられた。トールキンは月曜日の朝ごとにルイスの部屋を訪れ二人だけの場所で自分が書いた部分を朗読して聞かせるようになる。そしてルイスの反応によって励まされた。事実ルイスは時には涙を流しながら聴いていた[13]。それはインクリングズの集まりでも定期的に取り上げられた。そして参加者の中から高い評価を得た。ただし問題もあった。ヒューゴー・ダイスンはトールキンの本に強い嫌悪感を示した。そしてインクリングズの会合でそれが朗読されるのを止めさせようとした。ルイスはしばしば割って入った。「ヒューゴー、お前は黙れ。トラーズ、始めろ」。

もし本書がトールキンを中心に扱うものであれば『指輪物語』のテキストの起源や進展についてもっと多くのことを語らなければならない。しかし本書はトールキンを中心に語るものではない。ここで言いたいことはルイスが他の著者たちを献身的に支援し激励することを惜しまなかったことである。インクリングズの会合でルイスの『痛みの問題』について議論がなされたことは先にも触れた。『痛みの問題』はキリスト教護教者としてのルイスの名声が上がるきっかけとなったものであると一般に考えられている。この書は何であったのか、またどうして書かれることになったのか。

## 『痛みの問題』(一九四〇年)

『痛みの問題』はルイスが出版した最初のキリスト教護教論である。キリスト教信仰について普通の人々が感ずる問題や疑問が何なのかを突き止め、その由来を理解し答えようとする書である。同時に人間が心の最も深いところで感ずる切望に応えそれを満足させる力をキリスト教が持つことを明らかにしようとする。この書にある文章の中で最も有名なもの「神はわれわれの快楽の中でわれわれにささやきかけ、われわれの良心に語りかける。しかし神はわれわれの苦痛において怒鳴りかける。苦痛は耳に聞こえない世界を呼覚ますための神のメガフォンである」はこの書全体に盛られている主張の全体を明らかにしてはいない(14)。それは補助的主張ではあるのにしばしばそれがルイスの主張の眼目であるかのように扱われてきた。

ルイスはこの書の冒頭で自分が無神論者であった頃のことを語る。彼が後に言ったように、他人に「何か警告したい」と思うならば自分自身もかつてその何かを「愛していたことがある」のでなければならない[15]。この冒頭の章の全体に『虜となった魂』や『ダイマー』で扱われた主題、しかし答えが与えられなかった主題が示唆されている。つまり聞く耳を持たないと思われる天と、ものを言わないと思われる神の前にある人間の痛みの問題である。ルイスは彼自身がかつて持っていた宇宙観の概要を示す。それは不毛で冷たい場所、惨めさと苦しみが満ちるところである。ルイスは次に文明が何の目的も持たずに起こり消滅する様子、人類が科学によって絶滅されようとしている様子、宇宙が死滅に向かって突き進んでいる様子を描写する。彼が二〇年前に語ったように、ここでも「宇宙の背後には精神はなく、あるいは精神があるとすればそれは善悪の区別に無関心であるか、そうでもなければ精神そのものが本来的に悪であるか、どれかである」と言う[16]。

しかしその通りなのであろうかと彼はつぶやく。「もし宇宙がそれほどにヒドイところなのであれば、あるいは悪はその半分ほどであったとしても、なぜ人々はそれを賢明かつ善良な神の活動によるものと考えるようになったのであろうか。ルイスは信仰の本質的合理性を論証した上で苦痛が突きつける問題に戻る。「もし神が善なのであれば神は自分が創造した生き物が完全に幸福であることを願うだろう。そして神がもし全能なのであれば自分の願いを実現させることができるであろう。しかし被造物は幸福ではない。従って神は善性を持っていないか、全能性を持っていないか、どちらかである。あるいは善でも全能でもないということになる[17]」。そこでしかし、ルイスは彼一流のソクラテス的方法を用いて、この議論で用いられる用語、善、全能、幸福などがより注意深く検討されなければならないと言う。これらの言葉が日常的に用いられている通りの意味しか持たないのであれば確かに深刻な問題がある。しかしもし別の意味があるとしたらどうであろうか。もしわれわれがこれらのコトバの特別の意味を知ったら、そしてその意味の光に照らして現実を見たら、どういうことになるのだろうか。

ルイスによれば人は常に「善性」と「親切さ」とを混同しているのだと言う。そのために痛みの問題と取り組むときも間違った角度から取り上げることになる。神の「善性」が意味することはわれわれが自分を神の愛の真の対象であると悟ることである。われわれは中立的な神的福祉計画の対象ではない。われわれに対する神の愛について考える方法には四通りの仕方があるとルイスは言う。芸術家が自分の作品に対して持つ愛、人が動物に対して持つ愛、息子に対する父の愛、女に対する男の愛の四通りである。ルイスは人類に対する神の愛の観念の意味を探求して「われわれのような被造物だけでなく、すべての被造物が創造者の前でこれほどの価値を持つのはなぜなのか」との驚嘆の声を上げる。誰にも構ってもらいたくないと思っていること、このように熱狂的に愛されたくないと思っていることがわれわれの問題である。「きみは愛なる神を求めた。そしてそのような神を持っている[18]」。

これらの観念はキリスト教的考え方の枠内で理解されなければならないとルイスは強調する。ルイスにとってそれはアウグスティヌスやミルトンなどがしたように、人間を罪深い者、反逆する者として捉えることを必要とする。ルイス自身の精神遍歴の跡が彼の分析に溢れ出てきている。彼の精神遍歴においては、自立することに固執していた自分を克服したいという願いが顕著である。事実いくつかの点についてルイス自身にはあまりに当然のことなので、読者に対して詳しく説明する必要がないと思い込んでいる傾きがある。そのことが彼の議論に滞りがあること、気分の変化や論理の緩急の変化、論理的近道、想像的飛躍など、議論によって完全に埋めることのできない溝があちこちにできているのがなぜかなどを、われわれに理解させることができるのではないか。

次にルイスは議論を本質的にキリスト論的問題に向ける。それは『痛みの問題』の冒頭に置かれたジョージ・マクドナルドからの引用文に暗示されている。「神の御子が死に至るまで苦しみ給うたのは、人間を苦しまないようにするためではなく、人間の苦しみが神の御子の苦しみのようになるためである」。ルイスにとってキリストにおける神の受肉が痛みの問題に対するキリスト教的答の焦点でなければならない。

世界は舞踏会であって、そこでは神から降りてくる善が被造物から発生する悪によりかき乱されている。そこに生ずる闘いは悪が人間のうちに作り出す苦しみの性質を神が自ら身に受けることによって解決される。堕罪が自由意志によって起こったとする教理は、悪が神に由来するものではなくて人間に由来するものであり、悪は第二のより複雑な種類の善のための燃料あるいは材料であると主張する教えである(19)。

ルイスは『痛みの問題』の後半でわれわれが苦しみから学ぶことは何かについて考察している。それは苦しみを受ける中で神を弁護しようとすることではなく、どうすればわれわれが苦しみを受け容れそれを建設的に活かすことができるかを考えることである。苦しみはわれわれが何か間違ったこと、悪いことをしたことを示すことができる。それはわれわれの存在がいかに脆くはかないものであるかをわれわれに自覚させ、それによりわれわれは何ごとであれ自分自身の力で行うことができるという信念に挑戦状を突きつけられる。つまり苦痛は「万事よし」という幻想を打ち破り、神が「叛逆者の魂の砦の内側に真理の旗を立てること」を可能にする。また苦痛はわれわれに良き選択をするように助けを与える。これらの議論からはルイスが苦痛を何らかの「道徳的道具」に見立て、われわれをより良い人間にするものと考えていたように見える(これはオクスフォード大学の同僚オースティン・ファーラーがルイスに対して向けた批判、少々的外れな批判に見られる)。しかし文脈全体から見れば、そうではなかったことが明らかである。

『痛みの問題』には多くの長所がある。わけてもその優雅な文体は見事であるし、論旨の明晰さ、「痛みの問題」が生じるに至る諸概念のソクラテス的分析などがある。しかし知性と感情・情緒の間に断絶があるのではないかと読者は思わせられる。ルイスは本書執筆中に兄のウォーニーに宛てた手紙で「実生活」における苦痛の経験はその書において展開される本質的に知性的な議論に何の関係もないと言っているように見える。

注意すべきこと、もし苦痛に関する本を書いているとき実際に苦痛を経験したら……その場合になすべきことはキニク派ならばやるように教理を粉砕することでも、あるいはキリスト者がするように教理を実践に活かそうとすることでもなく、苦痛を全く気にせず、本を書くこととは無関係なこととすることだ。それは本を読んだり書いたりしているときに、実生活で起こる苦痛以外のことについても同じである。[20]

ルイスはここで苦痛の経験は苦痛の意義に関する議論とは無関係であると言っているように見える。知的思想は経験の世界とは切離されたものとして提示される。これは奇異な主張であり、同じく奇異な思想を反映している。痛みの問題を高度に知的な問題として扱おうとするルイスの態度は苦痛の経験とは完全に切離されていた。そうだとすると、もしルイスが苦痛を経験したらどういうことになるのか。それはルイス自身が経験する苦痛でも良いし、彼が愛する人物が経験する苦痛を前にしてそれを彼自身が苦痛と感じる場合も含まれる。『痛みの問題』は後に書かれる『悲しみをみつめて』を書くための感情的・情緒的大混乱の基礎工事となったのではないかと思われる。この書については後に詳しく触れることとする。

『痛みの問題』はインクリングズの仲間に献呈され、次第に痛みの問題に対する古典的キリスト教の応答として受け容れられるようになった。この書の欠点は良く知られている。誇張があり、単純化し過ぎたところがあり、肝心の問題が取り上げられていない。しかしこの書の多くの読者がこの書は自分が感じている問題と真正面から向き合い、自分たちと共感を持っていると感じた。またこの書の主張を心強いものと感じた。ルイスはこの書によって自分に感服する人々を多く得た。しかしルイスを有名にはしなかった。しかしこの書はルイスが有名になる過程において起こった出来事の決定的な一齣となった。そしてルイスは賢明であったから、名声が破壊的であり得ることを知っていた。

ルイスは自分が有名になることを予期していただろうか。あるいは、それより重要なことは彼はそれを恐れていただろうか。彼は有名人の地位に上りかけていたが彼はその地位に耐えられるであろうか。あるいは彼は「エゴイズムの狂宴」に耽り自分を滅ぼしてしまうのではないか。この頃にルイスの私生活に起こった一つの重要な出来事はこのような問題意識に根ざしているのではないか。ルイスは一九四一年にウォルター・アダムズ師（一八六九—一九五二）に手紙を書いた。アダムズは聖公会高教会派に属する人物で、霊的指導者・告解聴聞司祭として有名であった。ルイスはアダムズに精神的指導、管理を与えてくれないだろうかと頼んだ。アダムズは「福音史家ヨハネ会」（通称「カウリー神父会」）に所属しており、それはモードリン学寮から歩いて一〇分ほどのところにあった。

ルイスは一九三〇年の初めにグリーヴズこそが自分の「唯一の真の告解聴聞司祭」であると宣言していた。[21] これはおそらくルイスがキリスト教に入信する以前に書かれたことであろうが、ルイスが自分の個人的秘密、誰にも知られたくない秘密をグリーヴズにだけ打ち明けるという当時の習慣に関係している。しかしキリスト教が彼の人生でより大きな役割を果たすようになって、彼はグリーヴズよりも霊的な問題に深い洞察力を持つ人物が必要であると思うようになったのではないだろうか。私が知る限り、グリーヴズはアダムズのことを何も知らされなかった。[22]

ルイスは一九四一年一〇月の最後の週にアダムズに最初の告解を行った。そこでは「エゴイズムの狂宴」が中心問題となっていた。[23] その後二人は毎週金曜日に会うことになった。その折にアダムズが「三つの忍耐」を常に強調していたこと以外に、彼らの間で何が語り合われたのかわれわれはほとんど何も知らない。それは「神に対する忍耐、隣人に対する忍耐、そして自分に対する忍耐」である。[24]

アダムズは目立たないが重要な影響をルイスに与えた。ルイスはアイルランド教会から低教会派の信仰を受け継いでいたが、アダムズは彼を高教会派の信仰に導き個人的信仰生活の導きとしての祈禱書の重要性、詩篇を毎日読むことの重要性を発見させた。[25] 初めルイスはアダムズが「あまりにローマ教会に近く」、「ある種の問題については私を理解することができない」と感じていた。[26] しかしアダムズはルイスの重要な精神的友人となり、ルイスが名声と闘いまた名声がもたらしたものと闘う上で陰の力となってくれた。

## 戦時下のルイスの放送講話

戦争はイギリスの公共施設の多くのものを変化させた。イギリス放送協会（British Broadcasting Corporation, BBC）も変えられた。一九四〇年中葉になるとBBCは国民の士気を保つために中心的役割を果たさなければならないことが明らかになった。新聞用紙が不足したため、ますます多くの国民がニュースおよび娯楽を求めてBBCのラジオ放送を聴くことになった。一九三九年九月一日にBBCは地域ごとの放送局を廃止し、あらゆる資源を中央に集中し、一か所から全国に向けて放送することにした。それは国内公共放送（Home Service）と呼ばれた。(27) 宗教は国を構成する要素として不可欠のものと一般に考えられていた。BBCは戦時下の暗い時代に国民に宗教的教育と宗教的奨励を与えることが義務であると考えた。

戦時下にラジオ放送が盛んになり、それと共にある人々の「声」、「発言」が有名になり、誰でもそれらの人々の放送を聴けばすぐ誰の声か分かるようになった。C・H・ミドルトン（一九〇四—一九四五）はBBCの「園芸の声」となり戦時中のベストセラー『勝利に向かって掘ろう』を書いた。チャールズ・ヒル博士（一九〇四—一九八九）は「ラジオ・ドクター」として「医学の声」となった。しかし「信仰の声」、思慮深く、魅力ある、権威に満ちた声、人々に信頼され愛着を持たせる声はなかった。

そのような声は強く求められていた。BBC宗教番組編成部は番組編成のために宗教的テーマを扱う新しいシリーズ「放送講話」を始めた。しかし誰が「講話」を行うというのか。一九四一年の初めにBBCの人選委員会の長であったジェイムズ・ウェルチ博士は戦時中のイギリス人の宗教的不安や宗教意識に語りかけることのできる声を捜し始めた。しかしなかなか見つけられないでいた。

特に難しい問題が一つあった。それはＢＢＣといろいろの教会の指導者層との間に緊張が生じていたことである。[28] ＢＢＣは全国民向けの放送局であると自覚し、イギリス人全体に語りかけなければいけないと考えていた。ＢＢＣが国教である英国教会の声になることはできないと考えていた。諸教会はそれぞれの利益を守ることを中心に考える傾向がある。それぞれの教会の礼拝出席者を増やし、社会的に高いステイタスを維持しようとしていた。全国民的宗教指導者、例えばカンターベリー大主教ウィリアム・テンプル（一八八一—一九四四）などがＢＢＣの講話担当者として歓迎された。しかしＢＢＣは教派的案件や教派の綱領に基づいて語る人物よりも、超教派的な視点に立つキリスト教理解を語ることのできる人物、国民全員に向かって語りかけることのできる人物を求めた。それができるのは誰か。

ウェルチはたまたまオクスフォード大学特別研究員が書いた本を見つけた。それが神学者の書いたものでないことに安心感を持った。彼はそれを読み、気に入った。それが『痛みの問題』であった。ルイスはもちろんそのようなことは知らなかったが「単なるキリスト教」こそがＢＢＣの求めているものであった。ルイスは当時「単なるキリスト教」について考えを打ち出し始めていたが、その名称はまだ彼のうちに浮かんではいなかった。[29] ルイスは神学者ではなかった。従って彼は諸教派の権力機構（そして権力闘争）とは無関係の人物であると見られた。ウェルチはルイスが分かりやすい文章を書くことに注目した。しかし話すのはどうであろうか。マイクロフォンに向かって話す場合はどうであろうか。ルイスにしてももう一人の重々しくもったいぶった「教会臭い」声に過ぎないのではないか。そうであればルイスの講話も聞き手がよほど忍耐しないと聞き続けることができないのではないだろうか。

そうした点を確かめるには一つの方法しかなかった。ウェルチはルイスに会ったことがない。しかし一か八か試して見ようと思った。彼はルイスに手紙を書いた。『痛みの問題』を読んで感銘を受けたと伝え、ＢＢＣで講話を行ってもらえないかと頼んでみた。「私にとってキリスト教信仰とは何か――一信徒として」というようなテーマで講話を行ってもらえないだろうか。ルイスならば「一〇〇万人以上の非常に知的な聴衆」に語りかけることができるであろうとウェルチは保障した[30]。

ルイスは慎重深く応答した。ルイスはそのような講話を行うことに同意するが、大学が休暇に入るまで待たなければならない[31]。そこでウェルチは同僚のエリック・フェン（一八九九―一九九五）にそれ以後の交渉を任せた[32]。

ルイスはこの間、もう一つの戦時活動に引き出されていた。彼は英国空軍（ＲＡＦ）のいくつかの基地で講演を行うことになった。これはロンドンのセント・ポール大聖堂の主任司祭Ｗ・Ｒ・マシューズの提言で始まった。彼は自由に用いることのできる基金を持っていた。彼はそれを用いて巡回講演会を開くことを企画した。当時英国空軍には英国の優秀な若者が入隊してきていたので、マシューズは彼らにキリスト教の教えと励ましとを確実に届けたいと考えた。マシューズは誰がその役割を果たすことができるかについて少しも疑いを持たなかった。彼はルイスを講演者として選ぶことを提案した。

英国空軍のチャプレンであったモーリス・エドワーズもマシューズの提言に同意し、オクスフォード大学まで出向いてルイスと話し合うことにした。エドワーズは必ずしもルイスがその仕事に最適の人物だとは思わなかった。ルイスは英国の最高の大学の学生に教えることには慣れていた。しかしルイスは「ぼんくら連中」を相手に話をすることができるだろうか。彼らは一六歳までの義務教育を受けただけで上級の学校に進まず、少しでも学術的な匂いのすることをしようなどとは全く思わない連中である。ルイスも同じような不安を持った。それでも彼はこの申し出を受け容れた。その仕事は自分の思想を「無学な人々の言葉」に翻訳することを強制するゆえに、自分のためになるだろうと考えた。

ルイスは第十作戦訓練部隊で最初の講演を行った。これは英国空軍の爆撃指令本部であり、オクスフォード市の南に車で一五分ほどのところにあるアビンドンに本部があった。ルイスはその講演の結果について悲観的な感想を持った。「私が見る限り講演は全くの失敗であった」[33]。しかしそうではなかった。英国空軍からは次の講演を依頼された。ルイスは徐々に語り口と用語とを彼がそれまで対応したことのない聴衆の求めに応じて変えることを学んだ。

ルイスが一九四五年にウェールズの牧師たちおよび青年指導者たちを前に行った重要な講演において、弁士が「聴衆が用いるコトバを学ぶ」ことがいかに大事であるかについて語られている。その講演において、明らかに彼が実体験を通して苦労して学んだと思われる洞察と智恵とが躍如としている。ルイスは二つの点が特に重要であると考えていたようである。第一に普通の人々がどのように話すのかを知ること、第二に自分の思想を彼らの話し言葉に翻訳することである。

われわれはわれわれの聴衆の言語を学ばなければならない。そして初めに言わせていただきたいが「普通の人」が何を理解し、何を理解しないかを、ア・プリオリに決めてはいけません。あなた方はそれを経験によって学ばなければなりません[34]。

ルイスが航空兵たち、鼻っ柱が強く実際的でずけずけものを言う航空兵たちと議論のやりとりをしたであろうことは想像に難くない。それを通して彼の学者的語り口が彼らに通じないことを学び、それについて何とかしようと努力したことであろう。

あなたの神学の一言一言を日常語に翻訳しなければならない。それは大変なことです。それをすれば三〇分の間にはほんの少しのことしか言えないことになりますが、しなければいけないことです。そしてそれはあなた自身の思想にとっても最大の利益です。自分の思想を教育のない人々の言葉に翻訳できないならば、私の思想は混乱したままであると確信するに至りました。翻訳力は自分の言いたいことを自分で理解するための試金石です。[35]

ルイスは放送講話において、英国空軍基地で行った講演を通して苦労して学んだことをそのまま実践することになる。

その間放送講話実現に向けての準備は順調に進んでいた。ルイスが願った通り、それらの講話は一九四一年八月に行われることになった。大学は夏休みに入っており、ルイスは放送講話のために時間を充分に使うことができた。[36]

ルイスは五月の中頃までにだいたいの構想を練り上げた。講話は護教的なもので伝道的ではない。それは福音の土台を整備するためのもので福音そのものを伝えようとするものではない。ルイスは自分が「福音の準備(*preparatio evangelica*)」をするのであって「福音(*evangelism*)」そのものを提示することはしないことにした。「福音の準備」とは道徳律が現実にあることを人々に認めさせ、実生活においてわれわれがそれを守らないでいること、そして少なくとも立法者の存在は非常にあり得ることを認めさせることである。[37]しかしルイスはマイクロフォン・テストの試練に遭わなければならなかった。彼の声は電波にうまく乗るであろうか。

ルイスは一九四一年五月にＢＢＣ放送局でマイクロフォンの前に座り「音声テスト」を受けた。自分が話すのを聞いて驚いたと彼は言う。「私は全く聞きなれない声を聞くことを予想していなかった」。[38]しかしＢＢＣは満足した。ラジオから流れるルイスの講話を理解するのに何の困難もない。ただし彼の「オクスフォード訛り」に少々の注文がついた。ルイスはそれを変えるようにと注文された。ルイスは自分に訛りがあるとは思わないと言った。いずれにせよ彼はそれを変えたが、結局別の訛りに変えただけのことであった。そんな「偶然的で本質的でない現象」になぜ大騒ぎするのだろうか。[39]

その後もいろいろの変更がなされた。エリック・フェンはルイスが付けた講話の題が「少々退屈だ[40]」といった。題は結局『内部情報』に落着いた。四回の講話の題と日程は次のように決った。

八月六日　「世間体」
八月一三日「科学的法則と道徳法則」
八月二〇日「唯物主義か宗教か」
八月二七日「それについてわれわれは何ができるか[41]」

その後さらに二つの変更がなされた。第一に、ルイスの後で四回の講話を行うことになっていたシェフィールドの主教レズリー・スタナード・ハンターが先約のために予定された日程を守れないので一週間遅らせてほしいと願い出てきた。そのためＢＢＣの宗教講話番組に一週間の穴が開くことになった。ルイスが第五の講話を準備する時間はなかったのでフェンは聴取者からの質問に答える時間を設けてはどうかと提案した[42]。ルイスはこれを受け容れた。

最後になされた変更は講話の題に関することであった。七月になって『内部情報』なる題は「やや不穏当」ではないかとの批判がＢＢＣ内部で回覧された文書にあった[43]。慌しく交渉がなされ、題は「正か誤か――宇宙の意味を知る手がかり（Right or Wrong: A Clue to the Meaning of the Universe)」と変更された[44]。多くの人が見る限りこの変更された題はルイスが初め付けた題よりもはるかに良いものであった。

ルイスはこれらの講話の原稿を自分で書いたが、最終稿は番組制作者エリック・フェンとの協議を経てでき上がった。協議の過程では二人の間に冷たい風が吹いた。フェンの提案がルイスにとっては押し付けがましいものと感じられることもあった。しかし長年にわたる経験で培われたフェンの聞き耳の確かさをルイスは悟ったよう

図8－3　ロンドンのＢＢＣ放送局。1950年頃。ルイスの戦時下の放送講話はここから放送された。右の建物はランガム・プレイスのオール・ソウルズ教会、牧師ジョン・ストット（1921－2011）の牧会で有名になった

である。ルイスにとって理解し難かったことは、放送講話は印刷された本と違い聞いてすぐ分かるものでなければならないということであった。

最初の講話はロンドンの放送局から生放送で、一九四一年八月六日（水曜日）の七時半の一五分のニュースにすぐ続いて、午後七時四五分からなされた。放送関係者は誰でも知っているように最も多くの聴取者を得る可能性のある「時間帯」は最も人気のある番組の直後である。戦時下ではニュースこそ多くの聴取者を得る番組であった。しかしルイスがニュースを聞く人々全員が彼の講話を聞いてくれると期待したのであれば失望したに違いない。そのニュースはナチスによって占領されていたノルウェー向けのもので、ＢＢＣの長波二〇〇キロヘルツで送信されていた。そしてそれはノルウェー語のニュースであった。

初回の放送は理想的とはとても言えないかたちで行われたが、ルイスは多くの聴取者を確保し維持した。その後に起こったことは人々の語り草となっている。ルイスは英国に対して「信仰の声」となった。そして彼の放送講話は最高の人気を獲得した。フェンはこの

大成功を喜んだ。彼は第二の講話には少々「誇張」があったと言ったが、この辛口の評価に砂糖をまぶし一九四二年一月から二月にかけての毎週日曜日にBBCの国内向け放送でなされる第二のシリーズをルイスが担当してもらえないかと誘った[45]。

次の講話もまた大成功であった。フェンは一九四一年一二月にルイスの初稿を読み、それらは「最高級」のものであると宣言した。特に文章が明快であること、論理が単刀直入であることを称賛した[46]。ルイスはこれらの講話を四人の聖職者との対話のかたちで構成した。エリック・フェン（長老派）、ドム・ビード・グリフィス（ローマ・カトリック）、ジョウゼフ・ダウェル（メソディスト）、それに聖公会から氏名不詳の人物の四人であるが、最後の人物はオースティン・ファーラーであろうと思われる。彼はその頃オクスフォード大学でルイスの同僚になっていた。

そこにはルイスのいう「単なるキリスト教」の思想が現れてきている。そのキリスト教信仰は異なる立場に立つ人々の合意に基づくものであること、聖職者中心のものではないこと、超教派的なものであることなどが打ち出されている[47]。しかしこの時点でもルイスのキリスト教信仰理解はやや個人主義的なものであることが明らかである。それは孤立した隠者の信仰と言っても良いと思われる。そこには教会や信仰共同体について、あるいは社会との関係におけるキリスト教については何も触れられていない。ルイスはキリスト教を個人のものの考え方を形成するもの、そして個人の行動を規定するものとして描いている。そこではキリスト教が共同体の生の中に組み込まれているものであることには少しも触れられていない。ルイスは罪や自然法、あるいは神の受肉について自由闊達に語ることができた。しかし教会という制度については何も語るべきことを持たなかった。この点は聴取者のうちのローマ・カトリック関係者たちが特に気にした問題であった[48]。

ルイスはこれらの講話において信仰の合理性に関する暫定的な探究から「キリスト者は何を信ずるか」に関するより主体的な問題に論点を移している。これらの講話には聴取者からのかなりの反応があった。ルイスはそれに対応するのに困難を感じた。それは、彼を手放しに称賛する人々と痛烈な批判者たちとがあり、彼らの手紙に対する返事を求めていたからである。彼らは異口同音にルイスの個人的なことも含めて詳しい返事をすぐに欲しいと要求していた。

一九四二年七月一三日にジョフリー・ブレス社から『放送講話（*Broadcast Talks*）』として二回の放送シリーズ全体が出版された。ルイスはそれに短い序文を寄せた。それは一九四二年一月一一日に放送された講話に対する前置を要約したもので、その中でルイスは聴取者に自己紹介をしていた。

私がこれらの講話を行ったのは私が特に有名な人物であったからではなく、依頼されたからである。私が頼まれたのには二つの理由があったのだと思う。第一に私が神学の専門家でも聖職者でもないことである。第二に私が長いことノン・クリスチャンであったことである。これら二つのことは普通の人々がキリスト教について感じる困難を私も理解することを可能にしていると思われた。(49)

ルイスはこの後さらに八回の放送講話を行った。それはＢＢＣの軍用放送ネットワーク（BBC Forces Network）を通して放送された。(50)ルイスは英国空軍基地における経験があり、今回は聴衆のレベルが分かっていたためそれに合わせて話しを準備するのがはるかに楽にできた。事実ルイスはその放送が始まる前の週、コーンウォルの英国空軍基地で一週間かけて講話を行っていた。新しいシリーズの放送講話は「キリスト者の生き方」と題され一九四二年九月二〇日から一一月八日にかけて毎週日曜日の午後に八回に分けて放送された。しかし問題があった。ルイスはそれぞれの講話にそれまで通り一五分をかけるつもりでいた。原稿を書き上げてから気が付いたことであるが、今回の番組は一回の講話に一〇分をかけるように組まれていた。(51)話しを大幅にはしょらなければならないことになった。原稿は一八〇〇語から一二〇〇語に削られた。

ルイスはその後も放送講話を行うよう強い要望を受けた。結局ルイスは一九四四年二月二二日から四月四日にかけてBBC国内向け放送を通して第四シリーズの講話七回を行うことに同意した。今回ルイスは三回分の講話を前もって録音することを許された。そしてそれらは放送後二日目にBBCが発行する週刊誌「リスナー（聴取者）」に印刷された。その番組は午後一〇時二〇分に放送されることになっていたため、生放送にするとその日のうちにオクスフォードに戻れないことになる。そのため、ルイスは何回かの講話を前もって録音させてほしいと頼んでいた。

これらのシリーズが終了する頃にはルイスは全国的有名人になっていた。聴取者からの反応は千差万別であった。手放しに称賛するものから、あたまから侮辱するものまであった。しかしルイスがフェンに言ったように、これらの反応はルイスに対するものと言うよりは主題に対するものであった。「いつの時代も同じだよね。彼らは（宗教・キリスト教を）愛し憎むからね[52]」。

ルイスの放送講話は書き直されて『キリスト教の精髄』（一九五二年）として出版され古典となった。出版されたものは構造、内容、論調などはもとの放送原稿とほぼ同じである。『キリスト教の精髄』はルイスのキリスト教護教書として最も優れた書であるとされている。その書の重要性に鑑み、われわれは次の章でこの書を詳細に考察する。しかしその前にルイスがグレート・ブリテン全体に読者を獲得したもう一つの一般向け著作を取り上げなければならない。その書はルイスの赫々たる名声を北アメリカにも広めた。それは悪魔的風刺の書『悪魔の手紙』である。

# 第九章　国際的な名声

## ――単なるキリスト者　一九四二―一九四五年（四四―四七歳）

ルイスの声望は戦時下の放送講話によってイギリス全国で高まった。放送講話により彼の声はグレート・ブリテンで最も良く知られた声の一つとなった。しかしルイスは放送講話の原稿を書いているときにも、もう一つの着想を得て、次の書を書き始めていた。それが彼の名を国際的に有名にすることになる。彼はその着想を一九四〇年七月のある日曜日、ヘディントン・クァリーの聖三一教会でなされた特に退屈な説教を聴いている最中に得たらしい。

礼拝が終わる前に本を一冊書こうとの思いがひらめいた。それは読んでためになるだけでなく、楽しいものになるだろうと思った（そのようなひらめきは、それにふさわしいときに訪れてきてもらいたいものだが）。本の題は『ある悪魔から別の悪魔へ』とする。老いて隠退した悪魔から、最初の「患者」の治療を始めたばかりの若い悪魔に宛てた手紙を集めたものである。[1]

ルイスは兄に宛ててこの本の主題、この本を面白くするであろうと思われる内容について、熱のこもった手紙を書いた。兄はダンケルクから無事撤退しイギリスに戻っていた。「老いて隠退した悪魔」の名は「スクリューテイプ（Screwtape）」とすることにした。

## 『悪魔の手紙』（一九四二年）

ルイスはこの本ほど苦労せずに書けたものは他にないと後に回想している。[2]「スクリューテイプの手紙」三一通（一日に一通で一か月分）は教会が発行する週刊誌「ガーディアン」（イギリスの同名の有名な新聞と混同されてはならない）に一九四一年五月二日から連載された。

それらの手紙は「地獄」を官僚社会として描く（おそらくオクスフォード大学が当時そうなりつつあるとルイスは感じていたらしい）。地獄のような不愉快なところを「警察国家あるいは全く不愉快なお節介焼の役人たちがのさばる官僚社会」として描くのはルイスにとってまったく当然のことと思えた。老練なスクリューテイプが駆け出しの新米悪魔ワームウッドに自分の「患者」を安全に保ち「敵」の手に渡さないためにどのような忠告を与えるべきか考えることをルイスは非常に楽しんだ。それらの手紙では人間について、特に戦時下の情況について機知に富んだ鋭い観察が随所に見られ、時にはルイスが明らかに嫌った種類の人々が冷酷かつ無慈悲に風刺されている。そして人生のなぞや不条理を克服するための宗教的智恵がほのめかされている。

『悪魔の手紙』にわれわれはどれだけのことを読み込むことができるのだろうか。ルイスはこの書で当時ますます横暴になっていたムーア夫人に対する感情を吐露しているのではないだろうか。彼はその感情を絶対に公表しないことにしていた。例えばワームウッドの「患者」の一人は老齢の女性とされる。彼女は食事に招かれた時には「招いた側の女主人にとっても、給仕役にとっても全くの厄介者」であるとされる。彼女の欠点の一つは

「美食家であること」である。食卓に出されるものはどれも彼女の口にぴったり合わない。彼女が要求するものは贅沢な品ではないかもしれない。しかし彼女の要求は充たされない。彼女は決して満足しない。「彼女が求めるものはただ一杯のほどよく淹れられた紅茶であり、ほどよく茹でられた卵であり、ほどよく焼かれた一枚のトーストだけである」(3)。しかし給仕役の者にしても彼女を招いた者にしてもその要求に完全に応えられない。いつも何かがおかしい、常に何かが欠けている。そして彼女の要求に応えられない人々に対する報復はいずれ必ずなされる。その頃ムーア夫人が愚痴っぽくなり小さなことにこだわるようになっていたことをルイスが心配していたことはよく知られている。それらの心配事がここに反映されているのではないか。

　ルイスが特に力説していたことの一つは文学がわれわれに新しいものの見方を与えるということだった。『悪魔の手紙』は伝統的になされてきた忠告、霊的・精神的に健全な忠告とされてきたことを非常に斬新な枠組みの中に置き直し、それらに対する新しい見方を提示したのではないか。平凡な牧師ならば会衆に向かって自分たちの経験に頼るなと教えるのに対して、ルイスは発想を逆転させる。スクリューテイプは新米の悪魔に患者の経験を大いに活用せよと勧める。そして患者にキリスト教は「本当の真理ではあり得ない」と感じさせよと忠告する。革新的なことは与えられた忠告ではなくルイスがそこで採るものの見方である。ルイスの精神的・霊的智恵と、語り口の新鮮さとが相俟って『悪魔の手紙』をありがたがって読む読者、熱狂的に読む読者を多く獲得した。

　アシュリー・サンプスンは「ガーディアン」に連載された悪魔の手紙を読み、それをジョフリー・ブレス出版社社長に紹介した。ブレス社はそれらの手紙を一冊の本として出版したいと申し出た。『悪魔の手紙』は一九四二年二月に出版された。それはJ・R・R・トールキンに献呈され戦時下のベストセラーとなった。(ただし、トールキンはこのような軽佻浮薄な書を献呈されたことを喜ばなかった。特にルイス自身が「この書をあまり好きになれなかった」と言っていることを知ってからは特にその感じを強めた(4)。)

『悪魔の手紙』は一般人向け神学者としてのルイスの名を確固たるものとした。彼はキリスト教信仰のさまざまのテーマを知的に、誰にでも分かる仕方で伝えることのできる人物として歓迎された。一九四三年七月にオクスフォード大学レギウス神学教授オリヴァー・チェイズ・クィック（一八八五―一九四四）はカンターベリー大主教ウィリアム・テンプルに手紙を書き、重要な神学的著作のゆえにルイスはオクスフォード大学神学博士の学位（オクスフォード大学が授ける学位のうちで最高のもの）を受けるに相応しい人物であるとの見解を伝えた。クィックの言うところによればルイスはドロシー・L・セイヤーズ（一八九三―一九五七）と並び「穏当なかたちで正統的キリスト教を普通の人々に伝えることのできる人物」であり、イギリスの数少ない思想家の一人であるという。[5] オクスフォード大学の最も上級の教授と英国教会の最も上級の聖職者との間に交わされた書簡は、学術世界と教会とにおいて強い影響力を持つ人々の間でルイスがどれほどに尊重されていたかを示すに充分である。

『悪魔の手紙』が一年後に米国で出版され、ルイスは国際的名士となった。ルイスはそのようなことを予想もしていなかった。『悪魔の手紙』は米国のある書評家によれば、上品で機知に富む徹頭徹尾正統的な著作であり「暗い空に現れた輝かしくも申し分のない新星」であった。米国は宗教的天界に輝く新星についてもっと多くのことを知りたがった。彼のそれまでの著作の米国版が出版された。BBCのニューヨーク支局はロンドンの本局に連絡しルイスに米国向け放送の時間を多く与えるように要望した。ルイスの「宗教的主題の新しい取り上げ方」に対して「相当に大きな関心」が寄せられているからだと言う。[6]

驚くべきことではないが、ルイスに関する最初の学問的研究は米国の学者によってなされた。ルイスに関する最初の博士論文が書かれたのは一九四八年で、エドガー・W・ボスによるものである。彼はシカゴの北部バプテスト神学校（Northern Baptist Theological Seminary）の学生であった。その一年後にチャド・ウォルシュの先駆的研究書『C・S・ルイス――懐疑論者への使徒』がニューヨークで出版された。

しかしオクスフォード大学での彼に対する学術的評価はそれによって高まることはなかった。ルイスは『悪魔の手紙』の扉に自分の肩書きを「オクスフォード大学モードリン学寮特別研究員」と書いた。これは賢明なことではなかった。モードリン学寮の上級教員談話室ではこのように破廉恥なほどに通俗的な書物により学寮の学問的地位が引き下げられたことについて不平や中傷が多く聞かれた。ルイスはこの書によって多くの人々の愛と信頼とを得たが、オクスフォード大学における地位を保つための支援を得るために彼が必要としていた人々を敵に回してしまった。

## 『キリスト教の精髄』（一九五二年）

ルイスは既に『キリスト教の精髄』のもととなった戦時下の放送講話の原稿を略式に出版してはいたが、彼は必ずしもそれに充分な満足を感じていなかった。放送講話は『キリスト教弁護（*A Case for Christianity*）』（一九四二年）、『キリスト者の生き方（*Christian Behavior*）』（一九四三年）、『人格性を超えて（*Beyond Personality*）』（一九四四年）としてパンフレットのかたちで出版されていた。彼は論旨をより明確にし焦点を絞りこまなければならないと感じていた。読者の間ではそれら三つのパンフレットがそれぞれ独立した別々の著作として受取られ、内的関連を持つ一貫した議論の段階をなすものであるとは受取られていなかった。それに一回分の講話が完全に省かれていた。ルイスは四回シリーズの講話で取り上げたテーマ全体をまとめ全体としてキリスト教を弁護する一冊の書物にする構想を徐々に作り上げていた。それが最終的に『キリスト教の精髄』として結実することになる。それは今日ルイスの最も重要なキリスト教書として一般に認められている。それは戦後の一九五二年に出版されたが、内容は戦時下に彼が行った放送講話を編集したものである。従って本書ではその前後関係に沿って取り上げることにする。

ルイスはしばしば自分の著作に奇妙な題を付けることがあり、当然ながらそのことを批判された。例えば彼が一九五六年に出版した名作『顔を持つまで』はもともと『鉄面皮（*Bareface*）』と題されていた。しかしルイスは四回のシリーズでなされた放送講話全体に素晴らしい題を付けた。彼がつけた題はそれがもともと放送講話であったことを匂わせない。そして主題そのものに焦点を合わせている。『キリスト教の精髄』という題は読者の好奇心を刺激した。ルイスは一体この題によって何を言おうとしたのであろうか。彼はなぜこの題を選んだのであろうか。

ルイスはこの表現をピューリタン思想家リチャード・バクスター（一六一五―一六九一）の著作に見つけた。ルイスは英国文学を広く読み漁る中でバクスターに出会った。ルイスは一九四四年に近年の神学議論に見られる誤謬を矯正するための最善の方法は「キリスト教の単純かつ主要な基準（リチャード・バクスターの謂う「単なるキリスト教［mere Christianity］」）を確保することである」と書いていた。[7]それが目下論争の中心になっている論点をもともと問題となっていた本来の論旨に戻すことになるのだという。

バクスターはこの奇妙な表現によって何を言おうとしたのか。バクスターは一七世紀の激昂した宗教論争や激動の時代（ピューリタン革命とチャールズ一世の処刑も含めて）のただ中にあった。その中で彼が得た結論は神学的標語、宗教的標語がキリスト教信仰を歪曲し損傷しているということであった。彼の晩年の著『主教およびその議会の統治下の教会の歴史』（一六八一年）において宗教論争が教会を分裂させていることについて抗議をしている。彼は「単なるキリスト教、信条、そして聖書」を信じた。[8]彼は自分が「単なるキリスト者」であると記憶されることを望んだ。「単なるキリスト教」とは「カトリック・キリスト教」のこと、つまり普遍的キリスト教信仰理解という意味である。それは論争や神学的党派根性によっては到達されないものである。

ルイスがバクスターの用いた「単なるキリスト教」なる表現をどのようにして発見したのかは不明である。バクスターの当該著作にルイスが第二次世界大戦以前の自分の著作の中で言及したケースを私は見出せなかった。それにもかかわらず、この表現はルイスにとって基本的な正統的キリスト教がどのようなものであるかについての理解を明確に表現していることは確かである。それは教派的案件や教会的部族主義の利害をすべて削ぎ落としたキリスト教である。ルイスは英国教会がそのようなキリスト教を最も良く体現していると信じた。ただし偏狭な教派主義的「アングリカニズム」（ルイスはこの観念に全く共感を持たない）ではなく、イギリスにおいて開花した歴史的な正統的キリスト教信仰（ルイスはこのキリスト教に深く賛嘆する）のことである。ルイスが指摘する通りリチャード・フッカー（一五五四―一六〇〇。英国教会を弁護した最大の神学者とみなされている）は「アングリカニズムなる宗教について一度も聞いたことがない[9]」。

ルイスはもちろん彼自身が属した英国教会を初めとしてキリスト教にさまざまの教派が存在することを認め、それらを尊重することに何の困難も感じなかった。しかし彼は、それらの教派はどれにしてもより基本的、本来的なもの（つまり「単なるキリスト教」）の個別的な具体化あるいは具現化として見られるべきであると考えた。「単なるキリスト教」は理想でありそれが実際のものになるには教派的教会として具体化されなければならない。ルイスはこのことを一つの類比を用いて説明するが、その説明は今も古びていない。

［単なるキリスト教は］広い廊下のようなもので、その両側にいくつかの扉があり、それらは別々の部屋に通じている。私が誰かをこの廊下に連れていくことができれば私は自分でやろうと思っていることを成し遂げることになる。しかし暖炉があり、椅子が置いてあり、食卓が整えられるのは個々の部屋であって廊下においてではない。廊下は待合室のようなものでいろいろの扉を開けて見ることのできる場所であるが落着く場所ではない[10]。

この類比を用いたことでルイスの論点の本質的部分が理解される。それは想像上の超教派的かたちのキリスト教があり、それがキリスト教護教論の基礎として大事に保存され利用されるべきものであるということである。

しかし実際にキリスト者になるため、あるいはキリスト者であるためにはこの基本的キリスト教が採る個々別々の教派に主体的にコミットしなければならない。「単なるキリスト教」は個々の教派の上位に立つ。しかしそれらの教派は実際のキリスト教的生を築き上げるためには不可欠である。ルイスは「単なるキリスト教」を唯一の真正なるかたちのキリスト教として唱導していたのではない。彼が言っていたことはそれがすべての教派的キリスト教の土台となり養分を与えるものであるということである。

　ルイスが護教書『キリスト教の精髄』において説明し弁護しようとしたのは、この意味での「単なるキリスト教」であった。ルイスは一九四五年に行った「キリスト教護教論」の講演において、護教家の任務は自分が属する教派を弁護することではなく、自分が掲げる特定の神学的立場を弁護するのでもなく、キリスト教信仰そのものを弁護することだと述べている。事実ルイスが世界的キリスト者共同体全体に対して普遍的に訴えることができたのは彼が「単なるキリスト教」に主体的に打ち込んでいたことが明らかだったからである。

　ルイスは自らを「単なるキリスト者」として提示する。読者は自分自身の教派的案件や問題意識を彼に対応させることができる。あるいは「単なるキリスト教」を自分自身の「部屋」、「暖炉や椅子や食事が用意されている部屋」に通ずる通路として弁護し、言い広めることができる。ルイスはキリスト教の護教家である。しかし彼が「アングリカニズム」の護教家であるといわれたら彼は驚くだろう。それは彼が教派間の争いを嫌っていたからでもあるが、根本的理由は彼が「英国教会」を概念的に拡大して世界的な「アングリカニズム」という考え方に転換することを認めていなかったからである。

　ルイスの著作、わけても『キリスト教の精髄』は洗礼の形式、監督制度、聖書論などに関して教派間で論争が絶えることのない議論に巻き込まれることを極力避けているように見える。ルイスにとってそれらの論争が全体的情景、つまり実際のキリスト教的理解を覆い隠したり曇らせたりすることになってはならない。実際のキリスト教的理解は教派的相違を超えているからである。彼が掲げるキリスト教的現実理解の広さと深さのゆえに、彼の主張が北米においてカトリックとプロテスタントの両方のキリスト者たちの間であのように共鳴し響きわたることができた。

ルイスがこのような関心を深めたのは一九四〇年代の初めの頃であったことを示す証拠がある。ルイスは一九四二年九月にコーンウォルのニューキーを訪れたときにW・R・イングが著したプロテスタンティズム研究書を購入した。その書にある一つの文言（ルイスはそれに太い下線を引いている）が彼の注目を引き付けたことが明らかである。「単純で正真正銘のキリスト教的な信仰のための足場を築くこと」[11]。この文言はルイスの「単なるキリスト教」の概念の根本的部分を要約している。

当時教派主義のこだわりと衒学的傾向から自由なキリスト教を弁護したいと考えていたのはルイスだけではなかった。一九四一年にドロシー・L・セイヤーズ（ルイスと同じく英国教会に属する平信徒）も同じような考えを打ち出していた。しかし彼女は複雑な教派的政治駆引きに巻き込まれて挫折してしまった[12]。ルイスはそのような政治的駆引きを無視し、教派の指導者たちの頭上を超えて一般のキリスト者たちに直接語りかけて成功した。一般のキリスト者たちは他の誰の言葉を聞くよりも強い関心を持ってルイスの言葉に聞き入った。

ルイスはどのようにして「単なるキリスト教」を弁護したのか。『キリスト教の精髄』におけるルイスの護教戦略は複雑である。それはおそらく四回のシリーズでなされた非常に異なる講話が一冊の書にまとめられたからであろう。『キリスト教の精髄』において特に顕著なことはそれがいかなるキリスト教的前提条件も一切掲げずに議論が始まることである。ルイスは人々が問題を感ずるであろうと思われるキリスト教の教理をほとんど持ち出さないし、それらを弁護しようともしない。彼は人間の諸々の経験から始める。そしてそれらがいくつかの核となる観念、例えば神的立法者の観念を中心として関連を持つものになることを示す。そしてそれがキリスト教信仰に結びつくものであることを示す。

『キリスト教の精髄』は神の存在を証明するための演繹的議論を行うことを目的としていない。オースティン・ファーラーが『痛みの問題』について鋭く指摘したように、ルイスの著作を読むときわれわれは「何かの主張を聴かされている」と思わせるが、実際には「われわれは一つの現実像を見せられている、しかも心から受け容れることのできる現実像をみせられている」[13]。この現実像は真理、美、そして善に対する人間的願望に訴える。ルイスが成し遂げたことはわれわれには神の観念を持ち出さないとものごとが「納まらない」ことを明らかにしたことである。彼が用いた方法は帰納的であって演繹的ではなかった。

ルイスにとってキリスト教は「現実の全体像」を示すものであって、諸々の経験や観察された事実を織り成して納得せざるを得ない理論を作り上げるものであった。『キリスト教の精髄』の第一章は「正と誤、宇宙の意味を解く手がかり」と題されている。ここで「手がかり」という言葉が注意深く選ばれていることに注目しなければならない。ルイスは世界にはそのような「手がかり」があちこちに散りばめられていることに注目している。それらの「手がかり」は一つだけ取り上げても何事も照明しないが、それらを一緒にして見ると総合的に神に対する信仰を証するものとなる。それらの「手がかり」は宇宙を織り成す縦糸・横糸である。

『キリスト教の精髄』は二人の人物が交わす議論について考察することから始まる（それはこの書のもととなった放送講話の場合と同じである）。誰の言っていることが正しいのか間違っているのかを決めようとするときにまず必要なことは基準を認め合うことであるとルイスは言う。論争の当事者が共に拘束され、また信ずべきであると認め合う何らかの規範がなければならない。ルイスは議論の第一歩として、われわれは誰でも「より高い」何かがあることを知っていると認めあうことが必要であると言う。それはわれわれが拠りどころとし、また他の人々も受け入れなければならない客観的規範である。それは「実在する規則であって、われわれが発明したのではない、そしてわれわれが従わなければならないと認めているもの」である[14]。

もし神なるものが存在するとすれば、客観的な道徳価値が存在するという人間の深い本能と直観とにより確固たる基礎を提供するであろう。そしてより無責任な主張をなす倫理的相対主義に対して道徳性を防衛することになるだろう。ルイスにとって神とはわれわれの深い道徳的直観、審美的直観を通して知られる存在である。
宇宙の外に宇宙を制御する力が存在するとしても、それは宇宙の内側にある事実の一つとしてわれわれに自らを示すことはないだろう。それは家の設計者が現実にその家の壁であったり階段であったり、暖炉であったりすることがないのと同じである。その力が自らの存在を明らかにする唯一の方法はわれわれの内側において、われわれがある特定の仕方で行動するように説得あるいは命令するということでしかない。そしてまさにわれわれは自分の内側にそのような力があることを知っている。(15)

誰でもそのような規範があることを知っているけれども、誰もそれを守れないでいる。つまりルイスは「われわれ自身ついて、またわれわれが生きる宇宙についてのすべての明晰なる思想の根底」は道徳規則に関するわれわれの知識であること、そしてわれわれがそれに従わないでいることの自覚であると主張する。(16)この自覚は「われわれのうちに疑念を呼び覚まさなければ」ならない。つまり、宇宙の動きを監督している何かが存在し、「それは私の内に正しく行動せよと促す規範として自らを現し、私が間違った行動をとったときにはそれは自分の責任であると感じさせ、穴があったら入りたいとの思いを起こさせる」ものである。(17)道徳規則は宇宙を治める精神を指し示しているのだとルイスは言う。

ルイスの議論の第二の筋道は憧れに関するわれわれの経験に関するものである。それはルイスが一九四一年六月八日にオクスフォード大学教会で行った説教「栄光の重み」において論じたものである。ルイスは放送講話のためにそこで語ったことに手を加え、はるかに分かりやすいものにした。その主張は以下のように要約できる。われわれは誰でも何かに憧れを持つ。しかしその憧れを実際に達成ないし獲得したときに、われわれの希望は打ち砕かれ挫かれる。「われわれが最初に憧れを持ったときには、こころの内に捉えた何ものかがあった。しかしそれは現実世界においてははかなく消滅していく」[18]。ではすべての人間に共通する経験はどう解釈されるべきなのか。

ルイスは初めに二つの可能性があると言う。ただし明らかにそれらは適当ではないと彼は考えている。第一にわれわれが持っていた憧れが挫かれるのは憧れを向けた場所が間違っていたからだと考えることである。第二に憧れを追い続けても失望に終わるだけであるから、現在の世界よりも良い世界を求め獲得しようとすることは全くの無駄であると結論することである。ここでルイスは第三の方法があるという。それはこれらの地上的憧れがわれわれの真の故郷の「一種のコピーのようなもの、こだまあるいは蜃気楼のようなもの」に過ぎないことを認めることである[19]。

そこでルイスは「欲求に訴える論法」を展開する。それによればわれわれが自然に持つ欲求はそれに対応する目的・対象があり、その目的・対象を達成ないし経験したときにのみわれわれの欲求は充足されるという。この超越的充足を求める自然的欲求は現在の世界の内に存在する何ものによっても満たされることはない。当然それは現在の世界を超えた世界、現に存在する被造物の秩序が指し示す彼岸的世界においてしか満たされない。

ルイスによればキリスト教信仰はこの憧れを人間性の真の目標の手がかりとして解釈するのだという。神は人間の魂の究極的目的であり、人間の幸福と喜びの唯一の源である。肉体的飢餓が人間の本当の要求であってそれが食物によって満たされるように、精神的飢餓も人間の本当の要求であって神によってのみ満たされる。「私自身のうちにこの世の何ものによっても満たされない欲求があるとするならば、最も納得の行く説明は私が彼岸的世界のために創造されているということである」[20]。ルイスによればほとんどの人が自分たちのうちに憧れを強く感じているが、その憧れは須臾的なものであり創られたものによって満たされることはない。したがって正と誤の感覚と同じように、憧れの感覚も宇宙の意味を知るための一つの「手がかり」である。

こう見るとルイスはキリスト教を「規範」ないし「法則」の一種として説明しているように見える。そこではキリスト教の中心的テーマである神への愛、人格的変革などが忘れられているように見える。しかしそれは事実ではない。ルイスがミルトンの『失楽園』研究において指摘しているように、徳の理解は現実像によって形成される。ミルトンが「規範を教え込もうとしている」と考えてはならず、むしろ彼は「キリスト者の完全の問題に夢中になって取り組んでいた[21]」。ルイスにとって神への愛は人間の生き方を変革するものである。信仰を通して捉えられ、実生活に活かされた神理解、より大きな神理解の光に照らして（あるいはそれに対する応答として）われわれは自分の生き方を変革する。

ルイスは道徳に訴える論法および欲求に訴える論法の双方を用いて、われわれが現実に観察しており経験していることを適合・調和させる力をキリスト教が持つことを明らかにしようとする。この論法はルイスのキリスト教護教論の方法に不可欠の要素である。なぜならばそれはまさにルイス自身が被造物世界の意味を理解する上で効果的な方法であったからである。キリスト教信仰は一枚の地図を提示する。そこではわれわれが実際に観察していること、自分たちのうちで起こっていること、経験していることが見事に「適合・調和」させられている。

ルイスにとってキリスト教的現実像によって提供されるこの種の「意味把握」は世界の理論と世界の外見的姿との共鳴を感じ取ることである。ルイスはチェスタートンの『人間と永遠』（一九二五年）に論じられたキリスト教的歴史観に深い感銘を受けたが、その理由の一つは彼の「意味把握」の理解である。チェスタートンの歴史観は実際に起こっていることの意味を明らかにしているとルイスは考えた。ルイスは出版された著作においては音楽的類比をほとんど用いなかったが、彼の方法は宇宙に響く和声を聞き分ける力を信仰者に与えるもの、それによって宇宙は審美的に適合・調和していることを感得することを得させるものだと言って良いであろう。ただしルイスの議論にはいくつか論理的に不整合なところもあり、それらを整合させなければならない。

ルイスは自分自身の有神論への改宗が本質的に「知的」あるいは「哲学的」な性質のものであると強調していた。そのためキリスト教が理性的にも想像力の上からも、現実を意味あるものにする力を持っていることが強調される。この「意味把握」的方法のおそらく完全かつ納得の行く説明は彼が一九四五年に書いたエッセイ「神学は詩か」の終わりの部分にある。ルイスはそこで太陽が現実の風景を照らすことを類比として用い、証拠立てられた説明として、また証拠立てる説明として神を肯定する。ルイスはキリスト教神学が科学、芸術、道徳、そしてキリスト教以外の諸宗教をすべて「適合・調和」させる力を持つことを示した後に、結論部分に「私がキリスト教を信ずるのは太陽が昇ったと私が信ずることと同じである。私が太陽を見るからだけでなく、太陽によって他のすべてのものを見るからである」と書いている[22]。

『キリスト教の精髄』の内容が単純であると言って批判するのはやさしい。明らかにそれはより豊かに肉付けを必要としているし、哲学的にも神学的にも厳密な土台を与えられなければならない。しかしルイスは多様な人々を読者として想定していた。彼がどのような読者を想定していたかは明らかである。『キリスト教の精髄』は学術的著作ではなく、一般人向けの著作である。それは学術的神学者や哲学者を読者として予想していない。ルイスに詳細な哲学的議論を展開することを期待することは全く公平ではない。そのような議論はルイスの丁々発止とした主張、非常に読みやすい本を、一本の毛を二つに割るような細かい区別を立てる議論の泥沼に追い込むことになる。『キリスト教の精髄』は形式ばらない握手のようなものであり、その後により正式の関係と会話が始まる。この書について語るべきことはまだまだ多くある。

しかし『キリスト教の精髄』についてルイスが当然批判されるべき点も多くある。それらの点のいくつかを指摘することも重要である。何よりも問題とされる点はルイスがいう「三重の問題（trilemma）」の概念である。ルイスはキリストの神性の教理を弁護するためにこの概念を用いる。ルイスにとって神がキリストにおいて完全に啓示されたという観念は画期的に重要な観念である。ルイスは一九四四年にアーサー・グリーヴズ（彼はこの観念を批判していた）に次のように書いている。

キリストの神性の教理は余計な添え物ではない。きみが言うように排除すべきものだとは私に思えない。この教理はあらゆるところに光を当てるもので、これを排除するためには現実の全体を解体しなければならない……もしキリストから神性を剝奪すると、キリスト教の意味は何だということになるのだろう。一人の人間の死が万人にとって意味あるものであると新約聖書全体が宣言していることはどうなるのであろうか(23)。

それでも『キリスト教の精髄』におけるキリストの神性を擁護する議論はルイスの他の著作に見られるような生命の躍動や確信を欠いている。いわゆる「三重の問題」はナザレのイエスを意味ある存在にしようとして誤った脇道に逸れることがないようにするためにルイスが打ち出した観念である。ナザレのイエスは概念的地図のどこに位置づけられるのか。ルイスはいくつかの論点を整理した上で、問題は三点に絞られるという。つまりナザレのイエスは狂人であったのか、悪魔的存在であったのか、あるいは神の子であったのかの三点である。

ただの人間でイエスが言ったようなことを言った人間は偉大な道徳の教師ではあり得ない。彼は狂人(自分は茹卵であると主張する類の人間)であるか、地獄から出てきた悪魔でしかない。あなたはどちらだと思うか、自分で決めなければならない。あるいはこの人物は神の子であったし今もそうであるかもしれない。あるいは狂人であるか、それよりも悪しき人間であるかもしれない(24)。

これは説得力に欠ける議論である。ルイスは放送講話においてはこの点に関してこれより長い説明をしていた。彼はそれを出版するときにかなり切り詰めた説明にしていた。放送講話においては三つの可能性以外にも他の可能性を挙げていたし、議論も『キリスト教の精髄』にある省略された議論よりも柔軟なものであった。多くのキリスト教神学者はルイスが最新のより厳密な福音書研究の問題意識に十分な理解を持っていないと言うであろう。

ルイスの単純化された主張は覆されることになるのではないか。

問題の核心はルイスの議論が護教的効果を持たないのではないかということである。彼の議論は既にキリストは神の子であるとの結論に到達しているキリスト者が、その立場をルイスが補強してくれたことを喜んで読む場合にはそれで良いであろう。彼の議論の底にある論理は明らかにキリスト教的主張の枠組みを前提している。しかしそれはルイスが想定していた読者、キリスト者ではない読者にとっては必ずしも理解できる議論ではないであろう。誰にでも明らかな例を一つ挙げれば、イエスは多くの人々に愛された宗教指導者であったのに殉教し、後に彼の弟子たちが彼を神的な存在と考えるようになったという可能性が考えられる。イエスは狂人でも悪人でもなかったが、それでも自分が何者であるかについて間違った判断をしていたという可能性も真剣に検討されなければならない。ルイスはいつも自分の説に対してどのような反論があるか前もって察知し、それに応答する用意を準備していた。しかしこの問題に関しては彼の判断は誤っていた。ルイスのキリスト論は拡大深化されねばならず念入りに修正されなければならない。

もう一つの問題はルイスが放送講話で用いた話題が過去のものとなっているという事実である。それらは『キリスト教の精髄』においてもそのまま用いられた。ルイスが用いた類比、ものの言い方、問題意識、そして聴取者の関心を惹きとめるための方法などはすべて過ぎ去った世界のものである。もっと正確に言えばそれらは第二次世界大戦中のイギリス南部に住む中産階級の文化に特有のものであった。しかしだからと言ってこの書を読む現代の読者が感じる問題性を一九四〇年代にルイスの講話を聴いた人々が何も感じなかったのかと不思議に思うことは公平ではない。ルイスは彼のキリスト教信仰を特殊な時代・世界に組み込ませて「翻訳」した。その時代・世界は既に過ぎ去った。現代および未来の世界に対して、ルイスがあの当時に達成した成功を再現する能力は消え失せていた。そうした歴史的限界の光に照らしてもルイスが宣言したことのいくつかは奇妙である。例えば次に引用する無分別な発言はどうだろうか。

美しい女性が行く先々で称賛者を集めて懊悩を撒き散らすのは決して彼女の性的本能の故ではない。そのような女性は一般に性的に不感症である。[25]

私はこの二つの文について何年か前に同僚と語り合ったことを思い出す。私たちはそれぞれ『キリスト教の精髄』のその頁を開いていた。最初の文について「彼はなぜこう書いたのだろう」と私は訊いた。彼は二番目の文について「ルイスはどうやってそれを知ったのだろう」と答えた。

一九四〇年代、一九五〇年代のイギリスにおいて結婚や性倫理の問題に関する自分の意見に聴衆が同意するであろう（あるいはその長所を認めてくれるであろう）とルイスが思ったことは別に間違っていなかったであろう。しかし一九六〇年代に起こった激動の結果、人々の態度が大きく変化したことにより世俗的読者にとってルイスは過去の人であると思われた。もし『キリスト教の精髄』が護教的著作で教会の外にいる人々にキリスト教信仰を広めるための書であるとすれば、ルイスの社会的、道徳的見解は現代の社会においてはこの書が想定している読者にとって大きな障害となるであろう。これは必ずしも思想家としてのルイスに対する批判ではないであろうし、『キリスト教の精髄』そのものに対する批判でもないであろう。急激な社会変動がこの著作に表されたルイスの思想が後の時代にどう受取られるのかについてあるがままに考察しただけのことである。

結婚に関するルイスの考え方は保守的ではあったけれども、トールキンにはそれが絶望的にリベラルであると思われた。ルイスは「キリスト教的結婚」と「国法上の結婚（state marriage）」とを峻別した。ルイスは「キリスト教的結婚」は当事者の全的な主体的コミットメントを要求するものだと考えた。[26]（これはその後一九五六年四月にルイスがジョイ・デイヴィッドマンとオクスフォード市登記課に届けた民事婚において用いた論理である。）トールキンにとってこれはキリスト教的結婚観に対する裏切りでしかなかった。トールキンは一九四三年のある時点でルイスに対する痛烈な批判を書いたが、それをルイスに見せなかった[27]。しかし読者はトールキンとルイスの間に深い溝ができ始めていることに気付かずにはおれない。さらに悪いことには個人的に疎遠になったことにはトールキンの個人的に重要な問題もからんでいた。

## 戦時下のその他の執筆計画

ルイスが一九五二年に『キリスト教の精髄』を出版したとき、彼はキリスト教護教家としてグレート・ブリテンにおいてかなりの数の信奉者を得た。それに加えてアメリカ合衆国でも名声が高まりつつあった。この分野における成功により戦時下における他の重要な業績が目立たないものになってしまった。三つの講演が特に重要である。第一にウェールズのバンゴーで行われたバラード・マシューズ講演、第二にダラム大学で行われたリデル記念講演、第三にケンブリッジ大学トリニティ学寮クラーク講演である。それぞれについて簡単な説明が必要である。

ルイスは一九四一年にバンゴーのユニヴァーシティ・カレッジでミルトンの『失楽園』に関する三回からなる講演をおこなった。一二月一日水曜日の夕宵にその第一回講演がなされた。北ウェールズのユニヴァーシティ・カレッジはウェールズの沿岸の町バンゴーを見下ろす丘の中腹にあった。彼は後にこの講演に加筆増補して出版することになる。講演は三晩続けておこなわれたが、彼はそれをその著書のための「助走」と考えていた[28]。増補加筆された書（と言っても比較的短編ではあるが）は一九四二年一〇月にオクスフォード大学出版局から『「失楽園」序説』と題されて出版され、チャールズ・ウィリアムズに献呈された。それは今日古典とされ、ミルトンの傑作を研究する上で重要な参考文献の位置を保っている。

ルイスは明らかにこの書を『失楽園』（初版は一六六七年）への初歩的解説であると考えていた。それは『失楽園』が近付き難い書、理解する糸口を見つけられない書、理解不可能な書と考えている人々のために書かれた。その書の前半では一般的な問題が扱われる。『失楽園』そのものに関するテーマは後半で扱われる。最初に扱われるべき問は『失楽園』とはどういう種類の本なのかということである。「ワインの栓抜から大聖堂に至るまで、人間が作ったものが何であるのかを判定するために最初に見定めなければいけないことは、それが何を意図として作られたのか、どう使われるために作られたのかを知ることである(29)」。ルイスによれば『失楽園』は叙事詩であって、われわれに叙事詩として読まれることを要求している。

しかしルイスが本当に重要だと思っていることがただちに明らかにされる。ルイスの議論はミルトンの古典的作品に焦点が当てられているが同時に普遍的な意味を持つ問と取り組んでいる。ミルトンの古典的作品の根底には「人間の不変の心」が横たわっているのかどうか、そして他のすべての文学作品についてはどうなのか。ルイスは次のような思想に反論を加えようとしている。

……もしわれわれがウェルギリウスからローマ帝国主義を剝ぎ取り、（フィリップ・）シドニー卿から彼の掲げる人生の格率を、またルクレティウスからエピクロス哲学を剝ぎ取ると、また宗教を信奉するすべての人々から彼らの宗教を剝ぎ取ると、そこにわれわれは「人間の不変の心」を見出すのであろう。われわれはその問題に集中しなければならないとされる(30)。

しかしそうであれば文学作品の読者はその作品に固有の特殊なものを除去し、その作品を「捩じ曲げ」、詩人が意図しなかった形にしなければならないことになるとルイスは言う。

ルイスはそのような考え方は受け入れられないと言う。それはテキストを歴史的、文化的基礎から切離すことである。それはテキストのある部分を「不当に際立たせ」てそれが「普遍的真理」を提示しているものとみなすことになる。そしてそれはそのテキストから現代に語りかけていないと思われる部分を無意味なものとして無視することになる。それとは反対にわれわれはテキストにわれわれを尋問させ、われわれの経験を拡張させるようにしなければならない。中世の騎士たちから甲冑を剝ぎ取りわれわれとそっくりの姿にしようとするのではなく、その甲冑を身に付けることがどのようなことなのかを知ろうとしなければならない。ルクレティウスやウェルギリウスの信仰を受け入れるとどういうことになるのかを探求しなければならない。文学はわれわれが他者の眼鏡を通して世界を見ることを得させるためのものである。ものごとに関する別の理解を提示してくれるものである。後に見るようにこの考え方は『ナルニア国歴史物語』で中心的役割を果たすようになる。

ルイスはバラード・マシューズ講演を行ってから二年後、一九四三年二月二四日から二六日の三日間、夕宵にダラム大学ニューキャッスル・アポン・タイン・キャンパスで三回のリデル記念講演を行った(31)。この注目すべき講演は『人間の廃止（*The Abolition of Man*）』としてオクスフォード大学出版局から一九四三年に出版された。ルイスはその書で道徳に関する現代の考え方が過度に主観的であることによって損なわれていると論じた。ルイスによればそれは現代の学校で用いられている教科書に目立つという。ルイスはこうした傾向に対し「あるがままの宇宙やあるがままのわれわれ人間に対して真実であるような客観的価値の教えを取り上げ、態度の中には現実に真理であるものがあるという信条、態度に関して間違った信条があること」を教えなければいけないと主張する(32)。

この書でルイスの批判は価値に関する命題（例えば、「この滝は美しい」のような）はすべて話者の単なる感情の主観的表明であって、対象についての客観的命題ではないと主張する人々に向けられる(33)。ルイスは客観的事物や行為の中には肯定的応答あるいは否定的応答に値するものがあると言う。言い換えれば滝にしても客観的に美しいものがあるであろうし、人の行為の中にも客観的に善あるいは悪であるものがある。彼は確かな客観的価値があると主張する（彼はそれを「タオ・道」と呼ぶ[34]）。それは細部に小さな違いはあるであろうがすべての文化に共通のものである。『人間の廃止』は今日難解な書物とされているがこの書に盛られた主張は今日でも非常に重要である。[35]

ルイスは一九四四年にケンブリッジ大学トリニティ学寮の招きを受けクラーク講演を行った。トリニティ学寮の学寮長ジョージ・マコーリー・トレヴェリヤンは学寮評議会を代表して招請状を書き、ルイスの初期の著作、特に『愛とアレゴリー』を特に高く評価すると述べている。[36]ルイスはこの栄誉ある講演を一九四四年五月に行った。これは後にオクスフォード大学英文学史シリーズの一巻として出版され古典とされた著作の基礎となった。このシリーズは『一六世紀の英文学（戯曲を除く）』を扱っているが、ルイスは友人たちにふざけて「OHEL（Oxford History of English Literature）」と略記してみせた。

最後にわれわれは『天国と地獄の離婚（*The Great Divorce*）』に触れなければならない。これはルイスが一九四四年に書いた想像力豊かな作品である。トールキンはこの書を「新しい道徳的寓話あるいは中世の『地獄の灼熱の一時的停止（Refrigerium）』の概念に基づく幻想」であると評した。これは地獄に墜ちた魂が時折パラダイスにおいて地獄の灼熱を忘れて休暇を楽しむことができるとする空想である。[37]カトリック神学者たちはルイスがこの問題に関する中世の神学を正しく分析していないとして激しく批判した。[38]しかし『天国と地獄の離婚』は「仮想」とみなされるべきものである。もし地獄の住民が天国を訪れたとしたら何が起こるのだろうか。

ルイスは初めこの書の題を『誰が故郷に戻るのか（*Who Goes Home?*）』とした。しかし幸いなことに人々の説得を受けて現行のものに変更した。この書は何よりも人々の想像世界の枠組みを革新させる驚くべき作品である。それは『悪魔の手紙』と同じような影響力を持ち、古くから伝統的となっていた問題、例えば人間の自由意志の限界の問題、人が持つ誇りの感情の問題などに光を当てている。

しかしこの書の最も重要な特徴は人々が自分の考え方の虜になっていてそれから解放されないという事実をル

イス一流の物語の語り口によって（論理的説得力によってではなく）明らかにしたことであろう。地獄に居る人々は天国について探求しながらも現実について自分たちが持つ歪んだ理解のほうが心地良いものと判断し、現実についての正しい理解が示されてもそれを受け容れないことにする。ルイスは彼の生きていた世界に評判をとっていた典型的な文化的知識人たち（前衛的であることにこだわっている職業芸術家、知的鋭さで名声を博したことで驕り高ぶっているリベラル派神学者主教など）を槍玉に挙げ、人は真理が提示されればそれを受け容れるのだとする不精な考え方、根拠のない考え方を掲げる啓蒙主義的臆説に挑戦する。ルイスは人間性とはこのありふれた浅薄な合理主義が想定するよりももっと複雑なものであると主張する。

ルイスの戦時下の著作は証拠に基づいた論法を用いるものが多い。それらはキリスト教信仰の主要な概念を探求する。しかしそれとは別に非常に重要なテーマが現れつつある。それは真理を具体的に表現し伝えようとする想像的歴史物語（imaginative narrative）の力に関するものである。この思想はルイスの『ナルニア国歴史物語』を理解する上で欠かせない点である。この点の重要性を把握するために一九三八年から一九四五年にかけて書かれた三つの作品を考察しなければならない。それは宇宙三部作として知られるが、より正確にはランサム三部作と呼ばれるべきである。

## フィクションへの移行——ランサム三部作

『キリスト教の精髄』はルイスが第二次世界大戦中に打ち出した護教論の一部であり、その非常に重要な部分である。ルイスの主張を手短に言えば、キリスト教信仰が提示する「地図」は実際に観察され経験されることに良く合致しているということである。同系統の著作（『痛みの問題』および、後に書かれる『奇跡［*Miracles*］』［一九四七年」）は、基本的に理性に訴える書である。ルイスはものごとを非常に慎重に考える人物であるから神の存在が「証明」できるなどとは考えない。彼はダンテと同じく理性は「短い翼」しか持っていないことを知っている。それでもルイスはキリスト教信仰の根源的合理性は議論と省察とによって明らかにすることができると言う。

しかし、ルイスは理屈を用いる議論はキリスト教信仰に関する文化的問題点と取り組むための一つの方法に過ぎず他にも方法があること、またそれらを要請していることに気付いたようである。一九三七年頃からルイスは想像力が人間の魂の門衛であることを理解し始めた。初めのうちは空想文学作品（例えばジョージ・マクドナルドの小説）を読んで楽しむだけであったが、やがてフィクションが世界観に知的および想像力的に訴える力をもつことを探求しなければならないと思うようになった。そういう作品を自分でも書くと良いのではないか。

ルイスは幼かった頃「小さなリー」の本棚にあった大量の本を手当たり次第にむさぼり読んで時を過ごした。その頃にジュール・ヴェルヌ（一八二五―一九〇五）やH・G・ウェルズ（一八六六―一九四六）などの作家を知った。彼らは宇宙旅行、未来への旅行などを扱う小説を書き、科学がわれわれの世界理解を変えていることについて探求していた。「地球以外に惑星があるという観念が私を夢中にさせた。それは文学に対する私の関心としては他に全く類のないものであった[39]」。

幼い頃のそのような記憶が一九三五年頃にデイヴィッド・リンゼイの小説『アークトゥルスへの旅』（一九二〇年）を読んだとき新たな切迫感をもって迫ってきた。彼は何かを命ぜられているように感じた。リンゼイの小説は上手に書けてはいなかったが想像力に訴える力を持っており、それが文体上の欠陥を補って余りがあった。ルイスは最も優れたサイエンス・フィクションとは「そもそも人類の歴史とともに古くからある想像への衝動をわれわれの時代に特殊な条件に合わせて活かすもの」ということを理解し始めた[40]。想像への衝動が上手に活かされれば（ルイスはそうされていないことが多いと感じていた）サイエンス・フィクションはわれわれの知的地平線、想像力の地平線を拡げることができる。「サイエンス・フィクションは稀にしか見ない夢のように、かつて感じたことのない知覚を与え、われわれに可能な経験の範囲の概念を拡大させる」[41]。ルイスにとって正しい種類のサイエンス・フィクションを書くことは魂を拡大することであって、それは過去に書かれた最善の詩にも比べられる。

ではなぜルイスはサイエンス・フィクションにそこまで興奮させられたのか。彼の問題意識を理解し彼が発見した解決法を理解するに、われわれは一九二〇年代および一九三〇年代のイギリスの文化事情を知らなければならない。わけても今日ならば「科学主義」的世界観とでも呼び得る考え方が勃興してきたことについて知らなければならない。当時この考え方はJ・B・S・ホルデイン（一八九二―一九六四）の作品によって一般人向けに喧伝されていた。ホルデインはマルクス主義者であったが、それに幻滅を感じ、持ち前の社会改良主義思想と熱意とを人類が抱えるすべての悪を矯正する力は科学であると唱え始めた。ルイスは科学を批判する者ではなかったが科学の恩恵が誇張されること、科学を応用することについての素朴な考え方には疑問を感じた。ルイスは科学の勝利が科学の前提となる倫理的進歩を追い越してしまうことを心配した。倫理は科学が必要とする倫理的知識、自己訓練・修養、徳を提供することができる。

ルイスはしかしホルデインが唱導する考え方がH・G・ウェルズのサイエンス・フィクション小説によって暗黙のうちに広められることの方を問題にしたと思われる。ウェルズはフィクション小説を用いて科学が予言者であると同時に人類の救済者であると説いていた。ウェルズは何が真理であり、何がわれわれ人類を窮地から救うのかについて語っていた。ウェルズにとって科学は世俗化された宗教であった。そのような考え方は今も西欧の文化に深く根付いている。ただし今日それは他の考え方と結びついている。ルイスはウェルズを通してそれらの考え方に出会った。そこでウェルズがサイエンス・フィクションによってそのような考え方を唱導できると言うのであれば、同じようにサイエンス・フィクションを用いてウェルズに反論できないであろうか。ルイスは「惑

「星際主義」が新しい神話、素晴らしい神話であると考えた。ルイスが問題に感じたのはその素晴らしい神話が「絶望的に不道徳的見解」を広めるために用いられていることだった。このジャンルを救済することができるであろうか。それは真に深く道徳的な宇宙観を運ぶ媒体とならないであろうか。さらには有神論を弁護する媒体とならないであろうか。

ルイスは一九三八年一二月に、それまでさまざまな形態の無神論および唯物論を宣伝するために用いられていたサイエンス・フィクションがそれらの考え方を批判し、それらに代わる考え方を宣伝する媒体として用いることができるという確信を強め、公表した。[42] 同じ媒体を用いて全く別の「神話」を唱導しても良いではないか。（ルイスがここで「神話」というのは「メタ・ナラティヴ（歴史物語を支えるもの）」あるいは「世界観」のことである。）この技法は『沈黙の惑星を離れて（*Out of Silent Planet*）』（一九三八年）、『ペレランドラ（*Perelandra*）』（一九四三年）、『サルカンドラ――かの忌まわしき砦（*That Hideous Strength*）』（一九四五年）において実際に用いられた。これらの作品のでき栄えは一様ではない。特に最後に挙げたものは部分によっては非常に分かり難い。しかし理解すべき中心的問題はその筋立てや個々の場面ではなく、それらが表現されている媒体つまり物語である。その物語はわれわれの想像力を虜にし、われわれのこころを別の考え方に向けて解放する。

この想像力豊かな三部作それぞれの筋立てや知的技巧の冴えを手短に要約することは不可能である。指摘されなければならない点はそれらの物語がルイスの生きた時代に盛んであった「科学主義」の中心的主張を覆すために語られていることである。そのことを例証するためにルイスが特に取り上げる一つの問題を考察する。それはホルデインが書いたエッセイ「優生学と社会改革」で論じられている問題である。[43] ホルデインは一九二〇年代、一九三〇年代の進歩主義者の例に漏れず、あるタイプの人間が子孫を作れないようにして人類全体の遺伝因子プールを最善のものに保とうとすべきであると主張した。この社会的に偏狭な態度は最先端の科学と可能な限り最良の動機に厳密に基礎付けられているものだとみなされた。つまり人類の生き残りを確実なものにするものであるとされた。しかしそのためにどのような犠牲が払われなければならないのかということをルイスは問題にした。バートランド・ラッセルはホルデインに賛同し『結婚と道徳』（一九二九年）を著した。彼は知的に劣る人々に強制的に不妊手術を行うべきであると主張した。ラッセルは「知的に劣る」と認定される人々に不妊手術を行う権限を国家に与えるべきだと主張した。この処置には障害が伴い法律上の問題が生ずるにもかかわらず、導入されなければならないと言う。彼は「痴者、低能者、精神薄弱者」の数を減らすことにより社会が受ける利益はこの制度を誤用することによる危険を上回ると言う。

このような主張はナチスの優生学理論と結びついたこともあって、今日ほとんど聞かれない。それだけでなく、より重要な理由はこの主張が民主主義の理想に反すると見られるからである。しかし二度の世界大戦をはさむ時代にイギリスやアメリカの知的エリートたちの間では広く受け入れられていた。世界優生学会が三回（一九一二年にロンドン、一九二一年にニューヨーク、一九三二年に再びニューヨーク）開かれた。そこでは「産児選定」（「産児制限」ではない）が議論され、望ましくないとみなされる人々を遺伝因子的に排除するための方策が考察された[44]。

ルイスはこのような主張に反対しなければならないと感じた。ルイスの反論の第一弾が『サルカンドラ――かの忌まわしき砦』であった。ルイスの思想は概して保守的であったが、この書のルイスは預言者的であって彼の世代に受け入れられていた社会的智恵に対して激しく抵抗している。

『サルカンドラ――かの忌まわしき砦』において、ルイスは「国家綜合実験研究所（National Institute for Coordinated Experiments, NICE）」なる研究所を設定する。これは超現代的研究所で科学の進歩により人間の条件を改善することを目的とする。例えば望ましくない人々に対する強制的不妊手術の実施、発達の遅れた人種の一掃、生体解剖による研究などを行う。ルイスはこの研究所の道徳的破綻およびその研究所が体現する人類の将来像の深い機能障害を暴露するのに少しの苦労もしない。この書の結論部分には生体実験用に飼われていた動物がすべて檻から解放されるという劇的な場面が描かれる。

『痛みの問題』の一章「動物の苦痛」を読む者には周知のことであろうが、ルイスはホルデインとは違い生体解剖に反対であった。ニューイングランド反生体解剖協会の会長ジョージ・R・ファーナムはルイスの主張の重要性に注目し、この問題に関してエッセイを書くようにルイスに依頼した。ルイスのエッセイ「生体解剖」(一九四七年)は今日でも知的に最も重要な生体解剖批判であるがそれに相応しい注目を得ていない(45)。このエッセイはルイスの生体解剖批判が感傷に基づくものではなく、厳密な神学的土台の上に据えられていることを明らかにしている。われわれが動物に対して残忍であればわれわれは他人に対しても残忍であり得る。特にわれわれが劣等であるとみなす人々に対しても残忍な行為を行うことになる。

生体解剖の勝利は古い時代からあった倫理法則の世界に対する冷酷かつ不道徳的な功利主義の制覇の大きな前進の道標である。その勝利の犠牲者はわれわれだけでなく動物も含まれており、ダッハウやヒロシマは最近の犠牲者である。動物に対する冷酷さを正当化することによりわれわれは自分自身を動物のレベルに置くことになる(46)。

ルイスはこの問題に関する見解によりオクスフォード大学だけでなくあらゆるところで多くの友人を失った。生体解剖はそれがもたらす結果によって道徳的に正当化されると広くみなされていたからである。動物が感じる苦痛は人間の進歩のために払われる代償である。ルイスにとってはそこに自然主義が無視した深い神学的問題があった。「動物はわれわれに対する義務があるとは思っていないであろうが、われわれは彼らに対する義務を負うという事実を明らかにすることによって、自分たちが動物よりも善良であることを明らかにしなければならない(47)」。後に見るように動物たちに対するこの態度は『ナルニア国歴史物語』で古典的表現を与えられる。

「ランサム三部作」については以上のような簡単な説明によっては伝えることのできないことが非常に多くある。特に見慣れぬ世界についての叙情的描写や想像力を限りなく魅惑する筋立て、新しく創造されまだ堕落していないペレランドラの美しい世界の運命などの神学的に豊饒なテーマを扱っていることなど、本論では触れることのできなかった問題が多くある。しかしルイスにとって本当に重要なのは媒体であって、媒体に盛られた中身ではなかった。ルイスは物語には真理として時代に流布している考え方を覆す力があり、それらが単なる影あるいは煙であることを明らかにする力を持つ。第二次世界大戦の後にイギリスの文化的エリートたちが優生学から大挙して撤退したことは時代の寵児であった理念や価値が一世代のうちに放棄されることもあることを明らかにしている。その過程でルイスがどれだけの役割を果たしたのかという問題はこれから明らかにされなければならない。しかし彼の用いた方法の潜在的力は明らかである。

一九三八年から一九四五年にかけての期間にルイスは象牙の塔に篭った無名の人物から、宗教、文化、文学における主要な人物として表舞台に躍り出た。彼は学問的価値のある著作(例えば『「失楽園」序説』など)を出版することも止めずに、マス・メディアに君臨する大衆向け知識人としての地位を確実なものとした。そして国際的な著名人となりつつあった。行く手に何か障害となるものがあるのだろうか。

悲しむべきことにこの問に対する答えは直に明らかになった。一つだけでなく多くの障害が現れることもあり得るかもしれない。事実その通りになった。

# 第一〇章　敬われない預言者

## ――戦後の混乱、諸問題　一九四五―一九五四年（四七―五六歳）

ルイスは一九四五年には有名人になっていた。イギリスの学術世界では研究者の信望はいくつかの基準によって判断される。例えば著作の数およびそれらがどれだけの価値を認められているかが基準となる。人文科学系の研究者にとって最高の栄誉は英国学士院の特別会員に選ばれることである。ルイスはこの栄誉を一九五五年に獲得した。しかし彼の伝記作者たちの目にはルイスが優れた学術研究者として認められたことよりも、それとは全く異なる分野の読者によって認められたことの方がはるかに重要であると思われている。

### スーパースター C・S・ルイス

ルイスの写真が一九四七年九月八日号の「タイム」誌の表紙を飾り、ベストセラー作家として紹介された。また「［オクスフォード］大学の最も高い人気を保つ講師」であり「英語世界におけるキリスト教のスポークスマンとして最も影響力を持つ人物の一人」でもあるとされた。『悪魔の手紙』はイギリスとアメリカを席捲した。（ルイスのBBC放送講話はアメリカでは放送されなかったことに留意されなければならない。）「タイム」の記事の冒頭のパラグラフがこの記事全体の調子を表している。風変わりでやや異様な風体のオクスフォード大学研究者、思いがけず大成功を収めた人物、「背が低く小太りの人物、赤ら顔で声が大きい男」と紹介された。(1) これからもベストセラーを書こうとしているのだろうか。「タイム」は興奮して期待する読者に少し待つようにと警告する。「今のところ彼は空想物語であれ、神学的書物であれ、次に『一般読者向け』の本を書く予定を持っていない」。

一九四七年の「タイム」の記事はルイスの人生の転機となったと見ることができる。ルイスが学術世界より広い文化の場面に躍り出ることになり、彼の著作がより多くの人々の注目を引き付けることになった。しかしルイスにはそのような事態に向かってこころの備えができていなかった。彼は一九四二年頃から有名になり始めていたが、それに対処するための心構えができていなかったし気質的にも有名人になり切れなかった。多くの人々の注目を引くことになってお追従から罵詈雑言に至るまで、さまざまの言葉を浴びせられるようになった。そして彼の私生活もそれまでは隠されていたが、公の場に曝されることになった。彼はイギリスの新聞でも話題とされるようになり見当はずれな記事も書かれた。トールキンはあるメディアがルイスを「禁欲的なルイス氏」と書いたことを特に面白がった。この文言は彼が知っている限りのルイスには当てはまらないと言う。その記事が新聞に載った朝にトールキンは自分の息子に、ルイスが「非常に短い会合でビールを三パイント〔約一、七〇〇ミリリットル〕も飲んだ」と書いた。それは受難節の最中であったのでトールキンは酒の量を減らしていた。受難節は多くのキリスト者にとって自己克己をすべきときであった。それなのにルイスがそうしていないとトールキンは非難している。(2)

ルイスは熱狂的愛読者と批判者の双方からの手紙に埋没させられた。それらの手紙は大問題について、些細な問題について、また品のない問題について即刻返事を欲しいと要求していた。ウォーニーが昔日の雄雄しい騎士のように窮地に陥った弟を救い出すために駆けつけた。一九四三年から彼は増え続ける手紙に対する返事をタイプすることになった。彼は使い古されたロイヤル・タイプライターを二本の指で打ち続けた。返事の内容についてルイスとは相談せずに書いたものも多いという。ウォーニーの回想によると彼は一万二〇〇〇通の手紙をタイプしたという。それとは別にウォーニーは奇想天外な工夫を凝らした。ルイスに直接会って話しをしたいと電話で要求してくる自惚れた人々が多くなった。ウォーニーはそれらの人々からルイスを守ろうとした(3)。トールキンが回想しているところによれば、ウォーニーは「受話器を取り上げると『オクスフォード汚水処理課です』と答え、相手が諦めて電話を切るまで、それを繰り返した(4)」。しかしアメリカ合衆国においてルイスが有名になったことから、予想もしなかった一つの結果が生じた。ウォーニーはこれを大いに歓迎した。アメリカにはルイスに好意を寄せる裕福な有志が増えつつあったが、彼らは小包を定期的に送ってくるようになった。それらの中にはもう疾うの昔に忘れていた贅沢な食べ物が詰められていた。

その頃アメリカのキリスト者の間でルイスの著作が多くの共鳴者を得ていた形跡がある。それには牧師たちも一般の信徒たちも含まれており、アメリカの文化的雰囲気が変化したことを反映していた。人々のこころは一九二〇年代、一九三〇年代の経済不況による暗い思いから解放され始めていた。そして一九四一年一二月にアメリカが第二次世界大戦に参戦したことにより人間の生に関するより深い問題に対する関心が生じ始めていた。神について再び語り合われるようになった。宗教書の出版が盛んになり始めた。宗教的問題に対する開かれた新しい態度が広まるときに新しい声が聞かれ始めた。それは権威ある言葉であると同時に読んで楽しいものとして受取られた。そしてそれは何よりも普通の人々が抱く宗教的疑問に答えるものであった。

ルイスの著作が持つ強い護教的な調子が牧師たちに歓迎された。彼らは戦争によって引き起こされた大きな問題に苦悶する人々を前にしていた。その中には大学のチャプレンたちがいた。ルイスは概してアメリカの専門的神学者の間では好意を寄せられることがなかったが、ルイスが宗教的問題との取り組み方を新しい地平にもたらしたことについては多くの人々に歓迎されたという形跡がある。ルイスが与えた答は神学校や大学においてさらに検討発展させられるべきものとして受取られるようになった。

しかしルイスが一般社会において名声を博したことにより、学術研究者の間では苛立ちを覚える人々が現れた。「タイム」の記事にあったある一行がある種の専門的神学者たちを揶揄していた。そこには「しかめ面をせずに神学を語る人物、あるいは退屈な話をせずに神学を語る人物は戦争に悩まされているイギリス人の多くがまさに望んでいた人物である」とあった。それに対してある神学者たちが異議を唱えた。その賢人たちは人々がいずれはルイスのことを忘れるであろうと慰めあった。愚かな人々は神学に対する一斉攻撃をほしいままにするであろうし、それによってルイスの評判は上がるであろうという。

ルイスに対する一つの攻撃が無名のアメリカ聖公会神学者ノーマン・ピッテンジャー（一九〇五―一九九七）によってなされた。彼は「タイム」が自分を無視したことは不可解であると腹を立てた。彼が言うには彼の護教論はアメリカの護教論者の中で最高のものであるのに「タイム」はそれを見落としたという。ルイスは神学的に軽佻浮薄な異端者であると決め付けた。ルイスの説はピッテンジャーが掲げる知性的キリスト教の障害となるものであると宣言した。アメリカはそのような自己宣伝を完全に無視し、ルイスを読み続けた。

一九四五年夏に第二次世界大戦が終わったときにはルイスは既に有名人であった。名声をもてはやす現代の文化の単純な哲学からすれば、ルイスはその時点で幸福な満ち足りた人間であっただろう。しかしそれに続く九年間のルイスの人生はそれとは全く異なるかたちをとった。名声はルイスの声望を高めた。しかしそのことは彼の宗教的信条を嫌う人々の攻撃の的となることを意味した。それにオクスフォード大学にいた彼の仲間たちはルイスが名声を得るために通俗的文化に自らの魂を売り渡したと考えるようになった。ルイスは大衆の間における名声を得るために学術的栄誉を売り渡した。ルイスは自分に対する評価の変化に気付かないでいた。そして同僚たちに捨てられ不運が打ち続く苦難の時代に落込んで行く。

## 名声の陰にある暗いもの

ヨーロッパにおける第二次世界大戦は一九四五年五月にようやく終熄した。トールキンは社会情勢が少し明るくなったと感じた。「鳥」（彼は「鷹と子ども」をそう呼んでいた）は「輝かしくも客足がないが」ビールの味は「良くなった」。そして「鳥」の店主は「愛想よく揉み手をしながらわれわれを迎えてくれる」とトールキンは書いている。インクリングズの火曜日集会は再び「理知の宴、魂の横溢」を取り戻した。(5) 終戦後最初のインクリングズ会合は五月一五日火曜日に「鷹と子ども」で行われることになっていた。

チャールズ・ウィリアムズはその会合を欠席することになっていた。彼はその前の週に体調を崩し「鷹と子ども」のすぐ北、歩いてほんの数分のところにあるラドクリフ診療所に入院した。ルイスは戦後最初のインクリングズ会合に行く途中ウィリアムズを見舞うことにした。インクリングズに対するウィリアムズの挨拶を取り次ごうと思った。そこで起ころうとしていることについてルイスは何の心構えもしていなかった。ルイスが診療所に着くと、たった今ウィリアムズが亡くなったところだと告げられた。

誰も予想できなかったニュースにインクリングズ仲間全員が言葉を失ったが、誰にもまして最も強い衝撃を受けたのはルイスであった。ウィリアムズは戦時中を通してルイスの文学的、精神的・霊的な道しるべ、暗夜の北極星のような存在であった。ウィリアムズに対する愛着はトールキンに対するものを超えていた。インクリングズ仲間が企画した小冊子、ウィリアムズに捧げる小冊子がウィリアムズ本人に代わるものとなった。ルイスにとっては個人的な大打撃であった。

インクリングズの他の仲間たちはこの悲しむべき出来事をすぐに忘れてしまった。トールキンは乾杯を上げて戦争の終結を祝ったがその上に祝うべきことがあった。彼は一九四五年にオクスフォード大学の二人のマートン英語学教授の一人に選抜された。彼は以前からこの二つの講座の教授として立てられることを夢見ていた。ルイスもその一人となるようにと願っていた。トールキンの夢が実現し、もう一つの夢もじきに実現しそうだと思われた。トールキンはルイスが正気を保つためには教授に昇格することが絶対に必要であると思っていた。

なぜなのか。戦争終結と共にオクスフォード大学の学生数が増え始めた。それは大学全体にとっては好ましいことで、大学の財政を好転させることになった。戦時下にさびれていた大学を再生させるためにそれは絶対的に必要なことであった。しかしオクスフォード大学の個別指導教員には重い負担が掛かることになった。ルイスに掛かる負担も増大し、研究と執筆にかける時間が極度に削られた。もしルイスがオクスフォード大学教授に昇格すれば彼は学部生に対する個別指導の任務から解放される。もちろん学部生および教員たちに対する講義を行い、大学院生に対する指導を行わなければならない。しかしそれらは戦後に増えた学部生に対する個別指導の過重な任務、ルイスが担当し始めていた任務に比べればまだ軽いものである。教授への昇格はルイスにとってこの上ない朗報であったはずである。

好機が訪れた。一九四七年にもう一人のマートン英語学教授であったデイヴィッド・ニコル・スミスが退職した。ルイスはその後任になれるであろうと思った。トールキンも当然その空席はルイスが占めるべきであると思った。トールキンはスミスの後任を選ぶ委員の一人であったからルイスが選ばれるための強い支援があった。しかしトールキンは、オクスフォード大学においてルイスに対する敵意が募っていたことに気付いていないようであった。彼はルイスを強力に推薦したが、英語学部において「驚くほどの敵意」がルイスに向けられているのを知って愕然とした[6]。ルイスがその頃に出版していた通俗的著作や大学院の学位に対するルイスの否定的態度などが彼を英文学部教授に選任するためには不利な材料となった。トールキンはヘレン・ダービシャー、H・W・ギャラッド、C・H・ウィルキンスンなどの人選委員たちを説得できなかった。彼らはルイスを英文学部教授候補として認めなかった。結局第二のマートン英語学教授の地位はF・P・ウィルスンに与えられた。ウィルスンはやや退屈な人物であったが堅実なシェイクスピア学者であった。彼の強みの一つは彼がC・S・ルイスではなかったことである。

悪いことはそれだけではなかった。一九四八年にオクスフォード大学のゴールドスミス英文学教授の席が空いた。この地位は新学寮の特別研究員の地位に連結していた。この地位も文学者の伝記作家として著名なデイヴィッド・セシル卿に与えられ、ルイスは無視された。

一九五一年にもルイスは拒絶された。その年オクスフォード大学は次の詩学教授を選任しようとしていた。投票用紙には二人の名前しかなかった。それらは非常に似た名前で間違って投票する可能性が大きかった。ルイスの唯一の対抗馬はセシル・デイ・ルイス（一九〇四―一九七二）であった。彼は後に英国桂冠詩人になる。（第三の候補者がいたが反ルイス派の当選を確実にするために立候補を取り下げた。）選挙の結果はC・D・ルイス一九四票、C・S・ルイス一七三票で、ルイスはまたも拒絶された。

この厳しい情況のただ中にあっても彼を慰める事実もあった。一九四八年三月一七日に王立文学協会の評議員会が全会一致でルイスを会員に選んだ(7)。しかしルイスは大学の多数の同僚たちから疑惑ないし嘲りの目をもってみられていることを良く知っていた。彼は自分の住む町、自分の属する大学において敬われない預言者のように見られていた。

ルイスに対するトゲのある敵意は彼が属した学寮においても顕著で、ときには非理性的な憎悪にまで悪化することもあった。A・N・ウィルスンは一九九〇年に出版されたルイスの伝記を書いている段階で、ルイスと同じ頃にモードリン学寮の特別研究員であった人物とルイスについて語り合ったという。その人物はその時点ではかなりの高齢になっていたが、ルイスは「彼が出会った人物の中で最も邪悪な人間であった」と宣言したという。ウィルスンは当然この奇怪な老人病的審判の根拠が何かを知りたいと思った。その結果分かったことはルイスの罪は彼が神を信じたことであり、彼が「持ち前の賢さを発揮して若者たちを堕落させたこと」であったという。ウィルスンが指摘する通りルイスに向けられた罪状はソクラテスに向けられたものと同じであった(8)。

このような笑止千万な態度には根強いものがあるがそれを無視することは簡単である。しかし当時のオクスフォード大学においてルイスに向けられた研究者たちの敵意は必ずしも非理性的なもの、復讐心に基づくものだけではなかった。風向きは変ってきておりオクスフォード大学の英文学部の将来にとってルイスは有益であるよりも問題の種であると見られるようになっていた。オクスフォード大学大学院に学生が大挙して押し掛けてきていた。彼らの多くは英文学を学び、文学士（BLitt, Bachelor of Letters）の学位を取得することを目指していた。彼らの納付金は個々の学寮にとっても大学全体にとっても重要な財源となっていた。これらの学生は指導監督を必要とする。ルイスにとってそれは気乗りのしないことであった。常々ルイスはオクスフォード大学には三種類の博識者（literacy）がいると言っていたという。第一に博識者（literate）、第二に無学者（illiteracy）、第三にB級博識者（B.Litterate）である。そして彼は個人的には初めの二種類のグループにだけ共感を寄せていた。戦後にオクスフォード大学英文学部が教育課程および研究体制を整えようとしているときに、ルイスが大学院の学位および研究に否定的態度を持っていた。そのために彼は邪魔者であるとみなされるようになっていた。彼は変化しつつある教育事情に疎いと言われるようになった。

## 認知症とアルコール依存症——ルイスの「母」と兄

ルイスが抱える問題は彼の専門職の領域だけに限られていなかった。彼の私生活の領域でも問題が起こっていた。戦時下の経済や物資の欠乏からくる困難は徐々に緩和されていたが、キルンズにおけるルイスの生活は快適なものではなかった。一九四〇年代後半にルイスが書いた手紙にはムーア夫人の健康に関する心痛を初めとして、彼の家族の問題が困難なものになりつつあることが明確に言い表されている。モーリーンは結婚して既に長く家を離れていた。そのためルイスは一人で難しい問題を処理しなければならなかった。家事を滞りなく運ぶために何人かのメイドが雇われた。彼らとムーア夫人との関係（またメイド同士の関係）についてもルイスには気苦労が絶えなかった。ルイスはそれらの問題を扱いかねた。一九四六年七月にスコットランドのアバディーン大学が彼に名誉学位を授与することになったとき、彼は陰鬱な気分に陥っていたあまり、名誉学位よりも「スコッチ・ウィスキー一ケース」を受ける方がありがたいと思った。(9)

ルイスが名誉学位を受けることは兄ウォーニーにとっては喜ぶべきことであった。当時ウォーニーはアルコール依存症から抜け出すために苦しい努力をしていたことが今日分かっている。一九四七年の夏、ウォーニーはアイルランドで休日を過ごしたが、その時に彼はひどい暴飲をして意識を失い、ドロヒーダの病院に担ぎ込まれて酔いが醒めるまで入院させられていた。悲しむべきことにその後もそれは何回も繰り返された。それがいつ起こるのか予想ができなかっただけに、対応することが難しかった。

キルンズは家庭としてうまく機能しなくなった。ムーア夫人が苛立ちを募らせていたし、またいろいろの事情を飲み込むことができずにいた。ルイスの家庭生活はムーア夫人に引きずり回されていた。ムーア夫人は認知症の典型的な症状をあらわにしていた。兄もますます苛立ちアルコール依存症も嵩じていた。それは決して幸いな環境ではなかったし、それに輪をかけて戦後の耐乏生活の重荷があった。日常の必需物資の配給制度も続いていた。一九四七年にルイスは会議にいつも出席できないでいることについて同僚に謝っている。彼の時間は「ほとんどすべて」、「看護師および家事使用人としての義務遂行のため」に使い果たされているのだという。(10)彼が直面している困難な問題は物質的なものであると同時に心理的なものであると彼は言う。キルンズにおける生活は耐えがたいものになりつつあった。彼は一日中「母」の介護者として働き、時には兄の介護もしなければならない。

それは過重な負担であった。

モーリーンは彼女の老いた母および老いぼれた飼い犬ブルースの世話をするためにルイス兄弟にかかっている圧力が過重なものであることを知り、それを軽減するために彼女としてできることを行った。彼女は夫と共にキルンズに行き二週間そこに住んだ。その間ルイスと兄ウォーニーはモールヴァンにあるモーリーン夫婦の家に住んだ。しかしそれは一時的な猶予期間にすぎなかった。一九四九年四月にルイスはオーウェン・バーフィールドの手紙に返事を書くのが遅れたことを謝っている。彼は「犬の排泄物および人間が吐いたものの始末」に追われているのだという(11)。

ルイスは過労の症状が表れたために一九四九年六月一三日に入院した。診察の結果彼は連鎖状球菌に感染していることが分かり、三時間おきにペニシリン注射を受けなければならないことになった。彼が退院することを許されたのは六月二三日であった。ウォーニーはルイスがムーア夫人を介護することで力を使い果たさなければならなかったことを怒り、ルイスが元気を摂り戻すために休みを与えられることをムーア夫人に要求し夫人も了承した。ルイスはそれを感謝して受け、アイルランドのアーサー・グリーヴズのもとで一か月を過ごし英気を養うことにした。しかし彼が出掛ける前にウォーニーが数日にわたり連日の暴飲を行った。(ルイスは兄の名誉を保つために兄の問題を「神経症的不眠症」と呼んでいたが、腹心の友アーサー・グリーヴズには「飲酒」が真の問題であると明かしていた(12)。)結局ルイスはアイルランドへの休暇旅行をキャンセルせざるを得なかった。そしてムーア夫人の介護を自分でしなければならなかった。

ルイスの人生におけるこの暗い日々にも喜びの瞬間が間違いなくあった。一〇月にトールキンの『指輪物語』の最終原稿を読み、喜びを感じながらも彼ら二人がその頃ほとんど会わずにいたことも思わせられた。ルイスがトールキンに書いた手紙に「ほんとうにきみに会いたい」とあるのを読んでそこに哀愁を感じない人はほとんどいないであろう(13)。彼ら二人は同じ町に住み同じ大学で働きながら、彼らは互いに遠ざかっていた。その頃ルイスは小説家ドロシー・L・セイヤーズとの間に頻繁な文通を交わすことによって、トールキンとの交わりとは別のところで知的慰めを多少は得ていた。しかしルイスの人生に地殻変動が起こっていることは明らかであった。古くからの友情が色失せ始め、古い友人たちがルイスに与えていた知的刺激と支援もそれと共に失せ始めていた。

この困難な期間にムーア夫人の認知症は確実に嵩じ老人ホームに入居しなければならないところまで行った。一九五〇年四月二九日にムーア夫人は三回ベッドから落ちた。そこで彼女をオクスフォード市のウッドストック通り二三〇番地にある老人ホーム、レストホーム（Restholme）に入居させることになった。ルイスは彼女を毎日訪問したが、そこで新たな心配が持ち上がった。入居費用は年に五〇〇ポンドであった。そのような額をどうやって支払うのか。今は大学からの給料があるが、退職して給料がなくなったらどうなるのか。

この問題は一九五〇年一二月に北部イギリスの港湾都市リヴァープールで始まったインフルエンザの大流行により消滅した。流行は急速に広まり一九五一年一月中旬に頂点に達した。公式の発表によれば死亡率は四〇パーセントに達し、一九一八年から一九一九年にかけて世界を襲ったインフルエンザ禍を上回った。それは大戦争の惨禍から立ち直ろうとしていたイギリスに打撃を与えた。今回の流行が頂点に達した頃、一九五一年一月一二日にムーア夫人が大流行の犠牲者となった。七九歳であった。彼女は一月一五日に聖三一教会の墓地に葬られた。同じ墓に彼女の旧友アリス・ハミルトン・ムーアも一九三九年一一月六日に葬られていた。（教区の埋葬記録によるとアリス・ムーアは生前キルンズに住み、キルンズの家族の一員であった。）ウォーニーは彼女の葬儀に参列できなかった。ムーア夫人の命を奪ったインフルエンザに彼も冒されていたためである。

## オクスフォード大学においてルイスに向けられた敵意

ルイスが私生活の場で困難な問題と闘っているときに、彼はオクスフォード大学でも大学全体から向けられる執拗な敵意および拒絶と闘わねばならなかった。この敵意の一部（まことに小さな一部でしかなかった）はごく少数の人々の偏見から来るものであった。意外なこととは言えないが、彼らにとってキリスト教はこころの病および道徳的頽廃のしるしであった。しかし問題の真の原因はルイスが社会で絶賛されていたこと、大学の学術の伝統的規範を彼が無視しているように見えたことである。彼が一般の読者向けの書を著すことにより学術的研究および著作を怠っているのだとされた。そのために彼は学術の世界の中心からはずれその辺境部分に身を置いているとされた。ルイスを批判する人々は彼が一九四二年に『「失楽園」序説』を出して以後学術的に堅実かつ重要な書物を一冊も書いていないと言った。ルイスがもし研究者としての信憑性を保ちたいというのであればこの欠陥を早急に改善しなければならないのだと言う。

　ルイスはそのような批判が向けられていることを強く感じていた。たしかにその批判に全く根拠がないわけではなかった。ルイスが戦後に書いた多くの手紙を読むと自分の置かれている情況についての不安や確信の無さ、惨めさなどを感じていたことが伝わる。ルイスは一九三五年にオクスフォード大学出版局との間に一六世紀の英文学に関する研究書を書くとの契約を交わしていた。その書を完成させなければならないという意識が圧力となっていた。しかし彼の家庭の情況はあまりに混沌としており、その本を書くための時間、膨大な量の第一次資料を読む時間を作れないでいた。一九四九年の中葉になると彼は疲労困憊しその書を書くために要求される強い集中力を保つことが肉体的に不可能になっていた。この書は画期的な著作になるが、通俗的な書物を書くのとは違い書き進めることが困難であった。通俗的な書物を書くことはやさしくルイスのペンはすらすらと流れた。この書の場合は違っていた。

ムーア夫人の存命、彼女がルイスの介護を絶えず必要としている限りどうすることもできなかった。一九五一年一月にムーア夫人が亡くなり、また一九五一年から一九五二年にかけての学年度にルイスはサバティカル休暇を得ることができた。モードリン学寮の個別指導の義務から解放された。彼は約束の書の執筆に全力を注いだ。一九五一年九月までにルイスはイタリア人ローマ・カトリック教会司祭ドン・ジオヴァンニ・カラブリア（一八七三―一九五四）に宛て健康が回復されたと書く気になった。「私はもう元気になった（Iam valeo）」[14]。また彼は英国首相ウィンストン・チャーチルからの手紙を受取り士気を高められた。チャーチルは一九五二年のC・B・E勲章（Commander of the Order of the British Empire、ナイト爵位の一級下の勲章）の叙勲者名簿にルイスの名を載せることを推薦すると伝えてきた。ルイスはそれを辞退した[15]。しかしこのことが彼の士気を高めたことは間違いない。

ルイスは猛然と英国文学に関する新たな著作の執筆に取り掛かった。ヘレン・ガードナーはルイスがハンフリー公爵図書館で毎日、一所懸命に研究をしている姿を見ていたことを覚えている。ルイスはボードレイアン図書館に収められている過去の時代の作家たちの著作をすべて渉猟するとの意気に燃えていた。ルイスは第二次資料には一切頼らず、原典を読み漁り、無用なものは吐き出し、価値あるものを噛みしめた。

ルイスの研究者としての評判は落ち始めていたかもしれないが、一九五四年九月に七〇〇頁に及ぶ大冊の書、『十六世紀の英文学（戯曲を除く）』が出版されたことにより彼の学者としての評判は回復されて余りあった。その翌年に彼が英国学士院の特別会員に選ばれたことはこの大部な研究書出版と直接につながった。しかしそれはオクスフォード大学のルイスに対する評価を変えるには遅すぎた。彼に対する認識は固まっていた。一九四〇年代および一九五〇年代初めに、ルイスは過去の人とみなされていた。

他の問題も押し寄せていた。インクリングズの木曜日夕宵集会は戦後も続いていた。それはしばしばアメリカのルイス・ファンから届く食べ物の小包によって活気付けられていた。ルイスはそれら惜しみなく与えられた食べ物を友人たちと分かち合うべきであると思っていた。彼らも戦後の食糧不足の耐乏生活により苦しんでいた。しかしインクリングズにとって何も問題がなかったのではなかった。会員たちの間に緊張が芽生えていた。感情的軋轢が起こった。熱意も衰えた。参加者の数も減った。一九四九年一〇月二七日のウォーニーの日記によるとインクリングズの集会が潰れたという。「誰も来なかった」。会員たちはその後も火曜日ごとに「鷹と子ども」で会合を持ち続けるが、インクリングズは文学に関して真剣に議論し合う仲間ではなくなった。

事態はルイスとトールキンとの関係が疎遠になることにより複雑なものになっていたことは疑い得ない。トールキンは戦時中にチャールズ・ウィリアムズがインクリングズに及ぼした影響が彼とルイスとが疎遠になることの少なからぬ原因であると見ていた。トールキンはルイスのこころが自分から離れウィリアムズに移ったと感じた。それは根拠のないことではなかった。トールキンによればそれは嘆かわしいことであり、トールキンはそうなったことを非常に残念に思っていた。しかしそうなったことは事実であった。そしてそれはさらに悪化する。トールキンはルイスがサイエンス・フィクション三部作においてトールキンの神話的着想を無断で使ったと思い込み苛立っていた。一九四八年にトールキンはルイスに長い手紙を書いた。それは二人の間に文学上の問題に関する意見の違いがどのようにして起こったかを扱っている。(16) それでもトールキンはルイスがオクスフォード大学における安定した地位を得るようにできることはすべて行っていた。それはトールキンにとって正義の問題でしかなかったからである。

さらに困ったことにはトールキンとルイスはオクスフォード大学英文学部カリキュラムの問題で強い反論に直面しなければならなかった。トールキンとルイスは一八三二年以降の英文学を学ぶ必要はないと主張していた。しかし戦後の窮乏時代が過ぎると英文学部はこの問題を蒸し返した。ヴィクトリア朝時代に膨大な数の重要な文学が生み出されたことが当時明らかになりつつあった。オクスフォード大学の学生たちはテニスン卿アルフレッドやウィリアム・メイクピース・サッカリーなどを研究してはならないのか。チャールズ・ディケンズやジョージ・エリオットはどうか。若い個別指導教員たちはカリキュラム改革を主張し始めた。ヘレン・ガードナーは改革運動の先鋒であった。将来英文学部が向かおうとしている方向はルイスにとって賛成しかねるものであった。

ルイスの伝記を書いた人々の中には当時ルイスが直面した最大の問題は彼の知的権威に対する挑戦との対決であったという。問題を提起したのは売り出し中の若い花形哲学者エリザベス・アンスカム（一九一九―二〇〇一）であるとされた。この問題は詳しく扱われる必要がある。そしてその成り行きも明らかにされなければならない。

## エリザベス・アンスカムとソクラテス・クラブ

一八九三年にオクスフォード大学牧会団（Oxford Pastorate）が英国教会内の福音派の人々により結成された。オクスフォード大学の学部生はそれぞれの属する学寮のチャペル礼拝に強制的に出席させられていた。そこで彼らが出会うキリスト教よりも活気に溢れ知的刺激に富むキリスト教を伝えることが牧会団の意図するところであった。オクスフォード大学牧会団の本部は一九二一年にオクスフォード市の中心部から少し南にある聖オールデイト教会に移された。それはオクスフォード大学の中心に近いところであった。オクスフォード大学牧会団は初め牧会と伝道を行うことを主たる目的としていたが、幹部たちは次第に護教的活動の重要性を感じるようになった。キリスト者は時代の主要な知的諸問題と建設的に、また批判的に取り組むことができるだろうか。キリスト者学生たちが気の抜けたキリスト教、霊的に陳腐なキリスト教に接するのではなく、キリスト教から知的刺激を受け知的確信を得ることができるだろうか。

一九四一年に、牧会団の女子学生担当チャプレンであったステラ・オルドウィンクル（一九〇九―一九八九）はこれらの問題について語り合う学生フォーラムを設立すべきときが来たと考えた。彼女はサマーヴィル学寮の動物学専攻の学生モニカ・ルス・ショートゥン（一九二三―一九九三）と話し合ってこの結論に達した。ショートゥンは教会や宗教団体が「神の存在であるとかキリストの神性の問題などの難しい問題は既に解決済みの問題のように考えている」と不平を言っていた。人々はこれらの問題を理解しそれらの信条を弁護するために助けを必要としていることは明らかである。その助けはオクスフォード大学の厳密かつ批判的、知的な環境においては期待しようがない。ショートゥンはその後イギリスの灰色リス（grey squirrel）に関する研究で権威となるが、オクスフォード大学の学生に対する護教的牧会が必要であることを明確に理解していた。

オルドウィンクルはサマーヴィル学寮で不可知論者や無神論者に対する討論集会を何回か開催した。その後この集会をオクスフォード大学全体のものにしようと決意した。オクスフォード大学の学生団体としてソクラテス・クラブが結成された。オクスフォード大学の学則により学生クラブあるいは学生団体は「年長者会員（Senior Member）」を置かねばならないことになっていた。それには特別研究員が当てられ組織の責任者になることになっていた。初めオルドウィンクルはかつてサマーヴィル学寮の学生であった小説家ドロシー・L・セイヤーズが適任であると思った。しかしセイヤーズはロンドンに住んでおり集会に定期的に参加することを期待できなかった。[17] 責任者はオクスフォード大学の教員でなければならないことが明らかであった。しかし誰がいるであろうか。

オルドウィンクルは天才的な閃きにより、問題がないと思われる人々（各学寮のチャプレンたち）を無視してオクスフォード大学における護教家として売り出し中のC・S・ルイスのもとに直行した。ソクラテス・クラブの第一回会合は一九四二年一月に持たれたが、その時にルイスの名声はイギリス全国に広まっていた。キリスト教信仰に関わる問題について議論するオクスフォード大学の学生団体の中でソクラテス・クラブは最も重要なものとなった。会合は学期中の月曜日夕刻に持たれた。ルイスはほぼ毎回参加したが討論の中心には立たず、発題を行うのも一学期に一回だけであった。しかし彼がそこに居るだけで充分であった。発題者のリストを見るとオクスフォード大学の錚々たる哲学者が名を連ねている。クラブの目的は表向きはキリスト教に関する討論を基本としていたが、発題者はキリスト者以外からも広く選ばれた。話し合いの重要な規則は主張の根拠となる証拠をあげ、明快な論理を用いることであった。『ソクラテス・クラブ・ダイジェスト（Socratic Digest）』の初版にルイス自身が書いているように、

この土俵を作りきみたちに挑戦状を突きつけたのはキリスト者たちであった。……われわれは偏見を持たないなどと言わない。しかし討論は偏見を持たない。討論がどの方向に進むか、誰にも予想が付かない。われわれは自分自身を暴露し、われわれの最も弱い部分をきみたちの攻撃に曝す。同時にきみたちもわれわれの攻撃に曝される。(18)

ソクラテス・クラブの興味深い一面が見落とされていた。その会員に女性が多かったことである。それはオルドウィンクルの個人的影響を反映しているのかもしれない。あるいはそれがサマーヴィル学寮に始まったことに関係しているのかもしれない。一九四四年のマイケルマス学期当時の会員名簿には一六四名の名があるが、そのうち一〇九名がオクスフォード大学に五つある女子専門学寮の学生であった(19)（レイディ・マーガレット学寮から二〇名、セント・ヒルダ学寮から一九名、セント・ヒュー学寮から三九名、サマーヴィル学寮から一三名）。

ルイスがソクラテス・クラブの会長であることから、発題者として招かれた人々がルイスの思想を取り上げること、そして彼に論争を挑むことになるのは当然であった。ルイスが一九四七年に『奇跡――一つの予備的研究』を出した時にはこの本のいくつかのテーマが話し合いと論争の中心になることが予想された。ルイスが扱っ

たテーマの中で最も重要なものは自然主義は自家撞着に陥っているとの主張である。この主張の根拠は『奇跡』の第三章に展開されている。第三章は「自然主義者の自家撞着」と題されていた。一九四八年二月二日の会合で若きカトリック哲学者エリザベス・アンスカムがルイスの自然主義批判を取り上げた。

ルイスの自然主義批判はどのようなものであったか。ルイスの自然主義批判はそれまでの彼の著作でも触れられていた。彼の主張は彼が一九四一年に書いたエッセイ「悪と神」にある一つの文章に要約される。「もし思想が大脳の運動の産物、それも誰も意図しない運動、意味をもたない運動の産物であるとするならば、われわれはそれを信頼すべき根拠はどこにあるのか[20]」。キリスト教信仰(例えば神に対する信仰)は人間が置かれている環境の諸要素や進化圧力によって生み出されたものにしか過ぎないと主張する人々に対して、そのように考えることは彼らが究極的に依存している思惟のプロセスを無効にするものだとルイスは主張する。人間の思想は環境が偶然的に生み出したものだと主張する人々は自分自身の思想のすべてを否定しているだけである。それには思想が環境によって決定されるという信条も含まれる。

ルイスの議論の進め方は示唆に富むだけでなく強い創造力を持っている。そして当時の「自然主義的」思想家たち、例えばJ・B・S・ホルデインのような人々の問題意識とも共鳴している。ルイスは彼とも何回も論争を行っていた。唯物主義者ホルデインは次のような議論に躓きを覚えていた。

もし私の知的思索の過程が私の脳を構成する原子の動きに完全に決定されているならば、私が持つ信条が真理であると考える理由は何もない。私の思索は化学的には健全であるかもしれない。しかしそれが論理的に健全であることにはならない。従って私は私の脳が原子によって構成されていると断定する理由はない。私が坐っている枝を切り落とすことが必要であるというような議論から逃れるためには、私のこころが物質によって完全に規定されているとの仮定を廃棄せざるを得ない[21]。

ここでホルデインはルイスが反論に用いると予想される議論を先取りしている。ルイスは『奇跡』において自然主義が理性的思索の結果なのであれば、その思索の結論に辿り着く過程が妥当なものであると想定されなければならないという。言い換えればもしすべての出来事が「非理性的（irrational）な原因」によって決定されているのであれば（ルイスは自然主義がそう想定しているという）、理性的な思想はすべて理性的な原因の結果であると考えなければならないことになる。これは自然主義の主張に到達するための推論を進めるための核となる前提を否定していることになる。「いかなる思想もそれが非理性的な原因の結果として生じたものとしか説明できないとすれば妥当なものではない」。[22]

この推論には思想に関していくつかの重要な筋道が絡んでいる。しかし『奇跡』を批判的に読む者にはルイスがこの部分を充分な考察を込めずに書いたのではないかとの思いを禁じえない（それも根拠のないことではない）。そこには論理的な飛躍が見られる。ルイスはおそらくその議論を熟知していたと考え、読者も熟知しているのだろうと仮定したのかもしれない。事実はそうではなかった。もしエリザベス・アンスカムがルイスの弱点を指摘しなかったとしても誰か他の人物が指摘していたであろう。

問題はルイスが自然主義を否定したことにあるのではなかった。アンスカムは一九四八年二月に行った発題の冒頭で自然主義が根拠薄弱であると言い、彼女がルイスの自然主義批判に同意していることを明らかにしていた。ただし彼女は『奇跡』の初版第三章にあるルイスの主張そのものに賛成しているわけではなかった。そこに展開される議論は結論を正当化するには充分に厳密ではないと指摘した。アンスカムにとって問題と感じられたのはルイスが自然主義を「非理性的（irrational）」であると断定していたことである。[23] アンスカムの指摘は全く正しい。アンスカムが正しいことはルイスが『奇跡』の初版第三章を読む常識に通じた人々には理解されることである。自然的原因のすべてが「非理性的（irrational）」ではないからである。アンスカムが多くの（おそらく、ほとんどの）自然的原因は単に「没理性的（non-rational）」であると言っても良いのではないかと言っている。もし理性的（rational）思想が自然的な「没理性的」原因により生み出されたというのであれば、その「妥当性」がそのゆえに疑わしいものになるのではない。ただしそれらの原因が誤った信条ないし不合理（unreasonable）な信条の前提になっていないことが必要である。

それはルイスにとって愉快な出会いではなかった。『奇跡』の第三章は書き直す必要があることが明らかになった。ただし結論が間違っていたのではない。その結論に達するための議論の進め方が充分に堅固なものではなかっただけである。ルイスはアンスカムを哲学上のインクリングとして認め、彼女の批判に応えた。彼女の批判を受け容れて第三章を書き直した。この章が書き直された改訂版は、第三章の題が「自然主義の最大の難点」と改められて一九六〇年に出版された。この章の冒頭の六つのパラグラフ以外はすべてアンスカムが指摘した問題を踏まえて書き直された。知的にはるかに強固な議論となりこの重要なテーマに関するルイスの最終的な立論であると見られている。

ルイスはアンスカムによって軽い打撃を受けたが、この出会いの真の重要性はそれ以後のルイスの著作活動の方向性に対してどのような影響を持ったかに関わる。ルイスの伝記作者の中には、特にA・N・ウィルスンのように、この出会いがルイスのものの見方を一変させるきっかけあるいはその原因となったと考える者もいる。彼らによればルイスは議論に負けて自分の信仰が理性的基礎に基づいているという確信を失い、護教家としての役割を放棄したのだという。フィクション（例えば『ナルニア国歴史物語』）を書くことに転向したのは合理的議論がキリスト教信仰を支持できないことを悟り始めたからであるという。

しかしルイスがこの出会いについて書いたものの大半から判断すると全く異なる結論に導かれる。アンスカムの批判を受けてルイスは一つの論点について自分が展開していた根拠が弱いものであることを認めた（少々議論をはしょり過ぎたことが認められた）。そして彼はそれを改善することに力を注いだ。ルイスは学術的著作家であり、学術書は同僚たちの批判と問題意識とによって試され議論や根拠が可能な限り最善のかたちで提示されなければならない。ルイスは文学的批判を他者に向けて呈していただけでなく、彼自身も受けており批判されることに慣れていた。インクリングズの会合やトールキンのような同僚たちとの個人的話し合いはまさにそのような文学的批判の応酬の場であった。

アンスカムも自分がルイスの全体的な意見を知的に精練する触媒のようなものであると見ており、それを論駁する者とは考えていなかっただろう。彼女はルイスの意見に共感を覚えていたことが明らかである。ルイスは自分の議論の弱点があのように公開の場で明らかにされたことで呆然としたかもしれない。そして親友の何人かはその出来事が愉快なものではなかったと洩らしている。しかしルイスが感じた当惑は彼が著書を書き直さなければならないことにあるのであって、知的プロセスそのものについてではない。アンスカムの批判を受けたことの建設的かつ有益な結果が書き直された議論に明確に現れている。

アンスカムとの出会いの結果としてルイスが没理性的（non-rational）な信条主義あるいは理性抜き（reason-free）の空想小説の領域に逃げ込んだとする理解に根拠はない。その後のルイスの作品にはキリスト教の理性的首尾一貫性についての強い感覚が貫かれており、また現代の文化的環境において護教論が重要であるとの主張も強く打ち出されている。ルイスが書いた論文、例えば「有神論は重要か（Is Theism Important?)」（一九五二年）や「信条を変更することの難しさ（On Obstinacy in Belief)」（一九五五年）などでは、明らかに護教論における理性的議論の重要性が主張されている。さらにはルイスが一九五二年に『キリスト教の精髄』を出版したとき彼が一九四〇年代に行った放送講話で展開した護教論の理性的方法を修正しようとはしなかった。彼には修正しようと思えばそうする機会が与えられていたはずである。

アンスカムの批判もルイスが護教論の方法として理性的議論を放棄して空想物語を用いることになる「きっかけ」となったと見ることもできない。アンスカムとの議論が行われた時に、ルイスは既に「空想的護教物語」と

図10－1　稀にしかない平和な時。1949年夏にルイスと兄ウォーニーがアイルランドのアナガッセンで共に休暇を過ごした時の写真。ムーア夫人が代理母となった娘ヴェラ・ヘンリーがそこに貸し別荘を持っていたので、ルイスとウォーニーはしばしばそこで休暇を過ごした

も言うべき三冊の本格的著作を出版していたことが忘れられてはならない。ランサム三部作である（二九二―二九八頁参照）。ルイスは護教論の方法として物語を用いることおよび想像力に訴えることの重要性を既に理解していた。ルイスはランサム三部作の起源は『ナルニア国歴史物語』と同じく理念のうちにあったのではなく、イメージのうちにあったと語ったことがある。

ナルニア国は理性的護教の企てに失敗して退却するための逃走路ではなかった。それは彼の良く知られた立場、キリスト教的現実像における理性と想像力の和解という立場と並んで、彼の護教論の方法の一つの筋道である。A・N・ウィルスンは「『ライオンと魔女』はソクラテス・クラブでの議論においてエリザベス・アンスカムに負けたことで、悔しさを紛らすために幼い頃の思い出に追い込まれたという経験から生み出された」と言うが、残念ながら彼は納得の行く根拠を示していない[24]。またナルニア国の「白い魔女」はアンスカムをモデルにしたものという奇妙な説も究極的には何の根拠もない。スペンサーが妖精の国（Faerie Land）に関する豊饒なイメージを紡ぎ出したように、ルイスがナルニア国に関する豊かな想像を紡ぎ出し織りなした時点から考えれば、ナルニア国の物語の起源はアンスカ

ムに何かの関係があるのかもしれない。しかしわれわれの推察はそこから先には進まない。ルイスは『ナルニア国歴史物語』を一九四八年のアンスカムの発題を聞く以前に書き始めていた。

いずれにせよそれは「敗北」ではなかった。それは欠陥を持つ推論をめぐって健全な推論がどのようなものかを批判的に判定することであった。推論が改善された結果が一九六〇年に公表された。オクスフォード大学の哲学者J・R・ルーカスは一九六〇年代に行われたソクラテス・クラブの会合において、ルイスとアンスカムとの間の論争を回想しルイスの主張を再び提示した。もとの論争に関する彼の判断は今も重要である。

ミス・アンスカムの議論は理性と思考の原因との間の区別を土台としていた。彼女はそれをヴィトゲンシュタインから学んだ。その区別はヴィトゲンシュタイン主義者の間では重要なものと考えられていた。『奇跡』を書いていた当時のルイスはその区別を知らなかったし、知りようもなかった。そしてそれが彼の議論に疑問を投げかけるものであることも知らなかった(25)。

ルーカスは一九四八年の時点でルイスが抱えていた問題が何であるかについて何の疑いも持たなかった。そして彼がその後にアンスカムに与えた答えにおいてアンスカムを克服したことも明らかであると考えた。彼は言う。

ミス・アンスカムは「ガキ大将」であった。ルイスは紳士であった。彼はそのために彼女が彼をあしらったようには彼女をあしらうことができなかった。しかし私は彼女と何回も対決したので彼女に対して何の遠慮も感じなかった。従って私と彼女との論争の決着は議論そのものに納得できるかできないかで決った。つまり私が勝った。

## キリスト教護教家としての自分の役割に疑問を抱く

アンスカムがルイスに与えた打撃を過大に評価しないことは重要であるが、ルイスがその後オクスフォード大学で過ごした期間のことを考察すると、その頃からルイスは自分がキリスト教護教家としての役割を担っていることについて疑問を持ち始めたことはアンスカムの影響もあるように考えられる。ルイスがケンブリッジ大学に移ってからソクラテス・クラブの会長となったのはベイジル・ミッチェルであった。彼は後にオクスフォード大学のノロック哲学教授となる専門的哲学者であった。ミッチェルの見るところによれば、ルイスは自分が現代の哲学に充分に通じていないことを悟り（アンスカムはヴィトゲンシュタイン研究の権威であった）、哲学的問題は専門家に譲り自分は自分が最も良く知っていることに専念する方が良いと決断したのだという。

ルイスが戦時下にキリスト教護教家としての役割を引き受けたのは時代の要求に応えただけのことである。ルイスが戦後にこの役割を願い下げたいと望んだ形跡が三つある。第一にルイスはこの役割が彼の時間とエネルギーを消耗しつつあると感じたことである。この点は一九四五年に彼が行った講演「キリスト教護教論」において明確に述べられている。そこで彼は「護教家として活動することほど自分の信仰にとって危険なことはない。キリスト教信仰のどの教理にしても私には怪奇そのもの、非現実的なもので、私が公開の議論において手際よく弁護したものとはかけ離れていると私には思われる」と述べている。[26] それからおよそ一〇年後、ケンブリッジ大学に移った後にも、護教論は「非常に身をすり減らす」と書いている。[27] ルイスは護教論を彼の人生における一つの重要な挿話としか考えず、彼の使命あるいは自分の人生の頂点とは考えなかったのであろうか。彼が書いた手紙からはそう伺える。彼は自分が書いた護教論はそれまでに彼が書いたものに比べてエネルギーや生命の漲りが感じられないという。

ルイスはこの点をドン・ジオヴァンニ・カラブリアと交わしたラテン語の手紙で極めて明確に表明している。カラブリアは注目すべきイタリア人司祭で、一九九九年四月一八日に教皇ヨハネ・パウロ二世により聖人の列に加えられた。『悪魔の手紙』のイタリア語訳は一九四七年に出版され大きな関心を呼んだ。[28] カラブリアはこの訳を読み、その著者に肯定的な読後感を書き送った。彼は英語を知らなかったのでラテン語を用いた。ルイスは彼と一九四七年からカラブリアが没する一九五四年一二月までラテン語で文通を続けた。[29] 一九四九年一月の手紙でルイスは自分の著作能力にますます絶望を覚えると書いている。当時彼は何も書けなくなっていた。「私はものを書く熱意も、かつてものを書く才能があると感じていたことも、共に失われつつある」と書いている。[30] おそらくルイスはラテン語を用いることにより、英語の手紙ではとても書けないことを率直に書けると思い自分が著述家としての才能を失うことが自分にとって良いことであるとさえ考えたのではないだろうか。そうすれば栄誉を得るという空しい野心にも終止符を打つことができる。ルイスは一九四九年六月に健康を害し入院した。その四か月後にも彼の気分はますます暗くなっていた。彼がいくばくかの自信を取り戻し、やる気を持つようになったのは一九五一年末になってからであった。しかし彼の告解聴聞僧であったウォルター・アダムズが一九五二年五月に没したことで彼は賢明な助言者、友人を奪われ、彼のストレスはさらに嵩じた。

ルイスが護教家としての役割から身を引いたもう一つの理由が考えられる。それは彼に最も近かった二人の人物、アーサー・グリーヴズやムーア夫人に対してキリスト教を擁護できなかったという重大な事実があったことである。ムーア夫人は人生の終わりの頃にもキリスト教に対して反感を持ったままであった。グリーヴズも禁欲的なアルスター的プロテスタント主義から同様に禁欲的なユニテリアンに移っていた。さらにはウォーニーさえ『痛みの問題』が護教的な説得力に欠けると思っていた。親しい人々を説得できなかったという事実を前にして、彼は一般の人々に対する護教家としての役割を担い続けることができるであろうか。

最後に、以上に挙げた二点とも関連するが、彼が書いた手紙からは護教家としての自分の能力は尽きたと彼が感じていたこと、そして後進の人々にその役割を委ねるべき時が来たと考えていたことが知られる。その他二つの小さな問題があったことが察知される。第一にルイスには扱えない新しい問題が起こってきていることを彼が嗅ぎつけたことである。第二に彼が護教家としての頂点を既に越えてしまったとの自覚である。彼はロバート・ウォルトンからBBCの番組、宗教信仰の根拠に関する討論会に参加するよう求められたが「『ジャングル・ブック』に登場するヘビ、年老いて毒歯を失ったヘビのように、私は議論を闘わす力をほとんど失ってしまった」との理由で辞退した(31)。

アンスカムがこの結論に至るために力を貸したことは疑い得ない。一九五〇年六月一二日にステラ・オルドウィンクルはソクラテス・クラブの書記としてルイスに手紙を書き、一九五〇年のマイケルマス学期の予定を立てるに当たり会長であるルイスの意見を聞きたいと言ってきた。ルイスは発題者の候補として何人かの売り出し中の人々の名を挙げている。新約聖書の歴史的価値の問題に関してオースティン・ファーラー、信仰と経験の問題に関してベイジル・ミッチェル、そして「私はなぜ神を信ずるか」の問題に関してエリザベス・アンスカムなどの名が挙げられている。ルイスはアンスカムこそ彼が第一に推薦する人物であることを明らかにしている。「彼女は護教家としての私を抹殺した以上、私の後任となるべきではないのか(32)」。

ルイスは一九五五年一月にケンブリッジ大学に移るが、彼はそれを新しい出発の時と考えたようである。この頃からの彼の著作の中に特に護教的なテーマを扱うものがほとんどないことは注目すべきことである。ただしその場合も護教的とはキリスト教信仰を理性的に弁護することを議論の表立った目的として掲げる議論ということである。彼は一九五五年九月にアメリカの福音派指導者カール・F・H・ヘンリー(一九一三―二〇〇三)から護教的文章を書いてほしいとの依頼を受けた。その依頼を断った上で次のように書いている。かつて彼は「正面作戦として」自分にできる限りのことを行ってきたが、今はそれができる時ではなくなっていると「確信」している。今は「フィクションや象徴」による間接的な方法による護教をするべきであると考えている。[33]

カール・ヘンリーは戦後のアメリカ福音派の歴史上最も重要な人物の一人であるが、その人物に語られたこれらの言葉はナルニア国の成立に関わりがあることが明らかである。多くの人々が「フィクションと象徴」という言葉が『ナルニア国歴史物語』を指していると理解している。この物語は誰が見ても物語あるいは想像力を用いた護教論に分類される。それは戦時下になされた放送講話において用いられていた方法、演繹的論理や帰納的論理を駆使する方法からは大きく逸れたものである。アンスカムがルイスの用いた護教論の方法に疑義を突きつけたのはその媒介に関してであって、内容に関するものではなかった。ルイスは「弁証能力」を失ったが、彼の想像力はどうであっただろうか。

『ナルニア国歴史物語』はルイスが一九三〇年代中葉からあたためていた哲学的、神学的理念の核の部分を理論的に説いたものではなく、想像力を用いて展開したものであると言って良い。『ナルニア国歴史物語』は『奇跡』において哲学的、神学的に論じられた議論をそのまま物語のかたちで表現している。ルイスが護教的著作において既に示してきた現実像を、フィクションという媒介によって読者が見届けること、それ以上に見て楽しむことを可能にするように意図されている。

われわれは次にルイスが『ナルニア国歴史物語』をどのようにして書いたのかを語り、それがどうしてその後の世代の人々の想像力を魅了することができたのかを理解しなければならない。

第三部

# ナルニア国

# 第一一章　現実を再構成する
## ——ナルニア国創造

二〇〇八年にロンドンの出版社ハーパーコリンズ社が筆跡学の専門家ダイアン・シンプスンにC・S・ルイスの手書き原稿を何点か見せ、その筆跡鑑定を依頼した。シンプスンは誰の筆跡なのか知らされなかった。彼女は「細かくて整った筆跡」から、それを書いたのは「用心深く、注意深い」人物、鋭い批判的能力の持ち主であると判定した。シンプスンはその他の点にも注目した。「この人は庭の物置小屋のようなもの（あるいは自分の世界のようなもの）を持っていて、いつでもそこに身を隠すことができたのではないでしょうか」[1]。シンプスンの言うことは全く正しかった。ルイスはたしかに「自分の世界のようなもの」を持っていていつでもそこに隠れることができた。それこそ今われわれが「ナルニア国」の名で知っている想像世界である。

ここで「想像」というコトバについて考察しなければならない。ナルニア国は「想像・構想された（imaginative）世界」であって「架空（imaginary）の世界」ではない。ルイスはこれら二つの観念の区別についてきわめて明確な理解を持っていた。「架空の」ものとは人為的に想像されたもの、現実世界の中に対応するものを持たないものである。ルイスにとってそのような考案・発明された（invented）現実は妄想への道を開くものである。「想像された」とは人間のこころによって、こころを超えたより大きなものに応答しようとして、つまりその現実を適切に捉えるイメージを得ようとして苦心して構想されたものである。神話は想像されたものであればあるほど「より大きな現実をわれわれに伝える」力を持つ(2)。ルイスにとって想像(構想)とは人間の想像力の正当かつ建設的な用法であり理性の限界に挑もうとすること、現実をより深く把握するための扉を開くものである。

ルイスはどのようにしてこの想像・構想された世界を創造したのであろうか。そしてそれを創造したのはなぜか。それは私生活上および職業上の二重のストレスに押しつぶされようとしているときに、幼年時代の安全地帯に逃避するためであったのだろうか。ルイスはピーター・パンのように感情的に幼い少年、大人になれない人間で、ナルニア国は彼の「ネヴァー・ネヴァー・ランド」であったのだろうか。この説には多少の真実味はある。既に見たようにルイスはストレスを感じたときには物を書いて気を紛らせていた。ナルニア国物語の場合にはもう一つの要素があった。ルイスは子ども向けの物語が哲学的、神学的問題を考察するための素晴らしい手段を提供してくれるという理解を深めていた。例えば悪の起源、信仰の本質、人間の神欲求などの問題である。良い物語はこれらのテーマを織り合わせることができる。そこでは想像力が真剣な思索への入口となる。

ルイスが説明するところによればナルニア国物語(Narnia stories)は彼の想像のうちに生れた。そもそもの始まりは牧羊神が傘を差して小さな包みを抱え、雪が降る林の中を歩いていくというイメージから始まった。創作のプロセスに関するルイスのこの有名な描写から、それはこころに浮かぶイメージから場面を繰広げてゆくプロセスであり、多くの場面がその後一繋がりの筋につなぎ合わされるプロセスであったことが分かる。そこにはトールキンの小説『ホビットの冒険』が着想され書き始められた時のことと明白かつ重要な類似点がいくつか見られる。トールキンはW・H・オーデン(一九〇七―一九七三)に宛てた手紙で、一九三〇年代初めに履修証明試験の答案を採点しながら(彼は臨時の収入を必要としていた)死ぬほどの退屈を味わったこと、そんな時になぜか説明できないが一つの思いが頭をよぎったと回想している。「私は一枚の白紙に『地面の窪みに一人のホビットが住んでいた』と書いた。なぜそれを書いたのか、その時も知らなかったが今も知らない[3]」。

ただしルイスは自分がナルニア国を「創造」したとは考えなかった。かつて彼は「創造」とは「実に紛らわしいコトバ」であると言ったことがある。ルイスは人間の思想を「神によって焚き付けられた」ものとみなすほうが良いと思うと言う[4]。そして創作のプロセスを神が備えた要素を配列し直すプロセスとして見るという。作家は「手持ちの材料」を取り上げ、それらを新しい用途に向ける。作家は造園家のように「因果関係の流れの中」の一つの要素に過ぎない[5]。後に見るようにルイスは文学の中に彼が見出した諸々の「要素」から強い刺激を受けた。彼の技能はそれらの要素を創案することにあったのではなく多くの要素を編み合わせて今日われわれが『ナルニア国歴史物語』として知っている記念碑的文学を創造した方法にある。

図11－1　牧羊神タムナス氏が傘を差し、荷物を抱え、ルーシィを伴って雪の森を行く。ポーリーン・ベインズが『ライオンと魔女』のために書いた多くの有名な挿絵の1枚

## ナルニア国の由来

「私はこれから子どものための本を書く」。ムーア夫人とモーリーンはある朝、朝食のときに思いがけない言葉を聞いた。それは一九三九年九月に第二次世界大戦が勃発した頃のことである[6]。ムーア夫人とモーリーンはそれを聞いて笑った。彼らには別に悪意があったのではない[7]。ルイスには自分の子どもがなかっただけでなく、彼が代父となった子どもたちと時折会うことを除けば、子どもと接触した経験が

ない。彼らの笑いはすぐに止まった。しかしルイスの着想は消えなかった。ナルニア国は彼のこころの中で形成され続けた。幼年時代から彼のこころにあった思いやイメージが具体的なものとなり始めた。

ナルニア国物語七部作を書くことは立て板に水を流すようにすらすらと書けた。ルイスは個人的問題、職業上の問題を抱えていたが、七巻のシリーズのうち五巻を一九四八年の夏から一九五一年の春までに書き上げることができた。その後少し空白の期間があるが、一九五二年秋に『さいごの戦い（*The Last Battle*）』を書き始め翌年春に書き上げた。シリーズの最後になる第七巻は『魔術師のおい』と題されて出版されるが、これを書くにはルイスもかなり手こずった。ルイスは『ライオンと魔女』を書き終えた時に『魔術師のおい』を書き始めていたが、書き終えたのは一九五四年三月であった。

ルイスがナルニア国物語をすらすらと書けたのはルイスが天才的創作力を持っていたからだと言う人があるかもしれない。しかし他の人々、特にトールキンはルイスがあれほど速く書くことができたのはそれらの物語が浅薄なものであるからだと考えた。それらの物語は背後から物語を支える伏線を持たない。それはいくつかの神話を掛け合わせた神話の雑種で首尾一貫性がない。トールキンが理解できなかったことはなぜこの物語にサンタクロースが登場しなければならないのかということだった。サンタクロースはこの物語にとって異質なものである。ルイスは『ナルニア国歴史物語』においてトールキンの着想を無断で使っているのではないかとの疑心暗鬼にも駆られた。

トールキンが言うことを理解するのはやさしい。しかし最近のルイス研究においてはナルニア国物語全体の首尾一貫性が認められるようになっている。それはルイスが中世の象徴体系を巧妙に（「隠して」とも言えるかもしれない）利用していることが明らかにされたからである。この問題は次章で論ずることにする。

ところで「ナルニア国」なる名称はどこから来たのであろうか。ルイスは一九一四年から一九一七年までグレート・ブカムのウィリアム・トンプスン・カークパトリックの下で古典文学を学んでいた。その頃古典古代の地図を購入していた。それは一九〇四年に出版されたものである。その地図のある頁に古代イタリアの地図があった。そこにある古い都市の名にルイスは太い下線を引いている。その発音が気に入ったのだと言う[8]。その都市の名が「ナルニア」でイタリアのほぼ中央部にあり、現在はウンブリア州ナルニとなっている（ルイスがこの町を訪れたことはない）。ナルニに生きた人物で最も有名な者はルチア・ブロカデルリ（一四七六―一五四四）である。彼は有名な幻想家・神秘主義者でありこの町の守護聖人となった。しかしこれらの事実が当時のナルニアの歴史や古代後期あるいは中世初期にその都市の文化にどのような役割を果たしたかについては特に何の重要性も与えられていない。もちろんナルニア国物語においてもルチア（ルーシィ）は何の重要性も与えられていない。ルイスはこの都市のラテン語名の発音が気に入っただけであり、それが彼の記憶の中に固定されていただけであるらしい。ただし古代のナルニアは都市であり、地域あるいは国ではなかった。

ナルニア国発見の経緯は児童文学に描かれる場面の中で最も有名なものの一つとなった。ピーター、スーザン、エドマンド、そしてルーシィの四人の兄弟姉妹たちがロンドンから疎開させられる。第二次世界大戦中にイギリスの首都に対する爆撃を避けるためである[9]。彼らは家族から引き離されて田舎の古い家に連れていかれる。その家はある教授が所有する家であった。彼は温厚で善意に満ちた人物ではあったがやや風変わりな人物である（多くの読者は、それが遠まわしではあるがルイス自身のことであるとみなしている）。四人の子どもたちは豪雨に降り籠められて外に探検に出ることもできなかったので無数の本で埋っている屋内の廊下や多くの部屋を探検することにした。（ここにはルイスが生涯にわたって「外なる世界」と「内なる世界」の区別に関心を寄せていたこととの関連が明らかに読み取れる。）彼らはそうするうちに「一つの部屋、一つの大きな洋服ダンス以外には何もないガランとした部屋」に踏み込んだ[10]。

ルーシィは洋服ダンスの扉を開けて中に入った。彼女はそこで寒い土地、雪が降りしきる土地に入りこんだことを知る。そこは「いつも冬だけれどもクリスマスが来ない」世界であった。彼女はその地の住民たち（主に牧

図11－2　4人の子どもたちは教授の家のガランとした部屋で不思議な洋服ダンスを発見する。『ライオンと魔女』に添えられたポーリーン・ベインズの挿絵

羊神とビーヴァー）に出会い、ナルニア国の本当の王は歴史物語を聞かされた。ナルニア国の本当の王はライオンで名をアスランという。アスランは永年不在であったが最近「再び行動を起した」。彼女の兄エドマンドは白い魔女から全く異なる話を聞かされた。それによれば白い魔女こそがナルニア国の本当の支配者、合法的な支配者であるという。

『ライオンと魔女』は一面ではアスランと白い魔女という登場人物と彼らの言い分のどちらが正しいのかについての争いの物語である。どちらを信じることができるのか。ナルニア国の歴史に関するどちらの説が信じられるのか。これら二人の登場人物の主張の正しさを判定するために子どもたちは自分たちが転がり込んだ不思議な世界に関する真実の歴史を発見しなければならない。彼らはナルニア国の歴史において重要な役割を果たさなければならないことになったらしい。

それまでに書かれた児童向け物語との違いが

際立っている。例えば『オズの魔法使い』（一九〇〇年）ではドロシィは初めからどれが悪い魔女でどれが良い魔女かを教えられている。ナルニア国歴史物語では登場人物たちは道徳的性格を明らかにする名札を着けていない。そこに登場する子どもたち（もちろん読者も）は自分で判断しなければならない。彼らが出くわす人物たちの性格は複雑であり多くの顔を持つ。彼らの本当の道徳的性格は子どもたちが自ら発見しなければならない。

ナルニア国歴史物語は個々の人間が自己理解にどう到達するか、自分の弱点をどうやって知るか、そして自分が本来あるべき人間になるためにどのような努力をするべきかなどのことについて語っている。それは意味と道徳とを追求する努力についての物語であって、単に物事を説明したり理解させようとしたりしようとする物語ではない。そのことがナルニア国歴史物語が非常に強い魅力を持った理由かもしれない。この物語は子どもたちがどのような選択をしなければならないのか、正しい選択と間違った選択とはどこが違うのか、選択をするために子どもたちにどのような困難があるのかなどについて語っている。しかしこれら正しさや偉大さという目標は論理的な議論あるいは説得によって示されるのではない。それは物語を通して確認され追体験される。

ルイスは一九四〇年代初めにチャールズ・ウィリアムズの影響を受けて、読者が道徳的に良い人間になりたいと思わせる物語を書くために想像力が強い力を発揮することを学んだ。ルイスが言うところによればチャールズ・ウィリアムズは「昔の詩人たちが徳目をテーマとして詩を書いたとき、彼らは道徳を教えようとしていたのではなく、道徳を敬慕していたのであって、われわれが教訓として受取っていたのはほとんど場合詩人自身がそれに魅惑されていたから」だということを教えてくれた[11]。人々を道徳的に改善するための鍵は「勇敢な騎士と英雄的な勇気」についての力強い物語を語って人々の想像力を捕らえることである[12]。そのように書かれた物語は精神を高揚させ高貴にする。それによってわれわれを自分の世界でも同じように行動したいと願わせる。

## 敷居――ナルニア国物語を理解する鍵となるテーマ

ナルニア国歴史物語の中心的テーマは別世界へ通ずる扉である。それは敷居であり、それを超えて通ることができる。新しい別の素晴らしい領域に入りそこを探検することができる。ここには明らかに宗教的な意味合いが込められている。ルイスはそれまでも、例えば一九四一年に行った説教「栄光の重み」でこの宗教的問題を扱っていた。ルイスによれば、人間の経験は別の世界があること、人間が経験している世界よりもはるかに素晴らしい世界があることを暗示している。人間が最後に辿り着くべく定められた目的地はそこにある。しかし人間は現在その世界の入口にある扉をはさんで「反対側」にいる。

不思議な世界の入口にある敷居という観念は古今の児童文学でお馴染のものである。現代の読者はロンドンの地下鉄キングズ・クロス駅を扱ったJ・K・ローリングの「第9¾番線（Platform 9 ¾）」を思い出すであろう。高齢の読者であればルイスも含めてE・ネズビット（一八五八―一九二四）の児童書を思い出すであろう。ネズビットは今日エドワード朝の古典とされる小説『鉄道きょうだい（*The Railway Children*）』や『魔法の城（*The Enchanted Castle*）』の著者として記憶されている。

ルイスは子どもの頃ネズビットの作品をいくつか読み非常に楽しんだ。特にネズビットの三部作、『砂の妖精（*Five Children and It*）』（一九〇二年）、『火の鳥と魔法のじゅうたん（*The Phoenix and the Carpet*）』（一九〇四年）、『魔よけ物語（*The Story of the Amulet*）』（一九〇六年）などを感激して読んだことを後になっても覚えていた。ルイスは『魔よけ物語』が彼にとって非常に重要なものであったと言う。そして今でも「読んで楽しんでいる」と書いている(13)。これら三部作は五人の子どもたちがいる家庭の物語であるが、子どもたちはいろいろな理由で家族と離れ離れにならなければならなかった。そしてそれまで知らなかった素晴らしい人々や動物の仲間となって新しいものごと、わくわくするようなことに出会う。子どもたちは慣れ親しんだ環境を離れることによってそれまで知らなかった不思議な世界や考え方を知ることになる。これはナルニア国物語七部作に繰り返し現れるテーマである。

ネズビットの小説の中心的テーマは二つの世界を結ぶ結節点ないし橋があるということである。賢い者はそれを発見して通過していくことができる。ネズビットは普通の世界と魔法の世界とを分ける不思議な敷居、日常的な世界と魔法のかかった世界の間にある敷居について書いたが、それをジョージ・マクドナルド（一八二四―一九〇五）もネズビットより先にしていた。ネズビット自身が『魔法の城（*Enchanted Castle*）』においてこの観念について説明している。

カーテンが掛かっています。クモの巣のように薄く、ガラスのように透明で、鉄のように強いカーテンです。それは魔法の世界とわれわれには本当の世界に見えるものとの間に永遠に掛かっています。そのカーテンの少し弱い部分を一つでも見つけた人にはどんなことでも起こります。カーテンの弱い部分には魔法の指輪、お守り、あるいはそれに似たものが、しるしとして付けられています(14)。

ルイスがネズビットに負うているものは不思議な世界の敷居という一般的な観念だけではない。ネズビットの物語集『魔法の世界（*The Magic World*）』（一九一二年）にはナルニア国物語に奇妙に類似した構想が見られる。「叔母とアマベル」の章に幼い少女アマベルがうっかり叔母の花壇をだいなしにしてしまい、そのために罰として二階の寝室に閉じ込められるという挿話がある。アマベルはそこでベッドと大きな洋服ダンスと電車の時刻表とを見つける。洋服ダンスの中には電車の秘密の駅があることが分かり、電車が彼女を別の世界へ運んで行く(15)。

敷居を越えるというテーマはナルニア国物語七部作において重要な想像的役割を果たしている。それは読者に不思議な世界に入り込ませる。その世界は主人公たちの行為や冒険を通して探検される。この探検のプロセスはポーリーン・ベインズ（一九二二―二〇〇八）の挿絵によって非常に分かりやすくなっている。彼女はトールキンの『ハムの農夫ガイルズ』（一九四九年）にも挿絵を描いていた。ベインズは挿絵を線描画で描いたが、トールキンはそれが彼のテキストの内容を完全に表現するものであると思った。彼は出版社に手紙を書き挿絵はすべて彼が期待したものよりもはるかに良いものであったと感激を伝えている。「それらは挿絵以上のもの、テキストを担保するテーマです」。トールキンにとって彼女の挿絵はあまりにも上できのもので、彼の友人たちは彼のテキストは挿絵に対する解説のようなものだと言ったという。[16]これをきっかけとしてトールキンとベインズの間に相互に尊敬しあう関係が長く保たれた。『ライオンと魔女』の出版社が挿絵をつけることをルイスに勧めたとき、トールキンが彼女を強力に推薦したのは当然であった。

しかしルイスとベインズとの関係はやや儀礼的で疎遠なものに終わったらしい。彼らは二回しか会ったことがないようである。そのうちの一回はロンドンのウォータールー駅での非常に素っ気ない短いものであった。その時ルイスは電車に乗り遅れまいと焦っていてしきりの時計を見ていた。（その日のベインズの日記には「C・S・ルイスに会った。帰宅した。ロックケーキを焼いた」とだけあると噂されている。）彼らの関係は気安いものではなかった。特にルイスが彼女と会って話しているときには挿絵について熱心であったが、彼女がいないところでは彼女の画家としての才能に批判的であったと彼女が後に聞いてからは気まずいものになった。ルイスは特にライオンの描き方が拙いと言っていたという。

このことに関してルイスは深刻な誤解をしていた。ベインズの挿絵が読者にどれだけナルニア国物語の姿を明確にするために貢献したか、特に高貴かつ威厳あるアスランの姿を眼に見えるかたちにしたことについて、ルイスは分かっていなかったと思われる。ルイスが子どもの頃にアーサー・ラカムの挿絵によってワーグナーを好きになったという経験（五八―五九頁参照）があるのに、挿絵が読者の想像力を捉えるためにどれほど重要であるかを考えなかったのであろうか。ルイスは自覚しなかったのかもしれないが、少女と牧羊神とが傘の下、手を携えて雪の降る森の中を行く挿絵を見て自分の想像世界が完全に可視化されたと感じていたのではないか。

二〇〇八年二月にイギリスの教育慈善団体ブックトラスト（Booktrust「あらゆる年齢のすべての文化に属する人々が読書を楽しむように奨励することを目的とする」団体）が『ライオンと魔女』を史上最高の児童文学書に選んだ。ルイスの魅力に富んだ物語こそがこの賞をもたらしたのであるかもしれない。しかし多くの人がベインズの挿絵が決定的役割を持ったのだと言うであろう。そしてルイスはそれに同意したであろう。いずれにせよ一九五六年に『さいごの戦い』がベインズの挿絵も含めてその年の最高の児童文学に与えられるカーネギー・メダルを獲得したときに、ベインズからの祝福の手紙にルイスは次のように応えていた。「むしろこれは『私たち』に与えられたメダルではないでしょうか。テキストだけでなく挿絵も選考の対象になったのだと私は確信しています」(17)。

## ナルニア国歴史物語七部作を読む順序

ルイスは初め『ライオンと魔女』を独立した物語、それだけで完結する物語として考えていた。そしてそれは完結した物語として読むことができる。ナルニア国物語七部作はこの書から生まれ出る物語である。『魔術師のおい』はナルニア国の歴史からすれば『ライオンと魔女』より前の時代を扱っているが、それも後者から生まれ出たものである。ルイスはわれわれをナルニア国の歴史のただ中に入り込ませ、王国の将来だけでなくその過去についても知りたいと思うこころを起こさせる。『魔術師のおい』は歴史回想であって、現在に光を当てるために過去を振り返った物語である。

七部作の読み方には三通りある。第一に書かれた順番に読むこと、第二に出版された順番に読むこと、第三に王国の出来事の歴史順序に従って読むことの三通りである。これら三通りの読み方は次の表のようになる。

| | 書かれた順番 | 出版された順番 | 歴史の流れに従う順番 |
|---|---|---|---|
| 1 | 『ライオンと魔女』 | 『ライオンと魔女』（一九五〇年） | 『魔術師のおい』 |
| 2 | 『カスピアン王子のつのぶえ』 | 『カスピアン王子のつのぶえ』（一九五一年） | 『ライオンと魔女』 |
| 3 | 『朝びらき丸　東の海へ』 | 『朝びらき丸　東の海へ』（一九五二年） | 『馬と少年』 |
| 4 | 『馬と少年』 | 『銀のいす』（一九五三年） | 『カスピアン王子のつのぶえ』 |
| 5 | 『銀のいす』 | 『馬と少年』（一九五四年） | 『朝びらき丸　東の海へ』 |
| 6 | 『さいごの戦い』 | 『魔術師のおい』（一九五五年） | 『銀のいす』 |
| 7 | 『魔術師のおい』 | 『さいごの戦い』（一九五六年） | 『さいごの戦い』 |

ハーパーコリンズ社は二〇〇五年に一巻本のナルニア国歴史物語を出版した。それには次のような出版者の言葉が添えられている。「『魔術師のおい』はC・S・ルイスがこの物語を書き始めてから数年後に書かれたが著者はこれが最初に読まれることを望んでいた。ハーパーコリンズ社はルイス教授が希望した順序にこれら七部作を提供できることを喜びとする」。この言葉は一見事実であるように聞こえるが、ルイス自身の考えをそのまま述べたものではなく一つの解釈にすぎず、それも疑問の残る解釈である(18)。ルイスはこの七部作がどのような順番で読まれても良いと考えていたこと、どういう順番で読むべきかを要求することについては用心していたことが明らかである。

いずれにせよ、ルイスは後に書いたエッセイ「批評について」において、シリーズものを解釈する場合には書かれた順序を確定することが重要であることを強調している。例えばトールキンの『指輪物語』を何人かの権威者が誤解しているが、それは書かれた順序を正しく捉えていなかったからだと指摘している。[19] さらにはルイスは作品がどう読まれ、どう解釈されるべきかに関しては著者自身が「必ずしも最善の判定者でも完全な判定者でもない」と言って譲らなかった。[20]

これらの点は充分に勘案されなければならない。ナルニア国歴史物語の歴史的年代区分の問題は読者に非常に分かり難いからである。例えば『馬と少年（*The Horse and His Boy*）』において語られる出来事は『ライオンと魔女』で語られる出来事の後に起こるのではなく同時に起こっている。このことはもし王国の厳密な歴史年代を基準としてこれらの物語を読もうとすると非常に困難な問題を引き起こすことになる。

最も深刻な問題は書かれた順番からすれば最後になる『魔術師のおい』の巻にある。この巻はナルニア国の初期の歴史を扱っている。この巻を最初に読むと『ライオンと魔女』の文学的完結性を完全に損なってしまう。『ライオンと魔女』はアスランの神秘性を強調している。そこではこの素晴らしい生き物が何ものなのか、またその名も地位も読者が何も知らないことを前提にして始まっており、少しずつ慎重に説かれ始め読者がもっと知りたいとの期待感を募らせるように工夫が凝らされている。ルイスは『ライオンと魔女』の隠れた語り手として「この子どもたちはだれもアスランが何ものなのかを知りませんでした。それは読者の皆さんと同じです」と宣言している。[21] しかし『魔術師のおい』を読んでしまっている読者はアスランについて既にたくさんのことを知っている。ナルニア国の秘密が徐々に明らかにされることこそ『ライオンと魔女』の文学的特長の一つであるのに、『魔術師のおい』を先に読むことによってそれが台無しにされ著者の苦心も泡と消えてしまう。

もう一つ『魔術師のおい』を後で読むことが同じように重要であることがある。それはナルニア国歴史物語の複雑な象徴体系はそれを後で読んだ方がより深く理解できることである。その場合、この巻は出版された順序に従い七巻のうちで第六番目に読まれ、『さいごの戦い』が最後の結論として読まれるのが理想的である。

トールキンの作品にしても『指輪物語』に書かれた事柄に先行する事柄を書いた『シマリリオン』（一九七七年）を先に読まずにも『指輪物語』を読むことが完全に可能である。『ライオンと魔女』を読んだ読者はナルニア国においてその後に何が起こるのか、またそれ以前にナルニア国がどのようにして成立したのかを知りたいと思うのが自然である。ただしどちらの読み方をしても構わない。読者にどちらかの読み方を押し付けるべきではない。

最後にルイスがこの七部作を書いた意図が何かを知る文学的手がかりがそのうちの三巻の書名に附された副題に表されていることに注目しなければならない。この点はこれまでほとんど見落とされてきた。これらの副題は最近の版からは落されている。『カスピアン王子のつのぶえ（*Prince Caspian*）』はもともと『カスピアン王子――ナルニア国への帰還』となっていた。この示唆的な副題はこの巻が『ライオンと魔女』にすぐ続けて読まれるべきであるとされていることが明らかである。ルイスはこのほかに二巻に『子どもたちのための物語』という同じ副題を付けている。それらは意義深いことに『ライオンと魔女』と『さいごの戦い』である。

このことはなぜ重要なのであろうか。ルイスは英文学を専門に研究する学者であって文学的・修辞学的技巧に通暁していた。ルイスはこの副題を「インクルーシオ（*inclusio*）」として用いている。これは聖書においても世俗的文学においても広く用いられている文学的技巧である。「インクルーシオ」は「括弧」の役割を果たし、著者は括弧で括られた部分が一つながりの首尾一貫した議論であることを表示することができる(22)。この括弧（あるいは枠）には同一の記憶しやすいコトバないし短い句が用いられる。ルイスは「子どもたちのための物語」という副題をナルニア国歴史物語七巻のうち『ライオンと魔女』および『さいごの戦い』の二巻に添えた。この「子どもたちのための物語」がルイスの用いた「インクルーシオ」である。つまり他の五巻はこれらの二巻を括弧ないし枠として括られた物語であるとされている。これら二巻は物語全体の始まりと終わりであるとされている。ナルニア国歴史物語の最近の版からこの副題が落されたことによりルイスによる文学的・修辞的技巧の利用が隠されてしまい、その結果ルイスが目的としたところも多少隠蔽されてしまった。

## ナルニア国の動物たち

ナルニア国歴史物語において最も顕著な特徴の一つは動物たちが果たす役割が際立っていることである。これは幼稚な技法であると無視する人々もいる。つまりこれはルイスが幼児期の『ボクセン』の世界に逆戻りしただけのこと、衣服をまといものを言う動物たちが住む世界に逃げ込んだだけのことと見る人々がいる。しかしルイスの語る物語にはそれ以上のものがある。

ナルニア国歴史物語にはルイスの時代に「進歩的」思想の持ち主とされていた人々の態度に対する批判が読み取れる。実験室で生体解剖が行われることを肯定する人々が当時多くいた。ルイスは一九三〇年代、一九四〇年代に流行していた観念を遠慮会釈なく批判した。例えばH・G・ウェルズが優生保護法や生体解剖を熱烈に擁護していたことをルイスは批判していた。生体解剖は今日一般に人間を非人間化するもの、非道徳的なこととみなされている。ルイスが一九四七年に書いたエッセイ「生体解剖」には一九世紀の偉大なオクスフォード大学児童文学作家のルイス・キャロル（一八三二―一八九八）に賛同し、動物虐待に対する抗議の声が上げられている。生体解剖を行うことはルイスにとってダーウィン的自然主義が内蔵する矛盾を暴露することであった。それは動物と人間との間にある生物学的近親性を明らかにしているだけでなく、同時に人間が動物に対して究極的権威を持つと考え、人間は動物に対してしたいことを何でもして良いとする考え方が背後にある。(23)

更に、既に見たように（二九五―二九八参照）、ルイスは優生学や生体解剖を支持することが道徳的に困難な問題を生じることを鋭く指摘していた。一九三〇年代に流行した優生学理論は当時の西欧世界における社会的にリベラルな人々により広い支持を受けていた。しかし西欧世界はそれを恥ずべきであるとルイスは考えた。それは人間においてもある人種は他の人種に比べて劣っているとの主張を伴っており、人類が生き残るためには「最善」の人種のみが子孫を残すことを許されることにしなければならないとされていた。ヨーロッパのリベラルなエリートたちは二つの世界大戦に挟まれた時代にこの考え方を歓迎していた。しかしルイスはこれを危険な思想と断定し、それがわれわれをどこに連れていこうとしているのだろうかと問うていた。

人間と動物とは全く異なる種類の生き物だという古いキリスト教の考え方が廃棄された以上、動物を実験台に使うことが許されないという主張と同時に、劣った人間を実験台に用いてはならないという主張が現れるはずである。(24)

ナルニア国歴史物語は動物が物を言い感情を持つという幼稚なものであると決め付けるのはやさしい。しかしルイスの語るところは人類が自然の秩序において占める位置に関してある種のダーウィン的主張に対して微妙ながら明白な批判であり、それに対する訂正申し込みがなされている。ナルニア国の動物たちについてルイスの豊かな描き方には自然に対して人間は自分のやりたいことを何でもして良いという浅薄な考え方に対する抗議が含まれている。

ナルニア国歴史物語における動物描写の細やかさには明らかに中世の「教訓的動物記（*bestiary*）」の影響が読み取れる。多くの「教訓的動物記」は動物の本性と動物が被造物世界において占める位置とを肯定的に捉えた古典的解説書である。ルイスはそれ以上に動物を意識をもつ道徳的存在として描いている。

生体解剖をする人々が動物（たとえばネズミ）を単に実験室の実験材料としか見ないで、内的な感情や自己の尊厳の意識を欠いているものと見るのに対して、ルイスは動物をナルニア国における能動的かつ意識的な構成員として描く。その最も典型的な例はネズミのリーピチープである。リーピチープはネズミ社会の貴族で有徳なネズミである。彼はユースタス・スクラブに名誉と勇気と忠誠とを教えることになる。そこではダーウィン的上下秩序が逆さまにされている。それは非合理的な感傷主義に陥っていることを意味しないし、ルイスの幼年時代の『ボクセン』世界の「衣装をまとった動物たち」への回帰でもない。ルイスにとって人間が動物の上に位置することの真のしるしは「人間に対する責任を動物が意識しないにもかかわらず、動物に対する責任を人間が意識することと」にある。[25] フランス人が「ノブレス・オブリジェ（*Noblesse oblige,* 高い身分に伴う義務）」と言うことに相当する。人間の尊厳は人間が動物を尊敬することを要求する。それ以上に動物は人間が哀れみと気配りのこころを培うことを可能にする。被造物に関するルイスの神学は動物に対する人間の関係が人間を気高くし、動物と人間の双方の生を豊かにするものであると主張する。ナルニア国にはもちろん際立って優れた動物がいる。それが神秘的かつ高貴なアスランそのものである。次の章でわれわれはこのアスランについて詳細にわたった考察を行う。

## 現実を眺望する窓としてのナルニア国

ルイスにとってナルニア国歴史物語は魔法を解かれた世界に再び魔法をかける力を持つものであった。それはわれわれの世界を別の姿において想像することを可能にする。それは現実逃避ではない。それはわれわれが既に知っている現実より深いレベルの意味と価値を判別することである。ルイスが指摘したように児童文学を読む者は「魔法にかけられた森について読んだ」からと言って「現実にある森を軽侮する」ことはない。むしろ彼らはものごとを新しい見方によって見て「現実にあるすべての森を、わずかでも魔法にかけられているものとして見る[26]」。

ルイスは著作においてこの「二重に見る」プロセスについて何回か触れている。その中で最も注目すべきものは一九四五年にオクスフォード大学のソクラテス・クラブで行った発題の結論の部分である。「太陽が昇ったことを私が信ずるのは、私が太陽を見るからだけでなく、私が他のすべてのものを見るからである[27]」。われわれは太陽そのものを見ることができる。しかしわれわれは太陽を見なくても太陽が照らすものを見ることができる。その時われわれは知的、道徳的、審美的な現実像を拡大することができる。われわれは真と善と美とをより鮮明に見ることができる。それらに焦点を合わせることができる眼鏡を与えられるからである。真と善と美とはナルニア国歴史物語を読むことによって発明されるのではない。それらは既にあるものが判別され、照明され、より鋭く焦点が絞られるだけである。それ以上にわれわれはぴったり合った眼鏡を用いることによって、より多くを見、より遠くを見ることになる。

われわれはナルニア国歴史物語をどう読まなければならないのだろうか。ルイスは文学作品一般の読み方について語っていた。それによれば文学作品は一方では読んで楽しむものであるが、他方で文学作品はわれわれが持つ現実像を拡大する力を持つものであると言う。ナルニア国歴史物語もそのように読まれなければならない。ルイスは一九三九年に『ホビットの冒険』について「この物語はわれわれがホビットの国に訪ね入ることを許すが、その国は一度知られれば『われわれには欠かせないもの』となる」、「そこに行く前にはそれがどのような世界か予想もできないが、一度訪ねればそれを忘れることができない」と書いていた[28]。

ナルニア国物語七部作は宗教的寓話であると良く言われる（ただしルイスがそう言ったことはない）。ルイスの初期の著作『天路退行』は間違いなく宗教的寓話である。一つ一つの要素が何かを象徴している。言い換えればそれらの要素は変装させられており、それぞれ字義通りの意味とは別のことを指し示している。しかし十年も経たないうちにルイスはそのような書き方を止めてしまった。ナルニア国歴史物語を寓話として読むことは可能である。ただしルイスが注意しているように「あなたが読む作品を寓話として読むことができるということが、そのままその作品が寓話であることの証拠とはならない(29)」。

ルイスは一九五八年に「想定（supposal）」と寓話との間に重要な区別があると指摘した。想定とは世界を別の見方で見るように誘い、もしその見方が正しければ世界がどう変わるかを想像するように誘うことである。ルイスが想定とは何を言おうとしているのかを理解するにはルイスがこの観念を彼自身がどのように説明しているかを考察する必要がある。

もしアスランが非物質的（霊的）な神的存在を象徴しており、「巨大なる絶望（Giant Despair）」つまり絶望を象徴するとするならばアスランは寓喩的存在となる。しかし実際のアスランは架空の存在であって「もしナルニア国のような世界があるとしたらキリストは何になるだろうか、キリストはその世界、われわれの現実の世界で受肉し死に復活したように、受肉し死に復活するのだろうか」という問に対する架空の答えを与えるものである。これは全く寓話ではない(30)。

つまりルイスは読者に想定された世界に入り込むようにと誘う。神がナルニア国のような世界に受肉することを決断したと想定しよう。その場合受肉はどのようなかたちをとるだろうか。受肉した神はどのように見えるだろうか。ナルニア国歴史物語はこの神学的問を歴史物語として探求したものである。アスランという登場人物をどう解釈すべきかについてルイス自身が与えた説明から『ライオンと魔女』が想定された世界であることが明らかである。つまり可能性としてあり得る面白い世界を想像力を駆使して探求した物語である。「ナルニア国のような大陸があると想定してみよう。そして、神の子がわれわれの世界で『人間』になったように、その世界では

『ライオン』になったと想定してみよう。そこで何が起こるかを想像してみよう(31)」。

ルイスは『魔術師のおい』で別の世界への入口が無数にある森を描いている。その入口の一つがナルニア国に通じている。それは新しい世界であって、やがて知性や感覚を持つ生き物がそこに住み始める。それには動物も人間も含まれる。しかしルイスはナルニア国以外にも別の世界があることを知っている。ナルニア国歴史物語はいわば神学的ケース・スタディであり、われわれの情況を照明しそれを理解することを可能にするものである。それはわれわれの思惟を刺激するのであって、質問に対する答えを与えるものではない。それはわれわれが自分で答を考え出すことを要求するのであって予め用意された分かりやすい答えを受け容れることを要求しない。ルイスはあることが存在することを論証するためではなく提示するためにナルニア国を利用している。彼は自分の想像世界と歴史物語とが、われわれの想像力が理性を補うものであり、理性が単に暗示するだけに終わることを想像力が把握することを可能にすると考えている。

## ナルニア国歴史物語と「大歴史物語（Grand Narrative）」

ナルニア国歴史物語が持つ強い魅力を理解するためには物語が現実についてのわれわれの理解を形成する上で、またその現実の中でわれわれが占める位置を理解する上で果たす役割を深く理解しなければならない。ナルニア国歴史物語はわれわれの基本にある人間的直観と強く共鳴している。それはわれわれ自身についての物語がより大きな現実の一部であるとの直観に通じるものである。それは一旦把握されるとわれわれの情況を新しく、より意義深いものとして見ることを可能にする。現実を隠しているヴェールが取り除かれ、扉が開かれる。カーテンが開けられわれわれは新しい領域に歩み入ることができる。われわれ自身の人生の物語はより大きな歴史物語の一部であることが分かる。われわれはその大きな世界の一部であることを理解することができると同時に、全体の価値を知り、それにわれわれがどのように寄与することができるのかを知る。

トールキンと同じく、ルイスも「神話」が持つ想像力・構想力を深く理解していた。われわれが何ものであるかを明らかにする物語、われわれが自分自身を発見する場としての物語、世界の何が間違っているのかを明らかにし、それについてわれわれには何ができるかを明らかにする物語が神話である。トールキンは神話を用いて『指輪物語』を神秘的な「他者性(otherness)」で充満させることができた。それは神秘と魔術の感覚であり、人間の理性が見通すことのできない現実を示唆するものである。ルイスによれば善や悪、危険、苦悩、そして喜びなどはわれわれが「物語の中に沈潜」するときにより明らかに理解することができる。これらの歴史物語は「描写的現実主義(presentational realism)」のゆえにわれわれの世界のより深い構造を想像力および理性のレベルにおいて把握する方法を提供する。[32]

ルイスはG・K・チェスタートンの『人間と永遠』を読んで神話が持つ力を理解するに至ったのではないか。チェスタートンは「架空の」と「想像的な」の違いに関する古典的な説明を与え、想像力が理性の限界をどのように超えるかに関する巧みな分析を行っている。チェスタートンによれば「真の芸術家ならば誰でも、超越的真理に触れている」と感じるものであり、「彼が見ているイメージはヴェールを通してみる事物の影」であると感ずるものであるという。[33]

ルイスは中世およびルネッサンスの文学の宝庫に浸り、神話が果たす役割について深い理解を得て「論理的精神のうちの確実に目覚めている想像力」が感ずる疑いを乗り越えて適切な声と適切なコトバを見出すことができた。[34] ナルニア国はわれわれが実体験によって知っている世界よりもより深く、より明るく、より素晴らしい世界、より深い意味を持つ世界を提示しているように見える。ナルニア国歴史物語の読者はだれでもそれがフィクションであることを知っているが、それでも事実を語るとされる多くの著作よりもはるかに真実であると感じる。[35]

同一の物語がある人にとっては「神話」であり、他の人にとってはそうではないことをルイスは常に理解していた[36]。ナルニア国歴史物語はある人々にとっては幼稚なたわごとである。しかし他の人々にとっては現実を完全に変革する物語である。後者の人々にとってはこの示唆に富む豊かな物語が弱い人々、愚かな人々を奮起させ、暗い世界にあって高貴な使命に生きることを可能にすることを明らかにする。またわれわれの最も深い直観が世界の持つ真の意味を悟らせること、宇宙の中心には真に美しいもの、素晴らしいものがあること、そしてそれらを発見し心に抱きしめ、熱愛することを可能にすることを明らかにする。

トールキンの『指輪物語』との間に重要な違いがある。『指輪物語』の複雑で暗い物語は多くの指輪を支配している最高位の指輪、黄金の指輪を発見し、それを破壊するに至る過程を描いたものである。黄金の指輪が危険であり破壊的であることは初めから分かっている。それに対してルイスのナルニア国歴史物語はすべての物語に意味を与える最高位の大物語（*master story*）を探し出す物語である。われわれはその物語が世界の生に意味と価値を与えるものであるがゆえに、喜びをもってそれを心に抱きしめる。ルイスの歴史物語も暗い問題を根底に置いている。いろいろと語られる物語のどれが真実の物語であろうか。単なる影かこだまであるに過ぎない物語はどれか。そして単なる捏造に過ぎない物語、読者を罠にかけ、騙すためにだけ織り成された物語はどれか。

『ライオンと魔女』の初めの方に、四人の子どもたちがナルニア国の起源とその最終目的について複数の物語を聞かされる場面がある。彼らはいくつもの物語を聞いて混乱する。彼らはどの人物が、またどの物語が信頼できるのかを自ら判断しなければならないことを知る。ナルニア国は本当に白い魔女の領土なのだろうか。それとも彼女は支配権を不法に奪った簒奪者に過ぎないのではないだろうか。そして彼女の権力はアダムの二人の息子たちとエヴァの二人の娘たちが首都ケア・パラヴェルの四つの王座に就くときに奪われるのではないだろうか。ナルニア国は本当に神秘的なアスランの領土で、アスランは今にも帰還すると期待されているのではないだろうか。

徐々に一方の歴史物語、つまりアスランの語るところが絶対的に正しいことが分かってくる。ナルニア国に関する個々の物語はこの総合的大歴史物語の一部であることが分かってくる。『ライオンと魔女』においては全体像が暗示されるだけで（部分的には明らかにされるが）、ナルニア国物語七部作の後の巻によって全体像が明らかにされる。諸々の物語が編み合わされた「大歴史物語（*grand narrative*）」により子どもたちが自分たちの周りで見、経験する謎が解明されていく。「大歴史物語」は子どもたちが自分たちの経験することを新しい明快さと深さにおいて理解することができるようにする。カメラのレンズの焦点が風景に絞られ、映像が鮮明になるように。

ルイスはナルニア国歴史物語を捏造・発明・創案したのではない。彼は自分が既に良く知っていた歴史物語を借用し脚色しただけである。彼はその歴史物語が真実であり、信頼性に富むものであることを知るに至った。それは創造、堕罪、救済、そして最後の完成へと続くキリスト教の歴史物語である。ルイスは一九三一年九月のある夕宵にトールキンおよびダイスンと交した会話でキリスト教が真の神話であると理解した。それで受肉の信仰が持つ解釈上、想像力上の力を把握することになった。既に見たように（一七九―一八〇頁参照）ルイスがキリスト教に入信するようになったのはキリスト教が持つ文学的特質の故であった。つまりキリスト教が生に関して忠実かつ現実的な説明をすることができることが分かったゆえであった。ルイスがキリスト教に惹かれたのはキリスト教の評判が良かったからではなく、キリスト教が描く現実像に注目せざるを得なかったから、そしてそれを無視できなかったからであり、現実の出来事に照らしてその説明に抵抗できなかったからである。

ナルニア国物語は想像力を駆使してキリスト教が語る大歴史物語を語り直したものである。それはルイスがキリスト教の伝統的文学から吸収した観念に肉付けをしたものである。ルイスが『キリスト教の精髄』において取り上げたキリスト教神学の基本的テーマはナルニア国歴史物語において本来の歴史物語の形式に戻されている。それにより世界の根本にある構造が明快に、また鮮明に描かれる。善にして美なる創造世界が堕罪により損なわれ破滅する。そこでは創造者の支配権が否定され簒奪される。そこで創造者は被造物世界に入り、支配権を簒奪した者の力を破壊し、救済的犠牲を通して世界を元に戻す。しかし救済者の到来後にも罪と悪に対する闘いは続き、万物が最終的に元の状態に回復され変革されるまで続く。このようなキリスト教的メタ・ナラティヴ（キリスト教的歴史理解をより高度の歴史物語に語り直したもの、キリスト教神学者たちはそれを「救済の配剤（economy of salvation）」と呼ぶ）はルイスのナルニア国歴史物語の大枠を提供すると同時に、ナルニア国歴史物語を織り成す多くの物語を根底から支える神学的土台をも提供している。

　ナルニア国歴史物語においてルイスが成し遂げた素晴らしいことは読者がこのメタ・ナラティヴのうちに住み込むことを可能にしたことである。読者は物語の中に入り込みその世界の一員であることを実感する。『キリスト教の精髄』はキリスト教の諸観念をわれわれが理解することができるようにする。ナルニア国歴史物語はわれわれをキリスト教の説く世界の中に歩み入らせ、それを経験することを可能にさせる。ものごとの意味を理解することができるようにし、それが真と美と善とに対するわれわれの最も深い直観に「共鳴」するものであると判断させる。この七部作が出版された順序で読めば読者はこの歴史物語の世界に『ライオンと魔女』によって入り込む。この巻は救済者の到来（キリスト教神学の専門用語を用いれば「アドヴェント」）について語る。『魔術師のおい』は創造と堕罪の問題を扱い、『さいごの戦い』は古い秩序の終焉と新しい創造のアドヴェントを扱う。

　他の四巻（『カスピアン王子のつのぶえ』『朝びらき丸　東の海へ』『馬と少年』『銀のいす』）はこれら二つのアドヴェントの中間の期間について語る。ルイスはこうして信仰に基づく人生、過去に起こり将来に起こるアスランの到来の間の緊張に満ちた人生を自ら実際に歩んで見せた。アスランは記憶の対象でもあると同時に希望の対象でもある。ルイスはアスランが目にははっきり見えないときにアスランへの強烈な憧れを語る。嘲笑主義・逃避主義や懐疑主義に対抗できる芯の強い信仰、強い品格を持つ信仰について語る。「死の陰の谷」を行くときも「鏡におぼろに映ったもの」を見ながら、この世にあって悪や疑いに悩まされながらもそれに対処することを学び、神に対する信頼を保って歩む品格の高い人物について語られる。

『悪魔の手紙』は熟練の悪魔とその弟子、駆け出しの新米悪魔との文通という巧妙な物語枠を用いて（二七二頁以下参照）、キリスト者が経験する誘惑と疑いとの闘いについて新鮮な見方を繰広げて見せた。ナルニア国歴史物語はそれよりもはるかに壮大な視野と射程を持つ。それは想像力を巧に用いてキリスト教的歴史理解を転換し、読者に信仰生活の二面性や困難に処する方法を理解させる。想像力を駆使してナルニア国歴史物語を読み解くときに、キリスト教的大歴史理解をより理性的で、またより賢明な仕方で内化する道が開かれるのではないだろうか。またそれが可能になるのを助けるのではないだろうか。そのような物語力と精神的・霊的判別力と教育的智恵とを併せ持つ文学作品は稀にしかない。

次章においてわれわれはいくつかの部屋を探検し、いくつかの窓を開いてみる。われわれは部屋の探検に焦点を当てるが『ライオンと魔女』（私の判断では七部作中の最高傑作）に特に焦点が絞られる。

# 第一二章　ナルニア国

## ——想像された世界を探索する

ナルニア国歴史物語を読み解く方法は二つある。第一に、より簡単ではるかに自然な方法である。それは個々の小説を家屋の部屋にたとえる方法である。われわれは一つ一つの部屋とそこにあるものを見てまわり、それらの部屋が廊下のどの扉から入れるのかを探検する。われわれは観光客であり、初めて訪れる町や国を歩きまわり景色を見て楽しむ。そうすることは決して悪いことではない。ナルニア国は美しい景色に恵まれた他の国々と同じく、探検してまわり詳しく知る価値のある国である。そしてほとんどの観光客がするようにナルニア国の地図を持参してナルニア国で見るものを記憶に留めることができる。

しかし七部のナルニア国小説（Narnian novels）の読み方にはもう一つの方法がある。それは想像力を主要な道具として用いて精読する方法である。この方法は第一の方法を無効にせず、それを基礎とし第一の方法の射程をさらに延ばすことになる。第二の方法においてもわれわれはナルニア国小説を一つの家の七つの部屋にたとえる。ここでもわれわれは家の七つの部屋をあちこち歩きまわりすべてのものを見届ける。しかしわれわれは「それらの部屋に窓がある」ことに眼を留める。それらの窓から外を見るときわれわれは世界を新しい見方で見るようになる。われわれは以前より遠くを見ることができるようになる。そして大きな風景が眼の前に広がってくる。

図 12－1 「ナルニア王国地図」、ポーリーン・ベインズ作

そしてわれわれがそこで見るものは個々の事実の寄せ集めではなく、それら全体を包む大きな全体像である。ナルニア国をこのようにして見るとき、そこでのわれわれの想像的経験はわれわれの現実像を拡大する。その後はわれわれ自身の世界に住んでいることも以前とは違うものと感じられる。

ナルニア国を探検することは単にこの不思議で素晴らしい王国を親しく知ることだけに終らない。それはわれわれが自分自身の国や自分自身の生活を見る新しい見方を形成されることでもある。ルイス自身は次のように言う。われわれはナルニア国を「景色（*spectacle*）」として見ることができる。景色はそれ自身としてわれわれが見つめる対象となるものである。それに加えて、あるいはそれとは異なる見方として「眼鏡（a pair of *spectacles*）」として見ることもできる。眼鏡は眼鏡以外の他のすべてのものを新しい見方で見ることを可能にするもの、ぼんやり見えていたものに鋭い焦点を合わせてはっきり見る事を可能にするものである。物語はわれわれのこころを捉え、その物語が世界を観るように、われわれにもそのように観させる。日常的なものを超えて、それに代わって非日常的なものを見るようにする。

以上で前置きを終え、いよいよ『ライオンと魔女』の世界に入ろう。そしてその不思議な王国を探検しこの王国が可能にする世界の新しい見方を探求しよう。探検の最善の入口はこの物語の主役、素晴らしいライオン、アスラン以外にはない。

## アスラン――こころの憧れ

ルイスはどのようにして高貴なライオンの理念とイメージを物語の主役として作り上げたのであろうか。ルイス自身はそれが自分の独占的洞察であるとは考えていないようである。「私はあのライオンがどこから来たのか、あるいはなにゆえに来たのかを知らない。しかし一旦あのライオンが現れるや、あのライオンが物語全体を取りまとめた」とかつて彼が言ったことがある。しかしアスランがどのようにして彼の想像力の中に「飛び込んで来た」のかおよその説明を加えるのは難しくない。[1]ルイスの親友であったチャールズ・ウィリアムズは『ライオンの場所』（一九三一年）と題する小説を書いておりルイスはそれを読んで楽しんだ。そこからライオンのイメージをどれだけ膨らませることができるかについて示唆を与えられていた。

ルイスにとってライオンのイメージを主役として用いることは文学的にも神学的にも最高に意味あることであった。ライオンはキリスト教神学においてもキリストの象徴（イメージ）として既に広く用いられて来た。それは新約聖書においてキリストが「ユダ族から出た獅子（ライオン）」（ヨハネの黙示録五章五節）とあるのに始まっている。さらにライオンはルイスが子どもの頃に通っていた教会、ベルファストの郊外にあるダンデラ聖マルコ英国教会の伝統的象徴であった。その教会の牧師館にルイスは子どもの頃によく行ったが、玄関の扉にはライオンの頭を象ったドア・ノッカーがあった。ライオンのイメージをなぜ用いるのかを理解することは比較的容易である。しかしそのライオンの名前の由来は何であろうか。

ルイスはエドワード・レイン訳『アラビアン・ナイト』（一八三八年）の註を読んで「アスラン」という名前を見つけた。アスランという名前はオスマン帝国の植民史において重要なものである。第一次世界大戦の終わりまでトルコは一大帝国であり、中近東一帯において政治的にも経済的にも強い影響力を持っていた。ルイスはアスランの名を発見したことを『アラビアン・ナイト』に結び付けているがもう一つの大きな可能性もある。それはリチャード・ダヴェンポートが一八三八年に出版した古典的研究書『エピルスの高官、アスランあるいはライオンと呼ばれたテペレニのアリ・パシャ伝』をルイスが読んだのではないかということである。ダヴェンポートはそれまでにエドマンド・スペンサーの重要な伝記（一八二二年）も出版している。ルイスはスペンサー研究の一環としてこれを読んでいた。ルイスが彼の物語に登場する偉大なるライオンの名としてトルコ語アスランを用いたことはオスマン・トルコの高官の名と関係があるのではないか。「それはトルコ語でライオンのことであり、私はこれを『アスラン』と発音する。ただし私はユダの獅子（ライオン）のことを言っている[2]」。

ルイスのアスランの最も顕著な特徴は、アスランが畏敬と驚異の念を呼び起こすことである。ルイスはアスランを描くことによって畏敬と驚異というテーマを展開する。その際アスランが野生的であることが強調される。それは堂々たる生き物、畏敬の念を起こさせる生き物であり、家畜化され飼い慣らされた動物ではない。無力にするために爪を抜かれた存在ではない。ビーヴァーが四人の子どもたちにささやきかけたように「彼は野生的なのだ。飼い慣らされたライオンみたいなのではない[3]」。

言葉によるアスランの描写が力強いものであることを充分に理解するには、ルイスが以前にルードルフ・オットーの古典的宗教書『聖なるもの』（英訳一九二三年）を読んだことの重要さを理解しなければならない。ルイスはこの書を一九三六年に読み、彼が読んだ書物の中で最も重要なものの一つであると常々言っていた[4]。ルイスはこの書を読んで「ヌミノーゼ」つまりある種の物あるいは存在（実在するものでも、想像されたものでも良い）が醸し出す神秘的性質、畏敬の念を呼び起こす性質の重要さを認めた。ルイスはそれを「世界を超えたところからの光に照らされる」ことに似ていると言う[5]。

ルイスは『痛みの問題』の第一章のかなりの部分を割いてオットーの思想を分析している。そしてその重要さについて一つの具体的な文学的説明を与えている[6]。ルイスはケネス・グレアムの『たのしい川べ』（一九〇八年）の一節を引用する。ネズミとモグラがパンの前に出るところである。

「ネズミ君」。「モグラは」やっとささやくことができました。モグラは震えていました。「怖いの？」

「怖いって？」とネズミはつぶやきます。彼の目は言葉では言い表せないような愛に輝いていました。「あの方が怖いって？　絶対に、絶対にそんなことないさ。それでもね、それでもね、モグラ君、僕は怖いんだ」[7]。

この一節は全体を読まなければならない。それはアスランを初めとするナルニア国の動物たちが子どもたちに与えた衝撃をルイスが説明するときに、明らかに影響を受けているからである。例えばグレアムはモグラが経験したことを次のように描いている。「畏敬の念に撃たれ、それに縛られていました。そして何らかの威厳に満ちた存在を目の前に見ることはありませんでしたけれども、それが非常に、非常に近くに臨在しておられることを意味する以外には考えられないと悟りました」[8]。

ヌミノーゼ体験についてのオットーの説明には二つの異なるテーマがある。第一に「恐るべき神秘（*mysterium tremendum*）」は恐れとおののきを催させる神秘性の感覚である。第二に「魅惑・呪縛する神秘（*mysterium fascinans*）」はわれわれを魅惑し虜にする神秘性である。オットーにとってヌミノーゼはわれわれを恐れさせまた力を与えるもの、恐怖の感情と喜びの感情を与えるものである。それがグレアムの描くネズミとモグラの対話に表現されている。他の作家の中にはこの観念を「楽園への追想」と言い換えている者もいる。つまりわれわれは別の世界に属する者であるという強烈な感覚を言い表すものであると考えている。

ビーヴァーが「アスランが行動を起しているらしい、ことによったらもうナルニア国に上陸している」とそっとささやいて子どもたちを安心させようとしたのに対して、子どもたちがどう反応したかについてルイスは次のように書いている。それはヌミノーゼが与える衝撃に関する文学的表現としては最も優れたものの一つである。

そこで非常に不思議なことが起こりました。子どもたちは誰一人としてアスランとは誰なのかを知りませんでした。それはあなたがた読者と同じです。それでもビーヴァーがこれらのことを語ったとき、その瞬間に子供たちは思っていたこととはまったく違ったことを感じました。それは夢の中で皆さんにも起こることではないでしょうか。夢の中で誰かが何かを言いますがあなたはそれが何のことか分かりません。でも夢の中では、それがとてつもなく重大なことなのだと感じています。それは恐ろしいこと、夢を悪夢に変えてしまうようなことなのか、それともコトバでは言い表せないような素晴らしいことが言われているのか、どちらかなのでしょう。それが夢をとても美しい夢にすることであって、あなたはその夢を一生忘れないでその夢をもう一度見たいと願うでしょう。今四人の子どもたちに起こっていることはそういうことです。アスランという名前を聞いた途端に、子どもたちは皆、自分たちのこころのうちで何かが踊りはねていると感じました(9)。

ルイスはさらにこの「ヌミノーゼ」的実在が四人の子どもたちの一人ひとりに全く異なる衝撃を与える情景を描いている。それが恐れとおののきの感覚を呼び起こされた子どももいる。コトバでは言い表せない愛と憧れを持った子どもたちもいる。

エドマンドは神秘的恐怖の感覚に襲われました。ピーターは突然に勇気と冒険心を与えられました。スーザンは何かの甘い匂いを嗅いだか、あるいは美しい旋律が彼女のまわりに響きわたったように感じました。そしてルーシィは、あなたが朝目覚めたときに今日から休日だとか、今日は夏の初めの日だと知ったときに感じる思いと同じ思いを持ちました(10)。

スーザンが考えたことは明らかにルイスが「憧れ」について古典文学を分析したことに基づいている。それは特に一九四一年に行った説教「栄光の重み」に言い表されており、そこではこの欲求を「われわれがまだ嗅いだことのない花の香り」、あるいは「われわれがまだ聞いたことのない旋律」への憧れとされている(11)。

ここでルイスは暫定的ながら力強いかたちで、こころの底からの憧れとしてのアスランに関する彼の核心的テーマを言い表している。アスランは驚嘆の感情、畏敬と「コトバには言い表せない愛」の感情を呼び起こす。アスランという名だけでも魂の奥底に語りかけるに充分である。アスランに実際に会ったときはどうであろうか。ルイスはこの複雑な畏敬の感情を、ビーヴァーの話を聞いてピーターが応えた言葉と編み合わせて見事に言い表している。ピーターはビーヴァーがこの素晴らしいライオンについて語ったことに対し、憧れを込めて「森の王、大海の向こうの世界の偉大なる皇帝」が誰なのかと訊いた。「僕はその人物に是非とも会いたい」、「もしその人物を怖がることがあっても」とピーターは言う(12)。

ここでルイスは例えば『キリスト教の精髄』その他の著作で扱った中心的テーマを想像力の領域で重ね合わせている。人間の本性のうちにはそこはかとない空虚さがある。それは神以外には満たすことのできない憧れである。ルイスはアスランを神の代理者とすることにより、憧れと欲求とが絡み合う歴史物語、最後には達成されることになる憧れの物語を構想する。それが決して見当はずれな妄想ではないことが二〇世紀最大の影響力を振るった無神論者バートランド・ラッセルが書いたものに暗示されている。

私の中心に常にそして永遠にあるものは厭うべき苦痛である……世界が抱えているものの向こうにある何ものかを求めること、変革され、無限なるものとされた何ものかを求めること。至福の姿、神。私はそのようなものを見出さない。私はそれが見つかるとは思わない。しかしそれを愛することは私の生命である……それは私のうちなる生命の本当の根源である(13)。

『朝びらき丸　東の海へ』の最後の部分でルーシィがアスランと別れることには耐えられないと哀れな声で叫ぶ場面がある。そこで彼女は人間のこころの奥底にある神への憧れというテーマを響かせている。もしルーシィとエドマンドが自分たちの故郷に帰るとしたら、彼らはもうアスランには会えなくなるのではないかと恐れている。

「問題はナルニア国ではありません。問題はあなたです」とルーシィは泣きながら言いました。「あちらで私たちはあなたに会うことはないでしょう。そしてあなたに会うことなしに私たちはどうやって生きていけるのでしょう」。

「愛しき者よ、あなたたちは私に会うでしょう」とアスランが言った。

「あのー、あなたはあちらにもおられるのですか」とエドマンドが訊いた。

アスランは「もちろん」と答えた。「ただし、あちらでは私は違う名前で呼ばれています。きみたちはその名前によって私を求めることを学ばなければなりません。きみたちがナルニア国に連れてこられたのはまさにそのためでした。それはきみたちが短い間ここにいて私を知り、あちらで私をより良く知るようになるためです[14]」。

ルイスはアスランをキリストの象徴あるいは類型として用いることにより、文学や映画でキリストを表す象徴として長いこと伝統的に用いられてきた方法を踏襲している。一例を挙げればアーネスト・ヘミングウェイの『老人と海』（一九五二年）に登場する「老人」サンチアゴがある[15]。それらのキリスト像は児童文学も含めてすべてのジャンルの文学に見出される。驚異的なベストセラーとなったハリー・ポッター物語シリーズにもそのようなテーマがいくつも織り込まれている。トールキンの『指輪物語』に登場するガンドルフも多くのキリスト像の中の一つである。それが果たすキリスト論的役割および連想はピーター・ジャクスン監督がこの叙事詩シリーズを最近映画化した作品にも見事に打ち出されている[16]。

ルイスはナルニア国歴史物語において新約聖書にあるキリスト論の古典的命題の多くのものを主に主人公アスランに結び付けて敷衍する。しかしルイスが敷衍した古典的神学テーマのうちで、おそらく最も強くわれわれの関心をそそるものは『ライオンと魔女』におけるアスランの死と復活の場面の描写であろう。ルイスは救済についてどのような理解を持っているのであろうか。

## より深層の魔法——ナルニア国歴史物語における救済の意味

キリスト教の神学的思索の主要なテーマは十字架上でのキリストの死がどう解釈されるべきかという問題、特に人類の救いとの関係においてどう解釈されるべきかという問題である。十字架の意味の解釈は伝統的に「救済論」と呼ばれているが、それはあらゆる時代においてキリスト教の議論において重要な役割を担ってきた。白い魔女によってアスランが殺されることの説明をルイスは救済論の枠内に位置付けている。しかしルイス自身はどのような思想を展開しているのであろうか。

この問題について考える前に、ルイスが専門的神学者ではなかったこと、従ってキリスト教の伝統においてこの問題をめぐってなされた論争史に関する専門的知識を持ち合わせなかったことの意味を理解しなければならない。中世におけるカンタベリーのアンセルムスとペトルス・アベラルドゥスとの間に交わされた論争にルイスを結びつけて考える人々もある。しかしそれは特に有益な議論ではない。ルイスは文学を通して神学思想の知識を得ている場合が多い。従って救済に関するルイスの思想を調べるために専門的神学者の思想について調べるのではなく、英文学の歴史を調べなければならない。例えば『農夫ピアズの幻想』やミルトンの『失楽園』、中世の受難劇などを取り上げなければならない。そうすることによってルイスがナルニア国歴史物語に織り込んだ思想が解明される。

救済の問題を扱う方法に関するルイスの最初の議論は『痛みの問題』（一九四〇年）に見られる。ルイスは救済の理論は副次的なもので、肝心のことは救済の事実であると主張する。ある人々にとっては諸々の救済論は役立つものであろうが「それらは私にとっては何ら特別に良いものではないし、私はそれらとは別の救済論を発明しようとは思わない[17]」。

ルイスは一九四〇年代の放送講話でこのテーマを再び取り上げた。ルイスがそこで論じているところによれば、彼がキリスト者になる以前には、すべてのキリスト者がキリストの死の意味について特定の立場をとらなければならないと思っていたという。特にキリストの死がどのようにして救いをもたらしたのかについて立場を決めなければならないと思っていた。一つの救済論によれば、人間は罪のゆえに罰を受けなければならないと言い「キリストは人間に代わって罰を受け、そのゆえに神はわれわれを放免した」のだという。ルイスはキリスト教に入信して後救済に関する理論は二次的な意味しか持たないことを理解したという。

> その後になって私に分かったことは、救済に関するどの理論も、あるいは他のどのような教理に関する理論もキリスト教ではないということである。キリスト教信仰の中心はキリストの死がわれわれと神との関係を正し、われわれが出直すことを可能にしたということである。それがどのようになされたのかについての理論は別の問題である[18]。

言い換えれば「救済の諸々の理論」はキリスト教の中心ではないということである。それらは救済がどのようになされたかを説明するための試みに過ぎない。

われわれはここに、神学的事実あるいは文学的事実に対する理論の優位という考え方に対するルイス特有の抵抗を見ることができる。「キリストが成し遂げたことを受け容れることは、それがどういう風に成し遂げられたのかを知らなくても可能である」。理論はそれが説明する事実に対して二次的なものであることをルイスは強調する。

キリストはわれわれのために殺されたとわれわれは聞かされる。そして彼の死によりわれわれの罪が洗い清められたのだという。キリストは死ぬことにより死そのものを無力化したとされる。これは公式見解である。それがキリスト教である。それが信じられるべきことである。しかしキリストの死がこれらのことをどのように成し遂げたのかについての理論を組み立てることは、私には単に二次的なことであると思われる。いかなる図面や図表も役に立たなければ見ないで済ませれば良い。もし役に立つとしても、図面や図表が事柄そのものであるとされてはならない(19)。

これらの考察は何らかの理論を奉ずることを全く否定するものではない。ルイスはただ理論を本来の位置に置こうとしているだけである。彼が強調することは理論とは図面あるいは図表のようなもので「事柄そのものである」と誤解されてはならないということである。

『ライオンと魔女』における最も衝撃的で陰惨な場面の一つはアスランの死の場面である。キリストの死は人類を救うためのものであると新約聖書が語るのに対して、ルイスはアスランの死がもともと特定の一人の人間エドマンドを救うためのものであると語る。騙されやすい少年エドマンドが白い魔女の手中に墜ちた。白い魔女はナルニア国に人間が居ることが彼女の支配の終わりを告げる不安な前兆であるとして危機感を持つ。彼女は人間たちを無力化しようとする。エドマンドはそのために利用されるが彼はそのことを知らない。エドマンドは白い魔女の好意を得ようとして(そして甘い「トルコの歓喜」をもっと貰おうとして)自分の兄弟姉妹を裏切った。この裏切り行為が神学的転機となる。

白い魔女はアスランに謁見を求めねばならないと心に決める。謁見の場で白い魔女はエドマンドが仲間を裏切ったことによりエドマンドが彼女の支配下に置かれることになったと宣言する。ナルニア国が建国されたときに王国に組み込まれた「深層の魔法」は「海の向こうの皇帝」が仕組んだもので「すべての裏切り者は法が定めるように朕が餌食であって、背信行為の一つ一つについて朕はその者を殺す権利を有する」と決められていた。[20] つまり兄弟姉妹を裏切ったエドマンドは白い魔女の所有であり、彼の生命はその裏切の罪の代償として取り上げられる。白い魔女はエドマンドの血を要求する。

そこで秘密の取引がなされるが子どもたちはそれについて何も知らない。アスランはエドマンドの身代わりになることに同意する。エドマンドが生きるためにアスランは死ぬ。ルーシィとスーザンは何が起ころうとしているのか知らずに石板の台の置かれた丘に向かうアスランのあとを追った。アスランはそこに着くと縛られ白い魔女の手にかかって殺されるために自らを引き渡すことになっていた。この場面は恐ろしいものであるが、同時に感動的でもある。それはところどころ（全体的にではないが）新約聖書にあるキリストの捕縛の場面、ゲッセマネの園とそれに続く十字架刑の場面を思い出させる。アスランは暴徒に囲まれ、彼らの嘲りを受け、なぶり者とされ苦しみ悶えながら最期を迎える。

ナルニア国物語七部作の中で最も感動的な場面の一つは、スーザンとルーシィがライオンの死骸のもとへ行きひざまずいて泣きながら「冷たくなった顔に接吻し、たてがみを撫でる」場面、そして「もう泣けなくなるまで」何時間もその場を離れないでいるという場面である。[21] ルイスはここで想像力を駆使して中世の敬虔な人々が書いたテキスト、そこに描かれたイメージにあるテーマを翻案している。例えば古典的な「ピエタ像」（死んだキリストを母マリアが抱く姿）や「悲しみの聖母はたたずみ（Stabat Mater dolorosa）」のテキスト（カルヴァリの丘に立つ十字架のもとにたたずみ泣きくずれる聖母マリアの苦痛と悲しみをうたう詩句）などを翻案している。

そこで突然にすべてが変革される。アスランが生き返る。この劇的な瞬間を目撃したのはルーシィとスーザンだけである。新約聖書においてはキリストの復活を最初に目撃したのは三人の女性であったことが強調されていることに対応している。彼らは驚き恐れると同時に大いに喜び、アスランを激しく抱きしめ、口づけを浴びせる。何が起こったのであろうか。

「でもこれはどういうことなの」と興奮が少しさめたときにスーザンは訊いた。

「これはね」とアスランが答えた。「魔女は『深層の魔法』は知っていたけれども、さらに深い魔法があることを知らなかったのだ。彼女の知識はナルニア国に暁が来てからのことに限られている。しかしもし彼女がもう少しその先を見ることができたら、つまり暁が到来する前、時が明ける前の静寂と暗闇を見ることができたら彼女は別の呪文があることを読み取ったに違いない。下心を持たずに自ら進んで犠牲となる者が裏切者に代わって殺されるとき、石板の台が裂け死は逆行し始めることを魔女は知ったはずだ。(22)」

こうしてアスランは再び生き、エドマンドは白い魔女の法律上の要求から解放される。

さらに多くのことが起こる。白い魔女の城の中庭は石にされたナルニア国国民の石像で満たされている。彼らは白い魔女により石に変えられていた。アスランは復活してのちに城門を打ち破り中庭に攻めこんだ。そして石像に息を吹きかけて生命を取り戻させる。最後にアスランは解放された兵士たちを率いてかつては難攻不落の砦であった城から、打ち破られた城門を通って外に出てナルニア国の自由のために戦う。それは劇的で満足感に溢れる終結部、歴史物語の終結部である。

しかしこれらの着想をルイスはどこで得たのであろうか。それらはすべて中世の作品からとられている。それらは学術的神学書からとられているのではない。学術的神学書はそのように可視的かつ劇的な描き方に対しては批判的であった。ルイスが依拠したのは中世の社会に流布した宗教文学である。キリストの策略に負け、裏をかかれるサタンについて力強く語られる歴史物語を中世の民衆は楽しんだ。[23]これらの通俗的救済論によれば、サタン（悪魔）は罪深い人間に対して正当な所有権を有していたという。神は人間をサタンから合法的な方法により奪取することができずにいた。しかしサタンが合法的権威を逸脱して罪なき人間の生命を要求するとしたらどうであろうか。例えば神の受肉であるイエス・キリストのように罪なき人間の生命を奪ったとしたらどうであろうか。

中世の偉大な受難劇（例えば、一四世紀から一五世紀にかけてヨークで演じられた一連の受難劇）は神が狡猾かつ慎重な戦略を用いてサタンを罠にかけて越権行為をなさしめ、それによりサタンがすべての権利を失うという物語を劇的に描いていた。傲慢なサタンは当然の報いを受け、受難劇を観に集まった人々は大喝采をおくる。救済論に関するこの偉大なる通俗的説話の中心的テーマは「地獄の浄化」である。これは復活のキリストが地獄の門を打ち破りそこに閉じ込められていた人々を解放する経過を劇的に描いた芝居である。[24]キリストの死と復活により人類全体が解放される。ナルニア国においてはエドマンドがアスランによって解放される最初の人間である。石像にされて魔女の城に幽閉されていた人々は後にアスランが彼らに息を吹きかけることにより生命を取り戻すことになる。

『ライオンと魔女』でルイスが展開する歴史物語は中世の救済劇が持っていた中心的テーマをすべて取り込んでいる。サタンが罪人を支配する権利を有すること、神が罪なきキリストによってサタンを欺くこと、地獄の門が打ち破られること、地獄に閉じ込められていた人々が解放されることなどのテーマが取り込まれている。これらのイメージはルイスが深く賛嘆し楽しんで読んだ中世の通俗的宗教作品からとられている。

救済に関するこの論法をわれわれはどう理解すれば良いのであろうか。ほとんどの神学者たちはルイスの救済に関する歴史物語を無害な娯楽読み物とみなし、ゴタゴタと混乱した物語としか見ない。しかしそれはルイスが用いた資料の本質とルイスの意図との双方を誤解することである。中世の神学が救済の事実を抽象化したのに対して、偉大なる救済劇は贖罪の事実を民衆にも分かるもの、関心を惹くもの、そしてなによりも観て楽しむことのできるものにした。中世の受難劇が試みたことをルイスは自分の独特な方法で再現したが、それが想像力に訴える力は明確に表現されている。

## 七個の惑星――ナルニア国歴史物語に見られる中世的象徴

ナルニア国歴史物語七部作を構成する一つ一つの物語はそれぞれ文学的特長を持っている。七部作のそれぞれがもつ感じあるいは雰囲気がある。ルイスはそれらの歴史物語ひとつ一つに独特の個性を与えながら全体の統一性をどのようにして保ったのであろうか。

これは文学史における古典的問題である。リヒャルト・ワーグナー（一八一三―一八八三）が「ニーベルンクの指輪」四部作の壮大なオペラに統一的主題を貫くために、四つのオペラすべてに同一の旋律、モチーフを用い、それを全体の構造をつなぎ合わせる要素としたことをルイスは知っていたはずである。ではルイスは何をしたのであろうか。

ルイスはエリザベス朝ルネッサンス期の詩人エドマンド・スペンサー（一五五二頃―一五九九）の詩を読み、スペンサーが複雑で多様な筋書、多くの登場人物、諸々の冒険を一つの全体に統一するために用いるからくりの重要性を発見し理解することになった。スペンサーの『妖精の女王』（一五九〇―一五九六）は壮大な作品である。ルイスはそれを読みその統一性とまとまりが一つの卓越した文学的からくりによって成し遂げられていることを知った。ルイスもナルニア国歴史物語においてそのようなからくりを組み立てることになる。

ナルニア国歴史物語七部作の全体を統合するからくりは何か。端的に言えばそれは「妖精の国（Faerie Land）」である。妖精の国は「非常に広大で広々とした」場所を提供し、そこには物語の統一性を失わせずに雑多な冒険物語を詰め込むことができる。「『妖精の国』そのものが統一性を与える。それは一つの筋書きではなく環境の統一性である」[25]。中心的歴史物語がスペンサーの七巻の詩にまとまりを与え、同時にそれぞれの巻に全体の構想からすれば従属的な「独自の物語を展開させる余地」を与えている。

ナルニア国の国土はルイスが展開する歴史物語においてスペンサーの「妖精の国」に相当する役割を担っている。ルイスは複雑な歴史物語が互いに何の関係も持たない多くの物語の寄せ集めになる可能性を持つことを知っていた。それらの物語は何らかの方法でまとまりのあるものにされなければならない。ナルニア国歴史物語が七巻からなることは偶然ではないと思われる。それはスペンサーの『妖精の女王』の構造に対応するもの（ただし内容は無関係）であろう。ナルニア国の国土は七部作の主題に全体的統一を与える場である。しかしルイスはそれぞれの巻にどうして独自の文学的霊気・雰囲気を与えることができたのであろうか。ルイスはどのようにしてナルニア国歴史物語を構成する七つの物語にそれぞれの独自の個性を与えることができたのであろうか。

ルイスの批評家や解釈者たちは七巻のナルニア国歴史物語それぞれの意味を解明しようとしてきた。多くの解釈がなされたが最も興味深いのは次のものである。なぜ小説は七つあるのか。さまざまの憶測がなされた。われわれはスペンサーの『妖精の女王』が七巻からなることを知っている。ルイスは自分の作品をエリザベス朝に書かれた古典に並ぶものとするために七巻にしたのではないか。それはその通りかもしれない。ただしそれは複雑な歴史物語を統一するための役割を「妖精の国」に与えるという非常に限られた点に関してだけ言えることである。あるいはそれは七つの聖礼典を思わせるものではないのか。そうかもしれないがルイスは聖公会の信徒であってカトリック・キリスト者ではなかったから、二つの聖礼典しか認めていない。あるいは七つの重罪が暗示されているのではないか。そうかもしれないが七巻それぞれの主題として、例えば高慢や淫欲を読み取ろうとすることは絶望的なこじつけに終わるほかないし不自然である。例えば七巻のうちのどれが貪りを扱っているだろうか。これら多くの立証されなかった仮説が排除された跡に最近になって別の仮説が提出された。それによればルイスは一七世紀のイギリスの大詩人ジョン・ダンが「七王国、七個の惑星の七つの王国」について論じていることの影響を受けたのではないかとされる。驚くべきことにこの仮説が最も正しいのではないかと思われる。

この仮説はオクスフォード大学のルイス研究者マイケル・ウォードにより二〇〇八年に提起されたのが最初である。[26] ウォードはルイスが中世の文学研究において七個の惑星に重要性を与えていることに注目し、ナルニア国歴史物語は七個の惑星があるという中世の世界観、「廃棄」された宇宙像を反映しており、それぞれの惑星に与えられた性格を主題を表現しているのではないかと考えた。コペルニクス以前の世界観は中世において支配的宇宙像であった。それによれば地球は静止しており七個の「惑星」が地球の周囲を公転していることになっていた。これら中世の惑星は太陽、月、水星、金星、火星、木星、土星であった。ルイスは天王星、海王星、冥王星を含めていない。それらは一八世紀、一九世紀、二〇世紀になるまで発見されなかったからである。

ではルイスは何をしていると言うのか。ウォードはルイスがコペルニクス前の天文学に戻ろうとしているのでも占星術の秘儀の世界を推奨しているのでもないと言う。彼の主張は非常に奥行きの深いものであり、膨大な想像力的可能性をうちに秘めたものである。ウォードはルイスが七個の惑星を詩的に内容豊かで想像力的にも満足の行く象徴体系を形作るものと考えたのではないかと言う。そこでルイスは中世が七個の惑星それぞれについて与えた想像力的、感情的特長を取り上げ、それを七巻の小説の一つ一つに与えたのではないか。つまり

1　『ライオンと魔女』　木星
2　『カスピアン王子のつのぶえ』　火星
3　『朝びらき丸　東の海へ』　太陽

4　『銀のいす』　月
5　『馬と少年』　水星
6　『魔術師のおい』　金星
7　『さいごの戦い』　土星

例えばウォードは『カスピアン王子のつのぶえ』にはテーマの設定に火星の影響が見られるという。[27] それは二つのレベルに見られる。第一に火星は古代に「戦争の神（*Mars Gradivus*）」であった。このことがこの小説に軍事的な用語、イメージ、問題が多用されることと直接に結びついている。ペヴァンシィ家の四人の子どもたちは「戦争のさなかに」ナルニア国に逢着する。この戦争は後の巻で「解放のための大戦争」として言及されるが、ルイスは「ナルニア国略史」においてこれを「内乱」とも呼んでいる。

しかし古典古代の初期に火星は「草木の神（*Mars Silvanus*）」でもあるとされ、生い茂る木々、森や林に関係のある神とされた。三月は北国に春の訪れる月、冬に枯れていた草木がもう一度生命を取り戻す月であるが、この月（March）は火星（Mars）の名に由来する。『カスピアン王子のつのぶえ』の読者の多くがこの巻に草や木の名が頻繁に出てくることに気付いている。ウォードによればこの奇妙な組合せは中世の伝統において火星に結び付けられていた諸々の観念の広さの中に容易に納まるという。

もしウォードの言う通りであるとすると、ルイスはそれぞれの小説を中世の伝統において一つ一つの惑星に結び付けられていた雰囲気を念頭において構想したということになる。このことはそれぞれの小説の筋立てあるいは七部作全体の筋立てがこの象徴によって決定されているということを必ずしも意味しない。しかし個々の小説の中心的テーマや文体などについてわれわれが理解するための参考になるのではないであろうか。

ウォードの分析はナルニア国歴史物語七部作について考える上で新機軸を開いたと一般に認められている。しかしこれから検討され評価されるにつれて細部については何らかの修正が必要になると思われる。

ルイスの想像力の才能には初期の解釈者が理解した以上のものがあることが明らかになった。もしウォードの説が正しいとするとルイスは彼自身の専門領域である中世およびルネッサンスの文学から得たテーマを用いてナルニア国歴史物語に首尾一貫性を与え、同時にそれぞれの巻に独特の個性を与えることができたことになる。

## 影の国――プラトンの洞窟神話の翻案

「すべてはプラトンのうちにある。すべてはプラトンのうちに。オヤオヤ、近頃の学校では何を教えているのかね」[28]。ルイスは『さいごの戦い』で「古いナルニア国」を説明しようとするディゴリー卿にこう言わせている。「古いナルニア国」は歴史のうちに始まり歴史のうちに亡ぶ。しかしそれは「真のナルニア国の影あるいはコピーであって、真のナルニア国はこれまでも常に存在していたもの、これからも存在し続けるもの」である[29]。ルイスの作品の多くで展開される中心的テーマはわれわれの住んでいる世界がより偉大かつより善なる世界の「輝かしい影」なのだということである。現在の世界は真実の世界の「コピー」あるいは「影」である。この観念は新約聖書にも異なった形で見られるし（特にヘブライ人への手紙に）、古典古代のギリシアの哲学者プラトン（前四二四頃―三四八）の刺激を受けた文学や哲学の偉大な伝統においても見られる。

このテーマはナルニア国叙事詩（epic of Narnia）のクライマクスをなす『さいごの戦い』においても展開されている。ルイスはそこでわれわれが一つの部屋にいると想像することを求めている。その部屋には窓があり、そこからは美しい谷、あるいは茫洋とした大海を見下ろすことができる。窓の反対側の壁には鏡がある。窓から外を眺望することができるが、振り返ると同じ景色が鏡に写っているのを見ると想像してほしいと言う。世界を見るのにこれら二つの見方がある。それらの関係はどうなっているのかとルイスは問う。

鏡に写っている海や谷はある意味では本当の海や谷と同じものである。しかし同時にそれらは何かしら違う。より深く、より素晴らしく、物語の中の世界のように見える。物語ではあなたは何も聴くことがない。あなたはもっと知りたいと思うだけである。古いナルニア国と新しいナルニア国との違いはそのようなものである。(30)新しい王国はより深い国である。すべての岩や花や草の葉は背後により多くのものを秘めているように見える。

われわれは影の国に住んでいる。そこでは、われわれは天上の音楽のこだまを聴き、明るい色を垣間見る。そして吸い込む空気の中に柔らかい芳香があるのに気付く。しかしそれは本当のものではない。それは道標に過ぎない。それなのにわれわれはそれが国そのものであると思い込む。

鏡のイメージによってルイスは古いナルニア国(それは亡びなければならない)と新しいナルニア国の違いを説明する。しかしルイスが用いるプラトン的イメージのうちで最も重要なものは『銀のいす(*The Silver Chair*)』にある。それはプラトンの「洞窟」の説話である。プラトンは対話篇『国家』において読者に暗い洞窟にいることを想像してほしいと要求する。そこには一団の人々が生れてからこの方ずっと住んで来た。彼らは生れてすぐに洞窟に入れられ外の世界については何も知らない。洞窟の一隅には火が赤々と燃え、彼らに温もりと光を与えている。炎が燃え上がると洞窟の壁に影を落とす。人々は目の前の壁に映った影を見てそれが何を示しているのかと考える。洞窟の中に住んでいる人々にとってはチラチラと揺れる影の世界が彼らの知っていることのすべてである。彼らが現実の世界について知っていることはこの暗い洞窟で彼らが見るもの、経験することに限られている。もし洞窟の外に世界があるとしてもそれは彼らが知らないもの、想像することもできないものである。彼らは影の世界しか知らない。

ルイスはこの観念の意味を『銀のいす』で「上の世界」と「下の世界」の区別を用いて探求する。「下の世界」の住民（プラトンがいう洞窟に生きる人々）はそれ以外に現実はないと思う。ナルニア国の王子が太陽に照らされた「上の世界」について語るとき、魔女は王子が作り話をしているだけで実際には「下の世界」があるだけでそれとは別に存在するのではない世界を想像しているだけだと主張する。そこで王子は聴いている人々が彼の主張を理解できるように一つのたとえ話と持ち出す。


「あそこにランプがあります。それは丸く黄色い色をしていて、部屋中を明るくしています。それだけでなくそのランプは天上から吊り下げられています。われわれが太陽と呼ぶものはあのランプのようなものです。ただしあのランプよりはるかに大きく、はるかに強い輝きに満ちています。それは「上の世界」の全体を明るく照らしますが、それは空に釣り下がっています」。

「何から釣り下がっているのですか、王子様」と魔女が訊く。皆がどう答えようかと思案していると彼女特有の優しい銀色の笑いを込めて「ほら分かったでしょ。この太陽なるものが本当は何なのかをはっきり知ろうとするとあなたは答えることができません。あなたはそれがランプのようなものだとしか言えない。あなたがいう太陽は夢です。その夢の中にはランプをコピーしたものしか存在しません。ランプが本当のもので太陽は作り話、子どもだましのお話しです[31]」。

ジルがそこで「アスランについてはどうなのですか」と訊いた。魔女は「アスランとはただのライオンです」と叫び、やや自信のない声で「ライオンとは何だと思うの」とジルに訊いた。ライオンとは「大きな猫のようなものです」とスクラブが代わって答えた。魔女は笑って「ライオンとは想像された猫であって実物の猫よりも大きく優れたものだと言うのね」と言う。「あなた方が想像することは現実の世界にあるものをコピーしたものでしかありません。この世界は私のもので存在する唯一の世界です[32]」。

この箇所を読むほとんどの人々はにっこりと微笑むであろう。魔女のもっともらしい哲学的主張はルイスがそれを説く文脈そのものによって無意味なものとされているからである。ルイスはこの哲学的主張をプラトンから借りてきた。ただしカンタベリーのアンセルムスとルネ・デカルトの解釈に依っている。それにより古典古代の智恵が本質的にキリスト教的なものに変えられていた。

ルイスはプラトンが一連の解釈レンズ（プロティノス、アウグスティヌス、ルネッサンス期の思想家たちの解釈をルイスは良く知っていた）を通して理解されていることを知っていた。ルイスの『愛とアレゴリー』や『廃棄された宇宙像』、『一六世紀の英文学（*English Literature in the Sixteenth Century*）』、『スペンサーの生命観（*Spenser's Images of Life*）』などの著書を読む者はプラトンやネオプラトニズムが中世およびルネッサンス期のキリスト教思想家たちに広範な影響を与えたことをルイスが強調していることを知っているであろう。ルイスが成し遂げたことはプラトン的テーマとイメージを児童文学の中に非常に自然なかたちで織り込んだことである。若い読者たちの中でナルニア国歴史物語が哲学の個別指導者の役割を果たしていること、あるいはこの歴史物語が以前の世界の思想を土台としていることに気付き理解している者はほとんどいないであろう。それは子どもたちのこころを拡大し、古代の思想を非常に分かりやすいかたちで、また想像力に富んだかたちで提供するためのルイスの戦術の一部であった。

## ナルニア国の過去の問題

『ライオンと魔女』を初めて読む者は中世的イメージ（王宮、城、礼儀正しい騎士たちなど）が多用されていることに気付くであろう。それは四人の子どもたちの世界である一九三九年の世界とは何の関係もない。あるいはその後の読者たちの世界にも何の関係もない。つまりルイスは読者たちに過去の世界に逃れ、現代の社会の現実から逃避することを奨めているのであろうか。

ルイスが現在よりも過去のほうが好ましい世界であったと信じていたことはいろいろの点に明らかである。例えばルイスが描く戦闘の場面では一騎打ちにおける大胆さや勇敢さが重要なこととして強調されている。戦闘は高貴にして威厳のある敵同士の白兵戦であり、面と面をつき合わせて闘われるものである。そこでは殺害することは遺憾なことではあるけれども、勝利を確保するためには必要なこととされる。このような戦闘はルイス自身が一九一七年末から一九一八年初期にかけてアラスの荒野で経験した戦争とは全くかけ離れている。そこでは非人間的な技術が遠くの地点から死の爆薬を放り込んで来ていた。それは敵を殺すためだけでなく時には味方をも殺していた。戦死者は自分を殺したのが誰かを知り得ない。

しかしルイスは読者に郷愁の過去、架空に創造された中世の世界に退避することを期待していたのではない。もちろん中世の価値観を現代に再現させることを勧めていたのでもない。ルイスが行おうとしていたことはわれわれが自分たちが持つ思想・観念そのものを考え直す方法を与えようとすることであった。われわれは自分の思想・考え方が最新のものであるがゆえに「正しい」と思っている。しかし必ずしもそうでないことを教えようとした。ナルニア国歴史物語全編においてルイスが提示するものは、万物が存在意義を与えられるような考え方および生き方、万物が単一であり、複雑でありながら調和を保つような宇宙のモデルである。それは「廃棄された宇宙像」であり、ルイスはこの理念をその後の多くの学術的著作において追求している。

ただしここには一つの問題がある。ナルニア国歴史物語の今日の読者は想像力の二重の跳躍を要求される。単にナルニア国について想像するだけでなく、その王国を訪れた四人の子どもたちの世界を想像しなければならない。四人の子どもたちの思いは第二次世界大戦後のイギリス社会にあった社会的諸慣習、希望、恐れによって形成されていた。『ライオンと魔女』の今日の読者は例えばエドマンドが「トルコの歓喜」に魅いられたことをどのように受けとるであろうか（この神秘的な物質が何であるかについて思いめぐらすこと以外に）。イギリスにおいて砂糖が配給物資から除外されたのは一九五三年二月であったことをどれだけの人が覚えているだろうか。それはこの小説が出版されてから四年後のことである。ナルニア国における饗宴の控え目な豪華さは戦後のイギリスの耐乏生活を鋭く反映するものである。あの頃最も基本的な食べ物が欠乏していた。この七部作が当時の読者に与えた衝撃を完全に理解するためにはわれわれは過ぎ去った時代に立ち戻らなければならないだけでなく、想像された世界にも入り込まなければならない。

いくつかの点でこのことは現代の読者にとって問題となる。これらの困難な問題の一つ、最も明らかな問題は『ライオンと魔女』に登場する四人の子どもたちに関係することである。彼らは白人でありイギリスの中流階級に属する家庭の少年少女たちであって、「毛並みの良い」話し方しかしない人々である。ルイスが登場させる人物は一九五〇年代初めにさえ誇張された不自然な人物と見られたのではないであろうか。今日読者の多くはピーターが通う学校の生徒が使う言葉、例えば「なぁお前（Old Chap）」、「神にかけて（By Jove）」、「偉大な神よ（Great Scott）」などは古語辞典を用いないと理解できないのではないか。

それよりも深刻な問題は一九三〇年代、一九四〇年代に慣習的となっていたイギリス中産階級の社会的態度、そして時にはルイス自身が幼年期を過ごした一九一〇年代の価値観がナルニア国小説に深く浸透していることである。それらの中で最も顕著なのは女性に対する態度である。しかしこの問題に関する二〇世紀の西欧の文化的価値観をルイスが気付いていなかったと批判することは決して公平ではない。そうではあってもルイスは女性の登場人物にナルニア国歴史物語全編を通じて従属的な役割しか与えていないと指摘する人々がいる。彼らはルイスがそのような伝統的性別役割の観念から解放されていてほしかったと主張する。

スーザンの場合がこの問題を論ずるためにしばしば取り上げられる。スーザンは『ライオンと魔女』において中心的な役割を演じているにもかかわらず、最後の巻『さいごの戦い』では全く姿を見せないことで目立っている。フィリップ・プルマンは最近の最も激しいルイス批判者であるが、スーザンは「着る物と男の子に関心を持ち始めたために地獄に追いやられた」と宣言している[33]。ルイスに対するプルマンの強い敵意は彼が客観的証拠に基づいてルイスを分析することを不可能にしていると思われる。ナルニア国歴史物語のすべての読者はルイスがスーザンを「地獄に送った」などと感じないだけでなく、彼女が「男の子」に関心を持ったという証拠を見出せないでいる。

それでもスーザンには近年ナルニア国の物語について論ずる人々のある人々が感じている問題を含んでいるようである。つまりルイスは男性登場人物に特権を与えることに傾いているのではないであろうか。もしルイスが一九三〇年代にルス・ピターやジョイ・デイヴィッドマンに出会っていたら、ナルニア国歴史物語は違うものになっていたのではないか。

しかしここでわれわれはルイスに対して公平でなければならない。ルイスが生きた社会においては男性的役割が一方的に重視されていたのに対して、ナルニア国歴史物語において性別役割は平等に割り当てられている。事実ナルニア国歴史物語に登場する人間の中心的人物が誰かを考えるとそれは女性である。ルーシィは『ライオンと魔女』の主役である。彼女はナルニア国に最初に入国した人物であるし、アスランと最も親しくなった人物である。彼女は『カスピアン王子のつのぶえ』においても主役である。また『さいごの戦い』の最後の場面で人間たちの話し合いの最後の結論を語るのもルーシィである。ルイスは一九四〇年代にナルニア国歴史物語を構想し始めた頃、イギリス社会の性別役割に関する考え方の先を行っていた。彼の考え方は今日では遅れているかもしれない。しかし彼の批判者が言うほどに遅れてはいなかったのではないだろうか。

われわれはここで想像されたナルニア国を去り、一九五〇年代のオクスフォード大学の社会に戻らなければならない。既に見たようにルイスはそこでますます攻撃され、孤立させられていた。彼はそれに対して何ができたのだろうか。

第四部

# ケンブリッジ大学

# 第一三章　ケンブリッジ大学に移籍

——モードリン学寮　一九五四—一九六〇年（五六—六二歳）

ルイスの友人たちの目には彼が戦後のオクスフォード大学に溶け込めないでいることがはっきりしていた。ルイス自身も一九五〇年代初めに自分が孤立していることを痛切に感じていた。彼には少なくとも三回、教授に昇格するチャンスがあったにもかかわらずそれを認められなかった。英文学部の教員との関係も険悪なもの、不愉快なものになっていた。一九五四年五月にルイスが書いた手紙にはオクスフォード大学英文学部の「危機」があからさまに書かれており、「一日に何回も同僚に対する憎悪の念」に駆られるとある。(1)

その一年前、オクスフォード大学英文学部は学部生に対するカリキュラムを改革した。一八三〇年代から一九一四年代までの文学をカリキュラムに含めることになった。オクスフォード大学の学生たちはヴィクトリア朝時代の文学を研究できるようになった。今から考えれば多くの人々にはこのカリキュラム改革が全く問題のないものだと考えられる。特にヴィクトリア朝時代という重要な時代の力強い文学創造力に照らして、合理的な改革であったと思われる。しかしこの改革にルイスは強硬に反対した。J・R・R・トールキンもルイスほど強硬ではなかったが反対していた。現状を変えようとする英文学部の動き（最終的には不成功に終わったが）はルイスには妥当なものとは思えなかった。ルイスはオクスフォード大学における孤立感を深めていた。英文学部は「近代主義者」たちを中心にしてまとまり始めた。ルイスの孤立はますます強くなった。

ナルニア国歴史物語七部作（ルイスがオクスフォード大学に在任した最後の頃、一九四九年から一九五四年にかけて書かれた）は大好評を博したが、当時彼が書いた手紙には一九四九年から一九五〇年にかけて創作力の減退を感じていたことが語られている。彼の創作力は一九五一年末には多少回復していたことがその頃の手紙から知られるが、彼の想像力はしばらくの間沈滞したままであった。『キリスト教の精髄』はかなりの商業的成功を収めルイスの名声を高めたにもかかわらず、新しい著作ではなかった。それは一九四〇年代初期に行った放送講話を書き直したものである。この時代のルイスの最も重要な著作は『一六世紀の英文学（戯曲を除く）』（一九五四年）である。これは大冊であるが学術的文学研究であってオリジナルな創作作品ではない。その上この大冊を仕上げるために彼は自らをすり減らしてしまった。若い頃に持っていた精力と想像力を使い果たしていた。

その上ルイスには教育上の過重な任務が課されていた。戦後にオクスフォード大学の学生数が膨張し、ルイスには深刻な問題を与えた。彼が個別指導する学生の数が膨大なものになった。モードリン学寮でも学生数は増大していた。学部生の数は一九三〇年代に平均四〇名に保たれていたが、一九三九年から一九四五年の戦時期に最低を記録した。学部生の数は一九四〇年に一六名、一九四四年にはわずか一〇名であった。戦争が終わると学生数は急増した。一九四八年には八四名の学生がいた。一九五二年には七六名であった[2]。ルイスにかかる負担は耐えられないものになっていた。それは彼の学術研究や著作活動を制限していた。ＢＢＣはルイスにいつでも時間を空けるから番組に出演してほしいと声をかけていたが、彼は大学における教務のゆえにその申し出を受けないでいた[3]。

しかしルイスには何ができたであろうか。それに彼はどこへ行くことができたであろうか。彼はディレンマから抜け出せずにいた。

## ケンブリッジ大学の新しい講座

ルイスは知らなかったが、この問に対する一つの答えがオクスフォード大学の一大好敵手であるケンブリッジ大学において浮上しつつあった。

ルイスの名は一九四四年四月にケンブリッジ大学のエドワード七世英文学教授アーサー・キラー＝カウチ教授が亡くなったときに後任候補に挙げられていた。一九四四年末にはこの評判の地位に就任するようルイスが招かれたとの噂が飛び交った。(4) BBCの大立者でさえいつルイスがケンブリッジ大学に移るのかと問い合わせてきたほどである。(5) このときも何も起こらなかった。結局この地位は一九四六年にバジル・ウィリー（一八九七―一九七八）に与えられた。彼は文学研究者、思想史家として高い評価を得ていた人物である。

ケンブリッジ大学は一九五〇年代初期までに世界最高の英文学部教授陣の一つを築き上げていた。そこでの最も有力な人物はF・R・リーヴィスであった。ルイスはリーヴィスの文学批評の方法を嫌悪していた。リーヴィスの評判はケンブリッジ大学でも高くはなかった。彼は敵を作っていた。その中にはエマニュエル学寮の特別研究員かつケンブリッジ大学英語講師であったヘンリー・スタンリー・ベネット（一八八九―一九七二）も含まれていた。ベネットは大学の政治駆引きの中心人物で交渉術に長けていたが、ケンブリッジ大学の英文学部が必要としているものが何かについてははっきりした意見を持っていた。それは現存するエドワード七世英文学講座を補うもう一つの英文学講座を創設することであった。ベネットによればこの新しい講座は中世およびルネッサンスの英語学の分野を扱うべきものであった。おそらくそれ以上に重要であったことはベネットがこの講座の担当者が誰であるべきか明確な意見を持っていたことである。それがオクスフォード大学のC・S・ルイスであり、リーヴィスの文学批評論の強硬かつ信頼すべき批判者であった。ベネットは大学の政治駆引きに充分に通じていたのでどうすればルイスを得ることができるかも良く心得ていた。

募集公告は一九五四年三月三一日に出され、応募締め切りは四月二一日とされた(6)。五月一〇日にベネットを含む八人の教授たちがケンブリッジ大学の中世およびルネッサンス英語学の初代教授を選考するために委員会を開いた。議長を務めたのは大学副総長ヘンリー・ウィリンク卿（一八九四―一九七三）であった。彼はモードリン学寮（ケンブリッジ大学）の学寮長でもあった。選考委員には二人のオクスフォード大学教員がいた。一人はルイスの学生時代の個別指導教員であったF・P・ウィルスンで、当時もルイスの親しい同僚であった。もう一人は（当時もまだ）ルイスの友人であったJ・R・R・トールキンである(7)。ただしルイスはこの教授職に応募していなかった。選考委員たちはこの不都合な事実を無視し、全会一致で熱烈にルイスにこの地位を与えることを決議した。第二候補としてはオクスフォード大学ヒルダ学寮の英語学特別研究員であったヘレン・ガードナーの名が挙げられた(8)。

ウィリンクはルイスにこの教授職の地位を受けるように親書を送り、その画期的重要性を強調した。彼は選考委員たちが「空前絶後の熱意と誠実さとをもって全会一致でケンブリッジ大学にとって重大な価値をもつ講座の初代教授として貴兄を招くことを決議した」と宣言した(9)。この地位がルイスに与える利益は明白であった。ケンブリッジ大学に移籍することはオクスフォード大学においてルイスが置かれていた難しい情況から解放されることであっただけでない。彼は学部生を教える責任から解放され、彼は研究と著作に打ち込むことができる。それに年俸が三倍に跳ね上がることになる。

ルイスはウィリンクの親書にただちに返書を書きこの地位を受けることを辞退した(10)。返書を出す素早さからしても返書の内容からしても、ルイスが何を考えていたのか理解に苦しまざるを得ない。ルイスはこのような招きを受けたことに対し非常識的な速さで答えているし、辞退する理由として挙げている点も説得力があるとは思えない。彼が言うには彼はケンブリッジ大学に移籍することを決定する立場にないのだという。そのためには彼の庭師で雑役夫であったフレッド・パクスフォードを解雇しなければならないからだという。それを別にしても彼は既に新しい職に就くには年を取り過ぎているのだという。ケンブリッジ大学が必要としているのはより若く精力的な人間であるという。

しかしルイスはこの新しい地位に付随する条件については何も聞こうとしていない。最も重要な問題として住居をケンブリッジに移さなければいけないのかどうかも聞こうとしていない。それに選考委員たちがルイスの年齢を知っていたことも彼は気付いていなかったようである。このような上級の教授が選定されるときには年齢が考慮されるのは当たり前であった。

ウィリンクはルイスが辞退するために掲げる貧弱な理屈には気を止めなかった。それよりもケンブリッジ大学の招待を拒絶する返書があまりにも速く来たことに気を害していたようである。彼は再びルイスに親書を寄せ再考を促した。(11) ルイスはまたも辞退した。この地位をヘレン・ガードナーに提供する以外にウィリンクにはもはや何も打つ手がなかった。

トールキンはより強い芯を持つ人間であった。彼は五月一七日の朝、ルイスを訪ねウォーニーも居る前でルイスに直談判を行い、ルイスがこの地位を辞退する理由について問いただした。そこですぐに判明したことは、ルイスが辞退する本当の理由はケンブリッジ大学教授に対する住居規定についてルイスが誤解をしていることであった。ケンブリッジ大学に移籍する場合にルイスは愛着の籠もるキルンズを完全に引き払い、ウォーニーとも分かれてケンブリッジに転居しなければならないのだと思っていた。

トールキンは何とかなりそうだと直感した。それは正しかった。彼は二通の手紙を書いた。第一に彼はウィリンクにルイスがオクスフォードの家を手放せないこと、そしてケンブリッジに彼の蔵書の大半を納めるに充分な広さの家が必要であることを説明した。(12) 第二にベネット宛に交渉はうまく進んでいないけれどもケンブリッジ大学がルイスを獲得するのは確実だと信じているのだと伝えた。ケンブリッジ大学は諦めてはいけないのだと言う。もしルイスがケンブリッジに居住しながらもオクスフォード市に所有する家を手放さないで済むなら、彼はケンブリッジ大学からの招きについて再考するであろうと言う。

しかし既に手遅れであった。五月一八日にウィリンクはヘレン・ガードナーに手紙を書き、ケンブリッジ大学が第二候補として選んでいた彼女にこの地位を提供していた[13]。時宜を失したもののウィリンクはルイスにケンブリッジ大学の住居規定について説明し、学期中でも週末にはオクスフォードの自宅に帰ることができること、休暇中はオクスフォードに居住することができることなどを伝えた。しかしこれはもはや実際的な問題ではなくなっていた。ウィリンクはルイスに「第二の候補者」（それが誰なのかルイスは知るすべもなかった）に就任を要請する通知が既に送られていると告げた[14]。ここで交渉は閉じられた。

しかしそうはならなかった。五月一九日にバジル・ウィリー教授（ケンブリッジ大学の新しい英文学講座担当者選考委員の一人であった）が内密にウィリンクに手紙を書いた。それによればヘレン・ガードナーが就任を辞退することは「かなり確実」であると言う[15]。ウィリーはこの情報の出所がどこなのかを明らかにしていないし、なぜガードナーがケンブリッジ大学の招きを拒絶するのかについても説明していない[16]。しかし彼は間違っていなかった。

ヘレン・ガードナーはケンブリッジ大学からの申し出を受けてから、それを真剣に考慮していることを示すために充分な時間をおき（ルイスにはそのような配慮が全く欠けていることが明らかであった）、六月三日に辞退したいとの礼儀を尽くした手紙を書いた。彼女はその決断に至った理由を述べていない。しかしルイスの死後にガードナーが明らかにしたところによれば、彼女はその頃にルイスが気を変えてその地位を求めているとの噂を聞いたのだという。そして彼女自身もルイスこそこの地位に最もふさわしい人物であると信じていたという[17]。彼女が辞退したことはこの地位に就くべき人物が誰かについての彼女の見識に基づいていた。ウィリンクはガードナーの如才ない見事な言動により窮地から救われただけでなく、喜んで再びルイスに手紙を書いた。「第二候補者が辞退しました。今私は結局のところケンブリッジ大学は第一候補者を得られるものとの希望に満たされています」。彼は更に付け加えて、彼自身の学寮モードリン学寮がルイスの必要とする居室を提供できるであろうとも述べている。[18]

それで充分であった。交渉は妥結した。ルイスは一九五四年一〇月一日付で新しく作られた講座の教授に就任することに同意した。ただし着任するのは一九五五年一月一日とされた。オクスフォード大学における残務を処理するためであるという。[19] ルイスがオクスフォード大学モードリン学寮を去ったことにより特別研究員の地位が空き新しい人事が必要となった。学寮におけるルイスの仲間たちはただちに誰を選ぶかについて合意した。ルイスの後任としてオーウェン・バーフィールド以上の人物がいるであろうか。[20] しかしこの提案は否決され、結局エムリス・L・ジョウンズがルイスの後任に選ばれた。

ケンブリッジ大学への移籍は賢明なものであっただろうか。そうではなかったと思った人々がいる。ルイスのかつての学生の一人ジョン・ウェインはそれが「咲き過ぎて放置されているバラ園から、シベリアにある園芸研究所の実験園に移るようなもの」だと言った。[21] ウェインはもちろん天候のことを言っているのではなく、イデオロギーに関することを言っている。彼が考えていたことはウラル山脈から吹き降ろす氷のように冷たい東風のことではなく（それはケンブリッジの冬を厳しいものにしていた）、当時のケンブリッジ大学において支配的であった文学に対する態度、分析的で冷たい雰囲気のことを言っている。ルイスはライオンのねぐらに入ろうとしている。ケンブリッジ大学は「批判理論」を尊重し、分析し解剖すべき「対象」としてテキストを扱い、知的楽しみや知性の拡大を目的とするものとは考えない教員たちが群がるところであるのだという。

他にも、学期中にケンブリッジまで通勤することでルイスの体力が磨り減ってしまうのではないかと心配した人々もいた。しかしルイスがケンブリッジ大学に移ってしばらくするとルイスが新しい生活にうまく適応できて

図 13－1　ケンブリッジ大学モードリン学寮。カム川側から 1955 年頃撮影

いることが分かってきた。彼は週日をケンブリッジ大学モードリン学寮の板張の壁の快適な部屋で過ごし、週末にはケンブリッジからオクスフォードのリューリー・ロード駅までの直通電車でオクスフォードの自宅に戻った。この電車は通称「キャンタブ・クローラー（Cantab Crawler, ケンブリッジ大学鈍行）」（各駅に停車し、八〇マイル［約一二八キロメートル］の距離を三時間かけて走った）、あるいは「ブレイン・ライン（Brain Line, 頭脳線）」（「メイン・ライン（幹線）」をもじった名称であるが、乗客には二つの大学の教員たちが多かったことから付けられた名称）で親しまれた。この電車もオクスフォードの駅も現在は廃止されていて、跡形もない。

中にはルイスがケンブリッジ大学モードリン学寮に溶け込もうとして無理をしているのではないかと心配する人々もいた。彼自身がケンブリッジ大学モードリン学寮に歓迎されないのではないかと感じていたからである。一九四九年から一九七二年にかけてケンブリッジ大学モードリン学寮の特別研究員を務め、同時に同図書館のペピス司書であったリチャード・ラドバラはルイスが生来の内気な性格や社交上の不安を隠し、モードリン学寮に受け容れられようとして懸命に努力するあまり、声色を使い、「陽気な農夫」のような人の良さを気取ろうとしているのではないかと感じた。ルイスの内気な性格が攻撃的なものと誤解されたのではないであろうか。結局のところルイスが心配したこととは裏腹にすんなりと新しい職場に受け容れられた。

ルイスはケンブリッジ大学に移籍して最初の学年度が終わる頃には「ケンブリッジ大学に移籍したことは大成功であったと宣言」することができるまでになっていた。ケンブリッジ大学モードリン学寮はオクスフォード大学モードリン学寮よりも「小規模であり、穏やかで優雅なところ」であるという。オクスフォード市がますます産業化しつつあったのに対し、ケンブリッジ市は「快適さを保つに充分な小規模」の商業都市であって、ルイスは気の向いたときにはいつでも「本当の田舎の散歩」を楽しむことができた。「友人たちは皆、私が以前より若く見えると言っている」[22]。

## ルネッサンス——ケンブリッジ大学教授就任講演

ケンブリッジ大学中世およびルネッサンス英語学部の初代教授として行った就任講演が好評をもって迎えられたことは、就任直後に彼が明るい気分を持ったことに関係があるだろう。就任講演は彼の五六歳の誕生日、一九五四年一一月二九日月曜日の午後五時から、ケンブリッジ大学が人文科学関係の講義のために用いることのできる最大の講堂で行われた。その時点でルイスはまだオクスフォード大学に在任中であった。この講演に関するいくつもの報告が現存する。それらはルイスの講演を聴くために集まった聴衆の数が膨大であったこと、またルイスが講演者として卓越した力を持っていることを強調している[23]。BBCの第三放送はこの講演を電波に乗せようと真剣に検討した。このような学術講演が放送されたとすれば稀な名誉になるはずであった[24]。

ルイスが取り上げたテーマは文学史の時代区分の問題であった。これはルイスが以前にケンブリッジ大学において行った講義でも扱ったテーマである。ルイスはこれを一九三九年の受難節学期に八回（週に一回ずつ）行ったルネッサンス文学に関する講義において、また一九四四年五月にトリニティ学寮で行ったクラーク講演においても取り上げていた。ルイスは就任講演でそれらの講義の中心的テーマ「ルネッサンス期はなかった」を再び論じた。彼は一九四一年にミルトンの専門家ダグラス・ブッシュ宛の手紙に「私が論ずることは、『ルネッサンス期とは架空のものであって、一五世紀および一六世紀に起こったことの中で現代の研究者が価値ありと認めるものなら何にでも与えられる名称である』ということです」と書いていた(25)。

この挑戦的かつ大胆な主張は細部においては微妙な問題がある。しかしルイスが根本的な反論を加えているのは「ルネッサンス期」と呼ばれる時代は中世の単調な古い様式を払拭し、文学、神学、哲学の黄金時代をもたらした時代であるという広く受け容れられている観念に対してであった。彼が言うにはそれは神話であって、この神話を作り出したのはまさにルネッサンスがそのようなものであると考える人々でしかないのだという。この神話に挑戦することなしには英文学史に関する学術研究はこのようなイデオロギーに基づく考え方を永続させるだけのものになるとルイスは論じた。彼は自分の主張を支える証拠として、ケンブリッジ大学の歴史家ジョージ・マコーリー・トレヴェルヤン（一八七六―一九六二）の文章を引用した。トレヴェルヤンは一九四四年にルイスをトリニティ学寮でのクラーク講演に招いた人物である。「出来事が起こった年月日と違って『時代』は事実ではない。それはわれわれが過去の出来事について作り上げる遡及的な概念であって、議論に焦点をつくるために有用ではあるがしばしば歴史理解を誤らせるものである(26)」。

ルイスの主張は少なくともいくつかの重要な点について絶対的に正しい。ヨーロッパのルネッサンスに関する最近のいくつかの研究書によれば、ルネッサンスの「年代記的独自性」とはその時代に特徴的であった案件を強調するために捏造された観念であるとされる。いわゆる「ルネッサンス期」の思想家たちは「中世」なる観念を作り出した。それはその時代に名称を与え、それを古典的文化の栄光の時代と「ルネッサンス期」におけるそれらの再生と革新の時代に挟まれた単調で沈滞した時代とみなして誹謗するためであったのだという。歴史はそのような論争的案件による時代区分を許さないものであることをルイスが指摘しているのは正しい。それは「中世」の文化と「ルネッサンス」文化との連続性を過小視する。「それは確かにヒューマニズムがプロパガンダのために拵え上げた作り話というだけのものではないかもしれないが、これら二つの時代の間にある断絶があまりにも誇張されすぎてきた[27]」。中世の文学は同情と敬意をもって読まれる価値がある。「中世」の文学は「ルネッサンス・ヒューマニズム」が言うように何の議論もせずに簡単に捨て去られるべきものではない。

ルイスの講演が「ルネッサンス」の問題を中心にしていたことには意味深長である。ルイスはこの講演の機会をとらえて再出発をしようとしたのであろうか。ケンブリッジ大学に移籍したことはまず何よりも彼のこころのうちで自分自身が変わることだと感じたのであろうか。それは個人的ルネッサンス、つまり「生れかわる（born again）」ことであり、繭から出て変態を遂げることと考えていたのではないだろうか。ケンブリッジ大学のルイスは新しいルイスであってオクスフォード大学時代の終わり頃に特徴的であった活動や問題のいくつかと訣別すべきであると感じたのではないか。例えばルイスはケンブリッジ大学時代にはキリスト教護教論の分野では何ら本格的なものを書かなかったことは意味のあることではないのか。彼がこの時代に書いた一般向け著作、『詩篇を考える（*Reflections on the Psalms*）』、『四つの愛（*Four Loves*）』などは信仰を前提とした探求であって、挑戦を受けている信仰を擁護しようとするものではない。

ルイスはもはや自らを護教家として見ていない。教会の外にいる批判者たちからキリスト教信仰を護ることには関心を持っていない。彼の焦点はキリスト者たちあるいはキリスト者になろうと志している人々の利益のためにキリスト教信仰の深みを探り、理解することに移っている。この新しい戦略は『詩篇を考える』の冒頭に表明されている。

これは「護教的」著作と呼ばれるものではない。私は非信徒を説得するためにキリスト教が真理であることを証明することは一切試みない。私は既に信徒になっている人々、あるいは、「自分の不信仰を停止して」本書を読もうとする人々に語りかける。人はいつでも真理を擁護できるわけではない。真理によって養われる時もなければならない(28)。

この最後の文章はルイスが繰り返し述べていたこと、キリスト教の諸教理を弁護することは消耗させ、疲れ果てさせる仕事であるということに照らして読まれなければならない（三二二頁参照）。彼は自分にはキリスト教の教理を楽しむことが許されているのであって、それらのために絶えず闘わねばならないのではないと主張しているようである。

しかし、ケンブリッジ大学におけるルイスの問題意識はルイスの全体的関心のうちで焦点の当て所が変っただけであって、彼の主体的コミットメントに重要な変更があったのではなく、いわんや根本的な変更があったということではないものと見るべきであろう。キリスト教信仰について論ずるルイスの立場はそれまでとは異なる読者・聴衆を意識し、精神と心と理性と想像力とを創造的に絡み合わせようとする立場である。一九四〇年代および一九五〇年代にルイスは理性的護教論を展開させた。『奇跡』や『キリスト教の精髄』などの著作においてそれがなされている。一九五〇年代末期からルイスは『喜びのおとずれ』などのように、信仰の想像力的、相関論的次元を考察する著作に集中し始める。そこではキリスト者と想定される読者がルイスの念頭に置かれている。想定される読者層を変更したことは時代の要求についてのルイスの理解が変ったことを反映しているのだろう。しかし『天路退行』（一九三三年）において最初に見られたルイス固有の特徴、キリスト教信仰の全体像を捉えるという態度は失われていない。

ルイスのケンブリッジ大学教授就任講演は自分の知的体系の正面の構え全体を隙間なしに描いて見せた熟練の士の論考として読むこともできる。そこには浅薄さや虚偽がうまく隠されているというのではなく、自分の思想のあるがままを正直に描いて見せている。ルネッサンス・ヒューマニズムが自らの個性の由来を語る歴史物語を構築したように（ただしルイスはそれを巧に解体した）、ルイスも彼自身がどう理解されたいのかについて自分自身で説明を行った。彼は自分が「知的恐竜」として見られたいと刺激的な宣言を行っている。自分は彼の時代に広まっていた「年代的思い上がり」に挑戦する恐竜であるのだという。ルイスの講演を別の意味にとった人々もいる。例えばこの講演はキリスト教そのものの再活性化のマニフェスト、あるいは少なくとも文学研究に対するキリスト教の影響の強化であると受けとった人々もあり、そのために論争が起こったがそれはすぐに静まった。

ルイスが自分は「恐竜」であるとの理解、現代世界の価値や活動形態にうまく順応しない巨大な獣という理解は一九五〇年代から文学の学術研究者の間に生じていた慣習の変化によっても補強された。ルイスの蔵書は彼が時代の傾向と集中的に取り組んでいたことを明らかにしている。彼の読んだ本には書き込みや下線が多く、しかも違う色のインクでなされている。既に熟知しているテキストを繰り返し読んだことが分かる。英国史家キース・トマス（一九三三―）は最近イギリス・ルネッサンス期の人々の読書癖について論評した。彼によれば書き込みはテキストとの直接の取り組みが長期にわたるときに、テキストを読んで得た洞察を失わないように保護するための重要な手段であったという。

ルネッサンス期の読書人は重要な部分に下線を引くこと、欄外に矢印を書いて線で結ぶことなどを常に行っていた。現代であれば黄色のマーカーペンを用いるところであろう。ジェイムズ一世時代の教育思想家ジョン・ブリンズリーによれば「最も深い学識を持つ学者、あるいは最も注目すべき学究の蔵書の中で特に選りすぐられたもの」は全巻にしるしが付けられており、「下線、上線」あるいは「何らかの傷、あるいは読ん

だことを記憶に呼び出すために最も有効なあらゆる種類の文字や印」が書き込まれている。(29)

トマスはルイスが行ったように原典資料を長期にわたり飽くことなく渉猟する人物であるが、彼も自分が「恐竜のようなものになった」と述懐している。今日の研究者は書物を表紙から表紙まで全体を読了することをしない。彼らはサーチ・エンジンを利用し、コトバあるいは文言を探し出す。しかしこの方法では研究者は自分たちが検討しているテキストが持つより深い構造や内的論理に対する鋭い感覚を培い得ず、「偶然にものごとを発見する才能による思いがけない発見」をすることもほとんど期待できない。トマスが悲しげに述懐するように、学ぶためにかつては一生をかけてゆっくりと苦労して努力したけれども、現在では「適度に勤勉な学生により、午前中に成し遂げられてしまう」。

びっしりと書き込みのあるルイスの蔵書を研究したことのある者であれば誰でもルイスが学んだテキストに対してルイスがどれだけ集中的に、質の高い取り組みを行ったか疑いを持つことはできない。トマスはテキストと詳細に取り組み概念的に精通することを称賛しているが、ルイスはそれをまさに体現していた。トマスはそのような取り組みが技術の進歩によって末期的衰退を辿っているという。そうであれば学術的文学研究は死滅しつつある学科目なのであろうか。ルイスは自らを「恐竜」にたとえたが、彼の業績だけでなく彼の研究方法も死滅しつつあると言いたいのであろうか。ルイスは学術研究の失われた時代の証人になりつつあったのか。特に原典資料に沈潜するという知的習慣が彼の世代で死に絶え、永遠に失われてゆくことの証人になったのであろうか。

結局ルイスはケンブリッジ大学において長く多産な学究生活を送ることができた。彼は体調を崩し一九六三年一〇月に遂に退任しなければならなかった。私が数えたところによれば、ルイスはケンブリッジ時代に一三冊の著書と四四編の論文を書いた。これには無数の書評やいくつかの詩は含まれないし、彼の論文集三冊も含まれない。もちろん論争にも参加していた。その中でもっとも有名なものはF・R・リーヴィスおよび彼の仲間たちとの論争、文学批評の価値に関する論争であろう。それでもルイスのケンブリッジ大学時代はバニヤンの「安楽と呼ばれる野」ほどではなかったにしろ、創造力に恵まれたオアシスであったことに間違いない。そこで彼の最も重要な著作、例えば『顔を持つまで』(一九五六年)、『詩篇を考える』(一九五八年)、『四つの愛』(一九六〇年)、『批評における一つの実験(*Experiment in Criticism*)』(一九六一年)、『廃棄された宇宙像』(没後一九六四年に出版)などが生み出された。

しかしルイスのケンブリッジ時代は彼の私生活における出来事に振り回された。それはこの時代における彼の著作に強い影響を与えた。ルイスは文学創作への新しい、しかし過酷な要求を突きつける刺激を得た。ヘレン・ジョイ・デイヴィッドマンその人の出現である。

## 文学的ロマンス——ジョイ・デイヴィッドマンの登場

一九五六年四月二三日月曜日に、事前の宣伝も儀礼的予告もなしにC・S・ルイスはヘレン・ジョイ・デイヴィッドマン・グレシャムと結婚した。彼女はアメリカ人でルイスより一六歳年下、離婚歴のある女性であった。この日にオクスフォード市セント・ガイルズの登記所に婚姻届が提出された。結婚の証人になったのはロバート・E・ハヴァード博士とオースティン・M・ファーラーであった。トールキンはそこに居合わせなかった。彼はこの結婚についてしばらく後まで何も知らされなかったらしい。ルイスにとってこの結婚は単に便宜的なものであり、グレシャム夫人と彼女の二人の子どもがイギリスに合法的に滞在することを可能にするためのものであった。彼女のイギリス滞在期限は一九五六年五月三一日で切れることになっていた。

簡単な式を終えて、ルイスはケンブリッジ行の電車に乗り毎週の講義を行う通常の生活パターンに戻った。この結婚は彼の生活には何の変化も起こさないものであるように見えた。ルイスの親友たちもこの結婚について何も知らなかった。彼は親友たちにも何も語らなかった。彼らはルイスが一生独身で過ごすものだと思っていた。

ルイスが親友にも隠し秘密裏に結婚した「グレシャム夫人」とは一体何者なのか。またどのようにしてこの結婚が実現したのか。このことを理解するためにはルイスがある特殊な読者に対して与えた衝撃がどのようなものであったかを理解しなければならない。ルイスは知的で文学に造詣のある女性たちの注目を浴びていた。それもルイスがキリスト教の強力な護教家であり、文学を用いて信仰に関係するテーマを熱狂的かつ説得的に宣伝できる人物として彼を仰ぐ女性たちの注目を集めていた。

そのような女性たちの一人がルス・ピターー（一八九七―一九九二）であった。彼女は非常に才能豊かなイギリスの詩人で、一九三六年に出版した『勝利のしるし（*Trophy of Arms*）』で一九三七年のホーソーンデン賞を獲得していた。第二次世界大戦中ピターーはルイスのＢＢＣ放送講話を聴き霊的に強められると共に知的にも刺激を受けていた。当時ピターーは精神的に絶望しており、夜の闇に紛れてバターシー橋から身を投げようとしていた。しかしルイスの作品を読み生きることに意味を見出した。彼女が信仰を再発見したのはルイスのお陰であると後に回想している。[30]

ピターーはルイスから大きな影響を受けたので、共通の友人たちの助けを得てルイスに会おうとした。[31] 彼女はハーバート・パーマー（一八八〇―一九六二）に仲介を依頼した。ルイスは一九四六年一〇月九日にモードリン学寮での昼食に彼女を招待した。その後この種の会合は数多くなされるがこれはその最初のものであった。それらの会合を通して強い友情と相互に尊敬しあう関係が多く築かれた。一九五三年にルイスは彼女が自分に手紙を書くときに「ジャック」と呼ぶことを許すという稀な特権を与えた。ルイスの友人であり伝記作者でもあったジョージ・セイヤーによれば、ある時ルイスは自分がもし結婚する人間であるとすれば詩人ピターーのような女性と結婚したいと漏らしたという。[32] ピターーが明らかにルイスにぴったりの相手であると見た人々もいたが、この友情からはロマンスは起こらなかった。[33] ジョイ・デイヴィッドマンについては事情が全く異なっていた。

ヘレン・ジョイ・デイヴィッドマンは一九一五年にニューヨーク市で東欧系ユダヤ人を両親として生れた。彼らはユダヤ教的生活を実践していなかった。彼女は一九三〇年九月、まだ一五歳のときにニューヨークのハンター大学に入学し英文学およびフランス文学を学んだ。彼女はハンター大学在学中にベル・カオフマン（一九一一―）と知り合った。彼女は後に小説家となり、一九六五年のベスト・セラー『下り階段をのぼれ（*Up the Down Staircase*）』で有名になる。カオフマンは後にデイヴィッドマンのデートの相手は多くの場合年上の男性であったと回想している。特に文学に「鋭い関心を持つ」男性であったという。[34] デイヴィッドマン自身も作家としてのかなりの才能を発揮していた。彼女はハンター大学在学中に書いた短編小説『背教者（Apostate）』によりバーナード・コーエン短編小説賞を得ている。これは彼女の母が一九世紀のロシアにおける自分の経験を語ったことを扱った小説である。その後一九三五年にコロンビア大学で英文学の修士号を取得し、フリーランス作家になることを志した。

初めはすべて順調に進んでいた。一九三八年には詩集『同志への手紙（*Letter to a Comrade*）』によって「イェール大学若い詩人賞（Yale Younger Poets Series Award）」を得た。そしてハリウッドへ招かれた。MGMは新しい台本作家を探しており、一九三九年にデイヴィッドマンを台本作家として週給六〇ドルで六か月間試用することにした。デイヴィッドマンは六本の脚本を書いたが、MGMはどれも採用せず、デイヴィッドマンをニューヨークに送り返した。ニューヨークで彼女は文筆によって生活費を稼ぐことに追われた。そして共産党のために働くことになった。

一九三〇年代の大恐慌の時代に多くの人がそうであったようにデイヴィッドマンも無神論者となり、共産主義者となった。アメリカの経済的惨状を解決するための唯一の方法はラディカルな社会的行動によるほかないと彼らは信じた。彼女は共産党の同志で作家のビル・グレシャムと結婚した。彼はスペイン内乱において社会主義者の側について戦った戦士である。彼らの結婚は不安定であった。グレシャムは躁鬱症気味でアルコール依存症も抱えていた。またグレシャムにはヘレン以外の女性がいた。一九五一年には彼らの結婚関係は暗礁に乗り上げていた。

その頃にデイヴィッドマンの人生は予想外の転機を迎えた。彼女は「無神論をカン入り乳児用ミルクと共に飲み込んで」いたが、一九四六年の春の初めに突然に何の予告もなしに神に出会った。彼女は一九五一年にこの劇的出来事を描いている。それによれば神は長いことライオンのように彼女に「つきまとい」、彼女が隙を見せる瞬間を狙って襲いかかろうとしていたのだと言う。神は「私が気付かずにいるうちに音も立てずに近付き、突然に私に襲い掛かった」のだという(35)。

デイヴィッドマンは神を発見してから信仰の新しい領域を探索し始めた。彼女が案内役と仰いだのはイギリスの作家、その頃にアメリカで急に売り出し始めていた人物、C・S・ルイスであった。『天国と地獄の離婚』、『奇跡』、『悪魔の手紙』などは彼女にとって知的に豊かで強固な信仰への入口となった。他の人々はルイスの助言を求めたのに対し、彼女はルイスの魂を求めた。

一九九八年にルイスの生誕一〇〇年を記念する新聞記事が多く書かれたが、その中にデイヴィッドマンの次男ダグラス・グレシャムの文章がある。彼によると彼の母は一つの明確な意図をもってイギリスに行ったのだと言う。それは「C・S・ルイスを誘惑すること」であった(36)。当時はダグラス・グレシャムの言うことを信じない人々もいたが、その後彼が言うところは事態をかなり正確に捉えているのではないかと考えられるようになった(37)。ルイスを誘惑しようとのデイヴィッドマンの意図は彼女の書いたものによっても確認される。二〇一〇年に彼女の遺作を集めたものがジーン・ウェイクマン（イギリスにおけるデイヴィッドマンの最も親しい友人）によりマリオン・E・ウェイド・センターに寄贈された。ウェイド・センターはイリノイ州ホイートンのホイートン大学にあり、ルイス研究のための第一級の中心的機関である(38)。これら新しく取得された文書には四五篇のソネット（一九五一年から一九五四年にデイヴィッドマンが書きルイスに贈ったもの）が含まれる。ドン・キングが注目しているように、これらのソネットにはデイヴィッドマンがルイスに初めて会った後に一旦帰国し、再びイギリスに戻った頃、ルイスとのより親しい関係を築きたいとの願いがうたわれている。そのうちの二八篇にはデイヴィッドマンがどうやってルイスとの関係を築こうとしているかについてかなり詳しく書かれている。ルイスは氷のように冷たい人間、氷山のような人間として描かれ、デイヴィッドマンは洗練された知的手管と肉体的魅力によりルイスを溶かす心算だと語られる。この問題はその後の展開を適切な視野のうちに置くことにはなるが、ここでそれに深入りするのはまだ早急である。

アメリカにおいてデイヴィッドマンと親しい関係にあった人々は以前からこの問題について気付いていた。デイヴィッドマンの従姉妹ルネー・ピアスはデイヴィッドマンが一九五〇年にルイスとの恋に落ちたと確信した。その時点でデイヴィッドマンはルイスに会っていないし、彼を見たことさえもない[39]。それなのにデイヴィッドマンはどうやってルイスを「誘惑」できるのか。まず初めに彼女はルイスと連絡をとり、彼に会わなければならない。それはどうすればできるのか。

デイヴィッドマンにとって幸運だったことに答えはすぐ手許にあった。その時点でチャド・ウォルシュは既にルイス研究のアメリカにおける最高の権威であった。デイヴィッドマンはウォルシュと近付きになり、ルイスと近付きになるためにどうすれば良いかウォルシュの助言を求めた。その結果一九五〇年一月にデイヴィッドマンはルイスに手紙を書いた。そして返書を受けた。それは彼女に明るい希望を持たせるもの、魅力的な手紙であった。彼女は手紙を書き続けた。そしてルイスも返書を書き続けた。

デイヴィッドマンはそれに励まされてイギリスに向けて航海に出て、一九五二年八月一三日に到着した。二人の幼い息子、デイヴィッドとダグラスは彼らの父親に託した。彼女の従姉妹ルネーがビルを助けて二人の子どもの世話をするために駆けつけた。デイヴィッドマンがイギリス行（費用は彼女の両親から出た）の目的として掲げたことはペン・フレンドであったフィリス・ウィリアムズに会うこと、そして執筆中の『山上の煙（*Smoke on The Mountain*）』を完成させることであった。これは「十戒」を現代風に解釈しなおした小説である。しかし本当の目的はルイスと近付きになることであった。

イギリスに長期滞在する間デイヴィッドマンはルイスに手紙を書き続け、二度にわたりルイスとその何人かの友人たちとオクスフォード大学で昼食を共にする機会を得た。デイヴィッドマンの感情世界において何が起こっているのかルイスは少しでも分かっていたのだろうか。彼を誘惑するのがどれほど簡単であるかを彼は自覚していたのであろうか。デイヴィッドマンと昼食を共にする席にルイスが同僚を伴っていたことに注目すべきであろう。そこでは「シャペロン（chaperone, 付き添い、保護者）」なるコトバは一度も使われていない。しかし彼らはまさに保護者であった。モードリン学寮における二度の昼食会のうち一度はウォーニーも保護者に指名されていたが参加することができなかったのでジョージ・セイヤーが呼び出された。デイヴィッドマンはこれら二度の昼食会を成功であり興味深いものと感じた。ルイスは友情が深まるのを喜んでいると彼女は感じた。デイヴィッドマンは二人の関係が親密なものになるようにあらゆる手を打った。しかしルイスは成り行きに任せることを楽しんでいた。その時点ではデイヴィッドマンとルイスの関係はルス・ピターとルイスとの関係と同じであった。

ルイスは友人たちにはデイヴィッドマンを「グレシャム夫人」と紹介していたが、このルイス・ファンと会うことに不安はないと感じ始めたらしい。デイヴィッドマンは一二月初めにロンドンでルイスと二人だけで昼食をした。デイヴィッドマンはその席でクリスマスおよび新年をキルンズで過ごすように招待を受けた。もちろんそこにはウォーニーもいる。後にデイヴィッドマンはウォルシュにこの経験を通して自分が「完全なるアングロ・マニア」になり、イギリスに「移住」することを絶望的に願うようになったと書いている。[40] 彼女はイギリスに移住するためにルイスが媒介となり得ると考えたのであろうか。ルイスは邪悪な夫の手中にある淑女を救い出す騎士、輝く武具に身を包み騎士道的愛の尊い行為に出る騎士になる心算があったのだろうか。ルイスがデイヴィッドマンを助けるために何かできることがあればしようと考えていた証拠はある。特に彼女の夫が従姉妹のルネーと結婚したいと告げる手紙をよこし、それを彼に見せたときルイスのこころは動いた。

デイヴィッドマンはこの事態に対処するために一九五三年一月三日にアメリカに戻った。二月の末までに彼女の夫と彼女の間に離婚の合意が成立した。交渉が進む間、彼女はルイスに交渉の逐一を報告していた。彼女の通関記録によるとデイヴィッドマンは二人の息子、九歳のデイヴィッドと八歳のダグラスを伴って一九五三年一一月一三日にイギリスに戻った。それはビル・グレシャムを非常に深く傷つけた。この顚末はより詳しく解説しなければならない。なぜ彼女はイギリスに移住したのかが不明である。そこには彼女の親戚は一人もいない。彼女の両親はともに在世中であった。彼らは一九五四年一〇月にデイヴィッドマンを訪ねてロンドンに来ている。彼女はなぜアメリカに留まらなかったのか。生活費はアメリカのほうがはるかに安く済むし、雇用機会もはるかに恵まれていたのではないか。

デイヴィッドマンがイギリスに移住したことの唯一納得の行く理由はルイスが経済的に支えてくれると彼女が信じたからであると多くの人が考えた。入国管理記録によると、彼女は「有給と無給とを問わず一切の職に就かないこと」を条件として入国が許可されている(41)。彼女の息子たちはサリーのピラフォードにあるデーン・コート・スクールに入学した(この学校は一九八一年に廃校となった)。彼女には収入がなかった。ルイスは彼女の生活費と子どもたちの教育費のほとんどを匿名で「アガポニー基金(Agapony Fund)」を通して負担したと思われるがその証拠はない。アガポニー基金は一九四二年にオーウェン・バーフィールドによって設立された基金で、ルイスの印税収入の一部を運営することを目的としていた(42)。ウォーニーはデイヴィッドマンへの経済支援について何も知らなかった。

しかし話しはそれで尽きなかった。イギリスに滞在したいとのデイヴィッドマンの願いは部分的にはアメリカにおける雇用機会の問題も絡んでいた。冷戦の高まりがアメリカ全土を覆っていた。ソ連が核実験を行ったこと、

図13－2　ジョイ・デイヴィッドマン・ルイス。1960年

そして朝鮮戦争（一九五〇―一九五三年）によって冷戦はいやが上にも高まっていた。デイヴィッドマンは過去に共産党員として積極的に活動していたし、そのことを隠そうとしていなかったから、ハリウッドあるいはジャーナリズムにおいて職を得る可能性は非常に低いことを知らずにはおられなかった。アメリカ合衆国議会下院に置かれた非米活動委員会は共産党員および共産主義的思想の持ち主をしらみつぶしに調べていた。特にジャーナリズム関係者は狙い撃ちにされた。共産主義の同調者あるいは関係者など三〇〇人以上がブラックリストに挙げられた。その中には映画監督、ラジオ評論家、俳優、そして特に台本家などが槍玉にあげられ、彼らはハリウッドのスタジオから締め出された[43]。

デイヴィッドマンの過去が彼女を急速に追い詰めていた。彼女がかつて共産党員であったことを誰が見過ごすことができただろうか。あるいは彼女が雑誌「新しい大衆（*New Masses*）」などに盛んに投稿していたことを誰が無視できたであろうか。彼女がハリウッドで台本作家としての職を得ることはもちろん、アメリカの他の所で作家として影響力ある立場に立つことはあり得なかった。当時の政治的情勢を考えるとデイヴィッドマンが作家としての自分の将来はアメリカ合衆国以外のところにしかないと考えたのはもっともなことである。

デイヴィッドマンとルイスとの関係は一九五五年に新たな勢いを得た。彼女は二人の息子と共にヘディントンのオールド・ハイ・ストリート一〇番地（10 Old High Street）に転居した。それはキルンズからあまり遠くない所である。ルイスは借家契約の交渉をし、家賃も彼が負担した。彼はデイヴィッドマンを毎日訪ねかなり長い時間を共に過ごした。彼は明らかに彼女と共に過ごすことを楽しんでいた。しかしデイヴィッドマンはルイスにとって単なる良い友というに留まらなかった。彼女はルイスの文学的想像力を刺激した。このことはより詳しく解説しなければならない。

ルイスは初めデイヴィッドマンのユーモアのセンスと彼女の知的才能に惹かれた。しばらくして彼女にはそれ以上のものがあることも分かってきた。この頃ルイスは出版社と直接に交渉することを止めて代理人を用いることにしたが、その背後にデイヴィッドマンがいたらしい。一九五五年二月一七日にルイスはジョフリー・ブレス社の社長ジャスリン・ギブ（一九〇六―一九七九）にスペンサー・カーティス・ブラウンを代理人に指名し、将来の著作に関する出版社との交渉を委ねたと通知した。[44] これは著作上の問題ではなく財政的問題が考慮されていたのだと思われる。ルイスはより多くの収入を必要とすることを突然に悟ったのであろうか。

しかしデイヴィッドマンはルイスがより多くの印税を得る方法を教えただけではない。彼女はルイスの後期の三つの著作に対して助産師の役を果たした。それには『顔を持つまで』（一九五六年）が含まれる。これはルイスの書いた小説の中でも最も重要なものの一つに数えられている。デイヴィッドマンは自分を「編集者・協力者」マクスウェル・パーキンズ（一八八四―一九四七）に並ぶ者と考えていた。パーキンズはアメリカの偉大な文学編集者でアーネスト・ヘミングウェイ、F・スコット・フィッツジェラルド、トマス・ウォルフなどが最高の小説を書き上げるのを助けた人物である。彼自身も優れた作家であったが、他の作家たちの作品を洗練させ完全なものに仕上げさせることのできる稀な才能を持っていた。デイヴィッドマンはそのような役割をビル・グレシャムに対して果たしていたが、今その才能をルイスのために用いることになった。

デイヴィッドマンは一九五五年三月にキルンズに泊まりにきた。ルイスは以前からプシュケーに関する古い神話に関心を寄せていた。一九二〇年代にプシュケーの物語を現代風に解釈する詩を書いた。しかしそれは中断されたままになっていた。ルイスは物語の筋をどう展開して良いか分からなかった。デイヴィッドマンは合作者としての戦略を発揮し始めた。彼女とルイスとは「いくつもの着想を、ものになりそうなものが現れるまで、検討しあった」[45]。

合作はうまく進行した。ルイスはプシュケーを主題とする本をどう書けば良いか突然にひらめきを得た。彼の情熱が燃え上がった。翌日の夕方までに後に『顔を持つまで』として出版されるテキストの第一章を書き上げた。この書はルイスの小説の中で最も優れたものの一つとされており、デイヴィッドマンに献呈された。しかし商業的には惨憺たる失敗であった。一九五九年にルイス自身が述べているように、それは「自分が書いたもののうちで断然最高の傑作である」のに「批評家にも読者にも全く受けない作、私の著作のうちで最低の評価を受けたもの」になってしまった[46]。しかしナルニア国歴史物語を別にすれば、これはルイスの著作のうちで最も多く批判的に研究された書物になっている。この書のほか二つの著作『詩篇を考える』（一九五八年）および『四つの愛』（一九六〇年）にもデイヴィッドマンの助けがあった。

ルイスはオクスフォード大学時代にも執筆活動に協力者を得ていた。インクリングズは会員がその時々に執筆中であった作品を試し、洗練するための仲間であったが、そこでもルイスはものを書くことに対する創造的な刺激を仲間から得ていた。その中で最もルイスの助けになったのはラジャー・ランセリン・グリーンであっただろう。グリーンはナルニア国歴史物語を書くことの発端となった人物であり、それを完成させる上で重要な役割を果たした。特に『魔術師のおい』はグリーンに負うところが大きい。デイヴィッドマンはそのような協力者の一人である。しかしデイヴィッドマンは協力者の一人というに留まらなかった。彼女はルイスの妻にもなった。

## ジョイ・デイヴィッドマンとの「まことに奇妙な結婚」

一般に語られているところによればルイスとデイヴィッドマンとの「まことに奇妙な結婚」（これはトールキンが初めて使った文言で、彼はルイスとデイヴィッドマンとの関係に嫌悪を感じていたことを隠そうとしなかった）は彼女がヘディントン市オールド・ハイ・ストリート一〇番地に転居してから、しばらく後に危機的状況に陥り、にっちもさっちもゆかなくなったためになされたものとされる。(47) ほとんどのルイス伝にはデイヴィッドマンのイギリス滞在許可が英国内務省により一九五六年四月に取り消されたと書いてある（曖昧な書き方で、しかも証拠を挙げていないが）。このことがきっかけとなってデイヴィッドマンとの結婚をルイスに決断させたのだという。しかし情況はもっと複雑であった。

初めデイヴィッドマンは一九五五年一月一三日までの滞在許可を得ていた。しかしこの滞在許可は英国内務省により一九五六年五月三一日まで延長された。滞在許可が「取り消された」という形跡はない。デイヴィッドマンの英国滞在許可は五月末に切れることになっていただけである。民事婚はデイヴィッドマンと彼女の二人の息子たちがオクスフォードに留まれるようにするための最後の手段であったのかもしれない。

もう一つの可能性も考慮されなければならない。デイヴィッドマンの英国滞在許可には条件が付けられていた。彼女は有給無給を問わずいかなる職にも就いてはならないことになっていた。ウォーニーをはじめ、ルイスの周囲にいた人々はデイヴィッドマンが執筆活動や編集活動によって生計を立てることができると考えていた。ルイスがデイヴィッドマンを経済的に支えていたこと（それはウォーニーに知られないように注意深く隠されていた）はデイヴィッドマンには英国滞在中に収入がなかった以上、必要に迫られてのことであったと言って良いであろう。デイヴィッドマンはルイスと民事婚をすれば滞在許可の条件が解除され、自分で生活費を稼ぐことができるようになる。ルイスはそのような結婚が単なる法的手続きであって、デイヴィッドマンが自分の道を行くことを可能にするためのものと考えたことは充分にあり得る。

しかしこれは突然に起こったことではなかった。ルイスはデイヴィッドマンと民事婚を結ぶことについて何か月も前、一九五五年九月に腹心の友アーサー・グリーヴズを北アイルランドに訪ねた折に話し合っていたようである。グリーヴズがこのやや驚くべき案件に対してどのように反応したかについての記録は何も残っていないが、彼が深刻な懸念を表明していたことが明らかである。ルイスは彼を納得させることができなかった。グリーヴズを訪ねてから一か月後に彼に手紙を書いている。ルイスはデイヴィッドマンと民事婚を行うという自分の考えをしきりに弁護しようとしている。それは単に「法的手続き」であって宗教的にも人間関係の上でも重要な意味を持たないものであると説明している。英国内務省は婚姻届を受けてデイヴィッドマンに対する英国滞在許可に付けられていた条件を取消した。彼女は一九五七年四月二四日に英国市民権を取得するための申請を提出した。一九五七年八月二日にデイヴィッドマンは「連合王国および植民地の市民」として登録された[48]。

ルイスは以前に放送講話で民事婚について論じ、その後『キリスト教の精髄』にも書いていた。それはトールキンには受け容れられなかった。教会で行われる結婚式（「事実」としての結婚）はルイスにとって問題外であった。ルイスは非常に伝統的な理解を持っていた。デイヴィッドマンは離婚歴を持つ以上そのような宗教的「結婚」は宗教的見地からは姦淫に当たるものである。ルイスはそのような結婚を考えているのではないことを強調している[49]。

ルイスの親しい友人たちのほとんどすべての者はデイヴィッドマンがルイスを操って、ルイス自身が望まない結婚に踏み切るよう道徳的圧力を掛けていたのだと考えた。デイヴィッドマンはルイスに対して文学的あるいは精神的関心も寄せているにしても、金銭的な関心のほうが強かったという。彼らによればデイヴィッドマンは金鉱婦であり自分および二人の息子の将来を安定したものにしようとしているだけだということであった。デイヴィッドマンはルイスの押しかけ女房となった。ピターは育ちの良さのためにそのような行動に出ることは夢にも考えなかった。ルイスがデイヴィッドマンとの関係の深まりについて何も語ろうとしなかったので、親しい友人たちも彼に助言と支援を与えることができなかった。彼らは事態がどれだけ深刻になりつつあるのか知らなかったからである。ルイスが結婚を発表したときには彼らにはそこで生じた厄介な事態について善後処置を図るほかには何もなす術がなかった。ルイスは深みにはまっていた。しかし彼の友人たちの誰一人として彼がデイヴィッドマンとどれほど深い関係に陥っているか知る者はいなかった。

彼らの関係について、もちろん別の解釈もある。それはハリウッドの台本作家たちの好む筋書きであるが、彼らの関係をルイスの晩年に生じた老いらくの恋、おとぎ話のロマンス、結局は悲劇に終わる恋として描くものである。彼らの関係についてのこのようなロマンス化された解釈（一九九三年の映画「影の国［*Shadowlands*］」に面白おかしく描かれて有名になった）がなされた。ルイスは気難しくて非社交的な独身の老人とされ、単調極まる生活をしていたがニューヨークから来た派手な女の子、この世のことに非常にうとい女の子によって生活をひっくり返された人間として描かれた。軽薄で陽気なニューヨーク娘によってルイスの退屈な生活に新鮮な空気がもたらされ、彼は人生を楽しむことを教えられ、古くてかび臭い習慣と陰気な社会的因習をかなぐり捨てることができたということにされた。

彼らの関係をこのように解釈することには明らかに無理がある。ルイスの社交的技巧がデイヴィッドマンによって強化されたとするのは率直に言って無理である。デイヴィッドマンの社交術、感情的知性そのものが彼女の周辺にいた人々を苛立たせていた。またルイスが社会的に引き籠もり状態にあったと言うことも馬鹿げている。彼の同僚たちは彼を社交的人間、英雄的なほどの温容さに満ちた人間であると見ていた。特に大きな笑い声が彼の性格を表しているとされていた。

現実には、歯に衣を着せずに言えば、しかし正確に言えば、ルイスは「アメリカの離婚娘を甘やかす老人」になっただけである(50)。ルイスはしかし騙されて犠牲者となったのではないようである。彼もこの結婚により利益を得ていたことは疑いようがない。その最大のものは彼が創作力を回復し、刺激を得たことである。それをどのようにして得たかという問題に関しては疑義が残るかもしれない。ルイスは彼自身の心配事やいろいろの問題を抱えており、デイヴィッドマンはルイスがそれらの問題のいくつかを解決するのを助けていた。

さらには当時ルイスが他のアメリカ人女性作家たちに積極的に経済的支援を行っていたことを認めることも重要である。その中で最も重要な人物はメアリ・ウィリス・シェルバーン（一八九五―一九七五）である。彼女は詩人、批評家であり、ルイスとは長いこと知り合いであった。ルイスは彼女を高く評価していた[51]。彼女も経済的に困難な情況にあり、彼女はそれをルイスに訴えていた。初めルイスは彼女を経済的に助けることができないでいた。それは英国の外貨管理の厳しい規定により、民間人としてのルイスはアメリカに送金することが許されなかったためである。一九五八年のクリスマスにシェルバーンに宛てた手紙には英国の外貨管理規則が緩和されアガポニー基金から彼女に定期的に送金することが可能になったと書かれている[52]。

デイヴィッドマンとの結婚を騎士道的雅量に基づくものであって、排他的な情念的ロマンスとはルイスが考えていなかったことは、デイヴィッドマンがルス・ピターに取って代わる存在とならなかったことに表れている。ピターに対する変らぬ敬意と愛着は彼が一九五六年七月に書いた手紙からも知られる。それは秘密の民事婚から数か月後に書かれたものである。ルイスはその手紙でバッキンガム宮殿で行われる女王主宰のガーデン・パーティへの同伴者にピターを（デイヴィッドマンではなく）を指名している[53]。しかしピターは都合がつかずルイスは一人で出掛けた。ルイスは一週間後に再び手紙を書き、パーティは「不愉快そのもの」であったと語り、近いうちに近況を伝え合うために昼食を共にしようと誘っている[54]。ルイスが書いた手紙からはルイスにとって重要であった女性たちをデイヴィッドマンが排除するものではなかったことが明らかである。

ルイスはデイヴィッドマンとの民事婚を単なる法的手続きに過ぎないものと考えていたことは明らかであるが、実際には時限爆弾のようなものであった。民事婚によりデイヴィッドマンには法的権利が与えられたけれども、ルイスは彼女がその権利を行使するとは考えていなかったようである。ルイスはこの結婚が二人の関係に何の変化ももたらさないものと信じていたことが明らかである。しかしデイヴィッドマンと彼女の二人の息子に対してルイスがとった連帯の姿勢はトロイの木馬のような役割を果たすことになった。デイヴィッドマンは彼の妻としての権利を主張し始め、ヘディントンの借家に住み続けることに疑問を感じ始めた。彼女はキルンズに泊まることをルイスの招きを受けずに押しかけることが当たり前のことと考えるようになった。彼女がルイスの妻なのであれば（法律上はそうなっていた）、彼女と二人の息子たちは単に英国に滞在する権利を有する以上の法的権利を有するはずである。何よりも彼女と子どもたちは彼女の夫と共に住む権利を有する。ルイスには別の案がなかった。一九五五年一〇月にルイスはデイヴィッドマンとその二人の息子をキルンズに迎え入れることを不本意ながら了承せざるを得なかった。

　ウォーニーは民事婚について知らされたときに、このような財産目当ての結婚の行く先を陰鬱な思いで正確に予見していた。彼はデイヴィッドマンが「自分の権利を主張する」のは不可避であると見ていた。彼女がルイスの妻としての地位を得たことにより彼の収入と財産に対して権利を得たのだとウォーニーは暗黙のうちに直観していた。デイヴィッドマンはキルンズを自分の家とみなすことになった。ただし彼女はキルンズの所有権に関する法的な取り決めがムーア夫人の遺言に定められていることについては何も知らなかった。その取り決めによれば、ルイスはキルンズの単なる占有者に過ぎなかった。

　このことはモーリーンとデイヴィッドマンとが対決をすることになり不愉快なかたちで明らかになった。デイヴィッドマンはルイスも自分の死んだときに彼女の二人の息子たちがキルンズを相続するはずであると明確に述べたことからこの対決に発展した。モーリーンがルイスの結婚を知ったのはかなり後のことであったが、デイヴィッドマンの思い違いにただちに訂正を申し込んだ。ムーア夫人の遺言により、家の法的所有権はルイスとウォーニーの死後はモーリーンに移ることになっていることを彼女は明確にした[55]。しかしデイヴィッドマンはそのような法的な細かい規則を認めなかった。「この家は私と私の息子たちのものです[56]」。もちろんモーリーンが正しかった。この会話はデイヴィッドマンがイギリスの法律の知識を持ち合わせなかったことよりも、彼女が財産目当ての結婚をしたことを明らかにしている点で重要である。デイヴィッドマンはこの問題についてモーリーンに迫り続けた。モーリーンに家の所有権を放棄するよう要求し続けた。モーリーンは勢いに負けて、夫と相談して見ると約束した。しかしそれ以上のことは何も起こらなかった。

デイヴィッドマンの影響でキルンズの改築がなされた。それはどうしても必要なことであった。一九四〇年に取り付けられた黒いカーテンは一九五二年にもそのまま窓に下がっていた[57]。家具も取替えなければならなかった。家の木造部分にペンキを塗らなければならなかった。ムーア夫人が病に倒れ、亡くなってから、ルイスとウォーニーは家屋が傷むままに放置していた。デイヴィッドマンはすべてを改善することにした。キルンズは改築された。新しい家具も買い入れられた。

しばらくして事態は劇的な展開を見せた。デイヴィッドマンは脚に痛みを覚えていた。ルイスの医師ロバート・ハヴァードはそれを比較的軽い腱鞘炎と誤診した。(ハヴァードのあだ名は「役立たずの偽医者[58]」であったが、評判通りの診断を行った。)一九五六年一〇月一八日の夕刻、ルイスはケンブリッジ大学にいたが、デイヴィッドマンはキャサリン・ファーマーからかかって来た電話を受けようとして転んだ。彼女は近くのウィンフィールド・モリス整形外科病院に運ばれレントゲン検査を受けた。大腿骨を骨折していることが判明した。しかし骨折以上に重大なことも判明した。デイヴィッドマンの左乳房に悪性の腫瘍があり、他の部位にも転移していることが認められた。彼女の余生はいくばくもないことが分かった。

## ジョイ・デイヴィッドマンの死

デイヴィッドマンの重篤な病は彼女に対するルイスの態度に変化をもたらした。デイヴィッドマンが死ぬとの思いは彼に二人の関係を見直させた。ルイスの考え方が変化したことの最も重要な証拠は小説家ドロシー・L・セイヤーズ宛に一九五七年六月に書かれた手紙であろう。ルイスはギリシア神話の死の神サナトスを引き合いに出している。サナトスが好敵手として近づいてきたことにより、ルイス自身の感情を強烈に刺激し友情を愛に転換させたのだという。

私の感情が変化した。好敵手はしばしば友を愛人に変えると言われる。サナトスは確かに近付いてきている（と人々は言っている）。しかしどの位の速さで近付いているのかは分からない。サナトスは友を愛人に変えるための最も効果的な好敵手である。われわれは失いそうになっているものを愛することをただちに学ぶ。[59]

デイヴィッドマンが彼から間もなく取り上げられることが分かってルイスは精神を集中させた。ルイスが長年文通相手となっていた女性の一人に陰鬱な調子で書いているところによれば、彼は「短い期間に花婿からやもめになる。実際に、死の床での結婚式があるかもしれない[60]」。しかし他の人々に対しては彼はより楽観的な調子で書いていた。一一月末のアーサー・グリーヴズ宛の手紙にはデイヴィッドマンが「あと何年か（我慢のできる）人生」を楽しむことができるとの「いくばくかの可能性」があると書かれている。[61]

ルイスはデイヴィッドマンとしばらく前に内密に民事婚を行っていたことをやがて公表しなければならないことになった。彼はそれを「無邪気な小さい秘密」と呼んでいた。[62]当時ルイスが絡んだロマンスの噂が他にもいくつか飛び交い始めていたことも公表をする必要性を高めていた。[63]一九五六年一二月二四日に「タイムズ」紙に遅ればせながら次のような公告が載った。

ケンブリッジ大学モードリン学寮のC・S・ルイス教授とオクスフォード市チャーチル病院に入院中のジョ

イ・グレシャム夫人との結婚式が執り行われた。いかなる手紙も一切無用とのこと。[64]この意味深長に曖昧な公告は結婚式が執行された日時についても、それが純粋なる民事婚であったことにも触れていない。

ルイスは舞台裏で教会での結婚式を行おうと工作していた。彼はそれによってデイヴィッドマンとの関係をキリスト教的土台の上に固く据えることができると信じた。一九五六年一一月一七日にルイスはオクスフォード主教区の主教ハリー・カーペンター博士（かつてのキーブル学寮長）にそのような式を執行することが可能であるかどうかを問い合わせた。カーペンターはルイスの置かれた情況に同情的ではあったが、そのような結婚式をオクスフォード主教区として祝福することはできないと伝えてきた。英国教会は離婚歴のある人物の再婚を許していなかった。カーペンターは他の人々に許されていないことがルイスの名士としての地位の故に許されるという特権が認められるとは考えなかった。いずれにしてもルイスとデイヴィッドマンとは既に結婚している訳であるし英国教会としては国教会として、国の法律に従い民事婚を有効な結婚として認めざるを得ない立場にあった。しかし彼は主教区内の教会において結婚式を行うことを許すことはできなかった。ルイスはこのような裁定に対して怒りを感じた。彼が理解する限り、デイヴィッドマンとビル・グレシャムとの結婚は無効とされており彼女の前夫も既に結婚している。オクスフォード主教区の司祭あるいは主教区の何らかの地位に就いていた人々でルイスの友人であった人々は主教に対抗してルイスの結婚式を執行しようという者はいなかった。

一九五七年三月にデイヴィッドマンの容態が悪化したように見えた。ルイスは思いをめぐらし、一九三〇年代に彼の講義を聴講していた人物を思い出した。ピーター・バイドはかつて共産主義者であったが一九三六年から一九三九年にかけてオクスフォード大学で英語および英文学を学び、ルイスの講義も聴講していた。彼は第二次世界大戦中英国海兵隊に所属し、戦後に英国教会で按手を受けて司祭となりチチェスター主教区に所属していた。

バイドは一九五四年にサセックスで小児麻痺が流行した際に重要な牧会活動に当たっていた。少年マイケル・ギャラハーが危篤に陥ったときバイドの祈りにより少年は命を取り留めた。ルイスはこの奇跡について聞いて死につつある彼の妻のために祈ってもらうためにバイドを招いた(65)。

バイドはこの招きを受けて当惑した。何よりも彼は自分が「癒しの賜物を与えられた司祭」とみなされることを嫌った。他方で彼はルイスに「少なからざる知的恩恵」を負っていると自覚していた。ルイスは彼がオクスフォード大学在学中に強い影響を与えた人物である。充分に考慮を重ねた後に彼はデイヴィッドマンに「按手する」ことに同意した。これはキリスト教の伝統的な儀礼で神の祝福を求めるものである。三か月後にルイスがドロシー・L・セイヤーズに書いた手紙にその後に何が起こったかが伝わる。

親愛なる司祭バイド（彼をあなたはご存知でしょうか）はジョイに按手するために来てくれました。彼はこれまでにまさに奇跡としか思われないことを行った人物ですし、今回も特に奇跡を行うことを頼まれもせずただ現在の情況がどうなっているのかを知らされただけであったのに、彼はわれわれの結婚式を執行すると申し出てくれました。それでわれわれは病床で結婚式のミサを行うことができました(66)。

ルイスは事実をあるがままに伝えているようには思えない。バイドは当時の英国教会の規則を知らなかったわけがない。そしてそのような結婚式を執行することが教会からの厳しい制裁を受けることであるし、彼自身の信念に反することでもあることを知っていたはずである。ルイスの説明によれば、バイドはそれが大した問題ではないと考えていたように受取れる。そしてルイスとデイヴィッドマンの結婚式を執行することを彼が自発的に申し出たように聞こえる。そしてその結婚式はどこの世界にでもある当たり前の出来事であったように聞こえる。

ルイスが与えた説明とバイドがその日に起こったことを多少異なる角度から捉えた回想とを比較すると真相が

少し明らかになる。[67] バイドが語るところによれば、彼がデイヴィッドマンに按手を行うための準備をするためにキルンズに到着すると、ルイスは結婚式の司式もしてほしいと言い出したという。「ピーター、いきなりで申し訳ないが、私たちの結婚式を執行してもらえないだろうか」。ルイスは英国教会の司祭であってもオクスフォード主教区に所属しない司祭であれば、必ずしもオクスフォード主教の裁定に服さなくても良いと考えたらしい。そしてバイドを非常に難しい立場に追い込むことになるとは思わなかったらしい。

バイドは考える時間が必要なので、返事は少し待ってほしいと言った。結婚式を執行することは問題外であると彼には思われた。結局のところバイドはイエス・キリストが行うであろう通りのことを行うことにした。「何とかそれで問題が決着した」。彼は結婚式を執行することに同意した。しかし、彼は自ら進んで買って出たのではなかった。依頼されたことそのものにしても、依頼のされ方にしても、彼にとっては気安く受け容れることのできるものではなかった。

ルイスはバイドが結婚式の執行を自ら進んで引き受けたと思ったようであるが、どうしてそう信じられたのか不明である。バイドが鮮明に記憶していたところによれば、彼はその時自分には規則違反と思われること、不法と思われることを依頼されたと感じていた。証拠を公平に検討すればバイドの説明の方に分がある。一つ考えられることは、ルイスがデイヴィッドマンは間もなく死ぬと信じていたため、それに同情したバイドが自発的に司式を買って出てくれたと理解することになったのではないかということである。

しかし見逃せない事実もある。デイヴィッドマンに対するルイスの関係は欺瞞で覆われていた。それはかつて彼が一九一八年から一九二〇年にかけてムーア夫人との関係に関して透明性を欠いていたこと、特に父親に対して欺瞞を重ねていたことが思い出される。デイヴィッドマンとの関係についても、一九五六年四月の民事婚に始まり、一九五七年三月の宗教的結婚式に至るまでのことをルイスが友人たちに対して明らかにしなかったのはなぜなのかわれわれには分からない。彼の親しい友人たちの中にルイスの信頼を得ていなかったと知って深く傷付けられた人々がいたことは疑い得ない。トールキンは最も深く傷付けられた者の一人である。

キリスト教式の結婚式は一九五七年三月二一日午前一〇時にチャーチル病院のデイヴィッドマンの病室で執行された。証人として同席したのはウォーニーと看護師長であった。バイドはデイヴィッドマンに手を按き、治癒を祈願した。それは極めて厳粛な儀式でありルイスにとってもデイヴィッドマンにとっても意義ある儀式であっただろう。それはバイドにとっても小さからざる意義を持った。彼はルビコン河を渡った。彼は意図的に教会規則に違反した。彼はそれを強制されて行ったにしろ、自分のキャリアを危うくした。

図 13－3　ピーター・バイド。1960 年 11 月撮影。バイドは 1957 年 3 月 21 日にオクスフォード市のチャーチル病院で行われたルイスとデイヴィッドマンの「結婚式」を執行した

バイドはただちに教会当局に一切を報告することにした。彼はオクスフォードから去る前にカーペンター主教に会い、自分がその日に行ったことを報告した。カーペンターは典礼規則に対するあからさまな違反行為がなされたことに激しい怒りを表し、バイドがただちに自分の主教区に戻り主教に一切を告白するように命じた。彼がチチェスターに戻ると主教ジョージ・ベルが既に彼を呼び出していることを知り彼は愕然とした。最悪の事態を恐れながらバイドは翌日ベルに会い、彼が犯した過ちの一切を告白した。ベルはなされたことは好ましいことではないとし、再びそのようなことをしないと約束することを求めた。しかしそのことがバイドを呼び出した理由ではないと言う。ベルはバイドに主教区中の最高の教会区であるゴリング・バイ・シィの司祭職を提供しようと思ったのだという。そしてそ

れは今も撤回されていないと確言した。バイドはそれを受ける心算があるのか[68]。

デイヴィッドマンは四月にキルンズに戻った。余命は数週間を残すのみとされていた。ルイス自身も骨粗鬆症にかかっており、脚に強い痛みを感じていた。外科用ベルトを用いないと動き回ることができないでいた。ルイスは自分の苦痛が増悪するに従い、デイヴィッドマンの苦痛が軽減しているのを知って喜びを感じた。彼はこれを「チャールズ・ウィリアムズ的代理」であると宣言した[69]。これは愛する者が愛される者の苦痛を担うことである。ウィリアムズにとって、そして後にはルイスにとって「人はキリスト教的愛により、他人の肉体的苦痛を自分の身に受け容れる能力を持つ」存在であった[70]。

デイヴィッドマンは一九五七年一二月には再び歩けるところまで回復した。ルイスはこれを奇跡であると考えた。翌年の六月に彼女のガンは縮小したと診断された。一九五八年七月にルイスとデイヴィッドマンはアイルランドに行き、「遅ればせながらのハネムーン」を一〇日間楽しんだ。彼らはルイスの親族や友人を訪ね、ルイスの故郷の景色と音と香りを思いっきり楽しんだ。「青い山々、黄金の砂浜、暗い色のフクシア、砕ける波、ロバのいななき、ピートの匂い、咲き始めたばかりのヘザー[71]」。

ルイスは人生の晩夏に妻の健康に関する不安が去り、再び執筆活動を始めることができた。『詩篇を考える』(一九五八年)と『四つの愛』(一九六〇年)とはこの頃に書かれた。これらの著作にはデイヴィッドマンの影響が読み取れる。特に『四つの愛』にはデイヴィッドマンとの関係の深まりが多少とも反映されていることを見逃せない。それにには典雅な文言が全巻にわたり散りばめられている。例えば次のような有名な一節がある。「求める愛はわれわれの窮乏の底から神に向かって叫びを上げる。与える愛は神に仕えることを、あるいはそれ以上に神のために苦しむことを切望する。評価愛は神に向かって『あなたの大いなる栄光のゆえにあなたに感謝を献げます』という[72]」。

その間ルイスはイギリスの所得税制度についての正確な知識を持たずにいたために大変な頭痛の種を背負い込

むことになった。戦後のある時期、連合王国は印税によって多額の収入を得ている人々に対して九〇パーセントに達する厳しい累進税率を課することにしていた[73]。ルイスもトールキンも過去に遡って予想もしなかったほどの驚くべき多額の税金を請求された。彼らの著作が大成功を収めていたからである。ルイスが計理士を雇った形跡はないが、そのために税法上の義務を負っていることを全く知らないでいた。ルイスは一九五九年三月に腹心の友アーサー・グリーヴズに「二年前に稼いだ印税に対する膨大な追徴金により打ちのめされた」と書いている。そのためにデイヴィッドマンは家計を極端に切り詰めなければならなかった[74]。ルイスは金銭の心配をしなければならなくなった。新しい家具を買うことにも、キルンズを改修することにも、ますます用心するようになった。彼は国税庁からのさらに高額の税金を要求されるかもしれないと思った。

彼の財政状況は一九五九年九月にはある程度回復したようである。その頃に、明らかにデイヴィッドマンの誘いにより、ルイスとラジャー・グリーンとがそれぞれの妻を伴って海外旅行を計画した。古代ギリシアの遺跡をいくつか見に行こうという。しかしこの計画は数週間後に起こった事実により再考を余儀なくされた。それは定期的な健康診断とされていたが、デイヴィッドマンにガンが再発したことが発見された[75]。

しかしギリシア旅行は決行された[76]。一九六〇年四月、『四つの愛』を出版して一週間後にルイスとデイヴィッドマンはラジャー・グリーンおよびジューン・ランセリン・グリーンと共にギリシアへ旅立った。アテネ、ロドス島、クレタ島などの古代遺跡を訪ねるためである。ルイスが外国に出たのは第一次大戦中にフランスの広野で戦うためにイギリス諸島を出て以来初めてのことであった。それはルイスとデイヴィッドマンが共に旅行をする最後の機会となった。ルイスの「非常に奇妙な結婚」は間もなく悲劇に終わろうとしていた。

# 第一四章　死別、病気、死

## ——最晩年　一九六〇—一九六三年（六二—六四歳）

ジョイ・デイヴィッドマンは一九六〇年七月一三日にガンのためオクスフォードのラドクリフ診療所でルイスに看取られながら亡くなった。四五歳であった。彼女の求めにより葬儀はオクスフォード市火葬場で七月一八日に行われた。オースティン・ファーラーが葬儀の司式をした。彼はルイスの友人の中でデイヴィッドマンと親しく接した数少ない人物の一人であった。彼女の碑銘は今もそこにあり、火葬場の名物の一つとなっている。

ルイスは打ちのめされた。彼は妻を失っただけではない。彼は病むデイヴィッドマンを終始看護し彼女への愛を深めていた。彼はまた自分の詩神、ミューズを失った。彼にとってデイヴィッドマンは文学的刺激の源、インスピレーションの湧き出る泉であった。デイヴィッドマンは彼の晩年の著作三点『顔を持つまで』、『詩篇を考える』、『四つの愛』に重要な影響を与えた。そして今やデイヴィッドマンはルイスの最も深刻な著作、かつ彼の内面を吐露した書物の一つを書かせることになる。彼女の死はルイスを押し留める術のない痛恨の思いに陥れた。彼はその溢れる思いを書きとめることにより痛恨の情に耐えようとした。その結果が彼の最も悲痛に満ちた著作、乱れる心を吐露した書物の一つ『悲しみをみつめて』である。

## 『悲しみをみつめて』(一九六一年)——信仰に対する試練

デイヴィッドマンの死から数か月の間、ルイスは悲痛の思いに沈んでいた。それは感情的に激しいもの、苦しいもので、知的にも容赦のない疑いと自問にさいなまれた。かつてルイスが「現実との協定」と呼んでいたことも、容赦なく押し寄せてくる感情的動揺の津波によって決壊した。「現実は私の夢を粉々に打ち砕いた(1)」。ダムは決壊した。侵入してきた敵は国境を突破し、安全とされていた領土を次々と占領した。「悲痛とは恐怖のようなものであるとは誰も教えてくれなかった(2)」。ルイスの信仰に対して答えのない問、答えようのない問が嵐のように襲ってきた。彼は疑いと不確かさの隅に追い詰められた。

ルイスは心を不安にし、心を乱す試練を受けて、かつて一九一六年に腹心の友アーサー・グリーヴズに勧めた方法を自ら用いた。「人生で途方に暮れたときには何かを書き始めると良い。インクは人間の病気を癒す最良の薬であることを私は随分前に発見した(3)」。デイヴィッドマンが一九六〇年七月に亡くなって、その後の日々、ルイスは自分の思いを文章にし続けた。疑いや精神的苦悩を隠そうとしなかった。『悲しみをみつめて』は誰の検閲も受けず、何の規制も受けずにルイスが自分の感情を吐露した書である。ルイスの友人たち、ルイスを称賛する者たちはルイスがどう考えるべきかを説いていたが、ルイスは自分が実際に考えたことを書くことができることに自由と解放感を見出した。ルイスは一九六〇年九月に書き上げた原稿を親しい友ラジャー・ランセリン・グリーンに見せて語り合った。その原稿をルイスはどうすれば良いのであろうか。彼らはそれを出版すべきであるとの結論に達した。ルイスは友人たちに迷惑がかからないように匿名で『悲しみをみつめて』を出版することにした。彼はそのために四つの方策を講じた。

1 出版社としては彼が長く自分の著作を出してもらってきたロンドンのジョフリー・ブレス社ではなく、文学書の大手出版社であるフェイバー・アンド・フェイバー社に頼む。ルイスは原稿を代理人スペンサー・カーティス・ブラウンに託し、ブラウンはそれをフェイバー・アンド・フェイバー社に取り次いだ。その際ルイスがその原稿と何かの関わりがあることは一切明らかにしなかった。これは文学探偵たちに嘘の臭跡を与えるためである。

2 N・W・クラークなる偽名を用いることにした。初めルイスはラテン語のディミディウス（Dimidius.「半身を削がれた」の意）を用いることにしていた。フェイバー・アンド・フェイバー社の社長T・S・エリオットはカーティス・ブラウンから受け取った原稿を読んですぐにこの赫々たる博学の著者が何者であるかを見抜いた。それで「ディミディウスよりももっともらしい英語の偽名」の方が「詮索好きな人々を近寄せずに済む」と提案した。(4) ルイスはそれまでも詩集をいくつかの偽名を用いて出版していた。今回の偽名は *Nat Whilk*（アングロ・サクソン語で、「誰なのか私は知らない［I don't know who］」が最も近い現代語訳であろう）の頭文字を取り、それにクラーク（Clerk. 読み書きできる者）を付けたものである。かつてルイスはこの名のラテン語形 *Natvilcius* を一九四三年に書いた小説『ペレランドラ』で登場人物の一人、権威ある学者の名として用いたことがある。

3 『悲しみをみつめて』の主人公にも「H」を用いたが、これはヘレン（Helen）を省略したものであろう。デイヴィッドマンの名の一部であるが、彼女は結婚の時やイギリスに帰化するときに提出した法律文書以外では用いなかったし、彼女の死亡証明書に「クライヴ・ステイプルズ・ルイスの妻」「ヘレン・ジョイ・ルイス」とある以外ではほとんど用いられなかった。

4 ルイスは文体も変えた。『悲しみをみつめて』は彼の愛読者ならばルイスのものと分かる文体を避け、ことさらに異なる体裁と文体を用いている。「文体上の小さな偽装を全編に用いる」ことにより詮索好きの読者から臭跡を隠そうとした。(5) この書を最初に読んだ人々でこれがルイスの著書であることを見抜いた人はほとんどいなかったようである。

『悲しみをみつめて』を読んで、明らかにルイスの文章であることを示す証拠のいくつか（例えば文章が明晰なことなど）があることに気が付いた人に対しても、これはルイスの他の著作とは全く異なるものに見えた。この書は感情について書かれたもの、「現実との協定」を厳しく試すために感情が持つ深い意味について書かれたもの、それにより「現実との協定」がそれに掛かる重圧に耐え得るものかどうかを明らかにする論考である。ルイスは自分の私的な情念や感情を語ることを嫌っていたことで有名である。これより先に書いた書『喜びのおとずれ』では「窒息しそうなほどに主観的」な方法をとったことを読者に謝っていたほどである。(6)

『悲しみをみつめて』はルイスの著作全体の中で特異なもの、過去にも将来にも見られないほどに激情と強度の集中力を注いで自分の情念と取り組んだ書である。ルイスは先に『痛みの問題』（一九四〇年）で苦痛を論じたが、そこでは苦痛は客観的に、また冷静に扱うことのできる問題とされていた傾きがある。苦痛が存在することはキリスト教神学が完全にとは言わなくても、適切に処理することのできる問題、単に知的な謎に過ぎないものとして扱われていた。ルイスはその書を著す目的を明確に理解していた。「本書の唯一の目的は苦しみが引き起こす知的難問に答えることである」。(7) ルイスは苦しみや死によって起こされる知的難問のすべてと対決していたかもしれない。しかし彼はデイヴィッドマンの死が引き起こした情念的な火事嵐に対処する心構えをしていなかったようである。

苦しみは、それを遠くの安全地帯から観察する者にとっては論理的謎以上のものではあり得ない。しかし苦しみを直接に、じかに自分の身に体験するとき、ルイスが自分の母を失ったときのように、またデイヴィッドマンの死に打ちのめされたときのように、苦しみは情念を打ち砕く破城槌であり、彼の信仰の城門を打ち破って雪崩れ込む敵勢でしかなかった。『痛みの問題』を批判する人々はそれが現実の人生において経験される悪と苦しみからの逃避でしかないと言っていた。悪や苦しみは抽象的観念とされ、信仰のジグソー・パズルのどこかに収まりさえすれば良いものにされている。『悲しみをみつめて』を読むことは苦しみを個人的に担うときに理性的信仰が打ち砕かれることを知ることであって、苦しみが理論的混乱を引き起こすだけのものではないことを理解することである。

ルイスは『痛みの問題』が人間の生の表面的なことだけを扱っており、その深みに触れていなかったことを理解したようである。

神はどこにいるのか。……お前の求めることが絶対に実現しそうもないときに、すべての助けが空しいものである時に、神を求めよ。その時にお前は何を見出すのか。お前が入ろうとした門の扉がいきなり閉じられ、かんぬきが掛けられる音が響き、もう一つのかんぬきがかけられる音が聞こえる。そして静寂。(8)

ルイスは一九五一年六月にシスター・パネロピに手紙を書き自分のために祈ってほしいと頼んでいた。「私は(バニヤンが描く巡礼のように)『安楽の野』を行きつつあります」。もし自分の境遇に変化があれば自分の信仰をより深く理解することになるのだろうかと彼は問う。今は幾らかでも理解しているにしても、部分的にしか理解していない宗教的信仰が、その時には新しい意義を持つようになるのではないか。そして新しい事実となるのではないか。「私は今、誰も何ごとについても私は信ずるとか理解するとか言ってはならないのではないかと感じています。私が確かに理解したと思う教理がある朝突然にまったく別の事実として花を咲かせることになるのではないでしょうか」(9)。『痛みの問題』が苦しみの問題をあまりにも浅薄に扱ったものであったことをルイスが認めたこと、それが『悲しみをみつめて』においてより成熟した「開花」を迎えるであろうことをルイスが予見したこと、何よりも賢慮を踏まえた議論になることを考慮せずにこの手紙を読むことは難しい。

ルイスが妻と死に別れた結果自分が経験したことについて、『悲しみをみつめて』において強い説得力を持つ率直かつ正直な説明を行ったことは嘘偽りのない心情吐露、感動的な事実として評価されなければならない。この書が非常に多くの読者を得たことは驚くべきことではない。愛する者の死によって人が経験する情念的動揺が正確に描かれているからである。この書を読んだ人の中に、愛する者との死別を経験した者が感じる悲痛を理解するためにこの書を読むようにルイスに推薦した人があったほどである。彼らはこの書の由来を知らなかった。しかしこの書はもう一つ、別のレベルでも重要である。この書は純粋に理性的な信仰がいかに弱く脆いものであるかを明らかにしている。ルイスが妻の死後に信仰を回復したことは確かであるけれども、『悲しみをみつめて』はその信仰がかつて『痛みの問題』において言い表された冷静で論理的な意味での信仰とは多少距離を置くものであることが確かである。

『悲しみをみつめて』はキリスト教が世界の現実を説明する力を持たないことを暗黙のうちに認めた書物であると誤解した人々もある。ルイスは悲痛なる経験を通して不可知論者になったのだという。これは軽率かつ浅薄な結論である。その論者はこの書のテキストを正確に読んでいないだけでなく、彼がその後に書いたものも読んでいない。『悲しみをみつめて』は、ルイスが受けたことを彼を試す試練として描いた書であることが理解されなければならない。それは神を試すことを目的としていない。「神は私の信仰あるいは愛を試し、それらがどれほどの質のものであるかを知ろうとして実験をされたのではない。神はそれを既に知っておられた。それを知らなかったのは私である(10)」。

ルイスが妻の死によって不可知論者になったのだと主張する人々はこの書のある一つの文言を選んで凍結させ、それをこの書の結論にしようとする人々である。ルイスは痛恨のあまり知的に考え得ることすべてを問題にすると明白に述べている。彼は何事についても裏の裏まで調べること、どれほど細い道も覗かないでは済まさないのだという。神は存在しないのかもしれない。神は存在してもサディスティックな暴君であるのかもしれない。信仰はただの夢なのかもしれない。ルイスは詩篇作者のように絶望の深淵に探りを入れる。容赦なく徹底的に探りをいれ、深淵の闇のうちに潜む、隠された意味を探り出そうとする。ルイスはその努力を通して霊的バランスの感覚を回復し始め、妻の死によって希望を打ち砕かれた経験の光に照らして自分の神学を見直すことになる。

ルイスが自らの死の数週間前に書いた手紙は『悲しみをみつめて』の議論の流れを要約するとともに、そこから帰結される議論をも的確につかんでいる。ルイスは一九五〇年代初めからシスター・マドレーヴァ・ウォルフ（一八八七―一九六四）との文通を続けていた。彼女は中世文学の優れた研究者であり、インディアナ州のサウス・ベンドにあるノートル・ダム大学セント・メアリ大学学長であったが、その頃退職したばかりであった。ルイスはその手紙で自分の悲しみの「日ごとに募る勢いとそれに対する罪深い反応」について語る。ルイスは『悲しみをみつめて』が「途中ではあらゆる黒い疑いを催させる」かもしれないが、全体として「信仰を確認」するものであると述べている[11]。

ルイスが悲痛の危機に遭遇したことにより不可知論者になったと断定する人々にとって、また彼の書いたものを熟読する暇を持たない人々にとって、ルイスの謂う「罪深くまた愚かな反応」なる文言を捉えて、それが有神論的信仰の可能性として彼が奉じていたことのすべてを否定するに至った根拠になったとみなすことは容易かもしれない。しかしルイスが書いたことにルイス自身が与えた意味は彼の書いたこと全体を忠実に読む者が得る結論と同じものである。

一つの文章あるいは命題を取り出して、それをルイスが悲痛に打たれる中で展開した瞑想の核心を表すものとすることは困難であるし、極めて不適切である。それでもルイスの思索には明らかな転換点をなしたと思われるところがある。それは彼が妻に代わって苦しみを負いたいとの願いが言い表されるところである。「私がもし彼女に代わって苦しみを、あるいはその最悪の部分を担うことができたら良いのに」[12]。ルイスがここで言いたいことは、愛される者が苦痛を負わずに済むために愛する者が苦痛と苦しみを喜んで引き受けることこそが真の愛のしるしであるということである。

ルイスはここで自分の体験をキリスト論的命題に結びつける。それは自明ながら決定的なことである。つまりそれこそイエスが十字架においてなしたことであるという。しかし他人の苦しみを引き受けることは誰に許されることなのだろうかと彼は「口ごもりながら」問う。他人の苦しみを引き受ける人が現れた場合、苦しんでいる人はその苦しみのいくばくかの部分を免れ、また自分が捨てられているとの感じを免れることができるのだろうか。答えは十字架に付けられたキリストのうちにある。

それは「一人の人」に許されたのだとわれわれに告げられている。そして私は今、「彼」が人々に代わってなし得ることをなさったのだということを再び信ずることができる。「彼」は私たちが口ごもりながら問うことに答え給う。「あなたには不可能であるし、なしてはならない。しかし私には可能であり、私は敢えて行ったのだ[13]」。

ここには二つのこと、互いに関連しあいながらも二つの別個の事柄が語られている。第一にルイスは妻に対する自分の愛がいかに深いものであれ、それには限界があることを理解するに至ったことである。彼の魂には自己愛が残っておりそれが他者に対する愛を変質させ、その人のためにどこまで苦しもうとするかの心構えを制限する。第二にルイスはここで神の自己空化（sellf-emptying）を認めたのではなく（この神学的理念についてルイスは別のところで書いている）、人間的苦しみの問題に対する愛の実存的意味の理解に近付いていることである。神には人間の苦しみを担うことが可能である。そして神は実際に人間の苦しみを担われた。そのことは次に、他者の苦しみを担うことの結果が確保されたとわれわれが知って、信仰のあいまいさと危険とを担うことがわれわれに許される。『悲しみをみつめて』は信仰に対する試練と、信仰の成熟（単に信仰の回復というのではなく）、そして信仰の喪失ではなく信仰の確かさを得る過程を語る物語である。

しかしルイスはデイヴィッドマンの死に対してなぜこれほどの厳しさで反応したのだろうか。それには明らかにいくつかの要素がからんでいる。彼ら二人の関係の始まりがいかに問題を含んだものであったとしても、デイヴィッドマンはルイスの愛人となり、知的相性がぴったりと合う仲間となった。ルイスは彼女によってものを書き続ける情熱と動機を保つことができた。彼女はルイスの女性友達の中で特異な役割を果たした（むしろ果たすことを「許された」と言うべきかもしれない）。ルイスの喪失感は深かった。

やがて嵐は静まった。そして大波が彼の信仰の家を打ち破ることもなくなった。攻撃は極端に強く、試練も厳しかった。しかしそれがもたらしたものは金のように、精練する者の火をくぐった信仰であった。

## ルイス、健康を損ねる──一九六一─一九六二年

ルイスの信仰は妻の死によって失われなかった。彼の信仰はむしろ強められた。しかし彼の健康については同じことを言うことができない。一九六一年六月にルイスは若い頃からの友アーサー・グリーヴズとオクスフォードで二日間を過ごした。それは「最も楽しい幸福なときであった」とルイスは後に回想している。しかしグリーヴズが訪ねてくれたことを感謝する手紙にはルイスが抱えていた暗い面も書かれている。ルイスはもうすぐ入院し肥大した前立腺の手術を受けることになっているのだという[14]。グリーヴズはこの報せを受けて特に驚いたという様子はない。ルイスを訪ねたとき、彼は「体の具合が非常に悪そうに見えた」と言う。ルイスに何か悪いこと

図 14－1　オクスフォード市バンベリー・ロード 25 番地のアクランド病院。1900 年撮影。この病院は 1882 年に設立された。オクスフォード大学医学部レギウス教授ヘンリー・アクランド卿の妻、サラ・アクランドに因んで命名された。1897 年にバンベリー・ロードに移転した

が起こっていると彼は感じていた。

手術は七月二日にアクランド病院で行われることになっていた。アクランド病院はオクスフォード市の中心部にあるが、国民健康保険制度には属さない私立の医療施設であった。診察の結果、手遅れになっていることが判明した。彼の腎臓と心臓の機能が衰えていた。彼は手術に耐えうる情況になかった。苦痛を緩和することしかできず、治癒することは不可能になっていた。夏が終わる頃にはルイスの病勢が募り、ケンブリッジ大学に戻って一九六一年のマイケルマス学期の授業を行うことはできなくなっていた。

ルイスは自分の余命がいくばくもないことを悟り遺書を作成した。この文書は一九六一年一一月二日に作成され、オーウェン・バーフィールドとセシル・ハーウッドとが遺言執行人および管財人に指定されている。[15] ルイスは自分の蔵書や未発表の原稿およびそれまでに出版した著作に対する印税収入などを兄に遺贈した。ウォーニーの死後、ルイスが残した他の動産は二人の妻の連れ子に委譲されると決め

られた。遺言には著作の管理人は指定されていない。ウォーニーは印税を受取ることはできるが、ルイスの著作に対する法的所有権は持たなかった。

その他にも四人の人物が一〇〇ポンドずつ受取ることが決められていた。ただしそれはルイスの死亡時に彼の銀行口座に充分な資金があることが条件とされていた。四人の人物とは、モーリーン、ルイスが代父となった三人の子どもたち、ローレンス・ハーウッド、ルーシィ・バーフィールド、サラ・ネイランである。[16] しばらく後にルイスはキルンズで彼の世話をしてくれた人々に感謝の意を表すことを忘れていたことを思い出した。一九六一年一二月一〇日に作成された遺言補足書に更に二名が加えられた。庭師で雑役夫であったフレッド・パクスフォード（彼には一〇〇ポンドを遺贈）、および家政婦であったモリー・ミラー（彼女には五〇ポンドを遺贈）の二名である。

一九六四年四月一日になされた遺言検認の結果、ルイスが残した動産は五万五八六九ポンドであると確認されたが、それに比べてこれらの額はまことに僅かなものである。ただしこの中から遺贈税一万二八二八ポンドが差し引かれた。ルイスは自分の財産がどれくらいあるのか全く知らなかった。そして国税庁からの多額の請求が来ることに始終悩んでいた。税を払うことで自分は破産するのではないかと案じていた。彼の遺言には遺贈税額が換金可能な資産を上回った場合にはどうなるかとの心配をしていたことが明らかになっている。

ルイスは一九六二年一月からの次の学期にはモードリン学寮に戻り授業を普通通り行うことができると思っていた。しかし月日が経つにつれて、ルイスは自分の健康がそこまで回復することはないことを悟った。ルイスはある学生に、自分が授業を行えないでいることを、医者から一九六二年の春に謝罪し自分が抱えている問題を説明するように言われていると告げている。

彼らは私の前立腺手術を行う前に私の心臓と腎臓を治療しなければならないと言っていますが、しかしだんだん分かってきたことによれば、前立腺の手術をしないと心臓も腎臓も良くならないようです。つまりわれわれは、ある被検者がうっかりペンを滑らせながらもうまく言ったように、「悪循環」に陥っているようです[17]。

ルイスは一九六二年四月二四日になってようやくケンブリッジ大学に戻り授業を再開することができた。彼は隔週にスペンサーの『妖精の女王』に関する講義を行った[18]。ただし彼は全快しているのではなかった。彼の容態は行き届いた食事療法と適正な運動療法により安定していただけである。トールキンの論文集が出版されルイスに献呈されたが、その出版祝賀会が翌月にマートン学寮で行われるのに出席できないことを謝る手紙を書いた。ルイスはその中で現在は「カテーテルを装着し、低タンパクの食事を摂り、夜は早く寝なければならない」と説明している[19]。

ここにあるカテーテルとは素人じみた奇妙な代物で、コルクとゴム管を組み合わせたもの、漏れが起こりやすいので有名な代物であった。それはルイスの友人ロバート・ハヴァード医師が作ったものであるが、かつて彼はデイヴィッドマンのガンを早期に発見できず治療の機会を失していたことがあり、ルイスは彼の医者としての技量に関して疑いを持つべきであった。ルイスは一九六〇年に書いた手紙ではハヴァードの欠点について不平を述べていた。ハヴァードは「ジョイは私と結婚するよりもかなり前に彼の診断を受けたが、その時に彼はジョイの病気を正しく診断できたであろうし、そうすべきであった」と書かれている[20]。しかしこれらの欠点にもかかわらず、ルイスは前立腺の疾患の治療に関してハヴァードの指導を受けていたようである。ハヴァードが作ったカテーテルの使用もハヴァードの指示に従ったものである。このカテーテルはしばしば故障を起こし、ルイスの社交生活に不便をもたらし、時には迷惑を引き起こしていた。ケンブリッジ大学の何事もない退屈なシェリー・パーティがルイスの尿のシャワーによって賑やかな騒ぎになったこともある。

ルイスの晩年、体力が衰えた頃は平和な年月ではなかった。ウォーニーのアルコール依存症は昂進し、暴飲を繰り返していた。彼のアルコール依存症は「ルルドの聖母会」のドロヒーダ修道院に属する修道女たちの愛情溢れる奉仕を受けて症状は緩和されていたが、治癒してはいなかった。修道女たちは定常的にアルコールに依存している退役少佐に感傷的に惚れ込んでしまったらしい。彼らは善意ながらウォーニーを甘やかし、それによりウォーニーのアルコール依存症を増悪させていたのだと思われる。キルンズも傷んできた。あちこちがじめじめと湿気を帯びてきて、カビが生えていた。

さらに大きな難問となっていたのはトールキンとルイスの関係が冷え続けていたことである。その原因は主にトールキンの側にあったことは認められなければならない。それは彼がルイスに対する悪感情を募らせていたことの反映である。しかしルイスはトールキンに対する敬意と称賛を失っていなかった。それは最近になってやっと明るみに出たあるエピソードから明らかである。一九六一年一月の初めにルイスはかつての学生の一人、文学研究者アラステア・ファウラーに手紙を書いた。彼はエクセター大学英語教授の職に応募すべきであるかどうかについてルイスの意見を求めていた。ルイスは応募すべきであると答えた。ルイスは同じ手紙でファウラーの助言を求めた。ファウラーの考えでは一九六一年のノーベル文学賞を誰が受賞すべきだと思うかと訊ねている。[21] この奇妙な質問をした理由が明らかになった。

スウェーデン・アカデミー文書館の一九六一年の文書が研究者たちに公開された。ルイスがトールキンをノーベル文学賞に推薦していたことが判明した。[22] ルイスはケンブリッジ大学英文学教授として、ノーベル文学賞委員会から一九六一年のノーベル文学賞受賞者を誰にするか推薦するよう求められていた。ルイスは一九六一年一月一六日付の推薦状で「今や名高いロマン的三部作」『指輪物語』の著者トールキンを指名していた。[23] 結局その年の文学賞はユーゴスラビアの作家イーヴォ・アンドリア（一八九二―一九七五）に与えられた。トールキンの散文文学はグレアム・グリーン（一九〇四―一九九一）も含め他の候補者の作品よりも優れたものとは判定されな

Magdalene College,
Cambridge,
England

16 Jan. 1961

Gentlemen

In reply to your invitation I have the honour of nominating as a candidate for the Nobel Prize in Literature for 1961

Professor J. R. R. Tolkien of Oxford

in recognition of his now celebrated romantic trilogy The Lord of the Rings.

I remain

your obedient servant

C. S. Lewis

(C. S. LEWIS)

図14－2　ルイスがJ. R. R. トールキンをノーベル文学賞に推薦した1961年1月16日の手紙（未発表）。Copyright © C. S. Lewis Pte. Ltd.

［モードリン学寮　ケンブリッジ、イングランド

1961年1月16日

拝啓

貴下の招きに答えて、一九六一年のノーベル文学賞候補者を謹んで推薦申し上げます。
今や名高いロマン的三部作『指輪物語』の著者、オクスフォード大学J. R. R. トールキン教授を推薦します。

何時までも変わらぬ貴下の忠実な僕

C. S. ルイス］

かった。しかし文学者に与えられる最高の栄誉にルイスがトールキンを推薦していたことは個人的には疎遠になりつつあっても、ルイスがトールキンを称賛し続けていたこと、敬意を捧げ続けていたことの証左として重要な意味を持つ。もしトールキンがこのことを知っていたとしても（彼の手紙から判断する限り、彼はそのことを何も知らなかった）、彼はルイスとの悪化しつつある関係を修復しようとしなかったと思われる。

あたかもそれだけでは済まされないと言うかのように、デイヴィッドマンの二人の遺児たち（ウォーニーの保護下に置かれていた）は二人とも解決を要する問題を抱えていた。特に教育費の問題があった。デイヴィッドは自分が何者であるかについて悩んでおり、ユダヤ教的生活を始めようと決心していたことが明らかである。彼の母親の宗教的ルーツを受け継いで生きようとしていた。そのために彼が従わなければならない食事規定に合わせてコシャー食品を調達しなければならなかった。（ルイスはオクスフォード市の大型店舗内にあったパームズ・デリカートエッセン［Palm's Delicatessen］でそれを購入するようになったようである。）ルイスはデイヴィッドがユダヤ教的ルーツを取り戻そうとすることを奨励した。そのためにデイヴィッドが伝統的なモードリン・カレッジ・スクールでラテン語を学ぶのではなく、ヘブル語を学ぶことができるようにした。ルイスはオクスフォード大学のポスト・ビブリカル研究所講師セシル・ロス（一八九九―一九七〇）の助言を求め、妻の連れ子がユダヤ教に深く傾倒しつつあるのを援助しようとしていた。[24] デイヴィッドがロンドンのゴルダーズ・グリーンにある「北西ロンドン・タルムード・カレッジ」で学ぶようになったのはロスの推薦に従ってのことである。

一九六三年の春にはルイスの健康はレントおよびイースター学期をケンブリッジ大学で教えることができるほどに回復した。一九六三年五月にはマイケルマス学期の授業の準備も始めていた。彼は一〇月一〇日から毎週火曜日と木曜日に全学期にわたり中世の文学をケンブリッジ大学で講ずる予定にしていた。[25]

ルイスはその頃、彼の最晩年の数か月において決定的な意味をもつ友人、それも彼の死後に彼に対する世の関心をよみがえらせるために重要な役割を果たした友人を得た。ルイスはアメリカに多くの称賛者を得ていたが、その人々と何年にもわたって文通を交わしていた。その中の一人がウォルター・フーパー（一九三一―）であった。彼はケンタッキー大学の若い教授でルイス研究を始めており、ルイスに関する本を書こうとしていた。フーパーはルイスとの文通を一九五四年一一月二三日に始めた。彼はその時点でアメリカ陸軍に勤務していたが、その後の大学勤務のキャリアを通してルイスの著作に対する関心を深めていた。フーパーはルイスが『若い教会への手紙』（一九四七年）に付けた短い序文に強く惹かれた。これはイギリスの牧師J・B・フィリップス（一九〇六―一九八二）が新約聖書に収められたパウロの手紙を現代英語に訳したものである。ルイスは一九五七年に、フーパーがもしイギリスに来ることがあるならば会いたいと告げていた。[26]

予定されていたフーパーのイギリス訪問は延期された。しかし彼らの間の文通は続けられた。フーパーは一九六二年一二月に自分が作成したルイスの著作一覧表をルイスに送ってきた。ルイスはそれを見て感謝し、訂正を加え増補した。フーパーは一九六三年六月にイギリス訪問することになったが、その際ルイスはオクスフォードの自宅にいるはずであるので、そこで会いたいと告げた。[27] 会合は六月七日に設定された。フーパーがその頃にエクセター学寮で開催される国際夏季研修会に参加することになっていたからである。

ルイスはフーパーに会ったことを非常に楽しんだようである。彼は次の月曜日に持たれることになっていたインクリングズの会合にフーパーを招いた。インクリングズの会合はセント・ガイルズの向かい側の「子羊と旗」で持たれることになっていた。「鷹と子ども」が改築され、個室「ウサギ小屋」がなくなった。他の客の目に触れず会員だけで親しく語り合う環境がなくなってしまったので、残念に思いながらも「子羊と旗」に会場を移していた。[28] ルイスが学期中の週日はケンブリッジ大学モードリン学寮に滞在しなければならなかったため会合は月曜日午前中に開催され、ルイスはキャンタブ鈍行の午後の便でケンブリッジに戻ることができるようにしてあった。フーパーは当時聖公会の会員になっていたので日曜日午前中はヘディントン・クァリーの聖三一教会の礼拝にルイスと共に出席した。

## 最後の病気と死

ルイスは一九六三年七月末にアーサー・グリーヴズに会うためアイルランド旅行を計画していた。ルイスは体力が弱ってきていたことを感じていたので、ダグラス・グレシャムに付き添ってもらい荷物を運ぶのを手伝ってもらうことにしていた。六月七日、ルイスはケンブリッジ大学の夏学期を終えてオクスフォードに戻った。ウォーニーは既にアイルランドに行って留守であった。翌月にはルイスも来るものとウォーニーは思っていた。しかしそうならなかった。ルイスの健康状態は七月の初週に急変した。

ルイスは七月一一日に不承不承グリーヴズに旅行をキャンセルする旨の手紙を書いた。彼は「心臓の病気で衰弱した」のだと言う(29)。その頃ルイスは疲労感に悩んでおり、集中することができず、いつもまどろんでいた。彼の腎臓も正常に機能していなかった。そのために血液中に老廃物が蓄積し、それが疲労の原因となっていた。唯一の解決策は輸血であったが、それも身体を一時的に楽にするだけであった。(人工透析が広く用いられるようになるのは、ずっと後になってからである。)

一九六三年七月一四日日曜日の朝、ウォルター・フーパーがルイスを教会に連れていくためにキルンズを訪れたときルイスの容態は重篤になっていた。紅茶茶碗を手に持っていられないほどであった。意識障害も起こっていたらしい。兄が長く不在の間、ルイスは手紙を書けずにいたことを悩んでいたのでフーパーに個人的秘書になってほしいと頼んだ。フーパーはその秋にケンタッキーで講義を行うことが決っていたので話し合いの結果一九六四年一月から秘書になることに同意した。しかしルイスはおそらく混乱していて完全に精神を集中することができないでいたために、フーパーの仕事に対する報酬をどうするかについては何も説明できなかった。またフーパーを雇う場合に彼に何を期待しているのかも説明できなかった。

七月一五日月曜日の朝、ルイスはメアリ・ウィリス・シェルバーンに短い手紙を書き精神を集中する力を完全に失っていること、その日の午後に病院へ行き、検診を受け診断してもらおうと思っていることなどを伝えた(30)。ルイスはその日の午後五時にアクランド病院に行った。しかし到着とほぼ同時に心臓発作を起こした。彼は昏睡状態に陥り、危篤状態であると診断された。アクランド病院はルイスの最近親であるウォーニーと連絡をとろうとしたができなかったため、オースティン・ファーラー、キャサリン・ファーラーに連絡した(31)。

翌日、ルイスは酸素マスクにより生命を維持されていた。オースティン・ファーラーはルイスが最後の秘跡を受けることを願っているであろうと考えた。ファーラーはそのためにアクランド病院からすぐ近くにある「マグダラの聖マリア教会」の副牧師であったマイケル・ウォッツに病院に出向いてもらうよう依頼した。ウォッツは午後二時に最後の秘跡を行った。その一時間後、ルイスの担当医や看護師たちが驚いたことに、ルイスは昏睡状態を脱して眼を覚ました。そして紅茶を飲みたいと言った。彼は自分がほとんど丸一日意識を失っていたことを自覚していないようだった。

後にルイスは昏睡状態のまま死んでいれば良かったと友人たちに語った。後にセシル・ハーウッドに書いた手紙には「この経験の全体」は「非常に穏やかな」ものだったと書いている。「あれほど容易に門に辿り着いた」のに「通してもらえなかった」のは非常に残念だったという(32)。ラザロのように彼も再び死なければならない。腹心の友アーサー・グリーヴズ宛の最後の手紙には彼の思いがより詳しく述べられている。

七月に蘇生したことについて私は嬉しいと思っていないのでは絶対にないけれども、それはむしろ残念なことだったと考えざるを得ない。私はあれほど何の苦痛もなしに門まで楽にすべって行けたのに、私の目の前で門が閉じられ、また別の日に同じことを初めからやり直さなければならないことになったのは過酷なことだと思った。次のときはあれほど楽ではないのだろう！　哀れなラザロよ！　しかし神が最善のときをご存知だ。[33]

ルイスは一九一四年六月以来、グリーヴズと定期的に文通を交わし続けてきた。グリーヴズとの友情はルイスの一生における最も意義深くまた親密なものであった。しかし彼の他の友人たちは『喜びのおとずれ』が出版され、彼らの若さ溢れる友情が明らかにされるまでそれについて何も知らなかった（それがルイスの死に至るまで続いていたことも、誰も知らなかった）。ルイスはルイスらしく、彼の健康状態から生じる事態についてグリーヴズに謝っている。「この世ではきみと私はもう会えないのかもしれない」。

ルイスは昏睡状態を脱してから二日間は意識がはっきりしていたが、その後「夢想、幻想、そして混乱した理性」の暗鬱な状態に陥って行った。[34]この意識錯乱は七月一八日に始まった。その日ジョージ・セイヤーがルイスを見舞いに来た。セイヤーは錯乱を起こしているルイスを見て心を乱した。ルイスはセイヤーに、チャールズ・ウィリアムズが遺した作品の管理人に自分がつい最近指名されたばかりであると語った。ウィリアムズ夫人のベッドのマットレスの下に隠されている原稿を早急に発見しなければならないのだと言う。問題はウィリアムズ夫人がその原稿を膨大な額の金銭を要求して売りに出していることだという。ルイスは彼女が要求する一万ポンドの金を持っていないと言う。ムーア夫人がまだ生きているかのようにルイスが話し始めたとき、セイヤーはルイスが妄想に陥っていると知った。ルイスがフーパーを臨時の秘書に雇ったと語ったとき、セイヤーはそれも妄想の一部であると理解した。[35]

セイヤーはウォルター・フーパーなる人物がルイスの陥っていた暗い妄想の世界の外に実在する人物であることを知り、またフーパーがルイスの世話を委ねることができる人物であることを知ったとき、セイヤーはアイルランドに飛びウォーニーに接触すべきであると決断した。セイヤーがウォーニーの所在を突き止めたとき、彼はアルコール依存症の深みに沈んでいた。彼はルイスに起こっていた事を何も把握することができない状態に陥っていた。問題を解決することなど望めない状態であった。セイヤーはオクスフォードに独りで戻った。

ルイスは八月六日に退院し、アクランド病院の看護師アレック・ロスの看護を受けてキルンズに戻ることが許された。ロスは裕福な患者、充分な設備の整った家での看護には慣れていた。しかしキルンズのきたならしい有様を見てショックを受けた。特に台所の汚らしさには驚いた。家を居住可能にするための大掃除が始まった。ルイスは階段を昇ることを禁止された。そのため彼は一階で生活しなければならないことになった。フーパーは二階にあったルイスの古い寝室に陣取り、ルイスの秘書としての活動を始めた。フーパーがその時にルイスに代わって書いた公的な性格の手紙の中で最も痛ましいものはケンブリッジ大学教授および同大学モードリン学寮の特別研究員の地位を辞任することを伝えるものである。

ケンブリッジ大学に残してある蔵書をルイスはどうやってキルンズに持ってくることができるのだろうか。彼はケンブリッジまで行くことは全くできなくなっていた。ルイスは八月一日にモードリン学寮の出納長ジョック・バーネットに手紙を書き、彼に代わってウォルター・フーパーがケンブリッジ大学に赴きルイスの居室から彼の所有物をすべて引き取ると告げた。その翌日ルイスはもっと痛ましい手紙を書いた。バーネットに居室に残してきたものをすべて売却してほしいと告げた。ウォルター・フーパーとダグラス・グレシャムは八月一四日に、七頁にわたるルイスの所有物のリストと、それらの処分に関するルイスの指示を持参してモードリン学寮に行った。彼らは居室を片付けるのに二日間を要した。彼らは八月一六日に何千冊もの書籍を積んだトラックに乗ってキルンズに戻った。それらはまずキルンズの床に積み上げられ、本棚に余裕が見つかり次第、そこに収められることになった。

フーパーは授業を行うために九月に米国に戻った。ルイスの世話はパクスフォードとルイスの家政婦モリー・ミラー夫人に委ねられた。ルイスは自分の置かれた情況について心配していることは明らかであった。ウォーニーはどこにいるのか、そしていつ帰ってくるのか。悲しいことに、ルイスはウォーニーがルイスの窮状を充分に知りながら彼を「完全に捨てた」のだと考えた。「彼は六月からアイルランドにおり、その間一度も手紙を書いてこない。たぶん彼は飲んで死のうとしているのだろう」[36]。ウォーニーは九月二〇日になっても戻らなかった。ルイスはその日にフーパーに何やら警戒気味の手紙を書き、彼を秘書として将来雇い続けることについて説明をしている。

ルイスはフーパーが彼の個人的秘書として何をすることを望んでいるのか、また彼に対して報酬をどのようにして支払うつもりなのか、厳密に考えていなかったことが明らかである[37]。フーパーはルイスに雇われることについて俸給はどうなっているのかを問い合わせる手紙を書いた。ルイスはそれに対してもっともらしい言い方ながら筋の通らない言い訳をしている。ルイスはフーパーに支払うだけの金を持っていないと恥じ入りながら答えている。ルイスは退職した結果年俸を受けていない。グレシャムの二人の息子たちのうち、一人でも金が必要であると言い出したらどうするのかと言う[38]。フーパーを「有給の秘書」として雇うことは贅沢であり、そのような余裕はないのだという。しかしもしフーパーが一九六四年六月にルイスのもとにくることができるのなら大歓迎であると言う。言外に言われていることは、フーパーが資金を自分で調達せよということであるらしい。

ここにルイスがケンブリッジ大学教授の地位を辞して以来、彼のこころを悩ましていた問題の一つが何であるかがあらわれている。それは金の問題である。ルイスは彼には支払えない税金を請求されるという恐怖のうちに生きていた。彼の収入は彼の著作から生ずる印税だけに限られていた。当時それはかなりの額になっていた。しかし彼の著作に対する関心はいずれ薄れ、印税収入も減少すると確信していた。将来の財政事情についての彼の心配は九月になって孤独になったことによりますます募っていた。彼は心配事を分かち合うことのできる気の合った話し相手を持っていなかった。

ルイスは一か月後に再びフーパーに手紙を書き、ついにウォーニーが帰ってきたとの朗報を伝えた[39]。しかしルイスが自分の財政状況について依然心配していることもすぐに明らかになった。彼はもし幾らかでもフーパーに支払うとしてもそれがどのようにして可能であるのかを知らなかった。ルイスが提案できる最善の案はフーパーがキルンズに住み、暖房費と食費を分け合うことであった。そこにウォーニーの問題が生じてきた。ウォーニーはフーパーが同居すると知ったら怒るであろう。ルイスがフーパーに支払える額は週に五ポンド、一五ドルでしかない[40]。それは魅力的な報酬とはとても言えない。しかし結局フーパーはこの提案を受け容れた。彼は一九六四年一月の第一週にオクスフォードに来ることになった[41]。

ルイスは一一月の中旬にオクスフォード大学から手紙を受取った。オクスフォード大学においてルイスに対する評価が改まったことのしるし（そのようなしるしが必要であるかどうかは別として）であった。ルイスはシェルドニアン講堂で行われるロマネス講演を行うよう依頼を受けた。これはおそらくオクスフォード大学が開催する講演会の中でも最も権威あるものである。ルイスはウォーニーに「最高の礼儀を尽くした断り状」を書くよう頼んだ[42]。

一九六三年一一月二二日金曜日、ウォーニーが後に回想するところによれば、ルイス家の通常の営みがいつもの通りに始まった。彼らは朝食を摂り、毎日受取る手紙に返事を書き始めた。そしてクロス・ワード・パズルを楽しみ始めた。昼食後にルイスが疲れている様子であることにウォーニーが気付いた。ウォーニーはルイスにベッドに行くように勧めた。ウォーニーは午後四時に紅茶を持っていった。その時ルイスは「眠そうであったが苦しそうな気配はなかった」。ウォーニーは午後五時半にルイスの寝室で何か大きな音がしたのを聞いた。ウォーニーは寝室に駆けつけ、ルイスが床に倒れベッドから落ちて意識を失っているのを発見した。その後間もなくルイスは息絶えた[43]。彼の死亡証明書には腎臓の機能不全、前立腺障害、心臓機能衰退などが死亡理由として記載されることになる。

その頃、ジョン・F・ケネディの車列がダラスのラヴ・フィールド空港を出発しダラス市中心街に向かってい

**図14－3　オクスフォード市へディントン・クァリーの聖三一教会墓地のルイスの墓石**

我が親愛なる弟
クライヴ・ステイプルズ・ルイスを記念して
ベルファストにて1898年11月29日に生
当教会区において1963年11月22日に没
人はこの世から旅立つまでを耐え忍ばねばならぬ

た。一時間後にケネディは狙撃兵に打たれて死亡した。ケネディはパークランド記念病院で死亡が宣告された。メディアが伝えるルイス死亡の記事はその日にダラスで起こったより重要な悲劇の報道により完全に覆い隠された。

ウォーニーは弟の死に打ちのめされ、暴飲に落ち込んで行った。葬儀がいつ行われるのか、彼は誰にも知らせなかった[44]。結局ダグラス・グレシャムおよび何人かの人々が少数の重要な友人たちに電話をかけ、葬儀の予定を知らせた。ウォーニーは一一月二六日木曜日、ウィスキーを飲みながらベッドで過ごしたが、他の人々は太陽が明るく照る寒い日、霜が降りた日に、オクスフォード市へディントン・クァリーの聖三一教会の墓地に集まりルイスを埋葬した。教会堂への葬列はなかった。ルイスの棺は前夜に教会に搬入されていた。葬儀はバーフィールド、トールキン、セイヤー、オクスフォード大学モードリン学寮長を含めルイスの親しい友人だけが参列する静かなものであった。葬儀は聖三一教会の牧師ロナルド・ヘッドが司式した。オースティン・ファーラーが聖書を朗読した。親族はいなかったため、会堂から墓地までの短い葬列の先頭を行ったのはモーリーン・ブレイクであった[45]。ダグラス・グレシャムはロウソクを捧げる人々と共に十字架の後に続き、教会墓地に向かった。そこには新たに掘られた墓が用意されていた[46]。

ウォーニーが弟の墓石に彫らせたやや陰鬱なテキストは、一九〇八年八月に「小さなリー」で母が亡くなった日のシェイクスピア・カレンダーにあった言葉である。「人はこの世から旅立つまでを耐え忍ばねばならぬ」。しかしこの厳粛な碑銘よりも、ルイス自身が死の数か月前に彼自身の避けられない死と直面して書いた言葉の方が彼自身の生き方や希望をより的確に言い表しているのではないか。彼によれば、われわれは

> 土の中で辛抱強く待っている種のようなもの、「園芸家」が備えられた最善のときに花を咲かせるために芽を出そうとして待っている。本当の世界に出て、本当に目覚めるために。その世界から振り返って見るとき、現在の人生の全体は眠ったような半分目覚めているようなものに見えるのだろう。今われわれは夢の国にいる。しかしもうすぐ雄鶏が鳴く[47]。

# 第五部　死の後

# 第一五章　ルイス現象

ルイスは最晩年に自分は死後五年以内に忘れ去られると思うとウォルター・フーパーに語っていたという。一九六〇年代には多くの人がそう思っていた。人々はルイスが過去の世代の文化価値にあまりにも深く捕われ過ぎていると考えていた。時代に必要な人物はそれぞれの時代に現れると言われる。ルイスの時代は既に過ぎ去ったとされた。「最高潮の六〇年代（High Sixties）」（一九六〇―一九七三年）に激しい文化変動が起きた。若者たちの世代が親たちの世代の文化や価値観から距離を置こうとしたためである。(1) ルイスは分水嶺の向こう側にいるとされた。

## 一九六〇年代――薄れ行く星

チャド・ウォルシュ（一九一四―一九九一）はアメリカの文学研究家で、一九四九年にルイスに関する最初の研究書を発表した人物であるが、一九六五年に「アメリカにおけるルイスの影響は衰退しつつある」と宣言した。(2) アメリカにおいてルイスの名声が高まったのは戦争中に宗教的問題に対する関心が高まったことに結びつい

図 15－1　1960 年のルイス。自宅キルンズの書斎で。これはルイスの晩年の写真の中で最も良く知られたものであろう。彼が執筆をするときに使っていたものすべてが揃っている。左に紅茶用のマグ、クインク（インク）壺、灰皿、マッチ箱。右にパイプとタバコ・ケース、もう 1 つのマッチ箱など

ていた。リヴァイヴァルは一九五〇年代後期まで続いたがその後衰え始めた。一九六〇年代には宗教的問題や宗教についての関心は理論的問題から実際的な面に移った。若い世代の人々にとってルイスは「余りに理論的で抽象的であった」。当時盛んに議論された問題、ヴェトナム戦争、性革命、「神の死」などについて、ルイスは何の発言もしなかった。

かつてルイスを高い地位に押し上げた潮は一九六〇年代に退いてしまい、彼は浜に打ち上げられたまま放置された。それは狂乱の時代の智恵であった。週刊誌「タイム」はルイスに対する追悼記事を掲げ、彼を「小預言者の一人」と呼び、「彼の時代の異端に対抗して、時代遅れの正統主義を当世風の品格ある文筆を駆使」して信仰を擁護した人物であると宣言した(3)。しかし追悼文の全体的調子はルイスの凋落を告げており、彼の復活を語ってはいなかった。ルイスは「卓越した学者」として記憶されるであろう、それも懐古趣味に生きる人々によって。

これからはどうなるのであろうか。ウォルシュは当然ながら慎重な発言をしている。ルイスがアメリカにおいて将来どのような評価を受けるか予断を許さないとウォルシュは言う。ウォルシュの感じるところでは、ルイスの「正攻法的な著作」、例えば『キリスト教の精髄』は読まれなくなるだろうと言う。いずれにしても、それらの「宗教ジャーナリズム」はそれが書かれた時代に訴えるものである。ウォルシュは自分自身文学研究者であったが、ルイスの「より想像的な作品」、例えば「子どものためのナルニア国物語七部作のような卓越した作品」はこれからも読まれ続け、「文学的かつ宗教的遺産の永久的部分」となるであろうと言う。しかしそれはまだ先のことで、ルイスは当分の間「比較的無名」の人物となるであろうと言う(4)。

確かに一九六〇年代のアメリカにはルイスを称揚する人はほとんどいなかった。その頃ルイスは聖公会の信徒たち(チャド・ウォルシュやウォルター・フーパー)に読まれ、擁護された。その他有力なカトリック聖職者の間にも関心を向ける人々が現れ始めていた。一九六〇年代のアメリカにおいて勢力を強めていたのは福音派であるが、彼らは明らかにルイスに疑いの目を向けていた。ルイスは福音派が掲げる社会規範や宗教的に重要だと考える問題に背馳していると彼らは考えた。神学的にはルイスと福音派の間に共通のものはなかった。ルイスはキリスト教信仰にとって聖書が中心的位置を占めるという事実を説明したが、聖書がそのような地位を持つべきことを神学的に擁護したのではなかった。ルイスはオクスフォード大学のソクラテス・クラブでオクスフォード大学牧会団とは即かず離れずの関係を保ち、オクスフォード大学でもケンブリッジ大学でも、イギリスの福音派との交りを持たなかった。ルイスが亡くなった年に、当時のイギリスで最も強い影響力を持っていた福音派説教者マーティン・ロイドジョンズ(一八九九―一九八一)はルイスがいくつもの問題に関して不健全な考えを持つと宣告した。主に救済論に関連する諸問題が槍玉に挙げられた(5)。

一九五〇年代、一九六〇年代にルイスはアメリカの福音派にとって全くのアウトサイダーであるとみなされていた。福音派に属する人々の大半は映画を観ることとさえ霊的に危険なことと考えていた。猛烈にタバコをふかし、大量のビールを消費する人物、聖書や救済、煉獄などについて当時の福音派には受け容れられない見解を持つ人物の仲間になろうと福音派の誰が願うであろうか。福音派の中にはルイスが一九六〇年代に書いた護教的作品を熱心に読む人々もいたが、福音派の大半の人々はルイスを信用しなかった。

しかし一九七〇年までにルイスは完全に忘れ去られたと言うことは不当である。より真実に近い言い方をすれば、上げ潮によってルイスは急速に社会の注目を浴びることになったが、今になって潮は引き、ルイスは浜辺に打ち上げられたまま放置されたように見えたということであろう。ルイスは信用を失ったのではない。彼はベンチに下げられただけである。一九四二年から一九五七年にかけて起こった宗教的問題に対する関心の復活はルイスを有名人にしたが、今になってリヴァイヴァルは新しい文化的雰囲気にとって代わられた。そこでは宗教は時代遅れの思想と行動、因習として退けられ、今なお残る過去からの影響を払拭しようとする傾向が強くなった。一九六〇年代になされた偉大な社会学的予想によれば、宗教は知的社会的引力を失いつつあるということだった。世俗社会が待ち受けている。

「六〇年代最盛期」の文化的雰囲気はトム・ウォルフが一九八七年に書いたエッセイ「偉大な再学習（*The Great Relearning*）」に見事に捉えられている。すべてのことが払拭され、文化は「ゼロからの前例のない出発」をして再建されるのだと言う。[6] 他にもアメリカやヨーロッパで宗教的予言者、文学的予言者が現れた。そしてルイスは脇へ押しやられた。しかしルイスは来るべき世俗社会における明白に宗教的な声、より重要な声である。多くの人々が過去を恥ずべき負い目として放棄すべきであると主張した時代に、ルイスは過去を大事にすべきであると唱えていた。

文学に関連する面では想像力に基づく作品（ナルニア国歴史物語七部作も含め）もトールキンの『指輪物語』が収めた驚くべき大成功の陰に隠され忘れ去られた。『指輪物語』は一九六〇年代にカルト的流行を見せた。アメリカでは多数の廉価版が出版され始めた。トールキンが満月に向かい、ルイスは新月に向かった。『指輪物語』

の複雑な構成と伏線とは、ナルニア国歴史物語に欠けている知的奥深さを持っているとされた。

トールキンの叙事詩的物語が描いた権力の病理学は核のホロコーストに怯える時代の不安に共鳴した。トールキンの「一つの指輪がすべてを支配する」という思想は原子爆弾が到来するよりもはるか以前に着想されたものであるが、究極的な破壊力を持つ兵器が持つ魅力を象徴する強力なイメージとなった。その兵器の支配者になろうとする権力者には、兵器が与える絶大な力を持つイメージであると思われた。ただし権力者は現実にはその兵器の奴隷でしかない。トールキンはオクスフォード大学で何人もの学生を落第させていたが、彼が非常に驚いたことに、彼がまさに落第させた種類の学生たちにより偶像化されていた。

## 再発見——ルイスに対する新たな関心

それでもルイスは立ち直ってきた。そもそもルイスが名声を得ることになった次第を語ることに特に込み入った議論は必要ではない。それにはまず一九四〇年代初期の暗い戦時中のことを語り、次に一九五〇年代に現れたナルニア国歴史物語の想像力に満ちた魔法の世界を語れば良い。しかしそれらは一世代後にルイスに対する関心が「復興」したことについては何も語らない。一九四〇年代、一九五〇年代に流行作家であった人々の多くは何の痕跡も残さずに消えて行った。例えば一九四七年にアメリカのベスト・セラーを書いたフィクション作家上位五人が誰で、彼らの書いたものは何であったのかを誰が覚えているだろうか。

1　ラッセル・ジャニー『奇跡の鐘（*The Miracle of The Bells*）』
2　トマス・B・コスタン『金銭に憑かれた男（*The Money man*）』

3　ローラ・Z・ホブスン『紳士協定（*Gentleman's Agreement*）』
4　ケネス・ロバーツ『嵐を呼ぶ太鼓（*Lydth Bailey*）』
5　フランク・ヤービー『悪女たち（*The Vixens*）』(7)

これらの書物は今日でも購入することができる。ただし専門的古書店から。それらの書物は出版されたときには栄光に輝いていたにもかかわらず、それらは今すべて色あせてしまっている。ルイスと何が違うのか。

われわれはそれを少しでも理解するために、本当らしい筋書きを仕立て上げることはできる。しかしそれは言葉の真実な意味で、ルイスに対する関心の復興を「説明」することはできない。ルイスに対する関心の復興についてジグソー・パズルの片々を指摘することは難しいことではない。問題はそれらがルイス復興の全体像のどこに収まるのかを突き止めることである。

第一に、それまで入手困難であったルイスの未発表論考を集めた書が出版され始めた。それはウォルター・フーパーの献身的な編集努力によるところが大きい。彼は一九六三年夏にルイスの個人的秘書として活動した。またその後一九七五年にセシル・ハーウッドが亡くなってからはルイスの著作管理人となっていた。フーパーはルイスの生前にルイスの完全な著作目録を作成することについても意見を交換していた。それは一九六五年に出版された。それには二八二点の作品が録されているが、書簡は含められていない。(8)

一九七〇年代初期にイギリスの大手出版社ウィリアム・コリンズ・アンド・サンズはルイスの著作物の著作権を買い取り、それらすべてを同一の書体の活字で組み上げて印刷し、同社の売り物とした。フーパーはそれに続く一〇年にコリンズ社からルイスの論文集を次々と出版した。『悪魔の手紙——付・乾杯の辞（*Screwtape Proposes a Toast*）』（一九六五年）、『此岸と彼岸について（*Of This and Other Worlds*）』（一九六六年）、『キリスト者が考えたこと（*Christian Reflections*）』（一九六七年）、『羊歯の種と象（*Fern-Seed and Elephants*）』（一九七五年）、

『被告席に立つ神（*God in the Dock*）』（一九七九年）などである[9]。これら新しく出版された論文集は既にルイスを知っていた人々の視野を広げただけでなく、ルイスを知らなかった人々にもルイスを知らせることになった。フーパーがこれらの新しい論文集を出版したことにより、既に出版されていた二点の著作、ほとんど注目を浴びなかった『天路退行』と『人間の廃止』も再版され刊行され続けることを必然化するとフーパーは主張していた[10]。

つい最近になって、おそらく最も重要なことだと思われるが、フーパーは三五〇〇頁におよぶルイス書簡集を編集刊行した（二〇〇〇―二〇〇六年）。それによりルイスの知的、社交的、精神的軌跡が詳細に辿れるようになった。これらの書簡はルイスを学術的に研究するための必須の資料であると同時に、私がここに記す彼の伝記の年代記的物語の中核資料である。

第二に重要なことは、ルイスの記憶と遺産とを保存することを目的とする有力な団体がアメリカ合衆国で設立されたことである。最初に設立されたのはニューヨーク・C・S・ルイス協会である。これは一九六九年に設立された。それに続いていくつもの協会が設立され、ルイスに傾倒する人々が集まり、彼の作品について語りあう会となった。一九四〇年代、一九五〇年代にルイスを熱心に読んだ人々が一九七〇年代の人々に感激を伝えようと願った。一九七四年にマリオン・E・ウェイド・センターがイリノイ州ホイートン市にあるホイートン大学に設立された。その目的はルイスおよび彼の友人たちの人生と作品とを保存し後世に伝えることである。本部はこの大学のかつての英語教授であったクライド・S・キルビー教授（一九〇二―一九八六）が使っていた建物に置かれた。そこにはキルビー教授が収集していた資料を収めていた部屋があった。ルイスの本国は遅れをとった。オクスフォード・C・S・ルイス協会は一九八二年になってようやく設立された。ルイスの遺産を後世に伝えるための制度施設が作られ始めた。世界に散らばるそれらの施設を統合するネットワークも構築され始めた。

第三に、ルイスと親しかった人々による素晴らしいルイス伝がいくつも出版された。それらを読む人々はルイスがいかなる人物であったかを知ることができた。最初に出版された伝記はラジャー・ランセリン・グリーンとウォルター・フーパーの共著による『C・S・ルイス伝』（一九七四年）である。グリーン（一九一八―一九八七）はオクスフォード大学のルイスの教え子で、自分も児童文学を書いた人物である。また児童文学を書いた何人かのイギリスの作家について重要な伝記を書いている。特にJ・M・バリー評伝（一九六〇年）およびルイス・キャロル評伝（一九六〇年）が重要である。フーパーとグリーンによる伝記に続いて、ジョージ・セイヤーの『ジャック』（一九八八年）が出版された。セイヤーもルイスの親しい友人であった。これらの二つの伝記はルイス研究の画期をなす書物である。これらの伝記はルイスに対する批判的距離を置いていないことが難点とされるにもかかわらず、ルイスの人間としての個人的な姿を詳細に捉え、ルイスを人間として描き、ルイスの作品をさらに深く読むことを可能にしている。

最後に、一九六〇年代後半から一九七〇年代初めにかけて、アメリカ合衆国においてトールキンに対する関心が急激に高まったことも、間接的ながらルイスも恩恵を受けたことに注目しても良いであろう。トールキンがオクスフォード大学の孤立した作家ではないこと、一般にインクリングズの名で知られた集団の一員であったことが次第に明らかになり、その集団の最も有名な会員であった人物C・S・ルイスにも再び関心が集まった。オクスフォード大学に留学するアメリカ人学生の数は常に多いが、彼らの中にルイスやトールキンがたむろした場所を探索する者たちが現れ始めた。彼らはルイスやトールキンに関する思い出や情熱を故国に持ち帰った。（この傾向を念頭においてオクスフォード市観光地図を見ると、「鷹と子ども」の正確な位置が明示されていることが分かる。）

ルイスはアメリカを一度も訪ねたことはないにもかかわらず、彼に対する評価はイギリスよりもアメリカにおいて常に高かった。このことには、アメリカ人の目にオクスフォード大学の知的・文化的声望が高かったことも寄与しているだろう。オクスフォード大学の特別研究員で児童向けのベストセラーを書いた人々にルイス・キャロルとJ・R・R・トールキンがおり、C・S・ルイスもそのエリート集団の一人である。アメリカのルイス研究者の多くはルイスを「オクスフォード大学特別研究員」と呼び、彼のケンブリッジ大学時代については簡単にしか触れない。
しかし現在ルイスは文化的理由だけでアメリカを風靡しているのではない。彼の人気は宗教的要素によるところが大きい。ルイスは今アメリカの多くのキリスト者により信頼され、尊敬されている。彼らはルイスを神学的、霊的な指導者として仰いでいる。ルイスは心と精神の両面にわたりキリスト教信仰の知的深さ、想像力的な深さを他の誰よりも広く開拓した。ルイス自身が戦時中の放送講話で述べていたように、彼は高等教育を受けてはいたが神学教育は受けていない信徒に過ぎず、普通の信徒に向かって、彼らの牧師たちの頭越しに、直接に分かりやすく語りかけることができた。ルイスは自分たちの信仰を自分たちの所属する教派を超えて理解しようとする一般信徒たちに向けて、彼らの教育上の必要と能力に合わせて語る才能を理想的なかたちで持っていることが明らかになった。

「彼らが所属する教派を超えて」。われわれはこの肝心の点に多少の考察を加えなければならない。一九六〇年代に表面化しつつあったことはアメリカのプロテスタント諸教会において、教派主義が風化し始めていたことである。プロテスタント・キリスト者は自分をまずキリスト者として自覚し、どの教派に属するのかという問題は二の次の問題とされた。これは宗教的アイデンティティのしるしとして教派に対する主体的コミットメントの姿勢が薄れてきていたことを反映している。[11] 長老派の信徒が他の町ないし州に転居した場合、メソジスト教会に転入会する可能性が大きくなった。メソジスト教会の方がより良い保育プログラムを持ち、より良い説教がなされていることを知った場合である。教会でなされる説教や牧会活動が重視され、それに比べて教会が所属する教派は重要性の低いものとみなされるようになった。神学校も校名から教派名を落とし始めた。例えばヴァージニア州の「プロテスタント・エピスコパル神学校」は「ヴァージニア神学校」となった。ルイスの「単なるキリスト教」の観念はこの傾向に強く共鳴した。ルイスが特定のかたちのキリスト教の代弁者になろうとしなかったために、彼は教派とは無関係に多くのキリスト者によって受け入れられた。ルイスの『キリスト教の精髄』はキリスト教の本質的な事柄を喜び受け容れ、その他のことを二の次にするかたちのキリスト教のマニフェストとなった。

アメリカのカトリック・キリスト者も第二ヴァティカン公会議（一九六二―一九六五年）の直後からルイスを読むようになった。この画期的公会議は教皇ヨハネ二三世（一八八一―一九六三）によって召集され、カトリック教会と他の諸教会とを結び付けること、また現代の文化とより深い取り組みをすることを目的として開催された。それまでカトリック教会はカトリック以外の思想家の著作を正統的信仰から逸脱したもの、教会の一致を破るものとみなしていた。第二ヴァティカン公会議はカトリック・キリスト者がカトリック以外の思想家の著作を読み、尊敬するようになる道を拓いた。それにはルイスの著作も含まれた。ルイスはカトリック・キリスト者の間に多くの読者を得た。彼がJ・R・R・トールキンの親しい友人であり、またG・K・チェスタートンの称賛者であることも好感を与えた。彼らが真正のカトリック・キリスト者として信任を受けていることは明らかだったからである。アメリカの有力なカトリック指導者たち、例えばエイヴリー・ダレス枢機卿（一九一八―二〇〇八）やピーター・クリーフト（一九三七―）などは、ルイスをカトリック・キリスト者も真剣に受取ることのできる「単なるキリスト者」として推奨し始めた。この二〇年間にカトリックに改宗した人々の多くはルイスのルーツがアルスターのプロテスタント的文化のうちにあるにもかかわらず、ルイスから大きな影響を受けて改宗したことを認めている。(12)

もう一つ、見逃されやすいことであるが、現代のアメリカ・カトリック教会にとって重要な問題がある。「単なるキリスト教」は「教派的帝国主義」を忌避するだけではない。それは教派あるいはその指導者たちが教派あるいは自分たちの自己保存を健全なキリスト教信仰に優先させるときに必ず生じる権力および特権の濫用をも忌避する。「単なるキリスト教」は聖職者や教会組織制度が特別の扱いを受けないかたちのキリスト教、一般信徒が考えるかたちのキリスト教であり、ルイスはそのようなキリスト教の代弁者である。私はアメリカのカトリック・キリスト者たちと話し合ったが、彼らの多くが司教や司教区の起こしている醜聞にうんざりとしていることを知らされた。彼らは近年カトリック教会の組織制度が彼らの信仰を汚したと信じ、そのような組織制度を持つことを認めない信仰を取り戻すために、ルイスが彼らの代弁をしてくれていると感じている。ルイスは聖職者偏重に固まった教会の改革を要求する人々の声になるだろうか。

ルイスの著作が初期の称賛者たちの枠をはるか超えて、新しい読者を多く獲得したことが明らかである。今や彼は神学的にも知的にも魅力あるキリスト教信仰像の信頼すべき旗手、知的であり、何よりも分かりやすい信仰の旗手として見られるようになった。ルイスがアメリカ合衆国のアウトサイダーであったことも彼にとっては有利であった。彼はそれゆえにアメリカの教派主義的論争や主張のどれにも与することなく、アメリカのキリスト教を統一することのできる人物と見られた。ルイスは空前絶後の現象となった。つまりルイスは現代のキリスト教思想家の中で、あらゆる教派に属する信徒により尊敬と愛着を寄せられる人物となった。

## ルイスとアメリカの福音派

一九七〇年代にルイスを読んで利益を得るアメリカ人の中に福音派の人々が増えつつあった。ルイスが亡くなってから一世代が過ぎた頃、ルイスは福音派運動の文化的宗教的偶像となっていた。ルイスをアメリカの福音派の「守護聖人」と呼ぶ人も現れたほどである。ルイスに強い猜疑の目を向けていた福音派が、やがて彼を抱擁し、彼を崇敬するに至った過程はどのようなものであったのだろうか。ルイスの影響がアメリカの福音派の間で予想できなかったほどの高まりを見せたことを理解するためには、一九四五年以降にアメリカ福音派の相貌が変化したことを知らなければならない。

一九二〇年代にアメリカの福音派はファンダメンタリズム勃興の影響を受けた。福音派はそれによって現代文化を忌避し、文化的社会的に孤立するようになった。一九四〇年代後期に福音派運動内部の雰囲気に変化が起こり始めた。その背後にはビリー・グレアム(一九一八―)やカール・F・H・ヘンリー(一九一三―二〇〇三)などがおり、彼らがアメリカの主流文化と深く取り組むことを唱導していたことが挙げられる。この「新福音派」運動は初めはグレアムなど少数の人々の指導による少数派のものであったが、「クリスチャニティ・トゥデイ」の創刊、カリフォルニア州パサディーナにフラー神学校が設立されたことなどにより、勢力を増して行った。[13] この新しいかたちのアメリカ福音派は根本的に大衆的な運動であって、多くの人々の心と意思とを虜にした。しかしそれは彼らの理性を虜にすることが課題であるとされていた。それは知性の下部構造に結びつかなければならないとされていた。

アメリカの福音派キリスト者たちが魂だけでなく精神の健康を回復しようとしているとき、彼らは自分たちに欠けているものがイギリスの思想家たち、分けても英国教会の思想家たちが持っていることに気が付いた。一九五〇年代、一九六〇年代を通じてイギリスの福音派指導者ジョン・R・ストット(一九二一―二〇一一)が知的に厳密な福音派の理論を編み出していたが、それがアメリカ合衆国で歓迎された。ストットの方法そのものは大衆に対する魅力を欠いていたであろうが、それは信仰について強く理性的な考察に徹していた。ストットは精神を尽くして神を愛そうと願うアメリカの福音派の英雄となった。ストットの『信仰入門(*Basic Christianity*)』(一九五八年)は論理的議論の傑作であり、キリスト教信仰の「知的品格」を論証することを目的としている。

福音派の人々はルイスを読み始めた。それがいつ始まったのか正確に突き止めることは難しい。しかし状況証拠からすれば、それは一九七〇年代中葉に始まっている。ただし福音派の人々がルイスの智恵を認めたこと自体はもっと前のことだと思われる。特に福音派の指導者の中にかなり早い頃にルイスに注目していた形跡がある。ジョン・ストットもビリー・グレアムも一九五五年のグレアムのケンブリッジ大学伝道を準備していたときにルイスの助言を求めていたが、そのことを知る人はほとんどいない。[14] その年にカール・F・H・ヘンリーはルイスに福音派の最大の雑誌「クリスチャニティ・トゥデイ」に原稿を書くよう依頼していた(15)。

一九七〇年代に世俗世界から福音派の信仰に入った人々の多くがルイスの『キリスト教の精髄』から入信に至る核心的影響を受けたと言っている。例えばリチャード・ニクソン大統領の特別顧問であったチャールズ・「チャック」・ウェンデル・コルスン（一九三一―二〇一二）がいる。彼は一九七三年に入信し、ウォーターゲイト事件に関係して福音派キリスト者の間で有名になった。福音派の指導者たちは自分たちの著作においてルイスを引用するようになった。特に『キリスト教の精髄』から多くの引用がなされた。彼らはルイスを重要な思想家と認め、ルイスを読み研究するように人々に勧めた。

福音派が文化との取り組みを深めるに従い、護教論の重要性がますます明らかになった。ルイスは急に護教論の大家と認められることになった。ジョン・ストットの『信仰入門』における護教論は読者が聖書についてある程度の知識を持っていることを前提にしている。ルイスの『キリスト教の精髄』はそのようなことを読者にほとんど要求しない。彼の護教論は一般的原則、鋭い人間観察、そして人間が共通に持つ経験に基礎をおいている。

福音派の学生組織、例えばインター・ヴァーシティ・クリスチャン・フェロウシップなどはルイスの著作を霊の糧の供給源の主要な一部とするようになった。彼らはルイスの著作の分かりやすさおよび修辞的説得力を大きく評価した。ルイスの人となりを知っている人々もルイスが福音派ではないことを不問に附することにした。そして大多数の福音派キリスト者はルイスも自分たちの仲間の一人であると考えた。いずれにせよ、ルイスも無神論者であったのではないのか。多くの人々にとってそれだけでルイスを「ボーン・アゲイン」キリスト者であるとみなす充分な理由であった。

アメリカの福音派キリスト者たちがルイスを読み進めるに従い、彼らは知的に強健で、想像力に富み、倫理的に豊かなキリスト教をルイスのうちに見出した。初めルイスの理性的護教論を評価した人々も、やがて彼がキリスト教信仰を想像力および感情に訴えていることをより高く評価するようになった。ルイスの多層的キリスト教理解により、福音派キリスト者たちは自分たちの信仰に雑多な要素を加えて薄めることなしに内容豊かなものとし、理性的議論に頼ることなしに世俗文化と取り組むことが可能になることを知った。

ルイスが福音派のますます多くの人々に受け入れられるようになったことは、彼がキリスト教信仰の魅力を分かりやすく語ったからだけではない。大きな文化変動が人々の関心をルイスに引きつけ、彼を重要な存在とした。アメリカにおいてモダニズム（近代主義）がポスト・モダニズムにとって代わられたのがいつなのか、あるいはなぜなのかを知る人はいない。それは一九六〇年代に起こったと主張する人々もいる。一九八〇年代であると主張する人々もいる。しかしその文化変動がどのような結果をもたらしたかについては疑う余地はない。直観的な思考様式が理性のみに基礎を置く理論的な思考様式を葬り去った。

ジョン・ストットの『信仰入門』は教室でなされるような徹底的に理詰めの議論を展開するが、それはモダニズムの長所を多くもっている。しかしポスト・モダニズムの勃興とともに人々の目にそれは前世代の遺物のように映り始めた。『信仰入門』には想像力に訴える力がほとんどないし、信仰の感情的次元に触れられていない。アメリカの福音派キリスト者たちは信仰生活において、歴史物語や想像力の重要性を理解し始め、ルイスを彼らの指導者とするようになった。

ルイスは彼の読者たちにキリスト教信仰の強靭な合理的性格を見失うことなしに、信仰生活におけるイメージや物語の重要性を理解し、それらから利益を得ることを可能にした。一九八〇年代から一九九〇年代にかけてアメリカの古い福音派がポスト・モダニズムに対して手当たり次第の攻撃を仕掛けたのに対して、ルイスの著作は若い世代の福音派をポスト・モダニズムの文化的雰囲気に結び付けて行った。保守派が若い門人たちにポスト・モダニズムを忌避するように強く説いたが、ルイスは彼らがポスト・モダニズムと真正面から取り組み、受け容れることを可能にした。

一九九八年に「クリスチャニティ・トゥデイ」がルイスの生誕一〇〇年を記念する記事を掲げ、ルイスが「現代の福音派のアクィナス、アウグスティヌス、イソップ」であると宣言した。[16] ルイスがアメリカの福音派の文化的見解の変容に対して大きな力となったことに疑いはない。一九五〇年代には福音派は文学、映画、絵画などに対して警戒的であった。[17] 福音派の人々がルイスに対して持った敬愛は彼の思想に対する敬意に始まったのであろう。しかしそれはやがてルイスが彼の思想を言い表す形態と態度への敬意へと変化して行った。

一九八〇年代中葉になるとイリノイ州ホイートンにあるホイートン大学のような福音派の大学が福音派の人々の信仰を豊かなものにする方法として文学を読むことを奨励し始めた。そこではルイスの作品が模範的なものであるとされた。現在までのところ福音派の人々が読むものはルイスを中心とし、歴史的に彼の周辺にいた人々、オーウェン・バーフィールド、G・K・チェスタートン、ジョージ・マクドナルド、J・R・R・トールキン、ドロシー・L・セイヤーズ、チャールズ・ウィリアムズなどに限られている。これから先この傾向がどのような展開を見せるのかは不明である。しかし信仰を内容豊かなものにし、多くの人々に伝え、推奨するために文学が持つ潜在力を福音派が洞察したことは明らかである。

一九八五年以来、私はオクスフォード大学の夏期学校でアメリカの若い福音派の人々が多数受講する講座を担当してきた。初めからルイスは学生たちの話し合いの中心に置かれた。本書を執筆している間にもルイスに対する関心が衰えるという兆しは少しもない。四半世紀以上にわたって学生たちと語り合った私の経験から、ルイスがアメリカ合衆国に育ちつつある若い福音派の人々に対してなぜこれほどの持つ強い魅力を持つのであるかについて、私なりの結論は次のようなことである。つまり、ルイスは信仰を希薄化させることなく、信仰を内容豊かなものにし、その射程を広げる人物として見られていることである。言い換えれば、福音派の人々はルイスを触媒としてみていること、キリスト教の特異性を少しも疑問視することなく、キリスト教信仰のより深い次元を開いて見せ、キリスト教信仰を精神と感情と想像力の領域に広く展開させることを可能にしているということである。ルイスは福音派の基本的信仰を排除することなくそれを補足する。もちろんそのためにはルイスの著作を選択的に読まなければならない。しかしそれは根本的な困難とは考えられていないようである。ルイスの思想は福音派の本質的根幹に接木された。福音派の長所が損なわれずに短所が補われる。若い福音派キリスト者の多くの人々にとってルイスを読むことは彼らが主体的に福音派にコミットすることに新たな深みと力とを与えることになっている。

それでもアメリカ合衆国のファンダメンタルなキリスト者の中にはルイスを危険な異端者とみなす人々もいる。ここに引用するようなルイス批判には、激しい憎悪の感情が読み取れる。

C・S・ルイスはペテン師である。彼はイエス・キリストの福音を捻じ曲げ、彼が提唱する悪魔の教えにより、多くの犠牲者を地獄の火の中に送り込んだ。ルイスは冒瀆的な言辞をもてあそび、みだらな物語をこしらえあげ、いつも彼の学生たちと共に酒を飲み、共に酔っ払っていた(18)。

他のファンダメンタリストたちは現代の福音派キリスト者たちがルイスを称賛することは福音派が道に迷い、その長子権を失ったことのしるしであると主張する(19)。これらは少数派の見解であるが、アメリカにおいて福音派運動が取り始めた新しい方向に対して、古い福音派の人々が寄せる憂慮を表明したものとして注目される。しかしここでは神学は二次的意味しか持たない。本当の問題は力と影響力であると言う人々があるだろう。自分こそアメリカの福音派運動の本来の権威者であると主張する人々の中のある種の人々を、ルイスは押しのけてしまった。

## 文学的記念碑としてのルイス

今日ルイスの作品の中でアメリカの一般国民の間においても、アメリカのキリスト者の間においても最大の読者を惹きつけているのはルイスが想像力を駆使して書いた作品であり、特にナルニア国歴史物語はその最たるものである。ルイスが将来どのような魅力を保ち続けるのかについてチャド・ウォルシュが一九六五年に直観したことは正しかった。今日ルイスは最大のファンタジー文学作家の一人に数えられている。彼はJ・M・バリー、L・フランク・バオム、ルイス・キャロル、ニール・ゲイマン、ケネス・グレアム、ラジャード・キプリング、マドレーヌ・ランゲル、アーシュラ・K・ル・グイン、テリー・プラチェット、フィリップ・プルマン、J・K・ローリング、J・R・R・トールキン等と並ぶ者、あるいはその先頭に立つ者と見られている。

ファンタジー文学の作法は特定のイデオロギーに縛られない。それは世俗的ヒューマニズムを推奨するため（あるいは論破するため）にも、あるいはキリスト教を推奨（論破）するためにも用いられる。イギリスの作家フィリップ・プルマンは世俗的ヒューマニストとしてルイスを嫌悪しており、最近、ルイスを「墓から掘り出して石を投げつけてやりたい」と語った[20]。これは多くの人にとってやや異様な発言として受取られるであろう。しかしある批評家がプルマンは自分と意見が合わない人々に対して「敵意に満ちた神学的憎悪」を向けると評した通り、プルマンからすれば当然の発言である[21]。

しかしプルマンの「ライラの冒険」三部作においては、ルイスのナルニア国歴史物語は無視されるどころかプルマンが否定したいと思う立場を最終的に肯定する作品であることが暗黙のうちに認められている。プルマンがルイスを批判すればするほど、彼はルイスの文化的重要性を肯定することになる。結局のところプルマンの魅力は寄生的なものであり、論破しようと狙っているナルニア国歴史物語が与える文化的影響力そのものに頼っているだけである。最近の研究が明らかにしているように、プルマンは「殊更なるアンチ・ナルニアのようなもの、ルイスのキリスト教ファンタジーに代わる世俗的ヒューマニズム・ファンタジーを書くことにより、彼の先輩に対して逆立ちした敬意を捧げている」だけである。(22)

文学研究者はプルマンが多くの点でルイスの影響を強く受けていることを指摘している。例えば物語を重視すること、物語創出過程の説明、ある文学作品に見られる神話的次元への傾倒、「想像力をロマン主義的に高く評価すること」などはルイスと同じものである。(23) 逆説的ながらルイスに対する最も刺々しい批判者が、今日の文化に対するルイスの影響と重要性の最も重要な証人の一人になっている。

作家として、また宗教思想家としてルイスが築いた今日の地位に関して何の疑わしい点もない。ルイスの著作は一九九〇年代に一般書店の宗教書ベストセラー・リストに現れ始め、現在もそれは続いている。一九九四年に公開されたハリウッド映画「影の国（*Shaowlands*）」（アンソニー・ホプキンズとデブラ・ウィンガー主演）は人間としてのルイスへの関心を呼び起こし、彼の著作の売れ行きを伸ばした。

彼の生誕一〇〇年の年一九九八年にルイスが再び躍動し始めていただけではない。彼の影響力は新しい頂点に達していた。英国郵政省はナルニア国歴史物語の主人公たちをデザインした記念切手を発行した。二〇一一年にはその続きとして、イギリスの文学に登場した魔術師たちをデザインした八種類の記念切手を発行したが、そのうち二点は『ライオンと魔女』からのもの、アスランと白い魔女であった。(24)

ナルニア国小説が映画化され、二〇〇五年の『ライオンと魔女』を皮切りとして大ヒット作が作られ、ルイスの声望をさらに上昇させた。彼は以前にも増して広く、また深く人々の間に浸透した。映画が国際的にも成功を収めたことにより、ルイスのより宗教的な著作もいくつもの外国語に翻訳され、また既に出版されていたものも再版された。アメリカ合衆国においてキリスト者に対する調査では『キリスト教の精髄』は二〇世紀に最も強い影響を持った宗教書として常に上位に現れる。またアメリカの一般的読者に対する調査において『ライオンと魔女』が読者に愛されており、それが二〇世紀の児童文学書の正典的位置を占めていることが確認されている。

## 結語

では、ルイスの死後五〇年を経た今、われわれはルイスにどのような判決を言い渡すべきであろうか。ルイス自身は判決を与える者が誰であるか、あるいは何であるか、また判決を定めるときに用いられる基準が何であるかについて何の疑問も持っていなかった。彼によれば作家の価値を判定するもののうちで最も信頼すべきものは時代であり、唯一かつ最も信頼すべき基準は作家の作品を読む読者が得る楽しみであった。ルイス自身が言っているように「絶対的に楽しい」作家の作品を「禁書にする」ことは誰にもできない[25]。ルイスは作家にとって望み得る最も困難な峠越えを成し遂げることができた。彼は生前よりも死後により多くの読者を得ることになった。

後の世代がルイスをどう理解するかは分からない。一九六〇年代になされた予想とは裏腹に、神に対する信仰は消滅しなかった。二〇〇〇年頃を過ぎると神への信仰は個人の生においても公的な社会においても一つの不可欠な要素として再び浮上してきた。最近いわゆる「新無神論」なるものが現れてきたが、それは宗教的問題に対する関心を社会一般に広まらせただけで、神についての議論に対する新たな欲求を創りだしただけである。「神の存在は妄想である」という単純化された浅薄なスローガンが空虚に響く情況を反映しているだけである。ルイスはこれからも物議を醸し続けるであろう。今も彼は（そして将来にわたっても）新しく起こる論争において、善玉として、また悪玉として広く利用されるであろう。それは彼の重要性を明らかにしている。ファンダメンタリズムの左翼および右翼の双方からルイスが受ける批判の量と質とは、究極的には彼の文化的地位の偶像的性格を示すものであり、彼の個人的弱点、文学者としての弱点を判定する信頼すべき基準ではない。ルイスは粗野な、また哀れな文学的変装により正体を隠し宗教的プロパガンダを行っているのだと主張する人々は決してなくならないであろう。反対に彼は信仰の合理性の卓越した唱道者・守護者、想像力に富んだ唱道者・守護者、想像力および理性に訴えて自然主義の浅薄さを暴露する力強い旗手であると見ようとする人々もある。彼を一九四〇年代のイギリスにあった社会的反動傾向を擁護する人物と見る人々もあるだろう。その他、彼の時代には趨勢的であったけれども、今では破壊的であり頽廃的、かつ社会を害する傾向と見られている文化的傾向を預言者的に批判していた人物と見る人々もあるだろう。しかしルイスの考えに同意するにしろしないにしろ、彼が画期的重要性を持っていたことを否定することはできない。かつてオスカー・ワイルドが鋭く喝破したように、「いろいろ問題にされることよりも、問題にされないことの方がはるかに悪い」からである。

しかし大半の人々はルイスを単に才能豊かな作家で、読書の計り知れない楽しみを人々にもたらした人物、少数の人々には悟りをもたらした人物、何よりも古典的な名文を駆使して人々に理想を伝え、彼らのこころを拡大することのできた人物に過ぎないと見るであろう。ルイスにとって最高の文学作品は現実のより深い構造を暗示するものであった。それは人類が永遠に真理と意味を追求することを助けるものであった。

本書の結びの言葉として、カリスマに溢れた若いアメリカ合衆国大統領、一九六三年一一月二二日のルイスの死の直後に死んだジョン・F・ケネディの言葉を借りよう。ジョン・F・ケネディは死の四週間前にアマースト大学で講演を行い、その中でアメリカの偉大な詩人ロバート・フロスト（一八七四―一九六三）を称えながら、多くの詩人や作家たちを褒め称えて「文芸はプロパガンダの一形式ではなく、真理の一形式であることをわれわれは忘れてはならない」と宣言した。(26) ルイスはそれに同意すると私は思う。

# C・S・ルイス略年譜

ルイスの著作の出版年はすべてイギリスで出版された年である。

| 西暦 | 月日 | 年齢 | 主な出来事 |
|---|---|---|---|
| 一八九八 | 一一・二九 | ○ | クライヴ・ステイプルズ・ルイス誕生 |
| 一八九九 | 一・二九 | ○ | ベルファストの聖マルコ教会で受洗 |
| 一九〇五 | 四・一八 | 六 | ルイス一家、「小さなリー」に転居 |
| 一九〇八 | 八・二三 | 八 | フローラ・ルイス没 |
| | 九・一八 | | ウィニャード校に入学 |
| 一九一〇 | 九月 | 一一 | ベルファストのキャンベル校へ |
| 一九一一 | 一月 | 一二 | グレート・モールヴァンのシェアボーグ校へ |
| 一九一三 | 九月 | 一四 | グレート・モールヴァンのモールヴァン校へ |
| 一九一四 | 九・一九 | 一五 | グレート・ブカムのウィリアム・トンプスン・カークパトリックの下で個人指導を受け始める |
| 一九一六 | 一二・一三 | 一八 | オクスフォード大学ユニヴァーシティ学寮に入学許可されたことを知る |
| 一九一七 | 四・二五 | 一八 | オクスフォード大学陸軍士官養成部隊への加盟を申し込む |
| | 四・二九 | | ユニヴァーシティ学寮に入寮 |
| | 五・七 | | 士官候補生第四大隊、E中隊に加わり、キーブル学寮に駐屯 |
| | 九・二六 | | 第三サマーセット軽歩兵隊、中尉に任官 |
| | 一一・一七 | | フランスへ渡り、アラス近郊のイギリス部隊に合流 |

| | | | |
|---|---|---|---|
| 一九一八 | 二・一—二八 | 一九 | ディエプ近郊のル・トレポールで入院 |
| | 四・一五 | | リーズ・ドュ・ヴァナージュの戦いで負傷 |
| | 五・二五 | | 療養のためイギリスへ送還 |
| 一九一九 | 一・一三 | 二〇 | オクスフォード大学に戻り、ユニヴァーシティ学寮で学業を再開 |
| | 三・二〇 | | 『虜となった魂』を出版 |
| 一九二〇 | 三・三一 | 二一 | 人文学（古典学）試験で第一級賞を得て合格 |
| 一九二一 | 五・二四 | 二二 | 大学総長懸賞論文に応募、賞を獲得 |
| 一九二二 | 八・四 | 二三 | 人文学（古典古代の言語と文学、*Literae Humaniores*）で第一級賞を得て合格 |
| 一九二三 | 七・一六 | 二四 | 英語および英文学の試験で第一級賞獲得、合格 |
| 一九二五 | 一〇・一 | 二七 | オクスフォード大学モードリン学寮の英語および英文学特別研究員となる |
| 一九二六 | 九・一八 | 二七 | 『ダイマー——長詩』を出版 |
| 一九二九 | 九・二五 | 三〇 | アルバート・ルイス没 |
| 一九三〇 | 四・二三—二四 | 三一 | ウォーニーと共に「小さなリー」を訪れる。以後訪れたことはない |
| | 一〇・一〇 | | 「窯（The Kilns）」に転居 |
| | 一〇・二九 | | アーサー・グリーヴズに学寮のチャペル礼拝に出席し始めたことを伝える |
| 一九三一 | 九・一九 | 三二 | トールキンとの会話を通して、キリスト教は「真の神話」であると知る |
| | 一二・二五 | 三三 | オクスフォード市のヘディントン・クァリーの聖三一教会で大人になって初めて聖餐式に参加する |
| 一九三二 | 八・一五—二九 | | アーサー・グリーヴズ宅に滞在中『天路退行』を執筆 |
| | 一二・二一 | 三四 | ウォーニーが「窯」に転居 |
| 一九三三 | 五・二五 | 三四 | 『天路退行』を出版 |
| 一九三六 | 五・二一 | 三七 | 『愛とアレゴリー』を出版 |
| 一九三九 | 九・二 | 四〇 | ウォーニー、再召集を受けて現役軍人に復帰 |

| | | | |
|---|---|---|---|
| | 九・三 | | イギリス、ドイツに宣戦布告 |
| 一九四〇 | 一〇・一八 | 四一 | 『痛みの問題』を出版 |
| 一九四一 | 八・六―二七 | 四二 | BBC（ロンドン）の国内向け放送で四回の講話を行う |
| 一九四二 | 一・一一―二・一五 | 四三 | BBCの国内向け放送で五回の講話を行う |
| | 二・九 | | 『悪魔の手紙』を出版 |
| | 七・一三 | | 『放送講話』を出版 |
| | 九・二〇―一一・八 | | BBC（ロンドン）で八回の講話を行う |
| 一九四三 | 四・二〇 | 四四 | 『ペレランドラ』を出版 |
| 一九四四 | 二・二二―四・四 | 四五 | BBC（ロンドン）の国内向け放送で七回の講話 |
| 一九四五 | 五・九 | 四六 | ヨーロッパで第二次世界大戦終わる |
| | 五・一五 | | チャールズ・ウィリアムズ没 |
| | 八・一六 | | 『サルカンドラ――かの忌まわしき砦』を出版 |
| 一九四六 | 一・一四 | 四七 | 『天国と地獄の離婚』を出版 |
| 一九四七 | 五・一二 | 四八 | 『奇跡』を出版 |
| | 九・八 | | 週刊誌「タイム」の表紙に登場 |
| 一九四八 | 二・二 | 四九 | ソクラテス・クラブでエリザベス・アンスカムがルイスの自然主義批判に反論 |
| | 三・一七 | | 王立文学会の会員に選ばれる |
| 一九五〇 | 一〇・一六 | 五一 | 『ライオンと魔女』を出版 |
| 一九五一 | 一・一二 | 五二 | ムーア夫人没 |
| 一九五四 | 六・四 | 五五 | ケンブリッジ大学の「中世およびルネッサンス英文学」教授に就任することに同意 |
| | 九・一六 | | 『一六世紀の英文学（戯曲を除く）』を出版 |
| 一九五五 | 一・七 | 五六 | ケンブリッジ大学モードリン学寮に移籍 |

| | | | |
|---|---|---|---|
| | 七月 | | 英国学士院特別会員に選ばれる |
| | 九・一九 | | 『喜びのおとずれ』を出版 |
| 一九五六 | 四・二三 | 五七 | ジョイ・デイヴィッドマンと結婚、オクスフォード市登記所で非宗教的に入籍 |
| 一九五七 | 三・二一 | 五八 | オクスフォード市のチャーチル病院でジョイ・デイヴィッドマンとのキリスト教式結婚式、ピーター・バイド牧師司式 |
| 一九六〇 | 三・二八 | 六一 | 『四つの愛』を出版 |
| | 七・一三 | | ジョイ・デイヴィッドマン没 |
| 一九六一 | 六・二四 | 六二 | 前立腺肥大との診断 |
| 一九六三 | 一一・二二 | 六四 | C・S・ルイス没 |

# 謝　辞

多くの人々の学恩を受けたことに感謝を表明するのは何時でも悦びである。とくにそれは学問的業績が多数の研究者たちの共同作業によるものであることを祝う機会だからである。私が最大の恩を受けたのは多くの文書館の館長の皆さんである。彼らは自分たちの管理する文書を私が自由に閲覧することを許して下さった。それらの文書の中には初めて公開されたものもある。とくに感謝申し上げなければならないのは次の文書館である。ＢＢＣ文書収蔵館キャヴァーシャム・パーク（BBC Written Archives Collection, Caversham Park）、オクスフォード大学ボードレイアン図書館、ケンブリッジ大学図書館、クレイガヴォン歴史協会（Craigavon Historical Society）、オクスフォード大学エクセター学寮、オクスフォード市ヘディントン・クァリーの聖三一教会、オクスフォード大学キーブル学寮、ケンブリッジ大学キングズ学寮、ロンドンのランベス宮殿図書館、オクスフォード大学モードリン学寮、ケンブリッジ大学モードリン学寮、オクスフォード大学マートン学寮、ベルファストのメソディスト大学、キューの国立公文書館（Public Records Office, Kew）、オクスフォード大学陸軍士官養成部隊、オクスフォード歴史センター、王立文学協会、スウェーデン学士院、オクスフォード大学ユニヴァーシティ学寮、そしてイリノイ州ホイートンのホイートン大学にあるマリオン・E・ウェイド・センターである。

私が二〇一一年にイリノイ州ホイートンのホイートン大学ウェイド・センターで研究調査を行った際にはクライド・S・キルビーの研究費助成を得たことを感謝をもって記憶する。またウォルター・フーパー、ドン・キング、アラン・ジェイコブズ、そしてとくにマイケル・ウォードなど、ルイス研究の権威者たちが有益かつ示唆に富む会話の機会を与えて下さったことに感謝申し上げる。私はまた、編集者マーク・ノートンとの話し合いから多くの示唆を与えられたことに感謝する。さらにはチャールズ・ブレスラー、ジョアンナ・コリカット、Ｊ・Ｒ・ルーカス、ラジャー・スティーア、ロバート・トウビン、アンドリュー・ウォーカーなどとの会話からも多くを教えられた。私が古い文書を渉猟するに当たって、特に感謝しなければならないのはオクスフォード大学およびケンブリッジ大学のモードリン学寮の二つの文書館館長であるロビン・ダーウォールスミス博士、およびホイートン大学のマリオン・E・ウェイド・センターのローラ・シュミットとハイディ・トラティである。他にも、史実を確かめ、写真やその他の記録を探し出す上で助力を惜しまれなかった多くの方々に感謝を申し上げる。とくにレイチェル・チャーチル、カレー郡旅行協会委員会（Comite Departmental de Tourisme en Pas de Calais）、アンドレアス・エクストレーム、ミカエラ・ホルムストレーム、モニカ・タパル、アルスター博物館、そしてエイドリアン・ウッドの助力は貴重なものであった。ジョナサン・シンドラーからは最終原稿整理の段階で計り知れない重要な貢献を得た。ただし事実や評価に関する判断については私が全責任を負う。

本書に引用される文章に関して、それぞれの著作権を有する著者および出版社から引用許可を得たことに感謝を申し上げる。それらは、COLLECTED LETTERS by C. S. Lewis, © C. S. Lewis Pte.Ltd 2004, 2006; SURPRISED BY JOY by C. S. Lewis, © C. S. Lewis Pte. Ltd 1955; ALL MY ROAD BEFORE ME by C. S. Lewis Pte. Ltd 1992; ESSAYS by C. S. Lewis © C. S. Lewis Pte. Ltd 2000; THE LION, THE WITCH AND THE WARDROBE by C. S. Lewis © C. S. Lewis Pte. Ltd 1950; REFLECTIONS ON THE PSALMS by C. S. Lewis © C. S. Lewis Pte. Ltd 1958; THE SILVER CHAIR by C. S. Lewis, © C. S. Lewis Pte. Ltd 1953; THE LAST BATTLE by C. S. Lewis © C. S. Lewis Pte. Ltd 1956; THE MAGICIAN'S NEPHEW by C. S. Lewis, © C. S. Lewis Pte. Ltd 1955; THE PILGRIM'S REGRESS by C. S. Lewis, © C. S. Lewis Pte. Ltd 1933; THE PROBLEM OF PAIN by C. S. Lewis, © C. S. Lewis Pte. Ltd 1940; A GRIEF OBSERVED by C. S. Lewis, © C. S. Lewis Pte. Ltd 1961; REHABILITATIONS by C. S. Lewis, © C. S. Lewis Pte. Ltd 1979; SPIRITS IN BONDAGE by C. S. Lewis, © C. S. Lewis Pte. Ltd. 1984; ポーリーン・ベインズによる挿絵 © C. S. Lewis Pte. Ltd 1950. C・S・ルイスの未発表の手紙（一九六一年一月一六日付、J・R・R・トールキンを一九六一年のノーベル文学賞に推薦［図版14・2］）、© C. S. Lewis Pte. Ltd. トールキンの手紙 © The Tolkien Copyright Trust 1981 から引用するに当たってはハーパーコリンズ社の許可を得た。その他、諸々の文書館の資料についてはオクスフォード大学キーブル学寮、オクスフォード大学モードリン学寮、オクスフォード大学ユニヴァーシティ学寮、ホイートンのホイートン大学のマリオン・E・ウェイド・センターなどの責任者、関係者の許可を得た。

多くの写真や図版を使用することについてもそれぞれの機関から許可を与えられた。図版5・1、5・2、6・1についてはオクスフォード大学モードリン学寮の学寮長および教員たち、図版3・1に関してはユニヴァーシティ学寮の学寮長および特別研究員たち、図版5・5に関してはオクスフォード大学のビレット・ポーター、図版1・1、2・3、4・2、4・3、4・5、6・2、7・1、7・3、8・3、13・1、14・1などについてはフランシス・フリス史料集、図版11・1、11・2、12・1、14・1などについてはC. S. Lewis Pte. Ltd. 図版13・3についてはパネロピー・バイド、図版14・3についてはオクスフォード市ヘディントン・クアリーの聖三一教会、図版1・3、1・5、2・1、2・2、3・3、4・4、5・3、5・4、7・2、8・2、10・1、13・2、15・1などについてはイリノイ州ホイートンのホイートン大学マリオン・E・ウェイド・センターから許可を得た。それら以外のもので本書に用いられている図版は著者自身によるものである。

本書に使用される資料の著作権所有者を特定する作業は綿密に行われた。しかし、もし遺漏がある場合、誤謬と見落としについて、著者は、本書の出版社と共にお詫び申し上げる。

# 注

## はじめに

(1) Edna St.Vincent Millay, *Collected Sonnets* (New York, Harper, 1988), 140.

(2) *Surprised by Joy*, 266. ルイスはこの書の他の箇所でこの出来事を「再入信(reconversion)」と言っている(Ibid., 135)。

(3) Alister E. McGrath, *The Intellectual World of C. S. Lewis* (Oxford and Malden, MA: Wiley-Blackwell, 2013).

## 第一章　ダウン郡のなだらかな山並み

(1) *Surprised by Joy*, 1.

(2) W. H. Lewis, "C. S. Lewis: A Biography," 27.

(3) http://www.census.nationalarchives.ie/reels/nai000721989/ を参照。「読む能力なし」は別人の筆跡。

(4) *Lloyds Register of Shipping*, No. 93171.

(5) Wilson, "William Thompson Kirkpatrick," 33.

(6) 一九世紀末からこれら二つの役割はアメリカの制度に従い一つにまとめられた。アメリカ合衆国の弁護士(attorney)はこれら二つの業務を兼ねることができる。

(7) Hartford, *The Opening of University Education to Women in Ireland*, 78.

(8) J. W. Henderson, *Methodist College, Belfast, 1868-1938: A Survey and Retrospect*. 2 vols (Belfast: Governors of Methodist College, 1939), Vol. 1, 120-130. この学校は一八六五年に設立されたが、開校したのは一八六八年であることに注意しなければならない。

(9) Ibid., vol. 1, 127. 第一級賞(First と略称されることが多い)はイギリスの大学教育の試験制度における賞で、アメリカの制度における Grade Point Average 4.0（Summa Cum Loade）に相当する。

（10）*Belfast Telegraph*, 一九二九年一一月二八日号。

（11）特にウォレン・ルイス宛、一九二八年八月二日の手紙を参照、*Letters*, vol. 1, 768-777. そこではこれらの暗喩がふんだんに用いられている。

（12）W. H. Lewis, "Memoir of C. S. Lewis," 2.

（13）アーサー・グリーヴズ宛、一九一五年三月三〇日の手紙。*Letters*, vol. 1, 114.

（14）*All My Road Before Me*, 105.

（15）ウォレン・ルイス宛、一九三〇年一月一二日の手紙、*Letters*, vol. 1, 871.

（16）Bleakly, *C. S. Lewis at Home in Ireland*, 53. ルイスは他のところでもオクスフォードをダウン郡からダネゴール郡に移したいと言ったことがある。たとえばアーサー・グリーヴズ宛、一九一七年六月三日の手紙を参照。*Letters*, vol. 1, 313.

（17）*Studies in Medieval and Renaissance Literature*, 126.

（18）その他の例が、Clare, "C. S/ Lewis: An Irish Winter," 20-21 に挙げられている。

（19）アーサー・グリーヴズ宛、一九一七年七月八日の手紙、*Letters*, vol. 1, 325.

（20）アーサー・グリーヴズ宛、一九一七年七月二四日の手紙、*Letters*, vol. 1, 330.

（21）アーサー・グリーヴズ宛、一九一八年八月三一日の手紙、*Letters*, vol. 1, 394.

（22）*Surprised by Joy*, 9.

（23）W. H. Lewis, "Memoir of C. S. Lewis," 1.

（24）*The Lion, the Witch and the Wardrobe*, 10-11.

（25）*Surprised by Joy*, 6.

（26）Ibid., 16.

（27）Ibid., 17.

（28）Ibid., 17.

(29) Ibid., 18.
(30) Ibid., 18.
(31) James, *The Varieties of Religious Experience*, 380-381.
(32) トールキンの詩Mythopoeia（神話創作）（Tolkien, *Tree and Leaf*, 85）の献辞参照。この詩は全体としてルイスについて語られているものであることが明瞭である。Carpenter, *J. J. R. Tolkien: A Biography*, 192-199参照。
(33) アルバート・ルイス宛、一九一八年二月一六日の手紙、*Letters*, vol. 1, 356.
(34) ウォーニーは一九六三年、オクスフォードにあるルイスの墓石にもこれと同じ言葉を彫らせた。
(35) *Surprised by Joy*, 23.
(36) *The Magician's Nephew*, 166.
(37) *Surprised by Joy*, 20.
(38) Ibid., 22.

## 第二章　醜い国イギリス

(1) フランシーン・スミスライン宛、一九六二年三月二三日の手紙、*Letters*, vol. 3, 1325. 二つの「ヒドイ」学校はウィニヤード校とモールヴァン校である。
(2) Sayer, *Jack*, 86.
(3) *Surprised by Joy*, 26.
(4) アーサー・グリーヴズ宛、一九一四年六月五日の手紙、*Letters*, vol. 1, 60.
(5) *Surprised by Joy*, 37.
(6) "Lewis Papers," vol. 3, 40.
(7) *Surprised by Joy*, 56.
(8) シェアボーグ校は一九九二年にモールヴァン校に吸収され、跡地は開発業者に売却された。
(9) *Surprised by Joy*, 82.

（10）Ibid., 82.

（11）Richard Wagner, *Siegfried* and *The Twilight of the Gods*, translated by Margaret Armour, illustrated by Arthur Rackham（London, Heinemann, 1911）.

（12）*Surprised by Joy*, 83.

（13）Ibid., 38.

（14）アルバート・ルイス宛、一九一三年七月八日の手紙、*Letters*, vol. 1, 28.

（15）*Surprised by Joy*, 71.

（16）アルバート・ルイス宛、一九一三年六月七日の手紙、*Letters*, vol. 1, 23.

（17）Ian Wilson, "William Thompson Kirkpatrick," 39.

（18）*Surprised by Joy*, 95-135. それは頁数にしてこの書の一八％を占める。

（19）女々しいと見なされる男子生徒、「知識人」（ルイスはその典型とされた）はいじめの犠牲者となることが多かった。Mangan, *Athleticism in the Victorian and Edwardian Public School*, 99-121 を参照。

（20）Roberts, "Character in the Mind" を参照。

（21）*Surprised by Joy*, 11. ルイスとウォーニーはこの欠陥を父から受け継いでいた。その症状（五指異常症候群と呼ばれる）は今日、ルイスとの関係で「ルイス型」と呼ばれることがある。Allessandro Castriota-Sandberg and Bruno Dallapiccola, *Abnormal Skeletal Phenotypes: From Simple Signs to Complex Diagnoses*（Berlin: Springer, 2006）, 405 を参照。

（22）アーサー・グリーヴズ宛、一九一四年六月五日の手紙、*Letters*, vol. 1, 59.

（23）*Surprised by Joy*, 117.

（24）この詩は "Lewis Papers," vol. 3, 262-263 にある。

（25）W. H. Lewis, "Memoir of C. S. Lewis," 5.

（26）アルバート・ルイス宛、一九二九年七月一七日の手紙、*Letters*, vol. 1, 802.

（27）アルバート・ルイス宛、一九一四年三月一八日の手紙、*Letters*, vol. 1, 51.

(28) アルバート・ルイス宛、ウォレン・ルイスの一九一四年三月二九日の手紙、"Lewis Papers," vol. 4, 156.
(29) Ibid., 157.
(30) *Surprised by Joy*, 151.
(31) ウォレン・ルイス宛、一九〇七年五月一八日の手紙、*Letters*, vol. 1, 3-4.
(32) *Surprised by Joy*, 151.
(33) アーサー・グリーヴズ宛、一九一四年六月五日の手紙、*Letters*, vol. 1, 60.
(34) アルバート・ルイス宛、一九一四年六月二九日の手紙、*Letters*, vol. 1, 64.
(35) *Surprised by Joy*, 158.
(36) Ian Wilson, "William Thompson Kirkpatrick" を参照。
(37) ベルファストのクイーンズ大学（Queen's College）は一八七九年に王立アイルランド大学と合併した。その後一九〇八年のアイルランド大学令により再び独立してベルファスト・クイーンズ大学（Queen's University of Belfast）となり、王立アイルランド大学は廃止されて国立アイルランド大学（National University of Ireland）となった。
(38) *Surprised by Joy*, 171.
(39) アルバート・ルイス宛、一九一七年二月八日の手紙、*Letters*, vol. 1, 275.
(40) アーサー・グリーヴズ宛、一九一六年一〇月一二（?）日の手紙、*Letters*, vol.1, 230-231.
(41) "Lewis Papers," vol. 10, 219. ルイスのコメントは三頁にわたるグリーヴズ論の中にある。これはおそらく一九三五年頃に書かれたものだと思われる。
(42) アーサー・グリーヴズ宛、一九一六年一〇月一八日の手紙、*Letters*, vol. 1, 235.
(43) ルイスは *Surprised by Joy* において、それは一九一五年八月のことだと書いているが、それは間違いである。Hooper, *C. S. Lewis: The Companion and Guide*, 568 を参照。
(44) *Surprised by Joy*, 208-209.
(45) アルバート・ルイス宛、一九一五年五月二八（?）日の手紙、*Letters*, vol. 1, 125.

(46) アーサー・グリーヴズ宛、一九一六年三月七日の手紙、*Letters*, vol. 1, 171.
(47) ウィリアム・カークパトリック宛、アルバート・ルイスの手紙（一九一六年五月八日付）、"Lewis Papers," vol. 5, 79-80. この手紙の前にカークパトリックがアルバート・ルイスに宛てた手紙（五月五日付）が "Lewis Papers," vol. 5, 78-79 にある。
(48) *Surprised by Joy*, 214.
(49) アルバート・ルイス宛、一九一六年一二月七日の手紙、*Letters*, vol. 1, 262.
(50) アルバート・ルイス宛、一九一七年一月二八日の手紙、*Letters*, vol. 1, 267.
(51) Aston, *The History of the University of Oxford*, vol. 6, 356.

## 第三章 「フランスの広大な原野」

(1) フランシーン・スミスライン宛、一九六二年三月二三日の手紙、*Letters*, vol. 3, 1325.
(2) *Surprised by Joy*, 226.
(3) Ibid., 183.
(4) Darwall Smith, *A History of University College, Oxford*, 440-447 を参照。
(5) Ibid., 443.
(6) アルバート・ルイス宛、一九一七年四月二八日の手紙、*Letters*, vol. 1, 296.
(7) アーサー・グリーヴズ宛、一九一七年七月八日の手紙、*Letters*, vol. 1, 324.
(8) *Surprised by Joy*, 216.
(9) ルイスの軍歴は National Gallery (Public Records Office): War Office 339/105408 に残されている。
(10) アルバート・ルイス宛、一九一七年五月三日の手紙、*Letters*, vol. 1, 299.
(11) アルバート・ルイス宛、一九一七年五月一二日の手紙、*Letters*, vol. 1, 302.
(12) アルバート・ルイス宛、一九一七年六月八日の手紙、*Letters*, vol. 1, 316.
(13) アルバート・ルイス宛、一九一七年五月一七日の手紙、*Letters*, vol. 1, 305.

(14) アーサー・グリーヴズ宛、一九一七年五月一三日の手紙、*Letters*, vol. 1, 304.

(15) アルバート・ルイス宛、一九一七年六月三（?）日の手紙、*Letters*, vol. 1, 315.

(16) Winfield Mary Letts, *The Spires of Oxford and Other Poems* (New York: Dutton, 1917), 3. レッツは電車でオクスフォード大学近くを「通り過ぎて」いた。

(17) War Office 372/4 12913.

(18) *King Edward VII School Magazine*, no. 7 (May, 1961), 15.

(19) *Surprised by Joy*, 217. オクスフォード大学陸軍士官養成部隊のC中隊に関する詳細な記録が残されている（Archive OT1/ 1/ 1-11; OT1/ 2/ 1-4）。ルイスが所属したE中隊についての記録はほとんど残っていない。

(20) Oxford University Officers' Training Corps Archives, Archive 1/ 1/ 1-11.

(21) 厳密に言うとキーブル学寮は「新設学寮（New Foundation）」で、フェロー（Fellow, 特別研究員）は置かず、個別指導教員（tutor）のみを置くことになっていた。しかしキーブル学寮も一九三〇年にオクスフォード大学の他の学寮と同じ制度を持つことになった。

(22) アルバート・ルイス宛、一九一七年六月一〇（?）日の手紙、*Letters*, vol. 1, 317.

(23) ムーアの誕生日は一八九八年一一月一七日、ルイスの誕生日は一八九八年一一月二九日であった。

(24) アルバート・ルイス宛、一九一八年一一月一七（?）日の手紙、*Letters*, vol. 1, 416. ただし戦死したと思った者の一人（デニス・ハワード・ドゥ・パス）は実際には生き残り、一九七三年に没するまでサセックスで養鶏業を営んでいたが、ルイスは知らなかった。

(25) アルバート・ルイス宛、一九一七年六月一〇（?）日の手紙、*Letters*, vol. 1, 317; アーサー・グリーヴズ宛、一九一七年六月一〇日の手紙、*Letters*, vol. 1, 319.

(26) アルバート・ルイス宛、一九一七年六月一八日の手紙、*Letters*, vol. 1, 322.

(27) "Lewis Papers," vol. 5, 239.

(28) 今日それはオクスフォード大学キーブル学寮の文書館に保管されている。

(29) Battalion Orders No. 31, 20 June 1917, sheet 4.

（30）一九一七年に総司令部小火器学校から出された小隊演習のための指令を参照。
（31）Battalion Orders No. 31, 20 June 1917, Part 2, sheet 1.
（32）Battalion Orders No. 35, 13 July 1917, Part 2, sheet 5.
（33）Battalion Orders No. 59, 30 November 1917, Part 2, sheet 1.
（34）アルバート・ルイス宛、一九一七年七月二四日の手紙、*Letters*, vol. 1, 329-330.
（35）*"C" Company No. 4 O. C. B. 1916-19* (Oxford: Keble College, 1920), 34. Keble College, KC/JCR H1/ 1/ 3.
（36）ルイスは一九一七年七月下旬に父に手紙を書き、陸軍省がようやく彼のいることに気がついて、七シリングを支給してきたと伝えている。アルバート・ルイス宛、一九一七年七月二二日の手紙、*Letters*, vol. 1, 327. おそらくこの士官候補生大隊に関する書類事務に不備があったのであろう。
（37）*All My Road before Me*, 125.
（38）特にアーサー・グリーヴズに宛てた二通の手紙、一九一七年六月三日および一九一七年六月一〇日の手紙を参照、*Letters*, vol. 1, 313, 319-320. ルイスの手紙にあった「サド子爵」への言及はグリーヴズによって削除されていた。
（39）アーサー・グリーヴズ宛、一九一七年六月一〇日の手紙、*Letters*, vol. 1, 319. 原文では「シリング」は*s*と表記されている。
（40）アーサー・グリーヴズ宛、一九一七年一月二八日の手紙、*Letters*, vol. 1, 269. 手紙のこの部分はグリーヴズによって削除されている。
（41）ルイスは一九一七年一月の手紙で、グリーヴズ家の誰か（名前は出されていない）を「罰する」という空想をめぐらしているが、その中でこのことをほのめかしている。アーサー・グリーヴズ宛、一九一七年一月三一日の手紙、*Letters*, vol. 1, 271.
（42）アーサー・グリーヴズ宛、一九一七年一月三一日、一九一七年二月七日、一九一七年二月一五日の手紙、*Letters*, vol. 1, 272, 274, 278. 一九一七年一月二八日の重要な手紙で鞭打のことを論じているが、それには署名はPhilomastixとなっていない。*Letters*, vol. 1, 269.
（43）アーサー・グリーヴズ宛、一九一七年二月一五日の手紙、*Letters*, vol. 1, 276.

(44) グリーヴズの小型日記帳(11.5cm x 8cm)の一九一七年一月から一九一八年一二月にかけての部分は米国イリノイ州ホイートン(Wheaton)にあるホイートン大学(Wheaton College)のウェイド・センター(Wade Center)に保管されている。この祈りについては一九一七年七月八日の日記を参照。Arthur Greeves Diaries, 1-2.

(45) 一九一八年七月一八日の日記にある文言。Arthur Greeves Diaries, 1-2.

(46) ルイスはタイトルを変更したことについて父に手紙を書いて説明している。一九一八年九月一八日および一九一八年一〇月一八日の手紙、*Letters*, vol. 1, 399-400, 408-409.

(47) この詩集の解説と注については、King, *C. S. Lewis, Poet*, 52-97を参照。

(48) *Spirits in Bondage*, 25.

(49) ルイスの日記を編集出版したウォルター・フーパーによれば、ルイスはここでローマ字の*D*を用いたが、それはギリシア文字のデルタΔが用いられるべきところであったのだと言う。つまりルイスはムーア夫人をこの文字で始まるギリシア語単語(ディオティマ)で呼んでいたのだと言う。ルイスは他の文脈においてもこの工夫を用いていたことが知られている。たとえば一九四〇年にルイスはオクスフォード大学のある会合で「ロマンスにおけるカッパ要素(The Kappa Element in Romance)」と題する講演をおこなったが、そこではギリシア文字K(カッパ)はギリシア語のkryptosの頭文字であり、それは「隠された」あるいは「秘密の」を意味する語である。

(50) この大隊は「特別予備隊」とされていた。その主なる任務は、大戦争の期間中最後までイギリス本土に留まり、新兵に対する軍事訓練を行うことであった。

(51) Battalion Orders No. 30, 15 June 1917, sheet 4. 先に見たように(九八—九九頁)これらの不正確なイニシャルは一週間後に"E. F. C."に変更されている。年月日の記載の仕方が、イギリス式で日/月/年の順に書かれており、アメリカ式の月/日/年の順ではないことに注意。

(52) "Lewis Papers," vol. 5, 239.

(53) アルバート・ルイス宛、一九一七年一〇月二二日の手紙、*Letters*, vol. 1, 338.

(54) アルバート・ルイス宛、一九一七年一〇月三日の手紙、*Letters*, vol. 1, 337.

(55) アーサー・グリーヴズ宛、一九一七年一〇月二八(?)日の手紙、*Letters*, vol. 1, 339.

(56) アーサー・グリーヴズ宛、一九一七年一二月一四日の手紙、*Letters*, vol. 1, 348.
(57) アルバート・ルイス宛、一九一七年一一月五日の手紙、*Letters*, vol. 1, 344.
(58) アルバート・ルイスはルイスがアイルランド人であることが異動の理由なのではないかと思った。"Lewis Papers," vol. 5, 247. 一九一八年五月二二日に作成された文書によれば、ルイスはサマーセット軽歩兵第一大隊の第一一旅団、第四師団に配属されたことになっている。
(59) 一九一四年以降の詳細な考察については、Wyrall, *The History of the Somerset Light Infantry* を参照。また一九一六年からのことについては Majendie, *History of the 1st Battalion Somerset Light Infantry* を参照。サマーセット軽歩兵第一大隊は大戦争の期間中を通してインドに配置されていた。
(60) アルバート・ルイス宛、一九一七年一一月一五日の電報、*Letters*, vol. 1, 345.
(61) "Lewis Papers," vol. 5, 247.
(62) アルバート・ルイス宛、一九一七年一二月一三日の手紙、*Letters*, vol. 1, 347-348.
(63) アルバート・ルイス宛、一九一八年一月四日の手紙、*Letters*, vol. 1, 352.
(64) *Surprised by Joy*, 227.
(65) アーサー・グリーヴズ宛、一九一八年六月三日の手紙、*Letters*, vol. 1, 378.
(66) Darwall-Smith, *History of University College, Oxford*, 437.
(67) アーサー・グリーヴズ宛、一九一六年五月三〇日の手紙、*Letters*, vol. 1, 187.
(68) アルバート・ルイス宛、一九一八年二月一六日の手紙、*Letters*, vol. 1, 356.
(69) アーサー・グリーヴズ宛、一九一八年二月二一日の手紙、*Letters*, vol. 1, 358-360.
(70) 一九一八年三月一七―二三日の週のメモ欄にある記述、Arthur Greeves Diaries, 1-4.
(71) 一九一八年四月一一日の日記、Arthur Greeves Diaries, 1-4.
(72) 一九一八年四月二一日の日記、Arthur Greeves Diaries, 1-4.
(73) この攻撃については、Majendie, *History of the 1st Battalion Somerset Light Infantry*, 76-81, および Wyrall, *History of the Somerset Light Infantry*, 293-295 を参照。

(74) アーサー・グリーヴズ宛、一九一七年一一月四（?.）日の手紙、*Letters*, vol. 1, 341-342.
(75) *Surprised by Joy*, 229.
(76) Majendie, *History of the 1st Battalion Somerset Light Infantry*, 81 および Wyrall, *History of the Somerset Light Infantry*, 295.
(77) "Lewis Papers." Vol. 5, 308. その後ルイスが陸軍省に書いた手紙には、彼がこの時に「重傷」を負ったと書かれている。Letter to the War Office, 18 January 1919, *Letters*, vol. 1, 424.
(78) ウォーニーは一九一七年一一月二九日に大尉に昇進した。そして一九三二年に退役するまで、その階級のままであった。つまり、軍における彼のその後の軍功はあまり輝かしいものではなかったのだと思われる。
(79) "Lewis Papers," vol. 5, 309.
(80) たとえば、ルイスはグリーヴズの筆跡が「あまりに女の子のもののようだ」と書いていた、アーサー・グリーヴズ宛、一九一六年六月一四日の手紙、*Letters*, vol. 1, 193.
(81) アーサー・グリーヴズ宛、一九一八年五月二三日の手紙、*Letters*, vol. 1, 371.〈 〉でくくられた言葉はグリーヴズによって削除されていたが、ウォルター・フーパーにより編集の際に復元された。
(82) 一九一八年五月二七日の日記、Arthur Greeves Diaries, 1-5.
(83) 一九一八年の五月五日—一一日の週のメモ欄にある記述、Arthur Greeves Diaries, 1-5.
(84) 一九一八年一二月三一日の日記、Arthur Greeves Diaries, 1-6.
(85) グリーヴズは一九二二年にルイスをオクスフォードに訪ね、そのときのことを日記に書いている。日記の調子は浮き浮きとしており、ルイスが滞在を延ばせと言ったことについて特に喜びを感じたということである。一九二二年六月二八日から八月二八日までの日記を参照、Arthur Greeves Diaries, 1-7. この日記は「オクスフォード・シリーズ」ノートブック（"Oxford Series" notebook）としてまとめられており、グリーヴズは自分の芸術活動や省察について詳しく書いている。しかし一九一七年から一九一八年にかけてあれほど彼を悩ました問題には一切触れていない。
(86) アルバート・ルイス宛、一九一八年六月二〇（?.）日の手紙、*Letters*, vol. 1, 384-387.

(87) このことについては、W. H. Lewis, "Memoirs of C. S. Lewis," に説明がある。
(88) *Poems*, 81. このソネットが書かれたのはいつなのか、正確には分からない。
(89) *Surprised by Joy*, 197.
(90) Sayer, *Jack*, xvii-xviii.
(91) アルバート・ルイス宛、一九一八年六月二九日の手紙、*Letters*, vol. 1, 387.
(92) アルバート・ルイス宛、一九一八年一〇月一八日の手紙、*Letters*, vol. 1, 409.
(93) "Lewis Papers," vol. 6, 79.

**第四章　数々の欺瞞、多くの発見**

(1) Fred Bickerton, *Fred of Oxford: Being the Memoirs of Fred Bickerton* (London: Evans Bros, 1953) 参照。
(2) アルバート・ルイス宛、一九一九年一月二七日の手紙、*Letters*, vol. 1, 428.
(3) *Spirits in Bondage*, 82-83.
(4) ルイスが「特別研究員になる」との願いを明白に、そして率直に表明していることに注意。アルバート・ルイス宛、一九一九年一月二七日の手紙、*Letters*, vol. 1, 428.
(5) オクスフォード大学では一九九〇年代まで第二級を第二級下 (2:2) と第二級上 (2:1) とに分けていなかった。またオクスフォード大学は一九六〇年代末に、第四級賞を廃止した。
(6) *Oxford University Calendar 1918* (Oxford: Oxford University Press, 1918), xiv.
(7) アーサー・グリーヴズ宛、一九一九年一月二六日の手紙、*Letters*, vol. 1, 425-426. オクスフォードのほとんどの学寮で大戦争収熄後になされた改革により、礼拝出席は強制されなくなった。ルイスは初め礼拝出席を強制されたが、しばらくして強制されなくなっていた。
(8) Bickerton, *Fred of Oxford*, 5-9.
(9) ヘディントン村は一九二九年にオクスフォード市の一部となった。
(10) たとえば、アーサー・グリーヴズ宛、一九一九年二月九日のルイスの手紙、*Letters*, vol. 1, 433 に「『家族』はきみが撮った写真に良く写っている」とか、一九一九年九月一八日のグリーヴズ宛の手紙に「家族からもよろしくとのこと」とある、*Letters*, vol. 1, 467.

(11) それ以前の手紙ではより公式的な「ムーア夫人」が用いられていた。たとえば、グリーヴズ宛、一九一八年一〇月六(?)日や一九一九年一月二六日の手紙、*Letters*, vol. 1, 404, 425など参照。このニック・ネームが最初に(説明なしに)使われたグリーヴズ宛の手紙は一九一九年七月一四日のもの、*Letters*, vol. 1, 460. その後はこのニック・ネームが普通に使われるようになる。たとえば、*Letters*, vol. 1, 463, 465, 469, 473など。一九二〇年代初期になるとThe Mintoではなく、単にMintoとなる。

(12) Lady Maureen Dunbar, OH/SR-8, fol. 11, Wade Center Oral History Collection, Wheaton College, Wheaton, IL. The Mintoの歴史については*Doncaster Gazette*, 8 May 1934を参照。

(13) アーサー・グリーヴズ宛、一九一九年六月二日の手紙、*Letters*, vol. 1, 454.

(14) この問題について、ウォレンとアルバート・ルイスの間に交わされた何通かの手紙を参照、"Lewis Papers," vol. 6, 118, 124-125, 129.

(15) "Lewis Papers," vol. 6, 161.

(16) アーサー・グリーヴズ宛、一九一七年二月二〇日の手紙、*Letters*, vol. 1, 280.

(17) アルバート・ルイス宛、一九二〇年四月四日の手紙、*Letters*, vol. 1, 479.

(18) アルバート・ルイス宛、一九二〇年一二月八日の手紙、*Letters*, vol. 1, 512.

(19) ウォレン・ルイス宛、一九二一年七月一日の手紙、*Letters*, vol.1, 556-557.

(20) アルバート・ルイス宛、一九二一年六月一七日の手紙、*Letters*, vol. 1, 551.

(21) オクスフォード大学文書館やオクスフォード・ボードレイアン図書館の「特別収蔵品部」の館員たちがこの論文を図書館の隅々まで探してくれたことに感謝する。

(22) アルバート・ルイス宛、一九二一年七月九日の手紙、*Letters*, vol. 1, 569.

(23) ウォレン・ルイス宛、一九二一年八月七日の手紙、*Letters*, vol.1, 570-573.

(24) アルバート・ルイス宛、一九二二年五月一八日の手紙、*Letters*, vol. 1, 591.

（25）Darwall-Smith, *History of University College, Oxford*, 447. これらの改革は一九二六年に実施された。
（26）アルバート・ルイス宛、一九二二年五月一八日の手紙、*Letters*, vol. 1, 591-592.
（27）アルバート・ルイス宛、一九二二年七月二〇日の手紙、*Letters*, vol. 1, 595.
（28）ヘディントン村が一九二九年にオクスフォード市に合併されて、この通りは「ホリオーク通り」となった。オクスフォード市の南にある郊外グランドポントにも「ウェエスタン通り」があったためである。番地も変更となり、ヒルスボロの新しい住所は「ホリオーク通り一四番地」となった。
（29）*All My Road before Me*, 123.
（30）いくつかの伝記の中には、それが哲学の個別指導教員のポストであったとするものがある。モードリン学寮の文書館に保管された資料は、それが「古典学個別指導教員」であったことが明確に記録されている。*The President's Notebooks*, vol. 20, fols. 99-100 を参照。Magdalen College Oxford: MS PR 2/20.
（31）三一人の受験生が誰であったかについては、一九二二年の President's Notebook を参照、*The President's Notebooks*, vol. 20, fol. 99.
（32）*All My Road before Me*, 110.
（33）Ibid., 117.
（34）ルイス宛、ハーバート・ウォレン卿の一九二二年一一月四日の手紙、Magdalen College Oxford, MS 1026/ III/ 3.
（35）*All My Road before Me*, 151.
（36）John Bowlby, *Maternal Care and Mental Health*（Geneva: World Health Organization, 1952）を参照。より広範な議論が、John Bowlby, *A Secure Base: Parent-Child Attachment and Healthy Human Development*（New York: Basic Books, 1988）でなされている。ボールビーが語る自分の経験は、重要な点でルイスのものと似ている。Suzan van Dijken, *John Bowlby: His Early Life: A Biographical Journey into the Roots of Attachment Theory*（London: Free Association Books, 1998）を参照。
（37）*Surprised by Joy*, 22.
（38）*Allegory of Love*, 7.

(39) アルバート・ルイス宛、一九二二年六月二七日の手紙、*Letters*, vol. 1, 554.
(40) *All My Road before Me*, 240.
(41) たとえば、John Churton Collins, *The Study of English Literature: A Plea for Its Recognition and Organization at the Universities* (London: Macmillan, 1891).
(42) これはオクスフォード大学の「王立歴史学講座教授 (Regius Professor of History)」であったエドワード・オーガスタス・フリーマン (Edward Augustus Freeman, 1823-1892) が一八八七年に主張したことである。Alvin Kernan, *The Death of Literature* (New Haven, CT: Yale University Press, 1990), 38 を参照。
(43) Eagleton, *Literary Theory*, 15-46 参照。
(44) *All My Road before Me*, 120.
(45) Ibid., 53.
(46) *The Allegory of Love*, v.
(47) *Surprised by Joy*, 262.
(48) Ibid., 239.「大戦争」について書いている挿絵つきの手紙は、*Letters*, vol. 3, 1600-1646 にある。
(49) Adey, *C. S. Lewis's "Great War" with Owen Barfield* はルイスのこの頃の生き方についての最も良い研究書である。
(50) *Surprised by Joy*, 241.
(51) Ibid., 243.
(52)「新しい見方」についての詳しい分析は、McGrath, "The 'New Look': Lewis's Philosophical Context at Oxford in the 1920s," in *The Intellectual World of C. S. Lewis*, 31-54 を参照。
(53) Ibid., 237.
(54) Ibid., 243.
(55) *Essay Collection*, 783-786, "The Man Born Blind."
(56) Gibb, *Light on C. S. Lewis*, 52.

（57）*All My Road before Me*, 256.
（58）アルバート・ルイス宛、一九二三年七月一日の手紙、*Letters*, vol. 1, 610.
（59）Peter Bayley, "Family Matters III: The English Rising," *University College Record* 14 (2006): 115-116
（60）Darwell Smith, *History of University College*, 449.
（61）Ibid., 447-452.
（62）アルバート・ルイス宛、一九二四年五月一一日の手紙、*Letters*, vol. 1, 627-630.
（63）*All My Road before Me*, 409-410. この企ては数日後にさらに大きくなった。413-414 を参照。
（64）アーサー・グリーヴズ宛、一九一七年一一月四（?）日の手紙、*Letters*, vol. 1, 342.
（65）ルイスはこの評について一九二七年一月二六日の日記で触れている。*All My Road before Me*, 438 を参照。
（66）アルバート・ルイス宛、一九二四年一〇月一五日の手紙、*Letters*, vol. 1, 635.
（67）告示の控えが一九二七年の President's Notebook に綴りこまれている。*The President's Notebooks*, vol. 21, fol. 11. Magdalen College Oxford: MS PR 2/21.
（68）アルバート・ルイス宛、一九二五年四月および一九二五年五月二六日の手紙、*Letters*, vol. 1, 640, 642-646.
（69）ウォレン学寮長はそれまでも古参の特別研究員であっても、約束した任務を遂行しない場合には遠慮なく解雇していた。
（70）"University News: New Fellow of Magdalen College（大学ニュース・モードリン学寮の新しい研究員）," *Times*, 22 May 1925. この記事には誤りがある。前の章で見たように、ルイスがユニヴァーシティ学寮の奨学金を獲得したのは一九一六年（一九一五年ではない）であり、学寮の正規の学生になったのは一九一七年であった。

**第五章　モードリン学寮特別研究員、家族、そして友情**

（1）アルバート・ルイス宛、一九二五年八月一四日の手紙、*Letters*, vol. 1, 647-648.
（2）Brockliss, *Magdalen College Oxford*, 593-594.
（3）ルイスはこのことをモードリン学寮に着任して間もなくの頃に父宛の手紙に書いている。アルバート・ルイス宛、

一九二五年一〇月二一日の手紙、*Letters*, vol. 1, 651.

（4）Brockliss, *Magdalen College Oxford*, 601.「古参順の行進」の慣習は一九五八年に廃止されるまで続いた。それはルイスがこの学寮を去ってから数年してからのことである。

（5）Ibid., 602.

（6）当時の特別研究員の俸給については、Brockliss, *Magdalen College Oxford*, 597を参照。

（7）アルバート・ルイス宛、一九二五年一〇月二一日の手紙、*Letters*, vol. 1, 650.

（8）一九二六年六月二三日および七月一日のルイスの日記を参照。*All My Road before Me*, 416, 420.

（9）教育の価値に関するルイスの思想の発展については、Heck, *Irrigating Deserts*, 23-48を参照。

（10）W. H. Lewis, *C. S. Lewis: A Biography*, 213.

（11）オーウェン・バーフィールド宛、一九二九年九月九日の手紙、*Letters*, vol. 1, 820.

（12）父の死についてルイスと兄ウォレンとの間に交わされた書簡では父の死の日時について混乱がある。ルイスがウォレン・ルイスに宛てた一九二九年九月二九日の手紙に対するウォルター・フーパーの解説、*Letters*, vol. 1, 823-824を参照。

（13）ウォーニーは兵役に就いて中国の上海にいた。ルイスは父の容態は安定していると言われて、九月二二日にオクスフォードに戻っていた。

（14）Cromlyn [John Barry], in *Church of Ireland Gazette*, 5 February 1999. "Cromlyn"はバリーがこの教会報に寄稿するときに用いていたペンネームである。

（15）ロウナ・ボドル（Rhona Bodle）宛、一九五四年三月二四日の手紙、*Letters*, vol. 3, 445.

（16）ウォレン・ルイス宛、一九二九年九月二九日の手紙、*Letters*, vol. 1, 824-825.

（17）一九三〇年四月二三日のウォーニーの日記、"Lewis Papers," vol. 11, 5.

（18）ドム・ビード・グリフィスス宛、一九五六年二月八日の手紙、*Letters*, vol. 3, 703.

（19）*Surprised by Joy*, 231.

（20）Ibid., 251.

(21) "On Forgiveness," in *Essay Collection*, 184-186.
(22) *Surprised by Joy*, 266.
(23) ウォレン・ルイス宛、一九三〇年一月一二日の手紙、*Letters*, vol. 1, 865.
(24) *Letters*, vol. 1, 870.
(25) ウォレン・ルイスの一九三一年一二月九日の手紙にこれらの取り決めが詳細に書かれている。Bodleian Library, Oxford, MS. Eng. Lett. c.200/7 fol. 5. この不動産登記に関するUK Land Registry番号はON90127である。
(26) ムーア夫人の遺書はBarfield and Barfield, Solicitors（弁護士事務所バーフィールド・アンド・バーフィールド）により、一九四五年五月一三日に作成され、モーリーンとルイスが遺言執行人に指名された。その時点でモーリーンは結婚しており、彼女の夫も遺産相続人に加えられた。
(27) ウォレン・ルイス宛、一九三二年一二月一二日の手紙、*Letters*, vol.2, 90. この手紙はフランスのル・アーヴルに送られた。汽船オートメドン号がそこに寄港し、そこからリヴァープールに向かうことになっていた。
(28) モーリーン・ムーアの考えによれば、ウォーニーは「退役」したのではなく、飲酒問題が昂じて軍務を解かれたのだという。Wade Center Oral History Collection: Lady Maureen Dunbar, OH/SR-8, fol. 19.
(29) ウォーニーはムーア夫人との関係が思わしくなかったので「移住計画」を立て、アイルランドに移り住むことも考えたという。しかしこの計画は実行されなかった。W. H. Lewis, "Memoir of C. S. Lewis," 24.
(30) 一九二五年にはMerton Chair of English Language and Literatureの座にあったのはH・C・K・ワイルド（H. C. K. Wyld, 1870-1945）であり、Merton Chair of English Literatureの座にあったのはジョージ・スチュアート・ゴードン（George Stuart Gordon, 1881-1942）であった。
(31) *All My Road before Me*, 392-393.
(32) ルイスの蔵書は現在ウェイド・センター（Wheaton College, Wheaton, IL）に保管されているが、その中に一九二六年版のGeir T. Zoerga, *A Concise Dictionary of Old Icelandic*（ルイスは不規則動詞の変化に関する注を書き込んでいる）、およびGuðbrandur Vigfusson's *Icelandic Prose Reader*（1879）がある。
(33) アーサー・グリーヴズ宛、一九三〇年一月三〇日の手紙、*Letters*, vol. 1, 880.

(34) アーサー・グリーヴズ宛、一九二七年六月二六日の手紙、*Letters*, vol. 1, 701.

(35) アーサー・グリーヴズ宛、一九二九年一〇月一七日の手紙、*Letters*, vol. 1, 838. 手紙のこの部分は実際には一二月三日に書かれた。

(36) トールキンはこの長詩を書くことを一九三一年九月に中断し、一九五〇年代になってようやく続きを書いた。

(37) 彼らはTCBS（Tea Club, Barrovian Society）の会員であった。このクラブはトールキンの文学的成長にとって欠かせないものであった。そしてある意味ではインクリングズの前身であるとも考えられる。Carpenter, *J. R. R. Tolkien*, 67-76およびGarth, *Tolkien and the Great War*, 3-138を参照。

(38) J. R. R. Tolkien, *The Lays of Beleriand*（Boston: Houghton Mifflin, 1985）, 151に引用されている。

### 第六章　最も不本意な改宗者

(1) Joseph Pearce, *Literary Converts: Spiritual Inspiration in an Age of Unbelief*（London: HarperCollins, 1999）.

(2) *Surprised by Joy*, 221-222.

(3) Graham Greene, *Collected Essays*（New York: Penguin, 1966）, 91-92.

(4) Donat Gallagher, ed., *The Essays and Reviews of Evelyn Waugh*（London: Methuen, 1983）, 300-304.

(5) エドワード・サックヴィル＝ウェスト（Edward Sackville-West）宛の手紙、Michael de-la-Noy, *Essay: The Life of Edward Sackville-West*（London: Bodley Head, 1988）, 237に引用されている。

(6) *Surprised by Joy*, 249.

(7) Ibid.

(8) Ibid., 248.

(9) *Allegory of Love*, 142.

(10) *The Discarded Image*, 206.

(11) *Surprised by Joy*, 252-260.

(12) Henri Poincare, *Science and Method*（London: Nelson, 1914）, 129.

(13) *Surprised by Joy*, 197.
(14) Ibid., 260-261.
(15) ここで起こる問題については、McGrath, "The Enigma of Autobiography: Critical Reflections on *Surprised by Joy*," in *The Intellectual World of C. S. Lewis*, 7-29を参照。
(16) *Surprised by Joy*, 264.
(17) レオ・ベイカー（Leo Baker）宛、一九二〇年九月二五日の手紙、*Letters*, vol. 1, 509.
(18) *Surprised by Joy*, 265.
(19) Ibid., 261.
(20) Ibid., 265.「現実との協定」に関するより詳しい解説がMcGrath, "The New Look: Lewis's Philosophical Context at Oxford in the 1920s," in *The Intellectual World of C. S. Lewis*, 39-42にある。
(21) *Surprised by Joy*, 266.
(22) Ibid., 271.
(23) ルイス宛、一九三五年四月二六日付けのポール・エルマー・ムーア（Paul Elmer More）の手紙、*Letters*, vol. 2, 164 n. 37に引用されている。
(24) *Surprised by Joy*, 272.
(25) Ibid., 270.
(26) Ibid.
(27) ローレンス・クリーグ（Laurence Kreeg）宛、一九五七年四月二一日の手紙、*Letters*, vol. 3, 848.
(28) W. H. Lewis, "C. S. Lewis: A Biography," 43.
(29) *Surprised by Joy*, x.
(30) 一九二九年のトリニティ学期がこの日時で区切られる期間であったことは*Oxford University Calendar, 1928*（Oxford: Oxford University Press, 1928）, xx-xxii, および*Oxford University Calendar, 1929*（Oxford: Oxford University Press, 1929）, viii-xによって確かめられる。ルイスが常に八週間を「正式の一学期」とし、その期間内

に個別指導および講義が行われたと考えていたことに注意しなければならない。

（31）アーサー・グリーヴズ宛、一九三一年九月二二日の手紙、*Letters*, vol. 3, 969-972.

（32）オーウェン・バーフィールド宛、一九三〇年二月三（?）日の手紙、*Letters*, vol. 1, 969-972.

（33）*Surprised by Joy*, 268.

（34）Poe, *C. S. Lewis Remembered*, 25-35 にあるバーフィールドのコメント。

（35）アーサー・グリーヴズ宛、一九三〇年一〇月二九日の手紙、*Letters*, vol. 1, 942.

（36）*Surprised by Joy*, 267.

（37）Ibid., 268.

（38）この問題に関して、ルイスとフロイトとを興味深く比較した書物として、Nicholi, *The Question of God* がある。

（39）*Surprised by Joy*, 265.

（40）Ibid., 270.

（41）アーサー・グリーヴズ宛、一九三一年九月二二日の手紙、*Letters*, vol. 1, 969-972.

（42）ルイスは後に宗教について考えるときにその夜の対話について、イエスとニコデモとの夜の対話（ヨハネによる福音書三章）を念頭に置いていたようである。

（43）アーサー・グリーヴズ宛、一九三一年一〇月一日と一〇月一八日の手紙、*Letters*, vol. 1, 972-977.

（44）アーサー・グリーヴズ宛、一九三一年一〇月一日の手紙、*Letters*, vol. 1, 974.

（45）アーサー・グリーヴズ宛、一九三一年一〇月一八日の手紙、*Letters*, vol. 1, 976.

（46）Ibid., 977.

（47）*Miracles*, 218. この観念の重要性については、McGrath, "A Gleam of Divine Truth: The Concept of 'Myth' in Lewis's Thought," in *The Intellectual World of C. S. Lewis*, 55-81 を参照。

（48）"Myth Became Fact," in *Essay Collection*, 142.

（49）J. R. R. Tolkien, *The Silmarillion*（London: Allen & Unwin, 1977）, 41.

（50）*Surprised by Joy*, 267.

(51) Ibid., 267. ウィプスネイド公園動物園はベッドフォードシャーのダンスタブルにある。それはオクスフォードから約五〇マイル（八〇キロメートル）東にあり、一九三一年五月に開園した。
(52) 例えば、Downing, *Most Reluctant Convert*, 155 を参照。
(53) W. H. Lewis, "Memoir of C. S. Lewis," 19.
(54) Holmer, *C. S. Lewis: The Shape of His Faith and Thought*, 22-45.
(55) 例えば、ウォレン・ルイス宛、一九三一年一〇月二四日の手紙を参照。*Letters*, vol. 2, 1-11. この手紙はルイスがいくつかの神学的問題について、まだ解決を見ていないことを示している。
(56) ウォレン・ルイス宛、一九三一年一〇月二四日の手紙、*Letters*, vol. 2, 2. ウォーニーは一九三一年一〇月九日に中国における最後の兵役期間を過ごすためにイギリスを離れ、一一月一七日に上海に着いていた。
(57) W. H. Lewis, "Memoir of C. S. Lewis," 19.
(58) *Surprised by Joy*, 276.
(59) 一九六〇年頃からスペイン・ブルーベル（*Hyacinthoides hispanica*）がイギリス各地に繁茂するようになった。ルイスが記憶しているのは明らかに伝統的なイギリスのブルーベルである。
(60) ZSL Whipsnade Zoo, "Beautiful Bluebells," press release, 17 May 2004.
(61) *Surprised by Joy*, 6.
(62) E・M・フォースター（E. M. Foster）の古典的作品、*Room with a View*（1908）の最初の部分を参照。
(63) ウォレン・ルイス宛、一九三二年六月一四日の手紙を参照。*Letters*, vol. 2, 84.
(64) ウォレン・ルイス宛、一九三一年一二月二五日の手紙、*Letters*, vol. 2, 30.
(65) この教会は、教会があった道路の名称から名付けられたが、その道路の名称は一九四五年に変更され、現在は南京通西（Nanjing Road West）と呼ばれている。
(66) *The Pilgrim's Regress*, 5.

（1）アーサー・グリーヴズ宛、一九三三年二月四日の手紙、*Letters*, vol. 2, 95.
（2）アーサー・グリーヴズ宛、一九三三年九月一二日の手紙、*Letters*, vol. 2, 125.
（3）ウォレン・ルイス宛、一九三一年一一月二二日の手紙、*Letters*, vol. 2, 14-16.
（4）トマシーナ（Thomasine）宛、一九五九年一二月一四日の手紙、*Letters*, vol. 3, 1109.
（5）Sayer, *Jack*, 198.
（6）Lawlor in Gibb, *Light on C. S. Lewis*, 71-73. さらに、Lawlor, *C. S. Lewis: Memories and Reflections* も参照のこと。ロラーは後にキール大学の英語および英文学教授となった。
（7）John Wain in Gibb, *Light on C. S. Lewis*, 72.
（8）Wain, *Sprightly Running*, 138.
（9）Hooper, *C. S. Lewis: A Companion and Guide*, 42.
（10）シンシア・ドナリー（Cynthia Donnelly）宛、一九五四年八月一四日の手紙、*Letters*, vol. 3, 503.
（11）Wilson, *C. S. Lewis: A Biography*, 161.
（12）アルバート・ルイス宛、一九二四年八月二八日の手紙、*Letters*, vol. 1, 633.
（13）この喩えはジョン・ウェインがルイスについて用いたもの。Roma Gill (ed.), *William Empson* (London: Routledge, 1977), 117.
（14）*Oxford University Calendar 1935* (Oxford University Press, 1935), 12 にある「学部講師一覧（faculty lecturer lists）」を参照。
（15）*Oxford University Calendar 1936* (Oxford University Press, 1936), 423 n. 9.
（16）*The Discarded Image*, 216.
（17）*The Four Loves*, 166.
（18）ガイ・ポコック宛、一九三三年一月一七日の手紙、*Letters*, vol. 2, 94.
（19）*Pilgrim's Regress*, 5.
（20）Ibid., 5.

(21) "The Vision of John Banyan," in *Selected Literary Essays*, 149.
(22) *Poems*, 81.
(23) *Pilgrim's Regress*, 11-12.
(24) Ibid., 8.
(25) Ibid., 10.
(26) 欲望と憧れの重要性に関するルイスの探究については、McGrath, "Arrows of Joy: Lewis's Argument from Desire," in *The Intellectual World of C. S. Lewis*, 105-128を参照。
(27) *Pilgrim's Regress*, 10.
(28) Ibid., 177.
(29) 使徒言行録九章九—一九節、コリントの信徒への手紙二、三章一三—一六節。
(30) ウォレン・ルイス宛、一九三一年一一月二二日の手紙、*Letters*, vol. 2, 16.
(31) トールキンはこの夢をクリストファー・トールキン宛の手紙で述べている。Tolkien, *Letters*, 108.
(32) アーサー・グリーヴズ宛、一九三三年二月四日の手紙、*Letters*, vol. 2, 96.
(33) 筆者が見る限り、ウォーニーの著作の中で最良のものは *The Splendid Century: Some Aspects of French Life in the Reign of Louis XIV* (1953) と *Levantine Adventurer: The Travels and Missions of the Chevalier d'Arvieux, 1653-1697* (1962) である。
(34) J・R・R・トールキンが、W・L・ホワイト（W. L. White）に宛てた一九六七年九月一一日の手紙、*Tolkien*, Letters, 388
(35) Williams, *To Michal From Serge*, 227.
(36) J・R・R・トールキンが、W・L・ホワイトに宛てた一九六七年九月一一日の手紙、*Tolkien*, Letters, 388
(37) チャールズ・ウィリアムズ宛、一九三六年三月一一日の手紙、*Letters*, vol. 2, 183.
(38) ジャネット・スペンズ（Janet Spens）宛、一九三四年一一月一六日の手紙、*Letters*, vol. 2, 147-149.
(39) オーウェン・バーフィールド、J・A・W・ベネット、デイヴィッド・セシル、ネヴィル・コグヒル、ジェイムズ・ダンダスグラント、ヒューゴー・ダイスン、アダム・フォックス、コリン・ハーディー、ロバート・E・ハヴァード、C・S・ルイス、ウォレン・ルイス、ジャーヴェイズ・マシュー、R・B・マカラム、C・E・スティーヴンズ、クリストファー・トールキン、J・R・R・トールキン、ジョン・ウェイン、チャールズ・ウィリアムズ、C・L・レン。

（40）スタンリー・アンウィン（Stanley Unwin）宛にトールキンが書いた一九三八年六月四日の手紙、Tolkien, *Letters*, 36. トールキンがインクリングズのことを述べているのか「洞窟（The Cave）」（インクリングズに関連を持つグループであるが、主に英文学部の政治的駆引きを中心に活動していたグループ）について述べているのかどうかは不明である。「洞窟（The Cave）」についてはウォレン・ルイス宛、一九四一年三月一七日のルイスの手紙を参照、*Letters*, vol. 2, 365.

（41）Wain, *Sprightly Running*, 185.

（42）レオ・ベイカー宛、一九三五年四月二八日の手紙、*Letters*, vol. 2, 161.

（43）アルバート・ルイス宛、一九二八年七月一〇日の手紙、*Letters*, vol. 1, 766-767.

（44）クラレンドン・プレス（Clarendon Press）はオクスフォード大学出版局が出版する書籍の奥付に用いられる名称である。

（45）ガイ・ポコック宛、一九三三年二月二七日の手紙、*Letters*, vol. 2, 98.

（46）Bodleian Library, Oxford, MS. Eng. c. 6825, fols. 48-49.

（47）*Allegory of Love*, 1.

（48）Ibid., 2.「騎士道的愛（Courtly Love）」はフランス語の *amour courtois* を英語に訳したもので、もとはプロヴァンス語の ***fin' amors*** であったのだろうが、元の意味が完全に伝わっていないと思われる。

（49）例えば、John C. Moore, "'Courtly Love': A Problem of Terminology," *Journal of the History of Ideas* 40, no. 4 (1979): 621-632 を参照。

（50）例えば、C. Stephen Jaeger, *The Origins of Courtliness: Civilizing Trends and the Formation of Courtly Ideals, 937-1210* (Philadelphia: University of Pennsylvania Press, 1991) を参照。

(51) David Hill Radcliffe, *Edmund Spencer: A Reception History* (Columbia, SC: Camden House, 1996), 168.
(52) *Oxford University Calendar 1938* (Oxford: Oxford University Press, 1938), 460 n. 12.
(53) Gardner, "Clive Staples Lewis, 1898-1963," 423.
(54) ルイスの *Rehabilitations and Other Essays* (*1939*) を参照。その書でルイスは個々の著者だけでなく、学派の名誉を回復、復権させ、シェイクスピアとミルトンとの文体の違いについて特に興味深い判定を下している。
(55) "On the Reading of Old Books," in *Essay Collection*, 439.
(56) Ibid., 440.
(57) Ibid., 439.
(58) "Learning in War-Time," in *Essay Collection*, 584.
(59) "De Descriptione Temporum," in *Selected Literary Essays*, 13.
(60) "De Audiendis Poetics," in *Studies in Medieval and Renaissance Literature*, 2-3.
(61) *Experiment in Criticism*, 140-141.
(62) Ibid., 137.
(63) Ralph Waldo Emerson, *Essays and Lectures* (New York: Library of America, 1983), 259.
(64) *Experiment in Criticism*, 85.
(65) *The Personal Heresy*, 11.

**第八章　全国から絶賛を浴びる**

(1) 説教題は「戦時下の学習 (Learning in War-Time)」と改められ、*Essay Collection*, 579-586 に収められた。引用は五八六頁から。
(2) ウォレン・ルイス宛、一九三九年九月二日の手紙、*Letters*, vol. 2, 270-271.
(3) アーサー・グリーヴズ宛、一九四〇年一二月二七日の手紙、*Letters*, vol. 3, 1538.
(4) ウォレン・ルイス宛、一九四〇年八月一一日の手紙、*Letters*, vol. 2, 433.

(5) ウォレン・ルイス宛、一九三九年一一月二四日の手紙、*Letters*, vol. 2, 296.
(6) J・R・R・トールキンのクリストファー・ブレザートン(Christpher Bretherton)宛、一九六四年七月一六日の手紙、Tolkien, *Letters*, 349.
(7) アーサー・グリーヴズ宛、一九四〇年一二月二七日の手紙、*Letters*, vol. 3, 1538.
(8) ウォレン・ルイス宛、一九三九年一一月一一日の手紙、*Letters*, vol. 2, 287.
(9) Ibid., 288-289.
(10) Williams, *To Michal from Serge*, 253.
(11) レイナー・アンウィン(Rayner Unwin)宛、J・R・R・トールキンの一九六五年九月一二日の手紙、Tolkien, *Letters*, 362. 同じようなことが一九五四年に『旅の仲間』が出版されたときにもトールキンにより指摘されていた。レイナー・アンウィン宛、J・R・R・トールキンの一九五四年九月九日の手紙、Tolkien, *Letters*, 184. これら二通の手紙はどちらもルイスとトールキンの友情が冷めてしまってから書かれている。それだけトールキンの温かい賛辞の重要性が増す。
(12) ウォレン・ルイス宛、一九三九年一二月三日の手紙、*Letters*, vol. 2, 302.
(13) クリストファー・トールキン宛、一九四四年五月三一日のJ・R・R・トールキンの手紙、Tolkien, *Letters*, 83.
(14) *The Problem of Pain*, 91.
(15) "On Science Fiction," in *Essay Collection*, 451.
(16) *The Problem of Pain*, 3.
(17) Ibid., 16.
(18) Ibid., 39.
(19) Ibid., 80.
(20) ウォレン・ルイス宛、一九三九年一二月三日の手紙、*Letters*, vol. 2, 302. 傍点〔原文はイタリック〕はルイスが附したもの。
(21) アーサー・グリーヴズ宛、一九三〇年四月三日の手紙、*Letters*, vol. 1, 889.

（22）ルイスはアダムズのことをかつての学生であったメアリ・ネイラン（Mary Neylan, 一九〇八―一九九七）にだけ語っている。ルイスはネイランの娘サラの名付け親であった。
（23）シスター・パネロピー宛、一九四〇年一〇月二四日の手紙、*Letters*, vol. 2, 452.
（24）メアリ・ウィリス・シェルバーン（Mary Willis Shelburne）宛、一九五四年三月三一日の手紙、*Letters*, vol. 3, 449.
（25）最も優れた研究は、Dorsett, *Seeking the Secret Place*, 85-107である。
（26）メアリー・ネイラン宛、一九四一年四月三〇日の手紙、*Letters*, vol. 2, 482.
（27）ＢＢＣは一九三九年から一九四六年まで、地域別放送局を廃止していた。
（28）Wolfe, *The Churches and the British Broadcasting Corporation 1922-1956* を参照。
（29）Justin Phillips, *C. S. Lewis at the BBC* (New York: HarperCollins, 2002), 77-94を参照。
（30）ルイスとＢＢＣの間に交わされた手紙はすべてBBC Written Archives Centre［WAC］, Caversham Parkに保管されている。James Welch to Lewis, 7 February, 1941, file 910/TAL, 1a, BBC Written Archives Centre, Caversham Park.
（31）ジェイムズ・ウェルチ宛、一九四一年二月一〇日の手紙、*Letters*, vol. 2, 470.
（32）ルイス宛、エリック・フェンの一九四一年二月一一日の手紙、910/TAL, 1a, BBC Written Archives Centre, Caversham Park.
（33）シスター・パネロピー宛、一九四一年五月一五日の手紙、*Letters*, vol. 2, 485.
（34）"Christian Apologetics," in *Essay Collection*, 153.
（35）Ibid., 155.
（36）ルイス宛、一九四一年二月二一日のエリック・フェンの手紙、910/TAL, 1a, BBC Written Archives Centre, Caversham Park.
（37）シスター・パネロピー宛、一九四一年五月一五日の手紙、*Letters*, vol. 2, 484-485.
（38）アーサー・グリーヴズ宛、一九四一年五月二五日の手紙、*Letters*, vol.2, 486.

(39) J・S・A・エンサー（J. S. A. Ensor）宛、一九四四年三月一三日の手紙、*Letters*, vol. 2, 606.

(40) ルイス宛、一九四一年五月一三日のフェンの手紙、910/TAL, 1a, BBC Written Archives Centre, Caversham Park.

(41) ルイス宛、一九四一年六月九日のフェンの手紙、910/TAL, 1a, BBC Written Archives Centre, Caversham Park.

(42) ルイス宛、一九四一年六月二四日のフェンの手紙、910/TAL, 1a, BBC Written Archives Centre, Caversham Park.

(43) Internal Circulating Memo（内部回覧メモ）HG/PVH, 15 July 1941, file 910/TAL, 1a, BBC Written Archives Centre, Caversham Park.

(44) ルイス宛、一九四一年七月二二日のフェンの手紙、file 910/TAL, 1a, BBC Written Archives Centre, Caversham Park.

(45) ルイス宛、一九四一年九月四日のフェンの手紙、file 910/TAL, 1a, BBC Written Archives Centre, Caversham Park.

(46) ルイス宛、一九四一年一二月五日のフェンの手紙、file 910/TAL, 1a, BBC Written Archives Centre, Caversham Park.

(47) *Miracles*, 218. この考え方の重要性については、McGrath, "A 'Mere Christian': Anglicanism and Lewis's Religious Identity," in *The Intellectual World of C. S. Lewis*, 147-161 を参照。

(48) この問題に関しては、Wolfe and Wolfe, *C. S. Lewis and the Church* に詳しい研究報告がある。

(49) *Broadcast Talks*, 5.

(50) ルイス宛、一九四二年二月一八日のフェンの手紙、file 910/TAL, 1a, BBC Written Archives Centre, Caversham Park.

(51) ルイス宛、一九四二年九月一五日のフェンの手紙、file 910/TAL, 1a, BBC Written Archives Centre, Caversham Park.

(52) エリック・フェン宛、一九四四年三月二五日の手紙、*Letters*, vol. 2, 609.

## 第九章　国際的な名声

（1）ウォレン・ルイス宛、一九四〇年七月二〇日の手紙、*Letters*, vol. 2, 609.

（2）一九六〇年五月に出たこの書の新版にルイスが新たに書いた序文に、この書の成り立ちについて詳しい説明がなされている。*The Screwtape Letters and Screwtape Proposes a Toast* (London: Geoffrey Bles, 1961), xxi.

（3）*Screwtape Letters*, 88.

（4）マイケル・トールキン宛、一九六三年一一月（?）のJ・R・R・トールキンの手紙、Tolkien, *Letters*, 342.

（5）ウィリアム・テンプル宛、一九四三年七月二四日のオリヴァー・クイック（Oliver Quick）の手紙、William Temple Papers, vol. 39, fol. 269, Lambeth Palace Library. 神学に関するルイスの方法の重要性については、McGrath, "Outside the 'Inner Ring': Lewis as a Theologian," in *The Intellectual World of C. S. Lewis*, 163-183を参照。

（6）J・ウォレン・マカルピン（J. Warren MacAlpine）宛、一九四八年六月一六日のリリアン・ラン（Lilian Lang）の手紙、file 910/TAL, 1b, BBC, Written Archives Centre, Caversham Park.

（7）"On the Reading of Old Books," in *Essay Collection*, 439.

（8）Richard Baxter, *The Church History of the Government by Bishops* (London: Thomas Simmons, 1681), folio b.

（9）*English Literature in the Sixteenth Century*, 454.

（10）*Mere Christianity*, 11-12. なおMcGrath, "'A Mere Christian': Anglicanism and Lewis's Religious Identity," in *The Intellectual World of C. S. Lewis*, 147-161を参照。

（11）W. R. Inge, *Protestantism* (London: Nelson, 1936), 86 (Wade Center, Wheaton College, Wheaton, IL.).

（12）Giles Watson, "Dorothy L. Sayers and the Oecumenical Penguin," に明解なる分析がなされている。

（13）Farrar, "The Christian Apologist," in Gibb, *Light on C. S. Lewis*, 37. ルイスの護教方法論に関するより詳しい議論がMcGrath, "Reason, Experience, and Imagination: Lewis's Apologetic Method," in *The Intellectual World of C. S. Lewis*, 129-146にある。

（14）*Mere Christianity*, 21.
（15）Ibid., 24.
（16）Ibid., 8.
（17）Ibid., 25.
（18）Ibid., 135.
（19）Ibid., 137. こうした議論の進め方を徹底的に分析評価した結果については、McGrath, "Arrows of Joy: Lewis's Argument from Desire," in *The Intellectual World of C. S. Lewis*, 103-128を参照。
（20）*Mere Christianity*, 136-137.
（21）*A Preface to "Paradise Lost,"* 80.
（22）"Is Theology Poetry?" in *Essay Collection*, 21. ルイスが太陽のイメージを利用する方法については、McGrath, "The Privileging of Vision: Lewis's Metaphors of Light, Sun, and Sight," in *The Intellectual World of C. S. Lewis*, 83-104.
（23）アーサー・グリーヴズ宛、一九四四年一二月一一日の手紙、*Letters*, vol. 3, 1555.
（24）*Mere Christianity*, 52.
（25）Ibid., 123.
（26）この問題に関するルイスの意見は*Mere Christianity*, 104-113に詳述されている。
（27）このテキストはトールキンが所有していたルイスのパンフレット『キリスト者の生き方』に挟まれていたのが発見され、彼の書簡集に収められた。Tolkien, *Letters*, 59-62.
（28）エムリュス・エヴァンス（Emrys Evans, 北ウェールズ・ユニヴァーシティ・カレッジの学長）宛、一九四一年一〇月三〇日の手紙、*Letters*, vol. 2, 494.
（29）*A Preface to "Paradise Lost,"* 1.
（30）Ibid., 62-63.
（31）ダラム大学のニューキャッスル・キャンパスは一九六三年に独立の大学となった。リデル記念講演の基金も正式に新しい大学、ニューキャスル大学のものとなった。

(32) *The Abolition of Man*, 18.

(33) Ibid., 1-4.

(34) Ibid., 18.

(35) Lucas, "The Restoration of Man" は最も優れた論文である。

(36) ルイス宛、ジョージ・マコーリー・トレヴェルヤン（George Maculay Trevelyan）の一九四五年一二月一二日の手紙、MS Eng. c. 6825, fol. 602, Bodleian Library, Oxford.

(37) クリストファー・トールキン宛、一九四四年四月一三日のＪ・Ｒ・Ｒ・トールキンの手紙、Tolkien, *Letters*, 71.

(38) 例えば、Pearce, *C. S. Lewis and the Catholic Church*, 107-112.

(39) *Surprised by Joy*, 38.

(40) "On Scientific Fiction," in *Essay Collection*, 456-457.

(41) Ibid., 459.

(42) ラジャー・ランセリン・グリーン宛、一九三八年一二月二八日の手紙、*Letters*, vol. 2, 236-237.

(43) Haldane, *Possible Worlds*, 190-197.

(44) この問題に関する詳細な議論についてはHarry Bruinius, *Better For All the World: The Secret History of Forced Sterilization and America's Quest for Racial Purity*（New York: Knopf, 2006）を参照。

(45) "Vivisection," in *Essay Collection*, 693-697.

(46) Ibid., 696.

(47) Ibid., 695.

## 第一〇章　敬われない預言者

(1) "Religion: Don v. Devil," *Time*, 8 September 1947.

(2) クリストファー・トールキン宛、Ｊ・Ｒ・Ｒ・トールキンの一九四四年三月一日の手紙、Tolkien, *Letters*, 68.

（3）ルイスは自分の電話番号（Oxford 6963）を隠そうとしていなかった。

（4）ジョイ・ヒル（Joy Hill）宛、一九六六年五月一〇日のJ・R・R・トールキンの手紙、Tolkien, *Letters*, 368-369.

（5）クリストファー・トールキン宛、一九四四年一〇月二八日のJ・R・R・トールキンの手紙、Tolkien, *Letters*, 102.

（6）レイナー・アンウィン宛、一九五四年九月九日のJ・R・R・トールキンの手紙、Tolkien, *Letters*, 184.

（7）MS RSL E2, C. S. Lewis file, Cambridge University Library.

（8）A. N. Wilson, *Lewis: A Biography*, 191.

（9）ジル・フルェット（Jill Flewett）宛、一九四六年四月一七日の手紙、*Letters*, vol. 2, 706.

（10）ソールズベリー卿（Lord Salisbury）宛、一九四七年三月九日の手紙、*Letters*, vol. 2, 766.

（11）オーウェン・バーフィールド宛、一九四九年四月四日の手紙、*Letters*, vol. 2, 929.

（12）アーサー・グリーヴズ宛、一九四九年七月二日の手紙、*Letters*, vol. 2, 952.

（13）J・R・R・トールキン宛、一九四九年一〇月二七日の手紙、*Letters*, vol. 2, 990-991.

（14）ドン・ジオヴァンニ・カラブリア宛、一九五一年九月一三日の手紙、*Letters*, 3, 136. 原文はラテン語、私訳。

（15）首相秘書官宛、一九五一年一二月四日の手紙、*Letters*, vol. 3, 147. 二〇一二年一月二六日にイギリス政府内閣府はこの情報を「情報公開法」に基づき、最終的に確認した。

（16）Tolkien, *Letters*, 125-129.

（17）Stella Aldwinckle, OH/SR-1, fol. 9, Wade Center Oral History Collection, Wheaton College, Wheaton, IL.

（18）Per. 267 e. 20, no. 1, fol. 4, Bodleian Library, Oxford.

（19）Stella Aldwinckle Papers, 8/380; Wade Center, Wheaton College, Wheaton, IL.

（20）"Evil and God," in *Essay Collection*, 93.

（21）J. B. S Haldane, "When I Am Dead," in *Possible Worlds and Other Essays*（London: Chatto and Windusu, 1927）, 209.

（22）この結論は『奇跡』の初版においてイタリックで書かれていた。C. S. Lewis, *Miracles*（London: Geoffrey Bles,

1947), 27.

（23）ルイスに対する批判の全文は *Socratic Digest* 4（1948): 7-15 にある。これは後に *The Collected Papers of G. E. Anscombe*, vol. 2（xford: Blackwell, 1981), 224-232 に収められた。

（24）A. N. Wilson, *C. S. Lewis: A Biography*, 220.

（25）筆者がJ・ルーカス（John Lucas）と二〇一〇年一〇月一四日に持った個人的対話。ルーカス（一九二九年生れ）はアンスカム論争が行われた時、バリオール学寮で *Literae Humanitores* を専攻していた。

（26）“Christian Apologetics,” in *Essay Collection*, 159.

（27）メアリ・ヴァン・ドゥーセン（Mary van Dusen）宛、一九五六年六月一八日の手紙、*Letters*, vol. 3, 762.

（28）イタリア語訳は *Le Lettere di Berlicche* と題され、Screwtape は Berlicche、Wormwood は Malcoda に変えられていた。

（29）この文通に関する最良の研究は Dal Corso, *Il Servo di Dio*, 78-83 でなされている。

（30）ドン・ジオヴァンニ・カラブリア宛、一九四九年一月一四日の手紙（原文ラテン語、私訳）、*Letters*, vol. 2, 906. ルイスはダンテのイタリア語を読むことが出来たが、彼がドン・ジオヴァンニ宛の手紙にイタリア語を用いなかったことは興味深い。

（31）ロバート・C・ウォルトン（Robert C. Walton）宛、一九五一年七月一〇日の手紙、*Letters*, vol. 3, 129.

（32）ステラ・オルドウィンクル宛、一九五〇年六月一二日の手紙、*Letters*, vol. 3, 33-35.

（33）カール・F・H・ヘンリー宛、一九五五年九月二八日の手紙、Letters, vol. 3, 33-35. ルイスが採った護教論の方法については、McGrath, “Reason, Experience, and Imagination: Lewis’s Apologetic Method,” in *The Intellectual World of C. S. Lewis*, 129-146 を参照。

## 第一一章　現実を再構成する

（1）“C. S. Lewis’s Handwriting Analysed,” *Times*, 27 February 2008. ルイスはたしかに「庭の物置小屋のようなもの」を持っていた。Lewis, “Meditation in a Toolshed,” in *Essay Collection*, 607-610.

（2）エライザ・マリアン・バトラー（Eliza Marian Butler）宛、一九四〇年九月二五日の手紙、*Letters*, vol. 2, 444-446.

（3）W・H・オーデン（W. H. Auden）宛、一九五五年六月七日のトールキンの手紙、Tolkien, *Letters*, 215.

（4）*Miracles*, 44.

（5）シスター・パネロピー宛、一九四三年二月二〇日の手紙、*Letters*, vol. 2, 555. ルイスが用いたギリシア語（手紙の編集者はローマ字に転写するときにスペルを間違えている）は *ex hypokeimenon* で、大意は「手許にあるものの中から」であるが、「根底に横たわる現実から」と訳した方が良い。

（6）この思い出がいつのことを言っているのか分からない。しかしモーリーンは一九四〇年八月二七日にレナード・ブレイクと結婚してキルンズを離れるので、それより前のことでなければならない。

（7）Lady Maureen Dunbar, OH/SR-8, fol. 35, Wade Center Oral History Collections, Wheaton College, Wheaton, IL.

（8）Green and Hooper, *Lewis: A Biography*, 305-306.

（9）後になって彼らの姓は「ペヴァンシー」であることが分かる。しかしこの姓は『ライオンと魔女』においては明かされず、後の巻『朝びらき丸　東の海へ』に現れる。

（10）*The Lion, the Witch and the Wardrobe*, 11.

（11）*A Preface to "Paradise Lost,"* 11.

（12）"On Three Ways of Writing for Children," in *Essay Collection*, 512.

（13）*Surprised by Joy*, 14.

（14）E. Nesbit, *The Enchanted Castle* (London: Fisher Unwin, 1907), 250.

（15）E. Nesbit, *The Magic World* (London: Macmillan, 1924), 224-225.

（16）アレン・アンド・アンウィン社宛、一九四九年三月一六日のトールキンの手紙、Tolkien, *Letters*, 133.

（17）ポーリーン・ベインズ宛、一九五七年五月四日の手紙、*Letters*, vol. 3, 850.

（18）ハーパーコリンズ社の言葉はルイスがローレンス・クリーグに宛てた一九五七年四月二一日の手紙、*Letters*, vol. 3, 847-848 に基づいていることは明らかであるが、その手紙の内容を忠実に要約したものではない。ルイスがここで述べていることは暫定的な性格のもので、その中で彼自身がいみじくも「おそらくどの順番に読まれても大した違いはないでしょう」と言っていることに注目しなければならない。

(19) "On Criticism," in *Essay Collection*, 543-544.

(20) Ibid., 550.

(21) *The Lion, the Witch, and the Wardrobe*, 67.

(22) 1つの良い例として、Jack R. Lundbom, "The *Inclusio* and Other Framing Devices in Deuteronomy I-XXVIII," in *Vetus Testamentum* 46 (1996): 296-315 がある。

(23) "Vivisection," in *Essay Collection*, 693-697.

(24) Ibid., 695-696.

(25) Ibid., 695.

(26) "On the Three Ways of Writing for Children," in *Essay Collection*, 511.

(27) "Is Theology Poetry?" in *Essay Collection*, 21.

(28) "The Hobbit," in *Essay Collection*, 485. なお、Williams, *The Lion's World*, 11-29 も参照。

(29) "On Criticism," in *Essay Collection*, 550.

(30) フック夫人（Mrs. Hook）宛、一九五八年一二月二九日の手紙、*Letters*, vol. 3, 480.

(31) 米国メアリランド州の小学五年生の学級に宛てた、一九五四年五月二四日の手紙、*Letters*, vol. 3, 380.

(32) "Tolkien's *The Lord of Rings*," in Essay Collection, 525.

(33) G. K. Chesterton, *The Everlasting Man* (San Francisco: Ignatius Press, 1993), 105.

(34) *An Experiment in Criticism*, 40-49 参照。そこには神話の六つの特徴が挙げられている。それらはすべてナルニア国歴史物語に見出される。また、"The Mythopoeic Gift of Rider Haggard," in *Essay Collection*, 559-562 も参照。

(35) *An Experiment in Criticism*, 57-73 にあるルイスの解説を参照。それに対する解説として、Fernandez, *Mythe, Raison Ardente*, 174-389, および Williams, *The Lion's World*, 75-96 も参照。

(36) *An Experiment in Criticism*, 45.

## 第一二章　ナルニア国

（1）"It All Began with a Picture. . .," in *Essay Collection*, 529.

（2）キャロル・ジェンキンズ（Carol Jenkins）宛、一九五二年一月二二日の手紙、*Letters*, vol. 3, 160.

（3）*The Lion, the Witch and the Wardrobe*, 166.

（4）ルイスが亡くなる前の年、一九六二年に「クリスチャン・センチュリー」の求めに応じて挙げた一〇冊の本のリストを参照。*Christian Century*, 6 June 1962.

（5）*Surprised by Joy*, 274.

（6）*The Problem of Pain*, 5-13.

（7）Kenneth Grahame, *The Wind in the Willows* (New York: Charles Scribner, 1908), 156.

（8）Ibid., 154. グレアムの古典的物語が近年一般向けに出版されているが、それらの版ではこの部分は削除されている。

（9）*The Lion, the Witch and the Wardrobe*, 65.

（10）Ibid.

（11）"The Weight of Glory," in *Essay Collection*, 98-99.

（12）*The Lion, the Witch and the Wardrobe*, 75. またウィリアムズの *The Lion's World*, 49-71 でなされる優れた議論も参照。

（13）コレット・オニール（Colette O' Niel）宛、バートランド・ラッセル（Bertrand Russel）の一九一六年一〇月二一日の手紙、Bertrand Russel, *The Selected Letters of Bertrand Russel*, ed. Nicholas Griffin, vol. 2, *The Public Years 1914-1970* (London: Routledge, 2001), 85.

（14）*The Voyage of the "Dawn Treader,"* 188.

（15）この映画については、Christopher Deacy, "Screen Christologies: Evaluation of the Role of Christ-Figures in Film," *Journal of Contemporary Religion* 14 (1999): 325-338 を参照。

（16）Mark D. Stucky, "Middle Earth's Messianic Mythology Remixed: Gandalf's Death and Resurrection in Novel and Film," *Journal of Religion and Popular Culture* 13 (2006); Padley and Padley, "From Mirrored Truth the Likeness of the True."

(17) *The Problem of Pain*, 82.

(18) *Broadcast Talks*, 52.

(19) Ibid., 53-54.

(20) *The Lion, the Witch and the Wardrobe*, 128-129.

(21) Ibid., 142.

(22) Ibid., 148.

(23) 例えば、C. William Marx, *The Devil's Rights and the Redemption in the Literature of Medieval England* (Cambridge: D. S. Brewer, 1995); John A. Alford, "Jesus the Jouster: The Christ-Knight and Medieval Theories of Atonement in Piers Plowman and the 'Round Table' Sermons," *Yearbook of Langland Studies* 10 (1996), 129-143 などを参照。

(24) Karl Tumburr, *The Harrowing of Hell in Medieval England* (Cambridge: D. S. Brewer, 2007) を参照。

(25) *English Literature in the Sixteenth Century*, 380.

(26) Ward, *Planet Narnia*, 3-41.

(27) Ibid., 77-99.

(28) *The Last Battle*, 160.

(29) Ibid., 159.

(30) Ibid., 160.

(31) *The Silver Chair*, 141-142.

(32) Ibid., 143.

(33) John Ezard, "Narnia Books Attacked as Racist and Sexist," *The Guardian*, 3 June 2002. ただしプルマンは特にスーザンを名指ししているのではなく、ナルニア国歴史物語に登場する「ある女の子」に言及しているだけである。

## 第一三章　ケンブリッジ大学に移籍

（1）シェルドン・ヴァノーケン（Sheldon Vanauken）宛、一九五四年五月一四日の手紙、*Letters*, vol. 3, 473.

（2）進級試験の準備をしている学生の数については、Brockliss, *Magdalen College Oxford*, 617を参照。

（3）ジェイムズ・W・ウェルチ宛、一九四五年一一月二四日の手紙、*Letters*, vol. 2, 681.

（4）アーサー・グリーヴズ宛、一九四四年一二月一一日の手紙、*Letters*, vol. 3, 1554を参照。

（5）ルイス宛、一九四五年八月二九日のロイ・S・リー（Roy S. Lee）の手紙、file 910/ TAL 1b, BBC Written Archives Centre, Caversham Park.

（6）*Cambridge University Reporter* 84, no. 30 (31 March 1954), 986. なお Barbour, "Lewis and Cambridge," 459-465も参照。

（7）トールキンはルイスとの関係が疎遠になり始めた日時をこの頃のこととしている。マイケル・トールキン宛、一九六三年一一月（?）のJ・R・R・トールキンの手紙、Tolkien, *Letters*, 341.

（8）トリニティ学寮の学寮長G・M・トレヴェルヤンは、ケンブリッジ大学における彼の長い経験を通して、選考委員会が全会一致で人事を決定したのはこの時だけであったと回想している。W. H. Lewis, "Memoir of C. S. Lewis," 22.

（9）ルイス宛、一九五四年五月一一日のヘンリー・ウィリンク（Henry Willink）の手紙、Group F, Private Papers, F/ CSL/ 1, Magdalene College, Cambridge.

（10）ヘンリー・ウィリンク宛、一九五四年五月一二日の手紙、*Letters*, vol. 3, 470-471.

（11）ルイス宛、一九五四年五月一四日のヘンリー・ウィリンクの手紙、Group F, Private Papers, F/ CSL/ 1, Magdalene College, Cambridge.

（12）ヘンリー・ウィリンク宛、一九五四年五月一七日のトールキンの手紙、Group F, Private Papers, F/ CSL/ 1, Magdalene College, Cambridge. この手紙も、同封されたH・S・ベネット（H. S. Bennett）宛の手紙のコピーもトールキンの書簡集には収められていない。

（13）五月一九日付のルイスの手紙を受取って、交渉は再開され、ウィリンクはその第一葉に「五月一八日にミス・ガードナーに手紙を書いた」と書き込んでいる。

（14）ルイス宛、一九五四年五月二四日のヘンリー・ウィリンクの手紙、Group F, Private Papers, F/ CSL/ 1, Magdalene College, Cambridge.

（15）ヘンリー・ウィリンク宛、一九五四年五月一九日のバジル・ウィリー（Basil Willey）の手紙、Group F, Private Papers, F/ CSL/ 1, Magdalene College, Cambridge.

（16）最も明白な出所はオクスフォード大学におけるガードナーの同僚トールキンである。しかしトールキンは一九五四年五月一七日に書いたウィリンク宛、ベネット宛の手紙のどちらにも、このことを書いていない。

（17）ガードナーは英国学士院に寄せたルイス追悼文においてこのことを明らかにしている。Gardner, "Clive Staples Lewis, 1898-1963." 読者はガードナーがケンブリッジ大学が選んだ第二候補であったことを理解しないと、ガードナーの微妙な文章を理解できないであろう。

（18）ルイス宛、一九五四年六月三日のヘンリー・ウィリンクの手紙、Group F, Private Papers, F/ CSL/ 1, Magdalene College, Cambridge. オクスフォード大学モードリン学寮とケンブリッジ大学モードリン学寮との間には既に絆が結ばれていた。一九三一年三月に「友好的合意」が成立し、それぞれの学寮の成員は互いに相手の学寮において食事を共にする権利を有することになっていた。Brockliss, *Magdalen College Oxford*, 601.

（19）ヘンリー・ウィリンク卿宛の一九五四年六月四日付の二通の手紙、一通はケンブリッジ大学副学長としてのヘンリー卿宛、一通はモードリン学寮長としてのヘンリー卿宛、*Letters*, vol. 3, 483-484 を参照。ケンブリッジ大学の公式の歴史はルイスが特別研究員に選任された年を一九五三年と誤記している。Cunich et al. *A History of Magdalene College Cambridge*, 258.

（20）Brockliss, *Magdalen College Oxford*, 593.

（21）John Wain, *The Observer*, 22 October 1961, 31.

（22）エドワード・アレン（Edward A. Allen）宛、一九五五年一二月五日の手紙、*Letters*, vol. 3, 677-678.

（23）Barbara Reynolds, OH/ SR-28, fol. 49-50, Wade Center Oral History Collection, Wheaton College, Wheaton, IL.

(24) 一九四五年三月三日にクリストファー・ホーム（Christopher Holme）とP・H・ニュービー（P. H. Newby）の間に交わされた対話を参照。file 910/ TAL 1b, BBC Written Archives Centre, Caversham Park.「第三放送」は一九四六年に創設され、知的問題および文化的問題についてのプログラムを提供することにされていた。一般に「二人のドン（オクスフォードおよびケンブリッジ大学の教員）のおしゃべり」として知られていた。

(25) ダグラス・ブッシュ（Douglas Bush）宛、一九四一年三月二八日の手紙、*Letters*, vol. 3, 475.

(26) G. M. Trevelyan, *English Social History: A Survey of Six Centuries from Chaucer to Queen Victoria* (London: Longman, 1944), 92.

(27) "De Desciptione Temporum," in *Selected Literary Essays*, 2.

(28) *Reflections on the Psalms*, 7.

(29) Keith Thomas, "Diary," *London Review of Books* 32, no. 11 (10 June 2010), 36-37.

(30) 彼女が考えたことは未出版の日記によって最もよく知られる。MS. Eng. lett. c. 220/3, Bodleian Library, Oxford を参照。

(31) 優れた研究がなされている。King, "The Anatomy of Friendship" を参照。

(32) Sayer, *Jack*, 347-348.

(33) ピター自身は自分がルイスが妻として選んでいた女性であることを全く知らなかった。OH/ SR-27, fol 30, Wade Center Oral History Collection, Wheaton College, Wheaton, IL.

(34) Dorsett, *And God Came In*, 17.

(35) Davidman, "The Longest Way Round," 23-24.

(36) *Observer*, 20 September 1998. *Belfast Newsletter*, 12 October 1998.

(37) デイヴィッドマンが書いた手紙はこの点を明らかにしている。特に彼女がフランス王ルイ一四世の第二妃となったマダム・ド・ミンテノン（Madame de Maintenon, 旧姓 Francoise d'Aubigne, 1635-1719）に関心を寄せていたことは興味深い。彼女は救貧院に生まれ育ったが、詩人と結婚して社会的地位を上昇させ、ついに王妃になった女性である。Davidman, *Out of My Bone*, 197 を参照。

（38）これらの論考を検討したものとして、近刊の Don W. King, *Yet One More Spring: A Critical Study of Joy Davidman*（Grand Rapids, MI: Eerdmans, 2013）を参照。

（39）Dorsett, *And God Came In*, 87.

（40）Davidman, *Out of My Bone*, 139.

（41）デイヴィッドマンの外国人登録証（Aliens Order 1920 に基づく）は Wade Center, Wheaton College, Wheaton IL に保管されている。Joy Davidman Papers 1-14.

（42）これは他の文書では「アガペー基金」とも呼ばれている。バーフィールドはこの基金を一九六八年に廃止し、基金の残額はすべてルイスの総合的指示に基づいて配分された。

（43）Ceplair and Englund, *The Inquisition in Hollywood*, 361-397.

（44）ルイス宛の一九五五年二月一八日の Gibb の手紙を参照。MS Facs. B. 90 fol. 2, Bodleian Library, Oxford.

（45）Davidman, *Out of My Bone*, 242.

（46）アン・スコット（Anne Scott）宛、一九六〇年八月二六日の手紙、*Letters*, vol. 3, 1181.

（47）クリストファー・ブレザートン宛、一九六四年七月一六日のトールキンの手紙、Tolkien, *Letters*, 349.

（48）文通記録、Joy Davidman Papers 1-14, Wade Center, Wheaton College, Wheaton, IL.

（49）アーサー・グリーヴズ宛、一九五五年一〇月三〇日の手紙、Letters, vol. 3, 669.

（50）Jacobs, *The Narnian*, 275.

（51）シェルバーン（Shelburne）宛のルイスの手紙は一九六七年に *Letters to an American Lady*（Grand Rapids, MI: Eerdmans, 1967）として出版された。

（52）メアリ・ウィリス・シェルバーン宛、一九五八年一二月二五日の手紙、*Letters*, vol. 3, 1004. 為替管理の規則変更については、Paul Addison and Harriet Jones, *A Companion to Contemporary Britain 1939-2000*（Oxford: Blackwell, 2005）, 465 を参照。

（53）ルス・ピター宛、一九五六年七月九日の手紙、*Letters*, vol. 3, 769.

（54）ルス・ピター宛、一九五六年七月一四日の手紙、*Letters*, vol. 3, 771.

(55) ムーア夫人の遺言は一九五一年七月一六日に法律事務所 Barfield & Barfield によって作成された。
(56) A. N. Wilson, *C. S. Lewis: A Biography*, 266.
(57) R. E. Head, OH/ SR-15, fols. 14-5, Wade Center Oral History Collection, Wheaton College, Wheaton, IL.
(58) トールキンはこのあだ名を息子のクリストファーに宛てた一九四四年四月一三日の手紙で用いている。Tolkien, *Letters*, 71.
(59) ドロシー・L・セイヤーズ (Dorothy L. Sayers) 宛、一九五七年六月二五日の手紙、*Letters*, vol. 3, 861-862. ルイスの『四つの愛』はこの頃に執筆されたが、この辺の事情を詳しく論じている。
(60) メアリ・ウィリス・シェルバーン宛、一九五六年一一月一六日の手紙、*Letters*, vol. 3, 808.
(61) アーサー・グリーヴズ宛、一九五六年一一月二五日の手紙、*Letters*, vol. 3, 812.
(62) キャサリン・ファーラー (Katherine Farrer) 宛、一九五六年一〇月二五日の手紙、*Letters*, vol. 3, 801.
(63) その中で最も興味深いものは「デイリー・メール (*Daily Mail*)」紙の一九五六年一〇月二六日号に載った記事である。それによれば、ルイスは翌日にロンドンの古物商、四六歳の女性と結婚することになっているとの噂があったと言う。ルイスはこれを直ちに否定していた。
(64) ルイスはこの公告について「タイムズ」紙にこの公告が報じられた日、一九五六年一二月二四日に書いたドロシー・L・セイヤーズ宛の手紙で触れ、「『タイムズ』紙に載ったジョイ・グレシャムと私の結婚に関する告知をご覧になると思います」と書いている。*Letters*, vol. 3, 819. ウィルスンはこの「告知」が出された日時を一九五七年三月二二日と誤記している。Wilson, *C. S. Lewis: A Biography*, 263-264.
(65) このことの顛末についてはHooper, *C. S. Lewis: A Companion and Guide*, 631-635 を参照。
(66) ドロシー・L・セイヤーズ宛、一九五七年六月二五日の手紙、*Letters*, vol. 3, 861.
(67) Hooper, *C. S. Lewis: The Companion and Guide*, 82, 633. バイドもこれとほぼ同じことを、オクスフォードで私に語った。
(68) バイドはそれを受けた。悲しむべきことにバイドの妻マーガレットは一九六〇年九月にガンで亡くなった。その後バイドはオクスフォード大学のレイディ・マーガレット・ホールに、チャプレンおよび神学指導教員として戻り、一九六八年から一九八〇年まで勤めた。

(69) シェルドン・ヴァノーケン宛、一九五七年一一月二七日の手紙、*Letters*, vol. 3, 901.

(70) ネヴィル・コグヒル（Nevill Coghill）の解説（やや混乱している）が Gibb, *Light on C S. Lewis*, 63 にある。

(71) ジェシー・M・ウォット（Jessie M. Watt）宛、一九五八年八月二五日の手紙、*Letters*, vol. 3, 966-967.

(72) *The Four Loves*, 21.

(73) Tom Clark and Andrew Dilnot, *Long-Term Trends in British Taxation and Spending* (London: Institute for Fiscal Studies, 2002).

(74) アーサー・グリーヴズ宛、一九五九年三月二五日の手紙、*Letters*, vol. 3, 1033.

(75) チャド・ウォルシュ宛、一九五九年一〇月二三日の手紙、*Letters*, vol. 3, 1097.

(76) 詳しい顛末については、Green and Hooper, *C. S. Lewis: A Biography*, 271-276 を参照。

## 第一四章　死別、病気、死

(1) *A Grief Observed*, 38.

(2) Ibid., 3.

(3) アーサー・グリーヴズ宛、一九一六年五月三〇日の手紙、*Letters*, vol. 1, 187.

(4) スペンサー・カーティス・ブラウン（Spencer Curtis Brown）宛、一九六〇年一〇月二四日のT・S・エリオットの手紙、MS Eng. lett. C. 852, fol. 62, Bodleian Library, Oxford.

(5) ロレンス・ウィスラー（Laurence Whistler）宛、一九六二年三月四日の手紙、*Letters*, vol. 3, 1320.

(6) *Surprised by Joy*, x.

(7) *The Problem of Pain*, xii.

(8) *A Grief Observed*, 5-6.

(9) シスター・ペネロピー宛、一九五一年六月五日の手紙、*Letters*, vol. 3, 123.

(10) *A Grief Observed*, 52.

（11）シスター・マドレーヴァ（Sister Madeleva, CSC）宛、一九六三年一〇月三日の手紙、*Letters*, vol. 3, 1460.

（12）*A Grief Observed*, 44.

（13）Ibid.

（14）アーサー・グリーヴズ宛、一九六一年六月二七日の手紙、*Letters*, vol. 3, 1277.

（15）ルイスはバーフィールドとハーウッドを一九二〇年代から知っており、彼らと共に毎年徒歩旅行に出掛けていた。*Surprised by Joy*, 231-234を参照。『奇跡』はハーウッドとその妻に献呈されている。また『愛とアレゴリー』はバーフィールドに献呈されている。

（16）ローレンス・ハーウッドはセシル・ハーウッドの次男、ルーシィ・バーフィールドはオーウェン・バーフィールドの養女である。ルイスはそれより先『ライオンと魔女』を彼女に献呈していた。サラ・ネイランはメアリ・ネイランの娘で、一九六〇年一二月三一日にクリストファー・パトリック・ティスドールと結婚していた。ルイスは彼女にジョージ・マクドナルド文集を献呈していた。

（17）フランシス・ウォーナー（Francis Warner）宛、一九六一年一二月六日の手紙、*Letters*, vol. 3, 1301-1302.

（18）没後に*Spencer's Images of Life*（1967）として出版された。

（19）J・R・R・トールキン宛、一九六二年一一月二〇日の手紙、*Letters*, vol. 3, 1382.

（20）フィービ・ヘスカス（Phoebe Hesketh）宛、一九六〇年六月一四日の手紙、*Letters*, vol. 3, 1162.

（21）アラステア・ファウラー（Alastair Fowler）宛、一九六一年一月七日の手紙、*Letters*, vol. 3, 1223-1224.

（22）Andreas Ekstoem, "Green tvaa pa listam 1961" *Sydsvebska Dagbladet*, 3 January 2012. ノーベル文書館所収の文書は五〇年間を過ぎないと公開されない。

（23）ノーベル文学賞委員会宛の一九六一年一月一六日の手紙。スウェーデン・アカデミーの文書館に保管されてきたが、筆者の求めに応じて公開された。

（24）セシル・ロス（Cecil Roth）宛、一九六二年三月二〇日の手紙、*Letters*, vol.3, 1323.

（25）イーヴリン・タケット（Evelyn Tackett）宛、一九六三年五月二三日の手紙、*Letters*, vol. 3, 1428.

（26）ウォルター・フーパー宛、一九五七年一二月二日の手紙、*Letters*, vol. 3, 902-903.

(27) ウォルター・フーパー宛、一九六二年一二月一五日の手紙、*Letters*, vol. 3, 1393-1394.

(28) 会場を変えた理由については、ラジャー・ランセリン・グリーン(Roger Lancely Green)宛、一九六三年一月二八日の手紙、*Letters*, vol. 3, 1408-1409を参照。「鷹と子ども」は一九五四年一二月にGrade II Listed Buildingとして登記された。そのため、外観を変えるような改築は許可されなかったが、内部の特定の部分に限って改修することは出来た。

(29) アーサー・グリーヴズ宛、一九六三七月一一日の手紙、*Letters*, vol. 3, 1440.

(30) メアリ・ウィリス・シェルバーン宛、一九六三年七月一五日の手紙、*Letters*, vol.3, 1442.

(31) ウォルター・フーパーはルイスがアクランド病院入院中のことについて二つの報告書を書いている。それらにこれらの出来事が発生した日時が詳しく記載されている。ラジャー・ランセリン・グリーン宛、ウォルター・フーパーの一九六三年八月五日の手紙、*Letters*, vol. 3, 1445-1446: メアリ・ウィリス・シェルバーン宛、ウォルター・フーパーの一九六三年八月一〇日の手紙、*Letters*, vol. 3, 1447-1448.

(32) セシル・ハーウッド(Cecil Harwood)宛、一九六三年八月二九日の手紙、*Letters*, vol. 3, 1452.

(33) アーサー・グリーヴズ宛、一九六三年九月一一日の手紙、*Letters*, vol. 3, 1456.

(34) メアリ・ウィリス・シェルバーン宛、ウォルター・フーパーの一九六三年八月一〇日の手紙、*Letters*, vol. 3, 1448.

(35) Sayer, *Jack*, 404-405.

(36) アーサー・グリーヴズ宛、一九六三年九月一一日の手紙、*Letters*, vol. 3, 1455.

(37) ウォルター・フーパー宛、一九六三年九月二〇日の手紙、*Letters*, vol. 3, 1461-1462.

(38) デイヴィッドはニューヨークのタルムード・カレッジに転校しており、経済的困窮のうちに置かれていた。ジャネット・ホプキンズ(Jeannette Hopkins)宛、一九六三年一〇月一八日の手紙、*Letters*, vol. 3, 1465を参照。

(39) ウォルター・フーパー宛、一九六三年一〇月一一日の手紙、*Letters*, vol. 3, 1461-1462.

(40) ルイスがフーパーを雇おうとしていた頃、一九六四年代の為替相場は一ポンドに対して二ドル八〇セントとなっていた。一九六四年から一九六七年にかけて起こったスターリング危機はまだ発生していない。

（41）ウォルター・フーパー宛、一九六三年一〇月二三日の手紙、*Letters*, vol. 3, 1469-1470.
（42）W. H. Lewis, "C. S. Lewis: A Biography," 468.
（43）Ibid., 470.
（44）R. E. Head, OH/ SR-15, fol. 13, Wade Center Oral History Collection, Wheaton College, Wheaton, IL.
（45）その年、モーリーンはヘンプリッグズ男爵夫人（Baronetess of Hempriggs）の爵位を継承していた。彼女は以後 Dame Maureen Dunbar の敬称で呼ばれることになる。
（46）ルイスの棺にはロウソクが置かれていたとの報告もあるが、実際にはそれはなかったらしい。葬儀を準備し司式したロナルド・ヘッドによれば、侍祭が会堂あるいは墓地で捧げていたロウソクが棺に映っていたのがそういう印象を与えたのではないかという。
（47）メアリ・ウィリス・シェルバーン宛、一九六三年六月二八日の手紙、*Letters*, vol. 3, 1434.

## 第一五章　ルイス現象

（1）Arthur Marwick, *The Sixties: Cultural Revolution in Britain, France, Italy, and the United States, c. 1958-c. 1974* (Oxford: Oxford University Press, 1999); Francis Beckett, *What Did the Baby Boomers Ever Do for Us? Why the Children of the Sixties Lived the Dream and Failed the Future* (London: Biteback, 2010) などを参照。
（2）Walsh, "Impact on America," in Gibb, *Light on* C. S. *Lewis*, 106-116.
（3）"Defender of Faith," *Time*, 6 December, 1963.
（4）Chad Walsh in Gibb, *Light on* C. S. *Lewis*, 115.
（5）*Christianity Today*, 20 December, 1963.
（6）Tom Wolfe, "The Great Relearning," in *Hooking Up* (London: Jonathan Cape, 2000), 140-145.
（7）資料は *Publishers Weekly*.
（8）Hooper, "A Bibliography of the Writings of C. S. Lewis," in Gibb, *Light on* C. S. *Lewis*, 117-148.
（9）書名はすべて英国において出版されたときのもの。

（10）コリンズ社は一九八九年にリュパート・マードックに買い取られた。今日ルイスの著作の大半を出版しているハーパーコリンズ社は一九九〇年に設立された。
（11）例えば、Donald Miller, *Reinventing American Christianity in the New Millennium*（Berkley, CA: University of California Press, 1997）を参照。
（12）Pearce, *C. S. Lewis and the Catholic Church.*
（13）George M. Marsden, *Reforming Fundamentalism: Fuller Seminary and the New Evangelicalism*（Grand Rapids, MI: Eerdmans, 1987）.
（14）Roger Steer, *Inside Story: The Life of John Stott*（Nottingham: Inter-Varsity Press, 2009）, 103-104.
（15）既に触れたように（三二四―三二五頁）、ルイスはこの依頼に応えなかった。カール・F・H・ヘンリー宛、一九五五年九月二八日の手紙、*Letters*, vol. 3, 651.
（16）J. I. Packer, "Still Surprised by Lewis," *Christianity Today*, 7 September 1998.
（17）歴史的背景については、Alister E. McGrath, *Christianity's Dangerous Idea: The Protestant Revolution*（San Francisco: HarperOne, 2009）, 351-352を参照。
（18）David J. Stewart, "C. S. Lewis Was No Christian!" http:// www.jesus-is-savior.com/Wolves/cs_lewis. htm.
（19）John W. Robbins, "Did C. S. Lewis Go To Heaven?" *The Trinity Review*, November/ December 2003, http:// www.trinityfoundation.org/journal.php?id=103.
（20）Parsons and Nicholson, "Talking to Philip Pullman."
（21）Gray, *Fantasy, Myth and the Measure of Truth*, 171.
（22）Hatlen, "Pullman's *His Dark Materials*," 82.
（23）Oziewicz and Hade, "The Marriage of Heaven and Hell?"
（24）英国郵政省はイギリスの民話および文化史の専門家に委嘱し、切手の図案としてどの主人公たちが最適であるかを決定してもらい、八点のデザインを作った。ハリー・ポッター・シリーズ、ナルニア国歴史物語、イギリスの伝統的民話、そしてテリー・プラチェットのディスクワールド・ブックスなどから、それぞれ二点が選ばれた。

（25）*Selected Literary Essays*, 219-220.

（26）アマースト大学における一九六三年一〇月二六日のジョン・F・ケネディ大統領の講演、the John F. Kennedy Presidential Library, http://www.jfklibrary.org/Research/Ready-Reference/JFK-Speeches/Remarks-at-Amherst-College-October-26-1963.aspx に講演録がある。

# 訳者あとがき

本書は Alister McGrath, *C. S. Lewis—A Life: Eccentric Genius, Reluctant Prophet*, 2013 の全訳である。本書はC・S・ルイスの没後五〇年を記念して出版された。書名を直訳すれば『C・S・ルイス伝——常軌を逸した天才、不本意ながら預言者にされた男』のようなことになるのではないか。本書はC・S・ルイスの思想の全貌を既存の研究を遥かに超えて深く解明し、さらに考察されるべき問題への示唆を与えている。本書によってC・S・ルイス研究は新しい段階に踏み入ったと思われる。

著者アリスター・マクグラスはC・S・ルイスと同じく北アイルランドのダウン郡ベルファストに生まれ育った。ただしマクグラスは一九五三年生まれであり、一九六三年にC・S・ルイスが亡くなったときにはまだ一〇歳の少年であった。本書の「はじめに」にもあるように、マクグラスは生前のC・S・ルイスに会ったことはない。ただし『ナルニア国歴史物語』を読み、C・S・ルイスの名を知っていたのではないだろうか。マクグラスはC・S・ルイスと同じようにオクスフォード大学に学び、オクスフォード大学とケンブリッジ大学で教育研究に携わった。C・S・ルイスとマクグラスとの間には多くの共通点があり、本伝記には憧れの同郷人に対する深い敬意と共感とが溢れている。マクグラスにとってC・S・ルイスは尚友であった。マクグラスはC・S・ルイスを尚友として持つことの幸を余すところなく体現している。

マクグラスはダウン郡の高校からベルファスト・メソディスト大学（C・S・ルイスの母も短期間この大学に在籍した）に進み、数学、物理学、化学を学んだ。その後オクスフォード大学ウォダム学寮で化学を学び、一九七五年の大試験で「第一級賞」を得た。さらに同大学で分子生物物理学の研究に従事しながら、同大学のFinal Honor School of Theologyで神学を学び、一九七八年の大試験で「第一級賞」を得ている。彼もC・S・ルイスと同じく無神論者であったというが、その後ケンブリッジ大学に学び、一九八〇年九月に聖公会の執事となった。一九八一年に司祭の按手を受け、牧会に携わった。一九八三年にオクスフォード大学ウィクリフ・ホールのキリスト教神学およびキリスト教倫理の講師に任命され、同時にオクスフォード大学神学部に所属することになった。アメリカやカナダの大学でも客員教授として教鞭をとったほか、一九九五年にはウィクリフ・ホールの学寮長に選任された。二〇〇八年にロンドン・キングズ・カレッジ教授となり、二〇一五年現在、その地位にある。多様な分野にわたる著書・論文が多数ある。その中にはC・S・ルイスについての研究書もあり、本書の注でも何回か言及される。マクグラスのC・S・ルイスに対する思い入れの深さは並々ならぬものがある。

C・S・ルイスは複雑な思想の持ち主である。マクグラスは本書において三人のC・S・ルイスがいると言う。第一に英文学史家・文学批評家としてのルイス、第二にキリスト教護教家としてのルイス、第三にサイエンス・フィクションおよび児童文学の作家としてのルイス、である。それら三人のC・S・ルイスが本書では整然と書き分けられている。本書第六章では無神論者であったC・S・ルイスが有神論者になり、さらにキリスト者になる過程が克明に描かれる。そこでは従来の通説が破られている。その他、マクグラスはルイスが書いたさまざまの手紙に基づき、彼の私生活や交友関係も克明に描いている。それはC・S・ルイスの思想を理解する上で貴重な資料である。

マクグラスの描くところによれば、若い頃のC・S・ルイス、無神論者であった頃のルイスは知的には優秀であったが、普通の若者と違うところはあまりなかった。「常習的嘘つき」であったということであるが、それは幼くして母を失い、「感情音痴」であった父親との関係から結果したこととして「情状酌量」の余地があるのではないか。彼は「年代記的思い上がり」に染まった常識的現代人であった。しかし中世英文学研究および友人たちとの議論を通してキリスト教に入信（再入信）した。その結果、ルイスは世の常識に逆らう人物になり、世の常識を批判する者となった。そのことは本書にも詳しく書かれている通り、彼が亡くなるまで変わらなかった。彼は世に歓迎されたが、彼の思想の何を歓迎すべきなのか、注意しなければならない。彼が世に歓迎されたのは彼のキリスト教護教書によるところが大きい。それは第二次世界大戦中のジャーナリズムに乗せられたことによる。しかしマクグラスを初めとする多くのルイス研究家がこの方面のルイスの思想はルイスの本質的な思想ではないと考えている。

ルイスはキリスト教に関する通俗的書物を書くようになる以前、一九三六年に彼の専門領域の英文学史に関する大著を世に問うている。これは現在でも名著とされているが、その後も生涯の最後まで英文学史、文学批評の広い領域にわたる多数の力作を著し続けた。それらの著作は英文学史の専門家を読者に想定しており、西欧中世の文学の知識を持たない人々には読むのが非常に難しい（『「失楽園」序説』は例外かも知れない）。しかしルイスはそれらの著作に盛り込んだ思想を「無学な人々の言葉に翻訳」することができた。そうしてサイエンス・フィクション三部作が書かれ、一九五〇年には『ナルニア国物語』七部作の第一作が出版された（もちろん他の通俗的キリスト教書もここに入れて良いであろう）。これら一般の読者あるいは児童を対象にした著作は彼が英文学史、文学批評において展開した思想を物語のかたちに翻訳したものである。それらの著作によってC・S・ルイスの名はより広く知られるようになった。

マクグラスは三人のルイスがいると言うが、訳者の感じるところではもう一人、第四のC・S・ルイスがいるのではないかと思われる。それは警醒家、社会の木鐸としてのルイスであると言って良いと思う。それはマクグラスのいう「預言者」としてのルイスなのかも知れない。しかしマクグラスは本書において預言者としてのルイスを充分に描いていないように思われる。預言者としてのC・S・ルイスはこれからより深く研究されなければならないと思われる。

『悪魔の手紙』、サイエンス・フィクション三部作、ナルニア国物語七部作、『四つの愛』、生体解剖の問題（ついでに付け加えれば、ルイスの時代にはなかったことであるが、「出生前診断」の問題がある。それは本書でも「産児選定」の問題として扱われている）、動物愛護の問題を論ずるルイスを警醒家ルイスと呼んで良いのではないか。これら四人のルイスの中で、英文学史家としてのルイスとキリスト教護教家としてのルイスはごく少数の人々にはこれからも読まれ続けるであろう。しかし警醒家としてのルイスはこれからも広く読まれるであろうし、また読まれるべきであると思われる。この分野に属する作品にしても、他の二つの分野のルイスの思想が躍如としている。

話がいきなり飛躍するようであるが、日本における産業用ロボットの普及と手塚治虫『鉄腕アトム』との関係について面白いことが指摘されたことについて書いてみたい。訳者の記憶は定かではないが、一九七〇年代、訳者がアメリカ在住の頃、*US News and World Report* に載った記事だと思うが、日本における産業用ロボットの普及が欧米世界を遥かに凌いでいることについて論じられていた。もとより産業用機械や産業用ロボットは日本で発明されたものではない。しかし欧米では産業用機械や産業用ロボットを工場に導入することに対して、労働者たちの間に強い抵抗があった。Sabotage（サボタージュ）なる語がある。これは現在政治的、社会的な意味で、「業務妨害」「破壊行為」などを意味する語である。しかしこの語に含まれる sabot は「木靴」であり、一説によれば、サボタージュとは労働者たちが工場に導入された産業用機械の中に「木靴」を投げ込んで（うっかり落として）機械を破壊し、工場の業務を妨害することを意味したという。他にも drop a wrench あるいは throw a wrench なる表現がある。これも今日サボタージュと同じ意味で使われるが、もとは工場に導入された産業用機械にレンチを投げ込み、それを破壊する行為を意味した。欧米では産業用機械や産業用ロボットに対して工場労働者の間に強い心理的抵抗があって、産業用ロボットを導入することが非常に難しかったのに対して、日本の工場労働者の間にそのような心理的抵抗がない。そのために産業用ロボットの導入がほとんど何の抵抗もなく進められているのだと言う。日本の工場労働者は産業用ロボットに愛称を付け、仕事中にも「チャン付け」で呼びかけ、語りかけていると言う。

その記事の記者は産業用ロボットに対する愛着を養ったのは手塚治虫の『鉄腕アトム』であったと言う。鉄腕アトムによってこころを養われた労働者が産業用ロボットを受け容れているのだと分析していた。訳者も若い頃に鉄腕アトムを愛読し、この記事を読んだ頃はマックス・ウェーバーの宗教社会学を学んでおり、この記事が説くところに強い共感を覚えた。

訳者は産業用ロボットの普及が良いとか悪いとか言いたいのではない。日本に産業用ロボットが普及した背後には手塚治虫によってこころを養われた日本人工場労働者がいたことを指摘したいだけである。

人は読む書物によってこころを養われる。ここで「こころ」とは英語では mind のことであり、それは人間の精神の三つの活動、知性と感情と意志の活動全般を指す言葉である。知性だけを育てる書物もある。歪んだ感情や意志を育てる書物もある。『鉄腕アトム』は日本人のこころを育てた。それが産業用ロボットの普及という意外なところで影響を持つことになった。手塚治虫は日本に産業用ロボットを普及させようとは夢にも思っていなかっただろう。本書にも引用されるように、C・S・ルイスは「どの本を読むか、いくら注意しても注意しすぎることはない」（本書一七七頁参照）と書いている。この警句はルイスがそこで言おうとしていることを超えて、広い場面に通じるものである。優れた大きなこころを持つ人の書いた本を読むことにより、優れた大きなこころが養われる。歪みすさんだこころの持ち主の書いた本を読むことにより、歪みすさんだこころが形成される。

こんなことを持ち出したのは日本人の読書について気になることがあるからである。日本人の多数が読んでいるものは何か。汚い紙に汚い色で彩色された汚い絵、汚いことばで綴られた文章が満載された週刊誌が大学生の間でも一般の社会人の間でも広く読まれている。もちろんそのような週刊誌とは別に美しい絵本も多く出版されている。日本人は幼い頃に上質の美しい紙に、美しい色で描かれた詩情豊かな絵と選び抜かれた美しいことばで書かれた美しい物語をどれだけ読んで（あるいは読み聞かされて）育っているのであろうか。彼らはどのような物語や絵本によってこころを養われているのであろうか。

C・S・ルイスは初め西洋古典学あるいは人文学（Literae Humanitores）を学んだ。マクグラスが本書で解説するところによれば、人文学とはこころを育てる学問である。その点で、頭脳に知的情報だけを詰め込むことを目的とする「実学」と異なる。イギリス社会では一八〇〇年頃から人文学を重視すべきであるとの世論が形成され、とくにオクスフォード大学では人文学が最重要視されたと言う。それはこころを育てる教育、人間形成を目的とする教育、価値観を育てる教育である。C・S・ルイスはその教育を受けた。その結果が彼の著作に存分に表れている。警醒家ルイスの書いたものは誰にでも読めるものであり、万人が読むべきものであると思う。とくに『ナルニア国物語』は、万人が人生のなるべく早い時期に読み始め、それによってこころを養われるべき書物であると思う。

本書はC・S・ルイスの著作に親しんで来た人々が理解をさらに深めるためにも、これから読もうとする人々にとっても、有益なガイド・ブックになると思う。

ルイスの著作はどれも「人間の条件」（ラテン語にいう［condicio humana］）を扱っている。それは『ナルニア』においても同じである。ルイスが英文学者として、キリスト教護教家として、あるいは警醒家として書く文章は古典古代に始まる西欧の思想史、文学史などに関する素養を持つ読者を想定している。それに対して『ナルニア』は「誰が読んでも楽しい」読み物として書かれている。本書の著者マクグラスは『ナルニア』を楽しい読み物として解説するときには「物語（story）」あるいは「小説（novel）」などの語を用い、「人間の条件」を扱う書物として解説するときには「歴史物語（narrative, Grand Narrative）、年代記（chronicle）」（訳では「歴史物語」としてある）、「七部作（Narnia series）」などの語を用いている。その使い分けを訳にも移そうと試みたつもりである。

本書の翻訳は教文館の慫慂による。翻訳作業は楽しいものであった。訳稿整理にあたっては教文館出版部の高木誠一、福永花菜の両氏に大変お世話になった。感謝申し上げる。

二〇一五年二月二三日

訳　者

# 参考文献

## I　C. S. ルイスの著作

ルイスの著作を網羅したリストは Walter Hooper, *C. S. Lewis: The Companion and Guidel*, 799-883（ウォルター・フーパー『C. S. ルイス文学案内事典』山形和美監訳、彩流社、1998 年）にある。この書はルイス研究のための権威ある資料である。本書で用いたルイスの著作の版を以下に記す。

A.　出版された著作


*The Abolition of Man*. New York: HarperCollins, 2001.

*All My Road before Me: The Diary of C. S. Lewis, 1922-1927*. Edited by Walter Hooper. San Diego: Harcourt Brace Jovanovich, 1991.

*The Allegory of Love: A Study in Medieval Tradition*. London: Oxford University Press, 1936.（『愛とアレゴリー――ヨーロッパ中世文学の伝統』玉泉八州男訳、筑摩書房、1972 年）

*Boxen: Childhood Chronicles before Narnia*. London: HarperCollins, 2008. [Jointly authored with W. H. Lewis.]

*Broadcast Talks*. London: Geoffrey Bles, 1943; US edition published as The Case for Christianity. New York: Macmillan, 1943.（『信仰の問題点―キリスト教信仰の問題点を探る』白石郁夫・四倉佐葉子訳、聖文舎、1960 年／『キリスト教の精髄』C. S. ルイス宗教著作集 4、柳生直行訳、新教出版社、1977 年／『キリスト教の世界』鈴木秀夫訳、大明堂、1983 年）

*C. S. Lewis's Lost Aeneid: Arms and the Exile*. Edited by A. T. Reyes. New Haven, CT: Yale University Press, 2011.

*The Collected Letters of C. S. Lewis*. Edited by Walter Hooper. 3 vols. San Francisco: HarperOne, 2004-2006.

*The Discarded Image*. Cambridge: Cambridge University Press, 1994.（『廃棄された宇宙像――中世・ルネッサンスへのプロレゴーメナ』山形和美監訳、小野功生・永田康昭訳、八坂書房、2003 年）

*Dymer: A Poem. London*: Dent, 1926. [Originally published under the pseudonym "Clive Hamilton."]

*English Literature in the Sixteenth Century, Excluding Drama*. Vol. 3 of *Oxford History of English Literature*. Edited by F. P. Wilson and Bonamy Dobrée. Oxford: Clarendon Press, 1954.

*Essay Collection and Other Short Pieces*. Edited by Lesley Walmsley. London: HarperCollins, 2000.

*An Experiment in Criticism*. Cambridge: Cambridge University Press, 1992.（『新しい文芸批評の方法』山形和美訳、評論社、1968 年／『批評における一つの実験』C. S. ルイス著作集 4、山形和美責任編集・監修・訳、すぐ書房、1997 年）

*The Four Loves*. London: HarperCollins, 2002.（『四つの愛』C. S. ルイス宗教著作集２、佐柳文男訳、新教出版社）

*The Great Divorce*. London: HarperCollins, 2002.（『天国と地獄の離婚』柳生直行訳、みくに書店、1966年／『天国と地獄の離婚——ひとつの夢』柳生直行・中村妙子訳、新教出版社、2006年）

*A Grief Observed*. New York: HarperCollins, 1994. [Originally published under the pseudonym "N. W. Clerk."]（『悲しみをみつめて』C. S. ルイス宗教著作集６、西村徹訳、新教出版社、1976年）

*The Horse and His Boy*. London: HarperCollins, 2002.（『馬と少年』瀬田貞二訳、岩波書店、1966年）

*The Last Battle*. London: HarperCollins, 2002.（『さいごの戦い』瀬田貞二訳、岩波書店、1966年）

*Letters to Malcolm: Chiefly on Prayer*. London: HarperCollins, 2000.（『神と人間との対話——マルカムへの手紙』C. S. ルイス宗教著作集７、竹野一雄訳、新教出版社、1977年）

*The Lion, the Witch and the Wardrobe*. London: HarperCollins, 2002.（『ライオンと魔女』瀬田貞二訳、岩波書店、1966年）

*The Magician's Nephew*. London: HarperCollins, 2002.（『魔術師のおい』瀬田貞二訳、岩波書店、1966年）

*Mere Christianity*. London: HarperCollins, 2002.（『キリスト教の精髄』C. S. ルイス宗教著作集４、柳生直行訳、新教出版社、1977年／『キリスト教の世界』鈴木秀夫訳、大明堂、1983年）

*Miracles*. London: HarperCollins, 2002.（『奇跡——信仰の論理』柳生直行訳、みくに書店、1965年／『奇跡論——一つの予備的研究』C. S. ルイス著作集２、山形和美責任編集・監修、柳生直行・山形和美訳、すぐ書房、1996年）

*Narrative Poems*. Edited by Walter Hooper. London: Fount, 1994.

*On Stories and Other Essays on Literature*. Edited by Walter Hooper. Orlando, FL: Harcourt Brace Jovanovich, 1982.（『別世界にて——エッセー／物語／手紙』中村妙子訳、みすず書房、1991年）

*Out of the Silent Planet*. London: HarperCollins, 2005.（『沈黙せる遊星』大原竜子訳、最新科学小説全集、元々社、1957年／『沈黙の惑星より』中村能三訳、早川書房、1970年／『沈黙の惑星を離れて——マラカンドラ・火星編』中村妙子訳、奇想天外社、1979年／『マラカンドラ——沈黙の惑星を離れて』中村妙子訳、筑摩書房、1987年／『沈黙の惑星を離れて——マラカンドラ・火星編』中村妙子訳、原書房、2001年）

*Perelandra*. London: HarperCollins, 2005.（『金星への旅』中村妙子訳、奇想天外社、1979年／『ペレランドラ——金星への旅』中村妙子訳、筑摩書房、1987年／『ヴィーナスへの旅——ペレランドラ・金星編』中村妙子訳、原書房、2001年）

*The Personal Heresy: A Controversy*. London: Oxford University Press, 1939. [Jointly authored with E. M. W. Tillyard.]（『個性理論の異端性』C. S. ルイス著作集４、山形和美責任編集・監修・訳、すぐ書房、1997年）

*The Pilgrim's Regress*. London: Geoffrey Bles, 1950.

*Poems.* Edited by Walter Hooper. Orlando, FL: Harcourt, 1992.

*A Preface to "Paradise Lost."* London: Oxford University Press, 1942.（『「失楽園」序説』大日向幻訳、叢文社、1981 年）

*Prince Caspian.* London: HarperCollins, 2002.（『カスピアン王子のつのぶえ』瀬田貞二訳、岩波書店、1966 年）

*The Problem of Pain.* London: HarperCollins, 2002.（『痛みの問題』C. S. ルイス宗教著作集 3、中村妙子訳、新教出版社、1976 年）

*Reflections on the Psalms.* London: Collins, 1975.（『詩篇を考える』C. S. ルイス宗教著作集 5、西村徹訳、新教出版社、1976 年）

*Rehabilitations and Other Essays.* London: Oxford University Press, 1939.

*The Screwtape Letters.* London: HarperCollins, 2002.（『悪魔の手紙』蛭沼寿雄・森安綾訳、新教出版社、1960 年／『悪魔の手紙』C. S. ルイス宗教著作集 1、蜂谷昭雄・森安綾訳、新教出版社、1978 年／『悪魔の手紙——付・乾杯の辞』C. S. ルイス著作集 1、山形和美責任編集・監修、中村妙子訳、すぐ書房、1996 年／『悪魔の手紙』中村妙子訳、平凡社、2006 年）

*Selected Literary Essays.* Edited by Walter Hooper. Cambridge: Cambridge University Press, 1969.

*The Silver Chair.* London: HarperCollins, 2002.（『銀のいす』瀬田貞二訳、岩波書店、1966 年）

*Spenser's Images of Life.* Edited by Alastair Fowler. Cambridge: Cambridge University Press, 1967.

*Spirits in Bondage: A Cycle of Lyrics.* London: Heinemann, 1919. [Originally published under the pseudonym "Clive Hamilton."]

*Studies in Medieval and Renaissance Literature.* Cambridge: Cambridge University Press, 2007.

*Surprised by Joy.* London: HarperCollins, 2002.（『喜びのおとずれ——C. S. ルイス自叙伝』早乙女忠・中村邦生訳、冨山房、1977 年／『不意なる歓び』C. S. ルイス著作集 1、山形和美責任編集・監修、中村妙子訳、すぐ書房、1996 年／『喜びのおとずれ——C. S. ルイス自叙伝』早乙女忠・中村邦生訳、筑摩書房、2005 年）

*That Hideous Strength.* London: HarperCollins, 2005.（『かの忌わしき砦』西村徹・中村妙子訳、奇想天外社、1980 年／『サルカンドラ——かの忌わしき砦』中村妙子・西村徹訳、筑摩書房、1987 年／『いまわしき砦の戦い——サルカンドラ・地球編』中村妙子・西村徹訳、原書房、2002 年）

*Till We Have Faces.* Orlando, FL: Harcourt Brace Jovanovich, 1984.（『愛はあまりにも若く——プシュケーとその姉』中村妙子訳、みすず書房、1976 年／『顔を持つまで——王女プシケーと姉オリュアルの愛の神話』中村妙子訳、平凡社、2006 年）

*The Voyage of the "Dawn Treader."* London: HarperCollins, 2002.（『朝びらき丸　東の海へ』瀬田貞二訳、岩波書店、1966 年）

B. 未刊行の著作

Lewis, W. H. "C. S. Lewis: A Biography" (1974). Unpublished typescript held in the Wade Center, Wheaton College, Wheaton, IL, and the Bodleian Library, Oxford.

———, ed. "The Lewis Papers: Memoirs of the Lewis Family 1850–1930." 11 vols. Unpublished typescript held in the Wade Center, Wheaton College, Wheaton, IL, and the Bodleian Library, Oxford.

## II. ルイスに関する第二次資料

Adey, Lionel. *C. S. Lewis's "Great War" with Owen Barfield.* Victoria, BC: University of Victoria, 1978.

Aeschliman, Michael D. *The Restitution of Man: C. S. Lewis and the Case against Scientism.* Grand Rapids, MI: Eerdmans, 1998.

Alexander, Joy. "'The Whole Art and Joy of Words': Aslan's Speech in the Chronicles of Narnia." *Mythlore* 91 (2003): 37–48.

Arnell, Carla A. "On Beauty, Justice and the Sublime in C. S. Lewis's *Till We Have Faces.*" *Christianity and Literature* 52 (2002): 23–34. 392

Baggett, David, Gary R. Habermas, and Jerry L. Walls, eds. *C. S. Lewis as Philosopher: Truth, Beauty and Goodness.* Downers Grove, IL: InterVarsity Press, 2008.

Barbour, Brian. "Lewis and Cambridge." *Modern Philology* 96 (1999): 439–484.

Barker, Nicolas. "C. S. Lewis, Darkly." *Essays in Criticism* 40 (1990): 358–367.

Barrett, Justin. "Mostly Right: A Quantitative Analysis of the *Planet Narnia* Thesis." *VII: An Anglo-American Literary Review* 27 (2010), online supplement.

Beversluis, John. *C. S. Lewis and the Search for Rational Religion.* Grand Rapids, MI: Eerdmans, 1985.

Bingham, Derek. *C. S. Lewis: A Shiver of Wonder.* Belfast: Ambassador Publications, 2004.

Bleakley, David. *C. S. Lewis at Home in Ireland: A Centenary Biography.* Bangor, Co. Down: Strandtown Press, 1998.

Bowman, Mary R. "A Darker Ignorance: C. S. Lewis and the Nature of the Fall." *Mythlore* 91 (2003): 64–80.

———. "The Story Was Already Written: Narrative Theory in *The Lord of the Rings.*" *Narrative* 14, no. 3 (2006): 272–293.

Brawley, Chris. "The Ideal and the Shadow: George MacDonald's *Phantastes.*" *North Wind* 25 (2006): 91–112.

Brazier, P. H. "C. S. Lewis and the Anscombe Debate: From *analogia entis* to *analogia fidei.*" *The Journal of Inklings Studies* 1, no. 2 (2011): 69–123.

———. "C. S. Lewis and Christological Prefigurement." *Heythrop Journal* 48 (2007): 742–775.

———. "'God...Or a Bad, or Mad, Man': C. S. Lewis's Argument for Christ—A Systematic Theological, Historical and Philosophical Analysis of *Aut Deus Aut Malus Homo.*" *Heythrop Journal* 51, no. 1 (2010): 1–30.

———. "Why Father Christmas Appears in Narnia." *Sehnsucht* 3 (2009): 61–77.

Brown, Devin. *Inside Narnia: A Guide to Exploring "The Lion, the Witch and the Wardrobe."* Grand Rapids, MI: Baker, 2005.

Brown, Terence. "C. S. Lewis, Irishman?" In *Ireland's Literature: Selected Essays*, 152–165. Mullingar: Lilliput Press, 1988.
Campbell, David C., and Dale E. Hess. "Olympian Detachment: A Critical Look at the World of C. S. Lewis's Characters." *Studies in the Literary Imagination* 22, no. 2 (1989): 199–215.
Carnell, Corbin Scott. *Bright Shadow of Reality: Spiritual Longing in C. S. Lewis*. Grand Rapids, MI: Eerdmans, 1999.
Carpenter, Humphrey. *The Inklings: C. S. Lewis, J. R. R. Tolkien, Charles Williams, and Their Friends*. London: Allen & Unwin, 1981.（ハンフリー・カーペンター『インクリングズ――ルイス、トールキン、ウィリアムズとその友人たち』中野善夫・市田泉訳、河出書房新社、2011 年）
Caughey, Shanna, ed. *Revisiting Narnia: Fantasy, Myth and Religion in C. S. Lewis's Chronicles*. Dallas, TX: Benbella Books, 2005.
Charles, J. Daryl. "Permanent Things." *Christian Reflection* 11 (2004): 54–58.
Christopher, Joe R. "C. S. Lewis: Love Poet." *Studies in the Literary Imagination* 22, no. 2 (1989): 161–174.
Clare, David. "C. S. Lewis: An Irish Writer." *Irish Studies Review* 18, no. 1 (2010): 17–38.
Collings, Michael R. "Of Lions and Lamp-Posts: C. S. Lewis' *The Lion, the Witch and the Wardrobe* as a Response to Olaf Stapledon's *Sirius*." *Christianity and Literature* 32, no. 4 (1983): 33–38.
Como, James. *Branches to Heaven: The Geniuses of C. S. Lewis*. Dallas, TX: Spence Publishing Company, 1998.
———, ed. *C. S. Lewis at the Breakfast Table, and Other Reminiscences*. San Diego: Harcourt Brace Jovanovich, 1992.
Connolly, Sean. *Inklings of Heaven: C. S. Lewis and Eschatology*. Leominster: Gracewing, 2007.
Constable, John. "C. S. Lewis: From Magdalen to Magdalene." *Magdalene College Magazine and Record* 32 (1988): 42–46.
Daigle, Marsha A. "Dante's *Divine Comedy* and C. S. Lewis's *Narnia Chronicles*." *Christianity and Literature* 34, no. 4 (1985): 41–58.
Dorsett, Lyle W. *And God Came In: The Extraordinary Story of Joy Davidman: Her Life and Marriage to C. S. Lewis*. New York: Macmillan, 1983.
———. *Seeking the Secret Place: The Spiritual Formation of C. S. Lewis*. Grand Rapids, MI: Brazos Press, 2004.
Downing, David C. "From Pillar to Postmodernism: C. S. Lewis and Current Critical Discourse." *Christianity and Literature* 46, no. 2 (1997): 169–178.
———. *Into the Wardrobe: C. S. Lewis and the Narnia Chronicles*. San Francisco: Jossey-Bass, 2005.（デヴィッド・C. ダウニング『ナルニア国の秘密』唐沢則幸訳、バジリコ、2008 年）
———. *The Most Reluctant Convert: C. S. Lewis's Journey to Faith*. Downers Grove, IL: InterVarsity Press, 2002.

Duriez, Colin. *Tolkien and C. S. Lewis: The Gift of Friendship.* Mahwah, NJ: HiddenSpring, 2003.（コリン・ドゥーリエ『トールキンとC. S. ルイス友情物語——ファンタジー誕生の軌跡』成瀬俊一訳、柊風舎、2011年）

Edwards, Bruce L., ed. *C. S. Lewis: Life, Works and Legacy.* 4 vols. Westport, CT: Praeger, 2007.

———. *Not a Tame Lion: Unveil Narnia through the Eyes of Lucy, Peter, and Other Characters Created by C. S. Lewis.* Carol Stream, IL: Tyndale House, 2005.

———. *A Rhetoric of Reading: C. S. Lewis's Defense of Western Literacy.* Provo, UT: Brigham Young University Press, 1986.（ブルース・エドワーズ『C. S. ルイスのリーディングのレトリック——ロゴスとポイエマの統合』湯浅恭子訳、彩流社、2007年）

Edwards, Michael. "C. S. Lewis: Imagining Heaven." *Literature and Theology* 6（1992）: 107–124.

Fernandez, Irène. *Mythe, Raison Ardente: Imagination et réalité selon C. S. Lewis.* Geneva: Ad Solem, 2005.

———. "Un rationalisme chrétien: le cas de C. S. Lewis." *Revue philosophique de la France et de l'étranger* 178（1988）: 3–17.

Fowler, Alastair. "C. S. Lewis: Supervisor." *Yale Review* 91, no. 4（2003）: 64–80.

Fredrick, Candice. *Women among the Inklings: Gender, C. S. Lewis, J. R. R. Tolkien, and Charles Williams.* Westport, CT: Greenwood Press, 2001.

Gardner, Helen. "Clive Staples Lewis, 1898–1963." *Proceedings of the British Academy* 51（1965）: 417–428.

Gibb, Jocelyn, ed. *Light on C. S. Lewis.* London: Geoffrey Bles, 1965.

Gibbs, Lee W. "C. S. Lewis and the Anglican *Via Media.*" *Restoration Quarterly* 32（1990）: 105–119.

Gilchrist, K. J. *A Morning after War: C. S. Lewis and WWI.* New York: Peter Lang, 2005.

Glover, Donald E. "The Magician's Book: That's Not Your Story." *Studies in the Literary Imagination* 22（1989）: 217–225.

Glyer, Diana. *The Company They Keep: C. S. Lewis and J. R. R. Tolkien as Writers in Community.* Kent, OH: Kent State University Press, 2007.

Graham, David, ed. *We Remember C. S. Lewis: Essays & Memoirs.* Nashville, TN: Broadman & Holman, 2001.

Gray, William. "Death, Myth and Reality in C. S. Lewis." *Journal of Beliefs & Values* 18（1997）: 147–154.

———. *Fantasy, Myth and the Measure of Truth: Tales of Pullman, Lewis, Tolkien, MacDonald, and Hoffman.* London: Palgrave, 2009.

Green, Roger Lancelyn, and Walter Hooper. *C. S. Lewis: A Biography*, rev. ed. London: HarperCollins, 2002.

Griffin, William. *Clive Staples Lewis: A Dramatic Life.* New York: Harper & Row, 1986.

Hardy, Elizabeth Baird. *Milton, Spenser and the Chronicles of Narnia: Literary Sources for the C. S. Lewis Novels.* Jefferson, NC: McFarland & Co., 2007.

Harwood, Laurence. *C. S. Lewis, My Godfather: Letters, Photos and Recollections.* Downers Grove, IL: InterVarsity Press, 2007.

Hauerwas, Stanley. "Aslan and the New Morality." *Religious Education* 67 (1972): 419-429.

Heck, Joel D. *Irrigating Deserts: C. S. Lewis on Education.* St. Louis, MO: Concordia, 2005.

Hein, David, and Edward Henderson, eds. *C. S. Lewis and Friends: Faith and the Power of Imagination.* London: SPCK, 2011.

Holmer, Paul L. *C. S. Lewis: The Shape of His Faith and Thought.* New York: Harper & Row, 1976.

Holyer, Robert. "The Epistemology of C. S. Lewis's *Till We Have Faces.*" *Anglican Theological Review* 70 (1988): 233-255.

Honda, Mineko. *The Imaginative World of C. S. Lewis.* New York: University Press of America, 2000.

Hooper, Walter. *C. S. Lewis: The Companion and Guide.* London: HarperCollins, 2005.

Huttar, Charles A. "C. S. Lewis, T. S. Eliot, and the Milton Legacy: The Nativity Ode Revisited." *Texas Studies in Literature and Language* 44 (2002): 324-348.

Jacobs, Alan. *The Narnian: The Life and Imagination of C. S. Lewis.* New York: HarperCollins, 2005.

———. "The Second Coming of C. S. Lewis." *First Things* 47 (1994): 27-30.

Johnson, William G., and Marcia K. Houtman. "Platonic Shadows in C. S. Lewis' Narnia Chronicles." *Modern Fiction Studies* 32 (1986): 75-87.

Johnston, Robert K. "Image and Content: The Tension in C. S. Lewis' Chronicles of Narnia." *Journal of the Evangelical Theological Society* 20 (1977): 253-264.

Keeble, N. H. "C. S. Lewis, Richard Baxter, and 'Mere Christianity.'" *Christianity and Literature* 30 (1981): 27-44.

Kilby, Clyde S. *The Christian World of C. S. Lewis.* Grand Rapids, MI: Eerdmans, 1964.

King, Don W. "The Anatomy of a Friendship: The Correspondence of Ruth Pitter and C. S. Lewis, 1946-1962." *Mythlore* 24, no. 1 (2003): 2-24.

———. *C. S. Lewis, Poet: The Legacy of His Poetic Impulse.* Kent, OH: Kent State University Press, 2001.

———. "The Distant Voice in C. S. Lewis's Poems." *Studies in the Literary Imagination* 22, no. 2 (1989): 175-184.

———. "Lost but Found: The 'Missing' Poems of C. S. Lewis's *Spirits in Bondage.*" *Christianity and Literature* 53 (2004): 163-201.

———. "The Poetry of Prose: C. S. Lewis, Ruth Pitter, and *Perelandra.*" *Christianity and Literature* 49, no. 3 (2000): 331-356.

Knight, Gareth. *The Magical World of the Inklings.* Longmead, Dorset: Element Books, 1990.

Kort, Wesley A. *C. S. Lewis Then and Now.* New York: Oxford University Press, 2001.

Kreeft, Peter. *C. S. Lewis for the Third Millennium: Six Essays on the "Abolition of Man."* San Francisco: Ignatius Press, 1994.
———. "C. S. Lewis's Argument from Desire." In *G. K. Chesterton and C. S. Lewis: The Riddle of Joy*, edited by Michael H. MacDonald and Andrew A. Tadie, 249–272. Grand Rapids, MI: Eerdmans, 1989.
Lacoste, Jean-Yves. "Théologie anonyme et christologie pseudonyme: C. S. Lewis, *Les Chroniques de Narnia.*" *Nouvelle Revue Théologique* 3 (1990): 381–393.
Lawlor, John. *C. S. Lewis: Memories and Reflections*. Dallas, TX: Spence Publishing Co., 1998.
Lawyer, John E. "Three Celtic Voyages: Brendan, Lewis, and Buechner." *Anglican Theological Review* 84, no. 2 (2002): 319–343.
Leiva-Merikakis, Erasmo. *Love's Sacred Order: The Four Loves Revisited*. San Francisco: Ignatius Press, 2000.
Lewis, W. H. "Memoir of C. S. Lewis." In *The Letters of C. S. Lewis*, edited by W. H. Lewis, 1–26. London: Geoffrey Bles, 1966.
Lindskoog, Kathryn. *Finding the Landlord: A Guidebook to C. S. Lewis's "Pilgrim's Regress."* Chicago: Cornerstone Press, 1995.
Lindskoog, Kathryn Ann, and Gracia Fay Ellwood. "C. S. Lewis: Natural Law, the Law in Our Hearts." *Christian Century* 101, no. 35 (1984): 1059–1062.
Linzey, Andrew. "C. S. Lewis's Theology of Animals." *Anglican Theological Review* 80, no. 1 (1998): 60–81.
Loades, Ann. "C. S. Lewis: Grief Observed, Rationality Abandoned, Faith Regained." *Literature and Theology* 3 (1989): 107–121.
———. "The Grief of C. S. Lewis." *Theology Today* 46, no. 3 (1989): 269–276.
Lobdell, Jared. *The Scientifiction Novels of C. S. Lewis: Space and Time in the Ransom Stories*. Jefferson, NC: McFarland, 2004.
Loomis, Steven R., and Jacob P. Rodriguez. *C. S. Lewis: A Philosophy of Education*. New York: Palgrave Macmillan, 2009.
Lucas, John. "The Restoration of Man." *Theology* 58 (1995): 445–456.
Lundin, Anne. "On the Shores of Lethe: C. S. Lewis and the Romantics." *Children's Literature in Education* 21 (1990): 53–59.
MacSwain, Robert, and Michael Ward, eds. *The Cambridge Companion to C. S. Lewis*. Cambridge: Cambridge University Press, 2010.
Manley, David. "Shadows That Fall: The Immanence of Heaven in the Fiction of C. S. Lewis and George MacDonald." *North Wind* 17 (1998): 43–49.
McBride, Sam. "The Company They Didn't Keep: Collaborative Women in the Letters of C. S. Lewis." *Mythlore* 29 (2010): 69–86.
McGrath, Alister E. *The Intellectual World of C. S. Lewis*. Oxford and Malden, MA: Wiley-Blackwell, 2013.
Meilander, Gilbert. "Psychoanalyzing C. S. Lewis." *Christian Century* 107, no. 17 (1990): 525–529.
———. *The Taste for the Other: The Social and Ethical Thought of C. S. Lewis.*

Grand Rapids, MI: Eerdmans, 1998.
———. "Theology in Stories: C. S. Lewis and the Narrative Quality of Experience." *Word and World* 1, no. 3 (1981): 222-230.
Menuge, Angus J. L. "Fellow Patients in the Same Hospital: Law and Gospel in the Works of C. S. Lewis." *Concordia Journal* 25, no. 2 (1999): 151-163.
Miller, Laura. *The Magician's Book: A Skeptic's Adventures in Narnia.* New York: Little, Brown and Co., 2008.
Mills, David, ed. *The Pilgrim's Guide: C. S. Lewis and the Art of Witness.* Grand Rapids, MI: Eerdmans, 1998.
Morris, Francis J., and Ronald C. Wendling. "C. S. Lewis: A Critic Recriticized." *Studies in the Literary Imagination* 22, no. 2 (1989): 149-160.
———. "Coleridge and 'the Great Divide' between C. S. Lewis and Owen Barfield." *Studies in the Literary Imagination* 22, no. 2 (1989): 149-159.
Morris, Richard M. "C. S. Lewis as a Christian Apologist." *Anglican Theological Review* 33, no. 1 (1951): 158-168.
Mueller, Steven P. "C. S. Lewis and the Atonement." *Concordia Journal* 25, no. 2 (1999) : 164-178.
Myers, Doris T. "The Compleat Anglican: Spiritual Style in the Chronicles of Narnia." *Anglican Theological Review* 66 (1984): 148-180.
———. *Bareface: A Guide to C. S. Lewis's Last Novel.* Columbia, MO: University of Missouri Press, 2004.
Nelson, Michael. "C. S. Lewis and His Critics." *Virginia Quarterly Review* 64 (1988): 1-19.
———. "'One Mythology among Many': The Spiritual Odyssey of C. S. Lewis." *Virginia Quarterly Review* 72, no. 4 (1996): 619-633.
Nicholi, Armand M. *The Question of God: C. S. Lewis and Sigmund Freud Debate God, Love, Sex, and the Meaning of Life.* New York: Free Press, 2002.
Nicholson, Mervyn. "C. S. Lewis and the Scholarship of Imagination in E. Nesbit and Rider Haggard." *Renascence: Essays on Values in Literature* 51 (1998): 41-62.
———. "What C. S. Lewis Took from E. Nesbit." *Children's Literature Association Quarterly* 16, no. 1 (1991): 16-22.
Noll, Mark A. "C. S. Lewis's 'Mere Christianity' (the Book and the Ideal) at the Start of the Twenty-First Century." *Seven: An Anglo-American Literary Review* 19 (2002): 31-44.
Odero, Dolores. "La 'experiencia' como lugar antropológico en C. S. Lewis." *Scripta Theologica* 26, no. 2 (1994): 403-482.
Osborn, Marijane. "Deeper Realms: C. S. Lewis' Re-Visions of Joseph O' Neill's *Land under England.*" *Journal of Modern Literature* 25 (2001): 115-120.
Oziewicz, Marek, and Daniel Hade. "The Marriage of Heaven and Hell? Philip Pullman, C. S. Lewis, and the Fantasy Tradition." *Mythlore* 28, no. 109 (2010): 39-54.
Patrick, James. *The Magdalen Metaphysicals: Idealism and Orthodoxy at Oxford,*

*1901–1945.* Macon, GA: Mercer University Press, 1985.
Pearce, Joseph. *C. S. Lewis and the Catholic Church.* Fort Collins, CO: Ignatius Press, 2003.
Phillips, Justin. *C. S. Lewis in a Time of War.* San Francisco: HarperSanFrancisco, 2006.
Poe, Harry L., ed. *C. S. Lewis Remembered.* Grand Rapids, MI: Zondervan, 2006.
———. "Shedding Light on the Dark Tower: A C. S. Lewis Mystery Is Solved." *Christianity Today* 51, no. 2 (2007): 44–45.
Prothero, Jim. "The Flash and the Grandeur: A Short Study of the Relation among MacDonald, Lewis, and Wordsworth." *North Wind* 17 (1998): 35–39.
Purtill, Richard L. *C. S. Lewis's Case for the Christian Faith.* San Francisco: Harper & Row, 1985.
———. *Lord of the Elves and Eldils: Fantasy and Philosophy in C. S. Lewis and J. R. R. Tolkien.* 2nd ed. San Francisco: Ignatius Press, 2006.
Reppert, Victor. *C. S. Lewis's Dangerous Idea: In Defense of the Argument from Reason.* Downers Grove, IL: InterVarsity Press, 2003.
Root, Jerry. *C. S. Lewis and a Problem of Evil.* Cambridge: James Clarke, 2009.
Rossow, Francis C. "Giving Christian Doctrine a New Translation: Selected Examples from the Novels of C. S. Lewis." *Concordia Journal* 21, no. 3 (1995): 281–297.
———. "Problems in Prayer and Their Gospel Solutions in Four Poems by C. S. Lewis." *Concordia Journal* 20, no. 2 (1994): 106–114.
Sayer, George. *Jack: A Life of C. S. Lewis.* London: Hodder & Stoughton, 1997.
Schakel, Peter J. "Irrigating Deserts with Moral Imagination." *Christian Reflection* 11 (2004): 21–29.
———. *Reading with the Heart: The Way into Narnia.* Grand Rapids, MI: Eerdmans, 1979.
———. *Reason and Imagination in C. S. Lewis: A Study of "Till We Have Faces."* Grand Rapids, MI: Eerdmans, 1984.
———. "The Satiric Imagination of C. S. Lewis." *Studies in the Literary Imagination* 22, no. 2 (1989): 129–148.
Schakel, Peter J., and Charles A. Huttar, eds. *Word and Story in C. S. Lewis: Language and Narrative in Theory and Practice.* Columbia, MO: University of Missouri Press, 1991.
Schwartz, Sanford. *C. S. Lewis on the Final Frontier: Science and the Supernatural in the Space Trilogy.* New York: Oxford University Press, 2009.
———. "Paradise Reframed: Lewis, Bergson, and Changing Times on Perelandra." *Christianity and Literature* 51, no. 4 (2002): 569–602.
Seachris, Joshua, and Linda Zagzebski. "Weighing Evils: The C. S. Lewis Approach." *International Journal for Philosophy of Religion* 62 (2007): 81–88.
Segura, Eduardo, and Thomas Honegger, eds. *Myth and Magic: Art According to the Inklings.* Zollikofen, Switzerland: Walking Tree, 2007.
Smietana, Bob. "C. S. Lewis Superstar: How a Reserved British Intellectual with a

Checkered Pedigree Became a Rock Star for Evangelicals." *Christianity Today* 49, no. 12 (2005): 28–32.
Smith, Robert Houston. *Patches of Godlight: The Pattern of Thought of C. S. Lewis.* Athens, GA: University of Georgia Press, 1981.
Stock, Robert Douglas. "Dionysus, Christ, and C. S. Lewis." *Christianity and Literature* 34, no. 2 (1985): 7–13.
Taliaferro, Charles. "A Narnian Theory of the Atonement." *Scottish Journal of Theology* 41 (1988): 75–92.
Tennyson, G. B., ed. *Owen Barfield on C. S. Lewis.* Middletown, CT: Wesleyan University Press, 1989.
Terrasa Messuti, Eduardo. "Imagen y misterio: Sobre el conocimiento metafórico en C. S. Lewis." *Scripta Theologica* 25, no. 1 (1993): 95–132.
Tynan, Kenneth. "My Tutor, C. S. Lewis." *Third Way* (June 1979): 15–16.
Van Leeuwen, Mary Stewart. *A Sword between the Sexes?: C. S. Lewis and the Gender Debates.* Grand Rapids, MI: Brazos Press, 2010.
Walker, Andrew. "Scripture, Revelation and Platonism in C. S. Lewis." *Scottish Journal of Theology* 55 (2002): 19–35.
Walker, Andrew, and James Patrick, eds. *A Christian for All Christians: Essays in Honor of C. S. Lewis.* Washington, DC: Regnery Gateway, 1992.
Walsh, Chad. *C. S. Lewis: Apostle to the Skeptics.* New York: Macmillan, 1949.
———. *The Literary Legacy of C. S. Lewis.* London: Sheldon, 1979.
Ward, Michael. "The Current State of C. S. Lewis Scholarship." *Sewanee Theological Review* 55, no. 2 (2012): 123–144.
———. *Planet Narnia: The Seven Heavens in the Imagination of C. S. Lewis.* Oxford: Oxford University Press, 2008.
Watson, George. "The Art of Disagreement: C. S. Lewis (1898–1963)." *Hudson Review* 48, no. 2 (1995): 229–239.
Wheat, Andrew. "The Road before Him: Allegory, Reason, and Romanticism in C. S. Lewis' *The Pilgrim's Regress.*" *Renascence: Essays on Values in Literature* 51, no. 1 (1998): 21–39.
Williams, Donald T. *Mere Humanity: G. K. Chesterton, C. S. Lewis, and J. R. R. Tolkien on the Human Condition.* Nashville, TN: B & H Publishing Group, 2006.
Williams, Rowan. *The Lion's World: A Journey into the Heart of Narnia.* London: SPCK, 2012.
Wilson, A. N. *C. S. Lewis: A Biography.* London: Collins, 1990.（A. N. ウィルソン『C. S. ルイス評伝』中村妙子訳、新教出版社、2008 年）
Wolfe, Judith, and Brendan N. Wolfe, eds. *C. S. Lewis and the Church.* London: T & T Clark, 2011.
Wood, Naomi. "Paradise Lost and Found: Obedience, Disobedience, and Storytelling in C. S. Lewis and Phillip Pullman." *Children's Literature in Education* 32, no. 4 (2001): 237–259.
Wood, Ralph C. "The Baptized Imagination: C. S. Lewis's Fictional Apologetics."

*Christian Century* 112, no. 25 (1995): 812-815.
———. "C. S. Lewis and the Ordering of Our Loves." *Christianity and Literature* 51, no. 1 (2001): 109-117.
———. "Conflict and Convergence on Fundamental Matters in C. S. Lewis and J. R. R. Tolkien." *Renascence: Essays on Values in Literature* 55 (2003): 315-338.
Yancey, Philip. "Found in Space: How C. S. Lewis Has Shaped My Faith and Writing." *Christianity Today* 57, no. 7 (2008): 62.

### Ⅲ その他、参考にした文献

Aston, T. S., ed. *The History of the University of Oxford*. 8 vols. Oxford: Oxford University Press, 1984-1994.
Bartlett, Robert. *The Natural and the Supernatural in the Middle Ages*. Cambridge: Cambridge University Press, 2008.
Brockliss, Laurence W. B., ed. *Magdalen College Oxford: A History*. Oxford: Magdalen College, 2008.
Cantor, Norman F. *Inventing the Middle Ages: The Lives, Works and Ideas of the Great Medievalists of the Twentieth Century*. New York: William Morrow, 1991.
Carpenter, Humphrey. *J. R. R. Tolkien: A Biography*. London: Allen & Unwin, 1977. (ハンフリー・カーペンター『J. R. R. トールキン——或る伝記』菅原啓州訳、評論社、2002 年)
Ceplair, Larry, and Steven Englund. *The Inquisition in Hollywood: Politics in the Film Community, 1930-1960*. Urbana, IL: University of Illinois Press, 2003.
Chance, Jane, ed. *Tolkien and the Invention of Myth*. Lexington, KY: University Press of Kentucky, 2004.
Collins, John Churton. *The Study of English Literature: A Plea for Its Recognition and Organization at the Universities*. London: Macmillan, 1891.
Cunich, Peter, David Hoyle, Eamon Duffy, and Ronald Hyam. *A History of Magdalene College Cambridge 1428-1988*. Cambridge: Magdalene College Publications, 1994.
Dal Corso, Eugenio. *Il Servo di Dio: Don Giovanni Calabria e i fratelli separati*. Rome: Pontificia Università Lateranense, 1974.
Darwall-Smith, Robin. *A History of University College, Oxford*. Oxford: Oxford University Press, 2008.
Davidman, Joy. "The Longest Way Round." In *These Found the Way: Thirteen Converts to Christianity*, edited by David Wesley Soper, 13-26. Philadelphia: Westminster Press, 1951.
———. *Out of My Bone: The Letters of Joy Davidman*. Edited by Don W. King. Grand Rapids, MI: Eerdmans, 2009.
Dearborn, Kerry. "The Baptized Imagination." *Christian Reflection* 11 (2004): 11-20.
———. "Bridge over the River Why: The Imagination as a Way to Meaning." *North Wind* 16 (1997): 29-40, 45-46.
Drout, Michael D. C. "J. R. R. Tolkien's Medieval Scholarship and Its Significance." *Tolkien Studies* 4 (2007): 113-176.

Eagleton, Terry. *Literary Theory: An Introduction.* Oxford: Blackwell, 2008.

Fitzgerald, Jill. "A 'Clerkes Compleinte': Tolkien and the Division of Lit. and Lang." *Tolkien Studies* 6 (2009): 41–57.

Flieger, Verlyn. *Splintered Light: Logos and Language in Tolkien's World.* Kent, OH: Kent State University, 2002.

Foster, Roy. *The Irish Story: Telling Tales and Making It Up in Ireland.* London: Allen Lane, 2001.

Freeden, Michael. "Eugenics and Progressive Thought: A Study in Ideological Affinity." *Historical Journal* 22 (1979): 645–671.

Garth, John. *Tolkien and the Great War.* London: HarperCollins, 2004.

Goebel, Stefan. *The Great War and Medieval Memory: War, Remembrance and Medievalism in Britain and Germany, 1914–1940.* Cambridge: Cambridge University Press, 2008.

Haldane, J. B. S. *Possible Worlds.* London: Chatto & Windus, 1927.

Harford, Judith. *The Opening of University Education to Women in Ireland.* Dublin: Irish Academic Press, 2008.

Hart, Trevor, and Ivan Khovacs, eds. *Tree of Tales: Tolkien, Literature, and Theology.* Waco, TX: Baylor University Press, 2007.

Hassig, Debra. *Medieval Bestiaries: Text, Image, Ideology.* Cambridge: Cambridge University Press, 1995.

Hatlen, Burton. "Pullman's *His Dark Materials*: A Challenge to Fantasies of J. R. R. Tolkien and C. S. Lewis, with an Epilogue on Pullman's Neo-Romantic Reading of *Paradise Lost*." In *His Dark Materials Illuminated: Critical Essays on Philip Pullman's Trilogy*, edited by Millicent Lenz and Carole Scott, 75–94. Detroit: Wayne State University Press, 2005.

Hennessey, Thomas. *Dividing Ireland: World War I and Partition.* London: Routledge, 1998.

Herford, C. H. *The Bearing of English Studies upon the National Life.* Oxford: Oxford University Press, 1910.

James, William. *The Varieties of Religious Experience: A Study in Human Nature.* New York: Longmans Green, 1902.

Jeffery, Keith. *Ireland and the Great War.* Cambridge: Cambridge University Press, 2000.

Ker, Ian. *G. K. Chesterton.* Oxford: Oxford University Press, 2011.

Kerry, Paul E., ed. *The Ring and the Cross: Christianity and the Writings of J. R. R. Tolkien.* Madison, NJ: Fairleigh Dickinson University Press, 2011.

King, Don W. *Hunting the Unicorn: A Critical Biography of Ruth Pitter.* Kent, OH: Kent State University Press, 2008.

Littledale, R. F. "The Oxford Solar Myth." In *Echoes from Kottabos*, edited by R. Y. Tyrrell and Sir Edward Sullivan, 279–290. London: E. Grant Richards, 1906.

Majendie, V. H. B. *A History of the 1st Battalion Somerset Light Infantry (Prince Albert's)*. Taunton, Somerset: Phoenix Press, 1921.

Mangan, J. A. *Athleticism in the Victorian and Edwardian Public School: The Emergence and Consolidation of an Educational Ideology.* London: Frank Cass, 2000.
McGarry, John. *Northern Ireland and the Divided World.* Oxford: Oxford University Press, 2001.
McMurtry, Jo. *English Language, English Literature: The Creation of an Academic Discipline.* Hamden, CT: Archon Books, 1985.
O'Brien, Conor Cruise. *Ancestral Voices: Religion and Nationalism in Ireland.* Chicago: University of Chicago Press, 1995.
Oddie, William. *Chesterton and the Romance of Orthodoxy.* Oxford: Oxford University Press, 2008.
Padley, Jonathan, and Kenneth Padley. "'From Mirrored Truth the Likeness of the True': J. R. R. Tolkien and Reflections of Jesus Christ in Middle-Earth." *English* 59, no. 224 (2010): 70-92.
Parsons, Wendy, and Catriona Nicholson. "Talking to Philip Pullman: An Interview." *The Lion and the Unicorn* 23, no. 1 (1999): 116-134.
Rhode, Deborah L. *In Pursuit of Knowledge: Scholars, Status, and Academic Culture.* Stanford, CA: Stanford University Press, 2006.
Roberts, Nathan. "Character in the Mind: Citizenship, Education and Psychology in Britain, 1880-1914." *History of Education* 33 (2004): 177-197.
Shaw, Christopher. "Eliminating the Yahoo: Eugenics, Social Darwinism and Five Fabians." *History of Political Thought* 8 (1987): 521-544.
Shippey, Tom. *Roots and Branches: Selected Papers on Tolkien.* Zollikofen, Switzerland: Walking Tree, 2007.
Teichmann, Roger. *The Philosophy of Elizabeth Anscombe.* Oxford: Oxford University Press, 2008.
Thomson, G. Ian F. *The Oxford Pastorate: The First Half Century.* London: The Canterbury Press, 1946.
Tolkien, J. R. R. *The Letters of J. R. R. Tolkien.* Edited by Humphrey Carpenter. London: HarperCollins, 1981.
Townshend, Charles. *Easter 1916: The Irish Rebellion.* London: Allen Lane, 2005.
Wain, John. *Sprightly Running: Part of an Autobiography.* London: Macmillan, 1962.
Watson, Giles. "Dorothy L. Sayers and the Oecumenical Penguin." *Seven: An Anglo-American Literary Review* 14 (1997): 17-32.
Watson, G. J. *Irish Identity and the Literary Revival: Synge, Joyce, Yeats and O'Casey.* 2nd ed. Washington, DC: Catholic University of America Press, 1994.
Werner, Maria Assunta. *Madeleva: Sister Mary Madeleva Wolff, CSC: A Pictorial Biography.* Notre Dame, IN: Saint Mary's College, 1993.
Williams, Charles. *To Michal from Serge: Letters from Charles Williams to his Wife, Florence, 1939-45.* Edited by Roma A. King, Jr. Kent, OH: Kent State University Press, 2002.
Wilson, Ian. "William Thompson Kirkpatrick (1848-1921)." *Review: Journal of the*

*Craigavon Historical Society* 8, no. 1 (2000–2001): 33–40.
Winter, Jay. *Sites of Memory, Sites of Mourning: The Great War in European Cultural History.* Cambridge: Cambridge University Press, 1995.
Wolfe, Kenneth M. *The Churches and the British Broadcasting Corporation 1922–1956: The Politics of Broadcast Religion.* London: SCM Press, 1984.
Worsley, Howard. "Popularized Atonement Theory Reflected in Children's Literature." *Expository Times* 115, no. 5 (2004): 149–156.
Wyrall, Everard. *The History of the Somerset Light Infantry (Prince Albert's) 1914–1919.* London: Methuen and Co., 1927.

# 索　引

## あ　行

アーノルド，マシュー　43, 232
アーメン・ハウス　228, 235
『愛とアレゴリー』　217, 234, 235, 236, 237, 238, 291, 376, 468
アイルランド自治　28, 39
アウグスティヌス　144, 257, 376, 461
『悪魔の手紙』　4, 270, 272, 273, 274, 291, 299, 323, 353, 400, 469
『朝びらき丸　東の海へ』　340, 352, 361
アスラン　184, 334, 338, 341, 345, 347, 350, 351, 352, 356, 357, 358, 359, 360, 361, 362, 363, 365, 366, 367, 368, 375, 379, 464
アダムズ，ウォルター　260, 323
「新しい観点」　199
アディスンの散歩道　195, 196
アトレー，クレメント　103
アンスカム，エリザベス　313, 316, 317, 318, 319, 320, 321, 322, 324, 325, 469
イースト・ベルファスト　29, 32, 33
イギリス放送協会（BBC）　261, 262, 265, 266, 267, 268, 269, 270, 274, 324, 384, 385, 391, 398, 469
『痛みの問題』　177, 250, 253, 255, 257, 258, 259, 262, 280, 292, 297, 323, 358, 364, 423, 424, 425, 469
インクリング　318
インクリングズ　218, 225, 226, 227, 228, 229, 230, 231, 232, 233, 248, 250, 254, 255, 259, 303, 312, 319, 406, 435, 454
インクルーシオ　342
ウィニャード校　44, 53, 55, 56, 57
ウィプスネイド公園動物園　200, 201, 202, 203, 204, 205
ウィリアム・コリンズ・アンド・サンズ　452
ウィリアムズ，チャールズ　227, 228, 229, 236, 248, 249, 250, 251, 288, 303, 312, 335, 357, 418, 438, 461, 469
ウィルスン，フランク　151
ウィリンク，ヘンリー　386, 387, 388
ウィルスン，A. N.　305, 306, 318, 320
ウィルスン，F. P.　386
ウィルスン，フランク　150, 151
ウェイド・センター　400
ウェイン，ジョン　214, 233, 389
ウェルズ，H. G.　44, 179, 293, 294, 343
ウェルチ，ジェイムズ　261, 262, 263
ウォー，イーヴリン　44, 176, 177, 178
ウォード，マイケル　371, 372, 373
ウォーニー(ルイス，ウォレン)　33, 34, 40, 41, 43, 44, 45, 49, 51, 53, 54, 56, 57, 58, 60, 61, 62, 64, 65, 66, 68, 73, 106, 111, 122, 134, 163, 164, 168, 169, 170, 201, 202, 203, 205, 206, 209, 212, 214, 227, 229, 230, 246, 247, 249, 250, 258, 300, 301, 307, 308, 309, 312, 320, 323, 387, 402, 403, 407, 411, 412, 417, 429, 430, 432, 434, 436, 437, 438, 439, 440, 441, 442, 443, 468
ウォルシュ，チャド　274, 401, 402, 447, 449, 463

ウォレン，ハーバート　131, 132, 152, 153, 157, 158
『馬と少年』　340, 341, 352
英語および英文学学部　138, 139, 140
英国学士院　4, 299, 311
英文学研究　139
エリオット，T. S.　147, 176, 177, 206, 220, 422
エンプスン，ウィリアム　215
オーデン，W. H.　44, 330
王立文学協会　305
オクスフォード　76, 93, 115, 116, 117, 133
オクスフォード大学　3, 4, 5, 6, 10, 11, 37, 38, 75, 76, 77, 78, 81, 82, 84, 86, 87, 88, 94, 96, 103, 105, 112, 115, 117, 118, 119, 120, 121, 125, 126, 127, 128, 129, 130, 131, 133, 134, 137, 138, 139, 140, 141, 142, 143, 145, 148, 151, 152, 154, 155, 156, 158, 159, 160, 161, 162, 163, 164, 167, 171, 173, 182, 184, 208, 209, 210, 211, 213, 214, 216, 217, 218, 226, 228, 229, 231, 232, 233, 235, 238, 239, 245, 248, 249, 252, 258, 262, 263, 268, 272, 274, 275, 291, 297, 300, 302, 304, 306, 310, 311, 312, 313, 314, 315, 321, 322, 343, 371, 379, 383, 384, 385, 386, 389, 391, 393, 402, 406, 414, 433, 434, 441, 449, 451, 454, 461, 467, 468
オクスフォード大学出版局　235, 248, 288, 290, 310
『オクスフォード大学報』　82
オクスフォード大学牧会団　313, 314, 449
オクスフォード大学陸軍士官養成部隊　77, 78, 84, 85, 87, 88, 467
オットー，ルードルフ　358, 359
オルドウィンクル，ステラ　314, 315, 324

## か　行

カークパトリック，ウィリアム　30, 61, 65, 68, 69, 70, 71, 72, 75, 76, 78, 213, 332, 467
ガードナー，ヘレン　239, 311, 313, 386, 387, 388
カーペンター，ハリー　414, 417
『顔を持つまで』　167, 207, 276, 397, 405, 406, 420
『カスピアン王子――ナルニア国への帰還』　342
『カスピアン王子のつのぶえ』　340, 342, 352, 372, 379
『悲しみをみつめて』　259, 420, 421, 422, 423, 424, 425, 426, 428
ガビタス・アンド・スリング社　44, 57, 71
カラブリア，ドン・ジオヴァンニ　311, 323
キーブル学寮(オクスフォード大学)　87, 88, 89, 90, 91, 92, 98
『奇跡』　292, 315, 316, 317, 318, 321, 325, 394, 400, 469
偽名　96, 177, 422
キャリット，エドガー　124, 127, 147
キャロル，ルイス　343, 454, 463
キャンベル校　55, 57, 65
救済論　363, 449
『キリスト教の精髄』　4, 223, 270, 275, 276, 278, 279, 280, 284, 285, 286, 287, 288, 292, 319, 351, 352, 361, 384, 394, 408, 449, 455, 459, 464
キルビー，クライド・S.　453
キルンズ　170, 209, 211, 246, 248, 306, 307, 308, 309, 387, 402, 404, 405, 411, 412, 416, 418, 419, 430, 432, 436, 439, 441, 448, 468
『銀のいす』　340, 352, 374, 375
クィック，オリヴァー・チェイズ

274
クラーク講演　288, 291
クラレンドン・プレス　235
グリーヴズ，アーサー　39, 66, 67, 72, 73, 74, 85, 93, 94, 95, 100, 103, 104, 105, 106, 107, 108, 119, 120, 121, 122, 123, 141, 173, 188, 189, 190, 191, 192, 195, 196, 197, 201, 204, 205, 206, 208, 210, 219, 226, 260, 284, 308, 323, 408, 413, 419, 421, 428, 436, 437, 438, 468
クリーフト，ピーター　456
グリーン，グレアム　176, 178, 432
グリーン，ラジャー・ランセリン　9, 406, 419, 421, 453, 454
グリフィスス，ドム・ビード　165, 268
グレーヴズ，ロバート　95
グレート・モールヴァン　60
グレアム，ケネス　358, 359, 463
グレアム，ビリー　458
クレイポール，G. H.　85, 87
グレシャム，ダグラス　400, 439, 442, 443
グレシャム夫人　397, 398, 402, 414
ケネディ，ジョン・F.　441, 442, 466
ケンブリッジ大学　4, 5, 6, 10, 38, 89, 128, 140, 155, 160, 209, 243, 291, 322, 324, 385, 386, 387, 388, 389, 390, 391, 392, 393, 394, 395, 396, 397, 412, 429, 431, 432, 434, 436, 439, 440, 449, 454, 458, 469
ゴードン，ジョージ　144, 151, 246
コールリッジ，サミュエル・テイラー　145, 191
コグヒル，ネヴィル　89, 144, 151, 152, 226, 227, 229
子羊と旗　435
コルスン，チャールズ・ウェンデル　459

## さ 行

『さいごの戦い』　332, 339, 340, 342, 352, 373, 379
サスーン，シーグフリード　95
サットン，アレグザンダー・ゴードン　89
サド・マゾヒズム　93
サド侯爵　94, 148
サドラー，マイケル　146, 147
サマーヴィル，マーティン・アシュワース　89
サマーセット軽歩兵連隊　98, 99, 105
『サルカンドラ』　72, 295, 296, 469
シェアボーグ校　55, 56, 57, 58, 59, 60
シェルバーン，メアリ・ウィリス　410, 437
『失楽園』　215, 243, 283, 288, 289, 363
『「失楽園」序説』　4, 87, 242, 288, 298, 310
『詩篇を考える』　393, 397, 406, 418, 420
『一六世紀の英文学』　376, 384, 469
シュタイナー　142
ジョフリー・ブレス社　269, 273, 405, 422
シンプスン，ダイアン　329
ストット，ジョン　458, 459, 460
スペンサー，エドマンド　38, 59, 237, 238, 243, 320, 357, 369, 370, 431
『スペンサーの「妖精の女王」』　230
スペンズ，ジャネット　230
聖三一教会　32, 185, 206, 207, 271, 309, 435, 442, 468
『聖なるもの』　358
セイヤー，ジョージ　9, 54, 55, 110, 212, 213, 398, 402, 438, 439, 442, 454
セイヤーズ，ドロシー・L　229, 230, 274, 279, 309, 314, 413, 415, 461
セシル，デイヴィッド　305

ソクラテス・クラブ　313, 314, 315, 320, 321, 322, 324, 346, 449, 469
『ソクラテス・クラブ・ダイジェスト』　315
祖国警備隊　246, 247, 249

## た　行

ダイスン，ヒューゴー　195, 196, 197, 200, 201, 202, 204, 226, 227, 254, 255, 351
タイナン，ケネス　215
『ダイマー』　129, 147, 148, 149, 219, 256, 468
ダヴェンポート，リチャード　357
鷹と子ども　231, 233, 303, 312, 435, 454
ダレス，エイヴリー　456
ダンテ　180, 236, 247, 293
ダンデラ聖マルコ教会　32, 33, 72, 163, 357
単なるキリスト教　4, 33, 222, 262, 268, 276, 277, 278, 279
単なるキリスト者　278
小さなリー　40, 41, 42, 44, 45, 50, 51, 56, 57, 66, 67, 100, 135, 164, 168, 169, 209, 219, 293, 443, 468
チェインバーズ，エドマンド　232
チェスタートン，G. K.　176, 283, 349, 456, 461
チャーチル，ウィンストン　311
『沈黙の惑星を離れて』　295
D　93, 97
デイヴィッドマン，ジョイ　35, 249, 287, 379, 397, 399, 400, 401, 402, 403, 404, 405, 406, 407, 408, 409, 410, 411, 412, 413, 414, 415, 416, 417, 418, 419, 420, 421, 422, 423, 428, 431, 434, 470
ティルヤード，E. M. W.　243
『天国と地獄の離婚』　35, 291, 400, 469
J・M・デント社　218, 235
テンプル，ウィリアム　262, 274
『天路退行』　11, 42, 189, 208, 218, 219, 220, 221, 222, 224, 225, 226, 235, 346, 394, 453, 468
『天路歴程』　219
トールキン，J. R. R.　3, 171, 172, 173, 174, 190, 193, 195, 196, 197, 198, 199, 200, 201, 202, 204, 205, 210, 225, 226, 227, 228, 229, 231, 232, 233, 248, 250, 251, 252, 253, 254, 255, 273, 287, 288, 291, 300, 301, 303, 304, 308, 309, 312, 319, 330, 332, 338, 341, 342, 349, 350, 351, 362, 383, 386, 387, 397, 407, 408, 417, 419, 431, 432, 433, 434, 442, 450, 451, 454, 456, 461, 463, 468
『虜となった魂』　93, 96, 97, 103, 116, 122, 256, 468
トリニティ学寮（ケンブリッジ大学）　288

## な　行

ナルニア　333, 464
ナルニア国　5, 35, 52, 320, 325, 329, 330, 331, 332, 333, 334, 339, 341, 342, 343, 344, 345, 347, 348, 349, 350, 351, 354, 356, 359, 362, 365, 366, 367, 368, 370, 372, 373, 374, 375, 376, 377, 378, 379
ナルニア国歴史物語　3, 54, 208, 233, 244, 254, 290, 292, 297, 318, 320, 321, 325, 330, 331, 332, 333, 335, 336, 337, 338, 339, 340, 341, 342, 343, 344, 345, 346, 347, 348, 349, 350, 351, 352, 353, 354, 363, 366, 369, 370, 371, 372, 373, 376, 377, 378, 379, 384, 406, 449, 450, 451, 463, 464
『人間と永遠』　283, 349
『人間の廃止』　290, 291, 453
ネズビット，E.　336, 337
ノーベル文学賞　3
ノルウェー人　172

## は　行


ハーウッド，セシル　429, 437, 452
バーネット，ジョック　439
ハーバート，ジョージ　179, 193
バーフィールド，オーウェン　3, 141, 142, 143, 149, 161, 190, 191, 227, 236, 239, 308, 389, 403, 429, 442, 461
『廃棄された宇宙像』　217, 376, 377, 397
バイド，ピーター　414, 415, 416, 417, 418, 470
ハヴァード，ロバート　397, 412, 431
バクスター，リチャード　222, 276
パクスフォード，フレッド　387, 430
パス，デニス・ハワード・ドゥ　89
パスカル，ブレーズ　179, 183, 223
バニヤン　219
パネロピ，シスター　424
ハミルトン，トマス　32
バラード・マシューズ講演　288, 290
バリー，J. M.　163, 454, 463
ピター，ルス　230, 379, 398, 402, 408, 410
ピッテンジャー，ノーマン　302
『批評における一つの実験』　397
フーパー，ウォルター　7, 435, 436, 438, 439, 440, 441, 447, 449, 452, 453, 454
ファーカスン，A. S. L.　140, 147, 151, 152
ファーラー，オースティン　258, 268, 280, 324, 397, 420, 437
ファーラー，キャサリン　230, 437
ファウラー，アラステア　432
『ファンタステス』　73, 188
フィリップス，J. B.　435
フェイバー・アンド・フェイバー社　422
フェン，エリック　263, 266, 267, 268, 270
フォードケルシー，エドワード　204
フォックス，アダム　232, 233
ブラウン，スペンサー・カーティス　405, 422
プラトン　144, 228, 242, 373, 374, 375, 376
ブルック，リュパート　95, 96
プルマン，フィリップ　379, 463, 464
フロイト，ジグムント　194
ベーチェマン，ジョン　44, 161
ベインズ，ポーリーン　331, 334, 338, 339, 355
ベネット，H. S.　385, 386, 387
ベルファスト　10, 11, 28, 29, 30, 31, 32, 34, 35, 38, 39, 40, 45, 53, 55, 57, 65, 66, 67, 69, 70, 71, 77, 101, 111, 121, 122, 132, 133, 156, 161, 162, 163, 164, 189, 357
『ペレランドラ』　295, 298, 422, 469
ヘンリー，カール　324, 325, 458
ホイートン大学　400, 453, 461
放送講話　38, 223, 261, 265, 267, 269, 271, 275, 276, 280, 281, 285, 286, 300, 325, 364, 384, 408, 455, 469
『北欧の神話』　66
ポコック，ガイ　218, 219, 235
北方性　58, 66
北方の夏　58
『ホビットの冒険』　226, 251, 252, 330, 346
ホルデイン，J. B. S.　294, 295, 296, 297, 316, 317


## ま　行


マートレッツ　93
マートン英語学教授　171, 304, 305

マートン英語学講座　226
マートン学寮(オクスフォード大学)　171
マクドナルド，ジョージ　73, 188, 257, 293, 337, 461
マシューズ，W. R.　263
『魔術師のおい』　52, 332, 339, 340, 341, 348, 352, 406
マリオン・E・ウェイド・センター　453
ミラー，モリー　430, 439
ミルトン，ジョン　9, 129, 212, 215, 242, 243, 257, 283, 288, 289, 363, 392
ムーア，エドワード(パディ)　88, 89, 90, 91, 98, 99, 100, 101, 106, 110
ムーア夫人　6, 90, 97, 98, 99, 100, 101, 104, 108, 109, 110, 111, 119, 120, 121, 122, 123, 124, 126, 127, 130, 133, 134, 135, 136, 137, 140, 145, 160, 164, 166, 168, 169, 170, 209, 211, 249, 250, 272, 273, 307, 308, 309, 311, 320, 323, 331, 411, 412, 416, 438, 469
ムーア，モーリーン(ブレイク，モーリーン)　90, 99, 121, 124, 130, 135, 136, 137, 140, 168, 170, 248, 249, 307, 308, 331, 411, 412, 430, 443
メイカン，レジナルド　77, 127, 128, 146, 147
モーア，ポール・エルマー　186
モードリン学寮(オクスフォード大学)　130, 131, 149, 150, 151, 152, 153, 155, 156, 157, 158, 159, 160, 168, 171, 183, 192, 195, 196, 210, 213, 217, 226, 247, 250, 253, 274, 275, 311, 384, 389, 391, 402, 468
モードリン学寮長（オクスフォード大学）　153, 442
モードリン学寮(ケンブリッジ大学)　389, 390, 391, 398, 413, 430, 433, 435, 439, 469
モールヴァン　67
モールヴァン校　54, 55, 56, 57, 58, 59, 60, 62, 63, 64, 65, 66, 67, 75, 80, 84, 129, 153
モリス，ウィリアム　94, 237

## や　行

『指輪物語』　3, 174, 233, 250, 251, 253, 255, 308, 341, 342, 349, 350, 362, 432, 433, 450
『妖精の女王』　38, 237, 238, 369, 370, 431
『四つの愛』　107, 230, 393, 397, 406, 418, 419, 420, 470
『喜びのおとずれ』　8, 53, 54, 55, 57, 59, 62, 64, 66, 80, 81, 135, 165, 167, 177, 179, 181, 182, 183, 184, 185, 187, 188, 190, 191, 192, 194, 195, 200, 202, 203, 204, 205, 394, 423, 438

## ら　行

ラーガン校　30, 61, 71
『ライオンと魔女』　42, 184, 233, 320, 331, 332, 334, 338, 339, 340, 341, 342, 347, 350, 351, 352, 353, 356, 363, 365, 368, 377, 378, 379, 464, 465, 469
『ライオンの場所』　228, 236, 357
ラカム，アーサー　58, 59, 338
ラッセル，バートランド　296, 361
ランサム三部作　292, 295, 298, 320
リーヴィス，F. R.　140, 385, 396
リーン，エドワード・タンジ　228
リエズ・ドュ・ヴァナージュ　105
リデル記念講演　288, 290
ルーカス，J. R.　321
ルイス，アルバート　29, 30, 31, 32, 33, 40, 41, 43, 44, 45, 49, 50, 51, 52, 53, 55, 57, 60, 61, 64, 65, 69, 71, 72, 74, 75, 76, 77, 78, 84, 85, 90, 96, 99, 100, 101, 102, 104, 105, 106, 108, 111, 121, 122, 123, 124, 126, 128, 130, 133, 134, 135, 137, 145, 146, 147, 150, 151,

153, 154, 156, 161, 162, 163, 164, 165, 166, 167, 168, 190, 216
ルイス，ウォレン（ウォーニー）　28, 29, 33, 34, 40, 41, 43, 44, 45, 49, 51, 53, 54, 56, 57, 61, 69, 85, 125, 168, 206, 271, 307, 436
ルイス，エドワード　100
ルイス，フローレンス（フローラ）　10, 29, 31, 32, 33, 48, 49, 50, 51, 52, 90, 161
レッツ，ウィニフレッド・メアリ　86
ローリング，J. K.　336, 463
ロイドジョンズ，マーティン　449
『牢獄に囚われた魂』　111
ロラー　213, 214
ロングフェロー，ヘンリー・ワヅワース　46

## わ　行

ワーグナー，リヒャルト　58, 59, 107, 251, 338, 369
『若い教会への手紙』　435

## 欧文

Literae Humaniores　117, 118, 119, 210
Lit. Hum.　117, 118, 127

《訳者紹介》

**佐柳文男**（さやなぎ・ふみお）

1939年生まれ。国際基督教大学、東京神学大学大学院、プリンストン神学大学大学院などで学ぶ。日本基督教団正教師（隠退）。パヤップ大学神学部教授、北星学園大学教授、聖隷クリストファー大学教授などを歴任、その他、千歳船橋教会、越生教会で牧会・伝道に従事。また社会福祉法人牧之原やまばと学園理事をつとめた。

**訳書**　A. リチャードソン・J. ボウデン編、古屋安雄監修『キリスト教神学事典』、J. R. フランク『はじめてのバルト』、A. E. マクグラス『プロテスタント思想文化史――16世紀から21世紀まで』（ともに教文館）、『四つの愛』C. S. ルイス宗教著作集２（新教出版社）など。


**憧れと歓びの人　C. S. ルイスの生涯**

2015年５月30日　初版発行

訳　者　佐柳文男

発行者　渡部　満

発行所　株式会社　教文館

〒104-0061 東京都中央区銀座4-5-1 電話 03(3561)5549 FAX 03(5250)5107

URL　http://www.kyobunkwan.co.jp/publishing/

印刷所　モリモト印刷株式会社

配給元　日キ販　〒162-0814　東京都新宿区新小川町９-１

電話 03(3260)5670　FAX 03(3260)5637

ISBN978-4-7642-7396-2

Printed in Japan